本书列入

2017年国家社会科学基金重大委托项目
"十三五"国家重点图书出版规划项目

中华传统文化百部经典

韩愈集
（节选）

韩 愈 著

孙昌武 解读

国家图书馆出版社

图书在版编目（CIP）数据

韩愈集：节选／（唐）韩愈著；孙昌武解读．— 北京：
国家图书馆出版社，2019.12（2024.9重印）
（中华传统文化百部经典／袁行霈主编）
ISBN 978-7-5013-6881-5

Ⅰ．①韩… Ⅱ．①韩… ②孙… Ⅲ．①唐诗－诗集
②古典散文－散文集－中国－唐代 Ⅳ．① I214.232

中国版本图书馆 CIP 数据核字（2019）第 250878 号

国家图书馆出版社官方微信

书　　名	韩愈集（节选）
著　　者	（唐）韩愈 著　孙昌武 解读
责任编辑	于春媚
特约编辑	吴麒麟
封面设计	敬人设计工作室

出版发行　国家图书馆出版社（北京市西城区文津街 7 号　100034）
　　　　　010－66114536　63802249　nlcpress@nlc.cn（邮购）
网　　址　http://www.nlcpress.com
印　　装　北京科信印刷有限公司
版次印次　2019 年 12 月第 1 版　2024 年 9 月第 2 次印刷

开　　本　710×1000（毫米）　1/16
印　　张　30.5
字　　数　326 千字
书　　号　ISBN 978-7-5013-6881-5
定　　价　58.00 元（平装）

编纂缘起

　　文化是民族的血脉，是人民的精神家园。党的十八大以来，围绕传承发展中华优秀传统文化，习近平总书记发表了一系列重要讲话，深刻揭示出中华优秀传统文化的地位和作用，梳理概括了中华优秀传统文化的历史源流、思想精神和鲜明特质，集中阐明了我们党对待传统文化的立场态度，这是中华民族继往开来、实现伟大复兴的重要文化方略。2017 年初，中共中央办公厅、国务院办公厅印发《关于实施中华优秀传统文化传承发展工程的意见》，从国家战略层面对中华优秀传统文化传承发展工作作出部署。

　　我国古代留下浩如烟海的典籍，其中的精华是培育民族精神和时代精神的文化基础。激活经典，熔古铸今，是增强文化自觉和文化自信的重要途径。多年来，学术界潜心研究，钩沉发覆、辨伪存真、提炼精华，做了许多有益工作。编纂《中华传统文化百部经典》（简称《百部经典》），就是在汲取已有成果基础上，力求编出一套兼具思想性、学术性和大众性的读本，使之成为广泛认同、传之久远的范本。《百部经典》所选图书上起先秦，下至辛亥革命，包括哲学、文学、历史、艺术、科技等领域的重要典籍。萃取其精华，加以解读，旨在搭建传统典籍与大众之间的桥梁，激活中华优秀传统文化，用优秀传统文化滋养当代中国人的精神世界，提振当代中国人的文化自信。

这套书采取导读、原典、注释、点评相结合的编纂体例，寻求优秀传统文化与社会主义核心价值观之间的深度契合点；以当代眼光审视和解读古代典籍，启发读者从中汲取古人的智慧和历史的经验，借以育人、资政，更好地为今人所取、为今人所用；力求深入浅出、明白晓畅地介绍古代经典，让优秀传统文化贴近现实生活，融入课堂教育，走进人们心中，最大限度地发挥以文化人的作用。

《百部经典》的编纂是一项重大文化工程。在中宣部等部门的指导和大力支持下，国家图书馆做了大量组织工作，得到学术界的积极响应和参与。由专家组成的编纂委员会，职责是作出总体规划，选定书目，制订体例，掌握进度；并延请德高望重的大家耆宿担当顾问，聘请对各书有深入研究的学者承担注释和解读，邀请相关领域的知名专家负责审订。先后约有 500 位专家参与工作。在此，向他们表示由衷的谢意。

书中疏漏不当之处，诚请读者批评指正。

2017 年 9 月 21 日

凡 例

一、《中华传统文化百部经典》的选书范围，上起先秦，下迄辛亥革命。选择在哲学、文学、历史、艺术、科技等各个领域具有重大思想价值、社会价值、历史价值和学术价值的一百部经典著作。

二、对于入选典籍，视具体情况确定节选或全录，并慎重选择底本。

三、对每部典籍，均设"导读""注释""点评"三个栏目加以诠释。导读居一书之首，主要介绍作者生平、成书过程、主要内容、历史地位、时代价值等，行文力求准确平实。注释部分解释字词、注明难字读音，串讲句子大意，务求简明扼要。点评包括篇末评和旁批两种形式。篇末评撮述原典要旨，标以"点评"，旁批萃取思想精华，印于书页一侧，力求要言不烦，雅俗共赏。

四、原文中的古今字、假借字一般不做改动，唯对异体字根据现行标准做适当转换。

五、每书附入相关善本书影，以期展现典籍的历史形态。

昌黎先生集卷第二

古詩

北極贈李觀 觀字元賓其先隴西人
貞元八年與公同舉進
士

北極有羈羽南溟有沈鱗 南溟見莊子逍遙
篇鯤鵬之說羈羽
謂鵬沈鱗謂鯤也以
喻已與觀相遇之意

川原浩浩隔影響兩無

因風雲一朝會變化成一身 誰言道里遠 或里

作理非是陶詩里
怨道里長正作里

不感激疾如神我年二十

五生於大曆之戊
時貞元八年也歲在壬
申按李漢集序公
生於大曆之戊申三年自壬申逆數至戊

昌黎先生集四十卷外集十卷遺文一卷　（唐）韓愈撰　（宋）廖瑩中校正
宋咸淳廖瑩中世綵堂刻本　國家圖書館藏

音註韓文公文集卷第一

門人李漢編

賦
古詩　操

感二鳥賦并序

音注韓文公文集四十卷外集十二卷　（唐）韓愈撰　（宋）祝充音注
宋刻本　国家图书馆藏

目　录

导　读

诗　歌

散　文

辞　赋

主要参考文献 ···（465）

导　读

　　韩愈（768—824，唐代宗大历三年至唐穆宗长庆四年），字退之，河阳（今河南孟州）人。因其郡望昌黎，称"韩昌黎"；曾任吏部侍郎，称"韩吏部"；去世后朝廷赐谥"文"，称"韩文公"。韩愈去世后，他的门人，也是他的女婿李汉搜集韩愈的遗文七百篇，编成文集四十卷，合目录四十一卷；经五代兵燹，该本没有散佚。宋代尊儒术，韩文得到重视，刻本众多，辗转传抄，讹误甚多，诸家校正异同，成《昌黎先生集》（或称《韩昌黎集》）四十卷、《外集》十卷、《遗文》一卷。《外集》为宋人所辑，包括《顺宗实录》五卷（后人有删削改动），另五卷所收诗文的真伪历来莫衷一是；《遗文》一卷情形亦同。又今传《论语笔解》二卷，题与弟子李翱合著，有从中摘出韩愈论述的一卷本，其真伪历来亦看法不一。

　　对韩愈的评价，有苏轼《潮州韩文公庙碑》里的两句话广为传诵，谓"文起八代之衰，而道济天下之溺"。前一句表扬他文学方面的成就，后一句赞颂他振兴儒道的功绩。就前一方面说，他倡导"古文运动"，写作继承先秦盛汉散体单行体制的"古文"，推动文体、文风、文学语言的全面革新，促进文学散文艺术的发展，成就巨大，影响深远；就后一方面说，他生活的中唐时期，儒学衰颓，佛、道盛行，纪纲紊乱，社会矛盾丛生，他倡导"儒学复古"，力图振兴尧、舜、周、孔的"圣人之道"以挽救危局，促进儒学演变，下开宋代理学先河，对于后世思想、文化的发展做出了巨大贡献。上述苏轼的评价接下来还有两句话："忠犯人主之怒，而勇夺三军之帅。"表扬他敢于实现自己理念的胆识和勇气。韩愈一生坚持操守，不畏权势，屡经挫抑，奋斗不息，终于取得了历史上鲜有其比的思想、文学成就，沾溉后世无穷，成为彪炳史册的一代文化伟人。

一、历史转折时期的一代文化伟人

韩愈的先世可追溯到战国时期的韩襄王；有明确记载的家系上至七世祖韩耆，北魏常山（今河北正定）太守，拜龙骧大将军；以下数世均为北朝高官显宦。入唐，这个北朝望族的地位大为降低了。韩愈曾祖韩泰曾担任曹州（今山东曹县西北）司马；祖父韩睿素位终桂州（今广西桂林）长史；父亲韩仲卿曾任武昌（今湖北武汉武昌区）、鄱阳（今江西鄱阳）县令，去世于秘书郎任上。韩愈有三位叔父：少卿、云卿、绅卿，也都没有担任显要官职。韩氏这几代人有一个共同点，即善文章。韩仲卿与李白、杜甫有交谊，云卿和绅卿亦有文名，韩愈长兄韩会更以文章为世所称。唐代是中国历史上经济、政治、文化发生巨大转折的时期。魏晋以来的门阀士族专政体制瓦解，代之以皇族亲贵、士族、庶族、富商、上层僧侣等更广泛阶层的联合统治，其中一个重大的社会动向是没有门第背景、等级身份而依靠政能文才进身的庶族文人进入到统治集团并不断扩展势力，成为推动社会政治、经济、思想、文化诸领域发展、变革的积极力量。唐前期政治、经济兴盛局面的形成，相当程度上依靠这个阶层的努力与推动。韩愈的家族正属于这一阶层。

到韩愈出仕的中唐时期，社会形势与唐前期已大不相同。经过"安史之乱"的冲击，唐王朝已失去兴盛发达的势头：内有朝官政争，宦官干政；外有强藩跋扈，吐蕃、回纥内侵。国是日非，矛盾丛生，民变蜂起。而与韩愈这种靠"应举求官"出身的士大夫子弟有直接利害关系的是科举制度的败坏，造成进身之路阻塞。韩愈出生在"安史之乱"平定（唐代宗广德元年，763）后五年。他十四岁的时候，河北藩镇发生又一次大规模叛乱，史称"建中之乱"，战祸持续长达四年，波及中原广大地区。叛军一度占据长安，迫使朝廷播迁奉天（今陕西乾县），再奔梁州（今陕西汉中）。这次变乱虽然被平定，却让唐德宗李适对负固割据的强藩更加畏慎戒惧，唯务姑息。他统治后期任用的宰相不是卢杞、窦参、裴延龄等奸佞贪婪之徒，就是卢迈、贾耽、赵憬等廉谨畏慎之辈。他又心怀猜疑，为政亲小劳、侵众官，以至晚年不任宰相，造成仕进路塞，奏请难行。德宗去世，顺宗李诵即位。这倒是一位比较有见识、有变革意识的皇帝。他的亲信王叔文、王伾和一批年轻新进的朝官，包括著名文学家柳宗元、刘禹锡等人，曾试图趁皇帝易位之机改革弊政，扭转颓势，但顺宗即位时已经重病缠身，改革派遭到保守势力和宦官集团的联合反击，八个月就失败了，这就是历史上所谓的"永贞革新"。接着，宪宗李纯即位，虽然他在位时打击强藩曾取得一定成效，号称"中兴"，但唐王朝衰败的总体趋势没有改变。韩愈出仕在德宗后期，经历顺宗、宪宗朝激烈的政治动荡，屈沉下僚。他一直没能得到施展抱负与才能的机会，也是这种时势使然。

韩愈有着良好的家学渊源，又聪明早慧，七岁读书，十三岁能文。但生逢不幸，未满两个月母亲去世，三岁父亲去世，就养于长兄韩会和嫂夫人郑氏。韩会善谈论、能文章，官至起居舍人，这是职掌记录皇帝日常行动和国家大事的中级朝官。他曾就学于萧颖士、李华，这两个人都善古文，文学史上被视为"古文运动"的先驱。后来韩愈的文学活动深受这位兄长的影响。大历十二年（777），韩愈十岁，贪渎弄权的宰相元载败灭，韩会作为属官受到牵连，贬官岭南韶州曲江县（今广东韶关曲江区），韩愈随同南行。这是他第一次南下贬所。不久，韩会病殁，韩愈随同嫂夫人郑氏扶灵柩返回河阳故里。建中二年（781）爆发了"建中之乱"，河阳正处在动乱的核心地区。大概韩家在宣州（今安徽宣城）有产业，郑氏遂率领百口之家远赴避难。就这样，少年韩愈在艰苦环境中饱受磨难，在动荡奔波中潜心向学，培养起对儒家"古训"的倾心，对"古人"文章的偏好。

贞元二年（786），十九岁的韩愈到长安求贡举。直到贞元八年，屡试不第。这之前的贞元三年，唐王朝与吐蕃在平凉会盟，吐蕃劫盟，韩愈的堂兄韩弇作为唐会盟使、朔方节度使浑瑊的判官死于劫难。当时，中唐名将、北平王马燧主和戎之议，韩弇是他的部下。基于这一层关系，韩愈"应进士贡在京师，穷不能自存，以故人稚弟拜北平王于马前……王轸其寒饥，赐食与衣"（《殿中少监马君墓志》）。这里的"穷不能自存"云云，并非夸张之词。后来韩愈在给友人的信里回忆说：

仆在京城八九年，无所取资，日求于人，以度时月。当时行之不觉也。今而思之，如痛定之人思当痛之时，不知何能自处也。（《与李翱书》）

从这样的叙述可见他当时境遇之落拓和心情之惨淡。他虽然处身艰窘，却勤学不辍，广交友朋，学业逐渐精进，对现实和人生也有了更为深切的认识。

贞元八年，兵部侍郎陆贽知贡举，号称得人。韩愈二十五岁，"四举于礼部乃一得"，擢进士第。按当时制度，进士及第要经过吏部试或皇帝亲自主持的制举，才能释褐授予官职。这一步韩愈又很不顺利，"三选于吏部卒无成"，三次里的最后一次已经通过上名，却被中书省黜落。贞元十一年正月，他直接三度上书宰相求援引，却没有得到回复，遂东归故里，再到洛阳。

次年七月，兵部尚书董晋出任宣武军节度使、汴州（今河南开封）刺史。韩愈应征入幕，任观察推官，这是幕府里管理司法的职务。前面说过，当时科举腐败，仕途扼塞，失意文人遂多到藩镇幕府求出路，做幕僚。韩愈走这一步，也是无可奈何之举。贞元十五年二月，董晋死，镇兵作乱，韩愈以护丧西行获免。其时妻子不及随从，避乱至徐州（今江苏徐州）。徐州是武宁军节度史张建封的治所，韩愈与之有旧。他西行至洛，匆忙东归，赶赴徐州，得与家人相聚。建封辟署他为节度推官，也是幕府参谋职务。他在建封幕府遇事敢言，又招致不满，不得已离开了徐州。不久，建封死，徐州又发生兵变，韩愈再次幸免。十六年冬，韩愈赴洛阳参选；次年，得授四门博士，这是国学四门学的学官。至十九年冬，升任监察御史，这是监察机关御史台的属官。自此，他算是正式参与朝政。但不久即遭严贬为连州阳山令（今广东阳山），他再次踏上南贬的长途。

关于他这次被贬的原因，历来有"谏宫市"（宫市是宦官以朝廷需索为名，强夺市场货物的弊政）、"谏天旱"（这一年夏季天旱，韩愈曾上书论谏）、得罪权臣（京兆尹李实）和受到势力渐长的"二王、刘、柳"（王叔文、王伾、刘禹锡、柳宗元）革新派迫害等不同说法。根据当时朝廷的形势，参以韩愈的诗文自叙，后一说法近是。不过历史上"二王、刘、柳"被认为是改革派，如肯定这一说法，则对于判断韩愈的政治态度关系颇大，因而后世对其是非、评论亦言人人殊。平实而论，韩愈对于时势危机有相当深刻的认识，也有变革观念，但其态度相对持重保守，因而与激进的革新派相龃龉，在当时严酷的形势下，受到革新派的贬斥也是有缘由的。

这一年韩愈已经三十六岁了，他在荒芜的阳山山区度过了两年半流贬生涯，于元和元年（806）六月被召回长安，授权知国子博士。国子博士也是学官，"权知"是暂行署理；直到元和三年，他才被授实职，却又分司东都洛阳，即任职国子学在洛阳的分部。次年六月，改任都官员外郎分司东都并判祠部，这是掌管祠祀享祭、天文刻漏、国忌庙讳、卜筮医药、佛道之事的职务。当时，僧尼、道士隶属于宦官充任的左、右街功德使。韩愈本来反对佛、道，又不满于宦官专横，他依据朝廷典章，把东都寺、观的管理权收归祠部，又诛杀不良僧尼、道士，这就打击了受到朝廷尊崇的僧、道，又"日与宦者为敌"。元和五年冬，韩愈改任河南县令。任上，他查禁假冒神策军人（统帅也是宦官）的暴徒，结果又以行事专断不为上司所喜。元和六年夏被调回长安，任职方员外郎，这是兵部职方司的属官。在任时论事又与宰相不合，元和七年二月再度改任国子博士。这一年他已经四十五岁了，是第三度担任学官"冷曹"。他作《进学解》，描述自己这些年的处境：

> 公不见信于人，私不见助于友。跋前踬后，动辄得咎。暂为御史，遂窜南夷。三年博士，冗不见治。命与仇谋，取败几时？冬暖而儿号寒，年丰而妻啼饥。头童齿豁，竟死何裨？

这可以说是他仕途落拓、生活艰窘的真实写照。

元和八年（813），韩愈的命运终于有了转机。这一年三月，他改任比部郎中、史馆修撰。比部是户部下属的一个司，掌管内外赋敛、经费俸禄等。他担任的这两个职务里重要的是史馆修撰，即修撰国史。韩愈的《顺宗实录》就是在这个职位上撰写的，留下了一份中唐时期的重要史料（今本已经过改动）。次年，改任考功郎中，修撰如故；十二月，加知制诰。吏部考功司的主要职责是负责朝廷内外官员的考核，主官是员外郎，郎中为辅佐；知制诰执掌朝廷诏命等文书的起草工作。后一个职务让韩愈终于得以参与朝廷机要，从而步入其生平中短暂的官运通显时期。

宪宗朝前期在一些开明能臣的主政之下，颇有振兴气象，特别是削平藩镇取得重大进展。但地处中原的淮西镇（治蔡州，今河南汝南）却一直负固不服，成为朝廷心腹之患。元和九年，节度使吴少阳死，其子吴元济自立，十年正月，纵兵四出侵掠，震动东畿。朝廷命十六道兵进讨，但久而无功。用兵失利的一个重要原因是朝廷内部有主张羁縻妥协一派，出讨诸军又各怀心思，顾望不前。结果吴元济猖狂反扑，甚至派刺客到长安刺杀当朝宰相武元衡。时御史中丞裴度坚主用兵，韩愈赞同，曾上书论淮西事宜，批评主罢兵的妥协一派。元和十一年正月，韩愈进位中书舍人，这是朝廷行政机构中书省属下职掌起草诏令、侍从、宣旨、劳问等事务的重要职务。但月余之后，又不为当政者所喜，罢为名义上侍奉太子的闲职太子右庶子。至十二年，诸军出讨淮蔡已四年，师老财竭，军事没有进展。七月，裴度得到唐宪宗的支持，出任淮西宣尉招讨处置等使，韩愈被任命为属员行军司马。他率先出关赴汴州，说服在那里的都统韩弘协力。八月，裴度赴淮西，韩愈随军出征。十月，伐叛诸军协同大举进兵，攻破蔡州，淮西平。征行路上，韩愈精神振奋，写下了慷慨激昂的诗篇。回朝后，以功授刑部侍郎，并受命撰写《平淮西碑》。这是韩愈一生最为荣耀的时期。

但短暂的如意之后，又迎来了另一次灾难——被贬潮州（今广东潮州），致贬的缘由是谏迎佛骨。

唐代佛、道二教发展到鼎盛时期，特别是佛教，得到朝廷支持，势力膨胀，严重危害国计民生。在唐前期的睿宗在位时期（710—711），有朝臣上书，已指陈"十分天下之财，而佛有七八"（《旧唐书·辛替否传》）。"安史之乱"后，强藩动乱，吐蕃、回纥侵逼，朝廷乞灵于佛教佑护，代宗（762—779在位）和他的宰相元载、王缙、杜鸿渐等都以佞佛著名。有吐蕃进犯，即召大僧入官，设斋行道，诵《护国仁王经》。这是一部镇护国土、祈禳灾变的佛典。本来藩镇与朝廷关系已形同敌国，财赋自专，而佛教扩张，更使编户大量流失，加重了朝廷的经济危机。此外，这一时期佛教禅宗兴盛，净土信仰流行。前者在官僚士大夫间影响巨大，后者在民众间争得广大信众。德宗、顺宗和宪宗都崇佛。本来长安附近的凤翔（在今陕西扶风）法门寺护国真身塔内藏有佛教圣物佛指骨，据传此塔三十年一开，开则岁和年丰。自太宗朝即曾依例多次奉迎佛骨。元和十四年（819），又逢三十年之期，宪宗亲自主持，这次奉迎的规模更是空前盛大。先是遣中使迎佛骨于禁中，留三日，然后令传递诸寺供养。长安城内百姓老少奔波，解衣散钱，焚顶烧指，百十为群，转相效仿。面对这样的佞佛狂潮，时为刑部侍郎的韩愈挺身上书，敢触天子逆鳞，历数前世帝王佞佛只得短命的后果，力陈佛教祸国殃民的危害，对奉佛逆流给予奋力一击。表奏的最后说：

> 今无故取朽秽之物，亲临观之，巫祝不先，桃茢不用，群臣不言其非，御史不举其失，臣实耻之。乞以此骨付之有司，投诸水火，永绝根本，断天下之疑，绝后代之惑，使天下之人知大圣人之所作为，出于寻常万万也。岂不盛哉！岂不快哉！佛如有灵，能作祸祟，凡有殃咎，宜加臣身。上天鉴临，臣不怨悔。

这篇奏章大大激怒了宪宗，欲加以极刑，赖裴度、崔群等人保护，得以从轻处罚，贬为潮州刺史。

唐制，重罪被贬官员要闻诏即行。这已是韩愈第三次南下岭表。罪人之家不可留京师，家属随后被遣逐赴潮州。他的四女拏十二岁，本已抱病卧席，被迫上道，惊痛撼顿，二月二日死于商南（今陕西商南）层峰驿，就地掩埋。当时韩愈先行，已抵达宜城县（今湖北宜城），并不知道消息。直到后来北归，始得携带尸骨，归葬河阳祖茔。就这样，韩愈和家属惨遭流离伤痛，经过三个多月的艰辛跋涉，于四月末到达潮州。

当时的潮州是岭南荒僻之地，居民困乏，文化落后。这一年七月，群臣上尊号，大赦天下。十月，韩愈改授袁州（今江西宜春）刺史。但他闻命已是十二月。韩愈在这里仅住了短短八个月。次年正月二十六日宪宗逝世，闰月三日穆宗即位。八日，韩愈抵达袁州，上表谢恩，在位的已是新皇帝了。韩愈在袁州的时间也不长。九月，诏授国子祭酒，这又是他曾长期任职的学官。在潮州、袁州一年多的时间里，他放奴婢、兴学校、治水害、驱鳄鱼，颇多善政，贻惠后人。在这两个地方历代受到崇祀，至今保存遗迹甚多，相关传说也传诵不辍。

韩愈回朝的第二年，即长庆元年（821）七月，由国子祭酒转兵部侍郎，又做了件轰轰烈烈的大事。就在韩愈调任新职的第三天，成德镇（治镇州，今河北正定）都知兵马使王廷凑杀节度使田弘正及其僚佐、家属，自称留后，求节钺。朝廷出讨不利，廷凑反而出兵围深冀节度使牛元翼于深州（今河北深州）。朝廷授命韩愈为宣慰使，赴镇州劝降。当时朝臣皆为之危惧。而韩愈以一介书生，勇敢地深入逆乱之地，对廷凑严辞谴责，晓以大义，挫其凶焰，后来廷凑终于罢兵，韩愈立下了功劳。这也是他维护统一、整顿纲纪一贯主张的实际行动。

韩愈晚年出任京兆尹兼御史大夫、吏部侍郎等职，生活比较安适，斗志和锐气也不及当年了。他于长庆四年去世，死因是个疑案。白居易有《思旧》诗，悼念服用丹药致死的朋友，第一位就是"退之服流黄，一病讫不痊"（《白氏长庆集》卷六二）。这个"退之"是不是韩愈，历来意见不一。有人认为以韩愈勇辟佛、道的理性精神,服丹药至死的"退之"当另有其人,不可以此厚诬贤者。但唐代贵族士大夫服食丹药风气盛行,有种种迹象表明,韩愈晚年嗜好丹药确是事实,以此致祸是完全有可能的。即使真的如此,白璧之玷,只能令人痛惜,并无害于一代文化伟人的人格和成就。

二、张扬儒道,振兴儒学

韩愈自述治学是"生平企仁义,所学皆孔、周"(《赴江陵途中寄赠王二十补阙李十一拾遗李二十六员外翰林三学士》);自负"若世无孔子,不当在弟子之列"(《答吕𬀩山人书》);并声称要济儒道于已坏之后,"使其道由愈而粗传"(《与孟尚书书》);他又教导后学,好为人师,作《师说》,举出为师职责二项,第一项就是"传道",当然是指传授儒家圣人之道。他一生就是如此以振兴儒道为职志。本文开头引述苏轼对韩愈的赞语,第二句就是"道济天下之溺";陈寅恪论韩愈功绩,第一、二两项分别是"建立道统,证明传授之渊源","直指人伦,扫除章句之繁琐"(《论韩愈》),都是表扬韩愈振兴儒学的功绩。

就上述陈寅恪所说的第一项,韩愈发展儒学的首要功绩是"建立道统"。"道统"作为概念是宋人确立的,但作为观念则是韩愈提出的。韩愈作《原道》,就是阐述他思想主张的纲领性文章,其中他对自古及今思想学术发展的形势有个判断:

> 周道衰,孔子没,火于秦,黄、老于汉,佛于晋、魏、梁、隋之间。其言道德仁义者,不入于杨,则入于墨;不入于老,则入于佛。入于彼,必出于此。入者主之,出者奴之;入者附之,出者污之。噫,后之人其欲闻仁义道德之说,孰从而听之!

贬潮州，他曾和当地著名禅师、石头希迁的法嗣大颠交往，以至有人说他转而信佛了。他写信给友人孟简加以辩解：

> 夫杨、墨行，正道废，且将数百年。以至于秦，卒灭先王之法，烧除其经，坑杀学士，天下遂大乱。及秦灭汉兴且百年，尚未知修明先王之道。其后始除挟书之律，稍求亡书，招学士。经虽少得，尚皆残缺，十亡二三。故学士多老死，新者不见全经，不能尽知先王之事，各以所见为守，分离乖隔，不合不公，二帝三王群圣人之道于是大坏。后之学者无所寻逐，以至于今，泯泯也。其祸出于杨、墨肆行而莫之禁故也。孟子虽贤圣，不得位，空言无施，虽切何补！然赖其言，而今学者尚知宗孔氏，崇仁义，贵王贱霸而已。其大经大法，皆亡灭而不救，坏烂而不收，所谓存十一于千百，安在其能廓如也！然向无孟氏，则皆服左衽而言侏离矣！故愈尝推尊孟氏，以为功不在禹下者，为此也。（《与孟尚书书》）

就这样，他痛切陈述秦、汉以来“圣人之道”即儒道的衰微，其中又相当明确地指出儒道的衰微与社会整体的衰败相表里。这就意味着振兴儒学乃是解决社会矛盾、挽救朝廷危机的根本方策。这样的观念是基于他对儒道形成、发展的统绪。在《原道》里，他提出：

> 尧以是传之舜，舜以是传之禹，禹以是传之汤，汤以是传之文、武、周公，文、武、周公传之孔子，孔子传之孟轲。轲之死，不得其传焉。荀与扬也，择焉而不精，语焉而不详。由周公而上，上而为君，故其事行；由周公而下，下而为臣，故其说长。

这是把儒道描绘成一个渊源有自、历代相传的统绪。韩愈这个说法实则借鉴了禅宗树立"祖统"的观念。唐代大兴的禅宗是相当彻底的"中国化"的佛教，为了争得自宗作为佛法真传的地位，把自宗所传说成是"教外别传"的"心法"，自佛陀以下递代相传，到二十八祖菩提达摩来到中国，以下经过五代到弘忍，分化出慧能的南宗和神秀的北宗。韩愈确立儒学正统与外来"夷狄之法"的佛教相对抗，连带及于道教，义正辞严，高张起"保卫中国文化传统"的堂堂正正的旗号。而他所提出的"道统"观念，实取资于禅宗的"祖统"说。

自佛教传入中国，来自本土传统加以批评、拒斥、反对的声浪相延不绝，言辞激烈者历代多有。但是晋、宋以来，在历代王朝的倡导之下，"三教"调和、主张三者各适其用的观念逐渐成为社会公认的主导潮流。即使是对佛教持批判、否定态度的人，大多也承认其辅助教化、安定人心的作用。韩愈的"道统"观念明确儒、佛、道三者各道其所道，严格厘清儒道与佛的界线，主张二者不容混淆，这对于遏制佛教的泛滥，承续、发扬中国固有的文化传统发挥了巨大的积极作用。

陈寅恪表彰韩愈的第二点是"直指人伦，扫除章句之繁琐"，并指出他所倡导的儒学的现实性和开放性。汉代经学繁荣，但东汉以降，一是乱之以谶纬，再是陷于繁琐章句而无益实用。前者讲天人感应，把儒学"神学化"；后者在师资传授中严分家法，专守训诂，形成繁琐不切世用的学风。自隋代王通到初唐刘知幾等人已经主张治学要通达权变，"一家独断"，力求破除"章句"束缚。中唐时期有啖助、赵匡、陆质师弟子专治《春秋》，创建"新春秋学"，空言说经，以经驳传，专以己意阐释圣人之意，以发扬儒学尊王室、正陵僭、举三纲、提五常、彰善瘅恶的经世致用的作用。韩愈张扬儒学正与这样的学术潮流相一致，也是其进一步的发展，韩愈在《与孟尚书书》里批评"汉氏已来，群儒区区修补，百孔千疮，随乱随失，其危如一发引千钧，绵绵延延，浸以微灭"，致讥于章句之学钩章棘句、脱离实际的经院学问。他在《读皇甫湜公安园池诗书其后》诗中又说："《春秋》书王法，不诛其人身。《尔雅》注虫鱼，定非磊落人。"这是明确提出理解儒家经典要注重微言大义，而不能溺于章句注疏。何焯说："此类是《春秋》大意，忽自韩公发之，殷员外及啖氏三家岂得以其专门骄公哉！"（《义门读书记》卷三《昌黎集》）这里提到的殷侑以"五经"登科第，善《春秋》；啖氏三家即指创建"新春秋学"的啖助、赵匡、陆质。何焯是表扬韩愈的治经方法与这些人相同且不逊于他们。陈沆则评论说："言君子学务其大，则不屑其细。苟诚知道，则衡盱古今。"（《诗比兴笺》卷四），也是赞赏韩愈对待儒家经典夷旷通达的态度。韩愈的友人卢仝治《春秋》，他写诗称赞说"《春秋》三传束高阁，独抱遗经究终始"（《寄卢仝》），显然这也是啖助一派以经驳传、一家独断的态度。他的另一位友人樊宗师的文章奇词怪语，以艰深难解著称，韩愈在《南阳樊绍述墓志铭》里评价他"文从字顺各识职"，后人觉得不可理解，实则樊宗师除了著《魁纪公》《樊子》，还作有《春秋集传》，也是一位《春秋》学者，墓志里说他"必出于己，不袭蹈前人一言一句"，显然也是指其著作不徇传统章句的创造精神。韩愈曾就学于当时著名儒学家施士丐，从韦绚记录的《刘宾客嘉话录》看，施士丐讲《毛诗》，缘词生训，主观臆断，后来唐文宗批评他"穿凿之学，徒为异同"（《新唐书》卷二〇〇《啖助传》），而韩愈作《施先生墓铭》，却说"先生之兴，公车是召。纂序前闻，于光有曜。古圣人言，其旨密微。笺注纷罗，颠倒是非"，也是赞赏施士丐解经不重章句，直探奥旨。韩愈在《县斋有怀》诗里自述个人治学经验："少小尚奇伟，平生足悲咤。犹嫌子夏儒，肯学樊迟稼？"在经学发展史上，孔子弟子"诸儒学皆不传，无从考其家法；可考者，惟卜氏子夏"（皮锡瑞《经学历史》卷二）。相传子夏作《易传》《诗序》《仪礼·丧服》等，公羊高、穀梁赤都是他的门人，所以后人说"《诗》《书》《礼》《乐》，定自孔子；发明章句，始于子夏"，那么韩愈标榜"犹嫌子夏儒"，则反对章句之学的含义就十分明显了。他在《此日足可惜一首赠张籍》诗里又说：

> 孔丘殁已远，仁义路久荒。纷纷百家起，诡怪相披猖。长老守
> 所闻，后生习为常。少知诚难得，纯粹古已亡。

他不满"长老"们固守习以为常的章句注疏，而要在其外探求经典"纯粹"的真意。上述这些都显示他的儒学观念与方法不徇故常，以及大胆创新的精神与魄力。

　　讨论具体问题，涉及儒家经典，韩愈同样表现出突破传统繁琐章句的精神。如他的《复仇状》是上奏朝廷讨论复父仇是否应当治罪的，其中先引述《公羊》《礼记》《周官》里的"复仇"观点，得出结论说："然则杀之与赦，不可一例，宜定其制曰：凡有复父仇者，事发，具其事申尚书省。尚书省集议奏闻，酌其宜而处之，则经、律无失其指矣。"董仲舒尊经，以《春秋》断狱，韩愈在这里却区分经、律为二。唐代"三礼"之学发达，韩愈《读〈仪礼〉》说"《仪礼》难读"，也是把它等同于百氏杂家之列。他的著名文章《子产不毁乡校颂》里曾说"以《礼》相国，人未安其教"，如此看待《礼记》的意义显然不够恭敬。他作《与李秘书论小功不税书》，"小功不税"说的是丧服制度，"小功"是兄弟之服，税通"缌"，本意是稀疏的细布，兄弟之服不用。根据《礼记·檀弓》的记载，这话是曾子说的，韩愈在文章里却说"礼文残缺，师道不传"，表示怀疑。他的《石鼓歌》讲到《诗经》，说"陋儒编《诗》不收入，二《雅》褊迫无委蛇。孔子西行不到秦，掎摭星宿遗羲娥"，这更是直接批评孔子删《诗》。韩愈能够如此对待儒家经典，清楚地表明他具有清晰的分析能力、理性的批判态度和勇于创新的精神。

　　韩愈所倡导的儒道富于现实性。他作《原道》，自负是"求端""讯末"之言。所谓"求端"，就是探求儒家"圣人之道"的根本，即开头

的四句话："博爱之谓仁，行而宜之之谓义，由是而之焉之谓道，足乎己无待于外之谓德。"这就是"吾所谓道"，"仁义道德之说"。所谓"讯末"，实即"道"的实践层面，《原道》里说：

> 古之时，人之害多矣。有圣人者立，然后教之以相生养之道，为之君，为之师，驱其虫蛇禽兽而处之中土。寒然后为之衣；饥然后为之食；木处而颠，土处而病也，然后为之宫室；为之工以赡其器用；为之贾以通其有无；为之医药以济其夭死；为之葬埋祭祀以长其恩爱；为之礼以次其先后；为之乐以宣其壹郁；为之政以率其怠倦；为之刑以锄其强梗。相欺也，为之符玺、斗斛、权衡以信之；相夺也，为之城郭、甲兵以守之。害至而为之备，患生而为之防。……是故君者，出令者也；臣者，行君之令而致之民者也；民者，出粟米麻丝、作器皿、通货财以事其上者也。君不出令，则失其所以为君；臣不行君之令而致之民，则失其所以为臣；民不出粟米麻丝、作器皿、通货财以事其上，则诛。

这一段的前半讲圣人：圣人的功绩是教人以"相生养之道"，一方面教人以衣、食、住、行的养生方法，另一方面为民建立起刑政制度，确立社会秩序。后一半讲君、臣、民三者的职责。所谓"相生养"，即是要三者各司其职，相互协调，维持正常的社会纪纲，让民众过上衣食无忧的安定、和平生活。这是要求构建社会各阶层和谐相处的社会制度，实际也是当时生产力所能达成的理想社会制度。正是基于这样的观念，韩愈坚决反对藩镇割据、宦官弄权，反对残民祸国的暴虐政治。这表明他所讲的儒道具有"民主性"的积极内涵，也是继承和发扬了传统儒家思想关注民生的具有积极、进步意义的部分。

韩愈曾说："孔子之道，大而能博。"（《送王秀才序》）他张扬儒道，思想又是相当开放的。他的文章一再言及孟子拒杨、墨之功，但他在《读〈墨子〉》里却说"孔子必用墨子，墨子必用孔子，不相用，不足为孔、墨"。陈善《扪虱新话》曾指出韩愈的文章"多入于墨氏"。例如他的《原人》讲"圣人一视而同仁，笃近而举远"，这讲的实是墨子的兼爱，而不是儒家区分等级名分的爱。他的《杂说四》以识别千里马比喻选用人才，讲的也不是儒家的世官世禄，而是墨子的尚贤。韩愈对于道教，和对待佛教一样，都严加批判。但他在《师说》里讲"圣人无常师"，明确说孔子师老子。他对待《庄子》更是赞赏有加，特别是对庄子的文章。韩愈的《祭柳子厚文》里说"人之生世，如梦一觉，其间利害，竟亦何校？当其梦时，有乐有悲，及其既觉，岂足追惟"云云，无论观念还是辞藻都是庄子的。本来君子羞言管（子）、商（鞅），而他的《进士策问》（之五）里却说："秦用商君之法，人以富，国以强，诸侯不敢抗，及七君而天下为秦。使天下为秦者，商君也，而后代之称道者，咸羞言管、商氏，何哉？"明确肯定管、商理国治人的作用。这种开放的、现实的治学态度，使他倡导的儒学能够汲取其他学派、学说的精华来丰富自身。

韩愈一生坚决反佛。就现实意义说，他以作品和行动给予恶性膨胀的佛教以有力一击；从长远看，给后来的反佛斗争（包括他去世后不久的唐武宗灭佛）作了思想准备。不过，从理论层面看，他对佛教的批判与南北朝以至唐初傅奕以来反佛言论相比较，并没有什么特别深刻的内容，不外乎讲佛教是"夷狄之法"，不符合中土君臣、夫妇伦理，不事生产，害民蠹政等等。但他的反佛又确实显示出特别有力的一面：一是他树立起前面所说的"道统"，从而严分儒、释之大限。他在《原道》的开头就明确：

其所谓道，道其所道，非吾所谓道也；其所谓德，德其所德，非吾所谓德也。凡吾所谓道德云者，合仁与义言之也，天下之公言也；老子之所谓道德云者，去仁与义言之也，一人之私言也。

后面又说：

今其法曰：必弃而君臣，去而父子，禁而相生养之道，以求其
所谓清净寂灭者。呜呼！其亦幸而出于三代之后，不见黜于禹、汤、
文、武、周公、孔子也；其亦不幸而不出于三代之前，不见正于禹、
汤、文、武、周公、孔子也。

这就明确指出儒道与佛教势不两立，在观念上与历来的儒、释并用或儒、
释调和的说法和做法截然不同。比如唐初狄仁杰上书反对营造佛像，说
"如来说法，以慈悲为主，下济群品，应是本心，岂欲劳人以存虚饰"（狄
仁杰《谏造大像疏》，《全唐文》卷一六九），这只是从经济层面反对佛教
的靡费。名臣姚崇去世前作《遗令戒子孙文》，其中讲到前世帝王如姚秦、
梁武以佞佛灭国，批评中宗、太平公主、武三思等营造佛寺，但却又说
"佛者，觉也，在乎方寸，假有万像之广，不出五蕴之中，但平等慈悲，
行善不行恶，则福道备矣"。比较起来，韩愈能够把反佛的意义提升到
高层次的文化与思想对立的水平。

　　二是韩愈的反佛斗争体现出前无古人的坚定性和大无畏精神。他写
《原道》，不惧皇帝权威，疾言厉色，甚至以帝王的生死相要挟，并且坚
定地表白即便以此罹祸也绝无反悔。在《论佛骨表》的最后，他说："凡
有殃咎，宜加臣身。"这种誓死抗争的决心和勇气，千古之下仍令人动容。

　　第三，虽然韩愈的官职并不高，但他作为一代文坛领袖，能够以自
己的声望招引后学，加之他文章确实写得好，用动人笔墨写反佛文字，
自然会在社会上广泛流传，造成影响。正是基于上述的三点，他的反佛，
特别是大胆上书谏迎佛骨，一时间轰动朝野，对后世也造成了广泛、深

刻的影响，他本人也被当成思想史、文化史上兴儒反佛的楷模和旗帜。

值得注意的是，韩愈对佛说、主要是禅宗思想也有所吸纳和借鉴。前面讲到，他确立"道统"观念有取于禅宗。又禅宗主张自性清静，宗义以"见性""顿悟"为纲领，把平凡人作佛成圣的关键归结到个人的心性修持，这种心性理论具有相当高的理论价值，可补本土传统思想的不足。陈寅恪曾指出，当初韩愈随被贬谪的兄长韩会到岭南韶州，"其所居之处为新禅宗之发祥地，复值此新学说宣传极盛之时，以退之之幼年颖悟，断不能于此新禅宗学说浓厚之环境气氛中无所接收感发，然则退之道统之说表面上虽由孟子卒章之言所启发，实际上乃因禅宗教外别传之说所造成，禅学于退之之影响亦大矣哉！"他又具体分析说："新禅宗特提出直指人心见性成佛之旨，一扫僧徒繁琐章句之学，摧陷廓清，发聋振聩，固吾国佛教史上一大事也。退之生值其时，又居其地，睹儒家之积弊，效禅侣之先河，直指华夏之特性，扫除贾、孔之繁文，《原道》一篇中心旨意实在于此。"（《论韩愈》）前面提到，韩愈被贬潮州，结识著名禅师大颠，离开潮州时又曾赠衣为别，以至相传他已改信佛说。他写信给孟简加以辩解，说道"（大颠）颇聪明，识道理……实能外形骸，以理自胜，不为事物侵乱。与之语，虽不尽解，要自胸中无滞碍，以为难得"云云，观念与语言正是通于禅宗的。这也是他接受禅宗思想的例子。他的后学李翱作《复性说》三篇，进一步统合儒家与禅宗的心性理论，开宋代理学先河，则韩愈实开其端倪。

三、倡导"古文运动"，推动文体革新

贞元九年（793），韩愈二十六岁，作《争臣论》。其原委是有阳城其人，进士及第，隐居中条山，有耿直敢言之名声，但被朝廷擢为专司谏诤的谏议大夫之后，却缄默不进言，韩愈不满，遂作文批评（阳城后

来以论谏权奸裴延龄为相被贬官，表明他确不负盛名，这是后话），其中说："君子居其位，则思死其官；未得位，则思修其辞以明其道。我将以明道也……"当时的韩愈还年轻，没有出仕，诗文也没有大的名声。这简短的一段话却已经明白表达了他的为人态度和文学主张。其中论文即所谓"修其辞以明其道"，后来被简括为"文以明道"，是对于写作中文、道关系的简洁、明确的说明，也是他后来倡导的"古文运动"的纲领，成为他在文学思想史上的重大贡献。

"文以明道"，还有后来宋人提出的"文以载道""道盛言文"乃至"因文害道"之类的观点，都是强调作文要阐扬儒家"圣人之道"、服务于"明道"这个根本。这实际也是历代统治者关于写作的思想内容与艺术形式之间关系的基本主张。韩愈提倡"古文"，又概括出"文以明道"四个字，并进行了阐述和发挥。韩愈又说：

愈之为古文，岂独取其句读不类于今者耶？思古人而不得见，学古道则欲兼通其辞。通其辞者，本志乎古道者也。（《题哀辞后》）
愈之志在古道，又甚好其言辞。（《答陈生书》）

这实际又有点文、道并重的意味了。后来，朱熹指责他"裂道与文以为两物"（《读唐志》，《朱文公全集》卷七〇），也是看到他期于"明道"却又十分重"文辞"的主张和做法。

正因此，韩愈对于培养、提高写作的艺术水平与表现技巧表现出强烈的自觉性，他自己在这方面也下了大功夫。他自述治学经历说：

愈也，布衣之士也。生七岁而读书，十三而能文，二十五而擢第于春宫，以文名于四方。（《与凤翔邢尚书书》）
今有人生二十八年矣，名不著于农工商贾之版，其业则读书作

> 文，歌颂尧舜之道，鸡鸣而起，孜孜焉亦不为利……（《上宰相书》）

就这样，他以"读书作文"为业，虽然也和当时读书人一样要"应举觅官"，也在朝野担任过大大小小的官职，但他终究是个文人，对文章确有特嗜，又竭尽心力写出好文章。正如他自己所说：

> ……虽愚且贱，其从事于文，实专且久。（《上襄阳于相公书》）
>
> 　性本好文学，因困厄悲愁，无所告语，遂得究穷于经传、史记、百家之说，沉潜乎训义，反复乎句读，砻磨乎事业，而奋发乎文章。（《上兵部李侍郎书》）

他的另外一些叙说生平、表白作文体会的文字如《答李翊书》《进学解》等，都一再表明自己作文如何刻苦用功、一心专注。以至后来的道学家们批评他在文辞上耗费精力，如程颐说他"因学文日求所未至，遂有所得"，是"倒学"了（《二程集·遗书》卷一八《伊川先生语四》）。杨时则说：

> 若唐之韩愈，盖尝谓"世无仲尼，不当在弟子之列"，则亦不可谓无其志也。及观其所学，则不过乎欲雕章镂句、取名誉而止耳。（《与陈传道序》，《杨龟山集》卷四）

实际上，正因为韩愈道与文兼重，并在文辞上刻苦用功，才为他振兴儒学的事业提供了可靠保证，又使他在文学创作领域取得了重大成就。

先讨论他在"文"的创作方面的成就。

如今人们肯定、赞扬韩愈写作"古文"、倡导"古文运动"的业绩，实际内容包括相关联的两个层面：一个是革正文体、文风和文学语言，以先秦盛汉散体单行、质朴无华的"古文"取代晋、宋以来雕绣藻绘、浮靡空洞的骈文，这属于写文章的方法、技巧和语言层面；再一个是推动现代文艺学意义上的文学散文思想、艺术水准的提升，这属于文学创作层面。在这两个层面，韩愈都取得了"承前"即集前人创造成果之大成、"启后"即给后人开拓方向与道路的巨大成就。

晋、宋以来逐步兴盛的骈文是文章写作艺术畸形发展的产物。讲究对偶声韵、使典用事，追求华辞丽藻，加上时逢六朝动乱时期，贵族文人们普遍的精神空虚、颓靡，写出来的骈文就成为追求形式、耽于唯美、浮靡雕琢的"美文"。骈文所使用的写作技巧本来是先秦以来汉语诗文写作长期发展的艺术成果，只是在骈文写作中被发挥、滥用以至走向极端化了。骈文的弊病、基本要害在于不切实用、空洞浮华。所以，当它不断发展，就会不断受到批评，并有相当一部分人试图"复古"以扭转颓势。北朝有苏绰，仿《周书》作《大诰》；隋朝的李谔、王通都有意写作"古文"。初唐陈子昂，盛唐李华、萧颖士以及后来的元结、梁肃等都明确地反对六朝浮华文风，要求革正文体。他们的相关言论已逐渐成为文坛上有相当影响的主张，在实践上也做了多方尝试。陈子昂以下的几人在文学史上被视为唐代"古文运动"的先驱，他们也确为韩愈、柳宗元等人倡导"古文运动"做了理论上和实践上的准备。

韩愈登上历史舞台正逢盛唐之后文化发展的又一个兴盛期：经过"安史之乱"，唐王朝中衰，要求变革的思潮高涨，思想上"儒学复古"潮流兴起。当时，韩愈、柳宗元等倡导的"古文运动"，与白居易、元稹等倡导的"新乐府运动"，都与这种社会思潮的整体形势相表里。韩愈总结历史经验，针对文坛形势，以"文以明道"相号召，要求给"文"充实现实内容，又以"道"作为旗号，提出革正文体、文风、文学语言的系统主张，并以其杰出才能和写作实践作为典范，召集友朋（如柳宗元、刘禹锡等人），引导后学（如李翱、皇甫湜等人），一时间声势鹊起，席卷文坛，被称为"古文运动"，一举扭转了文坛潮流，创造出文章写作和散文创作两个层面的巨大成就。

　　韩愈提倡"古文"，革正文体，实则是寓创新于"复古"。近人陈衍说：

　　　　昌黎长处，在聚精会神，用功数十年，所读古书，在在撷其菁华，在在效法，在在求脱化其面目。（《石遗室论文》卷四）

韩愈一方面广泛从前人成功的创作遗产中汲取营养；另一方面适应时代形势，锐意出新。他自述学问经验说：

　　　　沉浸醲郁，含英咀华，作为文章，其书满家；上规姚、姒，浑浑无涯，周《诰》殷《盘》，佶屈聱牙；《春秋》谨严，《左氏》浮夸；《易》奇而法，《诗》正而葩；下逮《庄》《骚》，太史所录，子云、相如，同工异曲……（《讲学解》）

这里值得注意的是：他虽然尊儒术，但所学却不限于儒家经典，对这些经典的写作艺术又是有所批评和拣择的。他还注意到《庄子》、屈赋、司马迁《史记》和司马相如、扬雄的辞赋，并广取博收，眼界极其开阔。柳宗元曾指出："退之所敬者，司马迁、扬雄"（《答韦珩示韩愈相推以文墨事书》，《柳河东集》卷三四）。韩愈本人也曾说："汉朝人莫不能为文，独司马相如、太史公、刘向、扬雄为之最"。（《答刘正夫书》）就文章风格论，儒家经典质朴，至汉代踵事增华，语言和表达技巧都有重大发展、演变，韩愈重视汉朝人的文章，表明他注重文体发展、创新的一面。后来王鏊评论说：

　　　　尝怪昌黎论文，于汉独取司马迁、相如、扬雄，而贾谊、董仲舒、

刘向不之及。盖昌黎为文主于奇，马迁之变怪、相如之闳放、扬雄
之刻深，皆善出奇。董、贾、刘向之平正，非其好也。（《震泽长语》
卷下）

对待前人遗产如此拣选予夺，反映韩愈对于文学发展递代出新的认识。
这种发展观念体现在他的创作实践之中，成为他"文体复古"取得成功
的保证。

　　还值得特别注意的是韩愈对待骈文的态度。他倡"古文"是明确反
骈文的。他进士及第后上书宰相求援引，一方面自负"所著皆约六经之
旨而成文，抑邪与正，辨时俗之所惑"，另一方面则批评当时礼部考试
是"试之以绣绘雕琢之文，考之以声势之逆顺、章句之短长，中其程式
者，然后得从下士之列"。谈到科举之文，他又说："诚使古之豪杰之士
若屈原、孟轲、司马迁、相如、扬雄之徒进于是选，必知其怀惭乃不自
进而已耳。"（《答崔立之书》）这都表明了他对骈文的拒斥态度。可是在
实践中，他却又十分注重继承、借鉴历代骈文创作的艺术成果。这也成
为他"古文"写作推陈出新的重要资源。

　　这表明韩愈具有相当明确的文体发展观念，并能够体现在他的"古
文"创作实践之中。就文章写作而言，秦汉以前并没有现代意义的"文
学"观念，所写的"文"都是实用的。到魏晋时期，"文学的自觉"意识
形成，"四部分，文集立"，写作内容和方法开始发生根本性的新变，表
现在文章体裁上，如包世臣所说："周、秦文体未备，是矣。晋、宋以后
渐备，至唐、宋乃全。"（《艺舟双楫·论文》卷三）晋、宋以来文体的
"备"和"全"，具体体现在创造出一批新的文章体裁，例如记序、表状、
碑传以及可统称为"杂文"的文字，到唐、宋时期，这些文体的发展臻
于完善。这些新文体更多地表达了作者的主观意识，使用更多样、更成
熟的表达技巧，利用更丰富、更富于表现力的语言，作为文学散文体现

出更高的艺术水平。而这些正体现在韩愈的"古文"中。

韩愈在"古文"写作中不废骈偶,不少篇章是骈、散间行的。如上所说,骈文发展了写作的艺术形式和语言技巧。包世臣又指出:

> 凝重多出于偶,流美多出于奇。体虽骈,必有奇以振其气;势虽散,必有偶以植其骨。仪厥错综,至为微妙。(《艺舟双楫·论文》卷一)

这是说文章写作使用骈与散,能够发挥其各自的功能,使文字兼有凝重和流畅之美。韩愈的文章,正是善于根据表达的需要,使用骈偶、事典,讲究辞藻精美、形象,注意声韵和谐、音节短长,从而取得自然流畅、文情并茂的最佳效果。

此外,就内容而言,袁宏道曾梳理古代诗文写作发展变化的脉络说:

> 古之为诗者,有泛寄之情,无直书之事;而其为文也,有直书之事,无泛寄之情,故诗虚而文实。晋、唐以后,为诗者有赠别、有叙事;为文者有辨说、有论叙,架空而言,不必有其事与其人。是诗之体已不虚,而文之体已不能实矣。(《雪涛阁集序》)

如果只就"文"来说,古代文章确是注重写实、讲究"实录"的;至魏、晋,用"虚"渐多,更多地注重主观造作,"架空而言",实用性减少而具有更多独立的美学价值和艺术欣赏功能。这也是韩愈创作的特点,是他取得的艺术成就的一面。而在写作中如此体现强烈的主观特色,乃是文学散文的特征。这样,韩愈便完美圆熟地写作出晋、宋以来发展起来的各体文章,也创作出一批堪称经典的优美艺术散文。

本书所选《原道》《原毁》《师说》等篇乃是思想史、学术史上的重要著作，又被视为优秀的文学散文。日本学者吉川幸次郎曾指出："重视非虚构素材和特别重视语言表现技巧可以说是中国文学的两大特长。"他又说："（中国）知识分子对于文学、政治、哲学的参与，三位一体，缺一不可。"（《中国文学史之我见》，见钱婉约译《我的留学记》）这样，一方面，中国古典文学创作必然更多直接表现政治和学术内容；另一方面，写作技巧则必然更重视语言。因此，古典文学散文也就难以根据内容来与一般著述、文章划出界线，而使用语言和表现技巧则成为判断散文艺术水准的重要标志。先秦百家之书、秦汉政论的许多篇章之所以被认定是文学散文，主要也是由于其立意、构思、语言等方面多作修饰，具有艺术欣赏价值。正因如此，韩愈的许多论说文字被评价为优秀的散文篇章，他使用"古文"写作的论说文字明道析理，义正词严，雄浑壮伟，沉着痛快，表达又纵横开阖、变化无方、放浪纵恣，虽然所论不必尽是，但体现出极高的审美价值，成为论说类"古文"的典范。

书信和送序是两种供应酬的应用文体，同时具有一定的艺术欣赏价值。这两种文体发展到唐代而臻于鼎盛。韩愈文集正集三十卷中，书占三卷，序占六卷。他的这类作品纪事、述情、议政、论学，内容丰富，形式灵活。林纾说：

> 与书一体，汉人多求详尽，如司马迁之《报任少卿》、李陵之《答苏武》是也；六朝人则简贵，不多说话；前清考订家则务极穿穴，几于生平所知所能，尽于书中发泄。……独昌黎与人书，则因人而变其词：有陈乞者，有抒愤骂世而吞咽者，有自明气节者，有讲道论德者，有解释文字为人导师者。一篇之成，必有一篇之结构，未尝有信手挥洒之文字。熟读不已，可悟无数法门。（《韩文研究法》）

至于韩愈的序，张裕钊评论说："唐人始以赠序名篇，作者不免贡谀，体亦近六朝，至退之乃得古人赠人以言之意，体简词足，扫尽枝叶，所以空前绝后。"（转引自马其昶《韩昌黎文集校注》卷四）。这都精当地指出了韩愈书、序两体文字的特色与成就。

"记""叙"文体主叙事、描写。韩愈的这两体文字篇数不多，但几乎篇篇都立意高远、表达精粹。关于韩愈的记，宋人黄震评论说：

> 《宴喜亭记》，工于状物；《掌书厅记》（《徐泗豪三州节度掌书记厅石记》），工于言情；《画记》，工于叙事；《蓝田县丞厅壁记》，叙崔斯立盘郁之怀；《修滕王阁记》，自叙慨慕遐想之意。随物赋形，沛然各纵其所之，无拘也。（《黄氏日钞》卷五九）

这里提到的《蓝田县丞厅壁记》，写一个县府里的官吏因循苟且，无所作为，友人崔斯立沉没其中，人才难施，受屈于人，变方正刚直为颓废消极，如此"极意摹写，见其流失非一日，即为斯立发其愤懑，亦望为政者闻之，使无失其官守也"（何焯《义门读书记》卷三一《昌黎集》）。壁记本来用在百司或府县诸厅，内容依例主要叙述官秩创始及迁授始末，颂扬历任官员的嘉言懿迹，这种体裁的官样文章，在韩愈笔下却也能够写成意味深远的优美篇章。

碑志（墓志铭、神道碑等）和行状都是纪念或颂扬故人的广义传记体文章。韩愈文集正集三十卷中，碑志占十二卷，可见其占有重要地位。历来有"韩碑杜律"之说，是说韩愈的碑志和杜甫的律诗一样，是代表唐代文学发展水平、体现各自创作成就和艺术风格的作品。韩愈的友人刘禹锡在给他写的祭文里说："公鼎侯碑，志隧表阡，一字之价，辇金如山。"（《祭韩吏部文》，《刘禹锡集》卷四〇），可见韩愈写的这一体文字在当时的声望和影响。在韩愈之前，碑志一般使用骈体，内容则"称美而不称恶"，多歌功颂德、虚夸不实之辞。韩愈虽然亦曾受"谀墓"之讥，但从总体上看，他能够继承和发扬《左传》《国语》《史记》《汉书》以来史传散文的优良传统，就碑主生平行事，精心构撰，塑造出鲜明生动的人物形象，体现一定的思想意义。又，到了唐代，碑志写作已形成一定程式，这就是后来所归结的"墓志例"，按顺序记述人物阀阅、名讳、历官、功业、家属、后嗣等等。而韩愈却匠心独运，根据碑主具体情形而有主叙事、主议论和叙议兼备等，"随事赋形，各肖其人"（钱基博《韩愈志》），又"言人人殊，面目首尾，决不再行蹈袭"（陶宗仪《南村辍耕录》卷九）。有的篇章又融入传奇笔法，奇词奥句，豪曲快字，以至讽刺幽默，色色有之。人称碑志在韩文中艺术成就位列第一，是有一定道理的。

情感赋予文学作品以生命，没有真挚而热烈感情的作品是没有生命力的。韩愈的诗文无论如何雄奇变怪或雕章镂句，却总是贯注着热烈激情。这个特点在他的哀祭文字里表现得十分突出。特别是与前人骈体韵语哀祭文字的拘谨刻板相比，韩愈多用散体抒写悲情，常常是话念平生，曲绘人情，又能够充分利用叙事抒情的虚实变化、结构上的开阖转换，发挥语句短长、声调高下的作用，造成一唱三叹、血泪满纸的效果。

在现代文学史上，特别是有鲁迅不朽的创作实践，杂文这种随事曲注、任意生发、自由书写的文体体现出特殊的意义和地位。刘勰的《文心雕龙》里已有《杂文》篇，其中说："或典诰誓问，或览略篇章，或曲操弄引，或吟讽谣咏。总括其名，并归杂文之区。"这里所说"杂文"的内容显然更为广泛。今本《韩昌黎集》有专门的《杂文》一卷，另有《杂著》三卷，其中不少篇章正仿佛现代意义的杂文。韩愈的这类文字，或因事立意，或借题生发，设譬取喻，不拘一格，猖狂恣睢，肆意而作，语言形象生动又凝练精粹，且多富讽刺、幽默情趣。有些短篇文字，浑灏流转，腾挪开合，意味深长，造成尺幅千里之势。唐代"古文运动"后继者孙樵曾列举《进学解》等文章评论说：

> 鸾凤之音必倾听，雷霆之声必骇心。龙章虎皮，是何等物？日月五星，是何等象？储思必深，摛词必高，道人之所不道，到人之所不到。趋怪走奇，中病归正。……譬……韩吏部《进学解》，……莫不拔地倚天，句句欲活，读之如赤手捕长蛇，不施控骑生马，急不得暇，莫可捉搦；又似远人入大兴城，茫然自失。（《与王霖秀才书》，《孙樵集》卷二）

这就生动描写出韩愈这类作品给人印象之强烈、深刻。还有人称赞他的《毛颖传》"其文尤高，不下史迁"（李肇《唐国史补》卷下），是称赞他这篇文章的笔力与司马迁不相上下。韩愈的这一类作品在杂文发展史上占据重要地位，在发展杂文文体艺术方面也做出了巨大贡献。

表奏是朝廷官文书，发挥艺术创意的空间有限。特别是唐代表奏一般使用骈体，写作受到严格程式的限制；加之这类文字是以臣下身份论事，不免多颂谀或虚饰之语。但韩愈写这一体的有些作品，因内容不同而风格各异，亦足见其构思和表达功夫，值得一读。特别是著名的《论佛骨表》，是思想史和佛教史上的重要文字，大气磅礴，无所忌讳，慷慨激昂，修辞亦奇突不凡，在古代论谏文字里是不可多得的佳作。

赞、颂、箴、铭，或主颂美，或主规谏，或主训喻，行文基本要庄重典雅或简练精悍。根据传统标准，王若虚评论《伯夷颂》说："退之评伯夷，止是议论散文，而以'颂'名之，非其体也。"（《滹南遗老集》卷三五《文辨》）这种批评正体现韩愈这篇"颂"的高度独创性。传统上的"颂"要作韵语，而韩愈往往使用散文，也体现其创意所在。韩愈的赞、颂、箴、铭亦以立意为主，形式不拘一格，体制类似杂文。就文体言，它们可说是一种变体；就内容言，则大多新鲜、深刻，意味深长。

这样，韩愈的各体文章，各有鲜明特点，艺术上亦各有杰出创获，形成"茹古涵今，无有端涯，浑浑灏灏，不可窥校。及其酣放，豪曲快字，凌纸怪发，鲸铿春丽，惊耀天下。然而栗密窈眇，章妥句适，精能之至，入神出天"（《韩文公墓铭》，《皇甫持正文集》卷六）的强烈效果，把散文创作艺术大大地提高了。他的创作直接影响当时文坛风气，稍后的李肇说："元和已后，为文笔则学奇诡于韩愈。"（《唐国史补》卷下）韩愈的散文流传后世，被当作作文和写作散文的楷模。直到晚清白话文兴起，韩愈所倡导和写作的"古文"千余年间成为历代文坛流行的主导文体；他所倡导的"古文运动"亦铸就了中国散文发展史上的一座丰碑。

当然，也应当肯定，中唐时期的文体革新、散文发展不是韩愈一个人的劳绩。"古文"创作形成"运动"，有前人铺路，有同道如柳宗元等人协作，有后学接引，但韩愈作为"运动"领导者的作用，他在理论和创作实践中的示范效应，确是一时无两、不可取代的。

四、"以文为诗"，开创诗歌创作新生面

关于韩愈的诗，赵翼曾评论说：

> 李、杜之前，未有李、杜，故二公才气横恣，各开生面，遂独有千古。至昌黎时，李、杜已在前，纵极力变化，终不能再辟一径。惟少陵奇险处，尚有可推扩，故一眼觑定，欲从此辟山开道，自成一家。（《瓯北诗话》卷三）

盛唐诗，除了赵翼提出的李、杜，还有王、孟、高、岑等，众星云集，古、近各体诗创作，各种风格、流派，都取得了空前成绩，各领风骚，从而使得后继为难。而韩愈能够凭借杰出才气别开生面，独创新境，"山立霆碎，自成一法"（蔡絛《西清诗话》，转引自《苕溪渔隐丛话后集》卷三三）；又与孟郊等一批杰出诗人一起，创造屹立中唐诗坛、成就突出、

影响深远的韩孟诗派。从中国诗史发展看，"唐之少陵、昌黎、香山、东野，实唐人之开宋调者"（钱锺书《谈艺录》）。就是说，韩愈的诗歌创作成就杰出并极富独创性，又是诗史上转变风气、开创宋诗新境的人物。

后人概括韩愈诗的特点是"以文为诗"。这本是一种戏谑或带有贬义的评语，据传最初提出这种看法的是宋人沈括（1031—1095）。据魏泰《东轩笔录》卷十二记载：

> 沈括存中、吕惠卿吉甫、王存正仲、李常公择，治平中同在馆下谈诗，存中曰："韩退之诗乃押韵之文耳，虽健美富赡，而终不近古。"

后来陈师道（1053—1101）更明确提出"以文为诗"四个字：

> 退之以文为诗，子瞻以诗为词，如教坊雷大使之舞，虽极天下之工，要非本色。（《后山诗话》）

教坊是朝廷舞乐官署，雷大使指宋代教坊艺人雷中庆。从陈师道的话看，这位雷大使的舞蹈技艺超绝，但不合常规，用来比喻韩愈诗、苏轼词，是说他们的写诗方法超出一般蹊径。实则从另一种意义看，也是指出他们的创作富于独创性。后来惠洪（1071—1123）在《冷斋夜话》卷二里更详细地记载了当初沈括等人谈诗的情形，并表达自己的意见：

> 沈存中、吕惠卿吉甫、王存正仲、李常公泽，治平中在馆中夜谈诗。存中曰："退之诗，押韵之文耳，虽健美富赡，然终不是诗。"吉甫曰："诗正当如是。吾谓诗人亦未有如退之者。"正仲是存中，公泽是吉甫，于是四人者相交攻，久不决。……予尝熟味退之诗，

真出自然，其用事深密，高出老杜之上。

可见，当初对韩愈的"以文为诗"、写诗如"押韵之文"，就有褒贬不同的两种意见。惠洪是当时文坛上活跃的著名诗僧，和包括苏轼在内的名流交往密切，他高度评价韩愈诗，甚至以为高出杜甫。

此后，韩愈"以文为诗"成了历代评价其诗的公案，也成为后代文学史上有关写诗宗唐、宗宋以及唐、宋诗优劣之争的重要内容。这里的是非不容细叙。不过凭心而论，如果把韩愈的诗简单地说成是"押韵之文"显然是一种极端看法，而从艺术创新角度来考察他的"以文为诗"，则应当肯定他确实开创诗歌创作的新技法、新风格，后来经宋人开拓，遂形成宋诗发展的新局面。

唐诗与宋诗总体面貌确有不同：唐诗重意兴情韵，宋诗主思理筋骨；重意兴情韵则多兴象，韵味深长；主思理筋骨则多议论，思致细密。南宋的严羽是尊唐的，他说宋人是"以文字为诗，以才学为诗，以议论为诗"（《沧浪诗话·诗辨》），实则说的就是"以文为诗"。而韩愈的诗正开宋诗先河，这样看，他"以文为诗"又是对前人写诗规范的突破，是诗歌写作艺术的创新和发展。当然，这种创新与发展的优劣成败是可以讨论的，人们的评价也不能强求一致。

不过，既然是创新和发展，就确实给诗歌创作艺术充实了新成分，包括内容、形式、语言、技巧等方面。金代赵秉文评论韩愈，说他"以古文之浑浩，溢而为诗，然后古今之变尽矣"（《与刘梦英书》，《闲闲老人滏水文集》卷一九）；方东树论七言古诗，说"观韩、欧、苏三家，章法剪裁，纯以古文之法行之，所以独步千古"（《昭昧詹言》卷一一）。这些都是讲韩愈写诗融入古文写作笔法，具体表现主要是解散传统格律而杂以散体。实际上，在韩愈之前，杜甫的诗如《奉先咏怀》《北征》等已经"铺陈终始，排比声韵"（元稹《唐故工部员外郎杜君墓系铭并序》），融入散文技法。韩愈在这方面进一步加以拓展，如他早年的五古《此日足可惜》诗，记述身逢离乱，琐琐叙写，正是取法杜甫《北征》；《赴江陵途中寄三学士》诗，同样用散文笔法，描写、议论交杂，开阖变化。陈沆曾批评韩愈诗："《谢自然》，送灵、惠，则《原道》之支澜；《荐士》《调张籍》，乃谭诗之标帜。以此属词，不如作论。"（《诗比兴笺》卷四）这是指韩愈作这些诗像是在写论文，是贬抑的看法。而对韩愈诗的这种写法，陈寅恪则给予高度评价，说它们"既有诗之优美，复具文之流畅，韵散同体，诗文合一，不仅空前，恐亦绝后"（《论韩愈》）。这样，从发展的角度看，"以文为诗"，杜甫已开端倪，韩愈加以发展，实则是在盛唐诗歌艺术高度成熟之后，另辟蹊径，大胆创新，创造出唐诗的一种新风格、一个新流派，是有其独特成就和贡献的。

　　诗歌作为文学样式，功能上适于"言志""缘情"，而"以文为诗"能够容纳更丰富的内容，是把诗的表现力大为扩展了。当然，这要讲究艺术技巧。如韩愈的情形，他不是利用诗歌的形式作文、作论，而是如欧阳修指出：

　　　　退之笔力，无施不可，而尝以诗为文章末事。故其诗曰"多情怀酒伴，余事作诗人"也。然其资谈笑、助谐谑、叙人情、状物态，一寓于诗，而曲尽其妙。（《六一诗话》）

韩愈写诗，不仅注重发挥诗歌体裁婉转抒情的功能，又能够借鉴散文手法铺陈议论，论政述学，叙事记人，把本来散文可写的内容纳之于诗。甚至有些本来难以入诗的题材也被他用来写诗，而且写成了十分感人的诗。例如《陆浑山火》写野火燃烧，《叉鱼》写捕鱼，都尽细致描摹之能事，把场面景象铺陈得淋漓尽致；《永贞行》写朝廷政治事变，《寄卢仝》写讼案，都详述原委，叙事明晰，后者还杂以谐谑，别有情趣；《石鼓歌》

写古代遗物，包括对文物的考证，这些都是前人作诗很少涉及或根本没有写过的内容。还有些如鼾睡、落齿、患疟疾等生活琐事，他也能够细致描摹，写成趣味盎然的诗。有人评论他的诗"以丑为美"（刘熙载《艺概》卷二《诗概》），还有人说他的诗是非诗之诗。无论这些看法和评价如何，必须承认他扩展了诗歌表现的境界，造成"胸中牢笼万象，笔下熔铸百家"（李重华《贞一斋诗说》）的奇伟新颖的气象。

在具体写法上，韩愈的诗多用"赋"。赋的特点，如刘勰所说："赋者，铺也，铺采摛文，体物写志也。"（《文心雕龙·诠赋》）陆机的《文赋》把赋与诗相比较，说："诗缘情而绮靡，赋体物而浏亮。"所谓"体物"，就是描摹物象，而"浏亮"即清晰生动地加以描摹。这就与诗讲究韵外之致、注重言简意长不同。韩愈的诗借鉴赋的自由散漫、不避琐细的叙事和描摹笔法。如赵翼指出：

> 自沈、宋创为律诗后，诗格已无不备。至昌黎又斩新开辟，务为前人所未有。如《南山》诗内铺列春夏秋冬四时之景，《月蚀》诗内铺列东西南北四方之神，《谴疟鬼》诗内历数医师、灸师、诅师、符师是也。又如《南山》诗连用数十"或"字，《双鸟》诗连用"不停两鸟鸣"四句，《杂诗四首》内一首连用五"鸣"字，《赠别元十八》诗连用四"何"字，皆有意出奇，另增一格。（《瓯北诗话》卷三）

用铺陈、描摹、重复等写法，如果使用不当，会造成平淡冗长，显得内在情韵不足。但是韩愈却能利用表述的繁简详略、构思的移步换形、结构的波澜起伏来加以补救，造成强烈的感情波澜和艺术感染力。例如《南山》诗大幅叙写游山过程，铺排山间四时景致，极尽琐细堆砌之能事，但由于铺排得井然有序，极尽刻画形容，描绘出南山壮丽宏伟的景观，因而并没有给人累赘凡庸之感。另一首同是写游山的《山石》诗，同样是按部就班地写登山、入寺、进食、留宿直到清晨离寺、出山的经过，写得仿佛不施剪裁，寸步不移，但其中有如画的细节描写，又内含饱满情致，给人以身临其境之感。还有《洞庭湖阻风》写风浪，《陆浑山火》写野火，都是极力铺陈，取得了惊心动魄的艺术效果。这样融入"赋"的手法，突破了传统成熟的格律限制，丰富了艺术手法，开拓了诗作的表现境界。

"以文为诗"还表现在句法声韵上。中国古典诗歌发展到唐代，众体皆备，作为诗的外在表现的行文，和内在的音节、对偶、押韵方式等已形成严格的规范。韩愈常常打破这些规范，采取更自由的表达方式。例如句法，古典诗歌基本以两个字为一个音节，五言句一般是"二二一"的节奏，但韩愈常常有意加以改变，造成"一四""三二"之类的节奏，或在五言诗里使用十字长句，诗句虽显得散漫，却能取得一种古朴的音情效果。对偶也一样，例如他的五言古诗长篇《县斋有怀》通首皆对，五律《答张彻》包括起结句句作对，而另一些诗则力避对偶，或不按规则地使用拗体。这显然是在有意解散固有的格律，以散文句法入诗，也是因难见巧，取得古奥生峭的艺术效果。看似忽视、冒犯了格律，实则是诗歌格律的创新。对于声韵，韩愈推敲起来是十分用心的。欧阳修曾说：

> 余独爱其工于用韵也。盖其得韵宽则波澜横溢，泛入傍韵，乍还乍离，出入回合，殆不可拘以常格，如《此日足可惜》之类是也；得韵窄则不复傍出，而因难见巧，愈险愈奇，如《病中赠张十八》之类是也。余尝与圣俞论此，以谓譬如善驭良马者，通衢广陌，纵横驰逐，惟意所之。至于水曲蚁封，疾徐中节，而不少蹉跌，乃天下之至工也。(《六一诗话》)

这样，韩愈的"以文为诗"表面看来是解散格律、追求表达上的"自由"，实则是在突破定型的传统格律来探求、创造新的格律。韩愈诗汪洋恣肆、雄奇横放的艺术风格也是借助大胆创新的精神而形成的。

中国古典诗歌在长期发展中积累了大批具有强烈表现力的"诗语"。韩愈诗好用奇词新语，这同样体现了他勇于突破和创新的精神。袁枚说：

> 昌黎尤好生造字句，正难其自我作古，吐词为经，他人学之，便觉不妥耳。（《随园诗话》卷三）

韩愈写诗，选词用语探幽索微，千锤百炼，自铸伟辞。他称赞孟郊诗是"横空盘硬语，妥帖力排奡"（《荐士》），即把精心结撰的、富于表现力的奇词新语平熨妥帖地用在作品之中。这实际也是他自己对于诗歌语言的追求。晚唐司空图论诗本是主含蓄情韵的，却高度赞扬韩愈诗：

> 愚尝览韩吏部歌诗数百首，其驱驾气势，若掀雷抉电，撑柱于天地之间，物状奇怪，不得不鼓舞而徇其呼吸也。（《题〈柳柳州集〉后》，《司空表圣文集》卷二）

赵翼又指出：

> 盘空硬语，须有精思结撰。若徒捋摭奇字，诘曲其词，务为不可读，以骇人耳目，此非真警策也。……其实《石鼓歌》等杰作，何尝有一语奥涩？而磊落豪横，自然挫笼万有。（《瓯北诗话》卷三）

韩愈诗如《赴江陵途中寄赠三学士》《岳阳楼别窦司直》《荐士》《送无本师归范阳》等名篇，遣词造语都戛戛生新，恢诡奇崛又形象生动，丰富了诗歌的语汇，增强了作品的表现力。不过，他往往又有意生造奇字硬语以炫耀才情、哗众骇俗，例如《南山诗》里的"突起莫间篸""达鬓壮复奏"，《陆浑山火》的"卹池波风肉陵屯""电光礚磤赪目暖"，《征蜀联句》的"投奇闹碻磘，填隍俿儑僋"等等，怪字险语，争奇斗胜，务为不可解，则是才大欺人、不足为训了。

总之，从总体看，韩愈"以文为诗"是盛唐诗歌创作大盛之后独辟蹊径的创新，发展了诗歌创作的表现艺术，又为宋人开创诗歌创作新生面导夫先路，成绩卓卓，对诗歌发展有重大贡献。

韩愈张扬儒学，振兴儒道，树立道统，攘斥佛、道，维护中国文化传统，推动思想学术的承前启后、转旧为新，有力地促进了思想、文化的发展，立下了不朽功勋。他倡导"古文运动"，提出系统的革正文体、文风、文学语言的理论主张，从事成功的创作实践，发展了散文艺术，留给后世一批堪称经典的优秀作品。他的一生历尽艰辛，坚持道义，为捍卫自己的主张和理想而勇于斗争、不惜身命，他的精神、人格和气魄为后人树立了典范，从而成为中国历史上不世出的、堪称鲁迅所说的民族"脊梁"的伟人。

如前所述，韩愈去世后，他的子婿、门人李汉编辑文集四十卷，合目录四十一卷，后世所传韩愈诗文诸本均出于这一系统。宋初尊儒术，韩文得到重视，此后历代刻本众多，但辗转传抄，讹误亦多。诸家如穆修、欧阳修、朱熹、方崧卿等校正异同，成绩杰出。南宋廖莹中于咸淳年间（1265—1274）编世綵堂《昌黎先生集注》，是宋人对于韩文校勘、注释、辑佚之大成；明万历（1573—1620）中徐世泰据以复刻，版心改"世綵堂"为"东雅堂"，是为"东雅堂本"《韩昌黎集》。该本虽有缺失，但基本能够全面地总结前人董理韩文的成果，且表述繁简得当，便于阅读，流传广泛，本书编撰时将其作为底本。本书选篇全部取自该书正集四十卷；《外集》中的《顺宗实录》是历史著作不选，其他篇章和宋人编辑的遗文真伪莫辨且无杰出作品亦不选。本书编排依集部书惯例，先诗后文，附赋一篇；依编年为序；年代难以确考的篇章酌情置于适当位置。

本书参校，主要利用方崧卿《韩集举正》（简称"方《正》"）、朱熹《韩文考异》（简称"朱《考》"）、魏仲举《五百家注昌黎文集》（简称"魏《集》"）、陈景云《韩集点勘》（简称"陈《勘》"）、马其昶《韩昌黎文集校注》（简称"马《校》"）、钱仲联《韩昌黎诗系年集释》（简称"钱《释》"）、童第德《韩集校诠》（简称"童《诠》"）、陈迩东《韩愈诗选》（简称"陈《选》"）等，一一注出，不敢掠美。

自宋代以来，韩愈和《韩昌黎集》便受到重视，研究成果众多，相关争论亦多。本书作为韩愈作品的选本，在参照、继承前人成果的基础上，力求做到选篇适当、注释详明、评骘得当。但编选者学植浅薄，面对的是历史上向称复杂的课题，错误不足在所难免，尚祈读者指正。

诗 歌

岐山下一首 [1]

谁谓我有耳 [2]，不闻凤皇鸣。朅来岐山下 [3]，日暮边鸿惊。丹穴五色羽 [4]，其名为凤皇。昔周有盛德 [5]，此鸟鸣高冈。和声随祥风 [6]，窅窕相飘扬。闻者亦何事 [7]，但知时俗康 [8]。自从公旦死 [9]，千载阒其光 [10]。吾君亦勤理 [11]，迟尔一来翔。

陈迩东："孔子所谓'凤鸟不至'之叹，——没有遇到像周初那样的封建'盛世'。"（《韩愈诗选》）

[**注释**]

[1]岐山：在今陕西宝鸡岐山县境，其北的周原是周朝发祥地，中唐时属凤翔府（今陕西宝鸡凤翔县）。约贞元九年（793）韩愈在长安应博学宏辞试，曾一度西行游历至岐山，作此诗。　[2]"谁谓我有耳"二句：意本《论语·子罕》："子曰：'凤鸟不至，……吾已矣夫。'""不闻凤皇鸣"即"凤鸟不至"，以喻天下不治、时势将乱。凤皇，即凤凰。　[3]"朅（qiè）来岐山下"二句：往来经过岐山下，日落时分听到边疆警讯。朅来，段玉裁《说文解字注》："古人文章多言'朅来'，犹往来也。"朅，离去。边鸿惊，边地大雁惊叫，这里是暗示外敌乘夜入侵。岐山本属唐代政治中心的关内道，"安史之乱"以后，北方回纥、西方吐蕃内侵，因而沦为边防前线。　[4]"丹穴五色羽"二句：意本《山

海经·南山经》："丹穴之山，其上……有鸟焉，其状如鸡，五采而文，名曰凤皇。"古代传说中，羽毛五色，声如箫乐，被当作祥瑞的象征。　[5]"昔周有盛德"二句：意本《诗经·大雅·卷阿》："凤皇鸣矣，于彼高冈。"又《山海经·南山经》：凤皇"自歌自舞，见则天下安宁"。　[6]"和声随祥风"二句：描写凤鸣，和谐的凤鸣伴随吉祥的风婉转传扬。窅窕，同"窈窕"，美好貌。　[7]亦何事：又有什么事态。　[8]时俗康：时势太平。　[9]公旦：周公姬旦，周武王弟，辅佐武王克殷建周；武王死，又辅佐成王治理天下。　[10]闷（bì）其光：隐蔽其光彩，指凤凰不再出现于世。闷，关闭。　[11]"吾君亦勤理"二句：我们的皇帝也勤政治理天下，等待你再度降临凤翔。颂扬溢美之辞。吾君，指唐德宗李适（kuò）。迟（zhì）尔，期待你，尔指凤凰。迟，期待。一来翔，再飞来一次。

［点评］

这是韩愈早年的诗，写于他应举求仕之时。诗的题材虽是记游，实则发挥孔子"凤鸟不至"的慨叹以明志。岐山地处周室肇基之地的周原，诗人游履及此，想到周朝开国的"盛德"，传说当时天下康宁，凤凰来仪，而时下则回纥、吐蕃内侵，边讯紧急，"不闻凤皇鸣"。在短短的篇幅里，诗人抒写出对时事衰乱的忧虑和对理想政治的向往，最后笔端直指当朝皇帝德宗：所谓"吾君亦勤理"，乃是臣下的回护之辞；而"迟尔一来翔"，则在凤凰于飞的向往中寄托对时势的忧虑和对朝政的批评。韩愈《送何坚序》中曾说："吾闻鸟有凤者，恒出于有道之国。"联系这一篇"不闻凤皇鸣"的慨叹，可以清楚地看出韩愈这篇诗作的现实批判意义，也表明他在早年对世事弊端已经有相当清醒的认识。又，杜甫晚年写《壮游》诗，也曾回忆自己"七龄思即壮，开口咏凤皇"。凤凰乃是杜甫表达理想政治的主要意象之一，韩愈利用这一意象也是有意继承杜甫的这一思想观念和创作内容的传统。

孟生诗[1]

孟生江海士[2]，古貌又古心。尝读古人书，谓言古犹今[3]。作诗三百首[4]，窅默《咸池》音。骑驴到京国[5]，欲和熏风琴。岂识天子居，九重郁沉沉[6]。一门百夫守，无籍不可寻[7]。晶光荡相射[8]，旗戟翙以森。迁延乍却走[9]，惊怪靡自任。举头看白日，泣涕下沾襟。谒来游公卿[10]，莫肯低华簪。谅非轩冕族[11]，应对多差参[12]。萍蓬风波急[13]，桑榆日月侵[14]。奈何从进士[15]，此路转岖嵚[16]。异质忌处群[17]，孤芳难寄林。谁怜松桂性[18]，竞爱桃李阴[19]。朝悲辞树叶[20]，夕感归巢禽。顾我多慷慨[21]，穷檐时见临。清宵静相对[22]，发白聆苦吟。采兰其幽念[23]，眇然望东南。秦吴修且阻[24]，两地无数金[25]。我论徐方牧[26]，好古天下钦[27]。竹实凤所食[28]，

一连四个"古"字。古"盛世"，古"圣人之道"，"复古"的向往。

称赞孟郊诗绝高："作诗三百首，窅默《咸池》音。"体现两人共同的创作观念。

程学恂："此荐孟生于张建封也。然及建封处只末段数语，仍是归重孟生。古人立言之体，严重如此。"（《韩诗臆说》）

德馨神所歆。求观众丘小[29]，必上泰山岑。求观众流细，必泛沧溟深。子其听我言，可以当所箴[30]。既获则思返[31]，无为久滞淫。卞和试三献[32]，期子在秋砧。

[注释]

[1]孟生：指孟郊（751—814），字东野，湖州武康（今浙江德清）人，唐代诗人。生，古时"先生"的省称。贞元八年（792），韩愈和孟郊、李观同在长安应进士试，韩、李登第，孟郊落第东归，将到徐州（今江苏徐州）谒见徐、泗、濠节度使张建封，韩愈作此诗送别，孟郊有答诗《答韩愈李观别因献张徐州》。　[2]江海士：隐居避世者。语本《庄子·刻意》："就薮泽，处闲旷，钓鱼闲处，无为而已矣；此江海之士，避世之人，闲暇者之所好也。"　[3]古犹今：即"今犹古"。语本《列子·杨朱》："五情好恶，古犹今也；四体安危，古犹今也；世事苦乐，古犹今也；变易治乱，古犹今也。"此谓孟郊心怀古道，不慕时俗。　[4]"作诗三百首"二句：称赞孟郊作诗三百首，风格古奥，有古乐《咸池》遗韵。陈《勘》："按苏子容诗：'孟郊篇什况《咸池》。'自注云：'唐人题孟郊诗三百篇为《咸池集》，取退之诗意。'又《刘贡父诗话》亦云：'孟有集号《咸池》，仅三百篇。'"上述二说不同，应以前说为是。窅（yǎo）默，深奥精微。窅，深远貌。《咸池》，古乐名，一说黄帝之乐，一说尧乐，韩愈用以比况孟郊诗有古圣人之道的意趣。　[5]"骑驴"二句：上句形容孟郊落拓不羁，下句称赞他作诗有意追模虞、舜音乐。骑驴，无马可骑，形容贫困落拓。典出《后汉书·向栩传》："少

为书生，性卓诡不伦。……或骑驴入市。"京国，京城长安，此指到长安参加进士试。熏风琴，典出《孔子家语·辩乐》："舜弹五弦之琴，造《南风》之诗，其诗曰：'南风之熏兮，可以解吾民之愠兮。'"　[6]九重：指宫廷。典出宋玉《九辩》："岂不郁陶而思君兮，君之门以九重。"郁沉沉：幽暗深邃貌。《史记·陈涉世家》："涉之为王沉沉者。"应劭注："沉沉，宫室深邃之貌也。"　[7]无籍：唐制，刑部司门司掌朝廷门关出入簿籍，凡官员在簿籍上有名者经勘察后始得出入。这里是说孟郊没有官员身份，不能进入宫廷。　[8]"晶光荡相射"二句：描写朝廷仪仗旗帜、兵器光彩耀眼。晶光，光亮耀眼貌。旗戟，此指仪仗竖旗列戟。戟，古兵器。翩，飘扬，属"旗"。森，森严，属"戟"。　[9]"迁延乍却走"二句：写孟郊徘徊停留，终于决绝地离开，对上述景象惊怪异常，不堪忍受。乍，猝然。却走，离去。靡自任，自身不堪忍受。　[10]"朅来游公卿"二句：赞扬孟郊往来奔走公卿门下，不肯低头屈辱求情。游公卿，唐代科举士子在考试前依例拜访有权势者投献诗文，以造名誉、求汲引，称"通关节"。低华簪，低头，古代男子以簪绾发。此指屈节下人。　[11]轩冕族：乘轩车、穿冕服一类人，指有官爵俸禄的人。轩，轩车，有围棚的车。冕，本义指官员戴的礼帽。古代大夫以上戴礼冠、服礼服，称冕服。　[12]应对：此指与轩冕之人交往应酬。差参："参差"的倒装，龃龉不合。　[13]萍蓬：喻身世飘泊不定。意本潘岳《西征赋》："飘萍浮而蓬转。"　[14]桑榆：喻年纪老迈。意本《淮南子·天文训》："日西垂，景在树端，谓之桑榆。"　[15]奈何：无可奈何。从进士：参加进士科考试。　[16]岖嵚（qū qīn）：山石险峻貌，喻身处艰难困顿。孟郊此次科举不利，后至贞元十二年（796）始登进士第。　[17]"异质忌处群"二句：进一步形容孟郊处境：

资质特异，在人群中受到嫉妒，如孤单芳草，难以生长在丛林之中。 [18]怜：怜爱。松桂性：比拟性格坚贞如松、桂。 [19]桃李阴：喻如桃、李花般浮华繁闹。 [20]"朝悲辞树叶"二句：形容孟郊睹景生情，感叹身世：早晨看见树叶飘零而悲哀，晚上看见飞禽归巢而感伤。 [21]"顾我多慷慨"二句：只是因为我更同情你，所以你常来我处。顾，但。慷慨，感慨，此谓情投意合。穷檐，穷居的屋檐，指自己居住的简陋屋子。"檐"，童《校》以为作"闾"为长。闾，里巷口的门。 [22]"清宵静相对"二句：形容来访情景：清静的深夜两人静静对坐，都已满头白发，倾听彼此吟诗。聆，听。 [23]"采兰其幽念"二句：这是说孟郊想起老母，远望东南故乡。采兰，典出束皙《补亡诗六首·南陔》："循彼南陔，言采其兰。眷恋庭闱，心不遑安。"《序》曰："南陔，孝子相戒以养也。"眇然，旷远貌。望东南，指孟郊远望东南方的故乡湖州武康。 [24]秦吴：长安在古秦地，武康在古吴地。典出江淹《别赋》："况秦吴兮绝国。"修且阻：漫长而险阻。 [25]无数金：（秦吴两地都）没有资产。金，指资产。 [26]徐方牧：指徐、泗、濠节度使张建封。牧，本指州牧，张建封驻节徐州（今江苏徐州），官衔例带徐州刺史。 [27]好古：爱好古道。天下钦：为天下人所钦重。 [28]"竹实凤所食"二句：继上赞扬张建封招请贤才：上句说张建封为贤能所归附，下句说他道德高尚为神灵所佑护。竹实，语出《毛诗》郑笺："凤皇之性，非梧桐不栖，非竹实不食。"梧桐、竹实吸引凤凰降临。德馨，道德远被。馨，芳香远闻。神所歆（xīn），神明所享。歆，享。 [29]"求观众丘小"以下四句：前两句典出《孟子·尽心上》："孔子登东山而小鲁，登太山而小天下。"太山，同"泰山"。岑（cén），小而高的山。由前两句的比喻引出后两句：要看地上的江河水流如何细小，一定要在大海中乘船浮航。沧溟，大海。 [30]当所箴：作为龟鉴。箴，规劝，告诫。　[31]"既获则思返"二句：劝告孟郊有所收获，再来长安应举，不要在家乡久留。滞淫，久留。　[32]"卞和试三献"二句：鼓励孟郊秋天来长安应举，并期待他成功。用《韩非子·和氏》楚人卞和献玉典：卞和在楚山得到未经修治的含玉顽石，献给楚厉王，被认为欺诳，刖左足；武王继位，再献，又被认为欺诳，刖右足；文王即位，他抱石哭于楚山之下，三日三夜，泪尽继之以血。文王使玉师治之，得宝玉，名"和氏之璧"。秋砧，本意是秋季捣冬衣；砧，捣衣石。唐代科举生徒秋季从地方拔解，仲冬集于京师。

[**点评**]

贞元八年，韩愈与孟郊一起求贡举，韩愈及第，孟郊失利。孟郊东归回乡，韩愈作这首诗送别，加以安慰，并劝勉、鼓励他来年秋天回长安再举。孟郊归途将经过徐州，时驻节徐州的徐、泗、濠节度使张建封有好士名，诗人建议他去拜访，谋取出路。诗的开头赞扬孟郊"古貌又古心"，接着从他的"诗"写到他的"行"都合于"古"，表达赞佩之情；又感叹孟郊此次应举"路转岖嵚"，痛惜其道不行于今，只好投奔"好古天下钦"的张建封幕府。这样，诗的前后都突出一个"古"字。"古"在韩愈思想中是个核心理念，也是他与孟郊结交的基础。他们所希之"古"，一方面指古"圣人之道"，另一方面指先秦盛汉古诗文的传统。二人在这两方面志同道合。这是韩愈赞扬孟郊的主要理由，也是他们二人同样有所自特并努力追求加以实现的。本诗写法亦求合于"古"：遣词用语、使典用事多取法汉、魏以上，整体格调古朴浑厚。

[附录]

答韩愈李观别因献张徐州

孟郊

富别愁在颜，贫别愁销骨。懒磨旧铜镜，畏见新白发。古树春无花，子规啼有血。离弦不堪听，一听四五绝。世途非一险，俗虑有千结。有客步大方，驱车独迷辙。故人韩与李，逸翰双皎洁。哀我摧折归，赠词纵横设。徐方国东枢，元戎天下杰。祢生投刺游，王粲吟诗谒。高情无遗照，朗抱开晓月。有土不埋冤，有仇皆为雪。愿为直草木，永向君地列。愿为古琴瑟，永向君听发。欲识丈夫心，曾将孤剑说。（《孟东野集》卷七）

沈曾植："'古史散左右'首，'升昆仑'一段，雄恢；末段黯然孤进之伤。"（《海日楼札丛》）

想弃世而去，慨乎言之！

徐震曰："观此诗首六句，显为文章而发。意盖讥时流不识文章本原，只以猎取科第，终归身名俱灭。自慨独抱真识，世莫可与言者。"（转引自《韩昌黎诗系年集释》）

杂 诗[1]

古史散左右，《诗》《书》置后前[2]。岂殊蠹书虫[3]，生死文字间。古道自愚蠢[4]，古言自包缠。当今固殊古[5]，谁与为欣欢？独携无言子[6]，共升崑峇颠[7]，长风飘襟裾[8]，遂起飞高圆。下视禹九州[9]，一尘集毫端。遨嬉未云几[10]，下已亿万年[11]。向者夸夺子[12]，万坟压其巅[13]。惜哉抱所见[14]，白黑未及分[15]。慷慨为悲咤[16]，泪如九河翻。指摘相告语[17]，虽还今谁亲？翩然下大荒^[18]，被发骑骐骥。

［注释］

[1] 贞元十一年作。韩愈在此前及进士第后，三举于吏部无成。是年初，三上宰相书不报，怨抑而作此诗。　[2]《诗》《书》:《诗经》《书经》(《尚书》)，此泛指儒家经典。后前:前后。　[3] 蠹书虫:蟫，又称"衣鱼"，蛀蚀书籍、衣服，此喻死读书、食古不化的人。　[4]"古道自愚蠢"二句:"古道"指圣人之道，"古言"指儒家经典。这里是激愤之词，说热爱"古道"为愚蠢，热衷"古言"受包缠。包缠，束缚。　[5]"当今固殊古"二句:如今已和古时不同，有谁来欣赏"古道""古言"呢!　[6] 无言子:假托名字。　[7] 崑崟颠:昆仑山顶，传说中仙真西王母所居。崑崟，今作昆仑。　[8]"长风飘襟裾"二句:幻想乘风飞升天上。襟裾，衣服前后襟。高圆，指天空。　[9]"下视禹九州"二句:在天上下视大地，渺小如一粒尘土在毫毛尖上。禹九州，指天下。《书·禹贡》记载大禹划分天下为九州:冀、兖、青、徐、扬、荆、豫、梁、雍。　[10] 遨嬉:游玩嬉戏。未云几:没有多少时间。　[11] 下:此指下面人世。　[12] 夸夺子:假托人名，指争名夺利的人。　[13] 万坟:众多典籍。坟，典坟，古籍。压其巅:压在头上。　[14] 抱所见:怀抱一己见识。　[15] 白黑:此指是非、真伪。　[16]"慷慨为悲咤"二句:心怀感慨为之悲伤，流泪有如九河波澜。慷慨，此同"感慨"。悲咤，悲伤。九河，《书·禹贡》记载大禹疏导九河，陆德明释文引《尔雅·释水》:"九河:徒骇一，太史二，马颊三，覆釜四，胡苏五，简六，洁七，钩盘八，鬲津九。"　[17]"指摘相告语"二句:承上"共升"的"无言子"，他指责相告:回到人世和什么人亲近呢。　[18]"翩然下大荒"二句:飞回大地之后，披散头发骑麒麟遨游。翩然，自由飞翔貌。大荒，荒远之地，指大地。被发，披散头发，谓不簪发，不顾礼法貌。被，通"披"。骐骥，即麒麟。

[点评]

这是韩愈早年的诗，借游仙题材抒写对于古旧传统的看法。他好"古道"、作"古文"，怀抱如前面《孟生诗》所表达的坚定"尚古"态度。但在这首诗里，他又反对不分"白黑"、是非，埋头读死书，被古人所束缚。又，他本来坚定地反对神仙迷信，写过揭露假借神仙飞升而欺世的《谢自然》等诗作，在这首诗里，他却假托神仙飞升立意，表达超然放旷、不受羁束的精神追求。这无论在思想境界上还是诗歌写法上，都显示了他自由开放的一面。"好古"而不"泥古"，也是他倡导"儒学复古"能够取得成就的重要原因。

陈沆："(《利剑》《马厌谷》《忽忽》三首，)用乐府之奇倔，撼《离骚》之幽怨，而皆遗其形貌，所谓情激则调变者欤！"(《诗比兴笺》)

程学恂："集中如此等诗，皆直气径达，无半点掩饰。"(《韩诗臆说》)

马厌谷 [1]

马厌谷兮士不厌糠籺 [2]，土被文绣兮士无裋褐 [3]。彼其得志兮不我虞 [4]，一朝失志兮其何如？已焉哉 [5]！嗟嗟乎鄙夫 [6]！

[注释]

[1]约贞元十一年在长安所见有感而作。取首三字为题，是古诗传统写法。厌，饱足。《汉书·鲍宣传》："今贫民菜食不厌。"颜师古注："厌，饱足也。"　[2]糠籺(hè)：粗糙食物。籺，米麦粗屑。　[3]土被文绣：指墙壁上覆以彩绘。文绣，彩绘。裋褐(shù hè)：粗布短衣。　[4]不我虞：不顾我。虞，忧虑，顾念。　[5]已焉哉：慨叹之辞，犹"算了吧"，表怨望。　[6]嗟嗟：慨叹之辞。鄙夫：庸俗浅陋的人。语出《论语·子罕》："有鄙夫问于我，空空如也。"

[点评]

韩愈仕进不利，困居长安多年，坎壈的处境让他能够直面现实，对权豪腐败、才智之士屈沉感到愤慨。刘向《新序》中说："昔者燕相得罪于君，将出亡，召门下诸大夫曰：'有能从我出者乎？'三问，诸大夫莫对。燕相曰："嘻！亦有士之不足养也。'大夫有进者曰：'亦有君之不能养士，安有士之不足养者？凶年饥岁，士糟粕不厌，而君之犬马有余谷；隆冬烈寒，士裋褐不完、四体不蔽，而君之台观帷幙锦绣随风飘飘而弊。财者，君之所轻；死者，士之所重也。君不能施君之所轻，而求得士之所重，不亦难乎！'燕相遂惭，遁逃，不复敢见。"本诗假意于此，而文意、语辞只取其精要，言简意赅，显示出作者高度概括的笔力，而行文利用赋体长句，更凸显出感喟的深长。

利　剑[1]

利剑光耿耿[2]，佩之使我无邪心。故人念我寡徒侣[3]，持用赠我比知音。我心如冰剑如雪[4]，不能刺谗夫[5]，使我心腐剑锋折[6]，决云中断开青天[7]，噫！剑与我俱变化归黄泉[8]。

陈迩东："这首诗格调高古，清代李完乔批云：'古情古味古调，上陵楚《骚》，直接《三百篇》也。'"（《韩愈诗选》）

[注释]

[1]此诗借咏物以抒写情志，与上一首《马厌谷》作于同一

时期。 [2]耿耿：光辉闪烁貌。语本宋玉《大言赋》：“长剑耿耿倚天外。” [3]故人：老朋友。寡徒侣：缺少伙伴，指少有志同道合的人。 [4]心如冰：喻心地纯洁、坚毅。剑如雪：形容剑的光亮、锐利。 [5]谗夫：造谣钻营的人。语本《荀子·成相》：“谗夫多进，反覆言语，生诈态。”此处应指唐德宗重用的裴延龄等佞臣。 [6]心腐：内心愤恨不已。语本《史记·刺客列传》：“此臣之日夜切齿腐心也。”司马贞《索隐》：“腐音辅，亦烂也，犹今人事不可忍云‘腐烂’然，皆奋怒之意也。” [7]决云中断：从中间劈开云层。意本《庄子·说剑》：“上决浮云，下绝地纪。” [8]剑与我俱变化归黄泉：是说我和剑一起归于地下。乃激愤之词。变化，古时视剑为神物，能够神秘变化。典据《晋书·张华传》：雷焕得丰城双剑，一与张华，一自佩，后“华诛，失剑所在。焕卒，子华为州从事，持剑行经延平津，剑忽于腰间跃出堕水。使人没水取之，不见剑，但见两龙各长数丈，蟠萦有文章，没者惧而反。须臾，光彩照水，波浪惊沸，于是失剑”。

[**点评**]

这首是咏物题材的诗，不过不是一般的物。友人赠剑，意在表达对自己的鼓励和希冀；自己佩剑，则表明与恶势力斗争的决心。但自己位卑力弱，不能用剑来断谗夫头，空怀怨愤，只好让剑和自己一起埋没于黄泉。这是志士的悲哀，是嫉恶如仇的刚烈性格和理想不能实现的怨愤的悲慨。这首诗体现了韩愈作为文弱士大夫性格上奋厉刚毅的另一面。诗用象征写法，写剑与人的精神合一，述情慷慨激烈，在韩愈诗中是别一种风格。

醉留东野 [1]

昔年因读李白、杜甫诗 [2]，长恨二人不相从。吾与东野生并世 [3]，如何复蹑二子踪 [4]。东野不得官 [5]，白首夸龙钟。韩子稍奸黠 [6]，自惭青蒿倚长松 [7]。低头拜东野，愿得终始如驱蛩 [8]。东野不回头，有如寸莛撞巨钟 [9]。吾愿身为云 [10]，东野变为龙。四方上下逐东野，虽有离别无由逢 [11]。

刘克庄："史称退之木强，非苟下人者。……如东野诸诗，自出机杼，无一字犯唐人格律，如鹖弁短衣中见古人衣冠，如盆盎中见罍洗，退之岂阳尊而谬歌之哉！"（《满领卫诗》）

俞弁："唐史言退之性倔强，任气傲物，少许可，其推让东野如此。"（《逸老堂诗话》）

[注释]

[1] 贞元十三年，孟郊自南方来汴州，依行军司马陆长源。前一年，韩愈受宣武军节度使、汴州刺史董晋辟署赴汴州，至此，孟郊又与韩愈聚合。贞元十五年早春，孟郊离汴南归，韩愈、李翱饯别，韩愈作此诗。　[2]"昔年因读李白、杜甫诗"二句：李、杜二人于天宝三载（744）在洛阳相聚，相偕游历梁园、济南等地，次年秋分别，再无缘相会，而二人诗中多有相互怀念之辞。　[3] 并世：同一时代。　[4] 复蹑（niè）二子踪：又走了李、杜二人（离合）的老路。蹑，追随。踪，踪迹。　[5]"东野不得官"二句：孟郊贞元十二年进士及第，随即返回南方家乡，至此时仍未得到官职。这一年他已经四十七岁，戏谑地向友人夸耀自己的白发和老态。龙钟，体态衰老貌。　[6] 奸黠：狡猾。　[7] 青蒿倚长松：自比像蒿草倚靠如高大松树的孟郊。自嘲语。　[8] 如驱蛩（jù qióng）：喻如传说中的驱蛩与蹶（jué）一样相互依附。驱蛩，亦称蛩蛩驱虚，相传是一种兽，与蹶相互依存。蹶，又称比肩兽，也是传说中的一种兽。典出《吕氏春秋·不广》："北方有

兽，名曰蹶，鼠前而兔后。趋则跲，走则颠，常为蛩蛩距虚取甘草以与之。蹶有患害也，蛩蛩距虚必负而走。此以其所能，托其所不能。"［9］有如寸莛撞巨钟：形容孟郊如巨钟受草茎撞击，掉头不顾而离去。寸莛，一寸长的草茎。莛，原作"筳"，据钱《释》改。　［10］"吾愿身为云"二句：典出《易经·乾》："同声相应，同气相求。水流湿，火就燥，云从龙，风从虎。"［11］虽有离别无由逢：意谓恐怕离别后难以相逢。或以为末句语意殊不合理，恐传写有误。

［点评］

　　这是饮宴醉酒之后挽留友人孟郊的诗，篇幅不长。前幅以诗坛前辈李、杜的交谊作譬，抒写自己不得与友人厮守的遗憾；后幅又以传说中的异兽蛩蛩距虚为喻，表达自己和孟郊相互依恃的处境。这就把自己与孟郊的深厚友情抒发得淋漓尽致。历史上韩愈以"好为人师"著称，门下集中一批"韩门弟子"，实则其中不少人是他的朋友辈。如孟郊年长韩愈十七岁，还有张籍年长他两岁。韩愈珍重友谊，广交朋友，无论从旧道德还是新道德看，都是人格上的长处。他能够如此交接一批志同道合的人，也是倡导"古文运动"得以成功的重要条件之一。又，韩愈诗文中多处称扬李、杜，这首诗是最早的一篇。李白、杜甫生前和死后并没有得到应有的重视。中唐时期，文坛上"古文运动"、诗坛上"新乐府运动"的代表人物韩、柳（宗元）和元（稹）、白（居易）同时大力赞扬李、杜诗，并以继承李、杜传统相号召，这对于确立李、杜在诗史上的崇高地位、继承他们的遗产是发挥了重要作用的。

　　还应当指出，韩愈登上文坛的时候，孟郊的诗歌创作已相当成熟。孟郊诗笔法高古瘦硬，别具一格，虽然取境偏窄，但思想、艺术成就相当突出，对韩愈诗歌创作产生了相当大的影响。经过二人的努力，形成诗史上影响深远的"韩孟诗派"。韩愈这首诗在写法上显然也是有意追模孟郊古奥生僻的语言与风格。

此日足可惜一首赠张籍[1]

　　此日足可惜，此酒不足尝。舍酒去相语，共分一日光[2]。念昔未知子，孟君自南方[3]。自矜有所得[4]，言子有文章[5]。我名属相府[6]，欲往不得行。思之不可见，百端在中肠[7]。维时月魄死[8]，冬日朝在房。驱驰公事退[9]，闻子适及城[10]。命车载之至，引坐于中堂[11]。开怀听其说，往往副所望[12]。孔丘殁已远[13]，仁义路久荒[14]。纷纷百家起，诡怪相披猖[15]。长老守所闻[16]，后生习为常[17]。少知诚难得[18]，纯粹古已亡。譬彼植园木，有根易为长。留之不遣去，馆置城西旁[19]。岁时未云几[20]，浩浩观湖江。众夫指之笑[21]，谓我知不明。儿童畏雷电[22]，鱼鳖惊夜光。州家举进士[23]，选试缪所当。驰辞对我策[24]，章句何炜煌[25]。相公朝服立[26]，工席歌《鹿鸣》[27]。礼终乐亦阕[28]，相拜送于庭[29]。之子去须臾[30]，赫赫流盛名[31]。窃喜复窃叹，谅知有所成[32]。人事安可恒[33]，奄忽令我伤[34]。闻子高第日，正从相公丧[35]。哀情逢吉语，怅悦难为双[36]。暮宿偃师西[37]，徒展转在床[38]。夜闻汴州乱，绕壁行傍偟[39]。我时留妻子[40]，仓卒不及将。相见不复期[41]，零落甘所丁[42]。娇女未绝乳，念之不能忘。忽如在我所，耳若闻啼声。中途安得返，一日不可更[43]。俄有东来说[44]，我家免罹殃[45]。乘船下汴水[46]，东去趋彭城[47]。从丧朝至洛[48]，还走不及停。假道经盟津[49]，出入行涧冈[50]。日西入军门[51]，羸马颠且僵。主人愿少留[52]，延入陈壶觞[53]。卑贱不敢辞，忽忽心如狂[54]。饮食岂知味，丝竹徒轰轰[55]。平明脱身去，决若惊凫翔[56]。黄昏次氾水[57]，欲过无舟航[58]。号呼久乃至，夜济十里黄[59]。中流上滩湍[60]，沙水不可详。惊波暗合沓[61]，星宿争翻芒。辕马蹢躅鸣[62]，左

严虞惇："长篇叙情事，无偶对语，而不觉其冗漫，此见笔力。"（《顾嗣立韩诗注》批语）

叙事朴实亲切，鲜明如画，充分发挥了五言古诗诗体的功能。

右泣仆童。甲午憩时门[63]，临泉窥斗龙。东南出陈、许[64]，陂泽平茫茫[65]。道边草木花，红紫相低昂。百里不逢人，角角雉雏鸣[66]。行行二月暮[67]，乃及徐南疆[68]。下马步堤岸，上船拜吾兄[69]。谁云经艰难，百口无夭殇[70]。仆射南阳公[71]，宅我睢水阳[72]。箧中有余衣[73]，盎中有余粮[74]。闭门读书史，清风窗户凉。日念子来游，子岂知我情[75]。别离未为久[76]，辛苦多所经。对食每不饱，共言无倦听。连延三十日，晨坐达五更。我友二三子[77]，宦游在西京[78]。东野窥禹穴[79]，李翱观涛江。萧条千万里[80]，会合安可逢。淮之水舒舒[81]，楚山直丛丛[82]。子又舍我去，我怀焉所穷[83]。男儿不再壮，百岁如风狂[84]。高爵尚可求[85]，无为守一乡[86]。

［注释］

[1] 以首句为题。张籍（766—830）：字文昌，和州吴江（今安徽和县）人，诗人。贞元十三年（797）十月北游汴州（今河南开封），结识在那里担任宣武节度使董晋幕僚的韩愈，从之学文。元和十四年，韩愈主持河南府试，解送张籍入京应举，依例于次年春参加科举考试，中进士第。贞元十五年二月，董晋卒，汴州军乱，韩愈出奔徐州（今江苏徐州）。张籍及第东归，

欧阳修："退之笔力，无施不可。……予独爱其工于用韵也。盖其得韵宽则波澜横溢，泛入傍韵，乍还乍离，出入回合，殆不可拘以常格，如《此日足可惜》之类是也。得韵窄则不复傍出，而因难见巧，愈险愈奇，如《病中赠张十八》之类是也。"（《六一诗话》）

蒋抱玄："惜别是道情之文，然须字字从心坎流出，写得淋漓尽致，便是大家手笔。况既非律言，用韵错杂，无足瑕疵。"（转引自《韩昌黎诗系年集释》）

往谒韩愈于徐州，盘桓一月辞去。韩愈作诗赠之。　[2]共分一日光：意谓两人一起度过一天。　[3]孟君：孟郊，贞元十二年进士及第，次年来到汴州，再次与韩愈相会。　[4]自矜：自夸，自傲。　[5]有文章：善诗文。这里"文章"泛指诗文。孟郊曾向韩愈推荐张籍。　[6]相府：指董晋幕府。董晋时为宣武军节度使、汴州刺史，中唐节度使例带虚衔宰相衔，称"使相"；董晋带"检校左仆射同中书门下平章事"宰相衔，故所居称"相府"。　[7]百端在中肠：形容心里有种种牵挂。　[8]"维时月魄死"二句：是说张籍抵汴的时间是季秋朔日即九月一日。月魄死，指朔日，即初一。魄，通"霸"，相对月亮有光部分为明，无光部分为魄，朔日全月无光，故称"死魄"。朝在房，《礼记·月令》："季秋之月（九月），日在房。"　[9]驱驰：形容（自己）被人差遣奔走。　[10]适及城：刚刚来到城门。城，指汴州城。　[11]中堂：正室，待客于中堂以示郑重。　[12]副所望：与期望相合，指张籍进士及第等情况。　[13]殁：死去。　[14]路久荒：道路久已荒芜，指形势衰颓。　[15]诡怪：怪诞，此指离经叛道之言。披猖：猖獗泛滥。这里是形容孔子死后出现的诸子百家；所述与思想史的史实不符，百家中如墨家、道家都是与儒家并立的显学。　[16]长老：本指年高德韶者，这里指有资历的学者。守所闻：谨守所闻于师者，指经师传授章句注疏之学。　[17]后生：后学，学徒。　[18]"少知诚难得"二句：称赞张籍对儒道有心得，感慨纯正的儒道已经衰败。韩愈以师自居，张籍未壮，故曰"少知"。　[19]馆置：在馆舍居之。　[20]"岁时未云几"二句：没有经过多长时间，张籍的学问已如江湖一样深博浩瀚。浩浩，广大貌。湖江，喻广博深厚。　[21]众夫：众人。　[22]"儿童畏雷电"二句：喻"众夫"被张籍的巨大进步所震惊。鱼鳖惊夜光，喻如鱼鳖见到夜明珠而震惊。夜光，夜明珠。　[23]"州家举进士"二句：举进士，唐制，地方士子参加科举，先经县和州、府两级考试合格，称"乡贡"；韩愈在汴州主持考选，举荐张籍参加朝廷进士考试。缪所当，指自己担任考官，自谦之词。缪，同"谬"。　[24]驰辞：形容撰写考卷运笔迅速。对我策：对答问卷。策，策问。当年汴州试《反舌无声》诗等。　[25]炜（wěi）煌：光彩鲜明貌，形容文采出众。炜，光明。　[26]相公：指董晋。朝服立：身穿朝服肃立。　[27]工席：布设酒席。歌《鹿鸣》：歌唱《鹿鸣》诗。《鹿鸣》是《诗经·小雅》的篇名，据《诗序》："燕群臣嘉宾也。"唐制，州、县考试完，"长吏以乡饮酒礼会属僚，设宾主，陈俎豆，备管弦，牲用少牢，歌《鹿鸣》之诗"（《新唐书·选举志》）。　[28]乐亦阕（què）：奏乐终了。阕，终了。　[29]送于庭：指在河南府庭送张籍等人跟随年终向朝廷奏报的上计吏去京城长安参加进士试。　[30]之子：这个人，指张籍。去须臾：离去不久。　[31]赫赫流盛名：谓张籍中进士，名声远扬。赫赫，显赫貌。　[32]谅知：推想可知。谅，推想。有所成：有成就。　[33]安可恒：怎能恒久不变。　[34]奄忽：形容变化急速。　[35]正从相公丧：指护送董晋棺椁西归洛阳。唐制，进士放榜在二月，张籍于贞元十五年二月及第。恰逢是月三日董晋死，死前预知死后汴州必乱，命其子三日敛，既敛即行，韩愈护丧西归。　[36]惝恍（chǎng huǎng）：精神恍惚貌。难为双：指二者难于同时接受。　[37]偃师：今河南偃师。　[38]展转：同"辗转"，翻来覆去、夜不能寐的样子。　[39]绕壁行傍偟：在墙外胡乱行走，不知所措貌。韩愈护董晋丧离汴州七日，军士杀朝廷任命的节度使陆长源作乱。　[40]"我时留妻子"二句：韩愈离汴时家属没有同行。仓卒（cù），匆忙间。卒，通"促"。将，携带。　[41]不复期：不再期待。　[42]零落：指家属离散。甘所丁：甘愿接受所遭遇之事。丁，遭逢，无奈之词。　[43]一日不可更：一天也过不下去。　[44]俄：忽然。　[45]罹（lí）殃：遭遇灾祸。罹，遭受（灾祸、不幸）。　[46]汴水：唐时称通济渠为汴水，西起洛阳，引谷、洛二水入黄河，再自板渚（今河南颍阳北）引黄河至盱眙入淮河。　[47]彭城：古县名，唐时徐州。韩愈家属避乱东奔彭城。　[48]"从丧朝至洛"二句：韩愈护送董晋丧至洛阳，立即东归寻找家属。　[49]假道：借路，此指经过。盟津：即孟津，黄河渡口，古时著名关隘，在河南府河阳（今河南孟州市）南。　[50]行涧冈：行经涧水、山冈。形容旅途艰难。　[51]"日西入军门"二句：日落时分来到河阳城门，人困马乏。军门，指河阳城门，以其地为节度使驻所，故称"军门"。羸（léi）马，瘦弱的马。羸，瘦弱。颠且僵，扑倒且僵硬，形容马匹困乏无力。　[52]主人：指河阳三城节度使李元淳。　[53]陈壶觞（shāng）：指陈设酒宴。壶觞，泛指酒器。　[54]忽忽：恍惚不安貌。因为在变乱中不知家属情形。　[55]丝竹：丝指弦乐器，竹指管乐器。徒轰轰：只是一片轰鸣。因为心情不好，辨别不出乐声。　[56]"决（xuè）若"句：如水鸟受惊慌乱飞去。决，急速貌。惊凫翔，像受惊的野鸭飞起。　[57]次氾（fàn）水：停留在氾水边。次，停留。氾水，发源于河南巩县东南，流经颍阳，北入黄河。　[58]无舟航：没有船。两船相并曰航。　[59]十里黄：形容黄河宽广。　[60]潬（dàn）：沙滩。　[61]"惊波暗合沓"二句：描写河水波高浪急。合沓，重叠。翻芒，形容水面星光闪烁。　[62]蹢躅（zhí zhú）：徘徊不进。　[63]"甲午憩（qì）时门"二句：谓二月二十日来到时门，停留在洧（wěi）水边。甲午，按日历换算为二月二十日。憩时门，停留在时门。憩，休息。时门，古郑国城门，在唐时新郑（今河南新郑）。临泉窥斗龙，典据《左传》昭公十九年："郑大水，龙斗于时门之外洧渊。"洧水流经新郑。泉，同"渊"，避唐高祖李渊讳，这里指时门洧水边。　[64]陈、许：陈州，治宛丘，今河南周口市淮阳区。许州，治长社，今河南许昌。　[65]陂（bēi）泽：沼泽。陂，池塘。　[66]角（gǔ）角：象声词，雉鸣声。雉雊（gòu）：雉鸣。雉，野鸡。雊雉鸣，典出《诗·小雅·小弁》："雉之朝雊，尚求其雌。"郑玄注："雊，雉鸣也。"　[67]行行：走了又走。　[68]徐南疆：徐州南边。　[69]吾兄：韩愈上有三兄：会，介，一不知名；又有从兄俞、岌等。此时，会已故，此处不知指何人。　[70]百口：指全家人。夭殇，死亡。早死谓夭，未成年死曰殇。　[71]仆射南阳公：指许、泗、濠节度使兼徐州刺史张建封（735—800），贞元十二年加检校右仆射衔，这是节度使加官，即"虚衔"。建封字本立，善属文，有节义，原为名将马燧部下，"南阳公"是他的封号。韩愈应是通过马燧之介与其相识。[72]宅我睢水阳：安置我在睢水北岸住下。韩愈《与孟东野书》说："主人与吾有故，哀其穷，居吾于符离睢上。"阳，水北岸。　[73]箧（qiè）：箱笼之类。　[74]盎（àng）：大腹敛口的盆。　[75]子：指张籍。　[76]别离未为久：张籍前一年十月入京应举，半年后再度来访。　[77]二三子：几个人，此指友人。　[78]宦游：出来做官谋生。西京：长安。　[79]"东野窥禹穴"二句：孟郊南游吴越，李翱南游浙东。禹穴，在会稽山（在今浙江绍兴）。相传大禹死后葬于此，山上有孔穴，禹自此而入，称禹穴。李翱（774—836），字习之，古文家，贞元十二年至汴州，与韩愈定交，十四年登进士第，十五年南游浙东，所作《复性书》里有"南观涛江，入于越"句。　[80]萧条：寂寞貌。　[81]舒舒，形容水流舒缓。　[82]丛丛：形容山峦丛聚。这里是想象张籍回归路途所经和故乡和州的景象。　[83]焉所穷：哪里有尽头。　[84]百岁如风狂：喻人生一世如狂风过隙。　[85]高爵：高官位。尚：同"倘"，倘若。　[86]无为守一乡：规劝不要在家乡隐居。无为，不要，这里是勉励张籍出仕。

[**点评**]

　　这是赠友人张籍的长诗，以叙写交谊、友情为线索，历述自己和家属逃脱汴州兵变、流亡徐州的惊险历程，记事陈情，笔力雄健，感情饱满。诗中表达对社会动荡的忧虑、不安，对和平安定生活的向往、渴望，对真挚友谊的珍视、追求，以至在困顿无聊的环境中坚持积极用世之志的心态。这复杂的情怀用五言古诗这一包容广阔、叙写开放的体裁生动鲜活地抒写出来。五古篇幅长短伸缩自由，节奏舒缓，适于叙事，但长篇如笔力不足则容易写得散缓冗长。而韩愈这一篇精心结撰，在按部就班的叙述中，注意结构的转折变化、音情的提掇顿挫，描写淋漓详赡而不嫌繁密，抒情纡徐深厚而不嫌琐碎，造句、用韵亦富有特色。又，中唐时期五言、七言古诗均已相当格律化，但韩愈这首诗却有意识地多用散句，力避骈偶，用韵相当地宽泛自由。全篇基本压下平声"阳""唐"二韵，这是可以通押的两个宽韵（韵部字数多），但韩愈却泛入上平声的"东""钟""江"韵，下平声的"青"韵，去声的"漾"韵，更有多处重复使用同一韵字。这样逸越常规，有效地造成高古超俗的语调，表达出郁积深厚、磊落不平的情怀，充分体现出奇倔高古的风格。而叙事娓娓道来，不避琐细，又是把古文笔法用之于诗，这即是后来宋人所说的"以文为诗"，开创了宋人写诗"散文化"的端倪。

龊　龊 [1]

龊龊当世士，所忧在饥寒。但见贱者悲 [2]，不闻贵者叹。大贤事业异^[3]，远抱非俗观。报国心皎洁，念时涕汍澜^[4]。妖姬坐左右^[5]，柔指发哀弹^[6]。酒肴虽日陈^[7]，感激宁为欢。秋阴欺白日^[8]，泥潦不少干。河堤决东郡^[9]，老弱随惊湍^[10]。天意固有属^[11]，谁能诘其端^[12]。愿辱太守荐^[13]，得充谏诤官。排云叫阊阖^[14]，披腹呈琅玕。致君岂无术^[15]，自进诚独难。

王元启："读此诗首章八句，襟期宏远，气厚辞严，见公悯恻当世之诚发于中，所不能自已。"（《读韩记疑》）

尾联致讥于当道。

[**注释**]

[1] 以首二字立题。龊（chuò）龊：本义为拘谨貌，这里用贬义，意谓卑琐自私。贞元十五年作于徐州。　[2] "但见贱者悲"二句：这里的"贱者""贵者"实则皆属"龊龊"之类，都只是为一己得失而悲喜的人。　[3] "大贤事业异"二句：真正贤德之人的事业与之（龊龊之辈）不同，抱负远大而见解不庸俗。　[4] 念时：感念时势（艰难）。汍澜（huán lán）：泪流不止貌。　[5] 妖姬：美女，指歌妓。　[6] 哀弹：凄清的乐曲。　[7] "酒肴（yáo）虽日陈"二句：虽然每天酒肉陈设不缺，但心怀感慨岂能感到快乐。酒肴，酒菜。肴，做熟的鱼肉。感激，同"感慨"。宁为欢，岂能感到欢乐。宁，岂。　[8] "秋阴欺白日"二句：秋天阴云遮蔽白日，雨涝的泥水一点也没有干。欺，此谓遮蔽。潦，同"涝"，雨水过多。不少，不稍。少，通"稍"。　[9] 东郡：指滑州（属河南道，今河南滑县）。这一年（作诗的贞元十五年）七月黄河在滑州决口，事见《旧唐书·德宗纪》。　[10] 随惊湍：被激流卷走。　[11] 固有属：本来有所寄托。属，通"嘱"。　[12] 诘其端：

追问其缘由。　　[13]"愿辱太守荐"二句:希望得到太守的推荐,充任朝廷负责谏诤的官员。辱,委屈,谦词。太守,指武宁节度使、徐州刺史张建封。　　[14]"排云叫阊阖(chāng hé)"二句:拨开云彩去叫天门,剖开心胸呈现忠心。意谓到朝廷谏诤。阊阖,天门。语本屈原《离骚》:"吾令帝阍开关兮,倚阊阖而望予。"披,剖露。琅玕(láng gān),美石,喻赤心。　　[15]"致君岂无术"二句:谓自己辅佐致君不是没有谋略,但自荐进身确实是太难了。致君,辅佐君主。语本杜甫《奉赠韦左丞丈二十二韵》:"致君尧舜上,再使风俗淳。"岂无术,难道没有谋略。反诘之词。

[点评]

本篇是贞元十五年秋在徐州张建封幕府的咏怀之作。贞元八年韩愈进士及第,但多年不得朝廷任用,不得已而托身幕府。先到汴州董晋处,董晋去世,不得不离去;又投奔徐州张建封。韩愈自视甚高,立志颇大。这一次他本来寄希望于张建封,期待得到他的举荐而入朝为官。但二人显然意不相投。这首诗先是批评"龊龊当世士",然后相对照地指出大贤有"报国""念时"之志,不愿沉溺于个人安乐。这是抒写自己胸怀大志。接着感念滑州大水,老弱飘没,字面上是诘问"天意"难明,实则暗示朝廷治理不当,所以希望得到张建封荐举,入朝为谏官,为民众苦难直言谏诤。但结果只能是感慨自己虽有辅佐君主的谋略却不能自荐进身。诗的写法有意追模阮籍、陈子昂等人坎壈咏怀的传统,感时伤世,抒发怀抱,在短小篇幅里,通过个人身世感受反映社会矛盾侧面。

雉带箭[1]

原头火烧静兀兀[2]，野雉畏鹰出复没。将军欲以巧伏人，盘马弯弓惜不发[3]。地形渐窄观者多[4]，雉惊弓满劲箭加[5]。冲人决起百余尺[6]，红翎白镞随倾斜。将军仰笑军吏贺，五色离披马前堕[7]。

洪迈："韩昌黎《雉带箭》诗，东坡尝大字书之，以为绝妙。"（《容斋三笔》）

沈德潜："此矜惜于已弯弓之后，作诗作文，亦须得此意。"（《唐诗别裁》）

［注释］

[1]雉：野鸡。此诗贞元十五年作于徐州。　[2]原头：原野上。高平曰原。火烧（shào）：着大火。兀兀：静寂貌，形容火势静静地蔓延。　[3]盘马：盘旋走马。惜不发：珍惜时间，等待机会。　[4]地形渐窄：狩猎者接近猎物，因而地势显得窄小。　[5]弓满：拉满弓。　[6]"冲人决（xuè）起百余尺"二句：野鸡惊飞高百尺，射出的羽箭随之斜穿过它的身体。决起，急速飞起来。决，急速貌。语出《庄子·逍遥游》："我决起而飞，抢榆枋而止，时则不至而控于地而已矣。"红翎白镞，描写箭红色翎毛、白色箭头。　[7]五色离披：被射中的野鸡五色毛羽散乱。

［点评］

这是一首描写射猎的诗，在徐州张建封幕府作。短短的十句，有场面，有人物，有射猎的具体过程，人物刻画有典型细节，又有群众烘托，把一个相当宏大的场面描写得鲜明生动、轰轰烈烈。据说苏轼曾把这首诗"大字书之，以为绝妙"。韩愈这类短诗同样显示出他善铺叙的特长，亦多用散句，却并不给人以散漫的印象。这是因为他运笔善于斡旋，描写视角多变幻，又能捕捉生动、具体的细节，遂描绘出逼真的场景。这首诗里的"将军"一联把猎者的高超射猎技巧和骄矜、持重的神态发露无余，甚至有人说由此可以悟出作文法门。"冲人"以下的四句，钱锺书称赞"物态人事，纷现纸上，方驾潘赋（指《射雉赋》）不啻过之"（《管锥编》）。潘赋历史上一向被视为射猎羽禽的名篇。

汴泗交流赠张仆射 [1]

汴泗交流郡城角，筑场千步平如削 [2]。短垣三面缭逶迤 [3]，击鼓腾腾树赤旗。新秋朝凉未见日，公早结束来何为 [4]？分曹决胜约前定 [5]，百马攒蹄近相映。球惊杖奋合且离 [6]，红牛缨绂黄金羁。侧身转臂著马腹 [7]，霹雳应手神珠驰。超遥散漫两闲暇 [8]，挥霍纷纭争变化。发难得巧意气粗 [9]，欢声四合壮士呼。此诚习战非为剧 [10]，岂若安坐行良图。当今忠臣不可得，公马莫走须杀贼 [11]！

描写球戏，有概括，有细节，有烘托，把热烈场面活现出来。最后一语，表达讽喻的主旨。

程学恂："前赋击球，极工尽致，后乃以正规之。此诗之讽与书之谏有不同处。"（《韩诗臆说》）

[注释]

[1]汴泗交流：汴水在今河南荥阳东北接受黄河支流水，东南

流，经今开封市南、商丘市北，至江苏徐州市北汇入源出山东蒙山的泗水，南流注入淮河。张仆射（pú yè）：指徐、泗、濠节度使张建封。仆射，唐代仆射为宰相职称，节度使例带仆射号，是虚衔。此诗贞元十五年作于徐州。　[2] 筑场：指筑马球场。马球，俗称"波罗球"，传自波斯（今伊朗），比赛时分队骑马持杖击球以决胜负，唐时流行于宫廷和军府中。　[3] 短垣（yuán）：矮墙。垣，矮墙。逶迤：此谓环绕。　[4] 结束：装束，此指穿上武将衣装。　[5] "分曹决胜约前定"二句：事前已约定分两队比赛决定胜负，（球场上）众多的马蹄交集好像就在（观众）眼前。分曹，分伙。《楚辞·招魂》："分曹并进。"朱熹注："曹，偶也。"攒蹄，马蹄交集在一起。　[6] "球惊杖奋合且离"二句：上句写球在赛场上惊飞，骑手举起球杖奋力击球；下句写马匹装饰，红色牛毛装饰的套马绳索、黄金制的马笼头。缨，套马的绳子。绂，系缨的带子。羁，马笼头。　[7] "侧身转臂著马腹"二句：描写骑手击球姿态：上句写骑手在马上转身、手臂紧贴马腹，下句写举手间球即霹雳一声飞起。神珠，指球。　[8] "超遥散漫两闲暇"二句：描写击球进网后场面变化：两边的马队先是悠闲地远远分散开，忽然间队形又急速地变化。超遥散漫，远远地分散开。挥霍，迅疾貌。纷纭，杂乱貌。语出陆机《文赋》："纷纭挥霍，形难为状。" [9] 发难得巧：写球技，击球难度很大却处理得十分巧妙。粗：粗豪，豪放。　[10] "此诚习战非为剧"二句：这确实是在训练作战而不是游戏，但还是不如平稳地坐着谋划好的策略。岂若，不若。良图，好的策略。　[11] 马莫走：不要跑马。此指打马毬。走，跑。

[点评]

本篇是韩愈在张建封幕府描写一场马球比赛借机以

进诤言的诗。韩愈另有《上张仆射第二书》（又称《上张仆射论击球书》）说："以击球事谏执事者多矣。谏者不休，执事不止。此非为其乐不可舍，其谏不足听故哉？谏不足听者，辞不足感心也；乐不可舍者，患不能切身也。"这首诗则是他借用更能"感心"的诗的形式来表白击球为"切身"之患，对张建封加以劝止。诗的构思是先用主要篇幅渲染球场击球的热烈场面、骑手技艺的精湛，绘形绘声，穷形尽相，在"欢声四合壮士呼"的高潮之后，陡然反跌，告诫这种比赛作为嬉戏的非是，进而劝勉张建封应当尽忠朝廷，以自己握有的实力去平定叛服不定的强藩。因此，这首诗又可看作是措辞委婉的谏书。具体写法是用主要篇幅来描绘球赛，从"分曹决胜"的总体布局到马的装饰、骑手的动作、观众的情绪、马队的变化，描摹刻画，巨细靡遗，烘托气氛，鲜活生动。短短二十句，便展现了生动场面，显示了高超的描写技巧。最后一节，"忠臣不可得"云云，揄扬中亦讽亦劝，表达了严正的政治态度。

［附录］

酬韩校书愈打球歌
张建封

仆本修文持笔者，今来帅镇红旌下。不能无事习蛇矛，闲就平场学使马。军中役养骁智才，竞驰骏逸随我来。护军对引相向去，风呼月旋期先开。俯身仰击复傍击，难于古人左右射。齐观百步透短门，谁羡养由遥破的。儒生疑我新发狂，武夫爱我生辉光。杖移鬃底拂尾后，星从月下流中场。人不约，心自一。马不鞭，蹄自疾。凡情莫便捷中能，拙自翻惊巧时失。韩生讶我为斯艺，劝我徐驱作安计。不知戎事竟何成，且愧吾人一言惠。

归彭城[1]

天下兵又动[2]，太平竟何时？讦谟者谁子[3]，无乃失所宜。前年关中旱[4]，闾井多死饥。去岁东郡水[5]，生民为流尸。上天不虚应[6]，祸福各有随。我欲进短策[7]，无由至彤墀[8]。刳肝以为纸[9]，沥血以书辞。上言陈尧、舜[10]，下言引龙、夔。言词多感激[11]，文字少葳蕤[12]。一读已自怪，再寻良自疑。食芹虽云美[13]，献御固已痴。缄封在骨髓[14]，耿耿空自奇。昨者到京师，屡陪高车驰[15]。周行多俊异[16]，议论无瑕疵[17]。见待颇异礼[18]，未能去毛皮。到口不敢吐[19]，徐徐俟其醨。归来戎马间[20]，惊顾似羁雌。连日或不语，终朝见相欺[21]。乘闲辄骑马[22]，茫茫诣空陂。遇酒即酩酊[23]，君知我为谁？

陡然而起，直击当政者。

蒋抱玄："人人惊公多险句，余谓险字工夫，实从夷字经验而来。读此首，可以悟关巧。"（转引自《韩昌黎诗系年集释》）

查慎行："一肚皮不合时宜，无所发泄，于此章吐之，究竟不能吐尽。一起一结，感叹何穷。"（《十二种诗评》）

[注释]

[1]彭城：即徐州，古彭城郡、彭城国。唐天宝年间曾一度恢

复彭城郡旧称。唐制，州、镇地方官或其僚属每年正月到京城朝觐，是为"朝正"。韩愈于贞元十五年（799）冬以徐州从事身份朝正京师，翌年春归徐州，作此诗。 [2] 兵又动：又发生战乱。意本《孟子·梁惠王下》："今又倍地而不行仁政，是动天下之兵也。"此指"安史之乱"平定后河北藩镇再次叛乱，故称"又"。据《资治通鉴》卷二三五：贞元十五年三月，彰义节度使（治蔡州，今河南汝南）吴少诚遣兵袭唐州（今河南泌阳），杀监军邵国朝、镇遏使张嘉瑜，掠百姓千余人而去。八月，掠临颍（今河南临颍）。十二月，讨吴诸军自溃于小溵水（淮水上游大溵水上流）。 [3] "讦谟者谁子"二句：指主持军国大计的大臣对于强藩叛乱措置失当。讦谟者，朝廷主政者。讦谟，宏伟的谋划，此指朝廷大计。时宰相为郑余庆，德宗所信任的朝臣还有李齐运、王绍、李实、韦渠牟等。失所宜，措置失当。 [4] "前年关中旱"二句：《新唐书·德宗纪》："（贞元十四年）是冬，无雪，京师饥。"关中，以长安为中心的渭河流域地区，在东函谷、西散关、南武关、北萧关之中，故称"关中"。闾井，村落。古以二十五家为闾。 [5] 东郡水：贞元十五年黄河于滑州（今河南滑县）决口。滑州在京师东，故称"东郡"。杜甫《野老》："王师未报收东郡，城阙秋生画角哀。" [6] 不虚应：不是凭空感应。 [7] 短策：简短奏章，有自谦所见简陋之意。 [8] 彤墀（chí）：红色台阶，指殿廷。彤，红色。墀，台阶。 [9] "刳（kū）肝以为纸"二句：剖开肝胆作纸，洒鲜血写奏章。刳，剖开。沥（lì），滴下。 [10] "上言陈尧、舜"二句：奏章前面陈述尧、舜为君之事，后来写龙、夔为臣之事。龙、夔，舜的两位贤臣。劝谏讽喻之辞。 [11] 感激：感慨激动。 [12] 葳蕤（wēi ruí）：本义是草木茂盛，这里指奏章的文采。 [13] "食芹虽云美"二句：是说自己见识短浅，所献的意见本来十分愚蠢。食芹，典出《列子·杨朱》：宋国田夫穿破衣服勉强过冬，在太阳下晒背，对他妻子说：晒太阳很暖和，还没人知道，如献给君主必有重赏。近邻有富人告诉他：过去有人喜欢吃芹菜，觉得味美，对同乡富人称赞，富人拿来品尝，嘴里、胃里都很难受，惹得大家讥笑。献御，进献，这里指进献给皇帝。　[14]"缄封在骨髓"二句：承上句，是说只好把意见密封在自己的骨髓里，怀抱一片忠心来自我欣赏。缄封，密封。缄，封闭。耿耿，忠诚貌。　[15]屡陪高车驰：常常追随达官贵人的高大车子奔走。　[16]周行（háng）：朝臣。语出《诗经·周南·卷耳》："置彼周行。"毛传："置周之列位。"郑笺："谓朝廷臣也。"俊异：杰出的人。　[17]无瑕疵：没有缺陷。瑕疵，原义指玉的斑痕。　[18]"见待颇异礼"二句：（虽然）受到接待，颇得礼遇，但难免只是虚礼。意谓没有得到真正的重视。见待，接待。异礼，特殊礼遇。毛皮，喻表面虚礼、客套。　[19]"到口不敢吐"二句：有话到口边不敢说出来，只好慢慢等待时机。俟（sì）其蟲（xī），指等待机会。俟，等待。蟲，罅隙，间隙。　[20]"归来戎马间"二句：意谓（朝正京师）回到战马成群的节度使府，惊恐四顾如孤单的鸟。戎马间，指张建封军府。戎马，战马。羁雌，失偶的雌鸟。　[21]终朝：指整天。见相欺：另本或作"相见欺""见我欺"。朱《考》谓三种文字"皆有误"。　[22]"乘闲辄骑马"二句：闲暇时就骑马出游，神情迷茫地走在空旷的山野间。茫茫，神情迷茫。诣，到达。空陂（bēi），空旷山坡。陂，山坡。　[23]酩酊（mǐng dǐng）：大醉。

[点评]

韩愈暂栖徐州张建封幕府，本非所愿。贞元十五年冬，他随节度使府的上计吏（年末汇总所领地区户口、赋税等情况，制成账簿上报给朝廷的使臣）朝正，次年初回到徐州，作诗抒写自己来往所见和回归后的郁闷心情。在朝正途中，他亲见强藩动乱、水旱连年、民生艰窘。他本想借朝正之机登上殿廷，直接上书皇帝加以谏诤。可是他自知位卑言轻，空言无补，而在京城会见的高官大僚，也只是和他虚与委蛇，进言的愿望终于落空。回到徐州幕府，韩愈更是痛感栖身军府、有志难伸、无可奈何的悲哀，满怀对自己处境的不满和失望，只好浪迹郊野，借酒浇愁。诗的写法以去来行踪为线索，纪实和述怀兼顾，看似平铺直叙，却夹叙夹议，重点突出，显示出高超的艺术概括笔力。

赠侯喜 [1]

吾党侯生字叔起 [2]，呼我持竿钓温水 [3]。平明鞭马出都门 [4]，尽日行行荆棘里 [5]。温水微茫绝又流 [6]，深如车辙阔容辀 [7]。虾蟆跳过雀儿浴 [8]，此纵有鱼何足求 [9]。我为侯生不能已，盘针擘粒投泥滓 [10]。晡时坚坐到黄昏 [11]，手倦目劳方一起 [12]。暂动还休未可期 [13]，虾行蛭渡似皆疑。举竿引线忽有得，一寸才分鳞与鳍 [14]。是日侯生与韩子 [15]，良久叹息相看悲 [16]。我今行事尽如此，此事正好为吾规 [17]。半世遑遑就

以幽默机趣抒写人生感慨。场面描写如临其境。

举选[18]，一名始得红颜衰[19]。人间事势岂不见，徒自辛苦终何为[20]。便当提携妻与子，南入箕、颍无还时[21]。叔起君今气方锐[22]，我言至切君勿嗤[23]。君欲钓鱼须远去，大鱼岂肯居沮洳[24]。

查慎行："通篇多为结句作势。"（《十二种诗评》）

[注释]

[1]侯喜：韩愈友人，字叔起，上谷（今河北易县）人。贞元十七年（798），韩愈去徐归洛，过睢阳（今河南商丘），与之同游，二人在此时或此前已定交。贞元十八年，侯喜举进士，韩愈作《与祠部陆员外（傪）书》《与汝州卢（虔）郎中论荐侯喜状》加以荐举。次年登第，后任校书郎、国子主簿等职。韩愈有《洛北惠林寺题名》："韩愈、李景兴、侯喜、尉迟汾，贞元十七年七月二十二日鱼于温洛，宿此而归。昌黎韩愈书。"此诗所写应即这次垂钓事。　[2]吾党：指同道者。起：古"起"字。　[3]温水：即洛水，古称"温洛"，自西南方流入洛阳，横穿市区流向东北。　[4]平明：拂晓。都门：指东都洛阳城门。　[5]行行：走了又走。　[6]微茫：此指细微，形容天旱水少。绝又流：流水断断续续。　[7]阔容辀（zhōu）：意谓水面只有一车的宽度。辀，车辕，此指一辆车。　[8]虾蟆：蟾蜍。　[9]纵：即使。何足求：指不值得追求（来钓鱼）。何足，不足。　[10]盘针：弯针为钩。擘（bāi）粒：剖粒为饵。擘，用手分开。泥滓：泥浆。　[11]晡（bū）时：即申时（下午三点到五点）。　[12]方一起：才起身。　[13]"暂动还休未可期"二句：描写垂钓心态：水面一时波动，很快又平静下来，觉得没有什么希望（钓到鱼），看见虾和蛭（zhì）在水中游动又都怀疑有鱼在水下。蛭，蚂蟥。　[14]一寸：指小鱼。　[15]是日：这一天。　[16]良久：很久。　[17]为吾规：作为自己的规箴。　[18]遑遑：匆忙貌。举选：科举、选

官。 [19]一名始得：刚刚得到一个官职。名，指职称。衰（cuī）：
衰老。 [20]徒自辛苦：自己白白受辛苦。 [21]箕、颍：箕山
和颍水。箕山又称许由山，在河南登封东南，颍水源出河南登封
西，相传尧时巢父、许由曾隐居于此，因此箕、颍指代隐居之
地。 [22]气方锐：血气方刚，指正年轻。 [23]至切：最为真切。
嗤：讥笑。 [24]沮洳（jù rù）：低湿地带，此指如干涸的洛水这
样的地方。

[点评]

侯喜是韩愈的后辈，与韩愈交游。他显然有才情，得
到韩愈的器重。在写这首诗不久后的秋天，韩愈曾向友人
举荐侯喜，说他"家贫亲老，无援于朝，在举场十余年，
竟无知遇"（《与汝州卢（虔）郎中论荐侯喜状》）。侯喜
连年科举不利，显然很不得志，韩愈对他自有同病相怜之
感。这首诗写和侯喜等人一起垂钓事，实则立意在结尾两
句：规劝对方到远方江湖河海去钓大鱼。《庄子·外物》篇
有任公子以大钩巨缁钓巨鱼的寓言，原本是指高士的超世
绝伦之行，后世往往用这个典故比喻树大志、立大功。韩
愈在这里也是借以表达对侯喜的鼓励和祝愿。作为散文家
的韩愈善叙事，这首诗叙写的是与友人一起垂钓的生活琐
事：描绘一个在枯水中钓小鱼的场面。情境本来显得尴尬，
而诗人用调侃、幽默的笔调出之，以平易流畅的语言生动
描摹钓鱼情境，捕捉物态变化、人情心情，绘影绘形，妙
趣横生，把鲜活如画的场面展现在读者面前，而字里行间
又寄喻着牢骚、感慨，戏谑言辞引人思索。又，韩愈早年
有朋友评论他写作中"为无实驳杂之说"，"以文为戏"（《答

张籍书》），实则这首诗的取材和写法也有浓重的"以文为戏"意味。从字面意义看，"以文为戏"的评价似褒似贬，或者说亦褒亦贬，难以确定。然而表现在这样的作品里却是韩愈对于写作技巧和艺术风格的发展，同时又体现他乐观不屈的人生姿态。

落　齿[1]

去年落一牙[2]，今年落一齿。俄然落六七[3]，落势殊未已。余存皆动摇，尽落应始止。忆初落一时，但念豁可耻[4]。及至落二三，始忧衰即死。每一将落时，懍懍恒在己[5]。叉牙妨食物[6]，颠倒怯漱水。终焉舍我落[7]，意与崩山比。今来落既熟，见落空相似。余存二十余，次第知落矣。傥常岁落一[8]，自足支两纪。如其落并空[9]，与渐亦同指。人言齿之落，寿命理难恃。我言生有涯，长短俱死尔。人言齿之豁，左右惊谛视[10]。我言庄周云[11]，木雁各有喜。语讹默固好[12]，嚼废软还美。因歌遂成诗[13]，持用诧妻子。

身边琐事，絮絮写来，实抒写人生至理。

查慎行："曲折写来，只如白话，渊明《止酒》一篇，章法尔尔。"（《十二种诗评》）

蒋抱玄："惟真最难写得痛，惟率最难写得快。"（转引自《韩昌黎诗系年集释》）

早衰落齿，可悲可悯，率意书写，五味杂陈。

［注释］

[1]韩愈《与崔群书》中有"近者尤衰惫，左车第二牙无故

动摇脱去”云云，文作于贞元十八年国子四门博士任上。此诗作于同一时期。　[2]牙、齿：上曰齿，下曰牙。《说文解字》卷二下：“齿，口断骨也，象口齿之形，止声。……牙，牡牙也，象上下相错之形。”　[3]“俄然落六七”二句：突然间落了六七颗，脱落的情势绝未停止。殊，绝，断。　[4]豁可耻：韩愈《送侯参谋赴河中幕》诗中有“我齿豁可鄙”句。　[5]懔（lǐn）懔：惊惧貌。　[6]“叉牙妨食物”二句：（牙齿）参差不齐，妨碍吃东西；歪斜动摇，害怕漱口。叉牙，参差不齐貌。颠倒，牙齿动摇貌。　[7]“终焉舍我落”二句：最后都会舍弃我而脱落，设想其情形应像山崩一样。　[8]“傥常岁落一”二句：如果按平常情形每年落一颗，还足以支持二十年。傥，假如，预想之词。两纪，十二年为一纪。《书·毕命》：“既历三纪。”孔传：“十二年曰纪。”　[9]“如其落并空”二句：假如它们一起掉落，这和逐渐掉落意思是同样的。指，意向，意思。　[10]谛视：认真看。　[11]“我言庄周云”二句：典出《庄子·山木》：“庄子行于山中，见大木，枝叶盛茂，伐木者止其旁而不取也。问其故，曰：‘无所可用。’庄子曰：‘此木以不材得终其天年。’夫子出于山，舍于故人之家。故人喜，命竖子杀雁而烹之。竖子请曰：‘其一能鸣，其一不能鸣，请奚杀？’主人曰：‘杀不能鸣者。’明日，弟子问于庄子曰：‘昨日山中之木以不材得终其天年，今主人之雁以不材死，先生将何处？’庄子笑曰：‘周将处乎材与不材之间……’”这里是喻有用和无用之间各有忧乐。　[12]“语讹默固好”二句：承上《庄子》寓言，说牙齿掉了也有好处：口齿不清、沉默不语，故然很好；（没有牙）不用咀嚼，吃软东西也很美。语讹，说话不清楚。　[13]“因歌遂成诗”二句：因而吟诵出来成为一首诗，用它来向妻子夸耀。歌，指吟诵作诗。诧，告知，这里有夸耀、讥嘲的意思。

[点评]

这首诗有更浓重的"以文为戏"意味。韩愈身体早衰。他在作这首诗的同一年写了《祭十二郎文》，说"吾年未四十，而视茫茫，而发苍苍，而齿牙动摇"。而这又是他仕途不利、处境艰难的时期。他在这一时期的诗文里屡屡对自己的早衰抒发感慨。落齿看似事小，但作为体力衰败的表现，所造成的伤痛无疑给他的人生与意念增添了不小的冲击。他遂以这种本来难以入诗的"落齿"题材写成这样一首诗。陶渊明、杜甫都善于拿身边琐事作为题材写诗。他们的这类作品往往不是斤斤于小我的得失嗟悲叹老，而是以小见大，利用生活琐末来抒写对于世界和人生的感受和看法，展示个人真实的精神世界，表达具有现实意义的主题。韩愈发挥了这一艺术传统，他咏"落齿"，实际是在表达一种顺适自然的人生哲理，展现自己面对人生疾患不屈不馁、坚毅乐观的人生态度，遂在轻松、幽默的情调中表现意义重大的思想内涵。这首诗的语言和风格有别于韩愈诗雄奇高古的总体特征，而是真率浅俗，夺口而出，娓娓道来，以俗为雅，造成一种戏谑情趣，给人感染，引人思索。

湘　中 [1]

猿愁鱼跃水翻波，自古流传是汨罗 [2]。
萍藻满盘无处奠 [3]，空闻渔父扣弦歌。

陈迩东："此诗写楚地，吊楚贤，所以用《楚辞》词汇。"（《韩愈诗选》）

[注释]

[1]湘中：今湖南中部。韩愈于贞元十九年冬被贬阳山，行至湘中应在次年春，作此诗。   [2]汨罗：汨罗江，源出江西，西北流至湖南湘阴石磊山入洞庭湖。古传江上屈潭为屈原自沉处。   [3]"萍藻满盘无处奠"二句：描写江边荒僻，虽然（为祭奠屈原）备下萍藻祭品，但无处祭奠，只听到渔父歌唱。此暗用屈原赋《渔父》，其中写他行吟泽畔，见有渔父劝谏，他答辩后，"渔父莞尔而笑，鼓枻而去，歌云……"。萍藻，萍与藻是古代用以祭祀的水草。奠，祭祀。

朱彝尊："气劲有势。"（转引自《韩昌黎诗系年集释》）

[点评]

此诗表达对尽忠而获谴、沉渊以明志的古代伟大诗人屈原的服膺尊敬之意。韩愈流贬南荒，经过相传屈原沉渊处，自会引屈原为同调，感慨良多，遂写诗表达敬重、追踪前贤的用意。此篇暗用屈原《渔父》诗意，用语和意境亦有意追模屈赋。屈原的人格和作品对他的为人与创作都有巨大而深远的影响。

王夫之："寄悲正在兴比处。"（《唐诗评选》）

程学恂："退之七律只十首，吾独取此篇为能真得杜意。"（《韩诗臆说》）

答张十一[1]

山净江空水见沙[2]，哀猿啼处两三家。
筼筜竞长纤纤笋[3]，踯躅闲开艳艳花[4]。
未报恩波知死所[5]，莫令炎瘴送生涯。
吟君诗罢看双鬓，斗觉霜毛一半加[6]。

[**注释**]

[1]张十一：张署（758—817），河间（今河北河间）人，贞元二年（786）进士，举博学宏辞科，为秘书省校书郎。贞元十九年冬，韩愈拜监察御史，张署亦被李汶所荐为御史，年末同时遭贬，张署得郴州临武（今湖南临武）令。二人相偕南行，至临武告别，张署写诗，韩愈作答，然后继续南下。后来他们遇赦，又一同量移荆州。　[2]江空：江水明净。这里指发源于临武的北江。　[3]筼筜（yún dāng）：一种皮薄、节长而秆高的竹子。纤纤：细小貌。　[4]踯躅（zhí zhú）：这里指杜鹃花，又名映山红。闲开：形容花的开放姿态自然。　[5]"未报恩波知死所"二句：没有报答朝廷恩德，可是已经知道另有死处（意谓可能不会再回到长安），但不愿让（贬地的）炎热瘴气断送生命。恩波，恩泽，指朝廷对自己有深恩厚德，是曲笔，也是牢骚之语。知死所，知道另有死处。炎瘴，炎热地区的瘴气。瘴气，南方让人致死的疫气。生涯，指生命。　[6]斗觉：立即感到。斗，通"陡"，顿时。一半加：增加一半（白发）。

[**点评**]

张署原唱（见下录）表达情绪偏于消极：颈联用了贾谊"鹏鸟"典：西汉的贾谊被朝廷斥逐为长沙王傅，三年，有鹏鸟飞入舍内，以为不祥，谊既久谪居长沙，其地卑湿，遂自伤悼，以为寿不得长，作《鹏鸟赋》自比。张署诗里用以自比，并期待得到朝廷恩赦（"涣汗"意谓帝王发布命令），能够归田隐居。韩愈答诗的结句呼应其悲情，但颈联却另作劝慰："未报恩波"句是曲笔、牢骚之语，"莫令炎瘴"句则暗示对未来重得大用的希望和信心。这首诗格律精严，前半描写，后半议论，是七律的一般结构方式。前幅描绘临武山川民居全景，有竹林、杜鹃花等细节，景象显得空灵鲜明又静谧萧条，笔端流露出淡淡的哀愁；后幅议论就原唱翻案，有精辟的识见，有深情的劝慰。短短八句诗，结构开阖变化，境界鲜明生动，感情浓郁，富有深度。

［附录］

赠韩退之

张署

九疑峰畔二江前，恋阙思乡日抵年。
白简趋朝曾并命，苍梧左宦一联翩。
鲛人远泛渔舟水，鹏鸟闲飞露里天。
涣汗几时流率土，扁舟西下共归田。

（《全唐诗》卷三一四）

元好问："有情芍药含春泪，无力蔷薇卧晚枝。拈出退之《山石》句，始知渠是女郎诗。"（《论诗三十首》）

查慎行："写景无意不刻，无语不辟；取径无处不断，无意不转。屡经荒山古寺来，读此始愧未曾道著只字。"（《十二种诗评》）

山　石[1]

山石荦确行径微[2]，黄昏到寺蝙蝠飞。升堂坐阶新雨足[3]，芭蕉叶大支子肥[4]。僧言古壁佛画好，以火来照所见稀[5]。铺床拂席置羹饭[6]，疏粝亦足饱我饥[7]。夜深静卧百虫绝，清月出岭光入扉[8]。天明独去无道路，出入高下穷烟

霏 [9]。山红涧碧纷烂漫，时见松枥皆十围 [10]。当流赤足踏涧石，水声激激风吹衣。人生如此自可乐，岂必局束为人靰 [11]。嗟哉吾党二三子 [12]，安得至老不更归 [13]。

刘熙载："昌黎诗务去陈言，故有倚天拔地之意。《山石》一作，辞奇意幽，可为《楚辞·招隐士》对，如柳州《天对》例也。"（《艺概》）

［注释］

[1] 以首二字为题。写作年代难以确考。所述为南方景物，姑置于此。　[2] 荦确（luò què）：奇险高峻貌。行径微：（山间）小路狭窄。　[3] 升堂：升上殿堂，这里指佛殿。　[4] 支子肥：栀子果实饱满。支，通"栀"。栀子是一种常绿灌木，果实可入药。　[5] 稀：稀微，模糊不清。　[6] 拂席：拂拭坐席。羹饭：汤和饭。　[7] 疏粝（lì）：粗糙饭食。疏，粗。粝，糙米。　[8] 光入扉（fēi）：月光射进门里。扉，门。　[9] 穷烟霏（fēi）：穷尽在云雾里。烟霏，烟云弥漫貌。霏，云气弥漫。　[10] 枥：即栎树，俗称柞树。十围：一围的周长说法不一，一般两手合抱为一围。这里"十围"是虚数，言树干粗大。　[11] 局束：羁束。为人靰（jī）：被别人牵制。靰，马嚼子，此处作动词。　[12] 吾党：犹我辈。二三子：泛指复数的人。　[13] 不更归：指不如弃官归家。

［点评］

这也是一首纪游诗，以首二字立题。所写为南方景物，题材和本书后面的《题南岳门楼》相同，而写法迥异，表达的感情也不一样。因为不是名山，就不能如《题南岳门楼》那样就相关名山展开议论，而是直接描写进山情形，历历叙写黄昏入山、到寺、留宿到次晨出山的所见所闻与感受。首四句写古寺荒凉，却展现出一片生机盎然；接下来写僧人、写壁画、被招待羹饭、月夜入眠，运笔简括而表达细密，刻画出一派典雅、静谧而不失明丽的风景；写第二天拂晓出寺，突出山间隔绝人寰、开阔宏大、明净烂漫的风光，抒发一时间解脱世事羁束的轻松愉悦心情，遂引发出高蹈超世的遐想。"当流"一句暗用古诗《沧浪歌》"沧浪之水浊兮，可以濯我足"句意，接下来的"水声激激"句正可烘托一片飘然潇洒的情怀。全篇只是按部就班地叙写，看似无意求工，但一句一景，语丽辞新，绘声绘色；句律多用散，力避骈偶，更有助于表达诗人磊落不平的心情。

宿龙宫滩[1]

浩浩复汤汤[2]，滩声抑更扬。
奔流疑激电[3]，惊浪似浮霜[4]。
梦觉灯生晕[5]，宵残雨送凉。
如何连晓语[6]，一半是思乡[7]？

"梦觉"一转，点出客宿，始明前幅为听水，"灯生晕"为所见。短篇情境浑成，一唱三叹。

[**注释**]

[1]龙宫滩：在阳山县（今广东阳山）。湟水流过阳山城南，为阳溪水，南十里为龙坂滩，又南十五里为龙宫滩。贞元二十年秋，韩愈作此诗于阳山贬所。　[2]汤（shāng）汤：大水貌。　[3]疑：疑似。　[4]浮霜：形容流沫飞溅的样子。　[5]"梦

觉灯生晕"二句：梦醒后看见灯火光晕，拂晓时分雨水送来凉爽。晕，此指灯火光圈。宵，夜。　[6]如何：此表疑问，为什么。连晓语：交谈到清晨。　[7]一半是思乡：朱《考》此句作"只是说家乡"。

［点评］

此诗抒写韩愈在贬所阳山夜宿龙宫滩边过夜的情境，其首联描摹"听水"之工巧一向被人称道。（蔡绦）《西清诗话》记载："退之《宿龙宫滩》诗云：'浩浩复汤汤，滩声抑更扬。'黄鲁直曰：'……所谓浩浩、汤汤、抑更扬者，非谪客里夜卧饱闻此声，安能周旋妙处如此邪！'"诗八句，写听水，写整夜不眠，写彻夜话思乡之情，忧思旅愁，表达了远贬游子的艰辛和对故乡的怀念。

叉鱼招张功曹[1]

叉鱼春岸阔，此兴在中宵。大炬然如昼[2]，长船缚似桥。深窥沙可数[3]，静捞水无摇。刃下那能脱[4]，波间或自跳。中鳞怜锦碎[5]，当目讶珠销。迷火逃翻近[6]，惊人去暂遥。竞多心转细[7]，得隽语时嚣。潭馨知存寡[8]，舷平觉获饶。交头疑凑饵[9]，骈首类同条。濡沫情虽密[10]，登门事已辽[11]。盈车欺故事[12]，饲犬验今朝。

描摹工细，语带机趣，情境如画。

血浪凝犹沸[13]，腥风远更飘。盖江烟幂幂[14]，拂棹影寥寥[15]。獭去愁无食[16]，龙移惧见烧。如棠名既误[17]，钓渭日徒消[18]。文客惊先赋[19]，篙工喜尽谣。脍成思我友[20]，观乐忆吾僚[21]。自可捐忧累[22]，何须强问鸮[23]。

与《赠侯喜》诗一样，全篇描写为结句造势。

[注释]

[1] 张功曹：张署。贞元二十一年二月朝廷施赦。夏秋之际，韩愈离开阳山到郴州（今湖南郴州），与张署同俟新命。后接朝命量移，韩愈为江陵（今湖北荆门江陵县）法曹参军，张署为江陵功曹参军，同为军府幕职。唐江陵为上州，诸曹参军正七品下。韩愈时有《祭郴州李使君》文，中有"投叉鱼之短韵，愧韬瑕而举秀"句，即指此诗所述。李使君讳伯康，字士丰，时为郴州刺史。   [2]"大炬然如昼"二句：点燃大的火炬照明如白天，把几艘长船串联起来如桥梁一样。大炬，大的火把。然，同"燃"。   [3]"深窥（kuī）沙可数"二句：形容窥探鱼的踪迹：向水深处看直到能看清沙子，（为了不惊动水里的鱼，）停下船来让水面不再摇动。窥，看。静搒（bàng），让船停下来。搒，划船。   [4]"刃下那能脱"二句：鱼叉投下去，鱼哪能逃脱，有的只能在波浪间跳跃。   [5]"中鳞怜锦碎"二句：鱼被刺中，（样子）可怜如织锦破碎；刺中鱼目，惊看如珍珠粉碎。   [6]"迷火逃翻近"二句：（鱼群）被火炬光芒迷惑反而逃到岸边近处，被人惊吓又徒然游到远处。暂，突然。   [7]"竞多心转细"二句：争相多捕，（叉鱼的人）更加细心；叉得大鱼，（众人）喧哗起来。得隽（jùn），得到大鱼。隽，通"俊"，出

众。嚣，喧哗。　[8]"潭罄（qìng）知存寡"二句：潭里被淘空，知道留下来的鱼已经不多；船舷和水面齐平，发觉收获丰饶。罄，尽。饶，丰富，多。　[9]"交头疑凑饵"二句：描写叉上来的鱼的样子：鱼头交错在一起像凑向食饵，两头相并在一起像是同一条。骈首，两头相并。　[10]濡沫：本意是困在陆地上的鱼口吐水沫相互润湿求活。典出《庄子·大宗师》："泉涸，鱼相与处于陆，相呴以湿，相濡以沫。"　[11]登门：登龙门。河津一名龙门，在今陕西韩城和山西河津间的黄河上，据传大鱼集龙门下数千，争得上，上者为龙，不上者曝腮而死。志已辽：志向已变得遥不可及。此谓叉上来的鱼虽然濡沫求活像是感情亲密，但已不再能登上龙门。　[12]"盈车欺故事"二句：上句是说叉上来的鱼装满车子，超过古时"盈车"传说。语出《孔丛子·抗志》："魏人钓于河，得鳏鱼焉，其大盈车。"下句用《盐铁论》"江陵之滨，以鱼饲犬"典，说这样的记载今天终于应验了。　[13]"血浪凝犹沸"二句：河面血染波澜，凝结泡沫如沸，鱼腥味随风飘到远处。犹，亦。　[14]羃（mì）羃：同"幂幂"，深密貌。　[15]拂棹：回船。棹，船桨。寥寥：同"辽辽"，遥远貌。　[16]"獭去愁无食"二句：水獭担忧没有食物而离去，龙害怕被烧也迁移了。[17]如棠：用《左传》隐公五年典："（鲁隐）公将如棠观鱼者。"棠是春秋时期鲁国邑名，在今山东鱼台县北，所谓"观鱼"实指捕鱼，此谓这次叉鱼不同于古人所说的"如棠"。　[18]钓渭：典据《史记·齐太公世家》：吕尚穷困年老，在渭水滨钓鱼以待周西伯。此谓这次叉鱼耗费时光，也不同于吕尚以钓鱼来谋求进身。　[19]"文客惊先赋"二句：文人们（指此次参加叉鱼的人，包括诗人自己）激动而争相赋诗，船工们兴奋地尽情歌唱。篙工，船工。谣，随口唱出。　[20]脍（kuài）成：做成鱼脍。脍，细切的鱼肉。　[21]观乐：用《左传》襄公二十九年"吴公子札……请观于周乐"典，这里用其字面义，指参与捕鱼之乐。吾僚：同僚。　[22]捐忧累：忘掉忧患。　[23]问鸮（xiāo）：鸮，猫头鹰。《史记·屈原贾生列传》，汉贾谊被贬长沙，作《鵩鸟赋》，以为"鵩似鸮，不祥鸟也"，并发问："请问于鵩兮，予去何之？"这里为押韵而活用典故，把问鵩改成问鸮，是说得到叉鱼之乐，就不必如古人贾谊那样忧虑前程了。

[点评]

永贞元年夏，朝廷施赦，韩愈得以离开阳山到郴州待命，又和老友张署相会，一起等待朝廷的处置信息，接受刺史李伯康的招待。这是记叙宾主一起叉鱼游兴的诗。前幅描写叉鱼的热烈场面，渲染参与者的勃勃兴致；而后面又以可捐"忧累"、不须"问鸮"的劝勉之词戛然作结，从而表达出游兴之外对前途的忧虑。诗中写叉鱼场面，和前面选录的《赠侯喜》诗写在洛水钓鱼的情境全然不同：在洛水那次是在干涸的浅水边钓不到鱼，这次是在江上叉鱼大获丰收。相同的是两首诗同样体现了诗人的叙事、描摹之功。这一篇将叉鱼场面的人情、物态体察入微，描绘得热闹非凡，又多所铺叙，多做刻画，多用对句，多使事典，多用"狠重奇险"的辞藻，这些则是借鉴了赋的笔法，鲜明地体现了"以文为诗""以学问为诗"的特色。两首诗同样体现浓厚的幽默情趣，流露出对于人生世态的开朗、乐观态度。读者玩味之下，不能不受到感染，觉得余味无穷。

八月十五夜赠张功曹[1]

　　纤云四卷天无河[2]，清风吹空月舒波。沙平水息声影绝，一杯相属君当歌[3]。君歌声酸辞且苦，不能听终泪如雨："洞庭连天九疑高[4]，蛟龙出没猩鼯号[5]。十生九死到官所[6]，幽居默默如藏逃[7]。下床畏蛇食畏药[8]，海气湿蛰熏腥臊。昨者州前槌大鼓[9]，嗣皇继圣登夔、皋。赦书一日行万里[10]，罪从大辟皆除死。迁者追回流者还[11]，涤瑕荡垢朝清班。州家申名使家抑[12]，坎轲只得移荆蛮[13]。判司卑官不堪说[14]，未免捶楚尘埃间[15]。同时辈流多上道[16]，天路幽险难追攀。"君歌且休听我歌，我歌今与君殊科[17]。一年明月今宵多，人生由命非由他，有酒不饮奈明何[18]！

[注释]

　　[1]张功曹：张署，时已得到量移为江陵功曹参军的任命。贞元二十一年八月四日顺宗禅位，宪宗即位，改元永贞，大赦。时韩愈和张署正在郴州（今湖南郴州）待命，十五日中秋大赦诏书传到，夜作此诗。　[2]纤云：云彩微淡。天无河：天上不见银河。照应下面的"月舒波"，因为月光明亮。　[3]一杯相属

対方歌词作为全篇主体，结构奇妙，别具一格。

朱熹："言张之歌词酸苦，而己直归之于命，盖反《骚》之意。而其词气抑扬顿挫，正一篇转换用力处也。"（《昌黎先生集考异》）

程学恂："此诗料峭悲凉，源出楚《骚》。入后换调，正所谓一唱三叹有遗音者矣。"（《韩诗臆说》）

方东树："一篇古文章法。前叙，中间以正意苦语、重语作宾，避实法也。一线言中秋，中间以实为虚，亦一法也。收应起，笔力转换。"（《昭昧詹言》）

（zhǔ）：举一杯酒相劝。属，同"嘱"。君当歌：您立即作歌。当，即。　[4]九疑：九疑山，在今湖南宁远县南。　[5]猩鼯（wú）：猩猩和飞鼠。鼯，飞鼠。自此以下至"天路幽险难追攀"是隐括张署原唱，回忆南贬情形。原唱已佚。　[6]官所：指贬官之地。　[7]幽居：深局不出。如藏逃：像是躲藏逃避。　[8]"下床畏蛇食畏药"二句：下床怕遇到毒蛇，吃东西怕中蛊毒，近海湿气、湿地虫子腥臊气熏人。药，据传江南数郡有在饮食中放置蛊毒（一种毒虫）杀人的风俗。蛰，典出《周易·系辞下》："龙蛇之蛰，以存身也。"虞翻注："蛰，潜藏也。"　[9]"昨者州前槌大鼓"二句：昨天在州府门前击鼓，（宣告）继位皇帝（唐宪宗李纯）承续前代皇帝（唐顺宗李诵）进用如夔、皋一样的贤臣。州前槌大鼓，唐制，逢大赦日，要在官府前击鼓，集百官、父老、囚徒，宣布朝廷诏书。登，此指任用、晋升。夔、皋，相传夔为舜的乐官，皋为舜时掌刑狱之官，后世用以指贤臣。　[10]"赦书一日行万里"二句：唐制，朝廷大赦传递诏书急速，日行万里是夸张之辞。大辟，古五刑之一，死刑。除死，免除死刑。《旧唐书·顺宗纪》："自贞元二十一年八月五日已前，天下死罪降从流，流以下递减一等。"　[11]"迁者追回流者还"二句：继续陈述赦令内容：被贬黜官员遣使追回，流放者回归（京城）；除去（朝廷）瑕疵污垢，清理朝臣班列。迁者，左迁者，被贬黜的官员。流者，流放者。涤瑕荡垢，指清除朝中奸佞、无能之辈。涤，清洗。瑕，玉石上的斑点。荡，除去。垢，污秽。朝清班，清理朝臣班列。班，班列。　[12]州家申名：州府上报（应被施赦者）名字。指当时郴州已把自己名字列在大赦名单里。使家抑：被使府所抑止。郴州隶属湖南观察使，时湖南观察使、潭州刺史为杨凭。此处是说杨凭迎合朝廷权臣旨意压制自己。　[13]移荆蛮：量移到荆州。因罪远谪的官吏遇朝廷大赦酌情迁调到近处任职。这里是说自己受到使府压制，未得赦免回朝，被量移到荆州。移，量移。荆蛮，江陵为古荆楚（蛮荒之地），贬称。　[14]判司卑官：韩愈被任命为荆州府法曹参军，张署被任命为荆州府功曹参军。唐制，州府分曹判事，参军判一司之事，称"判司"，官职低微，称"卑官"。　[15]捶楚：用杖或板子打。唐制，诸司属官，若有过，可受杖责。　[16]"同时辈流多上道"二句：与自己情况相同的人多遇赦走上回朝之路，但（对自己来说）回归朝廷的路犹如登天，深幽艰险难以追随攀援。上道，指遇赦北上。天路，回归朝廷的路如登天。　[17]殊科：品类不同。科，品，类。　[18]奈明何：意谓怎么对得起这月色呢！奈，奈何。明，指月亮。

［点评］

贞元二十一年夏秋之际，韩愈离开阳山，到郴州待命。八月四日，宪宗即位，大赦，他和友人张署一起被量移到偏远西方的荆州为判司。他们本想能够重回朝廷，得到大用，这时的失望和怨抑难以言表，遂作诗唱和。张署原唱不传，韩愈在这首诗里用主要篇幅巧妙地把友人诗意加以隐括，作为诗的主体部分。这在诗作结构也是一种创格。借这样的结构能够更真切地写出两个人同样的心情，也体现了二人心心相印、同病相怜的深厚情谊。诗的结句把不幸归之天命，故作开解，也是无可奈何之语。诗的开篇描写中秋美丽月色；然后构思一转，反客为主，引用对方声酸辞苦的述情长歌；结尾又回到自己抒写安慰之词上来，慨叹人生有命，月色难得，是劝慰，也是更深一层的怨抑。韩愈应不是一字一句地照抄张署原作，而是隐括其意趣进行再创作，所引大段诗意和诗语与前后自己的抒写相呼应，显示巧妙的构思技巧和杰出的笔力。全篇二十九句，分为主、客、主歌唱三个层次，内容两度转换，首尾呼应，谋篇布局得虚实开阖之妙，造成尺幅千里之势。二十九句七换韵，每韵二至八句不等，最后一句单收，更能突显出磊落顿挫音情，把怨愤不平的情绪发挥到顶点。

谒衡岳庙遂宿岳寺题门楼[1]

五岳祭秩皆三公[2]，四方环镇嵩当中。火维地荒足妖怪[3]，天假神柄专其雄[4]。喷云泄雾藏半腹[5]，虽有绝顶谁能穷。我来正逢秋雨节，阴气晦昧无清风[6]。潜心默祷若有应[7]，岂非正直能感通。须臾静扫众峰出[8]，仰见突兀撑清空[9]。紫盖连延接天柱[10]，石廪腾掷堆祝融。森然魄动下马拜[11]，松柏一迳趋灵宫[12]。粉墙丹柱动光彩[13]，鬼物图画填青红[14]。升阶伛偻荐脯酒[15]，欲以菲薄明其衷[16]。庙令老人识神意[17]，睢盱侦伺能鞠躬[18]。手持杯珓导我掷[19]，云此最吉余难同。窜逐蛮荒幸不死[20]，衣食才足甘长终[21]。侯王将相望久绝[22]，神纵欲福难为功。

陈迩东："以纪游来抒写牢骚。"（《韩愈诗选》）

黄震："恻怛之忱，正直之操，坡老所谓'能开衡山之云'者也。"（《黄氏日钞》）

方东树："庄起，陪起。此典重大题，首以议为叙，中叙中夹写。意境托句俱奇创。以己收。凡分三段。'森然'句奇纵。"（《昭昧詹言》）

夜投佛寺上高阁，星月掩映云曈昽[23]。猿鸣钟动不知曙[24]，杲杲寒日生于东[25]。

[**注释**]

[1]衡岳：南岳衡山，在今湖南衡阳市北。韩愈受朝命量移赴江陵，北上途中过衡山，谒衡岳庙，作此诗，时应在永贞元年九月。　[2]"五岳祭秩皆三公"二句：五岳，中岳嵩山、东岳泰山、西岳华山、南岳衡山、北岳恒山的统称。祭秩皆三公，据《礼记·王制》，天子祭祀五岳，祭典品级按三公对待。三公或称三师，指太师、太傅、太保，名义上的帝师，唐时为宰相或藩帅加衔。实际上，唐天宝年间五岳已经封王，南岳封司天王。四方环镇，指东、西、南、北四岳围绕。嵩当中，嵩山居中。　[3]火维：指南方，南方属火。维，边隅。足妖怪：多有妖怪。　[4]天假神柄：上天赋予山神权柄。相传祝融为高辛氏火正，死后为火神，镇守南方。专其雄：独自称雄。　[5]"喷云泄雾藏半腹"二句：衡山半山腰以上隐没在流动的云雾之中，因而怀疑又有谁能够攀上绝顶。半腹，指半山腰。　[6]晦昧：阴暗不明。　[7]"潜心默祷若有应"二句：在心中祷告像是有所感应，难道不是自己的诚心感动了山神吗？若有应，好像（山神）有所感应。正直，语出《左传》庄公三十二年："神，聪明正直而壹者也。"感通，感应。语出《周易·系辞上》："《易》无思也，无为也，寂然不动，感而遂通天下之故。"[8]须臾：一会儿。静扫：静静地扫除（云雾）。　[9]突兀：高耸的样子。　[10]"紫盖连延接天柱"二句：紫盖、天柱、石廪、祝融都是衡山山峰名。据《长沙记》，衡山有七十二峰，最大者五：芙蓉、紫盖、石廪、天柱、祝融。腾掷，形容高耸飞动的山势。　[11]森然：肃穆貌。魄动：神魂惊动。　[12]趋灵宫：奔向岳神殿堂。趋，急走。　[13]动光彩：

程学恂："七古中此为第一。……我公至大至刚浩然之气，忽于游嬉中无心显露。公志在传道，上接孟子，即《原道》及此诗可证也。"（《韩诗臆说》）

光彩闪烁。照应前面所写日出。 [14]鬼物图画:指墙上绘有神怪壁画。填青红:指青、红色彩绘。 [15]伛偻(yǔ lǚ):弯腰鞠躬,恭敬貌。荐脯酒:敬献祭品和祭酒。脯,干肉。 [16]菲薄:微薄,指前面的脯酒。明其衷:表白自己的诚心。 [17]庙令:唐制,五岳四渎各置令一人,掌祭祀。 [18]睢盱(suī xū):威严貌。侦伺:仔细察看。鞠躬:弯腰恭谨的姿态。语出《论语·乡党》:"入公门,鞠躬如也。" [19]杯珓(jiào):古时占卜用具,蚌壳或竹、木等制,两片相对,掷地观其俯仰以定吉凶。 [20]幸不死:侥幸没有死。 [21]甘长终:甘心就此终老。 [22]"侯王将相望久绝"二句:对于身为王侯将相的前途早已绝望,纵然岳神赐福也没有作用。 [23]掩映:遮蔽。曈眬(tóng lóng):迷蒙貌。 [24]钟动:钟敲响。不知曙:不知不觉已经天亮。 [25]杲杲:明亮貌。

[点评]

此诗写赴江陵途中过衡岳、访岳庙,从前一晚入山写到第二天旭日东升。先以议论衬起,一步步叙写。首先描述衡岳的高山形势和岳神的庄严;然后转入拜谒神庙的主题,愈转愈细:一步步写山间云雾变换、峰峦雄伟、殿堂壮丽;在庄严宏大的背景中引入自己,写庙令引导占卜,从而引发出对于生平坎壈的慨叹;最后以夜宿山上、日出东方作结。开端一起极其雄健,最后一结余意不尽。描绘衡岳景象,虚实照应,赞赏之情溢于言表,也在隐喻自己刚正不阿的精神;描写庙令导游和占卜,意象奇纵,不落凡响;最后直述情怀,绝望于岳神能够赐福,更是感慨无限,又体现出一种执着现实人生的理性精神。和上一首频繁换韵不同,此诗一韵贯通,且使用响亮平正的上平声一东韵，又是首句入韵，有力地烘托出全篇雄伟盛大、直气浩然的声势。

岣嵝山[1]

岣嵝山尖神禹碑[2]，字青石赤形摹奇[3]。科斗拳身薤倒披[4]，鸾飘凤泊拏虎螭[5]。事严迹秘鬼莫窥[6]，道人独上偶见之[7]。我来咨嗟涕涟洏[8]，千搜万索何处有？森森绿树猿猱悲[9]。

以奇辞述奇事。

方东树："先点次写，似实却虚。'事严'以下入议，似虚却实。"（《昭昧詹言》）

[注释]

[1]岣嵝（gǒu lǒu）山：即南岳衡山，或谓指称南岳主峰。与前首同时作。　[2]神禹碑：通称"禹碑"或"岣嵝碑"，相传为大禹治水所刻。关于此碑的有无以及所传碑文拓片的真伪，历来聚讼纷纭，莫衷一是。　[3]形摹：摹刻的字形。　[4]科斗：科斗文，又作"蝌蚪文"，是一种上古书体，以头粗尾细、形似蝌蚪而得名。拳身：形容笔划屈曲。薤（xiè）倒披：指笔划如薤叶倒垂。薤，多年生草本植物，叶细长；或以为指倒薤书，即小篆。　[5]鸾飘凤泊：形容笔划如鸾凤飞舞。飘，飞翔。泊，停留。拏（ná）虎螭（chī）：捕捉虎螭，形容笔势劲健。拏，捉拿。螭，传说中一种无角的龙。　[6]事严：事情严密。迹秘：踪迹秘密。　[7]道人：得道之人，或指僧人、道士。　[8]咨嗟：慨叹。涟洏（ér）：涕泪交流貌。洏，流泪貌。　[9]森森：浓密貌。猿猱（náo）：猿猴。猱，一种猴。

[点评]

这首诗与上一首同，也是纪游诗，又同是写衡山。上一首写参访全程，这一首专写一个山峰：不是刻画山峦的雄奇高大，而是写传说中的神禹碑；不是写见到古碑本身，而是述说出自传说的碑刻文字以及碑的神秘来由。大禹本是儒家理想圣人，传说岣嵝山上有他治水所刻"岣嵝碑"，乃是神圣遗物。诗人寻访它，自然也有崇拜、追踪古圣人的用意；而抒发碑的踪迹渺茫而不能得见的感慨，则隐然又有理想幻灭的意味。本来碑在有无恍惚之间，诗用主要篇幅来描摹其形态全然出自悬想，却也写得鲜活如见。后面三句落实到自己"千搜万索"而不可得的感伤慨叹，真切表达了怀古、崇圣的主题。

岳阳楼别窦司直[1]

洞庭九州间[2]，厥大谁与让。南汇群崖水[3]，北注何奔放。潴为七百里[4]，吞纳各殊状。自古澄不清[5]，环混无归向。炎风日搜搅[6]，幽怪多冗长。轩然大波起[7]，宇宙隘而妨[8]。巍峨拔嵩、华[9]，腾踔较健壮。声音一何宏[10]，轰輵车万两[11]。犹疑帝轩辕[12]，张乐就空旷。蛟螭露笋簴[13]，缟练吹组帐。鬼神非人世[14]，节奏颇跌踼。阳施见夸丽[15]，阴闭感悽怆。朝过宜

写湖水，写实与想象、比拟相交杂，生动表现浩瀚无涯的景象。

春口^[16]，极北缺陧障^[17]。夜缆巴陵洲^[18]，丛芮才可傍^[19]。星河尽涵泳^[20]，俯仰迷下上。余澜怒不已^[21]，喧聒鸣瓮盎。明登岳阳楼，辉焕朝日亮^[22]。飞廉戢其威^[23]，清晏息纤纩。泓澄湛凝绿^[24]，物影巧相况。江豚时出戏^[25]，惊波忽荡潏^[26]。时当冬之孟^[27]，隙窍缩寒涨^[28]。前临指近岸^[29]，侧坐眇难望。涤濯神魂醒^[30]，幽怀舒以畅^[31]。主人孩童旧^[32]，握手乍忻怅^[33]。怜我窜逐归^[34]，相见得无恙。开筵交履舄^[35]，烂漫倒家酿^[36]。杯行无留停^[37]，高柱送清唱^[38]。中盘进橙栗，投掷倾脯酱^[39]。欢穷悲心生^[40]，婉娈不能忘。念昔始读书，志欲干霸王^[41]。屠龙破千金^[42]，为艺亦云亢。爱才不择行^[43]，触事得谗谤。前年出官由^[44]，此祸最无妄^[45]。公卿采虚名^[46]，擢拜识天仗。奸猜畏弹射^[47]，斥逐恣欺诳^[48]。新恩移府庭^[49]，逼侧厕诸将。于嗟苦驽缓^[50]，但惧失宜当^[51]。追思南渡时^[52]，鱼腹甘所葬。严程迫风帆^[53]，劈箭入高浪^[54]。颠沉在须臾^[55]，忠鲠谁复谅。生还真可喜，克己自惩创^[56]。庶从今日后^[57]，粗识得与丧^[58]。

补写岳阳楼下湖水：从夜里到白天，从夏天到冬天，气象万千。

沈德潜："前两段阳开阴阖，入窦司直后见忠直被谤，而以追思南渡数语挽转前半，笔力矫然。"（《唐诗别裁》）

"念昔"以下十二句是被贬阳山缘由的猜测，疑似之间，表白心意。

事多改前好[59]，趣有获新尚。誓耕十亩田，不取万乘相[60]。细君知蚕织[61]，稚子已能饷[62]。行当挂其冠[63]，生死君一访[64]。

孟浩然《望洞庭湖赠张丞相》有句曰："八月湖水平，涵虚混太清。气蒸云梦泽，波撼岳阳城。"杜甫《登岳阳楼》有句曰："昔闻洞庭水，今上岳阳楼。吴楚东南坼，乾坤日夜浮。"与这首诗相比较，孟、杜诗雄肆传神，韩诗则夸诞写貌。

［注释］

[1]韩愈自南方贬所量移江陵，途经岳阳，友人窦庠在岳阳楼饯别，时在贞元二十一年九月，作此诗。窦有和作。岳阳楼在岳州（今湖南岳阳）城西门上，下瞰洞庭湖，是登临胜地。窦庠，字胄卿，时以大理司直权知（代理）岳州刺史。大理司直是朝廷司法机关大理寺的属官。唐制，外官往往带京衔即所谓虚衔，尊称例用京衔。　[2]"洞庭九州间"二句：在九州间，洞庭湖之大是没有湖泊可比拟的。九州，泛指全国。《尚书·禹贡》划分中国为九州，即冀、豫、雍、扬、兖、徐、梁、青、荆九州（《周礼·夏官·职方氏》"九州"无徐、梁，另有幽、并）。厥（jué），其。谁与让，哪一个也比不上。　[3]"南汇群崖水"二句：（洞庭湖）汇集南来的江河水，又向北滔滔奔流。指湘、资、沅、澧诸水。崖，本义是陡峭岸势，群崖水，这里指代江河。奔放，河水奔流。　[4]"潴（zhū）为七百里"二句：汇集诸水成七百里湖面，吞吐流水形势各异。潴，积水。七百里，形容湖面广阔，概数。吞纳，指吸收（百川）。　[5]"自古澄不清"二句：自古以来湖水浑浊不清，流水盘旋没有固定去向。澄不清，不能澄清。环混，形容水流盘旋。　[6]"炎风日搜搅"二句：热风天天刮过，搅扰湖面，水中多有鱼龙变怪。搜搅，指大风搅乱湖水。幽怪，隐秘的怪物。冗长（zhǎng），本义是多而无用，这里形容众多。　[7]轩然：高起貌。　[8]宇宙隘而妨：天地显得狭隘、险阻。宇宙，指天地间。　[9]"巍峨拔嵩、华"二句：承前"大

波"，波涛汹涌奔腾，高过嵩山、华山，奔腾像是要较量壮大的声势。巍峨，高耸貌。嵩、华，嵩山，在河南登封北；华山，在陕西华阴南，二者都是列为"五岳"的名山。腾踔（chuō）：高跳。踔，跳。　[10]一何：多么。　[11]轰輷：拟声词，轰隆隆。车万两：比喻如万辆车在奔走。两，同"辆"。　[12]"犹疑帝轩辕"二句：波涛声让人疑似轩辕黄帝在空旷的地方奏乐。典出《庄子·天运》："帝张《咸池》之乐于洞庭之野。"轩辕，黄帝，传说中华夏民族的祖先。张乐，奏乐。张，陈设。　[13]"蛟螭（chī）露笋簴（jù）"二句：继上描写波涛如轩辕"张乐"的场面。像是蛟螭抬出了乐器笋簴，又像是风吹白色丝绸制作的（安置乐队的）营帐。蛟，蛟龙。螭，传说中一种带角的龙。笋簴，古代悬钟磬的架子，横曰笋，直曰簴。缟练，白色丝绸。生丝所织为缟，熟丝所织为练。组帐，饯别行人的帐幕，此指帐篷。　[14]"鬼神非人世"二句：继上描写"轩辕""张乐"的声音。如鬼神所作，非人间所有，节奏抑扬顿挫不凡。跌踢，顿挫抑扬。踢，通"荡"。　[15]"阳施见夸丽"二句：形容湖面阴晴的不同景象。阳气发舒时，艳丽异常；阴气凝闭时，让人感到凄凉悲怆。　[16]宜春口：通往宜春的港汊。宜春，古县名（今江西宜春），即唐袁州。陈《勘》谓为岳阳南洞庭湖中小洲名，亦通。　[17]缺隄障：江流绝口。隄，同"堤"。　[18]夜缆：夜里系缆。缆，系船的绳索。巴陵洲：指岳阳湖边。唐岳州自宋元嘉年间（424—453）称巴陵郡，隋废，唐天宝元年（742）至乾元元年（758）复置。　[19]丛芮（ruì）：水边杂草丛生处。芮，通"汭"，河湾。可傍：可停靠（船只）。　[20]"星河尽涵泳"二句：群星和银河光影在湖面上飘动，俯仰之间让人分辨不出天上地下。涵泳，沉浸水中貌。　[21]"余澜怒不已"二句：风定后余波仍汹涌不息，声响嘈杂如有瓶瓶罐罐碰撞。余澜，余波。喧聒（guō），喧哗刺耳。聒，声音嘈杂。瓮（wèng）：坛子。盎（àng）：大的敛口瓶子。　[22]辉焕：光明照耀貌。　[23]"飞廉戢（jí）其威"二句：风神飞廉收敛起他的威风，湖面晴朗平静纹丝不动。飞廉，传说中的风神。戢，收敛。清晏，晴朗平静。息纤纩，形容纹丝不动。纤纩，细棉丝。　[24]"泓澄湛凝绿"二句：湖水清深显现浓重的深颜色，巧妙地映现岸上景物的影像。泓澄，水清深貌。湛凝绿，浓重深绿色。湛，清深。相况，相似。　[25]江豚：一种鲸类，分布于我国长江中游、洞庭湖、鄱阳湖流域，属国家一级保护动物。　[26]荡瀁：同"荡漾"，波浪起伏貌。　[27]冬之孟：孟冬，十月。　[28]隙窍：指大地缝隙洞穴。缩寒涨：（空隙）收缩而寒流涨起。　[29]"前临指近岸"二句：眼前面临可指的近岸，侧坐则辽远望不到边际。眇，同"渺"，指水势辽远。　[30]涤濯：清洗。　[31]幽怀：指内心深处。　[32]主人：指窦庠。孩童旧：童年时旧友。韩愈十几岁时已和窦氏兄弟结交。　[33]乍忻怅：一时间欣喜惆怅交织。　[34]"怜我窜逐归"二句：可怜我流放后归来，相见后得知平安无事。窜逐，指流放阳山。无恙，平安无事。　[35]交履舄（xì）：鞋子交错。单底为履，复底着木者为舄。古人席地而坐，脱鞋入席，交履舄是不拘形迹的样子。　[36]烂漫：放纵不拘貌。家酿：家里自制的酒。　[37]杯行：传递酒杯，指畅饮不停。　[38]高柱：指琴。柱，琴柱。送清唱：传送嘹亮的歌声。　[39]脯（fǔ）酱：肉酱。脯，肉干。　[40]"欢穷悲心生"二句：乐极生悲，彼此的情谊不能忘怀。婉娈（luán），同"惋娈"，亲爱貌。娈，美好。　[41]干霸王（wàng）：参与霸、王之业，指立志作辅相。　[42]"屠龙破千金"二句：破千金家产学屠龙之技，所得技艺也够高超的了。典出《庄子·列御寇》："朱泙漫学屠龙于支离益，单（同"殚"，尽）千金之家，三年技成而无所用其巧。"亦云亢，也够高超了。亢，高，极。　[43]"爱才不择行"二句：爱护才能而不顾忌行事小节，出了事遭人谗毁、诽谤。此下均是表结交柳宗元等人被贬黜事。触事，遇到事故。　　[44] 出官由：被贬官的缘由，继上"触事"。　　[45] 无妄：出其不意，没有料到。典出《易经·无妄》爻辞："无妄之灾。"指贞元二十年被贬阳山。　　[46]"公卿采虚名"二句：指当初被提拔任监察御史。擢（zhuó）拜，升官。擢，提拔。识天仗，指担任皇帝的近侍官。天仗，朝廷仪仗。　　[47] 奸猜：邪恶多疑之人。畏弹射：害怕弹劾、攻击。弹射，攻击。　　[48] 斥逐：排斥、放逐。恣欺诳：任意欺骗造谣。后人对这里所述多有不同理解：一种看法以为是指革新派王叔文等，他们畏惧自己因而造谣攻击以至遭到放逐；另一种看法以为"奸猜"指权臣李实，韩愈曾上表状谏天旱人饥，被他陷害。　　[49]"新恩移府庭"二句：遇到新的恩赦量移到（荆州）幕府，仍将侧身在武人之中。逼侧，迫近。厕诸将，置身武将之中。厕，置。　　[50] 于嗟：悲叹之词。于，同"吁"。苦驽缓：苦于愚钝。驽缓，喻如劣马般迟缓，自贬之词。　　[51] 失宜当：谓不合时宜。　　[52]"追思南渡时"二句：回想当初南来渡过洞庭湖时（遇到风暴），（当时）已甘心葬身鱼腹之中。　　[53] 严程：行期严格，唐时被贬官员赴贬所行程有一定期限。　　[54] 劈箭：形容船行急速如飞箭。　　[55]"颠沉在须臾"二句：承上回忆南渡情景。须臾之间就会翻船沉没，（如果当时淹死，）自己的忠直又有谁能够了解。颠沉，船翻沉没。忠鲠（gěng），忠爱正直。鲠，正直。谅，体谅。　　[56] 克己：约束自己。自惩创：自己加以惩戒。　　[57] 庶：希望。　　[58] 粗识：大体了解。　　[59]"事多改前好"二句：遇事多改变以前所好，旨趣能有新的好尚。趣，趋向。尚，爱好，仰慕。　　[60] 万乘相：指宰相。古代以车乘计国力，万乘谓大国。　　[61] 细君：妻子。　　[62] 已能饷：已经能够吃饱。饷，给饭，送饭。　　[63] 行当：将要。挂其冠：指辞官归隐。　　[64] 生死君一访：请你经常来访问。生死，偏指生，活着。

［点评］

唐人描写洞庭作品多有名篇，古今广为传诵的如孟浩然《望洞庭湖赠张丞相》（有句曰："八月湖水平，涵虚混太清。气蒸云梦泽，波撼岳阳城。"）、杜甫《登岳阳楼》（有句曰："昔闻洞庭水，今上岳阳楼。吴楚东南坼，乾坤日夜浮。"），五律短篇简短仅四十个字，都是一方面替大湖传神写照，另一方面借以抒发感兴。而韩愈这一篇则是四十六韵的大幅长篇，实际内容与前面孟、杜的两篇大体相同，但叙写更加详密细致，铺排场面更为繁富。内容不是如孟郊、杜甫那样以简单笔墨刻画洞庭湖广阔恢奇的壮观，而是用铺陈笔法，在庄伟绮丽的湖上风光的描摹中叙写自己从受到贬黜到遇赦放归的遭遇和感受。全篇结构有两个线索：一是描写洞庭风光，前幅所写洞庭场景一虚一实，先是虚写湖水浩大、风涛激荡的壮观，出于想象；然后实写风恬雨霁的奇丽，是登楼所见，是与友人相会的真实情境。所描绘洞庭的广大浩瀚、波澜壮阔、阴晴不定，又体现了一种象征意义。在这样的背景下，转入告别窦庠的主题，历历追述彼此交谊，照应自己贬黜来回两次经过洞庭的情景，回忆自身经历，描写世事翻复，归结到辞官归隐的愿望，希望和对方永葆友情。全篇大笔勾勒，层次井然，开阖转折，虚实照应，神情一气贯注；用语用韵则逞奇斗异，且多使用散文句法，造成雄奇高古、不同凡响的艺术效果，典型地显示了韩诗的独特创作风格。

［附录］

酬韩愈侍郎登岳阳楼见赠时予权知岳州事
窦庠

　　巨浸连空阔，危楼在杳冥。稍分巴子国，欲近老人星。昏旦呈新候，川原按旧经。地图封七泽，天限锁重扃。万象皆归掌，三光岂遁形。月车才碾浪，日御已翻溟。落照金成柱，余霞翠拥屏。夜光疑汉曲，寒韵辨湘灵。山晚云常碧，湖春草遍青。轩黄曾举乐，范蠡几扬舲。有客初留鹢，贪程尚数骖。自当徐孺榻，不是谢公亭。雅论冰生水，雄材刃发硎。座中琼玉润，名下芷兰馨。假手诚知拙，斋心匪暂宁。每惭公府粟，却忆故山苓。苦调常三叹，知音愿一听。自悲由也瑟，敢坠孔悝铭。野杏初成雪，松醪正满瓶。莫辞今日醉，长恨古人醒。（《全唐诗》卷二七一）

韩十八侍御见示岳阳楼别窦司直诗
因令属和重以自述故足成六十二韵
刘禹锡

　　楚望何苍然？层澜七百里。孤城寄远目，一写穷无已。荡漾浮天盖，回环宣地里。积涨在三秋，混成非一水。冬游见清浅，春望多洲沚。云锦远沙明，风烟青草靡。火星忽南见，月魄方东迤。雪波西山来，隐若长城起。独专朝宗路，驶悍不可止。支川让其威，蓄缩空南委。熊、武走蛮落（熊、武，二溪名），潇、湘来奥鄙。炎蒸动泉源，积潦搜山趾。归往无旦夕，包含通远迩。行当白露时，眇视秋光里。曙色未昭晰，露华遥斐亹。浩尔神骨清，如观混元始。戕风忽震荡，惊浪迷津涘。怒激鼓铿訇，蹙成山岿硊。鹍鹏疑变化，罔象何恢诡！嘘吸写楼台，腾骧露鬐尾。景移鲜动息，波静繁音弭。明月出中央，青天绝纤滓。素光淡无际，绿静平如砥。空影度鹓鸿，秋声思芦苇。蛟人弄机杼，贝阙骈红紫。珠蛤吐玲珑，文鳐翔旖旎。
水乡吴蜀限，地势东南庳。翼轸粲垂精，衡巫屹环峙。名雄七泽薮，
国辨三苗氏。唐羿断修蛇，荆王惮青兕。秦狩迹犹在，虞巡路从此。
轩后奏宫商，骚人咏兰芷。茅岭潜相应，橘洲傍可指。郭璞验幽经，
罗含著前纪。观津戚里族，按道侯家子。联袂登高楼，临轩笑相视。
假守亦高卧（窦时权领郡事），墨曹正垂耳（韩亦量移江陵法曹）。
契阔话凉温，壶觞慰迁徙。地偏山水秀，客重杯槃侈。红袖花欲然，
银灯昼相似。兴酣更抵掌，乐极同启齿。笔锋不能休，藻思一何绮。
伊余负微尚，夙昔惭知己。出入金马门，交结青云士。袭芳践兰室，
学古游槐市。策慕宋前军，文师汉中垒。陋容昧俯仰，孤志无依倚。
卫足不如葵，漏川空叹蚁。幸逢万物泰，独处穷途否。铩翮重叠伤，
兢魂再三褫。蘧瑗亦屡化，左丘犹有耻。桃源访仙官，薜服祠山鬼。
故人南台旧，一别如弦矢。今朝会荆蛮，斗酒相宴喜。为余出新什，
笑抃随伸纸。晔若观五彩，欢然臻四美。委曲风涛事，分明穷达旨。
洪韵发华钟，凄音激清徵。羊濬要共和，江淹多杂拟。徒欲仰高山，
焉能追逸轨？湘州路四达，巴陵城百雉。何必颜光禄，留诗张内史。
（《刘禹锡集》卷三五，卞孝萱校订本）

李花赠张十一署 [1]

借花写人。

江陵城西二月尾，花不见桃惟见李。风揉
雨练雪羞比 [2]，波涛翻空杳无涘 [3]。君知此处花
何似？白花倒烛天夜明 [4]，群鸡惊鸣官吏起。金
乌海底初飞来 [5]，朱辉散射青霞开 [6]。迷魂乱

眼看不得[7]，照耀万树繁如堆[8]。念昔少年著游燕[9]，对花岂省曾辞杯。自从流落忧感集[10]，欲去未到先思回。只今四十已如此，后日更老谁论哉[11]。力携一樽独就醉[12]，不忍虚掷委黄埃。

李黼平："……起数韵状李花之白，可谓工为形似之言。而诗之佳处不在此。后段云……百折千回，传出不忍虚掷之意，而前之'迷魂乱眼看不得'者，亦不能不携尊而就矣。此刘彦和所谓'以情造文'，非以文造情者也。"（《读杜韩笔记》）

［注释］

[1]元和元年二月在江陵作。　[2]风揉雨练：意谓经过风吹雨打。雪羞比：形容花色比雪更洁白。　[3]杳（yǎo）无涘（sì）：无影无声，没有边际。杳，无影无声。涘，水边。　[4]"白花倒烛天夜明"二句：白色的李花如蜡烛般燃烧，把夜空照亮，使得鸡群惊叫，官吏也随之起身了。　[5]金乌：太阳。传说日中有三足乌。　[6]朱辉：红色光辉。青霞开：比喻李花被日光照射，像展开一片青霞。　[7]迷魂：神魂迷乱。乱眼：目光散乱。　[8]繁如堆：繁华如堆积在一起。　[9]"念昔少年著游燕"二句：怀念年少时留恋游宴，赏花时不懂得推辞饮酒。著游燕，留恋游乐宴饮。著，贪著。燕，通"宴"。岂省：意谓不懂得。省，懂得。辞杯，指拒酒。　[10]流落：指被贬黜而周流各地。　[11]谁论哉：有谁来评说呢，慨叹之辞。　[12]"力携一樽独就醉"二句：勉力拿一杯酒独自就花而醉，不忍心徒然抛弃（鲜花）在尘埃之中。

［点评］

这首诗使用赋的写法，利用夸张、想象和比喻等手段，着力描绘李花之洁白和大片花树的壮观景象，构想奇辟，工于形似。"念昔"以下的后幅转而述情，从眼前的美景回忆少年时赏花饮酒，再写半生沦落，年已衰迈，收束到就花而沉醉，则工于述情。篇幅虽短，构想却千回百转，传达出对于繁开的李花"不忍虚掷"之意；而由惜花延伸到惜人，主要还是抒写贬黜"流落"的殷忧，以及未老先衰的悲慨，意味深远。

醉赠张秘书[1]

以比拟描写各自诗风，可体会难以解说，可意会难以言传。

人皆劝我酒，我若耳不闻。今日到君家，呼酒持劝君。为此座上客，及余各能文。君诗多态度[2]，蔼蔼春空云[3]。东野动惊俗[4]，天葩吐奇芬。张籍学古淡[5]，轩鹤避鸡群[6]。阿买不识字[7]，颇知书八分[8]。诗成使之写，亦足张吾军[9]。所以欲得酒[10]，为文俟其醺。酒味既泠洌[11]，酒气又氛氲[12]。性情渐浩浩[13]，谐笑方云云[14]。此诚得酒意[15]，余外徒缤纷。长安众富儿，盘馔罗膻荤[16]。不解文字饮[17]，惟能醉红裙[18]。虽得一饷乐[19]，有如聚飞蚊。今我及数子，固无莸与薰[20]。险语破鬼胆[21]，高词媲皇坟。至宝不雕琢[22]，神功谢锄耘。方今向泰平[23]，元凯承华勋[24]。吾徒幸无事[25]，庶以穷朝曛。

李调元："韩昌黎诗云：'险语破鬼胆，高词媲皇坟。'此是公自赞其诗，不可徒作赞他人诗看。然皆经籍光芒，故险而实平。"（《雨村诗话》）

结尾仍是牢骚不平。

[注释]

[1]张秘书：张署。此诗作于同官江陵时。张署曾在朝担任秘书省校书郎，唐俗以京衔相称以表尊重。 [2]态度：气势。 [3]霭霭：盛大貌。这里以春云作比喻，称赞张署诗气势盛大，舒卷无方。 [4]"东野动惊俗"二句：孟郊的诗动辄震惊世俗，如天花散发出奇异芳香。东野，孟郊字。天葩（pā），天花。 [5]古淡：古朴淡雅。 [6]轩鹤：乘轩车的鹤。轩，有帷蓬的车。避：使避开。典出《左传》闵公二年："魏懿公好鹤，鹤有乘轩者。"又《世说新语·容止》："有人语王戎曰：'嵇延祖卓卓如野鹤之在鸡群。'" [7]阿买：韩愈子侄辈里一人的小名，不明确指。不识字：指不了解文字之学，如字的声韵、训诂等。 [8]八分：八分书。书体的一种，一般认为隶书加波磔以增华饰称为"八分"。 [9]张吾军：张大我辈的声势。 [10]"所以欲得酒"二句：所以想得到酒，待喝到微醺状态时来写诗。为文，指写诗。俟（sì），等待。醺（xūn），酒醉。 [11]泠冽（líng liè）：清凉貌。 [12]氛氲（fēn yūn）：浓密貌。 [13]浩浩：开朗、舒展貌。 [14]谐笑：调笑。云云：同"芸芸"，众多貌。 [15]"此诚得酒意"二句：这样就确实得到饮酒之助，此外都徒然是杂乱无意义。缤纷，此处形容杂乱无章。 [16]盘馔：盘中饭菜。罗膻荤：罗列各种肉食。膻，牛羊的腥气。 [17]文字饮：指以饮酒助兴来作诗。 [18]醉红裙：沉醉在伎女身边。红裙，指伎女。 [19]一饷：一段时间。 [20]荔与薰：荔，臭草。薰，香草。这里是喻自己和张署、孟郊、张籍等人意气相投。 [21]"险语破鬼胆"二句：描述这些人的创作风格。言辞奇险可破鬼胆，文辞奇妙与"皇坟"相媲美。媲（pì），比配。皇坟，传说中的三皇（伏羲、神农、燧人）之书。 [22]"至宝不雕琢"二句：进一步形容这些人的诗。最高级的宝石不需要再加雕琢，如鬼斧神工造成，不需要再加工。神功，得自神助的

高超技艺。谢锄耘，不必再加工修饰。谢，谢绝。锄耘，松土除草，喻修饰加工。　[23]泰平：同"太平"。　[24]元凯：同"元恺"，指贤臣。典出《左传》文公十八年，高辛氏有才子八人为八元，高阳氏有才子八人为八恺。华勋：尧名放勋，舜名重华，此指明君。这里是说当今天下正趋向太平，朝廷有贤臣辅佐明君。　[25]"吾徒幸无事"二句：我们这些人侥幸优游无事，也就可以从早到晚（饮酒作诗）了。穷朝曛（xūn），穷尽一整天。曛，黄昏。

［点评］

　　韩愈在江陵担任军府幕僚，实际是被弃置投放的闲职。好在有友人张署在一起，得以优游度日，赋诗述情，所以能够留下不少如本书所选相互唱和的作品。这首诗写聚会宴饮，实际是借以抒发牢骚。全篇立意在结尾四句，泰平、元凯、华勋云云乃是曲笔，本意在为自己和张署等人被弃置不用而抒愤懑。韩愈在诗里评论、称赞张署、孟郊、张籍的诗作，特别是后两人的作品，十分精确地指出他们的创作风格，也是表白自己的创作主张，可看作是一篇精彩的诗论。他赞赏他们诗作的雄奇高古、险语惊俗，又称赞不见雕琢之迹的"神功"，正是他这一派诗人艺术上的独到与成功之处。诗中又将和友人宴饮唱和与"长安众富儿"做对比，对纨绔子弟奢侈腐朽的生活表示轻蔑，反映了一种安贫乐道的风范和坚持操守的自信。这篇作品叙事廉悍，议论精粹，运笔富于情趣，善于形容；且多用散句（如句式多用 2—1—2 的节奏，基本不用通行的 2—2—1 节奏），用语力求奇巧而意境归于平实，体现了韩愈"横空盘硬语，妥帖力排奡"的艺术追求。

寒食日出游夜归张十一院长
见示病中忆花九篇因此投赠[1]

李花初发君始病，我往看君花转盛[2]。走马城西惆怅归[3]，不忍千株雪相映[4]。迩来又见桃与梨[5]，交开红白如争竞。可怜物色阻携手[6]，空展霜缣吟九咏[7]。纷纷落尽泥与尘[8]，不共新妆比端正。桐花最晚今已繁，君不强起时难更[9]。关山远别固其理[10]，寸步难见始知命。忆昔与君同贬官，夜渡洞庭看斗柄[11]。岂料生还得一处，引袖拭泪悲且庆。各言生死两追随[12]，直置心亲无貌敬。念君又署南荒吏[13]，路指鬼门幽且夐。三公尽是知音人[14]，曷不荐贤陛下圣。囊空瓶倒谁救之[15]，我今一食日还并[16]。自然忧气损天和[17]，安得康强保天性。断鹤两翅鸣何哀[18]，絷骥四足气空横。今朝寒食行野外，绿杨匝岸蒲生迸。宋玉庭边不见人[19]，轻浪参差鱼动镜。自嗟孤贱足瑕疵[20]，特见放纵荷宽政[21]。饮酒宁嫌盏底深，题诗尚倚笔锋劲。明宵故欲相就醉[22]，有月莫愁当火令。

以花的开落无常喻人生变动不居。

同病相怜，语平实而情痛切。

牢骚中自有孤傲豪爽之气。

［注释］

[1]元和元年四月继前诗在江陵作。诗题据《五百家注昌黎文集》改。寒食日：传统节日，在清明前一或二日，即农历冬至后一百零五天或一百零六天。相传春秋时期晋国介子推隐遁绵山（在今山西介休），晋文公烧山迫使他出仕，他不肯而被烧死，后世为纪念他，禁火三天。张十一院长：唐制，御史称"院长"。　[2]转盛：指花更加繁茂。　[3]怊（cháo）怅：惆怅。怊，悲伤失意。　[4]不忍：此谓不舍，舍不得。　[5]迩来：近日。　[6]"可怜物色阻携手"二句：可惜景物美好却不能携手同游，让你只能展开白纸写诗。诗指张署作《病中忆花九首》，因称"九咏"。物色：景物风光。　[7]霜缣：白色细绢，此指白纸。　[8]"纷纷落尽泥与尘"二句：花朵纷纷落尽变成尘土，不能够和桃、李花比美。新妆，指桃、李花。端正，美好。　[9]强起：勉强起身出行。时难更（gēng）：（繁花盛开）时难再有。　[10]"关山远别固其理"二句：承上"阻携手"，如果是关山阻隔（不能相见），还算有理由（指前此两人一在阳山、一在郴州），而如今同在江陵，寸步的距离却不能相见，乃是天命。　[11]看斗柄：北斗七星的第五至第七星，又称"玉衡""斗杓"。这里回忆当被贬南下夜渡洞庭湖时，波涛"漫汗"，"追程盲进"（《祭河南张员外文》语），只能利用斗柄来辨别方向。　[12]"各言生死两追随"二句：你我都说两人生死不再分离，所以内心保持亲情而不再拘泥于形式上的恭敬。无貌敬，指两人不拘于表面的礼节。　[13]"念君又署南荒吏"二句：韩愈、张署到江陵半年，邕管经略使（驻邕州，今广西南宁）路恕辟张署为判官（未就任），去路指向鬼门关，深幽又辽远。署，署理，代理。南荒，南方荒僻之地。鬼门，鬼门关，各地以此为名者甚多，此指广西北流的。幽且夐（xiòng）：深幽而辽远。夐，辽远。　[14]"三公尽是知音人"二句：在朝"三公"高官全都是张署的知音，当今皇帝圣明，为什么不举荐呢。

曷不，何不。　[15]囊空甑（zēng）倒：形容无钱无米。囊，钱囊。甑，蒸饭的瓦器。　[16]日还并：两天吃一天的食粮。《礼记·儒行》："筚门圭窬，蓬户瓮牖，易衣而出，并日而食。"郑玄注："二日用一日食也。"　[17]"自然忧气损天和"二句：自然而生的沉忧之气损害先天元气，怎么能够身体康强保持天性。　[18]"断鹤两翅鸣何哀"二句：截断鹤的两翅鸣叫多么哀伤，良马束缚四足空有骄横的意气。絷（zhì），拴缚。横（hèng），强横。　[19]"宋玉庭边不见人"二句：宋玉庭，江陵有宋玉旧宅。宋玉，战国时期楚人，屈原之后的大辞赋家。不见人，再看不见（宋玉那样的）人。鱼动镜，游鱼扰动如镜的湖面。　[20]孤贱：谓无党援，位卑下。　[21]特见放纵：特别要检点言行的不拘。荷（hè）宽政：得到宽大对待。荷，接受。宽政，宽大对待。　[22]"明宵故欲相就醉"二句：明天晚上本来就想去你那里饮酒，既然有月色，就不必顾及禁火。当火令，正当寒食禁火规定。

[点评]

　　韩愈与张署一同被贬官南荒，又一起量移江陵。二人同在江陵半年，张署被邕管经略使路恕征辟，即将再度南行。寒食日，韩愈出游夜归，看见张署所赠看花诗九篇，抚今思故，报以这首诗。此诗呼应张署所写看花诗，也从看花写起，开头表白不能同时赏花的遗憾，结尾写明天相聚饮酒的期望，中间夹叙夹议，从同患难的经历、生死追随的友情，写到友人即将离去的悲凉、衣食难以为继的困顿，对友人同情与宽勉，自己则抒发牢骚与怨艾，复杂的感情从笔下汩汩流出。长篇歌行体裁给叙事和述情提供了空间，诗人充分发挥这一体裁的优势，叙情深微绵邈，述事鲜明生动，两者相交融，相得而益彰。全篇一韵到底，有助于造成拗折不平的情调。

又是写风雨飘摇中的花：一以述灾难，一以表坚韧。

方东树："起有笔势，第三句折入，中间忽开。'岂如'句收转，乃见笔力挽回，收本意。"（《昭昧詹言》）

汪佑南："……始为掾江陵，忽见杏花，借以寄慨。一缕清思，盘旋空际，不掇故实，而自然是杏花，意胜故也。收笔落到明年，正见归期之难必。"（《山泾草堂诗话》）

杏　花[1]

居邻北郭古寺空[2]，杏花两株能白红[3]。曲江满园不可到[4]，看此宁避雨与风[5]。二年流窜出岭外[6]，所见草木多异同。冬寒不严地恒泄[7]，阳气发乱无全功。浮花浪蕊镇长有[8]，才开还落瘴雾中。山榴踯躅少意思[9]，照耀黄紫徒为丛[10]。鹧鸪钩辀猿叫歇[11]，杳杳深谷攒青枫[12]。岂如此树一来玩[13]，若在京国情何穷。今旦胡为忽惆怅[14]，万片飘泊随西东[15]。明年更发应更好，道人莫忘邻家翁[16]。

[注释]

[1] 此诗于元和元年春在江陵作。　[2] 古寺：指江陵金銮寺。　[3] 能白红：如此白红交错。或以为描写杏花初放，红后渐白。能，如此，恁地。　[4] 曲江：在长安城东南角，汉代开凿，唐玄宗时再加疏导，为游览胜地。　[5] 宁避：岂能躲避。宁，岂，难道。　[6]"二年流窜出岭外"二句：指从贞元十九年末被贬阳山至元和元年春来到江陵，两年间所见南北方草木多有不同。　[7]"冬寒不严地恒泄"二句：冬天天寒地冻气闭不严

有所泄漏，到春天阳气没有按时发舒，不能完全发挥作用。地恒泄，地气强横泄漏。　　[8]"浮花浪蕊镇长有"二句：野生杂花总会很多，在弥漫的瘴气中倏忽开落。浮花浪蕊，指野生杂花。镇，总，久。　　[9]山榴：山石榴。踯躅（zhí zhú）：杜鹃花。少意思：少情趣。　　[10]徒为丛：徒然在那里丛生。　　[11]钩辀：鹧鸪叫声。　　[12]杳杳：深幽貌。攒青枫：青枫丛生。　　[13]"岂如此树一来玩"二句：不如来观赏一次这株杏树，假如在京城，这会是多么情趣无限。岂如，不如。玩，此指观赏。京国，京城。情何穷，谓情意无限。　　[14]胡为：何为，为什么。　　[15]万片：指落花。　　[16]道人：僧人。赏花在僧院。邻家翁：作者自指，这里表示有长居于此的打算。

［点评］

　　题为《杏花》，实际只有第二句和结尾三句实写。全篇是述情，并不粘题，构思奇巧。由观赏眼前的杏花写到不能到曲江看花的遗憾，转而又想到贬谪之地南荒的"浮花浪蕊"，在自己两年来三地所见风光叙写中透露出多少身世漂泊的感慨。一缕忧思，盘旋空际，含露不尽。收笔落在期待明年花开得更好，暗含对于北归的期望与失望。

感春四首（选二）[1]

其　二

皇天平分成四时[2]，春气漫诞最可悲[3]。杂

许顗："谓春光漫诞之可悲，甚于秋霜摧落之不足惜，此意亦奇。东坡云：'春蟾投醪光陆离，不比秋光，只为离人照断肠。'皆是此意翻出。"（《彦周诗话》）

"感春"，句句感慨无限。

用古人语言，仿古人所行，正与古人所感相通耳。

花妆林草盖地[4]，白日座上倾天维[5]。蜂喧鸟咽留不得[6]，红萼万片从风吹[7]。岂如秋霜虽惨冽[8]，摧落老物谁惜之[9]。为此径须沽酒饮[10]，自外天地弃不疑。近怜李、杜无检束[11]，烂漫长醉多文辞。屈原《离骚》二十五[12]，不肯铺啜糟与醨[13]。惜哉此子巧言语[14]，不到圣处宁非痴。幸逢尧舜明四目[15]，条理品汇皆得宜。平明出门暮归舍[16]，酩酊马上知为谁。

[注释]

[1]此组诗于元和元年春在江陵作。　[2]皇天：上天。此处用宋玉《九辩》典："皇天平分四时兮，窃独悲此凛秋。"　[3]漫诞：散漫。　[4]杂花妆林：各种鲜花装饰林木。语出丘迟《与陈伯之书》："暮春三月，江南草长，杂花生树。"　[5]倾天维：倾斜天之常道。天维，天经，天之常道。　[6]鸟咽：鸟鸣如咽。　[7]红萼：此指花瓣。意本杜甫《曲江二首》："一片花飞减却春，风飘万点正愁人。"　[8]惨冽：惨淡凛冽。　[9]老物：衰老凋朽之物，指凋落的草木。　[10]"为此径须沽酒饮"二句：为这个直须去买酒喝，把天地万物置之度外而毫不犹疑。　[11]"近怜李、杜无检束"二句：近来赏爱李白、杜甫没有拘束，不拘形迹地长醉并写了很多诗。怜，怜爱，赞赏。检束，拘束。烂漫，此指放任、无所拘束。多文辞，指写了许多诗。李白《将进酒》诗说："钟鼓馔玉不足贵，但愿长醉不愿醒。"杜甫《杜位宅守岁》诗说："谁能更拘束，烂醉是生涯。"　[12]屈原《离骚》二十五：据《汉

书·艺文志》：屈原赋合《离骚》一、《九歌》十一、《九章》九、
《天问》《远游》《卜居》《渔父》各一为二十五篇（据考，后三
篇是否为屈原所作多有疑问）。 [13]铺啜（bū chuò）：吃和
饮。糟与醨：酒滓和薄酒，此指酒。此句意本《渔父》："圣人
不凝滞于物，而能与世推移。……众人皆醉，何不铺其糟而啜
其醨？" [14]"惜哉此子巧言语"二句：痛惜这个人（指屈原）
言语乖巧，不喝到沉醉难道不愚笨吗。意谓屈原虽然饮酒却还
对世事保持清醒。圣处，指酒醉。古称清酒为圣人，酒醉为"中
圣人"。 [15]"幸逢尧舜明四目"二句：侥幸生平遇到尧、舜
之君，把天下治理得有条理，各得其宜。此说含讽喻。明四目，
形容圣明。语出《尚书·尧典》："明四目，达四聪。"条理，指
法律制度。品汇，（人事的）品种类别。皆得宜，全都各得其
所。 [16]"平明出门暮归舍"二句：意本陶潜《五柳先生传》：
"先生不知何许人也，亦不详其姓字。"又《晋书·山简传》："简
优游卒岁，唯酒是耽。……时有童儿歌曰：'山公出何许，往至
高阳池。日夕倒载归，茗艼无所知。'"酩酊，醉酒貌。

[点评]

韩愈量移江陵，内心充满怨抑不平。此诗开头紧扣
"感春"题目，反用宋玉《九辩》以来众多诗文的悲秋典
而吟出"春气漫诞最可悲"句，表达自己内心悲情的深重；
再引申至"岂如秋霜虽惨冽，摧落老物谁惜之"，赞赏秋
天摧毁凋朽的草木，进一步加深春天"最可悲"的感怀，
奇思异想，抒写出对于现实极度不满的激愤心情。接着
"径须沽酒""自外天地"，又故作解脱之语，这也是所谓
"以旷为愤"（方东树《昭昧詹言》卷十二）的笔法。再联
想到李白、杜甫、屈原三位伟大的前辈诗人，写出的几句
诗像是"史论"：回想李、杜沉醉写诗的悲情和屈原众人

皆醉我独醒的迂执，实则是在暗示自己的处境。最后又颂扬君主圣明、朝廷治理有方，更是满含讽意的曲笔。诗的结尾表示处此境遇中的诗人自己只好酩酊大醉，混迹世间了。全篇构想新奇，语出惊人，层层转折，愈转愈深，笔力也愈加雄健，这样的诗深得杜诗沉郁顿挫的风神。

其　四

　　我恨不如江头人[1]，长网横江遮紫鳞[2]。独宿荒陂射凫雁[3]，卖纳租赋官不嗔[4]。归来欢笑对妻子，衣食自给宁羞贫。今者无端读书史[5]，智慧只足劳精神。画蛇著足无处用[6]，两鬓雪白趋埃尘[7]。乾愁漫解坐自累[8]，与众异趣谁相亲。数杯浇肠虽暂醉，皎皎万虑醒还新[9]。百年未满不得死，且可勤买"抛青春"[10]。

程学恂："郁愤极矣。吐为此吟，其音悲而远。至'皎皎万虑醒还新'，可以泣鬼神矣。"（《韩诗臆说》）

这是韩愈的"读书无用论"，愤慨至极。范传正论李白，所谓"饮酒非嗜其酣乐，取其昏以自富"是也。

[注释]

[1]江头人：指渔夫。　[2]遮紫鳞：指捕鱼。遮，拦阻。　[3]荒陂（bēi）：荒凉的山坡。陂，山坡。凫雁：野鸭子和大雁。　[4]官不嗔：官吏不责怪，意谓没有官府管束。　[5]无端：没来由，没道理。　[6]画蛇著足：或作"画蛇添足"，典出《战国策·齐策二》，说楚国有人祭祀，赐手下人酒喝，可是酒的数量不够，遂让手下人比赛画蛇，先成者饮酒。有人画成后见其他人都没画完，便为蛇画了脚。正在此时，另一个人画好了蛇，并说蛇没有脚，于是拿起酒壶喝了酒。比喻做多余的事，不但无益，反而有

害。 [7]趋埃尘：奔走在尘埃之中，意谓屈居下位。 [8]"乾愁漫解坐自累"二句：深愁难于消解是自作自受，和众人情趣不同又有谁亲近呢。乾愁，愁苦焦灼。漫，徒然。坐自累，由于自己的作为而受到连累。异趣，志趣不同。 [9]皎皎：清晰貌。万虑：思虑纷杂。 [10]抛青春：一种酒的名称。

［点评］

本诗立意仍在抒写诗题表明的对于春天之"感"。开头两句仍用曲笔，拿自己与渔夫相比而自"恨不如"。接下来就这样的立意加以发挥：先是描写渔夫自给自足、自由自在的生活，为下面表现个人境遇、抒写牢骚作铺垫。"今者无端"四句，写自己进不能有益于世，有负初心，而年已衰迈，仍沉居下僚；"乾愁漫解"四句，写自己退不能安贫乐道，孤立无援，前途无望。如此处境之中，万不得已，"数杯浇肠"，但却"皎皎万虑醒还新"，不能沉醉不醒，胸中块垒终于不得消解。结果"百年未满不得死"，甚至求死不能，还是要到酒醉中求得安慰。这样，春天本是万物发生、欣欣向荣的季节，所感受的却是才不得施、困顿无聊的牢愁。

荐 士[1]

周诗三百篇[2]，雅丽理训诰[3]。曾经圣人手[4]，议论安敢到。五言出汉时[5]，苏李首更号。

穷本溯源到《诗经》，最后归结到孟郊。而推荐孟郊，不言其政能、学问而美言其诗，可见韩愈的文人性格，亦可见唐时的社会风气。

"横空盘硬语，妥帖力排奡。"此称孟郊，亦韩愈之夫子自道也。

用生词、硬语、窄韵，有意仿孟郊诗风，也意在造成磊落不平的语气，表达愤郁难宣的感情。

东都渐弥漫[6]，派别百川导。建安能者七[7]，卓荦变风操。逶迤抵晋宋[8]，气象日凋耗。中间数鲍谢[9]，比近最清奥[10]。齐梁及陈隋[11]，众作等蝉噪。搜春摘花卉[12]，沿袭伤剽盗。国朝盛文章[13]，子昂始高蹈[14]。勃兴得李、杜[15]，万类困陵暴。后来相继生[16]，亦各臻阃奥。有穷者孟郊[17]，受材实雄骜[18]。冥观洞古今[19]，象外逐幽好。横空盘硬语[20]，妥帖力排奡。敷柔肆纡余[21]，奋猛卷海潦。荣华肖天秀[22]，捷疾逾响报。行身践规矩[23]，甘辱耻媚灶。孟轲分邪正[24]，眸子看瞭眊。杳然粹而清[25]，可以镇浮躁。寒酸溧阳尉[26]，五十几何耄。孜孜营甘旨[27]，辛苦久所冒。俗流知者谁[28]，指注竞嘲傲。圣皇索遗逸[29]，髦士日登造。庙堂有贤相[30]，爱遇均覆焘。况承归与张[31]，二公迭嗟悼。青冥送吹嘘[32]，强箭射鲁缟。胡为久无成[33]，使以归期告。霜风破佳菊[34]，嘉节迫吹帽。念将决焉去[35]，感物增恋嫪[36]。彼微水中荇[37]，尚烦左右芼。鲁侯国至小[38]，庙鼎犹纳郜。幸当择珉玉[39]，宁有弃珪瑁。悠悠我之

思[40]，扰扰风中藁。上言愧无路[41]，日夜惟心
祷[42]。鹤翎不天生[43]，变化在啄菢。通波非难
图[44]，尺地易可漕。善善不汲汲[45]，后时徒
悔懊。救死具八珍[46]，不如一箪犒。微诗公勿
诮[47]，恺悌神所劳。

马星翼："韩
退之诗有两派：
《荐士》等篇，凿
削极矣；《符读书
城南》等篇，又往
往造平淡。贤者固
不可测。"（《东泉
诗话》）

［注释］

[1] 韩愈于元和元年（806）六月诏授权知国子博士，从荆
州回到长安，与孟郊等友人再次聚会。时孟郊已于贞元二十年辞
溧阳尉来到长安。郑余庆于永贞元年（805）八月出任宰相；元
和元年五月罢相，为太子宾客；九月十六日任国子祭酒。韩愈任
国子博士，是他的僚属，向他推荐孟郊。这一年十一月，郑余庆
调任河南尹，孟郊又得到李翱的推荐，辟署为水陆运从事。这一
首诗是韩愈为推荐孟郊而作的。　[2] 三百篇：指《诗经》。《史
记·太史公自序》称"《诗》三百篇"（实则三百十一篇，其中
六篇有目无诗，"三百"举其成数）。　[3] 雅丽：典雅而华美。
语本《文心雕龙·征圣》："然则圣文之雅丽，固衔华而佩实者
也。"理训诰：可与《尚书》里的《训》（如《伊训》）、《诰》（如
《大诰》）并列。理，童《校》："理犹并也，理读为釐，《诗·臣
工》郑笺云：'釐，理也，以声训。'……雅丽理训诰，即雅丽并
训诰也。" [4]"曾经圣人手"二句：指《诗经》经过孔子删削。
典据《史记·孔子世家》："古者诗三千余篇，及至孔子，去其
重，取可施于礼义，……三百五篇孔子皆弦歌之，以求和《韶》
《武》《雅》《颂》之音。" [5]"五言出汉时"二句：五言诗出于
汉代，到苏武、李陵才改变四言诗体有了"五言诗"的名目。钟

嵘《诗品序》:"逮汉李陵,始著五言之目。"《文选》收苏武五言诗三首、李陵五言诗四首,后人多以为伪托,五言诗起自苏、李之说并非确论。   [6]"东都渐涱漫"二句:到东汉时期,五言诗逐渐普及开来,创作形成百川争流的局面。涱漫,水势浩大,引申指扩展、普及。   [7]"建安能者七"二句:到汉献帝建安年代(196—220)出现善五言诗的作者七人,他们的杰出成就一改诗坛风气。能者七,谓善五言诗者七人,指文学史上的"建安七子"。典据曹丕《典论·论文》:"今之文人,鲁国孔融文举、广陵陈琳孔璋、山阳王粲仲宣、北海徐幹伟长、陈留阮瑀元瑜、汝南应场德琏、东平刘桢公幹。斯七子者,于学无所遗,于辞无所假,咸以自骋骥骤于千里,仰齐足而并驰。"卓荦,杰出。风操,风气、格调。   [8]"逶迤抵晋宋"二句:演变到晋、宋时期,诗坛气象日渐衰败。逶迤,此指曲折演变。凋耗,凋零衰败。   [9]鲍、谢:鲍照(415—466)、谢灵运(385—433)。   [10]比近:接近。比,近。清奥:清新又有内涵。   [11]"齐梁及陈隋"二句:齐、梁至陈、隋,诗杂乱而无价值。等蝉噪,如蝉声聒噪。蝉,知了。   [12]"搜春摘花卉"二句:搜索春光来摘取花卉,沿袭前人而伤于剽窃。这里是指片面追求华艳,又没有创新。剽盗,剽窃抄袭。   [13]国朝:指唐朝。   [14]子昂:陈子昂(661—702),字伯玉,诗文革新的先驱人物。高蹈:高视阔步貌;又,远行。《左传》哀公二十一年:"鲁人之皋,数年不觉,使我高蹈。"杜豫注:"高蹈,犹远行也。"   [15]"勃兴得李、杜"二句:李白、杜甫在诗坛上陡然振兴,世间万物都被驱使于笔下。困陵暴,受困而被轻侮,指受驱使。   [16]"后来相继生"二句:后继有人陆续出来,各自取得相当的成就。臻(zhēn)阃(kǔn)奥,意谓取得登堂入室的成绩。臻,达到。阃奥,内室深处。   [17]穷者:指孟郊命运坎坷困顿。   [18]雄骜(ào):健壮有力。骜，骏马。　　[19]"冥观洞古今"二句：（写诗）深入观察，洞晓古往今来，到物象之外去追求深幽美好的境界。冥观，深入观察。洞，晓，深刻了解。象外，物象之外。　　[20]"横空盘硬语"二句：（写诗）凭空结撰生硬不俗的言辞，又做到妥帖而显示出非凡的力量。妥帖，稳妥顺适。力排奡（ào），有如推排古代大力士奡的力量。奡，相传是夏寒浞之子。典出《论语·宪问》："羿善射，奡荡舟。"　　[21]"敷柔肆纤余"二句：（孟郊诗风）舒展柔美，充分表现委婉含蓄之态，又有奋猛如海涛席卷之势。敷柔，舒展柔美。肆，放肆。纤余，委婉。　　[22]"荣华肖天秀"二句：言辞华美如天花开放一样，文思敏捷如声音回响一般。天秀，天花。　　[23]"行身践规矩"二句：立身行事中规蹈矩，甘处卑贱而耻于阿附权贵。耻媚灶，谓耻于谄媚权贵。典出《论语·八佾》："王孙贾问曰：'与其媚于奥，宁媚于灶。何谓也？'"朱注："王孙贾，卫大夫。媚，亲顺也。室西南隅为奥。灶者，五祀之一，夏所祭也。……时俗之语，因以奥有常尊，而非祭之主；灶虽卑贱，而当时用事。喻自结于君，不如阿附权臣也。"　　[24]"孟轲分邪正"二句：典据《孟子·离娄上》："胸中正，则眸子瞭焉；胸中不正，则眸子眊焉。听其言也，观其眸子，人焉廋哉。"赵岐注："瞭，明也。眊者，蒙蒙目不明之貌。"瞭眊（liǎo mào），目明曰瞭，目不明曰眊。　　[25]"杳然粹而清"二句：心情悠然纯粹而清明，可以压制浮躁之气。杳然，形容心情悠然。　　[26]"寒酸溧阳尉"二句：孟郊于贞元十六年五十岁时始得铨选为溧阳尉（今江苏常州溧阳市）。县尉是辅佐县令的低级官职，因称"寒酸"。耄，年老。　　[27]孜孜：勤勉不倦。营甘旨：指设法奉养老母。典出《礼记·内则》："由命士以上，父子皆异宫，昧爽而朝，慈以旨甘。日出而退，各从其事。日入而夕，慈以旨甘。"　　[28]"俗流知者谁"二句：世俗有谁了解（孟

郊）呢？都手指目注竞相加以嘲笑。嘲慠，讥笑。　[29]"圣皇
索遗逸"二句：圣明皇帝搜求遗留在草野的英才，杰出人士一天
天被委以重任。圣皇，指当时在位的唐宪宗李纯。髦士，杰出人
士。语本《诗经·小雅·甫田》："烝我髦士。"毛传："烝，进。髦，
俊也。"登造，指录用。《宋书·谢庄传》："进选之轨，既弛中代，
登造之律，未阐当今。"　[30]"庙堂有贤相"二句：朝廷里有贤
相（主政），爱护接待天下人才都一样。贤相，指郑余庆。爱遇，
原作"受遇"，据朱《考》改。覆焘（dào），普遍覆盖，指遍天下。
覆，掩覆。焘，通"帱"，遮盖。语出《礼记·中庸》："辟如天地
之无不持载，无不覆帱。"　[31]"况承归与张"二句：况且又承
受归崇敬和张建封（的关照），两位对他的命运屡屡伤叹。归崇
敬（720—799），字正礼，官至工部尚书、翰林学士（"归"或
以为另指归登）。迭，接连。嗟悼，伤叹。　[32]"青冥送吹嘘"
二句：继上文，归崇敬和张建封吹嘘他直上青天，就如射出强箭
穿透丝绸一样容易。青冥，青天，指得到大用。吹嘘，出气急曰
吹，缓曰嘘，此谓揄扬。语本《后汉书·郑太传》："孔公绪清谈
高论，嘘枯吹生。"射鲁缟（gǎo），典出《史记·韩长孺列传》："强
弩之极，矢不能穿鲁缟。"裴骃《集解》："许慎曰：鲁之缟尤薄。"
缟，白色丝织品。　[33]"胡为久无成"二句：继上文，为什么
他这么久求官不成，让他前来告诉归乡日期呢。　[34]"霜风破
佳菊"二句：秋风吹得美好菊花残破，又时逢重阳佳节，命运如
古人孟嘉一样。吹帽，典出《晋书·孟嘉传》："（孟嘉）后为征西
桓温参军，温甚重之。九月九日，温燕龙山，僚佐毕集。时佐吏
并著戎服，有风至，吹嘉帽堕落，嘉不之觉。温使左右勿言，欲
观其举止。嘉良久如厕，温令取还之，命孙盛作文嘲嘉，著嘉坐
处。嘉还见，即答之，其文甚美，四坐嗟叹。"　[35]决（xuè）焉：
急速。决，迅疾。语本《庄子·逍遥游》："我决起而飞，抢榆枋

而止。"[36]感物：感伤物态。恋嫪（lào）：留恋之情。嫪，爱惜，留恋。　[37]"彼微水中荇"二句：那微小的荇菜尚且需要左右采摘，以喻贤人需要有人识别、选拔。典出《诗经·周南·关雎》："参差荇菜，左右芼之。"荇菜，即水葵。芼，择。按《诗序》："《关雎》乐得淑女以配君子，忧在进贤，不淫其色，哀窈窕、思贤才而无伤善之心焉。"　[38]"鲁侯国至小"二句：郜（gào）为春秋时期小国，地当今山东成武县东南，后被宋国所灭。春秋时鲁国曾取郜鼎献给周室，以此比喻需要广泛吸引人才。典出《左传》，《春秋》桓公二年："三月，（鲁）公会齐侯、陈侯、郑伯于稷，以成宋乱。夏四月，取郜大鼎于宋。戊申，纳于大庙。"《左传》杜注："郜国所造器也，故系名于郜。济阴城武县东南有北郜城。"　[39]"幸当择珉（mǐn）玉"二句：（如今）正当在区分宝玉和石头（的时机），难道还能抛弃玉器吗？意谓朝廷正在选拔人才，不可遗弃孟郊。张相《诗词曲语辞汇释》："幸，犹本也，正也。……韩愈《荐士》诗云云，幸当，正当也，意言正当分玉石也。"珉，同"瑉"，似玉的美石。珪瑁，同"圭冒"，玉器，上或圆或尖，下方。天子所执为瑁，诸侯所执为珪。　[40]"悠悠我之思"二句：我的忧虑无限长远，思绪纷乱如风卷大旗。纛（dào），仪仗里的旗帜。　[41]上言：指进言朝廷。　[42]心祷：在心里祈盼。　[43]"鹤翎不天生"二句：幼鹤的翎毛不是天生的，需要在孵化中生长变化，以喻人才成长需要外力支持。啄菢（bào），孵化。啄，卵生破除外壳。菢，孵卵。　[44]"通波非难图"二句：（大鱼）游向大海并非难求，尺寸之地也容易开掘出水路。通波，班固《西都赋》："与海通波。"亦可漕，容易开出水道。漕，本意是水运粮谷，引申为水路。"彼微"以下八句，都是说人才可以发现，应当荐引，是对郑余庆的劝请，也是对孟郊的安慰。　[45]"善善不汲汲"二句：善待良才如果不急切，以后会徒然后悔不迭。善善，语出《公羊传》昭公二十年："君子之善善也长，恶恶也短。"悔懊，悔恨懊丧。　[46]"救死具八珍"二句：为救死准备下八珍，还不如一盒饭食。八珍，文献记载名目不一，《礼记·内则》以淳熬、淳母、炮豚、炮牂、捣珍、渍、熬和肝膋为八珍。一箪犒，一盒饭食。箪，盛饭的圆形竹器。犒，用以慰劳的食品。　[47]"微诗公勿诮"二句：这是结句以明志：不要讥诮这首浅薄的诗，宽厚待人是神明所嘉勉的。典出《诗经·大雅·旱麓》："岂弟君子，神所劳矣。"恺悌（kǎi tì），同"岂弟"，待人宽厚。劳，勉励。

［点评］

韩愈和孟郊于贞元八年在长安同应进士试，到写这首诗的元和元年，已经过了十四年。两人观念一致，意气相投，友情甚笃。这十几年间，韩愈经历了考选失利、从军不顺以至被贬南荒，又回到长安；孟郊则已年过五十，始暂得江南一尉，又以不治官事而不得已辞归，落拓求食再来长安。于是，两人又一次相会。时任国子祭酒的郑余庆是韩愈旧识，韩愈担任国子博士又是他的下属，韩愈遂写诗向他推荐孟郊。诗里赞扬孟郊的人品杰出、才华出众，伤叹他的遭遇坎壈、命运不济，殷切陈词，祈求对方援引，表现出的对友人的器重、挚爱，真切可感。诗的前幅实际是为表现孟郊写诗的才华和成就做的铺垫，简要叙说了《诗经》以来诗歌创作的状况，从历史发展中说明孟郊在诗史上的成就和地位。其中批评晋宋以来诗风颓靡，指出陈子昂的创新之功和李白、杜甫的伟大成就。此处对汉魏以来诗歌发展的叙述、评价，简明而精确，可看作一段简单的诗歌发展史。另一方面又是韩愈阐明本人的文学革新主张，其中表达的观念与他的"古文"理论相一致。在描绘了这样的历史背景后，归结到诗的题目推荐孟郊的主旨上来。一方面赞扬孟郊诗的杰出成就及其独创的风格特征，一方面表达对于如此天才人物生平落拓的惋惜，落到劝请对方加以推荐、重用的主题上来。关于韩、孟的诗，欧阳修《读蟠桃诗寄子美字》诗里曾说："韩孟于文词，两雄力相当。篇章缀谈笑，雷电击幽荒。众鸟谁敢和，鸣凤呼其皇。孟穷苦累累，韩富浩穰穰。穷者啄其精，富者烂文章。发生一为宫，揪敛一为商。二律虽不同，合奏乃锵锵。天之产奇怪，希世不可常。"这就十分精确地指出了二人写作风格的不同：韩愈走雄奇高古一路，孟郊则追求古奥凿削，而二人的艺术追求又相互呼应，创作上则相互借鉴。这也是韩愈给予孟郊诗高度评价的原因。在诗史上归为所谓"韩、孟诗派"的诸人里，孟郊最年长，艺术创作上也给予韩愈很大影响。这首诗无论从语言、技巧还是表现风格上，都可明显看出这种影响。比如诗里多用生词、僻典，压窄韵、险韵，造成拗折不平的气势，表达愤郁难宣的感情，真切体现了韩愈称赞孟郊诗所谓"横空盘硬语，妥帖力排奡"的艺术特征。

游青龙寺赠崔大补阙 [1]

秋灰初吹季月管 [2]，日出卯南晖景短。友生沈曾植:"从柿叶生出波澜,烘染满目。……吾尝论诗人兴象,与画家景物感触相通。密宗神秘于中唐,吴(道子)、卢(楞伽)画皆依为蓝本。读昌黎、昌谷(李贺)诗,皆当以此意会之。"(《海日楼札丛》)

纪游诗,由眼前柿树的奇形异状联想到贬谪南荒羁旅的艰辛坎坷,感叹身世,抒写友情。

招我佛寺行[3],正值万株红叶满[4]。光华闪璧见神鬼[5],赫赫炎官张火伞。然云烧树大实骈[6],金乌下啄赪虬卵。魂翻眼倒忘处所[7],赤气冲融无间断[8]。有如流传上古时,九轮照烛乾坤旱[9]。二三道士席其间[10],灵液屡进颇黎碗[11]。忽惊颜色变韶稚[12],却信灵仙非怪诞。桃源迷路竟茫茫[13],枣下悲歌徒纂纂[14]。前年岭隅乡思发[15],踯躅成山开不算[16]。去岁羁帆湘水明[17],霜枫千里随归伴[18]。猿呼鼯啸鹧鸪啼[19],侧耳酸肠难濯浣。思君携手安能得[20],今者相从敢辞懒。由来钝骏寡参寻[21],况是儒官饱闲散[22]。惟君与我同怀抱[23],锄去陵谷置平坦。年少得途未要忙[24],时清谏疏犹宜罕。何人有酒身无事[25],谁家多竹门可款。须知节候即风寒[26],幸及亭午犹妍暖。南山逼冬转清瘦[27],刻画圭角出崖嶮。当忧复被冰雪埋[28],汲汲来窥诚迟缓。

[注释]

[1]青龙寺:在长安东城新昌坊,中唐时期是佛教密宗道场。崔大补阙:崔群(772—832),字敦诗,贞元八年与韩愈同登进

士第，制策登科，授秘书省校书郎，累迁右补阙；元和初召为翰
林学士，后晋位宰相。他大排行第一，故称崔大。此诗作于元和
元年六月召为权知国子博士后的秋天。　　[2]"秋灰初吹季月管"
二句：时逢季秋即农历九月，太阳居天上卯位之南，日影已经变
短了。初吹季月管，古代测量气候变化，按十二个月分别使用
十二只铜管，是为"律"，测量时一端用葭莩灰（苇管的内皮烧
成的灰，十分轻薄）堵上，当月之气至则灰飞，这里是说季月那
个律管已经被秋气吹开了，即时间已到秋天季月（最后一个月），
也就是农历九月。日出卯南，九月，太阳居天上卯位即正东方之
南。晖景短，日影变短了。晖，阳光。景，同"影"。　　[3]友生：
指崔群。　　[4]万株：指下文描写的柿树。　　[5]"光华闪璧见神
鬼"二句：描写柿树。柿树如璧玉闪烁，让人如见鬼斧神工，又
像是灼热火神张起火伞。闪璧，闪光的玉石。原作"闪壁"，据
魏《集》改。赫赫，炎热貌。炎官，火神。　　[6]"然云烧树大
实骈"二句：大的果实一排排如燃烧的云，又如金乌从天而降来
叨啄红色的龙卵。然云，燃烧的云。然，同"燃"。大实骈，巨
大的果实并列。骈，并。赪（chēng）虬（qiú）卵，红色龙卵，
指柿子。赪，红。虬，龙的一种。上四句描写树上一片火红色的
柿子。　　[7]魂翻眼倒：神魂迷乱，眼花缭乱。　　[8]赤气冲融：
热气相冲，融合成一片。　　[9]九轮照烛：九个太阳照耀。典出
《淮南子·览冥训》，传说尧时十日并出，羿射其九。　　[10]道
士：僧人。席其间：坐在其间。　　[11]灵液屡进：一再进献熟透
的柿子。灵液指满是浆水的熟透的柿子。　　[12]"忽惊颜色变韶
稚"二句：忽然惊异（服了灵液）变得年轻了，才相信神仙灵验
不是荒诞之言。韶稚，年轻。灵仙，神仙灵验。　　[13]桃源迷
路：典出陶渊明《桃花源记》，写渔人偶逢桃花源，后太守遣人
寻访，不复得路。　　[14]枣下悲歌：典出潘岳《笙赋》："咏园桃

之夭夭，歌枣下之篹篹。"李善注引《古咄唶歌》："枣下何攒攒，荣华各有时。枣欲初赤时，人从四边来。枣适今日赐，谁当仰视之。"篹篹，即"攒攒"，集聚貌。这里承前说仙境终非实有，荣华不能久驻。　[15]前年：贞元二十年。岭隅（yú）：岭边，指自己所在的阳山，在岭南。隅，角落。　[16]踯躅：杜鹃花。开不算：花开无数。　[17]去岁：贞元二十一年。羁帆湘水明：指自己从岭南乘船顺湘江到洞庭。羁，旅居在外。　[18]霜枫：经霜枫树。随归伴：追随回归的侣伴，指张署，或有其他人。以上踯躅、霜枫都照应柿树的红色。　[19]"猿呼鼯（wú）啸鸺鹠啼"二句：这是写"前年岭隅"和"去岁羁帆"的情境。鼯，鼯鼠。难濯浣（huàn），难以清洗。浣，洗去污垢。这里是说难以消解"侧耳酸肠"的愁情。　[20]"思君携手安能得"二句：照应题目里的崔群，说当时不能携手同游，今天有机会了，不敢推辞偷懒。安能得，怎能做到。相从，相追随。敢辞懒，谓岂敢懒惰推辞。　[21]钝骏（ái）：愚笨。钝，迟钝。骏，呆。寡参寻：很少寻访（他人）。　[22]儒官：时韩愈为国子博士，作为学官乃清闲职务，所以称"饱闲散"。　[23]"惟君与我同怀抱"二句：两个人志同道合，心中没有陵谷隔阂。　[24]"年少得途未要忙"二句：谓对方年纪还轻（时年三十五岁），已经仕途通达，又正当朝政清明，应当少上谏书。得途，得到进身的途径。谏疏，谏诤的奏疏。犹宜罕，崔群官右补阙，是司谏诤的职务，故云。这是劝他言论要谨慎，暗示朝廷政治环境险恶。　[25]"何人有酒身无事"二句：规劝崔群：（看看）谁家有酒又有闲暇，谁家有竹林（可观赏）就去叩门拜访。门可款，典出《南史·袁粲传》："又领丹阳尹。……郡南一家颇有竹石，粲率尔步往，亦不通主人，直造竹所，啸咏自得。"款，敲，叩。　[26]"须知节候即风寒"二句：要知道（已是深秋）气候，即将刮风寒冷，所幸正午时候

还算暖和。即，将。亭午，正午。妍暖，暖和。　　[27]"南山逼
冬转清瘦"二句：这里形容近冬时节终南山草木凋零、山崖突露
的样子。南山，指长安南面的终南山。逼冬，接近冬天。清瘦，
山上草木凋零，故显得清瘦。圭角，棱角，锋棱。出崖窾（kuǎn），
露出山崖。窾，空隙。　　[28]"当忧复被冰雪埋"二句：应当忧
虑（终南山）再被冰雪覆盖，要赶紧来访，不要耽搁。汲汲，急
切貌。来窥，来看，来访。戒迟缓，不要迟缓。

［点评］

　　这首诗和韩愈同期所作的赠答诗一样，主旨在述
交谊、记游兴、抒感慨。所感慨的不外仕途坎坷的苦
闷、时不我待的悲凉，归结到借酒浇愁，以闲放安顿
身心。而说到对方崔群，本来担任谏官，不是督促他
积极谏诤，而是说时势不宜屡上谏疏，是告以谨慎护
身之语，也有牢骚不满的意味。本篇记述游历密教寺
院青龙寺，其中除了提到"二三道士"，全然不及佛语
佛事，而是集中描绘青龙寺的独特风景——秋天硕果
累累的柿树。用奇语，使僻典，极尽比喻、形容、夸饰、
渲染之能事，把一片柿树描绘得如一幅现代印象派图
画，奇情异景，光怪陆离，造成一种高华壮观的景象，
惊心动魄，让人不敢逼视。中间转而即景述情，由当
前的游踪，回顾此前的患难，再写寄身学官闲职的枯
寂清淡，构思起伏转折，运笔曲折细密，语气文情显
得流畅而又凌厉。

李花二首[1]

其　一

平旦入西园[2]，梨花数株若矜夸[3]。旁有一株李，颜色惨惨似含嗟[4]。问之不肯道所以[5]，独绕百匝至日斜。忽忆前时经此树，正见芳意初萌牙[6]。奈何趁酒不省录[7]，不见玉枝攒霜葩。泫然为汝下雨泪[8]，无由返施羲和车[9]。东风吹来不解颜[10]，苍茫夜气生相遮。冰盘夏荐碧实脆[11]，斥去不御惭其花。

写花的变化，悲草木之零落。

夜气相遮，感时之语。

［注释］

[1]韩愈在元和五年（810）冬任河南县（河南府首县，治洛阳）令，这两首诗为次年春作。　[2]平旦：清晨。西园：曹操曾在邺（今河北临漳）建西园，即曹丕所谓"逍遥步西园"，这里借用其字面。　[3]若矜夸：像是在自我炫耀。　[4]似含嗟：好像含有嗟叹。　[5]"问之不肯道所以"二句：这里是说问花花不语，自己整天绕树观赏，直到日暮。百匝，一百圈，极言其多。　[6]芳意：含苞欲放的意态。牙："芽"的古今字。　[7]"奈何趁酒不省（xǐng）录"二句：继前，怎么就没有趁酒兴加以欣赏，没看见如玉的枝条上缀满洁白如霜的李花。省录，察看。省，看。葩（pā），花朵。　[8]泫然：流泪貌。为汝：比花如人，称尔汝。　[9]返施羲和车：意谓时光倒流，让羲和的车子掉头回来。

传说太阳由羲和驾车在天上运行。返斾，是指掉转（羲和）车上的旗帜。斾，旗帜。　　[10]"东风吹来不解颜"二句：东风吹来花也没有盛开，无边无际的暗夜硬是把它们遮盖了。解颜，指花盛开。生，强，硬。　　[11]"冰盘夏荐碧实脆"二句：夏天用冰凉的果盘送来翠绿的果实，推开不吃，因为愧对今天的李花。设想之辞。御，服用。

[点评]

韩愈多写赏花诗，本书选了不少。他写花，都是有感而发，其中多表达感念时光不再、嗟叹身世寥落的寓意。他写杏花、李花，是素淡单薄的花，自会流露一种莫名的落寞情趣。清人陈沆论诗喜欢索隐比兴，附会史实，往往失之深曲，为人诟病。但他解韩愈这首诗，引用屈原《离骚》"惟草木之零落兮，恐美人之迟暮"，谓"贤者当及其盛年而用之也"，其说可从。这首诗篇幅简短，但构想曲折：从早晨赏花，看花情惨淡，又回顾花未盛开，未及欣赏，再设想将来果实结成，在这花开花落的抒写中，表白爱花的情意和时不我待的感伤，借赏花寓零落之思、皓洁之志，感慨深长，意味高远，给读者留下了广阔的欣赏空间。

其　二

当春天地争奢华，洛阳园苑尤纷挐[1]。谁将平地万堆雪，剪刻作此连天花。日光赤色照未好[2]，明月暂入都交加。夜领张彻投卢仝[3]，乘

花如美人，翻用"美人如花"俗用之喻。

陈沆："此章自言其志。'奢华''纷拏'，世之所竞，君子不必避而去之。但愈置之纷华之中，而愈增其皓白之志，莹其清寒之骨。"（《诗比兴笺》）

云共至玉皇家。长姬香御四罗列[4]，缟裙练帨无等差。静濯明妆有所奉[5]，顾我未肯置齿牙。清寒莹骨肝胆醒[6]，一生思虑无由邪。

[注释]

[1] 纷拏（ná）：缤纷错杂貌。魏《集》等作"拏"。　[2]"日光赤色照未好"二句：白天日光强烈照射未见其好，明月刚一升起就会看见花朵叠加之美。　[3]"夜领张彻投卢仝"二句：夜里带领张彻和卢仝来赏花，设想乘云飞到玉皇大帝家。张彻（？—821），自贞元十二年与韩愈结交，从韩愈学，韩愈妻以族子，后在幽州被叛军加害，韩愈为之作墓志，本书后面有选录。卢仝（？—835），诗人，初隐济源（今河南济源），后长期寓居洛阳，贫穷困顿，参见本书《寄卢仝》。玉皇家，指前"洛阳园苑"，比拟如神仙洞府。　[4]"长姬香御四罗列"二句：比拟开花的李树如美人。长身美女芳香袭人、四方罗列，一律穿着白绸衣裙。姬，女人的美称。香御，被服香料。缟裙，白色绸裙。练帨（shuì），白色丝绸上衣。帨，本意是丧衣，这里指上衣。　[5]"静濯明妆有所奉"二句：承上，（长姬）安静整洁、装扮明丽前来侍奉，但是我却不能享用。顾，然而。置齿牙，本意是吃，这里指享用。　[6]"清寒莹骨肝胆醒"二句：（赏花时）寒气透入骨髓让肝胆清醒，使一生思虑都不再有邪僻之意。无由邪，语出《论语·为政》："子曰：'诗三百，一言以蔽之，曰：思无邪。'"这里是戏谑之辞。

[点评]

这一篇写洛阳园苑李树芳华盛开，诗人和友人张彻、卢仝一起观赏。繁花盛开让人清寒彻骨，神清气爽。诗里比拟洛阳园苑如神仙洞府，缀满白花的李树如身着白色丝绸的长身美女，设想新颖而奇僻。诗人们往往是"云想衣裳花想容""美人如花隔云端"，比拟美女如花，而这里则相反，写的是花树如高挑美女，这是韩愈长于拟比设喻的例子，也是造成他雄奇诗风的手段。结句仍是表明自己志向贞洁，写赏花所以抒写人生意趣也。

寄卢仝 [1]

玉川先生洛城里，破屋数间而已矣。一奴长须不裹头 [2]，一婢赤脚老无齿。辛勤奉养十余人，上有慈亲下妻子 [3]。先生结发憎俗徒 [4]，闭门不出动一纪 [5]。至令邻僧乞米送，仆乔县尹能不耻 [6]。俸钱供给公私余 [7]，时致薄少助祭祀。劝参留守谒大尹 [8]，言语才及辄掩耳 [9]。水北山人得名声 [10]，去年去作幕下士 [11]。水南山人又继往 [12]，鞍马仆从塞闾里 [13]。少室山人索价高 [14]，两以谏官征不起 [15]。彼皆刺口论世事 [16]，有力未免遭驱使。先生事业不可量，惟用法律自绳己 [17]。《春秋》三传束高阁 [18]，独抱遗经究终始。

真实生动地描写一位才不得施、不遂流俗的布衣贫士形象。

往年弄笔嘲同异[19]，怪辞惊众谤不已[20]。近来自说寻坦途[21]，犹上虚空跨绿骈。去岁生儿名添丁[22]，意令与国充耘耔。国家丁口连四海[23]，岂无农夫亲耒耜。先生抱才终大用，宰相未许终不仕[24]。假如不在陈力列[25]，立言垂范亦足恃。苗裔当蒙十世宥[26]，岂谓贻厥无基阯。故知忠孝生天性，洁身乱伦安足拟[27]。昨晚长须来下状[28]，隔墙恶少恶难似[29]。每骑屋山下窥阚[30]，浑舍惊怕走折趾[31]。凭依婚媾欺官吏[32]，不信令行能禁止。先生受屈未曾语，忽此来告良有以[33]。嗟我身为赤县令[34]，操权不用欲何俟[35]。立召贼曹呼伍伯[36]，尽取鼠辈尸诸市[37]。先生又遣长须来，如此处置非所喜。况又时当长养节[38]，都邑未可猛政理[39]。先生固是余所畏[40]，度量不敢窥涯涘。放纵是谁之过欤[41]，效尤戮仆愧前史。买羊沽酒谢不敏[42]，偶逢明月曜桃李。先生有意许降临[43]，更遣长须致双鲤。

［注释］

[1]此诗作于元和六年，与上两首诗同一时期。卢全（？—835）：自号玉川子。　[2]一奴长须：典出王褒《僮约》，其中有

一"髯奴"。不裹头：古代男子成丁以巾裹头，不裹头是奴仆的装束。　[3]慈亲：双亲，一般指母亲。　[4]结发：束发，古人成童即束发。　[5]动一纪：动辄一纪。岁星（即木星）运转（公转）一周十二年为一纪。或以十年、三十年等为一纪。　[6]仆忝县尹：韩愈于元和五年冬任河南县令，至次年夏入朝为职方员外郎。忝，自谦之辞，谓辱任。县尹，县令。　[7]"俸钱供给公私余"二句：所拿到的俸禄在公私使用之余，时时拿出少许来接济。助祭祀，资助祭祀香火，是帮助维持生活的委婉说法。　[8]劝参留守谒大尹：劝说他拜谒东都留守，参见河南尹。东都留守是朝廷分司东都的最高长官，时为郑余庆。河南尹是河南府最高长官，时李素为河南少尹，是副职，行大尹事。　[9]掩耳：表示不听从。　[10]水北山人：指石洪，住在洛水北。山人，指隐居不仕者。　[11]去作幕下士：石洪于元和五年受河阳军（治河内，今河南沁阳）节度使乌重胤征辟担任幕僚。详见《送石处士序》。　[12]水南山人：指温造，住在洛水南。　[13]塞闾里：指迎接他的鞍马仆从塞满里巷。详见《送温处士赴河阳军序》。　[14]少室山人：指李渤，字濬之，隐士，有时名。当时隐居在嵩山西少室山（在今河南登封北）。索价高：指出仕所要求条件高。典出《论语·子罕》："我待贾（价）者也。"　[15]征不起：被征召不出。朝廷曾征李渤为左拾遗谏职，不就。　[16]"彼皆刺口论世事"二句：以上这些人都滔滔不绝地议论世事，因为有能力而未免供人驱遣使用。刺口，多言貌。　[17]法律：指礼法。自绳己：自我约束。　[18]"《春秋》三传束高阁"二句：把《春秋》左氏、公羊、穀梁三传搁置在阁楼上，掌握古代传下来的经典来探究义理的根本。这里是说他不迷信《春秋》三传而专注探询《春秋》经本来的微言大义。这是当时"新《春秋》学"的革新学风。遗经，古代流传下来的经典，此指《春秋》。究终始，谓探究义理的根本。　[19]弄笔嘲同异：卢仝有《与马异结交诗》，其中用两个人的名字相嘲弄："昨日仝不仝，异自异，是谓大仝而小异；今日仝自仝，异不异，是谓仝不往兮异不至。"马异，同时期诗人。　[20]怪辞惊众：险怪的言词惊动众人。谤不已：不停地受人诋毁。这里是说卢仝性格嘲戏不拘，多受人攻击。　[21]"近来自说寻坦途"二句：近来自己说正在寻找平坦的前程，（但事实）就像骑骏马飞上天空（那样困难）。绿骊，亦作"绿耳"，传说中周穆王西游的"八骏"之一。　[22]"去岁生儿名添丁"二句：去年生个儿子起名叫添丁，意思是让他做个给国家服赋役的人丁。添丁，添个丁口。唐律十八或二十岁男子算成丁，始负担赋税。耘耔，指种田人。除草谓耘，培土谓耔。　[23]"国家丁口连四海"二句：国家四海都是丁口，难道还缺少农夫来种地吗。亲耒耜，指种田。耒耜，古代种田翻土的工具，耒指柄，下端如锹为耜。　[24]宰相未许：未得宰相亲自称许。　[25]"假如不在陈力列"二句：如果不尽力于朝廷的岗位之上，著书作文留传后世也足以让人自负了。陈力列，替国家尽力的一类人。语出《论语·季氏》："陈力就列，不能者止。"立言垂范，著书作文留给后世做为教训。典出《左传》襄公二十四年："大上有立德，其次有立功，其次有立言，虽久不废，此之谓不朽。"足恃，足以自负。典出《吕氏春秋·本味》："士有孤而自恃，人主有奋而好独者。"　[26]"苗裔当蒙十世宥"二句：继上，意谓这样自己的后代会十世享有犯罪得到宽宥的待遇，难道能说没给子孙（的前途）打下牢固的根基吗。苗裔，后代。十世宥，后世十代人有罪而被赦免。贻厥，同"诒厥"，子孙。语本《尚书·五子之歌》："有典有则，贻厥子孙。"基阯，同"基址"，这里指前代打下的根基。　[27]洁身乱伦：洁身自好，败坏伦常。意本《论语·微子》："子路曰：'不仕无义，……欲洁其

身而乱大伦。’”安足拟：怎么足以拿来比方。这里是说卢仝的忠
孝出于天性，不出仕不能说是洁身乱伦。　[28]下状：送来文书，
自谦故曰“下”。　[29]恶少：无赖少年。恶难似：恶劣难以形
容。　[30]屋山：屋脊。窥阚（kàn）：偷着向下看。阚，同“瞰”，
俯看。　[31]浑舍：全家。走折趾：逃跑折断脚趾。　[32]“凭
依婚媾欺官吏”二句：恶少依靠与权势家有婚姻关系而欺压官吏，
不相信下个命令能够制止他们。令行能禁止，有令则行、有禁则
止。典出《汲冢周书·文传》：“令行禁止，王之始也。”　[33]良
有以：确有缘由。　[34]嗟：慨叹。赤县令：唐制，县分为七等，
设在京城内的为赤县，韩愈任县令的河南县在东都洛阳城内，为
赤县。　[35]欲何俟（sì）：还等什么。俟，等待。　[36]贼曹：
本汉代职务名，指州县主刑狱的官吏。伍伯：吏卒。[37]尸诸市：
杀掉陈尸市街。　[38]长养节：指春季万物发生的季节。古代在
这个季节不施刑戮。　[39]猛政理：用苛暴政治来治理。　[40]“先
生固是余所畏”二句：先生本来是我所敬畏的，您的度量真是宽
广无边。不敢窥崖涘，不能看到边际。不敢，不能，谦虚之辞。
崖涘，山崖水边，引申为边际。　[41]“放纵是谁之过欤”二
句：放纵（恶少）又是谁之过？仿效古人杀掉仆人又愧对历史。
前句承认自己担任县令未治恶少的过错。后句典出《左传》襄公
二十一年：“（晋）栾盈过于周，周西鄙掠之。……王曰：‘尤而效
之，其又甚焉。’”戮仆，《左传》襄公三年：“晋侯之弟扬干乱行
于曲梁，魏绛戮其仆。”愧前史，愧对历史。　[42]谢不敏：道歉
自己不才。不敏，自谦之辞，《论语·颜渊》：“回虽不敏，请事斯
语矣。”[43]“先生有意许降临”二句：先生如果有意来访，还
请先遣仆人送个信儿来。降临，指来访。致双鲤，指送信。典出
古乐府《饮马长城窟行》：“客从远方来，遗我双鲤鱼。呼儿烹鲤
鱼，中有尺素书。”

［点评］

卢仝一生困顿，贾岛说他"平生四十年，惟著白布衣"（《哭卢仝》），是命途多舛的唐代文人的典型。韩愈担任河南令，卢仝正困居洛阳。韩愈与之交往，器重他的道德、学问、才能，同情他的遭遇，写诗表示安慰。诗中屡屡称赞卢仝不事权贵，严于律己，安于困顿；赞扬他研究《春秋》，独抱遗经，以经驳传，学风开放；同情他写诗怪辞惊俗，受人攻击；写他生子名添丁，安于让后代做个普通农夫来谋生；怀才不仕，始终保持忠孝天性。诗里又穿插他与自己交往的一个事例：卢仝受到恶少欺凌，向韩愈求助，韩愈加以处置。最后表示期待他来访，重申爱惜敬重之意。如此专门写诗颂扬卢仝，具体、生动地描绘一位洛拓文人的典型形象，表达大才不施、君子固穷的传统主题，是有现实意义的。而同情贫弱，讴歌友情，也体现了古代文人的传统美德。诗中以两人的情谊相照应，有自嘲，有调笑，表达两人的亲密关系，起到深化主题的作用。对卢仝的描写，只是按部就班地叙述，用对话和细节略加点染，又以幽默、讥嘲的语气出之，情趣盎然，塑造了一位德艺双馨而命途多舛的文人形象，体现了一种乐观不屈的精神。与这一内容相适应，这首诗多作散句，多用口语，质而不俚，俗而不鄙，散而不冗，看似浅俗，却显现出独特的高古之意、朴茂之美，诵读起来，其味无穷。

石鼓歌[1]

张生手持石鼓文[2]，劝我试作石鼓歌。少陵无人谪仙死[3]，才薄将奈石鼓何。周纲凌迟四海沸[4]，宣王愤起挥天戈[5]。大开明堂受朝贺[6]，诸侯剑佩鸣相磨。蒐于岐阳骋雄俊[7]，万里禽兽皆遮罗。镌功勒成告万世[8]，凿石作鼓隳嵯峨[9]。从臣才艺咸第一[10]，拣选撰刻留山阿。雨淋日炙野火燎[11]，鬼物守护烦挐呵[12]。公从何处得纸本，毫发尽备无差讹[13]。辞严义密读难晓，字体不类隶与科[14]。年深岂免有缺画[15]，快剑斫断生蛟鼍。鸾翔凤翥众仙下[16]，珊瑚碧树交枝柯[17]。金绳铁索锁纽壮[18]，古鼎跃水龙腾梭。陋儒编《诗》不收入[19]，二《雅》褊迫无委蛇。孔子西行不到秦[20]，掎摭星宿遗羲娥。嗟余好古生苦晚[21]，对此涕泪双滂沱[22]。忆昔初蒙博士征[23]，其年始改称元和。故人从军在右辅[24]，为我度量掘臼科。濯冠沐浴告祭酒[25]，如此至宝存岂多[26]。毡苞席裹可立致[27]，十鼓只载数骆驼。荐诸太庙比郜鼎[28]，光价岂止百倍过。圣恩若许留太学[29]，诸生讲解得切磋。观经鸿都尚填咽[30]，坐见举国来奔波。剜苔剔藓露节角[31]，安置妥帖平不颇。大厦深檐与盖覆，经历久远期无佗[32]。中朝大官老于事[33]，讵肯感激徒婕媌。牧童敲火牛砺角[34]，谁复著手为摩挲[35]。日销月铄就埋没，六年西顾空吟哦[36]。羲之俗书趁姿媚[37]，数纸尚可博白鹅[38]。继周八代争战罢[39]，无人收拾理则那[40]。方今太平日无事，柄任儒术崇丘、轲[41]。安能以此上论列[42]，愿借辩口如悬河。石鼓之歌止于此，呜呼吾意其蹉跎[43]。

陈迩东："这首诗体势典重，音节响朗，把枯燥的'金石学'入诗，而写得生动开张，为后来有学术内容写诗的人，开了这么一条途径。"（《韩愈诗选》）

方东树："（苏东）坡《石鼓》不如韩，韩《石鼓》又不如杜《李潮八分小篆歌》文法纵横，高古奇妙。要之，此三诗更古今天壤，如华岳三峰矣。"（《昭昧詹言》）

[注释]

[1] 石鼓：古代一组鼓形的石刻，计十枚，其上各刻四言诗一首，所述为周代贵族田猎纪功之事，近人一般判定为春秋时期秦国遗物。直至唐初，长期散弃于陈仓（今陕西宝鸡）郊野。唐初发现，五代散佚，宋初复聚，后经多次迁转，现存北京故宫博物院。郑余庆于元和九年（814）出任山南西道、凤翔节度使（治凤翔，今陕西凤翔），始移置于凤翔孔庙。前此的元和五年，郑余庆出任东都留守，是年冬，韩愈任河南令，为其属吏。这首诗作于元和六年夏入朝为职方员外郎离开洛阳之前。　[2] 张生：张彻，见前《李花二首》诗之二。手持石鼓文：所持当是拓本或摹写的纸本。　[3] "少陵无人谪仙死"二句：如今杜甫、李白都已不在世，自己才能浅薄又怎么来写诗歌颂石鼓呢。少陵，杜甫自

称"少陵野老"。谪仙,李白被贺知章呼为"谪仙人"。奈石鼓何,拿石鼓怎么办,意谓怎么歌颂石鼓。　[4]周纲陵迟:周王朝纲纪败坏。陵迟,衰败。四海沸:指天下动乱。　[5]宣王:周宣王姬静(前827—前782在位),在位时北伐猃狁,南征荆蛮、淮夷、徐戎,史称"中兴"。挥天戈:意谓武力征讨。天戈,这里指周王朝的军队。戈,本意是兵器。　[6]"大开明堂受朝贺"二句:敞开明堂接受朝贺,各路诸侯(作为礼器)佩带的剑和玉佩碰撞有声。明堂,古代帝王祭天宣明政教的殿堂。佩(pèi),佩玉。自此以下八句是说石鼓乃周宣王时遗物,这是关于石鼓所出年代早期的一种看法(唐人韦应物、张怀瓘、李吉甫都主张是周宣王时,后来也有认为是成王时的)。　[7]"蒐(sōu)于岐阳骋雄俊"二句:(周宣王)在岐山(今陕西岐山县北)之南一带打猎(当时狩猎实为陈兵以示威),显示雄伟气势,万里之内禽兽都被网罗殆尽。《诗经·小雅·吉日》写周宣王田猎于西都,《车攻》又写他在东都与诸侯会猎,但"蒐于岐阳"史无明文。又,《左传》昭公四年记载"成(王)有岐阳之蒐"。韩愈这里是活用典故。蒐,春猎。骋雄俊,显示势力强大。遮罗,阻拦网罗。　[8]镌(juān)功勒成:刻石纪功。镌、勒,刻。功、成同义。　[9]隳(huī)嵯峨:破大山取石。隳,毁坏。嵯峨,山高耸貌,此指山石。　[10]"从臣才艺咸第一"二句:随从大臣才能技艺都是一流的,拣选山石撰写刻石留在山脚下。山阿,山脚。　[11]日炙(zhì):日晒。炙,烧,晒。　[12]鬼物:鬼神。烦㧑(huī)呵:麻烦(鬼物)来驱赶、呵斥(破坏石鼓者)。㧑,同"挥""麾"。　[13]无差讹:没有差错。讹,错误。这里是说张彻拿来的"纸本"和原刻一模一样。　[14]隶与科:隶书和科斗文。科斗文又作"蝌蚪文",上古的一种书体,以头粗尾细、形似蝌蚪而得名。石鼓所刻文字为大篆,即"籀书"。　[15]"年深岂免有缺划"二句:年代久远难免笔划有残缺，有的（笔划）好像是利剑斩断活的蛟龙。缺划，指笔划破损。生蛟鼍（tuó），活的蛟龙。蛟，传说中的水兽。鼍，鼍龙，即"扬子鳄"，一名猪婆龙。自此以下六句比拟形容石鼓上残留的文字形态。　[16]鸾翔凤翥（zhù）：鸾鸟和凤凰飞舞。翥，高飞。　[17]交枝柯：枝干相交叉。　[18]"金绳铁索锁纽壮"二句：（笔划）劲健如金绳铁索钩成的粗壮锁纽，又如古鼎跃出水面、蛟龙翻腾穿梭。古鼎跃水，据传秦灭周，周之九鼎入于秦；或曰宋太丘社亡，鼎没于泗水彭城下；又据《史记·秦始皇本纪》，二十八年，始皇东行郡县，还过彭城，斋戒祷祠，欲出周鼎泗水，使千人没水求之，弗得。　[19]"陋儒编《诗》不收入"二句：见解鄙陋的儒生编辑《诗经》没有收录，《大雅》《小雅》所收范围狭小也没收石鼓文。陋儒，一般认为孔子删《诗》，这里是想当然的出典。二《雅》，《诗经》里的《大雅》和《小雅》。褊（biǎn）迫，狭小，这里指内容短缺。委蛇，同"逶迤"，委曲自得貌，这里指石鼓上的文字。与后两句写孔子编辑儒经没有收录石鼓文字。　[20]"孔子西行不到秦"二句：孔子（周游列国）向西没到过秦国，删诗时（《秦风》）摘取星星却遗失了太阳和月亮。这里继上说《诗经》里的《秦风》遗漏了石鼓文。掎摭（jǐ zhí）星宿，摘取星星。掎，牵制。摭，摘取。遗羲娥，遗漏了太阳和月亮。羲，日御羲和。娥，月神嫦娥。　[21]生苦晚：痛惜所生时代已晚。　[22]对此：面对石鼓文。滂沱：泪流满面貌。　[23]"忆昔初蒙博士征"二句：回忆当初被征辟为权知国子博士，那一年正改称"元和"年号。韩愈被征辟是在元和元年六月。元和，唐宪宗李纯年号，计十五年（806—820）。　[24]"故人从军在右辅"二句：时老朋友（未详所指）在凤翔节度使那里任事，曾替我想方设法发掘石鼓。从军，在节度使府（军府）任事。右辅，指凤翔，汉代京兆、左冯翊、右扶风称畿内三辅，右扶风为右辅，唐时的关内道凤翔府与之相当。度量，设法。掘臼科，指发掘石鼓。臼科，坑坎，石鼓所在。　[25]濯冠沐浴：行大事时的斋戒之礼，表郑重。祭酒：国子祭酒，国子监长官，韩愈的上司，时为郑余庆。　[26]至宝：最为珍贵的宝物。　[27]苞：通"包"。立致：立即运到（长安）。以下十二句是设想之辞。　[28]"荐诸太庙比郜鼎"二句：进献于太庙如果比拟为春秋时期鲁桓公取郜大鼎于宋进献周朝太庙，其巨大价值岂止百倍。太庙，天子祖庙。郜鼎，郜国的鼎，鲁桓公二年（前710）取郜大鼎于宋，纳于太庙。光价，巨大价值。　[29]"圣恩若许留太学"二句：如果皇帝准许留置太学，就可以对太学生们讲解，能够相互讨论。太学，此指国子监。唐国子监下辖国子、太学、四门、律、书、算六学（增广文为七学）。诸生，国子监学生。切磋，研习讨论。语出《诗经·魏风·淇奥》："如切如磋，如琢如磨。"　[30]"观经鸿都尚填咽"二句：当年鸿都门观看经典尚且造成道路阻塞，（如今石鼓置于太学）立刻就会使举国人众奔走前来。观经鸿都，东汉朝廷于洛阳的鸿都门内置学与书库，做为安置、研习经典之所。典出《汉书·儒林传》，灵帝熹平四年，诏诸儒正定五经，刊于石碑，树之学门，碑始立，观见及模写者车乘日千辆，填塞巷陌。填咽，堵塞。坐见，旋见。坐，立即。　[31]"剜苔剔藓露节角"二句：剜除（石鼓上的）苔藓，露出文字清晰方正的笔划，把石鼓安置妥帖平正。节角，指笔划的连接转折处。无颇，无偏，平正。　[32]期无佗（tuō）：期望没有差池。佗，通"它"。　[33]"中朝大官老于事"二句：意谓前面的设想被搁置，对于移置石鼓一事朝廷大臣徒然应付，无所作为。中朝大官，指朝廷的主事大臣。汉代朝官有中朝、外朝之分。老于事，处事老练圆滑。讵肯，怎肯。感激，被感动。徒媕娿（ān ē），只是应付差事。媕娿，俯仰随人，无所作为。　[34]敲火：敲石取火。砺角：

磨角。　[35] 摩挲（suō）：抚摸，引申为珍惜、玩赏。　[36] 六年西顾：从见到张彻的石鼓文"纸本"算起，到元和六年一直西望凤翔（关注石鼓情况）。空吟哦：徒然嗟叹。吟哦，低声吟唱，此指感伤嗟叹。　[37] 羲之俗书：王羲之，字逸少，晋代著名书法家，世称"书圣"。韩愈指所写为"俗书"，意思或以为相对"古书"而言，或以为指合于"时俗"，或以为多作俗体（如不讲究偏旁等等）。趁媚姿：追求运笔娇媚。　[38] 博白鹅：换取白鹅。博，换取。典出《晋书·王羲之传》："性爱鹅。……山阴有一道士，养好鹅。羲之往观焉，意甚悦，固求市之。道士云：'为写《道德经》，当举群相赠耳。'羲之欣然写毕，笼鹅而归。" [39] 继周八代：指石鼓所在地的朝代更替，即秦、汉、魏、晋、北魏、北齐、北周、隋八代（有它说，不赘）。继周，语本《论语·为政》："其或继周者，虽百世可知也。" [40] 理则那（nuó）：哪有道理。那，何。　[41] 柄任：任用，引申为尊崇。丘、轲：孔丘、孟轲。　[42] "安能以此上论列"二句：怎么能够把这件事上书朝廷详细论说，愿借助如河水滔滔的善辩人之口。悬河，喻议论滔滔不绝。　[43] 吾意其蹉跎：意谓我的想法还会失落吧。其，推量之辞。蹉跎，失足。此处实表前景艰难。

[点评]

　　唐人诗歌题材扩大，出现了许多题字、题画作品，韩愈的《石鼓歌》是其中的名篇。历来多认为此诗学杜甫《李潮八分小篆歌》，讨论二诗高下则意见不一。兹抄录杜诗如下：

　　　　苍颉鸟迹既茫昧，字体变化如浮云。陈仓石鼓又已讹，大、小二篆生八分。秦有李斯汉蔡邕，中间作者绝不闻。峄山之碑野火焚，枣木传刻肥失真。苦县光和尚骨立，书贵瘦硬方通神。惜哉李、蔡不复得，吾甥李潮下笔亲。尚书韩择木，骑曹蔡有邻。开元已来数八分，潮也奄有二子成三人。况潮小篆逼秦相，快剑长戟森相向。八分一字直百金，蛟龙盘拿肉屈强。吴郡张颠夸草书，草书非古空雄壮。岂如吾甥不流宕，丞相中郎丈人行。巴东逢李潮，逾月求我歌。我今衰老才力薄，潮乎潮乎奈汝何！

如仅就两首诗论，杜诗表扬李潮，实际是写了一篇见解独创的书法史，也表明他个人评论书法的主张，而他是就书论书。韩愈描写石鼓文，夸说其书法之妙，显然对杜诗有所借鉴，如杜诗的"快剑长戟""蛟龙盘拿"等意象即直接被韩愈袭用。但韩愈不是就书法论书法，他把石鼓文置于宣王中兴的大背景下，即是说石鼓文记录着历史上的中兴大业，因而具有重大象征意义；而抒写对石鼓的关注、爱惜，也就不仅体现他"好古"的热忱，更在于宣扬他的政治主张。有关石鼓的年代本来有不同看法，而韩愈确定在周宣王，这正是西周实现尊王攘夷大业的"中兴"时期。而唐代中衰，宪宗即位后着力平藩，力图中兴。这样，这篇作品歌颂石鼓，写宣王"中兴"留下的遗物，也就具有象征、隐喻的含义，体现出鲜明的政治意义和丰富的文化内涵。另一方面，这首诗满怀激情地描述石鼓的历史和现状，也十分集中地体现了作者"好古"的热忱。这首诗写法上的突出特点和优点可以借用诗里的"辞严义密"一语来概括。这一方面表现为内容正大、气魄壮伟，也体现在手法的雄肆恣纵、精确研炼。开端由张生一纸石鼓文领起，先写作歌缘由；然后具体写石鼓制作、镌刻文字的奇妙；再写自己建议收藏、保护石鼓的努力；结尾处抒写石鼓仍被弃置的遗憾。就这样，感情充沛地歌唱了石鼓的历史和现状，以及自己对石鼓的珍爱之情和为保护石鼓做出的呼吁和努力。为容纳这些复杂内容，写法上则尽力浓缩诗句，多用"叠语"，即把几个意象凝缩在一个诗句里，如"雨淋日炙野火烧""鸾翔凤翥众仙下""金绳铁索锁钮壮，古鼎跃水龙腾梭"等等，多个意象重叠，语句又多用散体，使得这首长歌词高语健，典雅古朴，显出浑厚浩渺的气象。

送无本师归范阳[1]

无本于为文[2]，身大不及胆[3]。我尝示之难，勇往无不敢。蛟龙弄角牙[4]，造次欲手揽。众鬼囚大幽[5]，下觑袭玄窞。天阳熙四海[6]，注视首不頷。鲸鹏相摩窜[7]，两举快一啖。夫岂能必然[8]，固已谢黯黮。狂词肆滂葩[9]，低昂见舒惨。奸穷怪变得[10]，往往造平淡。蜂蝉碎锦缬[11]，绿池披菡萏。芝英擢荒榛[12]，孤翮起连菼。家住幽都远，未识气先感[13]。来寻吾何能[14]，无

艺术重在独创。

追求"奸穷怪变"而最终达到"平淡"，尚奇好异而又做到"文从字顺"。

殊嗜昌歜。始见洛阳春，桃枝缀红糁^[15]。遂来长安里，时卦转习坎^[16]。老懒无斗心，久不事铅椠^[17]。欲以金帛酬^[18]，举室常顑颔。念当委我去^[19]，雪霜□□……^[20]，天地与顿撼。勉率吐歌□……

诗赠贾岛，雕凿字句、摹刻形容、行文用韵又似贾岛。

［注释］

[1] 无本：诗人贾□……□（79—843），字浪仙，范阳（今北京□……□在洛阳结识韩愈，为韩愈所激赏，□……□春，终身未第。作诗以苦吟名，自号□……□阳，韩愈作此诗。　[2] 为文：指写□……□所谓"胆大包身"。　[4] "蛟龙弄□……□干，匆忙间竟想徒手揽住。造次，□……□容"身大不及胆"。　[5] "众鬼因□……□幽地下，（他）向下窥视加以袭击。□……□（qù），窥探。玄窨（tǎn），深幽的□……□：天上的太阳光照四海，（他）□……□，鋄（hàn），原作"颔"，诸本多作□……□六句压"颔"字韵，陈《选》校作□……□"鲸鹏相摩窣（sū）"二句：鲸鱼□……□以一口吞下为快。摩窣，搏击。□……□然"二句：难道能够必然如此吗□……□的状态。黯黮（dàn），不明貌昏暗□……□蕐"二句：文词狂放不拘、气势磅□……□展与凄惨。

肆，放肆不拘。滂葩，磅礴。以下六句描写贾岛诗的风格特征和艺术效果。　[10]"奸穷怪变得"二句：竭尽全力求得新颖奇异，最终形成平淡自然的艺术风格。奸穷，尽力追求。奸，求。穷，尽。怪变，新颖奇异。造，达到。　[11]"蜂蝉碎锦缬（xié）"二句：（诗作风格）犹如蜂和蝉身上细小织锦样的花纹，又像绿池中盛开的荷花。锦缬，有花纹的织锦。菡萏（hàn dàn），荷花。　[12]"芝英擢（zhuó）荒榛"二句：又如灵芝在荒草荆棘中挺生，健壮不群的鸟从芦苇丛中飞起。擢，拔起。荒榛，杂乱丛生的草木。翮（hé），翅膀，指飞鸟。葵（tǎn），荻，水生植物，与苇类似。　[13]气先感：意气已经相互感发。　[14]"来寻吾何能"二句：前来找我，可我又有什么能力，就和（有人）喜欢昌歜一样。谓没有效果。昌歜（zhǎn，今读 chù），菖蒲。典据《演繁露》："文王嗜昌歜，仲尼食之以取味，事见《吕氏春秋》，曰：'文王好（昌歜）菹，孔子闻之，蹙额而食之，三年然后美之。'"　[15]红糁（sǎn）：指红色花苞。糁，米粒。　[16]时卦转习坎：当时卜卦得"习坎"。《易·坎》："重险也。"习坎即二坎相重☵，坎为险，习坎为重险，这是不吉利的卦象。　[17]不事铅椠：没有写作。铅椠，古人书写用铅粉笔写在木片上为椠。铅，铅粉笔。椠，木板片。语出《西京杂记》："扬子云好事，常怀铅提椠，从诸计吏，访殊方绝域四方之语。"　[18]"欲以金帛酬"二句：本打算致送金帛相酬报，可是（自己）全家还在忍饥挨饿。颗颔（kǎn hàn），屈原《离骚》："长颗颔亦何伤。"王逸注："不饱貌。"　[19]"念当委我去"二句：想（贾岛）将离我而去，到霜雪刻骨凄惨的地方。懵，通"惨"，悲痛。　[20]"狞飙搅天衢"二句：狂风正席卷长安城的大道，天地都为之撼动。天衢，天街，长安城中轴主街道。顿憾，震动。　[21]"勉率吐歌诗"二句：勉力陈述写下这首诗来安慰你，请你在离别后再看吧。率，陈述，直述。王谧《重答桓玄难》："率其短见，妄酬来诲。"女，通"汝"。

[**点评**]

　　论唐代文人，不论是讲身世困顿，还是讲布衣多才，大都会举贾岛为例。特别是他曾出家为僧，当是为衣食所迫或为制造声价。他善诗，早有诗名。韩愈元和六年夏入朝为职方员外郎，和他在长安结识。不久他回归故乡范阳，大抵也是因为谋生艰难不得已而为之。当时的韩愈也仕途不利，生活困顿，不能给予他资助，只能赋诗送别，表示劝勉安慰。本来贾岛的成就、名声在诗，韩愈也特别器重他的诗，有《赠贾岛》诗说："孟郊死葬北邙山，从此风云得暂闲。天恐文章浑断绝，更生贾岛著人间。"这是把贾岛和韩愈同样器重的孟郊并列。后世所谓"郊寒岛瘦"，又把两人的诗风归为一派。这首诗题为送行，前幅大力赞扬贾岛的诗，实际是对他的诗歌技巧、风格、成就的一篇精彩评论；后幅抒写二人友情的难得，表白不能对友人有所资助的遗憾，对贾岛的惨淡经历表示同情与安慰，语重情长。贾岛诗风清奇僻苦，作诗用力于琢句饰词，因而有"苦吟""岛瘦"之称。他在艺术上确有开拓，成为中晚唐诗坛上广有影响的"姚（合）、贾诗派"的代表人物。这一派诗不同于韩愈的雄奇高古，但在"尚奇"一面又确与韩愈诗有明显相通之处，这是得到韩愈激赏的重要原因。韩愈写这首诗，置词造句显然有意模拟贾岛：设想奇僻，比喻新异，多用生词僻典；特别是用了上声"敢"韵这种字少、音调拗折不平的窄韵。韩愈这首诗四十句，用了二十个韵字，把"敢"韵可用的字几乎押遍了。如此因难见巧，突出了特殊的琢削之功。诗中评论贾岛诗是"奸穷怪变得"，即称赞他对于巧思、苦吟、新变、奇异的追求，又指出他最终达到"往往造平淡"的境界。这也和韩愈在《荐士》诗里评论孟郊诗的"横空盘硬语，妥帖力排奡"在观念上相一致，可作为对这两位诗人诗歌创作艺术特征的精彩说明。这一点也是包括孟、贾在内的"韩门弟子"一派诗歌创作的共同艺术特征之一。

酬司门卢四兄云夫院长望秋作[1]

写景鲜活，叙事明晰，议论精炼，三者融为一体。

蒋抱玄："此诗藻润特工。字里行间，跃跃有粗硬气。'妥帖力排奡'，于斯益信。"（转引自《韩昌黎诗系年集释》）

长安雨洗新秋出，极目寒镜开尘函[2]。终南晓望蹋龙尾[3]，倚天更觉青巉巉。自知短浅无所补[4]，从事久此穿朝衫[5]。归来得便即游览，暂似壮马脱重衔[6]。曲江荷花盖十里[7]，江湖生目思莫缄。乐游下瞩无远近[8]，绿槐萍合不可芟[9]。白首寓居谁借问[10]，平地寸步扃云岩。云夫吾兄有狂气，嗜好与俗殊酸咸[11]。日来省我不肯去[12]，论诗说赋相喃喃[13]。《望秋》一章已惊绝[14]，犹言低抑避谤谗。若使乘酣骋雄怪[15]，造化何以当镌劖。嗟我小生值强伴，怯胆变勇神明鉴。驰坑跨谷终未悔[16]，为利而止真贪馋[17]。高揖群公谢名誉[18]，远追甫、白感至诚[19]。楼头完月不共宿[20]，其奈就缺行攲攲。

［注释］

[1] 司门卢四兄云夫：卢云夫，名汀，贞元元年进士，韩愈友人，时任司门郎中。司门郎中为刑部属官。院长：唐俗，郎中、员外郎、御史、补阙相互称"院长"。元和六年夏，韩愈自河南令入为职方员外郎，诗为其后作。　[2] 极目：竭尽目力。开尘函：形容廓清尘雾。函，笼罩。这里是说初秋雨后的长安，极目远眺，一片清爽明净。　[3] "终南晓望蹋龙尾"二句：清晨在宫城龙尾道上远望终南山，发现青葱的山势险峻耸立高天。终南，终南山，秦岭山脉中段，在长安城南。蹋龙尾，踩在龙尾道上。龙尾道在大明宫正殿含元殿旁。蹋，同"踏"。巉（chán）巉，山势险峻貌。　[4] 短浅：指才智不够。　[5] 穿朝衫：穿朝服，指做官。唐制，百官按品级规定服色。　[6] 暂似壮马脱重衔：暂可（把自己）比作壮马脱掉马嚼子。重衔，双重马嚼子。　[7] "曲江荷花盖十里"二句：曲江的荷花掩盖十里水面，广阔江湖在眼前惹起情思不断。曲江，在今陕西西安东南。原秦宜春苑，汉为乐游原，唐开元年间加以疏凿，为京城游览胜地。思莫缄（jiān），情思不断。缄，封，闭。　[8] 乐游：乐游原，曲江北的一块高地，游人登临之所。　[9] 绿槐萍合：大片绿槐如浮萍般密合。不可芟（shān）：形容密蔽不可分开。芟，割除。　[10] "白首寓居谁借问"二句：满头白发寓居（长安）有谁来过问，平地上寸步难行好像困在高耸入云的山岩上。白首，诗人时年四十四岁，白首乃感伤之语。借问，犹过问。卮，通"窘"，困。　[11] 殊酸

咸：酸咸滋味不同，指嗜好不同。　[12]省（xǐng）：看望，问候。　[13]喃（nán）喃：絮语貌。　[14]"《望秋》一章日已惊绝"二句：（卢汀的）《望秋》一诗令人叫绝，可还是贬抑自己以免别人毁谤。低抑，贬损。　[15]"若使乘酣骋雄怪"二句：假如让（卢汀）趁着酒兴发挥雄奇变怪的才能，天下万物无不被他刻画殆尽。乘酣，乘醉。酣，酒醉。骋雄怪，发挥雄伟怪异的才情。骋，放任。造化，这里指天地万物。镌劖（juān chán），刻画。镌，雕刻。劖，刺。　[16]驰坑夸谷：形容追随不避艰险。　[17]为利而止：追求利好不得不止。　[18]高揖：双手抱拳高举过头作揖，表恭敬。谢名誉：辞谢名声。　[19]甫、白：杜甫、李白。感至諴（xián）：感动神明。典出《尚书·大禹谟》："至諴感神。"孔传："諴，和。"孔颖达疏："帝至和之德尚能感于冥神。"　[20]"楼头完月不共宿"二句：楼头的满月不能共宿欣赏，怎奈到月缺将一弯纤纤了。攕攕，犹"纤纤"，形容缺月纤细。

［点评］

这是一首酬唱诗，原作为《望秋》，因此答诗以"望"字立意：长安秋景描写得极其开阔、壮丽。终南山、曲江、乐游原，捕捉典型场景，稍加点染，穷形尽相，如在眼前。再由景生情，因情造文，感伤自己的境遇，怀念对方的友情，情景交融，情溢纸面。全篇意新语奇，真正做到了"横空盘硬语，妥帖力排奡"。后幅论诗，还是赞扬李、杜，表达景仰、追随的愿望，也是韩愈一贯的艺术追求。

奉和虢州刘给事使君三堂
新题二十一咏并序（选五）[1]

　　虢州刺史宅连水池、竹林，往往为亭、台、岛、渚，目其处为三堂。刘兄自给事中出刺此州，在任逾岁[2]，职修人治[3]，州中称无事。颇复增饰，从子弟而游其间[4]。又作二十一诗以咏其事，流行京师，文士争和之。余与刘善，故亦同作。

组诗序乃叙事小文，简洁平顺，含蕴深厚。

[注释]

[1] 虢州刘给事使君：刘伯刍，字素芝，韩愈友人。进士及第，征拜右补阙，曾任给事中。元和七年（812），因为和宰相李吉甫冲突，自求散地，出为虢州（今河南灵宝）刺史。唐俗例，称州、郡长官为使君。三堂：虢州刺史宅旁园林。开元（唐玄宗年号，713—741）中建，立名取自臣子在三之节（民在于三，事之如一：父、师、君），故曰三；励宗室肯堂（肯构立屋，比喻子承父业）之义，故曰堂。　[2] 逾岁：超过一年。　[3] 职修人治：职务整饰，民众得到治理。　[4] 从（zòng）子弟：让家人子弟陪同。从，使随从。

方回："昌黎为刘给事赋《二十一咏》，乃刺史州宅也，然专道林泉间兴趣，于外物不毛发沾。……风致甚高，……然必具道眼、识诗法者，始知昌黎为善立言。"（《桐江集·跋无名子诗》）

竹 洞

竹洞何年有，公初斫竹开。
洞门无锁钥，俗客不曾来。

渚　亭 [1]

自有人知处，那无步往踪 [2]。

莫教安四壁，面面看芙蓉。

[注释]

[1] 渚（zhǔ）亭：水中小洲上的亭子。渚，水中小块陆地。　[2] 那（nuó）无：怎能没有。那，"奈何"的合音。

花　岛

蜂蝶去纷纷，香风隔岸闻。

欲知花岛处，水上觅红云。

孤　屿 [1]

朝游孤屿南，暮戏孤屿北。

所以孤屿鸟，与公尽相识。

王正德："退之诗，惟《虢园》二十一首为最工。语不过二十字，而意思含蓄过于数千百言者。……由是观之，为人为文，言约而事该、省文而旨远者为佳。"（《师余录》）

[注释]

[1] 屿（yǔ，旧读 xù）：小岛。

月　池

寒池月下明，新月池边曲。

若不妒清妍 [1]，却成相映烛。

［注释］

[1] "若不妒清妍" 二句：（新月）如不嫉妒池水的清澈美丽，明月与池水正是相映成趣。清妍，清彻妍丽。烛，映照。

［点评］

韩愈这组 "三堂题咏" 充分发挥了五绝体裁言简意赅的特长，利用简短文字截取一个个生动、鲜明的画面，写景述情，颇有意趣。所体现的风格不是雄奇高古，而是闲淡自然、精切含蓄，显示出作者笔力变化和艺术追求的另一面。

广宣上人频见过[1]

三百六旬长扰扰[2]，不冲风雨即尘埃。

久惭朝士无裨补[3]，空愧高僧数往来。

学道穷年何所得[4]，吟诗竟日未能回。

天寒古寺游人少，红叶窗前有几堆。

陈迩东："此是刺上人之不闲。"（《韩愈诗选》）

方回："此诗中四句，却只如此枯槁平易，不用事，不状景，不泥物，是可以非诗訾之乎？"（《瀛奎律髓》）

［注释］

[1] 广宣上人：诗僧，活跃在九世纪中期，元和、长庆时为内供奉，赐居安国寺红楼院，与一时名人如令狐楚、刘禹锡等广为交往，有《红楼集》。上人，对僧人的尊称。见过：来访。   [2] "三百六旬长扰扰" 二句：一年三百六十天总是忙乱不停，不是经风冒雨就是甘冒晴天风尘。扰扰，忙乱貌。语出《庄子·天道》："尧曰：'胶

胶扰扰乎! 子, 天之合也; 我, 人之合也。'" [3]"久惭朝士无裨
(bì) 补"二句: 多年在朝做官, (对朝政) 无所补益, 徒然惭愧与
高僧经常交往。裨补, 补益。裨, 增补。语出诸葛亮《出师表》:
"愚以为宫中之事, 事无大小, 悉以咨之, 然后施行, 必能裨补阙
漏, 有所广益。"数 (shuò), 屡屡。 [4]"学道穷年何所得"二句:
整年学道并没有所得, 整天吟诗不能够停止。

[点评]

　　韩愈大力反佛兴儒, 却又和僧人多有交往。这有儒、
释交流的历史传统, 也有当时朝廷"三教调和"策略的
背景, 又与韩愈本人热衷交游、兴趣广泛有关系。广宣
是著名的御用诗僧, 多与朝士、文人结交, 作诗唱和。
从这首诗看, 韩愈和他亦有相当密切的交谊。这首诗以
广宣频频来访立题, 而内容是抒发自己的感怀: 对人世
扰攘、奔走风尘的伤痛, 自己身居朝廷而无所作为, "学
道穷年"又没有长进, 结果只能无谓地吟诗度日。诗的
中间两联四句对仗十分工整, 极其简洁精粹地概括了自
身经历和现状, 抒写积年感伤, 内涵丰富, 意味深长。

盆池五首（选二）[1]

其　二

体物入微, 清
新自然, 韩愈的天
然妙趣, 体现在诗
中, 别具一格。

莫道盆池作不成, 藕梢初种已齐生。
从今有雨君须记, 来听萧萧打叶声。

其　五

池光天影共青青[2]，拍岸才添水数瓶。

且待夜深明月去，试看涵泳几多星[3]。

洪兴祖："或云《盆池》诗有天工。如'拍岸才添水数瓶'，……非意到不能作也。"（转引自《韩昌黎诗系年集释》）

[注释]

[1] 盆池：埋盆为池。旧注以为元和十年诗人在朝任考功郎中、知制诰时作，姑从之。　[2] "池光天影共青青"二句：盆池水面映现天空投影，一片蔚蓝，给盆池添几瓶水即显现出大浪拍岸的壮观。　[3] 涵泳：沉浸其中。

[点评]

这里选《盆池五首》中的两首。这样的七绝语言明丽，境界鲜明，情趣盎然。中国古代论艺，讲诗、画相通，"诗中有画，画中有诗"。如韩愈的这两首诗，明净如画，又诗趣无穷。前一首从藕梢初生联想到雨打荷叶那一天，境界悠远，声情并茂；后一首把盆池小景描写得壮阔宏大，生机蓬勃，得尺幅千里之势。这些又显现了诗人玩味自然的情致。

游城南十六首（选三）[1]

晚春

草树知春不久归，百般红紫斗芳菲[2]。

杨花榆荚无才思，惟解漫天作雪飞[3]。

朱彝尊："情景却是如此。"（转引自《韩昌黎诗系年集释》）

[注释]

[1]城南：指长安城南。这一组诗非一时所作，应作于元和十年以后。 [2]斗芳菲：群花争芳斗艳。芳菲，花草茂盛貌。 [3]漫天：满天。漫，弥漫。

赠张十八助教[1]

喜君眸子重清朗[2]，携手城南历旧游。
忽见孟生题竹处[3]，相看泪落不能收。

朱彝尊："真情直吐。前二句何等乐，后二句何等痛。"（转引自《韩昌黎诗系年集释》）

[注释]

[1]张十八助教：张籍于元和十一年（816）自太常寺太祝转为国子助教。 [2]"喜君眸子重清朗"二句：欣喜你眼疾已愈，回想起当年一起游历城南的情景。张籍于元和元年补太常寺太祝，十年不调，害眼疾三年，至此眼疾已愈。眸子，瞳仁，此指眼睛。 [3]孟生：孟郊；孟郊于元和九年卒。

赠张又悲孟，友朋聚散离合，情何以堪！

出城

暂出城门蹋青草[1]，远于林下见春山。
应须韦、杜家家到[2]，只有今朝一日闲。

朱彝尊："有脱洒趣。后两句亦是逆调，'一日闲'是诗骨。"（转引自《韩昌黎诗系年集释》）

[注释]

[1]暂出：偶出。蹋：通"踏"，踩。 [2]韦、杜：韦曲和杜曲，长安城南的两个地名，以世居韦、杜两贵族大姓而得名，诗里实指农家。

[点评]

第一首写晚春景致，捕捉景物特点，使用拟人手法，群花争芳斗艳，杨花如雪漫天，流露出对春光易逝的惆怅。第二首是写给张籍的，春日二人相偕踏访南郊，历访农家，联想到两人已去世的知交孟郊，悲喜交集，喜的是张籍眼疾痊愈，悲的是孟郊落魄去世，隐含着对生死与共的友情的珍重。第三首写到城南韦曲、杜曲踏青，当年鼎盛的世家大族已不见踪迹，联想自己长年奔波宦途，不免对人生的意义有新的感触。三篇短章，内容、写法不同，但同样情真意厚，简净自然，又多作理语，富于理趣，与盛唐诸人绝句主兴象、重余味不同，下开宋人写性理的先声。

调张籍[1]

李、杜文章在[2]，光焰万丈长。不知群儿愚[3]，那用故谤伤[4]。蚍蜉撼大树[5]，可笑不自量。伊我生其后[6]，举颈遥相望。夜梦多见之，昼思反微茫[7]。徒观斧凿痕[8]，不睹治水航。想当施手时[9]，巨刃磨天扬[10]。垠崖划崩豁[11]，乾坤摆雷硠。惟此两夫子，家居率荒凉[12]。帝欲长吟哦[13]，故遣起且僵。剪翎送笼中，使看百鸟翔。平生千万篇，金薤垂琳琅[14]。仙官敕

以诗论诗，杜甫之后，又有所开拓。

沈德潜："言生平欲学者，惟在李、杜，故梦寐见之，更冀生羽翼以追逐之。见籍有志于古，亦当以此为正宗，无用歧趋也。"（《唐诗别裁》）

赵翼:"诗家好作奇句警语,必千锤百炼而后能成。……昌黎之'巨刃磨天扬''乾坤摆礌砢'等句,实足惊心动魄。"(《瓯北诗话》)

六丁[15],雷电下取将。流落人间者[16],太山一豪芒。我愿生两翅,捕逐出八荒[17]。精诚忽交通[18],百怪入我肠。刺手拔鲸牙[19],举瓢酌天浆。腾身跨汗漫[20],不著织女襄。顾语地上友,经营无太忙。乞君飞霞佩[21],与我高颉颃。

[注释]

[1]调:调笑。与张籍相调笑。　[2]李、杜:李白和杜甫。　[3]群儿:一群人,蔑称。　[4]那(nuó)用:怎么用。那,奈何。故谤:陈旧的诋毁之词。　[5]蚍蜉(pí fú):大蚂蚁。　[6]伊:发语词。　[7]微茫:模糊不清貌。　[8]"徒观斧凿痕"二句:只看见斧子凿削的痕迹,却看不见(制作成的)治水航船。治水航,治水大船。这里是比喻只看见他们写诗的具体技巧,却看不见他们如治水导航的巨大功绩。　[9]施手:下手。　[10]磨天:上达天际。磨,通"摩"。自此以下六句以治水之功描写李、杜诗的风格特征。　[11]"垠(yín)崖划崩豁"二句:如(用巨刃)划破山崖崩塌,天地都震动轰鸣。垠崖,悬崖。垠,边际。划崩豁,开裂崩塌。划,开辟。乾坤,天地。摆雷硠(láng),震动发响。硠,石头撞击声。　[12]率:大抵。荒凉:凄凉。　[13]"帝欲长吟哦"二句:天帝想让他们长久写诗,所以让他们生平颠顿不平。帝,天帝。吟哦,指作诗。起且僵,起来又仆倒。　[14]金薤垂琳琅:比喻金薤书雕刻在玉版上,言其美好珍贵。金薤,一种书体,又称金错书。琳琅,美玉名。　[15]"仙官敕六丁"二句:(天上的)神仙派遣火神六丁携带雷电下来(把他们的诗)取走。意指他们的诗散佚不传。六丁,火神。敕,命令。　[16]"流落人间者"二句:继前,

意谓李、杜诗流传在人间的只如泰山的一根毫毛而已。　[17]八荒：八方荒远地方。　[18]"精诚忽交通"二句：精诚忽然感通，千奇百怪的境界充满内心。交通，感应，感通。　[19]"刺手拔鲸牙"二句：赤手空拳去拔鲸牙，举起瓢去斟天上的美酒。刺，或谓当作"挃"，刺手即搿手、扭手。天浆，天上的美酒。自此以下四句写"百怪"，即诗人所体会的李、杜诗的境界。　[20]"腾身跨汗漫"二句：飞腾起来跨上广阔无际的天空，见到织女但不能穿她织出的衣裳。汗漫，不着边际貌，指天空。织女襄，典出《诗经·小雅·大东》："跂彼织女，终日七襄。"襄，旧注谓织女终日劳苦，七更其位，引申为纺织。　[21]"乞君飞霞佩"二句：请你驾起如云霞的彩带，和我一起在天上翱翔吧。乞，求讨。霞佩，彩霞形成的大带。颉颃（xié háng），上下翻飞。典出《诗经·邶风·燕燕》："燕燕于飞，颉之颃之。"

[**点评**]

李白、杜甫生前、死后创作业绩并没有得到充分肯定，对于二人成就的高下又争论不休，这就是所谓文学史上"李、杜优劣论"的滥觞。他们得以被推重和发扬，首先得力于中唐时期的韩、柳、元、白等人，光大者则是宋代的欧、苏等人。一方面，这些人以他们领袖文坛的地位在言论上大肆张扬，广为宣传；另一方面，他们又以成功的创作实践继承和发扬了李、杜传统。韩愈（还有白居易等人）对于创作风格截然不同的李、杜二人不加轩轾地加以肯定、表扬，显示出他们开阔的艺术眼光和继承前人遗产时闳中肆外、广取博收的态度。对于韩愈本人，这也是他取得巨大艺术成就的重要原因。这篇作品特别赞赏李、杜创作的雄奇险怪，则又体现了韩愈本人的艺术品味。这首诗在写法上正实践了他的这种品味：构想奇拔，造语奇警，譬喻新颖，以挥洒文笔出之，造成惊心动魄的效果，又不见锤炼之迹。又，这首诗持平地评论李、杜，又有与张籍共勉的意思；而作为一篇诗论，写法又开宋人"以议论为诗""以文字为诗"的先河。

陈迩东："中唐时人都爱以诗描写音乐之美。……描写琴声要算韩愈这诗最好。"（《韩愈诗选》）

楼钥："韩文公《听颖师弹琴》诗，几为古今绝唱。前十句形容曲尽，是必为《广陵散》而作，他曲不足以当。"（《攻愧集·谢文思许尚之石函广陵散谱》）

倪瓒："韩公曾听颖师琴，山水萧条太古音。不作王门操瑟立，溪山高隐竟何心。"（《倪云林先生诗集·题陈惟允画》）

琴音与人心相通。

听颖师弹琴 [1]

昵昵儿女语 [2]，恩怨相尔汝。划然变轩昂 [3]，勇士赴敌场。浮云柳絮无根蒂，天地阔远随风扬。喧啾百鸟群 [4]，忽见孤凤凰。跻攀分寸不可上 [5]，失势一落千丈强。嗟余有两耳，未省听丝篁 [6]。自闻颖师弹，起坐在一旁。推手遽止之 [7]，湿衣泪滂滂 [8]。颖乎尔诚能 [9]，无以冰炭置我肠。

[注释]

[1] 颖师：艺僧。李贺有《听颖师琴歌》，所咏当即此人。其中称之为"竺僧"，即天竺或西域人。颖，原作"颖"，朱《考》："颖师若是道士，则颖字之姓当从水；是僧，则颖字是名，当从禾。"其人为僧，以从禾作颖为是，据以校改。　[2]"昵昵儿女语"二句：形容琴声如青年男女轻声述说恩怨。昵昵，亲昵貌。

儿女，青年男女。相尔汝，本意是以尔汝相称，形容彼此关系亲密。　[3]划然：忽然。轩昂：形容音调高起。自此以下十句均描写琴声变化。　[4]"喧啾百鸟群"二句：在群鸟喧哗嘈杂的叫声中，忽然出现孤单的凤凰的鸣声。见（xiàn），出现。　[5]"跻（jī）攀分寸不可上"二句：继上，凤鸣声渐高到顶，又忽然降低，如失势落下千丈多。跻攀，攀登。跻，登，上升。　[6]未省（xǐng）听丝篁：没有欣赏管弦乐器的能力，自谦之语。未省，不解。省，知晓。听丝篁，指欣赏丝弦乐器和竹管乐器。　[7]遽：急速。　[8]滂（pāng）滂：大水涌出貌，此处形容泪水。　[9]"颖乎尔诚能"二句：颖师你确实有（弹琴的）技能，不要让我情感这样激动吧。冰炭置我肠，比拟感情激荡。意本《庄子·人间世》郭象注："喜惧战于胸中，固已结冰炭于五藏矣。"

[**点评**]

　　诗人李贺于元和十一年去世前在病中作《听颖师琴歌》，此诗应是与他同时唱和之作。其时，韩愈自中书舍人左降太子右庶子，因此诗中流露出失意的伤感。唐诗多有描写音乐的。诗与乐的交流也是推动唐诗艺术发展的重要因素。唐代许多诗人都有很高的音乐素养，写出了许多描写乐曲的优美诗篇。他们把乐曲转换成文字，既保持音乐的优美，又赋予其有深度的内涵。典型的如白居易的《琵琶行》，其中写琵琶声："大弦嘈嘈如急雨，小弦切切如私语。嘈嘈切切错杂弹，大珠小珠落玉盘。间关莺语花底滑，幽咽泉流冰下滩。冰泉冷涩弦凝绝，凝绝不通声暂歇……"读起来让人如闻其声，感人至深。韩愈这首诗写琴曲，同样反映出他高超的音乐素养，对琴音的描写也与白诗写琵琶声有异曲同工之妙。诗中利用贴切的比喻和生动的形容，从犹如小儿女低声絮语的轻柔，突然转变为刀光剑影的激昂，之后群鸟聒噪中孤凤嘹亮长鸣，起伏抑扬，悠远飘忽，最终戛然而止，余音袅袅。在如此声情并茂的乐曲声中，展露出诗人内心的激动，而诗人的感情底蕴又始终深隐不露，引发读者遐想联翩。

奉和裴相公东征途经女几山下作[1]

旗穿晓日云霞杂[2]，山倚秋空剑戟明。
敢请相公平贼后[3]，暂携诸吏上峥嵘[4]。

统帅出征，写得意气风飞。下联紧靠原唱。

［注释］

[1]裴相公：裴度（765—839），字中立，元和十年出任宰相，力主用兵平定淮西镇吴元济叛乱（详后《平淮西碑》）。淮西战事多年没有取得进展，十二年七月，裴度亲自统军出征，遴选韩愈担任行军司马随行。出征途经女几山有诗，已佚，仅在白居易《白氏长庆集》里存佚文"待平贼垒报天子，莫指仙山示武夫"二句。本诗是和作。女几山在福昌县（今河南宜阳）西南三十里。　[2]"旗穿晓日云霞杂"二句：军旗在云霞之中穿过清晨的阳光，女几山耸立高空，（出征）军队剑戟闪烁。　[3]相公：裴度以宰相身份出征，因称"相公"。　[4]暂携：张相《诗词曲语辞汇释》："'暂'犹'一'也，'暂携'犹云'一携'也。"上峥嵘：谓登上女几山。峥嵘，山势高峻貌，指代女几山。

[点评]

裴度原唱已佚，白居易《题裴晋公女几山刻石诗后》留"末句云：'待平贼垒报天子，莫指仙山示武夫。'"本诗前一联描写大军拂晓出征过女几山，旌旗招展，剑戟闪亮，气势恢宏，透露出正义之师的雄伟气势和必胜气概；后一联切奉和原唱佚文句意，兼寓祝愿和歌颂之意，豪情毕现。

次潼关先寄张十二阁老使君[1]

荆山已去华山来[2]，日出潼关四扇开。
刺史莫辞迎候远，相公亲破蔡州回。

[注释]

[1]潼关：由中原进入关中的关隘，在今陕西潼关北。张十二阁老：张贾，曾任礼部员外郎，时被谴为华州（今陕西渭南华州区）上佐。唐制，中书、门下两省郎中、员外郎相呼例称阁老。这里以旧衔相称，表尊敬。本诗是平定蔡州回朝，于潼关寄给在华州的张贾的。　[2]荆山：指河南陕州（今河南三门峡）的荆山。

[点评]

写凯旋入关，不着一字，专用衬托：山在送迎，关在迎候，照应后面"刺史"的"迎"。节奏急促，场景开阔，透露出凯旋之师的高昂情绪，颂扬之意洋溢言外。

査慎行："气象开阔，所谓卷波澜入小诗者。"（转引自《韩昌黎诗系年集释》）

程学恂："写歌舞入关，不着一字，尽于言外传之，所以为妙。"（《韩诗臆说》）

马位："矫矫不群，可以颉颃老杜。"（《秋窗随笔》）

华山女[1]

街东街西讲佛经[2]，撞钟吹螺闹宫庭[3]。广张罪福资胁诱[4]，听众狎恰排浮萍[5]。黄衣道士亦讲说[6]，座下寥落如明星[7]。华山女儿家奉道，欲驱异教归仙灵[8]。洗妆拭面著冠帔[9]，白咽红颊长眉青。遂来升座演真诀[10]，观门不许人开扃[11]。不知谁人暗相报，訇然振动如雷霆[12]。扫除众寺人迹绝[13]，骅骝塞路连辎軿。观中人满坐观外，后至无地无由听[14]。抽钗脱钏解环佩[15]，堆金叠玉光青荧。天门贵人传诏召[16]，六宫愿识师颜形。玉皇颔首许归去[17]，乘龙驾鹤来青冥[18]。豪家少年岂知道[19]，来绕百匝脚不停[20]。云窗雾阁事慌惚[21]，重重翠幔深金屏[22]。仙梯难攀俗缘重[23]，浪凭青鸟通丁宁[24]。

笔力简括，唐代都城的一幅风俗画。

何孟春："退之咏《华山女》诗，'白咽红颊长眉青'……等语，皆写真文字也。"(《余冬诗话》)

抨击直指皇帝，讽刺辛辣。

[注释]

[1]华山女：指华山女道士。华山（在今陕西华阴）为道教圣地，是道教十大洞天里的第四洞天"三元极真洞天"。唐代道教兴盛，华山地处长安、洛阳两都中间，道观林立，有大量道士活动。此诗写作年代不详，姑置于此。　[2]街东街西：长安城贯穿南北的大街名朱雀门大街，把全城划分为街东、街西。讲佛经：指佛

教俗讲。　[3]撞钟吹螺：敲钟和吹螺号。寺院讲经时用来集众和伴奏。闹宫庭：佛寺里一片喧嚣。宫庭，指佛寺。　[4]广张罪福：大肆宣扬善恶报应。资胁诱：用来威胁、利诱。　[5]狎恰排浮萍：形容听众如水中浮萍般密集。狎恰：密集貌。　[6]黄衣道士：唐制，五品以上官员服黄。依例，道士服黄者，指御用高级道士。讲说：指"道讲"，是与佛教俗讲类似的道教通俗宣教方式。　[7]寥落：稀疏貌。　[8]异教：指佛教。仙灵：指仙道。这里是说女道士欲与佛教争夺群众。　[9]"洗妆拭面著冠帔"二句：梳洗梳妆、清洁颜面、戴道冠、披肩帔，雪白的脖颈、粉红的面颊、黑色的长眉。　[10]演真诀：宣讲道经。真诀，指道经。　[11]观门：道观门。开扃：开门。扃，门栓。　[12]訇（hōng）然：拟声词，大声。　[13]"扫除众寺人迹绝"二句：清空了诸多寺院，（听俗讲的）人踪迹皆无；骏马、高车连接，阻塞了道路。骅骝，骏马，本义是赤色骏马。辎軿（zī píng），妇人所乘有遮蔽的车。　[14]无由听：没有办法听到。　[15]"抽钗脱钏（chuàn）解环佩"二句：描写施舍状况。抽钗，抽下头上的发钗。脱钏，脱下臂钏。钏，手镯。解环佩，解下佩戴的环佩。环佩，佩戴的玉饰。光青荧，光彩闪烁。青荧，光亮貌。　[16]"天门贵人传诏召"二句：宫廷宦官传下诏书招请（女道士），六宫里的后妃想认识法师的面貌。天门贵人，指宦官。六宫，指代后妃。　[17]玉皇：玉皇大帝，道教主神之一，这里指皇帝。颔首：点头，表许诺。归去：归仙界。这里实指回归道观。　[18]来青冥：上青天。想象之辞。　[19]岂知道：谓不懂仙道。　[20]来绕百匝：前来围绕女道士一百圈，形容紧追不舍。　[21]云窗雾阁：形容道观诡秘屋舍像在云雾之中。事慌惚：意谓内情不明。慌惚，同"恍惚"。　[22]重重：一层层。翠幔：翠绿色的幔帐。金屏：镶金的屏风。这是形容华山女居处华贵、隐秘。　[23]仙梯难攀：谓难于成仙上天。俗缘重：指贪恋尘世姻缘。　[24]浪凭：随意凭借。青鸟：典出《汉武故事》："七月七日，上于承华殿斋。日正中，忽见有青鸟从西方来集殿前。……有顷，王母至，乘紫车，玉女夹驭，戴七胜，履玄琼凤文之舄，青气如云，有二青鸟如鸾，夹侍母旁。"后世以青鸟为交通仙、凡的使者。通丁宁：通消息。此二句指女道士和豪家少年暗相交通，关系暧昧不明。

[点评]

韩愈排斥佛、道，不遗余力。中唐时期，盛行佛教俗讲。长安大寺的俗讲依朝廷诏命举行，形势盛大。这一篇描写女道士开"道讲"，是道教模仿佛教俗讲采取的争夺群众的手段，展现了当时长安宗教活动和社会风俗的一个具体画面。诗中鲜活生动地渲染了长安朱雀门大街两旁僧、道开讲的热闹场面，叙写女道士以姿色与僧侣争夺群众，揭露了僧、道的腐败、堕落，进而下刺"豪家"，上讽天子，最后又以隐喻笔法暗示道观里有隐秘淫秽之事。书写笔锋极其尖锐，展现了佛、道横流、迷惑民众、败坏风俗的典型情境，有力地抨击了佛、道的蠹害。考虑到当时佛、道势力巨大，特别是唐宪宗本人又极其迷信佛、道，韩愈如此激烈地加以揭露、讽刺，是需要很高胆识和很大勇气的。

左迁至蓝关示侄孙湘[1]

一封朝奏九重天[2]，夕贬潮州路八千。

欲为圣明除弊事[3]，肯将衰朽惜残年。

云横秦岭家何在[4]，雪拥蓝关马不前[5]。

知汝远来应有意[6]，好收吾骨瘴江边。

[注释]

[1]左迁：贬降官职。元和十四年正月，韩愈上书朝廷谏迎佛骨，被贬潮州刺史。蓝关：蓝田关，在今陕西蓝田蓝田山南，为唐时自长安南下襄、汉前往江南的必经之地。侄孙湘：韩湘，字北渚，韩愈兄会之孙，韩愈之侄老成之子，后于长庆三年（823）进士及第，官至大理丞。　[2]"一封朝奏九重天"二句：早晨把一封奏章上报朝廷，当天晚上就被贬黜到八千里外的潮州。九重天，指朝廷。典出宋玉《九辩》："岂不郁陶而思君兮，君之门以九重。"路八千，据《元和郡县图志》卷三四：潮州"西北至上都取虔州路五千六百二十五里"。"八千"取成数。　[3]"欲为圣明除弊事"二句：本来是想替圣明皇帝清除朝廷弊坏之事，怎敢老迈无能而爱惜余生呢。圣明，指当朝皇帝唐宪宗李纯，颂美之语。肯，岂肯。衰朽，老迈无能，自谦之词。残年，余生。　[4]秦岭：指终南山。家何在：谓无家可归。重罪被贬，家属要同赴贬所，重罪依例闻诏即行，家属追随其后，不能同行。　[5]雪拥蓝关：大雪堆积蓝关。　[6]"知汝远来应有意"二句：心知你从远方来会见我乃是天意，是让你到瘴江边去收拾我的遗骨吧。好收，认真收拾，嘱托之辞。瘴江，设想南方江水充满了害人的瘴气。

[点评]

韩愈论佛骨，是对当时气焰熏天的佛教势力的奋力

何焯："安溪云：妙在许大题目，而以'除弊事'三字了却。结句即是不肯自毁其道以从于邪之意。非怨怼，亦非悲伤也。"（《义门读书记》）

意志不屈，悲慨却不衰飒。

赵翼："（韩愈）七律更无一不完善稳妥，与古诗之奇崛，判若两手。"（《瓯北诗话》）

一击。他把批评矛头直指当朝皇帝，表现了坚持道义、舍生忘死的大无畏气概。韩愈被贬，闻诏即行，抵达蓝关，也就是一两天路程。刚刚逃过杀身大祸，偶然遇见远来的亲人，一腔怨愤难以倾诉，于是写下这首格律精严的七律。五十六字短篇，内容高度浓缩，抒写出遭受贬黜的经过和远赴贬所的沉重心情。一、二两句囊括了上书被贬冤案的经过：朝、夕相对应，"朝奏""夕贬"控诉获罪的不公、急促和意外；"九重""八千"，用数字突显君臣间的阻隔、贬谪的严酷和自己处境的艰窘。三、四两句是一篇之骨："除弊事"，是说自己行事立意正大，冤情重大；"（不）惜残年"，抒写自己不顾利害、视死如归的担当和勇气；照应一、二两句，又表明获罪的不公和严贬的无理，道义在我的自豪和忠而获谴的怨愤溢于言表。后四句抒写毁家的悲哀、赴死的怨望，对应题目，写出对亲人的依恋和嘱托。诗的内容虽然是控诉贬黜之冤，抒写赴死之悲，但其中有张扬正义的豪情，激愤与抗争之气流露在字里行间，"语极凄切，却不衰飒"（方回《瀛奎律髓》纪昀批语），让人感受到诗人道义上的自信和意志上的坚强不屈。

泷　吏[1]

南行逾六旬[2]，始下昌乐泷。险恶不可状，船石相舂撞[3]。往问泷头吏[4]："潮州尚几里？行当何时到？土风复何似[5]？"泷吏垂手笑："官何问之愚[6]！譬官居京邑，何由知东吴[7]？东吴游宦乡，官知自有由。潮州底处所[8]，有罪乃窜流[9]。侬幸无负犯[10]，何由到而知。官今行自到[11]，那遽妄问为！"不虞卒见困[12]，汗出愧且骇[13]。吏曰："聊戏官[14]，侬尝使往罢[15]。岭南大抵同，官去道苦辽。下此三千里，有州始名潮。恶溪瘴毒聚[16]，雷电常汹汹[17]。鳄鱼大于船，牙眼怖杀侬。州南数十里，有海无天地。飓风有时作，掀簸真差事[18]。圣人于天下，于物无不容。比闻此州囚[19]，亦有生还侬[20]。官无嫌此州，固罪人所徙[21]。官当明时来，事不待说委[22]。官不自谨慎，宜即引分往[23]。胡为此水边，神色久懔慌[24]。旅大瓶罂小[25]，所任自有宜[26]。官何不自量，满溢以取斯[27]。工农虽小人，事业各有守。不知官在朝，有益国家不[28]？得无虱其间[29]，不武亦不文。仁义饰其躬[30]，巧奸败群伦。"叩头谢吏言："始惭今更羞。历官二十余[31]，国恩并未酬[32]。凡吏之所诃[33]，嗟实颇有之。不即金木诛[34]，敢不识恩私！潮州虽云远[35]，虽恶不可过。于身实已多[36]，敢不持自贺！"

用当时当地俗语入诗，另一种格调。体现不间断地追求创新的精神。

钱谦益："韩子之诗，莫奇于《泷吏》《南食》诸篇。"(《牧斋有学集补·龚孝升过岭集序》)

程学恂："此诗变屈、宋之语，而得屈、宋之意，最为超古。"(《韩诗臆说》)

[**注释**]

[1]泷（shuāng）吏：韩愈在泷边所遇小吏。所写为昌乐泷，在岭南道韶州乐昌县（今广东乐昌）。泷：激流。   [2]"南行逾六旬"二句：这里是说离开京城已经六旬，具体时间应是元和十四年三月。   [3]舂撞：舂，通"冲"，撞击。   [4]泷头：泷边。   [5]土风：风土人情。   [6]官：泷吏对作者的尊称。   [7]何由：怎能，诘问之词。东吴：唐韶州在三国时期为东吴始兴郡。   [8]底处所：什么地方。底，何。   [9]窜流：窜逐，流放。   [10]侬（nóng）：自称，我，当地方言。负犯：犯罪。   [11]"官今行自到"二句：官人您现在走自然会到达，为什么急着胡乱发问呢！那，奈何。为，语尾助词。   [12]不虞：没有料到。卒（cù）见困：仓促间被问语塞。卒，通"猝"，仓促。   [13]愧且骇：惭愧又惊诧。   [14]聊戏官：聊且开玩笑。   [15]使往罢：到那里出差。罢，同"吧"，语气词。   [16]恶溪：流经潮州，上游为福建汀江，至广东揭阳入海，后为纪念韩愈来潮改称韩江。瘴毒：南方山川间致人疫病的雾气。   [17]汹汹：声势浩大貌。   [18]掀簸：翻动颠簸。差（chā）事：怪事。差，怪。   [19]比闻：近来听说。比，靠近。   [20]生还侬：生还的人。侬，这里指人，方言。   [21]故：本来。所徙：流放之地。   [22]说委：详细说。委，委曲。   [23]引分：作为本分（所应得）。   [24]懭慌（tǎng huāng）：失意恍惚貌。   [25]甀（fǎng）：大瓮。罂（yīng）：小口大腹瓶子。   [26]所任自有宜：谓各有适当的用途。   [27]满溢以取斯：不自量力而得到这样的灾祸。满溢，意谓器小过量。   [28]不：同"否"。   [29]得无：莫非。虱其间：谓在朝廷居官为害。典出《商君书·去强》："国无礼乐虱官，必强。"虱官指蠹害国家的官员。   [30]"仁义饰其躬"二句：用仁义来装饰自己，实际上奸邪狡猾，败坏了朝中同辈人。   [31]历官二十余：诗人自贞元十二年在董晋幕府任幕僚至此，担任了二十余个

职务。　[32]未酬：没有报答。　[33]"凡吏之所诃"二句：大凡泷吏所斥责的，可叹实在多有。诃，斥责。　[34]"不即金木诛"二句：没有接受刑罚处死，岂敢不意识到（朝廷的）恩惠偏爱。金木诛，指受刑罚处死。金指刀锯斧钺，木指鞭棰桎梏。敢不，岂敢不，反诘之词。恩私，恩宠。私，偏爱。　[35]"潮州虽云远"二句：虽然说潮州很远，但环境恶劣还没到极点。　[36]"于身实已多"二句：对于自己已经多有关照，岂敢不自我庆幸。持自贺，用以自贺侥幸。

[点评]

此诗立意与屈原《渔父》、贾谊《鹏鸟赋》类似，写作体裁不同，但都是以自嘲作自解，以规讽表自恃。表面上"怨而不怒"，实则满腹牢骚；表面上戏谑幽默，实则悲慨深长。借与泷吏问答，以玩世不恭的笔调，抒写自己不惧不馁、坚毅不屈的意志。从具体写法看，在韩诗里又创别调：多用口语，夹杂俚语方言，力求拙朴浅俗，这是因为要真实记录与南荒没有多少文化的小吏对话，也是故作"以俗为雅"，以求得奇崛不凡的效果。这样，诗的题材、体裁、语言、表现方法虽然和上述屈、贾作品不同，却深得前修用意而别成一体。

送桂州严大夫 [1]

苍苍森八桂 [2]，兹地在湘南。
江作青罗带，山如碧玉簪 [3]。

构想新颖，比喻优美、贴切而形容生动，以为远赴岭南的安慰之词。

户多输翠羽[4]，家自种黄甘[5]。

远胜登仙去[6]，飞鸾不暇骖。

[注释]

[1] 桂州：唐时为岭南道桂管经略使治所，今广西桂林。严大夫：严谟，长庆二年（822）以秘书监为桂管观察使，例带御史大夫宪衔。韩愈作此诗送别，同时白居易、张籍均有诗。诗题下或有"赴任"二字，或注"同用南字"四字。　[2] 森八桂：传说桂林以八株桂树得名。典出《山海经·海内南经》："桂林八树，在番隅东。"注："番隅，今番隅县。"森，茂密。　[3] 碧玉簪（zān）：碧玉装饰的发簪。簪，古人绾发的首饰。　[4] 输翠羽：进贡翠鸟羽毛。据《新唐书·地理志》："岭南道……厥贡：金、银、孔、翠、犀、象、彩藤、竹布。"输，课输，进贡。　[5] 黄甘：俗称"黄皮果"。　[6] "远胜登仙去"二句：远远胜过飞升成仙，不需要乘（仙禽）鸾鸟飞翔。不暇骖（cān），指不需骑乘。骖，驾车两侧的马，这里指骑乘。

[点评]

这是一首五言律诗，是韩愈很少写的诗体，为晚年在京应酬之作。诗的立意不见精彩，特别是收尾更显稚气。值得称道的是模写桂林山水的颈联十个字，两个比喻，新颖奇异，得其神似。青、碧，设色鲜明；"罗带""玉簪"，又都是女性用物，它们赋予喻体的"江""山"以特别温柔姣好的印象，传写出桂林山水特有的轻灵秀丽之美，成为描写桂林的经典名句。

早春呈水部张十八员外二首（选一）[1]

天街小雨润如酥[2]，草色遥看近却无。

最是一年春好处，绝胜烟柳满皇都[3]。

［注释］

[1]水部张十八员外：张籍于长庆二年任水部员外郎。　[2]天街：朱雀门大街。酥：乳酪。　[3]绝胜：全然胜过。皇都：首都。

［点评］

元和十年后，韩愈写作近体诗渐多，诗风也有明显转变。这和他个人心态有关系，特别是从袁州回京后，生活比较安定，有更多闲暇玩赏风物，和张籍等友人赋诗唱和。如这篇小诗，描绘初春细雨中草色萌发、生机盎然的景象，用语流利委婉，格调清新活泼。第二句的"遥看"描写初生草色似有如无的印象，又用"如酥"来比况，凸显出一种特殊的温润、朦胧感受，深得人情物理，一种生机蓬勃的自然景象和观赏这景象的轻松愉悦心情自然而然地流露出来。

黄叔灿："'草色遥看近却无'，写照甚工，如画家设色，在有意无意之间。'最是'二句，言春之好处，正在此时，绝胜于烟柳全盛时也。"（《唐诗笺注》）

韩诗中清新平易一类。

南溪始泛三首（选一）[1]

南溪亦清驶[2]，而无楫与舟[3]。山农惊见之，随我观不休。不惟儿童辈，或有杖白头[4]。馈我

蔡启："退之诗豪健雄放，自成一家，世特恨其深婉不足。《南溪始泛》三篇，乃末年所作，独为闲适，有渊明风气。"（《蔡宽夫诗话》）

王直方：“洪龟父言山谷于退之诗，少所许可，最爱《南溪始泛》，以为有诗人句律之深意。”（《王直方诗话》）

钱锺书：“夫昌黎五古句法，本有得自渊明者。……窃意《秋怀》《晚菊》等篇，词意亦仿渊明，不待《南溪始泛》。”（《谈艺录》）

笼中瓜[5]，劝我此淹留[6]。我云以病归，此已颇自由。幸有用余俸[7]，置居在西畴。囷仓米谷满[8]，未有旦夕忧[9]。上去无得得[10]，下来亦悠悠。但恐烦里闾[11]，时有缓急投。愿为同社人[12]，鸡豚燕春秋。

[**注释**]

[1]南溪：在长安城南终南山下，韩愈有别业。长庆四年（824），韩愈为吏部侍郎，五月请告养病，秋天泛游南溪，十二月卒。　[2]清驶：水清流急。　[3]楫（jí）与舟：船桨和船。楫，船桨。　[4]杖白头：扶杖白头的人。　[5]馈（kuì）：赠送。　[6]淹留：停留。　[7]“幸有用余俸”二句：所幸能用剩余的俸禄，在西边买下房子。西畴，西边田地。畴，田地。语出陶渊明《归去来辞》：“农人告余以春及，将有事乎西畴。”此处表归老于此之意。　[8]囷仓：仓房。圆形为囷，方形为仓。　[9]旦夕忧：指紧急忧患。旦夕，早与晚，比喻短时间内。　[10]“上去无得得”二句：意谓上朝居官或退职家居都悠闲自如。得得，得意貌。　[11]“但恐烦里闾”二句：只是担心麻烦乡里人，有时候会有紧急事投告。　[12]“愿为同社人”二句：愿意与乡里人同住，在春秋社日相聚饮宴。同社，“社”本意是古代民众以地域或血缘关系结成的团体，这里指同一乡里。鸡豚，鸡和猪。燕，同“宴”。

[**点评**]

韩愈于长庆四年五月在礼部侍郎任上告假，到城南别业疗养。张籍作《祭退之》诗，有"去夏公请告，养疾城南庄。籍时官休罢，两月同游翔。……公为游溪诗，唱咏多慨慷。自期此可老，结社于其乡"云云，写的就是泛游南溪之事。八月，告假期满，朝廷免去韩愈吏部侍郎职务，显然他已经病重，迁延至十二月卒。这里写的是经历一生坎坷不平、河上泛游、始得燕息的心情。特别写到和乡里人相互交往，相互问讯，朴实亲切，体会到人世间另一种真挚情谊。本来他一生关怀民瘼，至此对人生又有另一种体认，心情也就别样舒畅。张籍说他咏南溪的诗"唱咏多慨慷"，也是看到这些作品表现出了浓厚的感情。韩愈临终在民众中赢得同情、慰藉，是他的幸运，也算是对他一生奋斗的回报吧。

散 文

应科目时与人书^[1]

月日^[2]，愈再拜：

天池之滨^[3]，大江之渍^[4]，曰有怪物焉^[5]，盖非常鳞凡介之品汇匹俦也^[6]。其得水^[7]，变化风雨，上下于天，不难也；其不及水，盖寻常尺寸之间耳^[8]，无高山大陵、旷途绝险为之关隔也^[9]。然其穷涸不能自致乎水^[10]，为獱獭之笑者^[11]，盖十八九矣。如有力者哀其穷而运转之^[12]，盖一举手一投足之劳也^[13]。

然是物也^[14]，负其异于众也。且曰："烂死于沙泥，吾宁乐之。若俛首帖耳、摇尾而乞怜者^[15]，非我之志也。是以有力者遇之，熟视之若无睹也。其死其生，固不可知也。今又有有力者当其前矣^[16]，聊试仰首一鸣号焉。庸讵知有力者不哀其穷而忘一举手一投足之劳^[17]，而转

干谒文字，以"得水""不及水"为构思关纽，善于自占地步。

之清波乎？其哀之，命也；其不哀之，命也。知其在命，而且鸣号之者，亦命也。"

愈今者实有类于是，是以忘其疏愚之罪而有是说焉[18]。阁下其亦怜察之[19]。

[**注释**]

[1]韩愈于贞元八年进士及第。按当时考选制度，进士及第后，需要经过吏部考试才能选官，考选内容见于史籍者凡五十余科，谓之"科目"。韩愈三选于吏部均被黜落。这是第一次应贞元九年博学宏辞科选求人汲引的书信。题中"与人"或作"与韦舍人"，舍人姓名不详。   [2]"月日"二句：别本或作"应博学宏辞前进士韩愈谨再拜上书舍人阁下"。月日，原文有具体日期，编辑文集时删落。再拜，一拜而再，表恭敬。拜，拱手作揖。   [3]天池：大海。语出《庄子·逍遥游》："穷发之北有冥海者，天池也。"   [4]濆（fén）：水边。   [5]怪物：指龙。   [6]常鳞凡介：平常水生物。鳞，鱼类。介，介壳类。品汇匹俦（chóu）：同一种类。品汇，同类。语出《晋书·孝友传序》："资品汇以顺名。"匹俦，伴侣。语出王褒《九怀》："步余马兮飞柱，览可与兮匹俦。"匹，方《正》作"比"。俦，同伴。   [7]"其得水"以下四句：意本《易经·乾》："同声相应，同气相求。……云从龙，风从虎。"   [8]寻常尺寸之间：指短距离。八尺为寻，倍寻为常。   [9]旷途：长途。绝险：极端险恶之处。关隔：阻隔。   [10]穷涸（hé）：干枯。涸，枯干。   [11]獱（bīn）獭：水獭，獱，小水獭。   [12]哀其穷：可怜它处在困境。   [13]一举手一投足：言动作轻易。   [14]"然是物也"二句：然而这个东西自负与众

不同。负，自负。　　[15]俛首：低头。俛，通"俯"。　　[16]"今又有有力者当其前矣"二句：如今又有有力量的人在他的前面，姑且尝试仰头鸣叫一声。聊试，姑且尝试。聊，姑且。　　[17]"庸讵知有力者不哀其穷而忘一举手一投足之劳"二句：怎么知道那位有力量的人不会同情他的困顿而不惜一举手一投足之劳把他送到清水之中呢？庸讵，岂，何以。哀，同情。转之清波，转送到清水之中。朱《考》："'转'方作'输'，或作'转致之波涛'。"　　[18]疏愚：疏陋愚笨，自贬之辞。　　[19]阁下：对对方的尊称。古代三公开阁，称阁下，后被扩展应用。其：推量之辞。

[点评]

请托文字，要考虑与对方的关系等因素，言辞高下之间，本来难于下笔。本文开篇用天池中"怪物"——龙领起作喻，在空处斡旋，避开直接干谒的用意。先是把龙与"常鳞凡介"区分开来，继而又自诩不是"俛首帖耳、摇尾而乞怜"之辈，这样就先占下地步。接着写在干涸中的龙是否能够得水，"有力者"是否能帮助他"转之清波"，以此来比喻自身处境并委婉地述说干谒之意，这就顺理成章地把是否施救的主动权推给对方，把自己的干谒请求变成对于对方是否珍惜人才的"考验"。最后又把自己能否得到援救归之于命，实则是在表白自己对于改变命运的无能为力，再次表达迫切求助之意。文章虽是短篇，但运思拗折深婉，结构曲尽变化之妙；本是干谒文字，却不作嗟悲叹苦之语，毫无衰惫乞怜之意，反而流露出兀傲自是的姿态和对于现状的讽喻之意。

争臣论 [1]

或问谏议大夫阳城于愈 [2]，可以为有道之士乎哉？学广而闻多 [3]，不求闻于人也，行古人之道，居于晋之鄙，晋之鄙人熏其德而善良者几千人。大臣闻而荐之 [4]，天子以为谏议大夫，人皆以为华 [5]，阳子不色喜 [6]。居于位五年矣，视其德如在野 [7]，彼岂以富贵移易其心哉？

愈应之曰 [8]：是《易》所谓"恒其德，贞，而夫子凶"者也，恶得为有道之士乎哉？在《易·蛊》之上九云 [9]："不事王侯 [10]，高尚其事。"《蹇》之六二则曰 [11]："王臣蹇蹇 [12]，匪躬之故。"夫不以所居之时不一 [13]，而所蹈之德不同也。若《蛊》之上九 [14]，居无用之地，而致匪躬之节；以《蹇》之六二 [15]，在王臣之位，而高不事之心，则冒进之患生 [16]，旷官之刺兴，志不可则，而尤不终无也。今阳子实一匹夫 [17]，在位不为不久矣，闻天下之得失不为不熟矣，天子待之不为不加矣 [18]，而未尝一言及于政，视政之得失若越人视秦人之肥瘠 [19]，忽焉不加喜戚于其心。问其官，则曰谏议也；问其禄，则曰下大夫之秩也[20]；问其政，则曰我不知也。有道之士固如是乎哉[21]？

　　且吾闻之：有官守者[22]，不得其职则去[23]；有言责者[24]，不得其言则去[25]。今阳子以为得其言[26]，言乎哉？得其言而不言，与不得其言而不去，无一可者也[27]。阳子将为禄仕乎[28]？古之人有云[29]："仕不为贫，而有时乎为贫。"谓禄仕者也。宜乎辞尊而居卑[30]，辞富而居贫，若抱关击柝者可也。盖孔子尝为委吏矣[31]，尝为乘田矣[32]，亦不敢旷其职，必曰"会计当而已矣"，必曰"牛羊遂而已矣"。若阳子之秩禄不为卑且贫，章章明矣[33]。而如此，其可乎哉！

"官守"必与"言责"相应，不得则去。

［注释］

[1]争臣：直言谏诤之臣。争，同"诤"。这篇文章是评论阳城的。阳城（736—805），字亢宗，北平（今河北遵化）人，进士及第，隐居中条山（在今山西），远近闻名。贞元四年（788），阳城被宰相李泌荐举任谏议大夫，这是隶属于门下省专司谏诤的官职。可是他居官无谏言，唯日夜痛饮，韩愈因此写作本文加以批评。后至贞元十一年，贤能宰相陆贽被贬黜，德宗任用奸臣裴延龄为相，阳城直言论奏，以此贬国子司业，出为道州（今湖南道县）刺史。本文作于贞元八年。　[2]或问：有人问。　[3]"学广而闻（wèn）多"以下五句：学识广，见闻多，行古人之道，

居住在晋地偏僻地区，晋地鄙陋之人被他的德行所熏染，变善良的近千人。闻多，见闻多。求闻，追求名声。闻，名声。意本诸葛亮《出师表》："不求闻达于诸侯。"晋之鄙，阳城隐居的中条山属于古晋国的边境地区。鄙，边境。鄙人，鄙陋的人。熏其德，被他的道德所熏陶。几（jī），近。　[4] 大臣：指李泌。李泌（722—789），字长源，京兆（今陕西西安）人，好神仙道术，以天子宾友的身份辅佐玄、肃、代、德四位皇帝，贞元年间曾一度为宰相，对朝政多所匡救。　[5] 以为华：认为荣耀。　[6] 色喜：喜形于色。　[7] 视其德如在野：看他的操守和没有做官在野时一样。下文"岂以富贵移易其心"承此意，谓不因为做官富贵了就改变（悠游自在的）心态。在野，朱《考》："在下或有'草'字。"　[8]"愈应之曰"以下三句：韩愈回答说：这是《易经》里所说的"恒其德，贞，而夫子凶"，怎么能算是有道之士呢？《易》，《易经》。下引"恒其德，贞，而夫子凶"是节录其中《恒》卦的卦辞，原文是"恒其德，贞，妇人吉，夫子凶"，意思是坚持操守，贞一不二，对妇人（指小人）吉利，对夫子（指君子）不吉利。这本来是反对不知变通的意思。恶（wū）得，何得，怎么能。恶，何。　[9]《易·蛊》之上九：蛊是卦名。《易经》里共有六十四卦，每一卦的卦象由六爻组成，爻分为阳爻（—）和阴爻（--），爻的排列自上而下命名为初、二、三、四、五、上，阳爻称九，阴爻称六，《蛊》之上九指蛊卦的第六阳爻。　[10]"不事王侯"二句：这是《蛊》卦上九的爻辞，意谓不去做官侍奉王侯，保持高尚节操。事，侍奉。　[11]《蹇（jiǎn）》之六二：《蹇》卦的第二阴爻。　[12]"王臣蹇蹇"二句：这是《蹇》卦六二的爻辞，意思是作为臣子尽心竭力，不顾及自身利害。蹇蹇，尽力貌。匪躬，不顾及自身。匪，同"非"。躬，自身。　[13]"夫不以所居之时不一"二句：不因所处时代不一样，所践行道德就有不同。　[14]"若《蛊》之上九"以下三句：如按《蛊》卦上九所说，没有官位，却去实践不顾惜自身的节义。无用之地，指不被任用、没有官位。　[15]"以《蹇》之六二"以下三句：按《蹇》卦六二所说，占据为臣的位置，却坚持不事王侯的想法。　[16]"则冒进之患生"以下三句：承上，如此会造成冒进的错误，招来放弃职守的批评，（这样的）意向不可效法，后患会无穷无尽。冒进，指贪求做官。旷官，旷废职守。旷，弃。刺，讥讽。则，效法。尤，祸患，弊病。　[17]"实一匹夫"，原无，据宋本、《文苑英华》等补。　[18]不加：谓不加厚。　[19]若越人视秦人之肥瘠：就像越地人看秦地人的肥瘦一样。古越国相当于今浙江、福建一带，古秦国相当于今陕西一带，两地悬隔，用以喻人们相互并不关心。　[20]下大夫之秩：这里用周朝制度说唐朝事。周朝官职，王室和诸侯国卿以下为大夫，分上、中、下三等。秩，俸禄。　[21]固如是乎哉：本来应是这样吗？反诘之词。固，本来。　[22]官守：居官守职。　[23]不得其职：谓不能胜任。得，能。　[24]言责：进言的责任，指任谏净之官。　[25]不得其言：谓不能进言。　[26]"今阳子以为得其言"二句：如今阳子被认为得到言责，他进言了吗？质问之辞。或以为"言"字重出，朱《考》辩其非是。童《诠》谓："乃公问阳子之语，故下云得其言而不言，与不得其言而不去，无一可者也。上句以得其言否为问，下以得其言、不得其言两意承之，词意明白，本无可疑。"　[27]无一可者也：没有一方是对的。　[28]禄仕：为取得俸禄而做官。语出《诗经·王风·君子阳阳》序："君子阳阳，闵周也。君子遭乱，相招为禄仕，全身远害而已。"郑笺："禄仕者，苟得禄而已，不求道行。"　[29]古之人：指孟子。下面引文出自《孟子·万章下》："仕非为贫也，而有时乎为贫。"　[30]"宜乎辞尊而居卑"以下三句：如果这样辞去尊位而居卑位，辞去富贵而居贫贱，如（古代的）抱关击柝者流当然也就可以了。意本《孟子·万章上》："辞尊居卑，辞富居贫，恶乎宜乎？抱关击柝。"宜，当然，表无所疑惑。抱关击柝，把守城门、打梆子守夜，为下等职务。柝，梆子。语出《荀子·荣辱》："故或禄天下而不自以为多，或监门、御旅、抱关、击柝而不自以为寡。"杨倞注："抱关，门卒也。击柝，击木所以警夜者。" [31]委吏：管理粮仓和会计的小吏。　[32]"尝为乘田矣"以下三句：意本《孟子·万章上》："孔子尝为委吏矣，曰：'会计当而已矣。'尝为乘田矣，曰：'牛羊茁壮长而已矣。'"乘田，管理畜牧的小吏。当，正当，正确。遂（suì），成功，如愿，此指牛羊繁育。　[33]章章：清楚，分明。

或曰[1]：否，非若此也。夫阳子恶讪上者，恶为人臣招其君之过而以为名者。故虽谏且议[2]，使人不得而知焉。《书》曰[3]："尔有嘉谋嘉猷[4]，则入告尔后于内；尔乃顺之于外，曰：斯谋嘉猷，惟我后之德。"夫阳子之用心，亦若此者。

愈应之曰：若阳子之用心如此，滋所谓惑者矣[5]。入则谏其君，出不使人知者，大臣、宰相者之事，非阳子之所宜行也。夫阳子本以布衣隐于蓬蒿之下[6]，主上嘉其行谊[7]，擢在此位[8]。官以谏为名[9]，诚宜有以奉其职，使四方后代知朝廷有直言骨鲠之臣，天子有不僭赏、从谏如流之美。庶岩穴之士闻而慕之[10]，束带结发，愿

人臣直言敢谏，乃彰显人主从谏之美。

进于阙下而伸其辞说，致吾君于尧、舜，熙鸿号于无穷也。若《书》所谓[11]，则大臣、宰相之事，非阳子之所宜行也。且阳子之心[12]，将使君人者恶闻其过乎？是启之也。

[**注释**]

[1]"或曰"以下五句：有人（辩解）说：不是这样。阳子厌恶讥讽上司的人，厌恶作为臣下而暴露君主的过错来制造自己的名望。恶（wù），厌恶。讪（shàn）上，讥讽上司。讪，讥讽。招（qiáo），举出。　[2]谏且议：语本"谏议大夫"这一官职名称。　[3]《书》：《尚书》。　[4]"尔有嘉谋嘉猷（yóu）"以下六句：引文出自《尚书·周书·君陈》，意谓你有好的谋略和计划，即入内廷禀告君主，你在外则表示（对君主的）恭顺，并且说："好的谋略计划，乃（得自）君主的美德。"尔，你。嘉谋嘉猷，好的谋略和计划。猷，打算，计谋。后，君主。　[5]滋所谓惑者矣：越发是（上面）所说的迷惑了。滋，越发，更。　[6]布衣：平民。蓬蒿之下：谓山林间。蓬蒿，茅草。　[7]行谊：同"行义"，品行，道义。　[8]擢（zhuó）在此位：提拔到这个（谏议大夫）位置上。擢，提拔。　[9]"官以谏为名"以下四句：官职以"谏"为名称，确实应当有奉行职守的（作为），让天下后代知道朝廷有敢言耿直的大臣，皇帝有不滥加赏赐、虚心听受谏言的美德。骨鲠（gěng），耿直。鲠，本义为鱼骨，引申意为刚直。僭（jiàn）赏，胡乱赏赐。僭，过分。　[10]"庶岩穴之士闻而慕之"以下五句：或许可以让隐居山野的人听到之后心怀羡慕，结束衣带，绾起头发，愿意进身宫廷来申述言论，辅助君主，使之成为尧、舜那样

圣明之君，使他的伟大名声光耀于世世代代无穷尽。庶，差不多，希冀之辞。岩穴之士，指隐居山野的人。束带结发，系上衣带，束起头发，即不再衣饰不整、披头散发作平民装束。阙（què）下，指宫廷。阙，皇宫门前两边的高楼。伸其辞说，申述他的言论。致吾君，辅佐我们的君主。熙鸿号，光大宏伟的名号。熙，光耀。鸿号，伟大名号。　　[11]"若《书》所谓"以下三句：像（前引）《尚书》所说的，是大臣宰相的事，不是阳子应当做的。　　[12]"且阳子之心"以下三句：而且阳子的意愿是想让君主厌恶听到自己的过错吗，实则（反而）是诱发他们这样做。启，启发，诱发。承上，意谓诱使君主"恶闻其过"。

或曰：阳子之不求闻而人闻之，不求用而君用之，不得已而起[1]，守其道而不变，何子过之深也[2]？

愈曰：自古圣人贤士皆非有求于闻用也。闵其时之不平[3]，人之不乂，得其道，不敢独善其身，而必以兼济天下也。孜孜矻矻[4]，死而后已[5]。故禹过家门不入[6]，孔席不暇暖[7]，而墨突不得黔[8]。彼二圣一贤者，岂不知自安佚之为乐哉[9]？诚畏天命而悲人穷也[10]。夫天授人以圣贤才能，岂使自有余而已[11]？诚欲以补其不足者也[12]。耳目之于身也，耳司闻而目司见，听其是非，视其险易，然后身得安焉。圣

此段讲君子应当以圣贤律己待人，陈意甚高。

贤者，时人之耳目也；时人者，圣贤之身也。且阳子之不贤，则将役于贤以奉其上矣[13]。若果贤[14]，则固畏天命而闵人穷也，恶得以自遐逸乎哉[15]？

[注释]

[1]不得已而起：谓勉强出来做官。 [2]何子过之深也：为什么你责备如此苛刻责备呢？过之深，责备深切。 [3]"闵其时之不平"以下五句：哀悯所处时代不太平，民众不得安定，已经得（圣人之）道，不敢自求完善，必定用来兼顾救济天下。意本《孟子·尽心上》："穷则独善其身，达则兼善天下。"闵，同"悯"。乂（yì），治理，安定。独善，只求自身完善。兼济，兼顾救济。 [4]孜（zī）孜矻（kū）矻：勤奋不懈貌。 [5]死而后已：至死才罢休。语本《论语·泰伯》："仁以为己任，不亦重乎？死而后已，不亦远乎？" [6]禹过家门不入：相传大禹治水，三次路过家门而不入。 [7]孔席不暇暖：孔子周游列国，（周游列国时）座席都来不及焐暖。 [8]墨突不得黔：墨子忙于游说，家里烟囱都没有被熏黑过。 [9]安佚之为乐：安闲是快乐的。佚，通"逸"，安闲。 [10]畏天命：敬畏上天。悲人穷：怜悯民众的疾苦。 [11]自有余：意谓自身保留"圣贤才能"不用。 [12]补其不足：弥补其缺失。 [13]役于贤：被贤人所役使。奉其上：侍奉上司。 [14]若果贤：如果真的贤明。 [15]恶得：怎能。遐逸：安闲游乐。遐，通"暇"。

或曰：吾闻君子不欲加诸人[1]，而恶讦以为直者[2]。若吾子之论[3]，直则直矣，无乃伤于德而费于辞乎[4]？好尽言以招人过[5]，国武子之所以见杀于齐也，吾子其亦闻乎？

愈曰：君子居其位，则思死其官[6]；未得位，则思修其辞以明其道[7]。我将以明道也，非以为直而加人也[8]。且国武子不能得善人而好尽言于乱国，是以见杀。《传》曰[9]："惟善人能受尽言。"谓其闻而能改之也。子告我曰："阳子可以为有道之士也。"今虽不能及已[10]，阳子将不得为善人乎哉！

茅坤："截然四问四答，而首尾关键如一线。"

王惟夏："辩论攻击，一纵一擒，不留隙地与人辗转，不几令阳子通身汗下，变惭为怒耶？却妙在心和气平，是备责贤者，不是鄙薄小人。一段相成相勉之诚溢于眉宇，故使人感，不使人怒。后阳子卒以谏显名，未必非此论之力。"（《山晓阁唐宋八大家选》）

[注释]

[1]加诸人：强加于人。或释"加"为侵侮，则谓欺侮人。语本《论语·公冶长》："子贡曰：'我不欲人之加诸我也，吾亦欲无加诸人。'"　[2]讦以为直：把讥刺当作耿直。　[3]吾子：称对方，敬称。　[4]无乃：岂不是，反诘之辞。伤于德：有害道德。费于辞：浪费言辞。　[5]"好尽言以招人过"以下三句：喜好言无顾忌来举发人的过错，这是国武子之所以被齐国所杀的原因，您听说过吗？尽言，把话说尽。招人过，举发人的过错。国武子，名佐，春秋时期齐国大臣，因指责齐灵公母亲孟子与人私通而被杀。其亦闻，也听说过吧。其，推量之辞。　[6]死其官：在官位上殉职。　[7]修其辞以明其道：著书立说以阐明圣人之道。这是韩愈文章里首次提出"文以明道"的主张。　[8]直而加人：耿直而强

加于人。　[9]"《传》曰"二句：语出《国语·周语》：只有善人（有德者）能接受无所忌讳的谏言。《传》，辅"经"之书称为"传"，《国语》又称《春秋外传》。　[10]"今虽不能及已"二句：阳子如今虽然还做不到，（将来）难道不能成为善人吗！这是推测之辞。将，能够。

[**点评**]

　　本篇是韩愈早期的论说文，论辩技巧还不像后来那样圆熟浑成，汪洋恣肆，但已显示出相当高的写作水平。主题是评阳城，实际是一篇议谏诤的文字。其中讨论为臣的职责和品质，扩展而涉及士大夫为人处世应当持守的原则。韩愈在文中鲜明地提出"君子居其位，则思死其官；未得位，则思修其辞以明其道"的主张。一方面明确提出为官应当至死忠于职守，特别要敢于对朝政得失大胆论谏；另一方面要求不得其位则"修辞明道"，即所谓"三不朽"的"立言"，写下文字来表明观点。这也成为他倡导"古文运动"的纲领。这样的立场、观点，在当时专制政治体制下，其现实意义是十分明显的，也是他后来一生努力践行的。文章采取典型的驳论形式，四问四答，截然分为四段。第一段正说"争臣"即谏官职责，实际通于一般官员对待职守的原则；第二段分辨借攻讦以扬名和直言敢谏的区别；第三、四两段是正说后的余论，把论说内容再深入一步。驳论中针对反方论点，引经据典，正论反诘，表现出充沛的热情和鲜明的爱憎，形成强大的说服力和感召力。

上宰相书[1]

正月二十七日[2]，前乡贡进士韩愈谨伏光范门下[3]，再拜献书相公阁下[4]：

《诗》之序曰[5]："菁菁者莪[6]，乐育材也。君子能长育人材，则天下喜乐之矣。"其诗曰："菁菁者莪[7]，在彼中阿。既见君子，乐且有仪。"说者曰[8]："菁菁者，盛也；莪，微草也；阿，大陵也。言君子之长育人材，若大陵之长育微草，能使之菁菁然盛也。'既见君子，乐且有仪'云者，天下美之之辞也。"其三章曰："既见君子，锡我百朋[9]。"说者曰："百朋，多之之辞也。言君子既长育人材，又当爵命以赐之、厚禄以宠贵之云尔[10]。"其卒章曰："泛泛杨舟[11]，载沉载浮[12]。既见君子，我心则休[13]。"说者曰："载，载也；沉浮者，物也。言君子之于人才无所不取，若舟之于物，浮沉皆载之云尔。'既见君子，我心则休'云者，言若此则天下之心美之也。"君子之于人也，既长育之，又当爵命宠贵之，而于其才无所遗焉。孟子曰[14]："君子有三乐，王天

自述陈情，希求援引，不做衰惫乞怜之语。论养育人才之道，高自标置，把天下大任推给对方。

下不与存焉。"其一曰："乐得天下之英才而教育之。"此皆圣人贤士之所极言至论、古今之所宜法者也 [15]。然则孰能长育天下之人材，将非吾君与吾相乎 [16]？孰能教育天下之英才，将非吾君与吾相乎？幸今天下无事 [17]，大小之官各守其职，钱谷甲兵之问不至于庙堂，论道经邦之暇，舍此宜无大者焉。

[注释]

[1] 贞元十一年，韩愈第三次应吏部科目试不利，又三次上书宰相，均没有得到答复，遂离开京城，就职于董晋幕府。本文是第一次上书。当时宰相是赵憬、贾耽、卢迈。具体上书给哪一位，不详。　[2] 正月二十七日：这里是指贞元十一年（795）正月二十七日。　[3] 前乡贡进士：进士考试合格者称"前进士"（或以为通过吏部"关试"后始称"前进士"，详考不赘）。韩愈举选不由学馆，属于"乡贡"，即由州、县供举。光范门：中书省门，在宣政殿西南，上见宰相依例在此等候。　[4] 相公：对宰相的尊称。　[5]《诗》之序：《毛诗序》，这里指解释各篇题旨的小序，一般以为首句是汉代毛亨作，以下申述之语是后学者补缀而成。　[6]"菁（jīng）菁者莪"以下四句：此为《小雅·菁菁者莪》序。菁菁，茂盛的样子。莪，萝蒿。乐育材，乐于养育人才。　[7]"菁菁者莪"以下四句：这是该诗首章。中阿，阿中，大陵曰阿。有仪，有礼仪。　[8] 说者：指解释《诗经》的人，所引为《毛传》上的话，与今本文字略有不同。　[9] 锡我百朋：给我一百朋。锡，给与。朋，古代以贝

为货币，五贝（或二贝）为朋。　[10]爵命以赐之：谓赐予爵位，原作"爵命之赐之"，据宋本、《文粹》本等改。厚禄以宠贵之：用厚禄来宠爱、贵重他。　[11]泛泛：漂流貌。　[12]载：语词，无义。下面《小序》解释作承载之载。　[13]休：美。　[14]"孟子曰"以下五句：孟子的两段话出自《孟子·尽心上》。王（wàng）天下，统治天下。王，作为国王。不与存，不并存。与，共。　[15]极言至论：最为正确深刻的言论。所宜法：所应当效法。　[16]将非：难道不是，诘问之辞。吾君、吾相：指当今皇帝和宰相。　[17]"幸今天下无事"以下五句：所幸如今天下太平，钱谷匮乏（饥荒）、动用甲兵（战争）之类的议论没有在朝堂提出，议论儒道、经理国家的余暇，除了（养育人才）这件事就没有更重要的了。庙堂，本义是宗庙和明堂，古代朝廷有大事要告于宗庙、议于明堂，此处指朝廷。

看似平平自述，字里行间渗透抑郁不平，文章主旨彰显其中。

今有人生二十八年矣，名不著于农工商贾之版[1]，其业则读书著文、歌颂尧舜之道[2]，鸡鸣而起，孜孜焉亦不为利；其所读皆圣人之书[3]，杨、墨、释、老之学无所入于其心；其所著，皆约六经之旨而成文[4]，抑邪与正[5]，辨时俗之所惑[6]；居穷守约[7]，亦时有感激、怨怼、奇怪之辞[8]，以求知于天下；亦不悖于教化[9]，妖淫、谀佞、诪张之说无所出于其中[10]。四举于礼部乃一得[11]，三选于吏部卒无成；九品之位其可望[12]，一亩之宫其可怀；遑遑乎四海无所归[13]，恤恤乎饥不得食、寒不得衣[14]，滨于死而益固[15]，得其所者争笑之[16]。忽将弃其旧而新是图[17]，求老农老圃而为师，悼本志之变化，中夜涕泗交颐。虽不足当诗人、孟子之谓[18]，抑长育之使成材，其亦可矣；教育之使成才，其亦可矣。

[注释]

[1] 名不著于农工商贾之版：名字没有登录在农工商贾（即平民，纳税户）的簿籍里。版，古代记事用木板，此指册籍。唐制，三年一造户籍。　[2]"其业则读书著文、歌颂尧舜之道"以下三句：意本《孟子·滕文公上》"（孟子）言必称尧、舜"。《孟子·尽心上》："鸡鸣而起，孳孳为善者，舜之徒也；鸡鸣而起，孳孳为利者，跖之徒也。欲知舜与跖之分，无他，利与善之间也。"孳孳：同"孜孜"，勤奋不倦貌。　[3]"其所读皆圣人之书"二句：谓自己不治杨朱、墨子、佛教、道家和道教等异端之学。杨指杨朱学派，墨指墨家，释指佛教教义，老指道家学派和道教。实则杨、墨是与儒家并立的显学；佛、道二教是和儒学并存的两个宗教。　[4] 约六经之旨：摄取六经要义。六经是儒家基本经典《诗》《书》《礼》《乐》《易》《春秋》的总称。"六经"之说始见于《庄子·天运》，其中《乐经》不存。　[5] 抑邪与正：抑制邪说，扶助正道。与，许与，招引。　[6] 时俗之所惑：指惑于释、老之学。　[7] 居穷守约：居于穷困，安于贫穷。约，贫穷。语出《论语·里仁》："不仁

者不可以久处约，不可以长处乐。" [8]感激：感慨。怨怼（duì）：怨恨不平。怼，怨。 [9]悖于教化：违背教化。 [10]妖淫：怪诞淫乱。谀佞：谄媚圆滑。诪（chōu）张：虚诳。 [11]"四举于礼部乃一得"二句：此指自贞元四年到八年四次应礼部进士考试始及第，九年至十一年三次应吏部科目试均失利。 [12]"九品之位其可望"二句：可以期待得到九品官的位置，可以留恋占一亩地的居室。九品之位，唐制，正员官分九品，品分上、下，九品是最低的一品。一亩之宫，语出《礼记·儒行》"儒有一亩之宫"，古注谓东西南北各十步，所谓狭小居室。 [13]遑遑：心不定。《列子·杨朱》："遑遑尔竞一时之虚誉。" [14]恤恤：忧愁貌。 [15]滨于死而益固：临近死亡而越发固执。滨，同"濒"。 [16]得其所者：得到其所应得的人，指得意的人。 [17]"忽将弃其旧而新是图"以下四句：弃其旧，指抛弃往日"可望""可怀"者。新是图，即下"求老农老圃而为师"。老农老圃，老农夫和老菜农。悼本志之变化，感伤固有（追求官禄）的志向有所变化。涕泗交颐，泪流满面。泗，鼻涕。颐，腮。 [18]"虽不足当诗人、孟子之谓"以下五句：虽然不足以做到（前面举出的）《菁菁者莪》作者和孟子所说，然而能够养育人使之成材，教育人使之成才也就可以了。抑，然而，转折之语。朱《考》："（孟子）'之'下或有'所'字。"是。

李光地："此篇援古陈义，宽然有余。"（马其昶《校注》引）

　　抑又闻古之君子相其君也[1]，一夫不获其所[2]，若己推而内之沟中。今有人生七年而学圣人之道，以修其身[3]，积二十年[4]，不得已一朝而毁之，是亦不获其所矣。伏念今有仁人在上位[5]，若不往告之而遂行，是果于自弃而不以古之君子之道待吾相也，其可乎？宁往告焉^[6]。若不得志，则命也，其亦行矣。《洪范》曰^[7]："凡厥庶民^[8]，有猷^[9]，有为^[10]，有守，汝则念之^[11]；不协于极^[12]，不罹于咎^[13]，皇则受之^[14]，而康而色^[15]。曰：予攸好德^[16]，汝则锡之福^[17]。"是皆与善之辞也^[18]。

[注释]

[1]抑又闻：然而又听说。以下尚有三处同样句式。相其君：辅佐他的君主。　[2]"一夫不获其所"二句：语本《孟子·万章下》："思天下之民，匹夫匹妇，有不与被尧、舜之泽者，若己推而内之沟中。"内，同"纳"。　[3]修其身：语本《礼记·大学》："古者欲明明德于天下者……先修其身。"　[4]积二十年：当年韩愈二十八岁，此举成数。或如朱《考》："'年'上或有'一'字。"　[5]"伏念今有仁人在上位"以下三句：低头想如今有仁德之人在上位（任宰相，指对方），如果不前往报告就走掉，这是果断地自暴自弃，不是以古代君子之道对待宰相您啊。伏念，低头想，自谦之词。仁人，仁德之人。意本《论语·雍也》："夫仁者，己欲立而立人，己欲达而达人。"果于自弃，果断地自我放弃。　[6]宁：宁可，宁愿。　[7]《洪范》：《尚书》中的一篇，旧说为商末箕子向周武王陈述天地之大法而作，近人多疑为战国人伪托。　[8]凡厥庶民：那些百姓。厥，其。　[9]有猷，有谋虑。　[10]有为，有作为。　[11]有守，有所执守。汝，你，旧说指周武王。　[12]不协于极，不合准则。极，中，中正的准则。　[13]不罹（lí）于咎，不遭遇灾祸。罹，通"离"，

逢。　[14] 皇则受之，则接受大法。皇，皇极，指大中之道，大法。　[15] 而康而色：使你的颜色安详。康，安。下"而"，同"尔"，你。　[16] 予攸好德：我爱好德行。攸，唯。　[17] 汝则锡之福：则赐予你福利。　[18] 与善之辞：鼓励善行的言论。与，辅助。

　　抑又闻古之人有自进者[1]，而君子不逆之矣，曰"予攸好德，汝则锡之福"之谓也。抑又闻上之设官制禄、必求其人而授之者，非苟慕其才而富贵其身也，盖将用其能理不能、用其明理不明者耳[2]；下之修己立诚、必求其位而居之者[3]，非苟没于利而荣于名也[4]，盖将推己之所余以济其不足者耳。然则上之于求人，下之于求位，交相求而一其致焉耳[5]。苟以是而为心，则上之道不必难其下[6]，下之道不必难其上。可举而举焉，不必让其自举也[7]；可进而进焉，不必廉于自进也[8]。

[注释]

　　[1]"抑又闻古之人有自进者"以下三句：一本无此三十字。童《诠》："此三十字与上'洪范曰'至'辞也'五十字重复，一本无者是也。"自进，指自求进身为官。不逆，不拂逆，不拒绝。　[2]用其能理不能：用他们的才能来治理没有才能的人。下句句法同。"不明"指不明义理。　[3]下：指在下位、没有做官者。修己立诚：

自己修身，确立诚意。求其位：指求官位。　[4]非苟没于利而荣于名：不是仅仅陷溺于私利而求得好名声。没，沉溺。荣于名，求得名声荣耀。　[5]一其致：统一其志趣。致，意趣，追求。　[6]难其下、难其上：谓难行于下位、难行于上位。　[7]让其自举：责备其自荐。让，责难。　[8]廉于自进：谦让不自求进取。廉，不贪。

抑又闻上之化下[1]，得其道，则劝赏不必遍加乎天下而天下从焉[2]。因人之所欲为而遂推之之谓也[3]。今天下不由吏部而仕进者几希矣[4]。主上感伤山林之士有逸遗者[5]，屡诏内外之臣旁求于四海，而其至者盖阙焉。岂其无人乎哉？亦见国家不以非常之道礼之而不来耳[6]。彼之处隐就闲者亦人耳[7]。其耳目鼻口之所欲，其心之所乐，其体之所安，岂有异于人乎哉？今所以恶衣食[8]，穷体肤，麋鹿之与处，猿狄之与居，固自以其身不能与时从顺俯仰，故甘心自绝而不悔焉。而方闻国家之仕进者必举于州县[9]，然后升于礼部、吏部，试之以绣绘雕琢之文，考之以声势之逆顺、章句之短长，中其程式者，然后得从下士之列。虽有化俗之方、安边之画[10]，不繇是而稍进者[11]，万不有一得焉。彼惟恐入山之

"抑又闻"领起三段，实求而似谏。层层递进，意气横溢。

不深，入林之不密，其影响昧昧[12]，惟恐闻于人也。今若闻有以书进宰相而求仕者[13]，而宰相不辱焉，而荐之天子，而爵命之，而布其书于四方，枯槁沉溺、魁闳宽通之士，必且洋洋焉动其心，峨峨焉缨其冠，于于焉而来矣。此所谓劝赏不必遍加乎天下而天下从焉者也，因人之所欲为而遂推之之谓者也。

[注释]

[1]上之化下：在上位者教化属下。 [2]遍加：指普遍施行。 [3]推：推进，此指因势利导。 [4]几希：很少。唐制，取士主要通过科举考试，然后由吏部考选；另有制举，直接由朝廷征召以待非常之才。 [5]"主上感伤山林之士有逸遗者"以下三句：这里指制举。宋本等"旁求"下有"儒雅"二字。感伤，感念。逸遗者，逃逸、遗漏的人。内外之臣，内指朝官，外指地方官。至者盖阙，来的人很少。阙：同"缺"，缺少。 [6]非常之道：特殊（礼遇）办法。 [7]处隐就闲者：隐居闲散的人。 [8]"今所以恶衣食"以下六句：如今（这些人）所以恶衣恶食，身体肌肤受苦，和麋鹿在一起，和猿狖同居住，本是认为自身不能顺从世俗、随波逐流，因而情愿自绝于世而不反悔。麋（mí）鹿，麋和鹿。麋，俗称"四不像"。猿狖（yòu），猿猴。狖，另一种猕猴。 [9]"而方闻国家之仕进者必举于州县"以下六句：指当时科举考试的实际情形。方闻，正听说。绣绘雕琢之文，指讲究对偶辞藻的文字。当时以对策和诗、赋取士。声势之逆顺，声势指

声韵，合者为顺，不合者为逆。章句之短长，句式短长，骈体文讲究四六对仗。程式，固定规格。下士，古代爵位有士，士分等级，下士是最低一级，这里指低级官职。　[10]化俗之方：教化时俗的策略。方，方略。安边之画：安定边防的计谋。　[11]稍进者：稍得提升者。"者"字据宋本等补。朱《考》："'进'下或有'者'字。"　[12]影响昧昧：意谓踪迹不明。影响，指踪迹、名声。昧昧，不分明。屈原《怀沙》："日昧昧其将暮。"　[13]"今若闻有以书进宰相而求仕者"以下九句：如今听说有人上书宰相求官职，而宰相没有辱没他，把他推荐给皇帝，任命他以官爵，并在天下公布他的信，那些困顿落拓、宏大通达的人一定会高兴地动心，带上高帽子，悠然自得地从远处到来。枯槁沉溺，枯槁本指草树凋枯，这里形容形态落拓；沉溺本指沉在水下，这里指屈身下层。魁闳宽通，魁伟宏大，宽广通达。洋洋，得意貌。峨峨焉缨其冠，用带子结上高高的帽子。峨峨，高貌。缨其冠，用带子结帽子，表示急于出仕。于于，得意貌。语本《庄子·应帝王》："其卧徐徐，其觉于于。"成玄英疏："于于，自得之貌。"

伏惟览《诗》《书》、孟子之所指，念育才锡福之所以[1]，考古之君子相其君之道，而忘自进自举之罪，思设官制禄之故[2]，以诱致山林逸遗之士，庶天下之行道者知所归焉[3]。小子不敢自幸[4]，其尝所著文辄采其可者若干首，录在异卷，冀辱赐观焉。干黩尊严[5]，伏地待罪[6]。愈再拜。

此段总收，明全篇主旨，简括有力。

[注释]

[1]育才锡福:养育人才,赐予(为官)之福。 [2]设官制禄:设立官职,制定俸禄。 [3]知所归:知道应当归属的地方。 [4]"小子不敢自幸"以下四句:我不敢自求侥幸,谨把我以前所作的文字选取若干篇录写在信的后面,希望您看看。小子,自称,自谦之辞。自幸,自求侥幸。所著文,包括诗文。录在异卷,誊写在另一卷上。当时文书是卷轴,书写成卷。冀辱赐观,希望屈辱您看一看。投献诗文给有力者以求荐引是当时科举习俗,称为"行卷"。 [5]干黩(dú):冒犯。黩,玷污。 [6]伏地待罪:意谓等待处置,自贬之辞。

[点评]

前面选录的《应科目时与人书》,在写法上善于自占地步。本文构思同样明显体现这一特点。韩愈三选于吏部无成,其中后一次已经上名,却被中书省黜落,这里当然有朝廷上层的意思;因而他直接上书宰相,就有向上申诉不公不平的意味。文章开头先是引经据典,讲了一通"君子"(实是直指他写信给的那位宰相)应当养育、重视人才的大道理,然后简述自己求举觅官的坎坷经历,诉说自身处境的困顿。这一部分文字较简短。接下来是以"抑又闻"领起的三个段落,是以自己所闻所知进一步讲道理,表面上是述说一己见闻,分别讲君子应当爱惜人才,朝廷设官制禄应当鼓励有才能的人自荐,从而对待人才上下相呼应,实则是揭露、分析朝廷选官制度的弊端。这些实际又是当时天下皆知的常识,从而就把对方置于受教的位置。这样,给宰相写信,本来是干谒求援,在表达上却堂堂正正,士大夫的兀傲之气流露在字里行间。至于这篇文章所述有关养育、重视、选拔人才的看法，确实具有相当深度，又颇具现实意义。全篇文字论理细密，条理清晰，又饱含激情；错综变化地引经据典，不但使文情显得典重，更强化了咄咄逼人的论辩气势；结构前后照应，转折提顿有法，特别是以"抑又闻"领起的三段，一而再地振起文情，也使议论一步步深入。

答崔立之书 [1]

斯立足下 [2]：

仆见险不能止 [3]，动不得时 [4]，颠顿狼狈 [5]，失其所操持 [6]，困不知变，以至辱于再三，君子小人之所悯笑 [7]，天下之所背而驰者也。足下犹复以为可教，贬损道德 [8]，乃至手笔以问之 [9]，扳援古昔 [10]，辞义高远，且进且劝 [11]，足下之于故旧之道得矣 [12]。虽仆亦固望于吾子 [13]，不敢望于他人者耳。然尚有似不相晓者 [14]，非故欲发余乎？不然，何子之不以丈夫期我也 [15]？不能默默，聊复自明 [16]。

对方对于自己"辱于再三"表示劝慰，而答以"不以丈夫期我"，自占高处。

[注释]

[1]崔立之：字斯立，博陵人，贞元四年（788）进士，六

年博学宏辞登科，韩愈友人。韩愈三试吏部失利，崔作书慰勉；贞元十一年，韩作此书答复。　[2]足下：上对下或同辈间的敬称。　[3]见险不能止：谓不知（智）。用《易经》蹇卦象辞典："蹇，难也。险在前也，见险而能止，知矣哉。"　[4]动不得时：举动不合时宜。　[5]颠顿：颠沛困顿。狼狈：同"狼跋"。《诗经·豳风·狼跋》："狼跋其胡，载疐其尾。"毛传："跋，躐；疐，跲也。老狼有胡，进则躐其胡，退则跲其尾。"　[6]失其所操持：失去自己的操守。　[7]悯笑：怜悯、讥笑。　[8]贬损：犹言降低。　[9]手笔：亲手书写。　[10]扳援古昔：援引古往（事例）。　[11]且进且劝：一面鼓励一面劝慰。　[12]故旧之道：指待老朋友之道。故旧，老朋友。　[13]"虽仆亦固望于吾子"二句：虽然我也是寄厚望于您而不敢寄希望于他者的人。固望，厚望。吾子，对同辈的敬称。　[14]"然尚有似不相晓者"二句：然而还有像是（对我）不了解之处，（或）不是有意想启发我吗？不相晓，不了解。相，复义偏指。发，启发。下文表明，崔立之在信里将韩愈比为"献玉"（卞和）求赏者。　[15]不以丈夫期我：不用大丈夫的标准期待我。　[16]聊复自明：姑且再次自我表白。

直述遭遇，有不平，有怨愤，更有自信。一段超迈之气洋溢其中。

　　仆始年十六七时[1]，未知人事，读圣人之书，以为人之仕者皆为人耳，非为利于己也。及年二十时，苦家贫，衣食不足，谋于所亲[2]，然后知仕之不唯为人耳。及来京师，见有举进士者[3]，人多贵之，仆诚乐之。就求其术[4]，或出礼部所试赋、诗、策等以相示，仆以为可无学而能。因诣州、县求举^[5]，有司者好恶出于其心^[6]，四举而后有成，亦未即得仕^[7]。闻吏部有以博学宏辞选者^[8]，人尤谓之才，且得美仕。就求其术，或出所试文章，亦礼部之类。私怪其故，然犹乐其名，因又诣州府求举。凡二试于吏部^[9]，一既得之，而又黜于中书。虽不得仕，人或谓之能焉。退自取所试读之^[10]，乃类于俳优者之辞，颜忸怩而心不宁者数月。既已为之^[11]，则欲有所成就，《书》所谓"耻过作非"者也。因复求举^[12]，亦无幸焉。乃复自疑，以为所试与得之者不同其程度，及得观之，余亦无甚愧焉。

[注释]

[1]"仆始年十六七时"以下五句：我当初年龄十六七的时候，不知道人世艰难，读圣人之书，以为人们出来做官都是为了别人，不是为了有利于自己。未知人事，指不了解人间世道之艰难。为人，指致君泽民之道。这里意取《孟子·万章下》"仕非为贫也"一节。　[2]谋于所亲：和亲朋计谋。　[3]举进士：参加进士科考试。　[4]"就求其术"以下三句：到他（举进士者）那里访求技艺，有的人拿出礼部考试的赋、诗、文（给我）看，我以为可以不学就有能力。赋、诗、策，进士科考试中的律赋、试贴诗和策问。　[5]诣州、县求举：这里指乡贡，仕子先由州、县选集。　[6]有司者：负责官员。　[7]未即得仕：没有立即得到官

职。　　[8]"闻吏部有以博学宏辞选者"以下三句：听说有在吏部通过博学宏辞科参选的，人们尤其说他有才能，而且得到好官职。唐俗，通过科目试，选授校书、正字或京畿簿尉，品阶虽低，但升迁较易。　　[9]"凡二试于吏部"以下三句：这里是说前两次科目试，其中一次已合格，但中书省审核时被黜落。　　[10]"退自取所试读之"以下三句：回来自己读考试所答文章，竟与俳优的言辞类似，几个月都颜面羞愧、心里不安。俳优者，杂戏艺人。《孔子家语》："齐奏宫中之乐，俳优侏儒戏于前。"忸怩（niǔ ní），羞愧不安貌。　　[11]"既已为之"以下三句：既然这样做了，就想能够成功，这就是《尚书》所说的有过错而加以文饰更会铸成大错。耻过作非，对过错加以文饰，铸成大错。这里是说两次失利之后又去参加第三次科目选。语出《尚书·说命中》。　　[12]"因复求举"以下六句：自己乃有所怀疑，以为所试文章和那些及第的人程度不同，直到能够看到它们（"得之者"的答卷），我也就并不感到十分惭愧了。

借五人以自比。可见自视之高。

　　夫所谓"博学"者，岂今之所谓者乎？夫所谓"宏辞"者，岂今之所谓者乎？诚使古之豪杰之士若屈原、孟轲、司马迁、相如、扬雄之徒进于是选[1]，必知其怀惭乃不自进而已耳。设使与夫今之善进取者竞于蒙昧之中[2]，仆必知其辱焉。然彼五子者，且使生于今之世[3]，其道虽不显于天下，其自负何如哉！肯与夫斗筲者决得失于一夫之目而为之忧乐哉[4]！

［注释］

[1]"诚使古之豪杰之士若屈原、孟轲、司马迁、相如、扬雄之徒进于是选"二句：如果真让古代的豪杰之士如屈原、孟轲、司马迁、（司马）相如、扬雄之类的人参加这种选举，一定知道他们会心怀惭愧不能自己进身而作罢了。 [2]"设使与夫今之善进取者竞于蒙昧之中"二句：假设让他们和如今那些善于进取的人糊里糊涂地竞争，我肯定他们必然感到屈辱。蒙昧，愚昧。辱，侮辱。[3]且使：若使。 [4]斗筲（shāo）者：指器量小、见识短的人。《论语·子路》："斗筲之人何足算也。"斗，量器。筲，竹器，容斗二升。决得失于一夫之目：谓凭一个人的眼光（指考官）来决定得失。

故凡仆之汲汲于进者[1]，其小得，盖欲以具裘葛、养穷孤；其大得，盖欲以同吾之所乐于人耳。其他可否[2]，自计已熟，诚不待人而后知。今足下乃复比之献玉者[3]，以为必俟工人之剖[4]，然后见知于天下，虽两刖足不为病[5]，且无使刖者再克[6]。诚足下相勉之意厚也。然仕进者岂舍此而无门哉[7]？足下谓我必待是而后进者[8]，尤非相悉之辞也。仆之玉固未尝献而足固未尝刖[9]，足下无为为我戚戚也。

储欣："余尝以为书自司马（迁）《报任（安书）》之后，惟公此书足与相当。马悲韩豪，其快一耳。"（《韩昌黎文评点注释》）

［注释］

[1]"故凡仆之汲汲于进者"以下五句：本来我急切地求进，

如小有所得（指担任小的官职），是想置办皮裘、葛布衣，抚养贫穷孤独的人（指家人）；如果大有所得（指担任高官），是想与人共享我之所乐。意本《孟子·梁惠王下》："孟子对曰：'……乐民之乐者，民亦乐其乐；忧民之忧者，民亦忧其忧……'"   [2] "其他可否"以下三句：其他事情如何，自己已经想得很仔细了，确实不需要别人告诉才知晓。   [3] 献玉者：典据《韩非子·和氏》，参阅《孟生诗》注[26]。   [4] 俟（sì）工人之剖：等待工匠剖石（见玉）。俟，等。   [5] 两刖足：两次断足之刑。不为病：不当作祸患。   [6] 无使勍（qíng）者再克：不要使强者再次取胜。勍，强。克，取胜。   [7] 舍此而无门：这里暗指除乡贡之外，还有天子特诏、网罗特殊人才的制举。   [8] "足下谓我必待是而后进者"二句：足下以为我一定等待这一（吏部科目选）而后进身，尤其不是了解我的说法。相悉，了解我。相，复义偏指。   [9] "仆之玉固未尝献而足固未尝刖"二句：我本来没有献玉、足本来也没有被刖，足下不要为我忧伤了。无为，不要。戚戚，忧愁貌。

方今天下风俗尚有未及于古者，边境尚有被甲执兵者[1]。主上不得怡而宰相以为忧[2]。仆虽不贤[3]，亦且潜究其得失，致之乎吾相，荐之乎吾君，上希卿大夫之位，下犹取一障而乘之；若都不可得，犹将耕于宽闲之野，钓于寂寞之滨，求国家之遗事[4]，考贤人哲士之终始[5]，作唐之一经[6]，垂之于无穷，诛奸谀于既死[7]，发潜德之幽光[8]，二者将必有一可。足下以为仆之玉凡几献而足凡几刖也？又所谓勚者果谁哉？再克之刑信如何也？士固信于知己^[9]，微足下无以发吾之狂言。

愈再拜。

[注释]

[1] 被甲执兵：身披铠甲，手执兵器，是作战的装束。　[2] 主上不得怡：皇帝不能安乐。怡，喜乐。　[3] "仆虽不贤"以下六句：我虽然不是贤德之人，但也深入探究（风俗）得失，（如）提供给宰相，荐送给皇帝，往高处希望得到卿大夫的位置，往低处还可以夺取边防一个堡垒去守卫。潜究，深入探究。取一障而乘之，夺取一处城堡并守卫住。障，边境驻兵的堡寨。这里反用《汉书·张汤传》典：汉武帝时，匈奴求和亲，遣博士狄山乘障，至月余，匈奴斩其头而去。　[4] 遗事：谓史实。　[5] 之终始：朱《考》："'之'下或有'所'字。"　[6] 作唐之一经：指修唐史。暗用孔子修《春秋》典。　[7] 诛奸谀于既死：（用笔墨）责罚那些已死去的邪恶谄媚之人。　[8] 发潜德之幽光：表扬那些被隐蔽的贤德者的深隐光辉。　[9] "士固信于知己"二句：作为士本来相信知己，如果不是您，没有人能够激发我说出（以上）狂放的话。微足下，不是您。微，非。发，激发。狂言，狂放的言辞。

[点评]

这是一篇抒写失意之情的牢骚之文，以豪语寓悲哀，以"狂言"表激愤。崔斯立的来书已佚，从这篇答书可以看出，其内容不外乎戒其倔强，勉其再举，其中曾用卞和献玉的故事来比喻韩愈吏部考选的失利，鼓励他不要灰心，并再次就选。答书首先责备对方"不相晓""不以丈夫期我"，从而占下地步；然后高屋建瓴，一气直下，从"晓喻"对方和自抒"丈夫"之志两个方面加以展开，记述切身经历，揭露科举不公，批评时文的弊陋，抒写自己的志向。文字主线是自我表白，而以崔的来信内容点缀其间，文思几经转折，似断实续，提掇有致。在幽默、狂放的言辞背后，正流露出真实的、郑重的怨愤、伤感之情，而讽喻意味隐含其间，值得玩味。

画　记 [1]

浦起龙："画为《出猎图记》，是白描手，点墨不逾分外，有所应，有所止，吾不难其变而贵其朴。"（《古文眉诠》）

杂古今人物小画共一卷。

骑而立者五人，骑而被甲载兵立者十人 [2]，一人骑执大旗前立，骑而被甲载兵、行且下牵者十人，骑且负者二人，骑执器者二人，骑拥田犬者一人 [3]，骑而牵者二人，骑而驱者三人 [4]，执羁靮立者二人 [5]，骑而下倚马、臂隼而立者一人 [6]，骑而驱涉者二人 [7]，徒而驱牧者二人 [8]，坐而指使者一人，甲胄、手弓矢、铁钺植者七人 [9]，甲胄、执帜植者十人 [10]，负者七人，偃寝休者二人 [11]，甲胄坐睡者一人，方涉者一人，坐而脱足者一人[12]，寒附火者一人[13]，杂执器物役者八人，奉壶矢者一人[14]，舍而具食者十有一人[15]，挹且注者四人[16]，牛牵者二人[17]，驴驱者四人，一人杖而负者[18]，妇人以孺子载而可见者六人[19]，载而上下者三人，孺子戏者九人。凡人之事三十有二、为人大小者百二十有三而莫有同者焉。

[注释]

[1]贞元十一年五月，韩愈出长安，回到故乡河阳，作此文。　[2]被甲载兵：身披铠甲，背负兵器。　[3]拥：持有。田犬：猎犬。田，同"畋"，打猎。　[4]驱：奔走。　[5]羁：马笼头。靮（dí）：马缰绳。《礼记·檀弓下》："孰执羁靮而从。"　[6]臂隼（sǔn）：臂上架隼。隼，鹘，一种猛禽。　[7]驱涉：赶马渡水。驱，驱赶。　[8]徒而驱牧者二人：步行驱赶、牧养的两个人。　[9]甲胄、手弓矢、铁钺植者七人：身披甲、头戴帽、手拿弓矢、铁钺插在地上的七人。胄，金属制的帽子。铁，同"斧"。钺，大斧。　[10]甲胄、执帜植者十人：披甲戴帽、手握插在地上的旗帜的十人。　[11]偃寝休者：躺卧睡觉休息的人。　[12]脱足：指脱掉鞋袜。　[13]附火：靠近火（取暖）。　[14]奉：同"捧"。壶矢：一种游戏器具。把矢投进壶里，以投入次数多少决定胜负。　[15]舍而具食：住下来准备饭食。　[16]挹（yì）且注：舀水并灌入（容器中）。挹，舀（水或酒）。　[17]牛牵：牵牛。下"驴驱"句法同。　[18]杖而负：拄杖并负物。　[19]妇人以孺子载

而可见者六人：妇女带孩子乘车可以看见的六人。孺子，小孩。

马大者九匹。于马之中又有上者、下者、行者、牵者、涉者、陆者、翘者、顾者、鸣者、寝者、讹者、立者、人立者、龁者、饮者、溲者、陟者、降者、痒磨树者、嘘者、嗅者、喜相戏者、怒相踶啮者、秣者、骑者、骤者、走者、载服物者、载狐兔者[1]。凡马之事二十有七，为马大小八十有三而莫有同者焉。牛大小十一头，橐驼三头，驴如橐驼之数而加其一焉，隼一，犬、羊、狐、兔、麋、鹿共三十[2]。旃车三两[3]，杂兵器弓矢、旌旗、刀剑、矛楯、弓服、矢房、甲胄之属[4]，餠、盂、簦、笠、筐、筥、锜、釜饮食服用之器[5]，壶矢博弈之具二百五十有一[6]，皆曲极其妙。

[**注释**]

[1]陆者：陆，通"踛"，跳跃。翘者：举足欲跳的。语本《庄子·马蹄》："翘足而陆。"讹者：活动的。讹，动。龁（hé）者：吃草的。龁，咬。溲者：便溺的。陟者：登高的。踶啮：足踢口咬。踶，同"蹄"。秣者：吃草料的。秣，饲马。骑者：章《选》谓"骑，疑当作驰，疾行"。骤者：章《选》："骤比驰更快，指马在跑。"走者：奔跑的，比骤、驰慢。 [2]麋：麋鹿，俗称"四

不像"。　[3]旗车：插旗帜的车。旗，曲柄旗。两：同"辆"。　[4]弓服、矢房：服和房分别是用来装弓矢的。　　[5]缾：同"瓶"。簦：雨伞。笠：斗笠。筐、筥：竹器。方形为筐，圆形为筥。锜、釜：同"釜"，炊具。有足为锜，无足为釜。　　[6]博弈：赌博。

贞元甲戌年[1]，余在京师，甚无事。同居有独孤生申叔者始得此画[2]，而与余弹棋[3]，余幸胜而获焉。意甚惜之[4]，以为非一工人之所能运思，盖蓄集众工人之所长耳，虽百金不愿易也。明年出京师，至河阳，与二三客论画品格，因出而观之。座有赵侍御者[5]，君子人也。见之，戚然若有感然[6]。少而进曰："噫！余之手模也[7]，亡之且二十年矣[8]。余少时常有志乎兹事。得国本[9]，绝人事而模得之，游闽中而丧焉。居闲处独时往来余怀也[10]，以其始为之劳而夙好之笃也。今虽遇之[11]，力不能为已，且命工人存其大都焉。"余既甚爱之，又感赵君之事，因以赠之，而记其人物之形状与数，而时观之以自释焉[12]。

林云铭："记本因画而作，然记中实有画。在当日画固为入神之画，而记尤为入神之记也。……凡画中所有，难以入记者，无不历历如见，所以谓之入神。"（《韩文起》）

蒋之翘："昌黎此文，其法全得之《考工记》，故能条疏而不直，错综而不紊。"（《唐韩昌黎集》）

［注释］

[1]贞元甲戌年：贞元十年（794）。　[2]独孤生申叔：独孤申叔，韩愈友人，字子重。他死后，韩愈作《哀辞》，柳宗元作

墓志铭。　　[3]弹棋：一种博弈棋戏。　　[4]"意甚惜之"以下四句：心里十分珍惜，认为不是一位画工能够构思创作，应是聚集了众多画工所长，虽出重金也不愿交换。运思，构思。蒙集，聚集。蒙，同"丛"。百金，谓金钱之多。　　[5]赵侍御：名不详，曾担任殿中侍御史。　　[6]戚然若有感然：形容悲伤就像深有感触。　　[7]手模：亲手模画；或模通"摹"，手模谓临摹。　　[8]亡：遗失。　　[9]"得国本"以下三句：得到朝廷画工所作画本，隔绝世事模写而成，游历闽中时失落了。闽中，大体相当于今福建地区。　　[10]"居闲处独时往来余怀也"二句：闲暇独处的时候，心里常常想起，因为当初（模写）付出辛苦又一向十分爱惜。夙，旧有的。笃，实，重。　　[11]"今虽遇之"以下三句：现在虽然遇见了，已经没有力量再模画了，姑且让画工保存其大概面貌吧。　　[12]时观之：时常观看它。自释：自我宽慰。

［点评］

记一幅画，写它的来历，记述一段与友人共同赞赏绘画的故事，往事回忆中流露出友情的温馨。这篇文章古今颇受赞许。宋代词人秦观说："尝览韩文公《画记》，爱其善叙事，该而不烦缛，详而有轨律。读其文，恍然如即其画，心窃慕焉。"（《五百罗汉图记》）不过也有另外的看法，例如苏轼就不喜欢这篇文章，说写得像甲乙账簿，即仿佛在记账（胡应麟《丹铅杂录》）。苏轼的说法确有一定道理：这篇文章描述画的内容确实像写流水账。但文章的妙处在于把这流水账的内容写得鲜活逼真，写画而如画。画里有人和物，以人为主，还有马、牛等各种动物，车辆、兵器、饮食服用等器具等共五百余事，叙写组织有法，条理清楚。特别是前幅描写人的活动，一个个体，用极其概括的笔墨略加点染，形容、姿态即如在目前。写马同样是动态各异。秦观说读这篇文章"恍然如即其画"，即像把一幅图画展现在读者眼前。这是相当高的描摹技巧，也是卓越的提炼语言的技巧。

祭田横墓文[1]

贞元十一年九月，愈如东京，道出田横墓下[2]。感横义高[3]，能得士[4]，因取酒以祭，为文而吊之。其辞曰：

事有旷百世而相感者[5]，余不自知其何心。非今世之所稀[6]，孰为使余嘘唏而不可禁[7]？余既博观乎天下[8]，曷有庶几乎夫子之所为？死者不复生，嗟余去此其从谁[9]？当秦氏之败乱[10]，得一士而可王[11]。何五百人之扰扰[12]，而不能脱夫子于剑铓？抑所宝之非贤[13]，亦天命之有常？昔阙里之多士[14]，孔圣亦云其遑遑。苟余行之不迷[15]，虽颠沛其何伤？自古死者非一，夫子至今有耿光[16]。跽陈辞而荐酒[17]，魂仿佛而来享。

金圣叹："以沉郁之气，发悲凉之音。逐二句抗声吟之，真有天崩海立之势。"（《天下才子必读书》）

童第德："《离骚》：'苟余情其信姱以练要兮，长顑颔亦何伤。'《涉江》：'苟余心之端直兮，虽僻远之何伤。'公但摹屈子句调，未尝取其成句也。"

蔡铸："篇中凡三易韵，伤今思古，音节苍凉。"（《蔡氏古文评注补正全集》）

[注释]

[1] 田横：战国时期齐国田氏后人，秦末与胞兄田荣、从兄田儋起兵反秦，先后称齐王。后儋、荣战死，横为汉将韩信所破。汉室立，横率五百门客逃入海岛，后被汉朝招降。田横与二门客朝京师，行至洛阳东，自杀身亡。居留海岛的五百从属闻讯全部自杀。田横墓在洛阳东三十里的偃师县（今河南偃师）城关镇赫田寨村东南。　[2] 道出：路过。贞元十一年五月，韩愈三上宰相书不报，东归河阳故里。九月，自河阳赴洛阳，过田横墓。　[3] 义高：道义高尚。　[4] 得士：得士人（指门客）之心。　[5]"事有旷百世而相感者"二句：事情有百代之后还让人感动的，我不知道是一种什么心情。旷百世，远隔百代之后。旷，远隔。　[6] 稀：通"希"。童《诠》："案，《说文》'稀，疏也'，非此义。'稀'当读为'希'，希，望也，庶也，言非今世人所能企望，非今世人所能庶几。"　[7] 孰为：为什么。嘘唏：抽泣。　[8]"余既博观乎天下"二句：我已经广泛观察过天下事，哪有及得上夫子所做的？博观，广泛观察。曷有，哪里有。曷，何。庶几，差不多。夫子，指田横，敬称。　[9] 去此：谓离开田横。其从谁：追随谁呢？其，推量之辞。　[10] 秦氏：指秦王朝。败乱：秦末国家破败，各地变乱。　[11] 可王（wàng）：可以称王。王，作王。　[12]"何五百人之扰扰"二句：为什么有五百人之多，却不能解脱田横于剑锋之下？扰扰，人多杂乱貌。脱，免除。剑铓，剑锋。铓，剑尖。　[13]"抑所宝之非贤"二句：或许他所珍爱的（五百士）非贤德之人，还是天命如此？抑，或许，表选择。天命之有常，意本《荀子·天论》："天有常道矣。"　[14]"昔阙里之多士"二句：往昔（孔子所在）阙里多有贤人，但孔子也曾说自己遑遑不安。阙里，孔子出生地，在今山东曲阜市内。孔圣，孔子。遑遑，惊惧不安。谓周游列国，四处奔波，不暇休息。　[15]"苟

余行之不迷"二句：如果我的所作所为不迷乱，虽然流离困顿又有什么悲伤？苟，如果。颠沛，困顿。　[16]耿光：光辉。耿，光明貌。　[17]"跽（jì）陈辞而荐酒"二句：跪下来进酒，仿佛（田横的）魂灵来接受（祭奠）。跽，长跪。陈辞，指诵读这篇祭文。荐酒，洒酒为祭。荐，献。

［点评］

田横及其五百门客自杀一事，作为不事二朝和忠于故主、坚守道义的典范，历史上被广泛称颂。韩愈祭悼、歌颂他，特别集中在田横"义高能得士"这一点上。这是因为他本人仕途不利，怀才不遇，所以观览史迹，祭悼逝者，特别有感于田横"得士"，即节义崇高、得士人心。这也是他理想的统治者与士大夫间相互倚重的关系。他就此抒发感慨，又借史事表明志向："苟余行之不迷，虽颠沛其何伤？"体现强烈的道义感和自信心。文用骚体，在述情和议论中点缀事实，言简意赅。全篇基本由疑问句和感叹句构成，句式错落，语多顿挫，造成一唱三叹的强烈效果。

子产不毁乡校颂 [1]

我思古人，伊郑之侨 [2]。以礼相国 [3]，人未安其教。游于乡之校，众口嚣嚣 [4]。或谓子产："毁乡校则止。"曰："何患焉？可以成美 [5]。夫岂多言，亦各其志 [6]。善也吾行，不善吾避。维

茅坤："子产之识远，故不毁乡校；退之之思深，故为颂。"（《唐宋八大家文钞·韩文》评语）

善维否^[7]，我于此视。川不可防^[8]，言不可弭。下塞上聋^[9]，邦其倾矣^[10]。"既乡校不毁^[11]，而郑国以理^[12]。

在周之兴，养老乞言^[13]。及其已衰^[14]，谤者使监^[15]。成败之迹，昭哉可观^[16]。

维是子产，执政之式^[17]。维其不遇^[18]，化止一国^[19]。诚率是道^[20]，相天下君。交畅旁达^[21]，施及无垠^[22]。

於虖^[23]！四海所以不理，有君无臣^[24]。谁其嗣之，我思古人。

吴汝纶："纵横跌宕，使人忘其为有韵之文。"（《桐城吴先生文集》）

蒋之翘："文气质实得颂体，近似两汉之遗。"（《唐韩昌黎集》）

[注释]

[1] 子产：公孙侨，子产是字，春秋时期郑国执政。乡校：即乡学。本文取材于《左传》襄公三十一年："郑人游于乡校，以论执政。然明谓子产曰：'毁乡校何如？'子产曰：'何为？夫人朝夕退而游焉，以议执政之善否。其所善者，吾则行之；所恶者，吾则改之。是吾师也，若之何毁之？我闻忠善以损怨，不闻作威以防怨。岂不遽止？然犹防川，大决所犯，伤人必多，吾不克救也。不如小决使道，不如吾闻而药之也。'然明曰：'蔑也今而后知吾子之信可事也。小人实不才。若果行此，其郑国实赖之，岂惟二三臣？'仲尼闻是语也，曰：'以是观之，人谓子产不仁，吾不信也。'"本文写作年代不明。韩愈《欧阳生哀辞》中有"（贞元）十五年冬，余以徐州从事朝正于京师。（欧阳）詹为国子监

四门助教，将率其徒伏阙下……"云云，所述为太学生伏阙言事，或韩愈有感而作此文。　[2]伊郑之侨：子产为郑穆公（前627—前606在位）孙，故称公孙侨；为子国之子，故称国侨。伊，发语词。　[3]"以礼相国"二句：用礼制来佐理国政，民众不安于他的教化。《左传》襄公二十六年：公孙挥曰："子产其将知政矣，让不失礼。"相国，治理国家。相，治。《荀子·成相》："凡成相，辨法方，至治之极复后王。"王先谦集解引王念孙曰："相者，治也。成相者，成此治也。"　[4]嚣嚣：语出《诗经·小雅·十月之交》："谗口嚣嚣。"郑笺："嚣嚣，众多貌。"　[5]成美：成就美善之事。　[6]各其志：语出《论语·先进》："子曰：'亦各言其志也已矣。'"　[7]"维善维否（pǐ）"二句：是善还是恶，我从这里（众人的议论中）看出来。维，语词，古"维""惟""唯"通。否，恶。　[8]"川不可防"二句：意本《国语·周语上》："防民之口，甚于防川。川壅而溃，伤人必多。"弭（mǐ），止。　[9]下塞上聋：下情闭塞，则在上位者聋聩。意本《榖梁传》文公六年："上泄则下暗，下暗则上聋，且暗且聋，无以相通。"　[10]倾：倾覆，失败。　[11]既：既而，终于。　[12]理："治"之讳，唐高宗名李治。　[13]养老乞言：典出《诗经·大雅·行苇》序："周家忠厚，……养老乞言，以成其福禄焉。"是说周朝养老人之贤者，从之乞善言。　[14]已衰：甚衰。　[15]谤者使监：派人监视提出批评的人。典据《国语·周语上》："厉王虐，国人谤王。邵公告王曰：'民不堪命矣。'王怒，得卫巫，使监谤者，以告，则杀之。"　[16]昭哉：明晰貌。　[17]执政之式：执政者的楷模。式，模范。　[18]不遇：指不遇于时。　[19]化止一国：指教化只行于郑国。　[20]率：遵循。　[21]交畅旁达：普及到四方。交畅，交流畅通。旁达，旁及四方。语出《礼记·聘义》："孚伊旁达，信也。"　[22]施（yì）及无垠：延续无远不到。施，蔓延，延续。

无垠，无限。　[23] 於虖：同"呜呼"。　[24] 有君无臣：谓有明君而无贤臣。是对君主的回护之辞。

［点评］

本文主旨是讲为政应该广开言路、虚心纳谏的道理，而能否做到此事的关键则在掌权者的认识和态度，具有普遍的思想意义。作者显然是有感于现实状况而发的。文章是就子产虚心纳谏的历史记载加以生发。《左传》记载子产不毁乡校一事如注 [1] 引录，记述相当精炼，用了一百七十一个字，韩愈转述又加以凝缩，仅用了九十三个字。韩愈的文字显然更加精粹廉悍，鲜明生动，充分显示了他的文字概括功力。在文章的短短篇幅中，有赞颂，有叙述，有对比，有议论，确实有尺幅千里之势。而在转述子产不毁乡校事之后，又概略说明周朝兴衰不同时期对待谏言的表现，从而以强烈的对比深化了文章题旨。最后再就子产的业绩和遭遇加以评说，结构上起到首尾照应之效。结尾的"有君无臣"固然有回护君主的意思，但"谁其嗣之，我思古人"，实际又是慨叹当朝"无人"，批判的意味相当明显、尖锐，感慨也极其深长。

答李翊书[1]

六月二十六日，愈白，李生足下[2]：

生之书辞甚高[3]，而其问何下而恭也？能如是，谁不欲告生以其道[4]？道德之归也有日矣[5]，况其外之文乎？抑愈所谓望孔子之门墙而不入其宫者[6]，焉足以知是且非邪[7]？虽然[8]，不可不为生言之。

生所谓立言者是也[9]。生所为者与所期者甚似而几矣[10]。抑不知生之志蕲胜于人而取于人邪[11]？将蕲至于古之立言者邪[12]？蕲胜于人而取于人，则固胜于人而可取于人矣。将蕲至于古之立言者，则无望其速成，无诱于势利[13]；养其根而俟其实[14]，加其膏而希其光[15]。根之茂者其实遂[16]，膏之沃者其光晔[17]；仁义之人，其言蔼如也[18]。

抑又有难者[19]，愈之所为，不自知其至犹未也。虽然，学之二十余年矣[20]。始者非三代秦汉之书不敢观[21]，非圣人之志不敢存；处若忘[22]，行若遗；俨乎其若思[23]，茫乎其若迷；当其取于心而注于手也[24]，惟陈言之务去[25]，戛戛乎其难哉[26]！其观于人，不知其非笑之为非笑也[27]。如是者亦有年[28]，犹不改，然后识

論文以"道"为关纽。

作文之道归结到"道德"之道。

钱锺书："昌黎掉文而不掉书袋，虽有奇字硬语，初非以僻典隐事骄人。其《答李翊书》曰：'非三代两汉之书不观'……则亦如孔明之'仅观大略'，渊明之'不求甚解'。"（《谈艺录》）

古书之正伪，与虽正而不至焉者，昭昭然白黑分矣，而务去之，乃徐有得也。当其取于心而注于手也，汩汩然来矣[29]。其观于人也，笑之则以为喜，誉之则以为忧，以其犹有人之说者存也[30]。如是者亦有年，然后浩乎其沛然矣[31]。吾又惧其杂也，迎而距之[32]，平心而察之[33]，其皆醇也[34]，然后肆焉[35]。虽然，不可以不养也。行之乎仁义之途，游之乎《诗》《书》之源[36]，无迷其途，无绝其源，终吾身而已矣。气[37]，水也；言[38]，浮物也。水大而物之浮者大小毕浮。气之与言犹是也，气盛则言之短长与声之高下者皆宜[39]。虽如是，其敢自谓几于成乎[40]？虽几于成，其用于人也奚取焉[41]？虽然，待用于人者，其肖于器邪[42]？用与舍属诸人[43]。君子则不然：处心有道[44]，行己有方[45]，用则施诸人，舍则传诸其徒，垂诸文而为后世法[46]。如是者其亦足乐乎？其无足乐也？

有志乎古者希矣[47]。志乎古必遗乎今[48]。吾诚乐而悲之。亟称其人[49]，所以劝之[50]，非敢褒其可褒而贬其可贬也[51]。问于愈者多矣，念生之言不志乎利，聊相为言之[52]。

愈白。

注释

[1]此文是贞元十七年（801）夏秋间作，时韩愈在洛阳候选。李翊为从学者，于次年进士及第。　[2]足下：对同辈人的敬称。　[3]书辞甚高：意谓来信写得很好。辞，文词。　[4]道：这里指为文之道。　[5]有日：谓指日可待。　[6]抑愈所谓望孔子之门墙而不入其宫者：意本《论语·子张》："子贡曰：'譬之宫墙，赐之墙也及肩，窥见室家之好。夫子之墙数仞，不得其门而入，不见宗庙之美，百官之富。得其门者或寡矣。'"抑，如。宫，室。　[7]焉足以知：怎么能够知道。　[8]虽然：虽然如此。　[9]生所谓立言者是也：你是所谓的"立言者"。立言者，有志著书立论以传世的人。语本《左传》襄公二十四年："（鲁大夫叔孙豹）曰：'太上有立德，其次有立功，其次有立言。'"　[10]所期者：所期待的。甚似而几（jī）：十分类似而接近。几，接近。　[11]蕲（qí）胜于人：求胜过他人。蕲，通"祈"，求。取于人：被他人所承认、赞同。　[12]将：或者，还是。　[13]无诱于势利：不被权势、利益所引诱。　[14]养其根而俟其实：以种植为喻，培养根部以求果实丰硕。俟，等待。　[15]加其膏而希其光：以灯火为喻，增添油膏以求灯光明亮。　[16]其实遂：其果实丰硕。遂，成，成就。　[17]膏之沃：油脂丰厚。沃，稠沃。其光晔（yè）：其灯光明亮。晔，火光明亮。　[18]其言蔼如：意谓言辞温存宽厚。蔼如，温厚貌。　[19]抑：然而，转折连词。　[20]学之二十余年：韩愈自称十三岁学文，至贞元十八年计二十一年。　[21]始者：起初。三代秦汉之书：韩愈提倡"古文"，取法秦、汉以上。三代，指夏、商、

周。秦汉，"秦"原作"两"，朱《考》："'两'或作'秦'。"童《诠》："作'秦'是。"据改。　[22]"处若忘（wáng）"二句：形容精神集中，无论是居处还是行动都若有所失。处，居止。忘，同"亡"。下"遗"同义。　[23]"俨乎其若思"二句：继上，形容精神集中，端庄若有所思，迷茫似有疑惑。俨，恭敬端庄。　[24]取于心：有得于心。注于手：手下流注，即书写出来。　[25]惟陈言之务去：只求去掉陈言。　[26]戛（jiá）戛：艰难的样子。　[27]不知其非笑之为非笑也：谓对他人的讥笑置若罔闻。非笑，讥笑。　[28]"如是者亦有年"以下七句：这样过了几年才认识古书所写哪些正确、哪些错误，还有虽然大体正确但并不完善的，辨析得很分明了，努力去掉后者，乃慢慢有所心得。有年，数年。识古书之正伪，指是否合于圣人之道，合为正，不合为伪。虽正而不至，大体纯正但不完满。昭昭然，清晰、分明貌。务去之，谓致力于去掉"伪"或"不至"者。　[29]汩（gǔ）汩然：流水声。形容文思如流水般通畅。　[30]犹有人之说者存：谓心里仍然介意他人的看法。　[31]浩乎：盛大貌。沛然：充沛貌。语本《孟子》"我善养吾浩然之气"（《公孙丑上》）和"及其闻一善言，见一善行，若决江河，沛然莫之能御也"（《尽心上》）。　[32]迎而距之：谓有意让思路停滞。距，通"拒"。　[33]平心而察之：安下心来体察。　[34]皆醇：全都纯正不杂。　[35]然后肆焉：然后放纵开来，指信手写下去。肆，不受拘束。　[36]《诗》《书》之源：以《诗经》《尚书》为源泉。《诗》《书》指代儒家经典。　[37]"气"二句：比喻人之气如流水。"气"指内在的精神修养。　[38]"言"二句：比喻言语如漂浮（在水上）的物件。　[39]言之短长：语言节奏的短长。声之高下：声调的高低。　[40]几于成：近乎达到完美。　[41]用于人：被人所利用。奚取：何所取。　[42]肖于器：与器皿相像。肖，相像。　[43]用与舍属诸人：使用还是舍弃，取决于他人。　[44]处心有道：拿主意按一定规范。道，此处作规范解。　[45] 行己有方：所行有一定法则。　[46] 垂诸文：传之于文章。垂，传于后代。后世法：后代所效法。　[47] 希：同"稀"，少。　[48] 志乎古：有志于古。这里"古"兼指古道、古文。遗乎今：被今人所遗弃。　[49] 亟（qì）称其人：屡屡称赞其人。亟，一再，屡屡。　[50] 劝：勉励。　[51] 非敢褒其可褒而贬其可贬也：意本孔子修《春秋》以一字为褒贬，是说自己不敢随意褒贬。　[52] 聊：姑且。

[点评]

林纾曾说："昌黎论文书不多见，生平全力所在，尽在《李翊》一书。"（《韩文研究法》）本文强调作文首先要学习儒家经典，加强思想修养，端正写作态度，努力创作出不同流俗的、足以垂范后世的文字。作者结合自己二十余年潜心作文的经验，总结出学文的三个阶段，生动而亲切，其中流露出不随流俗的自负与自信，体现了善于学习、敢于创新的精神品格。而把治学、修养、作文三者相沟通，把孟子以来先儒"养气"说具体化为作文之道，明确了人的学养和文字的辩证关系，是韩愈写作成功的经验之谈。

文章构思精密，简练精赅，逻辑严密清晰，文情起伏跌宕。从对方写到自己，又从自己转到对方，谆谆善诱，把文思一步步推进，最后归结到文体"复古"的主旨。前幅三个以"抑"开头的转折句："抑愈所谓……""抑不知生之志……""抑又有难者……"，利用语气提顿来表达意念转换，造成千回百转的气势；接着写自己学文进境，又用了"始者……""如是者亦有年……""如是者亦有年……"三段大排比，取得文虽散而意尤整的效果。文中"将蕲至于古之立言者，则无望其速成，无诱于势利；养其根而俟其实，加其膏而希其光。根之茂者其实遂，膏之沃者其光晔；仁义之人，其言蔼如也"一段，短短几十个字，立意深刻，比喻贴切而生动，行文寓骈于散，成为教诲人行事、作文的千古警句。

送李愿归盘谷序 [1]

太行之阳有盘谷 [2]。盘谷之间，泉甘而土肥 [3]，草木藂茂，居民鲜少。或曰 [4]：谓其环两山之间，故曰盘；或曰：是谷也，宅幽而势阻 [5]，隐者之所盘旋。友人李愿居之。

愿之言曰："人之称大丈夫者 [6]，我知之矣：利泽施于人 [7]，名声昭于时 [8]，坐于庙朝 [9]，进退百官而佐天子出令 [10]；其在外，则树旗旄 [11]，罗弓矢 [12]，武夫前呵 [13]，从者塞途，供给之人各执其物 [14]，夹道而疾驰；喜有赏，怒有刑，才畯满前 [15]，道古今而誉盛德 [16]，入耳而不烦；曲眉丰颊 [17]，清声而便体 [18]，秀外而惠中 [19]，飘轻裾 [20]，翳长袖 [21]，粉白黛绿者 [22]，列屋而闲居，

两"或曰"，"盘"字两解，文情跌宕，给李愿退隐提供背景。

文章以下大幅李愿言，乃李愿给作者代言，构思巧妙。

林纾："一团傲兀不平之概。……骂得痛快淋漓。"（《韩文研究法》）

妒宠而负恃[23]，争妍而取怜——大丈夫之遇知于天子、用力于当世者之所为也[24]。吾非恶此而逃之，是有命焉，不可幸而致也[25]。穷居而野处，升高而望远，坐茂树以终日，濯清泉以自洁[26]；采于山，美可茹[27]，钓于水，鲜可食[28]；起居无时[29]，惟适之安；与其有誉于前[30]，孰若无毁于其后，与其有乐于身，孰若无忧于其心；车服不维[31]，刀锯不加[32]，理乱不知，黜陟不闻——大丈夫不遇于时者之所为也[33]，我则行之。伺候于公卿之门[34]，奔走于形势之途[35]，足将进而趑趄[36]，口将言而嗫嚅[37]；处秽污而不羞[38]，触刑辟而诛戮[39]，侥幸于万一[40]，老死而后止者，其于为人，贤不肖何如也？"

昌黎韩愈闻其言而壮之[41]，与之酒而为之歌曰：

盘之中，维子之宫[42]；盘之土，可以稼。盘之泉，可濯可沿[43]；盘之阻，谁争子所[44]。窈而深[45]，廓其有容；缭而曲[46]，如往而复。嗟盘之乐兮，乐且无殃[47]。虎豹远迹兮，蛟龙遁藏[48]。鬼神守护兮，呵禁不祥[49]。饮则食兮寿

三种人，三种姿态，三种品格，描摹如画。至此一结，是非、褒贬分明。

而康，无不足兮奚所望^[50]。膏吾车兮秣吾马^[51]，从子于盘兮，终吾生以徜徉^[52]。

[注释]

[1]李愿：旧注以为李愿是隐者，是知名之士；或以为是中唐名将李晟之子。盘谷：在今河南济源。旧本跋语有"贞元辛巳"即贞元十七年字样，不知所据，大抵为诸家所承认。　[2]太行之阳：太行山向阳的一面，即指济源一带。　[3]泉甘而土肥：泉水甘甜，土地肥沃。　[4]"或曰"以下三句：有人说它环绕在两山之间，所以称"盘"。盘，回环盘旋。　[5]宅幽：处于闭塞。势阻：地势阻隔。　[6]大丈夫：语本《孟子·滕文公下》："富贵不能淫，贫贱不能移，威武不能屈，此之谓大丈夫。"[7]利泽：恩泽。　[8]昭于时：显著于当时。昭，显现。　[9]庙朝，指朝廷。庙，宗庙。高步瀛《唐宋文举要》："凡国功曰庙谟、曰庙算，与朝廷出政并重，故庙、朝并言也。"[10]进退百官：晋升和免黜各类官员。佐天子出令：辅助天子发出诏命。　[11]树旗旄：树起旗帜，谓旌旗开路，指仪仗。旄，牦牛尾装饰的旗帜。　[12]罗弓矢：排列弓箭，也是仪仗。　[13]武夫前呵：兵卒在前面吆喝（开路）。　[14]供给之人：侍候供应物品的仆从。　[15]才畯：杰出人才。畯，古"俊"字。　[16]道古今而誉盛德：议论古今，赞誉（主人的）崇高德行。　[17]曲眉丰颊：形容面貌，眉毛弯曲，面颊丰满。　[18]清声而便（pián）体：形容歌舞，歌声清亮，身体轻便。便，迅捷。　[19]秀外：外貌秀丽。惠中：内心聪慧。　[20]飘轻裾（jū）：轻襟飘举。裾，衣襟。　[21]翳（yì）长袖：长袖遮身。翳，遮蔽。　[22]粉白黛绿：面敷粉而白，眉施黛而青。黛，画眉用的青绿色染料。语本《战国策·楚

策三》：“彼郑周之女，粉白黛黑，立于衢闾，非知而见之者以为神。”　[23]妒宠：受娇宠而嫉妒。负恃：自负而有依恃。　[24]争妍：凭借美貌争宠。妍，美丽。取怜：争取怜爱。遇知：得到重用。用力于当世者：在当时有势力的人。　[25]幸而致：侥幸得到。　[26]濯清泉：用清泉洗濯。语本《孟子·离娄上》：“有孺子歌曰：‘沧浪之水清兮，可以濯我缨；沧浪之水浊兮，可以濯我足。’”　[27]美可茹（rú）：美味可吃。茹，吃。　[28]鲜可食：新鲜鱼虾可吃。　[29]“起居无时”二句：作息没有固定时刻，只是得到安适。　[30]“与其有誉于前”以下四句：与其在人前得到赞誉，还不如在背后不受诋毁；与其身体得到快乐，还不如心理无所忧虑。孰若，怎能比，比较之辞。　[31]车服不维：车服，乘的车子和穿的官服。维，维系，束缚。这里是说不受居官的束缚。　[32]刀锯不加：刀锯，古时两种刑具。这里是说不受刑罚。　[33]黜陟（zhì）不闻：听不到贬降、升迁的消息。黜，降职或罢免。陟，提升。这里是说不担心官位的升降。　[34]公卿之门：指显贵门下。古有三公九卿，为朝廷最高职位。　[35]形势之途：通达权势的门路。形势，权位势力。　[36]趑趄（zī jū）：欲进又退貌。　[37]嗫嚅（niè rú）：小语私谋貌。　[38]处秽污：处身污秽之中。秽污，指贪黩不义。　[39]触刑辟（pì）：触犯刑法。辟，法。诛戮：责罚和杀戮。　[40]侥幸：非分之福。　[41]壮之：意谓赞赏之。　[42]维子之宫：乃是你的居室。维，同“惟”，发语词。　[43]可濯：应前“濯清泉”。濯或作“櫂（棹）”，“可櫂”或谓可以行舟，亦通。可沿：可顺流而下。　[44]谁争子所：没有人争夺你这个地方。　[45]“窈而深”二句：幽远而深邃，开阔又宽敞。有，通“又”。　[46]缭而曲：盘绕而曲折。　[47]无殃：没有祸害。殃，《文苑英华》本等或作“央”，“无央”谓无尽，亦通。　[48]遁藏：逃走藏匿。　[49]呵禁：喝止。不祥：不吉利之物，如妖怪魑魅之类。　[50]奚所望：

有什么可向往的。奚，何。　[51]膏吾车：给我的车轴加油。秣吾马：给我的马喂草料。秣，喂牲口。　[52]徜徉：徘徊，意谓在这里停留不去。

[点评]

苏轼有《跋退之送李愿序》一文说："欧阳文忠公尝谓：晋无文章，惟陶渊明《归去来》一篇而已。余亦以谓唐无文章，惟韩退之《送李愿归盘谷》一篇而已。平生愿效此作一篇，每执笔辄罢，因自笑曰：不若且放教退之独步。"这篇文字历代受到高度评价，苏轼这番赞誉可谓达于极致了。这篇序是送友人避世隐居的。其中既没有说隐居原因，也没有表示同情或代抱不平之类的话。前面用数语点染说明盘谷名称和风景，后面以咏盘谷一歌照应作结，中间主要篇幅是借友人之口描写三种人：第一种是已经掌权得势的得意人，第三种是正在为追求权位而奔走的人，中间夹叙鄙视权位退隐闲居的人。三者相互映衬，形成鲜明对比，褒贬自在其中。其间对于当时仕途的世态人情做了极其尖刻的揭露和讽刺，对隐逸的高蹈情趣做了极其生动的描绘，对即将归隐的友人的同情、赞赏、不平、无奈等复杂感情尽在言外。作者善于捕捉典型细节加以描摹，寥寥数语，穷神尽相，描摹出一种类型人的典型面貌，如在目前。文章提炼语言极见功夫：骈散间行，多用对偶、藻丽之语；熔铸前人成语，不见痕迹；更善于自铸新辞。如"采于山，美可茹，钓于水，鲜可食"，"足将进而趑趄，口将言而嗫嚅"等等，形象、生动，极其精辟又富于表现力。行文整体上体现了浓郁的诗情，谋篇以辞赋体歌唱作结，散文与赋相结合，亦具创意。

与崔群书 [1]

　　自足下离东都，凡两度枉问 [2]。寻承已达宣州 [3]，主人仁贤 [4]，同列皆君子 [5]。虽抱羁旅之念 [6]，亦且可以度日，无入而不自得。乐天知命者 [7]，固前修之所以御外物者也。况足下度越此等百千辈 [8]，岂以出处近远累其灵台邪 [9]？宣州虽称清凉高爽，然皆大江之南，风土不并以北 [10]。将息之道 [11]，当先理其心，心闲无事，然后外患不入。风气所宜 [12]，可以审备，小小者亦当自不至矣。足下之贤 [13]，虽在穷约，犹能不改其乐，况地至近，官荣禄厚、亲爱尽在右左者邪？所以如此云云者 [14]，以为足下贤者，宜在上位，托于幕府则不为得其所，是以及之，乃相亲重之道耳，非所以待足下者也。

以上叙与崔群的情谊，指崔群为"贤者"，呼应后面辨贤、不肖，为伏笔。

[注释]

　　[1]崔群：参阅《游青龙寺赠崔大补阙》诗注 [1]。本文作于贞元十八年国子博士任上，时崔群为宣州判官。　　[2]枉问：犹"下问"。枉，屈就，谦虚之辞。　　[3]寻承：刚刚承告。承，承受，亦谦虚之辞。宣州：唐时辖地大体相当于今安徽宣城和芜湖部分地区。　　[4]主人：指宣、歙、池观察使崔衍，自贞元十二年

至永贞元年在任。史称他"简静为百姓所怀，幕府奏聘皆有名士"（《新唐书·崔衍传》）。宣、歙、池观察使治宣州（今宣城市宣州区）。　[5]同列皆君子：韩愈《送杨支使序》："愈在京师时，尝闻当今藩翰之宾客，惟宣州多贤。某与之游者有二人焉：陇西李博、清河崔群。"　[6]"虽抱羁旅之念"以下三句：虽然怀抱流落在外的悲哀，也还能够过活，没有遭遇让人感到过不去的情形。典出《礼记·中庸》："君子素其位而行，不愿乎其外。素富贵行乎富贵，素贫贱行乎贫贱，素夷狄行乎夷狄，素患难行乎患难，君子无入而不自得焉。"羁旅之念，为常年流落的悲哀。不自得，自己不能宽心。　[7]"乐天知命者"二句：乐天安命本来是古代贤人用来抵御外物（侵扰）的。乐天知命，典出《周易·系辞上》："乐天知命，故不忧。"前修，指古代贤德之人。修，完美。典出屈原《离骚》："謇吾法夫前修兮，非世俗之所服。"　[8]度越：超出。　[9]出处远近：指或出仕或在野，离朝廷或远或近。累其灵台：烦劳内心。累，操劳。灵台，心灵。语出《庄子·庚桑楚》："不可内于灵台。"郭象注："灵台者，心也。"　[10]风土不并以北：谓气候和地理环境与北方不一样。以，语辞。　[11]"将息之道"以下四句：养生办法，首先应当调理内心，内心安闲无事，然后外患也就不能侵入。将养，调养休息。理其心，调理内心。理，"治"之讳。　[12]"风气所宜"以下三句：适宜风土气候的可细心准备，小的"祸患"自然也就不会降临了。小小者，指病患。　[13]"足下之贤"以下六句：以您的贤德，虽处在困顿之中，仍然不会改变和乐的心态，何况（宣州）距离（朝廷）很近，又身居高官享受丰厚俸禄、家属又在身边呢。穷约，穷困贫贱。意本《论语·雍也》："子曰：贤哉回也！一箪食，一瓢饮，在陋巷，人不堪其忧，回也不改其乐。贤哉回也！"地至近，据《元和郡县图志》："宣州……西北至上都取和、滁路三千一十里。"至近，安慰之词。　[14]"所以如此

云云者"以下七句：这里是对上面这些话作解释：认为您是贤德之
人，本应在朝居上位，而托身幕府没得到应得的位置，所以说了
上面的话，是对待朋友的亲重之道，原本不是应该这样对待你的。

　　仆自少至今，从事于往还朋友间一十七年
矣[1]。日月不为不久，所与交往相识者千百人，
非不多。其相与如骨肉兄弟者，亦且不少。或
以事同[2]；或以艺取；或慕其一善；或以其久
故；或初不甚知而与之已密，其后无大恶，因
不复决舍；或其人虽不皆入于善，而于己已厚，
虽欲悔之不可。凡诸浅者固不足道，深者止如
此。至于心所仰服[3]，考之言行而无瑕尤，窥
之阃奥而不见畛域，明白淳粹、辉光日新者，
惟吾崔君一人。仆愚陋无所知晓，然圣人之书
无所不读，其精粗巨细、出入明晦虽不尽识[4]，
抑不可谓不涉其流者也[5]。以此而推之，以此
而度之，诚知足下出群拔萃[6]。无谓仆何从而
得之也，与足下情义宁须言而后自明邪？所以
言者[7]，惧足下以为吾所与深者多，不置白黑
于胸中耳。既谓能粗知足下，而复惧足下之不
我知，亦过也。

举六类人，而
崔群在外，突出表
现崔群的"出类拔
萃"。

[**注释**]

[1]这是从贞元二年到长安求贡举算起。 [2]"或以事同"以下十句：事同，职务一样。艺取，有才艺而接纳。久故，交往长久。已密，很密切。已，很。下"已厚"同。决舍，坚决舍弃，断交。[3]"至于心所仰服"以下五句：至于心里所敬仰、佩服的，考察其言行没有少许缺点，看他的内心也不见有隔碍，坦率纯洁、一天天更加光彩照人的，只有你崔君一个人。无瑕尤，没有缺点。瑕，玉的斑点。尤，过失。阃奥，本指内室，此谓内心深处。畛域，界限。语本《庄子·秋水》："泛泛乎其若四方之无穷，其无所畛域。" [4]出入明晦：表里内外。明，鲜明处。晦，深隐处。 [5]涉其流：相对"穷其源"而言，谓有所涉及、有所了解。 [6]出群拔萃：卓越出众。语出《孟子·公孙丑上》："出乎其类，拔乎其萃。" [7]"所以言者"以下三句：所以这样说，是怕您以为我对于深交的人心里多不辨是非。不置黑白，意谓不辨是非。

比亦有人说足下诚尽善尽美[1]，抑犹有可疑者。仆谓之曰：何疑？疑者曰：君子当有所好恶，好恶不可不明。如清河者[2]，人无贤愚，无不说其善，伏其为人，以是而疑之耳。仆应之曰：凤皇芝草，贤愚皆以为美瑞[3]；青天白日，奴隶亦知其清明。譬之食物，至于遐方异味[4]，则有嗜者有不嗜者，至于稻也、粱也、脍也、炙也[5]，岂闻有不嗜者哉？疑者乃解。解不解，于吾崔君无所损益也。

[注释]

[1]"比亦有人说足下诚尽善尽美"二句：近来也有人说你确实尽善尽美了，然而还是有可怀疑的地方。比，近来。抑，然而。　　[2]"如清河者"以下五句：如崔群，人不论贤明、愚蠢，没有不说他好的，佩服他的为人，因此而怀疑他。清河，指崔群，古俗表尊敬例以郡望称，崔群出清河小房。伏，通"服"，佩服。　　[3]美瑞：美好祥瑞。　　[4]遐方异味：远方珍奇食品。　　[5]脍（kuài）：细切的鱼或肉。炙（zhì）：烹炒的肉。

自古贤者少，不肖者多。自省事已来[1]，又见贤者恒不遇，不贤者比肩青紫[2]；贤者恒无以自存[3]，不贤者志满气得[4]；贤者虽得卑位则旋而死[5]，不贤者或至眉寿[6]。不知造物者意竟如何？无乃所好恶与人异心哉[7]！又不知无乃都不省记、任其死生寿夭邪？未可知也。人固有薄卿相之官、千乘之位而甘陋巷菜羹者[8]。同是人也，犹有好恶如此之异者，况天之与人当必异其所好恶，无疑也。合于天而乖于人何害[9]？况又时有兼得者邪[10]？崔君崔君，无怠无怠！

此段辨贤、不肖之不同遭遇，愤郁不平，发泄无余。无数疑问，无数感叹，语极悲慨。

[注释]

[1]省（xǐng）事：记事。省，知觉。　　[2]比肩青紫：指并列为高官。比肩，谓人数众多。语出《晏子春秋·杂下》："比肩

继踵而在。"青紫，汉丞相、太尉金印紫绶，御史大夫银印青绶，在朝中最为尊贵。　[3]无以自存：没有办法存活。　[4]志满气得：满足得意。　[5]旋而死：很快死去。旋，不久。　[6]眉寿：长寿。语出《诗经·豳风·七月》："为此春酒，以介眉寿。"毛传："眉寿，毫眉也。"　[7]"无乃所好恶与人异心哉"二句：莫非（造物者）所好恶与人的心理不一样？又不知道莫非（造物者）全不关注他、任他死或生、长寿或短寿？无乃，莫非，反诘之辞。王引之《经传释词》："无乃，犹得无也。"　[8]人固有薄卿相之官、千乘之位而甘陋巷菜羹者：人本来就有轻视九卿宰相等高官和王侯的高位而甘心居陋巷、吃菜羹的。千乘，先秦诸侯国大者车千乘，小者车百乘。甘陋巷菜羹，典出《论语·雍也》："子曰：贤哉，回也！一箪食，一瓢饮，在陋巷，人不堪其忧，回也不改其乐。贤哉，回也！"　[9]合于天而乖于人何害：合于天意而背离人意有什么害处？意本《庄子·大宗师》："天之小人，人之君子；人之君子，天之小人也。"　[10]况又时有兼得者邪：何况有时候又兼得天意和人意呢？

痛陈自己已"无以自全活"，沉痛无极，以表同处坎壈、濡沫相惜之情。

仆无以自全活者[1]，从一官于此，转困穷甚。思自放于伊、颖之上[2]，当亦终得之。近者尤衰惫[3]，左车第二牙无故动摇脱去[4]；目视昏花，寻常间便不分人颜色[5]；两鬓半白，头发五分亦白其一；须亦有一茎两茎白者。仆家不幸[6]，诸父诸兄皆康强早世，如仆者又可以图于久长哉！以此忽忽，思与足下相见，一道其怀。小儿女满前，能不顾念！足下何由得归北来？仆不乐江南，官满便终老嵩下^[7]，足下可相就^[8]，仆不可去矣。珍重自爱，慎饮食，少思虑——惟此之望^[9]。

　　愈再拜。

林云铭："每段中具无数曲折，感慨淋漓，能令千古失意人读之伤心欲绝。"（《韩文起》评语）

[注释]

[1]"仆无以自全活者"以下三句：我没有办法自己保全存活，在这里担任一个官职，越发穷困。从一官，时韩愈任四门博士，是从七品上的低级官职。转，刘淇《助字辨略》卷三："转，犹浸也。"　[2]"思自放于伊、颍之上"二句：设想自己到伊水和颍水边去度过闲适的生活，应当能够实现。伊水和颍水流经河南西部，算是韩愈的故乡。此处暗用传说中尧时许由典，皇甫谧《高士传》："（许）由于是遁耕于中岳颍水之阳、箕山之下。"　[3]衰惫：衰弱疲惫。　[4]左车：左边下牙床。　[5]寻常间：近处。八尺为寻，倍寻为常。不分人颜色：意谓不认识人。　[6]"仆家不幸"以下三句：我家里不幸，父兄辈都在壮年时过早去世，像我又可求活得长久吗。韩愈父仲卿，叔父少卿、云卿、绅卿，兄会、介，另有一兄不知名，皆早卒。早世，早死。　[7]嵩下：嵩山下，所指处同"伊、颍"。嵩山位于河南登封市西北，西临洛阳。　[8]相就：到我这里，复义偏指。就，就近。　[9]惟此之望：只是期望如此。

[点评]

　　韩愈笃于友情，如这篇文章里写的，崔群是他的知交之一。崔群被贬官到宣州，韩愈仕途不利，深有同气之感。写长信表达慰藉，有推许，有同情，有安慰，有劝勉，深情厚谊，谆谆倾诉，娓娓道来，感情极为浓郁。文章以议论为主。如"贤者恒不遇，不贤者比肩青紫；贤者恒无以自存，不贤者志满气得；贤者虽得卑位则旋而死，不贤者或至眉寿"，"不知造物者意竟如何？无乃所好恶与人异心哉！又不知无乃都不省记、任其死生寿夭邪？未可知也"云云，都大胆揭露世态不公，也是借友人的具体遭遇对压抑贤良、埋没人才的现实体制进行控诉和抨击。这些议论又多用长句，造成磊落顿挫的气势，论说显得更加有力。行文又多用排句，如说"相识者"，"或以事同，或以艺取"以下，五个排句，逐渐加长，造成声势，然后逼出最为珍重的"惟吾崔君一人"；又"近者尤衰惫"以下，写牙齿，写眼睛，写头发，写胡须，然后总括出自己不能"长久"的感伤。文用散体，但锻炼出"凤皇芝草，贤愚皆以为美瑞；青天白日，奴隶亦知其清明"这样精彩的骈句。如此寓骈于散，兼取散漫与整饬的效果，颇能提顿起行文精神。

送孟东野序 [1]

题为"送东野"，陡然而起，立下主旨，由是写'不平'，从物到人，写到唐人，归结到东野。则东野之不平，乃时代不平，朝政不平。

大凡物不得其平则鸣 [2]。草木之无声 [3]，风挠之鸣；水之无声，风荡之鸣——其跃也或激之 [4]，其趋也或梗之，其沸也或炙之；金石之无声，或击之鸣；人之于言也亦然，有不得已者而后言^[5]。其歌也有思^[6]，其哭也有怀，凡出乎口而为声者，其皆有弗平者乎！乐也者^[7]，郁于中而泄于外者也，择其善鸣者而假之鸣。金、石、丝、竹、匏、土、革、木八者^[8]，物之善鸣者也。维天之于时也亦然^[9]，择其善鸣者而假之鸣。是故以鸟鸣春，以雷鸣夏，以虫鸣秋，以风鸣冬。四时之相推夺^[10]，其必有不得其平者乎！

［注释］

[1]孟郊于贞元十六年应铨选，得溧阳（属江南西道宣州，今江苏常州溧阳市）尉。在任以不治官事，被调为假尉，意甚不适。十八年或十九年尝至长安，将归，韩愈作文送之。　[2]不得其平：意思是不能处在平正状态。鸣：叫。方《笺》："《困学纪闻·左氏类》：'《左》襄二十一年，先二子鸣。'《庄子·德充符》：'子以坚白鸣。'昌黎《送东野序》言'鸣'字本此。"　[3]"草木"四句：草木没有声音，风吹摇动之而鸣；水没有声音，风激荡之而鸣。意本《墨子·非儒下》："君子若钟，击之则鸣，弗击不鸣。"　[4]"其跃也或激之"以下三句：承上"水"。掀起波浪是因为有激荡它的，形成激流是因为有阻塞它的，沸腾是因为有燃烧加热它的。或，有。趋，前行，指水流。梗，阻止。炙（zhì），烤，烧。　[5]不得已：不能制止，不决定于自身状态。　[6]"其歌也有思"以下四句：承上"人"。他们歌唱是因为有所思念，他们哭泣是因为有所感发，大凡出口而发声都是心中有不平吧。怀，感念。其皆有，大概都有。其，推量之辞。弗平，不平。　[7]"乐

也者"以下三句：音乐声是郁结心中而发泄在外的，也选择善于鸣的借以鸣。　[8]"金、石、丝、竹、匏、土、革、木八者"二句：这里承上"善鸣者"，提出八类乐器即所谓"八音"：金，如钟、钹；石，如磬；丝，如琴、瑟；竹，如管、箫；匏（páo），如笙、竽；土，如埙（xūn），陶制，形如纺锤，中空有孔；革，如鼓；木，如柷（zhù），形如漆桶，四方形。　[9]"维天之于时也亦然"二句：上天对于四时（春、夏、秋、冬）也是如此，同样选择善于鸣的借以鸣。　[10]推夺：推移变迁。

吴楚材、吴调侯："此文得之悲歌慷慨者为多。谓凡形之声者，皆不得已；于不得已中，又有善不善；所谓善者，又有幸不幸之分，只是从一'鸣'中发出许多议论。句法变换，凡二十九样。如龙之变化，屈伸于天，更不能逐鳞逐爪观之。"（《古文观止》）

其于人也亦然：人声之精者为言；文辞之于言，又其精也，尤择其善鸣者而假之鸣。其在唐虞[1]，咎陶、禹其善鸣者也[2]，而假以鸣；夔弗能以文辞鸣[3]，又自假于《韶》以鸣；夏之时[4]，五子以其歌鸣；伊尹鸣殷[5]；周公鸣周[6]——凡载于《诗》《书》六艺，皆鸣之善者也。周之衰，孔子之徒鸣之[7]，其声大而远。《传》曰[8]："天将以夫子为木铎[9]。"其弗信矣乎[10]？其末也，庄周以其荒唐之辞鸣[11]。楚[12]，大国也，其亡也，以屈原鸣。臧孙辰、孟轲、荀卿[13]，以道鸣者也。杨朱、墨翟、管夷吾、晏婴、老聃、申不害、韩非、慎到、田骈、邹衍、尸佼、孙武、张仪、苏秦之属[14]，皆以其术鸣。秦之兴，李斯鸣之[15]。汉之时，司马迁、相如、扬雄最其善鸣者也[16]。其下魏、晋氏[17]，鸣者不及于古，然亦未尝绝也[18]。就其善者[19]，其声清以浮，其节数以急，其辞淫以哀，其志弛以肆，其为言也乱杂而无章。将天丑其德莫之顾邪[20]？何为乎不鸣其善鸣者也[21]？

谢枋得："此篇凡六百二十字，'鸣'字四十，读者不觉其繁，何也？句法变化凡二十九样，有顿挫，有升降，有起伏，有抑扬，信如层峰叠峦，如惊涛怒浪，无一句懈怠，无一字尘埃，愈读愈可喜。"（《文章规范》）

［注释］

[1] 唐虞：分别是传说中尧与舜的国号。　[2] 咎陶（gāo táo）：传说为舜时东夷的首领，后任掌刑法之官。禹：传说中夏部落首领，以治水有功，被舜定为继承人。《尚书·虞书》："帝庸作歌曰：'敕天之命，惟时惟几。'乃歌曰：'股肱喜哉！元首起哉！百工熙哉！'皋陶拜手稽首飏言曰：'念哉！率作兴事，慎乃宪，钦哉！屡省乃成，钦哉！'乃赓载歌曰：'元首明哉！股肱良哉！庶事康哉！'又歌曰：'元首丛脞哉！股肱惰哉！万事堕哉！'"　[3] "夔（kuí）弗能以文辞鸣"二句：夔不能用文辞鸣，自己又借用《韶》乐而鸣。夔，相传为尧、舜时乐官。《韶》，传说是尧、舜时乐曲。但现存经典不见夔制《韶》乐事，这应是韩愈自创事典，所谓"自我作古"。　[4] "夏之时"二句：夏的时候，启之子太康失国，兄弟五人作歌而鸣。歌，指《五子之歌》。伪《古文尚书》里存五篇歌词。　[5] 伊尹：商臣，伊姓，尹为官名。鸣殷：伪《古文尚书》里的《伊训》《太甲》《咸有一德》等篇传是他所作，实为伪托。　[6] 周公：姬姓，名旦，周武王弟，曾帮助武王灭商；武王死，成王年幼，周公暂行摄政。鸣周：指《今文尚书》里的《大诰》《康诰》《多士》《无逸》《立政》诸

篇。 [7]孔子之徒:孔子弟子一派人。相传孔子删《诗》《书》,定《礼》《乐》,赞《易》,作《春秋》,其弟子编辑其言论为《论语》;又传其弟子卜商序《诗》,作《丧服传》,曾参撰《孝经》,作《曾子》,等等。 [8]《传》:指《论语》。 [9]天将以夫子为木铎:出自《论语·八佾》,意思是说上天将把孔子当作木铎,意谓他代传天意。木铎,以木为舌的大铃,古代巡行时敲击,以宣告政教法令。 [10]其弗信矣乎:这种说法不可信吗? [11]荒唐之辞:语出《庄子·天下》,其中谓所著为"荒唐之言"。荒唐,意谓肆意无垠,不着边际。 [12]"楚"以下四句:春秋时期的楚国曾兼并周边诸国,与晋争霸,到战国时又攻灭越国,故称"大国";屈原作《离骚》等抒写乱政亡国的悲哀。 [13]"臧孙辰、孟轲、荀卿"二句:臧孙辰、孟轲、荀子属于儒家学派。臧孙辰,又称臧文仲(字仲,谥文),春秋时期鲁国执政,言论见于《左传》及《国语·鲁语》。道,指儒家圣人之道。 [14]"杨朱"二句:杨朱以下十四人属后人所说诸子百家中人,把他们的言论称为"术",意指学说、技艺。管夷吾,字仲,春秋初期思想家,助齐桓公称霸。晏婴,字平仲,春秋时期齐国人,政治家。申不害,战国中期赵国人,为韩昭侯相,早期法家人物。韩非,战国末期韩国公子,属法家。慎到,战国时期赵国人,属法家。田骈,一名陈骈,战国人,学黄、老之术,一般列入慎到一派。邹衍,亦作驺衍,战国时期齐国人,阴阳家。尸佼,战国时期晋国人,一说鲁国人,为商鞅门下客,鞅曾师事之。孙武,字长卿,战国末期齐国人,助吴王阖闾称霸,兵家。张仪,战国时期魏公子,为秦相,主连横,纵横家。苏秦,字季子,战国时期东周人,拜六国相,主合纵,纵横家。以上人物均有著作著录,今佚存情形不一,不赘。 [15]李斯:战国末期楚国人,襄助秦始皇统一中国,任秦丞相,后为赵高所忌而被杀,有《谏逐客书》等。 [16]司马迁（约前145—？）：西汉史学家，著有《史记》。相如：即司马相如（前179—前117）：西汉文学家，善辞赋。扬雄（前53—18）：西汉文学家、思想家，亦善辞赋。　[17]魏、晋氏：指魏朝和晋朝。魏为曹氏，晋为司马氏。　[18]未尝绝：没有断绝。　[19]"就其善者"以下六句：依其中善鸣的，其声清轻飘浮，其节奏快而急促，其言辞过度又凄凉，其志趣松懈而放纵，作为言论杂乱而没有章法。就，依，凭。数（shuò），繁杂。哀，凄侧。淫，过度。弛（shǐ）以肆，松懈而放纵。无章，没有条理。　[20]将天丑其德莫之顾邪：大概是上天憎恶它们的德行而不顾惜吧。将，殆，大概。丑，憎恶。顾，照顾，顾惜。　[21]不鸣其善鸣：不使那些善鸣者鸣。

　　唐之有天下[1]，陈子昂、苏源明、元结、李白、杜甫、李观皆以其所能鸣。其存而在下者[2]，孟郊东野始以其诗鸣，其高出魏、晋[3]，不懈而及于古[4]；其他浸淫乎汉氏矣[5]。从吾游者，李翱、张籍其尤也[6]。三子者之鸣信善矣。抑不知天将和其声而使鸣国家之盛邪[7]？抑将穷饿其身、思愁其心肠而使自鸣其不幸邪[8]？三子者之命则悬乎天矣。其在上也奚以喜[9]，其在下也奚以悲？

　　东野之役于江南也[10]，有若不释然者[11]。故吾道其命于天者以解之[12]。

钱福："从许多物许多人，奇奇怪怪，繁繁杂杂说来，无非要显出孟郊以诗善鸣，至于无一字吁嗟咏叹，有不尽之意，文之变幻者，无过此作。"（蒋之翘《唐韩昌黎集》）

钱基博："只是问天将使'鸣国家之盛'，将使'自鸣其不幸'，而于东野则'奚喜''奚悲'，'在上''在下'，自系国家之盛衰，愈写得东野无干，愈抬高东野身份。而今'存而在下'，以觇国家之衰，意在言外，妙能含茹。"（《韩愈志》）

[注释]

[1]"唐之有天下"二句：所述七人皆以文名，且创作均有"复古"倾向。陈子昂（661—702），字伯玉，梓州射洪（今四川射洪）人，初唐文学家，致力于文体革新，"古文运动"的先驱。苏源明（？—764），字弱夫，京兆武功（今陕西武功）人，工文辞，与杜甫等人交好。元结（719—772），字次山，洛阳（今河南洛阳）人，文学家，亦致力于诗文革新。李观（766—794），字元宾，陇西（今甘肃陇西）人，工古文，本与韩愈同年辈，早逝。　　[2]存而在下：在世而居于下位。　　[3]高出魏、晋：超越于魏、晋之上。　　[4]及于古：此指达到古代先秦水平。　　[5]其他：指另外的"存而在下"者。浸淫：浸润，濡染，此谓接近。汉氏：指汉代诗文。　　[6]其尤：其中杰出者。　　[7]抑不知：或许不知道。抑，或许。　　[8]抑将：还是要。抑，还是。思（sì）愁其心肠：使其内心怨思愁苦。思，怨思。　　[9]"其在上也奚以喜"二句：那些在上位的有什么可高兴的，在下位的有什么可悲伤的？在上、在下，指官职。奚，何，质疑之辞，表否定。　　[10]役于江南：役，指服役，做官。孟郊时任溧阳尉，溧阳在江南。　　[11]不释然：忧思不解。　　[12]故吾道其命于天者以解之：所以我（这篇文章）述说他的命运决定于天来开解他。

[点评]

孟郊才大志高，诗写得好，但仕途不顺，五十岁始得江南县尉这一小官，不如意而去职，又北上长安，应是来谋求出路，但没有成功，不得不回家乡。韩愈写这篇文章加以劝慰、开解，先是大讲一通"不平则鸣"的道理，实际包含两方面内容。一方面是安慰孟郊，这是送他序的题中应有之义，把孟郊放在古今卓越的"善鸣者"行列里，推尊他、鼓励他，又同情他，立意和前面的《上崔群书》一样。另一方面，司马迁早有圣贤发愤著书之说，后来宋代欧阳修又曾有"文穷而后工""愈穷则愈工"之论，韩愈的"不平则鸣"乃是这种观念承前启后的环节。这种主张概括了中国古代优秀文人安于贫贱、不畏权势、以文字抒写"不平"的优良传统，也有要求、鼓励作家积极干预生活、批判现实、揭露社会"不平"、为"不平"发声的意义，是具有重大思想、理论价值的。这种"不平则鸣"观念是韩愈思想中的积极成分，对他个人的创作实践也发挥了巨大作用。不过有趣的是，假如仔细分析韩愈文章里的论述，逻辑上却不无矛盾："鸣国家之盛"和"自鸣其不幸"显然是截然不同的两种境界，韩愈却把它们混淆了。很难说这是体现他认识上的局限，还是他有意这样写以表达对统治者的回护之意。不过读这篇文章，一般却不会觉察到这种矛盾。主要是因为韩愈善于立议，妙于结撰，开头凭空而起，先声夺人，立下"大凡物不得其平则鸣"的基本论点；然后一系列排比句，由物及人，由人及天，滔滔不绝地加以比附，行文高屋建瓴，气势极其盛大；接着另起端绪，重点阐述所明主旨即"文辞"的鸣，还是用排比手法，由唐虞、三代、秦汉直说到本朝，由圣贤说到百家，一气直泻，排荡而下，最后归结到题目中所送的主人公孟郊，代友人鸣不平，也是抒写自身的怨愤，更是对社会现实中大才难施、压抑人才现象的抨击。这样，尽管文章逻辑上多有疏漏，却不害其说理的严正、论难的有力。特别是全文用了四十个"呜"字，回环往复，错杂变化，造成咄咄逼人的声势，取得了不可辩驳的效果。

祭十二郎文[1]

年月日[2]，季父愈闻汝丧之七日[3]，乃能衔哀致诚[4]，使建中远具时羞之奠[5]，告汝十二郎之灵：

呜呼！吾少孤[6]，及长，不省所怙[7]，惟兄嫂是依[8]。中年，兄殁南方[9]，吾与汝俱幼，从嫂归葬河阳[10]。既又与汝就食江南[11]，零丁孤苦，未尝一日相离也。吾上有三兄[12]，皆不幸早世[13]；承先人后者[14]，在孙惟汝，在子惟吾。两世一身[15]，形单影只。嫂常抚汝指吾而言曰："韩氏两世，惟此而已。"汝时尤小，当不复记忆；吾时虽能记忆，亦未知其言之悲也。

林希元："叙自幼艰苦之状，平生离合之因，反覆熟读，令人悲酸，真笃厚天伦之意，蔼然可掬。"（《正续古文类钞》）

[注释]

[1]题目或作《祭兄子十二郎老成文》。十二郎：韩老成，韩愈兄介之子，大排行十二。韩介有二子：百川、老成，百川早卒。长兄韩会无子，老成过继为后。老成亦有二子：湘、滂，后滂归

继其祖介。据本文，老成死于孟郊归江南的次年，即贞元十九年（803）。 [2]年月日：原文有具体日期。《文苑英华》作"贞元十九年五月二十六日"，时韩愈为监察御史。 [3]季父：叔父。唐俗，叔父可以称名。 [4]衔哀致诚：心怀哀伤，致以诚意。衔，同"含"。 [5]使建中远具时羞之奠：让（仆人）建中从远方准备应时祭品。羞，美味食品。奠，祭品。 [6]孤：幼而丧父。 [7]不省所怙（hù）：不记得父亲。所怙，谓无父。语本《诗经·小雅·蓼莪》："无父何怙。"毛传："怙，恃，父母依依然以为不可斯须无也。" [8]兄嫂是依：依靠兄嫂。韩愈生未二月母亡，三岁父亡，由兄韩会和嫂郑氏抚养。 [9]中年：指这些年间。兄殁南方：指韩会于大历十二年（777）被贬韶州（岭南道，治曲江县，今广东韶关），死在贬所。 [10]归葬河阳：把灵柩运回河阳故里祖茔埋葬。 [11]就食江南：到江南谋食。指建中二年（781）为避中原兵乱，郑氏携家逃难到江南宣州（今安徽宣城），韩氏在那里置有田宅。 [12]上有三兄：文献记载，韩愈有兄会、介，另有一人不知名或早夭。 [13]早世：早卒。 [14]承先人后者：继承先人为后嗣的。以下"在孙""在子"均依韩仲卿辈分计算。 [15]两世一身：谓两代单传。

吾年十九[1]，始来京城，其后四年而归视汝。又四年，吾往河阳省坟墓[2]，遇汝从嫂丧来葬[3]。又二年，吾佐董丞相于汴州[4]，汝来省吾，止一岁，请归取其孥[5]。明年，丞相薨[6]，吾去汴州，汝不果来。是年，吾佐戎徐州[7]，使取汝者始行，吾又罢去[8]，汝又不果来。吾念汝从于东[9]，东

"吾""汝"相称，对亡人倾诉，事事可哀，字字血泪。

亦客也，不可以久。图久远者[10]，莫如西归，将成家而致汝。呜呼！孰谓汝遽去吾而殁乎[11]！吾与汝俱少年，以为虽暂相别，终当久相与处，故舍汝而旅食京师[12]，以求斗斛之禄[13]。诚知其如此，虽万乘之公相[14]，吾不以一日辍汝而就之[15]。

一日之亲情价值远重于"万乘之公相"。

[注释]

[1]"吾年十九"以下三句：韩愈于贞元二年（786）十九岁时来到长安求贡举。以下计算年份均依此。　[2]省（xǐng）坟墓：指祭扫先人坟墓。省，看望，此指祭扫。　[3]从嫂丧来葬：指护送郑夫人丧回到河阳，大约在贞元九年。　[4]佐董丞相：指贞元十二年起在汴州宣武军节度使董晋幕府为观察推官。董晋作为节度使例带宰相衔，因称丞相。　[5]取其孥（nú）：取其妻小。孥，妻子。　[6]薨（hōng）：贞元十五年二月董晋去世。唐制，三品以上死称薨。董晋死时为检校左仆射同平章事，例带三品衔。　[7]吾佐戎徐州：朱《考》："'吾'下或有'又'字。"指在徐州武宁节度使张建封幕府为节度推官。佐戎，辅助军事。节度使幕府为军府，故称戎。　[8]吾又罢去：指贞元十六年五月韩愈为张建封所黜，西归洛阳。　[9]从于东：随从在东方，指汴州和徐州。　[10]"图久远者"以下三句：谋长久之计，不如回到西边（指河阳家乡），将（在那里）安家再接你来。　[11]遽去吾：匆匆离开我。　[12]旅食：指在外谋生。　[13]斗斛（hú）之禄：指俸禄微薄。唐代官员禄米以斗斛计算，十斗为斛。　[14]万乘之公相：指宰相。[15]辍（chuò）汝而就：离开你去就任。辍，停止。

去年，孟东野往[1]。吾书与汝曰[2]："吾年未四十，而视茫茫，而发苍苍，而齿牙动摇。念诸父与诸兄[3]，皆康强而早世，如吾之衰者，其能久存乎？吾不可去，汝不肯来，恐旦暮死[4]，而汝抱无涯之戚也[5]。"孰谓少者殁而长者存，强者夭而病者全乎！呜呼！其信然邪[6]？其梦邪？其传之非其真邪？信也[7]，吾兄之盛德而夭其嗣乎？汝之纯明而不克蒙其泽乎[8]？少者、强者而夭殁，长者、衰者而存全乎？未可以为信也。梦也，传之非其真也。东野之书、耿兰之报[9]，何为而在吾侧也？呜呼！其信然矣！吾兄之盛德而夭其嗣矣！汝之纯明宜业其家者不克蒙其泽矣[10]！所谓天者诚难测[11]，而神者诚难明矣[12]！所谓理者不可推[13]，而寿者不可知矣！虽然，吾自今年来，苍苍者或化而白矣，动摇者或脱而落矣。毛血日益衰[14]，志气日益微，几何不从汝而死也[15]。死而有知，其几何离？其无知，悲不几时，而不悲者无穷期矣。汝之子始十岁[16]，吾之子始五岁[17]，少而强者不可保，如此孩提者又可冀其成立邪[18]？呜呼哀哉！呜呼哀哉！

费衮："退之《祭十二郎老成文》一篇，大率皆有助语。其最妙处，自'其信然耶'以下至'几何不从汝而死也'一段，仅三十句，凡句尾连用'耶'字者三，连用'乎'字者三，连用'也'字者四，连用'矣'字者七，几乎句句用助辞矣。而反复出没，如怒涛惊湍，变化不测，非妙于文者，安能及此。"（《梁溪漫志》）

童第德："这篇祭文好像和亡者十二郎对语，琐琐絮絮，而读去不厌其烦，真切动人。文字也不加浮饰，也不从旧习用韵。有人说：'述哀之文，究以用韵为宜。'这是只注重形式的看法。"（《韩愈文选》）

[注释]

[1]孟东野往：贞元十八年或十九年，孟郊自长安回溧阳（今江苏溧阳）。唐时溧阳属宣州。　[2]"吾书与汝曰"以下五句：参阅上《与崔群书》，其中有云："近者尤衰惫，左车（牙床）第二牙（上曰齿，下曰牙）无故动摇脱去。目视昏花，寻常间便不分人颜色。两鬓半白，头发五分亦白其一，须亦有一茎两茎白者。"　[3]"念诸父与诸兄"以下四句：想到父辈和兄弟辈都身体强健而早卒，像我这样衰弱的，能够活得长久吗？　[4]旦暮：犹言一旦，匆促之间。　[5]无涯之戚：不尽的悲伤。　[6]信然：确实如此。　[7]"信也"二句：（如果）真的如此，以我兄长的高尚德行而（使其）后嗣早死吗？　[8]汝之纯明而不克蒙其泽乎：如你纯洁明敏而不能蒙受他（韩会）的恩泽吗？纯明，纯洁聪明。蒙，受。泽，恩惠。　[9]耿兰之报：指耿兰送来的讣告。耿兰，应是宣城家里的仆人。　[10]宜业其家：适合继承家业。　[11]天：天命。　[12]神：神灵。　[13]不可推：不可推断。推，推断。　[14]日益衰（cuī）：一天比一天衰弱。衰，差，衰落。　[15]几何：多少，此指时间。　[16]汝之子：指韩湘。　[17]吾之子：韩愈二子：长曰昶，贞元十五年生于符离，小字符郎，本年五岁；次子名州仇，后为富平令。　[18]孩提：幼儿，需提抱。冀其成立：期待他们长大成人。

汝去年书云："比得软脚病[1]，往往而剧[2]。"吾曰：是疾也，江南之人常常有之，未始以为忧也[3]。呜呼！其竟以此而殒其生乎[4]？抑别有疾而至斯乎？汝之书，六月十七日也；东野云汝殁以六月二日；耿兰之报无月日。盖东野之使者不知问家人以月日，如耿兰之报不知当言月日。东野与吾书，乃问使者，使者妄称以应之耳[5]。其然乎？其不然乎？今吾使建中祭汝，吊汝之孤与汝之乳母[6]。彼有食可守以待终丧[7]，则待终丧而取以来；如不能守以终丧，则遂取以来。其余奴婢并令守汝丧。吾力能改葬，终葬汝于先人之兆[8]，然后惟其所愿[9]。

楼昉："文字反复曲折，悲痛凄婉，道出肺腑中事，而熏然慈良之意，见于言外。"（《崇古文诀》）

[**注释**]

[1]比得软脚病：近来患脚气病。软脚病，脚气病。 [2]剧：严重。 [3]未始：未尝。 [4]殒（yǔn）其生：死亡。殒，死。 [5]妄称以应之：胡乱说来答应。 [6]吊汝之孤：慰问你的孤儿。 [7]"彼有食可守以待终丧"二句：如果他们能够有吃的（维持生活），就让他们按礼制守丧（子服父丧三年），待丧期终了再把他们接到我这里来。 [8]先人之兆：祖先坟茔，指河阳祖坟。兆，界域，引申为坟地。 [9]惟其所愿：谓奴婢去留，依个人意愿。

呜呼！汝病吾不知时，汝殁吾不知日；生不能相养以共居，殁不得抚汝以尽哀[1]；敛不凭其棺[2]，窆不临其穴[3]；吾行负神明而使汝夭[4]，不孝不慈，而不得与汝相养以生，相守以死，一在天之涯，一在地之角；生而影不与吾形相依，死而魂不与吾梦相接。吾实为之，其又何尤[5]？彼苍者天[6]，曷其有极[7]！

［注释］

[1]抚汝以尽哀：拍打你（的尸体）以抒发哀情。抚，通"拊"，拍击。　[2]敛不凭其棺：入殓时不在棺木前。敛，通"殓"，尸体入棺。凭，靠。　[3]窆（biǎn）不临其穴：下葬时没有亲临墓穴。窆，棺木入土。穴，墓穴。　[4]行负神明：所行违背神明。　[5]其又何尤：又有什么可埋怨的？尤，怨恨，归咎。　[6]彼苍者天：呼天之语，怨恨苍天无知。语出《诗经·秦风·黄鸟》："彼苍者天，歼我良人。"　[7]曷其有极：怨恨之语，谓还有什么法则可循。极，法则，法度。语出《诗经·唐风·鸨羽》："悠悠苍天，曷其有极。"

自今已往，吾其无意于人世矣。当求数顷之田于伊、颍之上[1]，以待余年[2]。教吾子与汝子，幸其成[3]；长吾女与汝女[4]，待其嫁——如此而已。呜呼！言有穷而情不可终，汝其知之邪？其不知也邪？呜呼哀哉，尚飨[5]！

［注释］

[1]伊、颍之上：伊水和颍水上。指在那里度过隐居生活。[2]以待余年：等待度过余生。　[3]幸其成：希望他们成人。　[4]吾

女与汝女：韩愈五女。据所作《女挐圹铭》知道第四女挐于元和十四年（819）十二岁时卒于韩愈被贬潮州途中。此前有三女，长女嫁李汉，次女嫁樊宗懿，三女嫁陈氏不知名，第五女嫁蒋係。老成女不可考。　[5]尚飨：祭文结尾的套语，表示祈祷亡灵前来享受祭品。

[点评]

　　韩愈早孤，童年饱经忧患，老成和他相依为命；后来出仕谋生，二人不得不别居。从文章看，老成卒年约在二十七八岁，生前体弱多病，不曾赴选做官，短暂的一生是可悲可怜的。韩愈写这篇文章，正是他两度入幕，铩羽而归，任四门博士这一学官冷曹又被罢职的时候。他触事伤情，顾念今昔，悲从中来。文章纯用散体，琐琐如道家常般叙说悲情，血泪满纸。亲情是传统伦理的核心内容之一。韩愈这篇文章祭悼一位亡侄，表达亲情真切笃厚，成为古今同类文字的经典。因为死者本无多少事迹可述，作者对他生前、死后的详情又不知晓，行文只能在虚处斡旋：回顾生平，述说悲情，翻空以出奇，然而字里行间贯注深情，使得行文在散漫中见雄肆，并不给人以杂乱、空洞之感。写法上又一个突出特点是多用虚词。上古典诰之文少用虚词，是造成文风古朴浑厚的重要因素；后来诸子、《左》《国》等使用虚词渐多，对传达语气文情起到了重要作用。但是过多地使用虚词，会使文气显得卑弱不振。而如六朝骈体那样把虚词运用程式化，固定在一定的句式之中，更会削弱其表达功能。韩愈则出于述情的需要，多样、重复地使用虚词，造成错落抑扬、婉转绵长的语气节奏，把悲伤、痛悔、怨抑等种种复杂情感表达得淋漓尽致，有力地强化了表达效果。

师　说[1]

古之学者必有师[2]。师者[3]，所以传道、受业、解惑也。人非生而知之者[4]，孰能无惑？惑而不从师，其为惑也，终不解矣。生乎吾前，其闻道也，固先乎吾[5]，吾从而师之；生乎吾后，其闻道也，亦先乎吾，吾从而师之。吾师道也[6]，夫庸知其年之先后生于吾乎？是故无贵无贱[7]，无长无少，道之所存，师之所存也。

嗟乎！师道之不传也久矣[8]，欲人之无惑也难矣。古之圣人，其出人也远矣，犹且从师而问焉；今之众人[9]，其下圣人也亦远矣，而耻学于师。是故圣益圣，愚益愚。圣人之所以为圣，愚人之所以为愚，其皆出于此乎[10]！

爱其子，择师而教之；于其身也，则耻师焉，惑矣。彼童子之师[11]，授之书而习其句读者[12]，非吾所谓传其道、解其惑者也。句读之不知，惑

陶宗仪："'说'则出自己意，横说竖说，其文详赡抑扬，无所不可。如韩公《师说》是也。"（《南村辍耕录》）

师道的存废关乎圣人之道的传递，此所谓"道之所存，师之所存"。

韩愈"好为人师"，又提倡"不耻相师"，此为德日进、学日修的保证。

之不解，或师焉，或不焉[13]。小学而大遗[14]，吾未见其明也。

巫医、乐师、百工之人不耻相师[15]。士大夫之族[16]，曰师曰弟子云者，则群聚而笑之。问之，则曰：彼与彼，年相若也[17]，道相似也。位卑则足羞[18]，官盛则近谀。呜呼！师道之不复可知矣。巫医、乐师、百工之人，君子不齿[19]，今其智乃反不能及，其可怪也欤！

圣人无常师[20]。孔子师郯子、苌弘、师襄、老聃[21]。郯子之徒，其贤不及孔子。孔子曰[22]："三人行，则必有我师。"是故弟子不必不如师，师不必贤于弟子，闻道有先后，术业有专攻[23]，如是而已。

李氏子蟠年十七[24]，好古文，六艺经传皆通习之[25]。不拘于时，学于余。余嘉其能行古道[26]，作《师说》以贻之[27]。

[注释]

[1]"说"是论说文体之一，题意"师说"犹"论'师'"。此文贞元末作于长安。　[2]学者：求学的人。　[3]"师者"二句：师是传（圣人之）道、教授艺业、解除（道与业的）疑惑

黄震："前起后收，中排三节，皆以轻重相形，……亦可谓深切著明矣，而文法则自然而成者也。"（《黄氏日钞》）

童第德："此文的反应，据柳宗元说：'韩愈……作《师说》以抗颜为师，……愈以是得狂名。'（《答韦中立书》）当时世禄一辈一向骄傲自满，从来没有听到他们还要去从师学道的议论，自然要目韩愈为狂生了。"（《韩愈文选》）

的人。受，通"授"。　[4]"人非生而知之者"二句：意本《论语·述而》："孔子曰：'我非生而知之者，好古，敏以求之者也。'"孰，谁。　[5]固先乎吾：本来在我之前。　[6]"吾师道也"二句：我师从道，岂能计较出生年龄在我前后呢？庸知，谓岂能计较。　[7]"是故无贵无贱"以下四句：意本《吕氏春秋·劝学》："是故古之圣王，未有不尊师者也。尊师则不论其贵贱贫富矣。若此，则名号显矣，德行彰矣。故师之教也，不争轻重、尊卑、贫富，而争于道。"　[8]师道：为师之道。　[9]众人：指平常人。　[10]出于此：意谓因"耻学于师"。　[11]童子之师：指为孩童启蒙、教授读写的老师。　[12]句读（dòu）：本意是文句中间的停顿，引申为初步阅读技能。读，通"逗"。　[13]不：同"否"。　[14]小学而大遗：学到小者而遗漏大者。　[15]巫医：上古巫、医不分，均被视为低贱职业。《论语·子路》："南人有言曰：'人而无恒，不可以作巫医。'"百工：各类工匠。不耻相师：不耻于拜师学习。相，复义偏指。　[16]士大夫之族：士大夫一类人。　[17]相若：相仿佛。　[18]"位卑则足羞"二句：（所师者）地位卑下则感到羞耻，官位高则近乎谄媚。官盛，语本《礼记·中庸》："官盛任使。"郑注："大臣皆有属官所任使，不亲小事也。"　[19]不齿：不与并列。　[20]圣人无常师：语见《左传》昭公十七年《郯子来朝》章。又《论语·子张》："子贡曰：'……夫子焉不学，而亦何常师之有？'"　[21]郯（tán）子：春秋时期郯国国君，郯国故地在今山东郯城。《左传》昭公十七年记载：郯子朝鲁，孔子向他请教少皞氏以鸟名官事。苌弘：春秋时期周敬王的大夫，在晋公族内讧中被杀。《孔子家语·观周》记载，孔子至周，"访乐于苌弘"。师襄：春秋时期卫国乐官。《史记·孔子世家》记载，"孔子学鼓琴师襄子"。老聃：老子。据《史记·老子韩非列传》，"孔子适周，将问礼于老聃"。孔子向老子"问礼"

不一定是史实。　[22]"孔子曰"以下三句：语本《论语·述而》："孔子曰：'三人行，必有我师焉。择其善者而从之，其不善者而改之。'"　[23]术业：技艺学业。专攻：专长。　[24]李氏子蟠：即李蟠。徐松《登科记考》卷一六，元和元年"才识兼茂明于体用科"登科者有李蟠，应即其人。六艺：《诗》《书》《易》《礼》《乐》《春秋》。经传：经与解经的传。　[25]不拘于时：不拘世俗风气（指不重师道风气）。　[26]古道：古代从师之道。　[27]贻（yí）之：赠给他。贻，通"遗"，赠给。

[点评]

　　柳宗元被贬永州，江南士子纷纷从学，他以"系囚"身份力避师名，曾引孟子的话"人之患，在好为人师"（《孟子·离娄上》），又说到韩愈："今之世，不闻有师；有辄哗笑之，以为狂人。独韩愈奋不顾流俗，犯笑侮，收召后学，作《师说》，因抗颜而为师。世果群怪聚骂，指目牵引，而增与为言辞。愈以是得狂名，居长安，炊不暇熟，又挈挈而东，如是者数矣。"（《答韦中立论师道书》）他显然对韩愈写《师说》、"抗颜"为师表示非议。二人处世的观念、姿态不同，是各自处境所决定的。柳宗元年纪轻轻被贬"南荒"，一斥不复，故旧疏离，身体又不好，在与人为师这一点上比较消极，是可以理解的。而韩愈以张扬"圣人之道"为职志，尊师重道正是"传道"的前提，所以他必然对现实中师道不存的风气痛心疾首。这样，讲"师道"，写《师说》，批评不重师的时风，对实现他个人的理念是具有关键意义的事，也是他传播"圣人之道"事业中应当着重提倡的。而在实践中，无论是"儒学复古"

还是倡导"古文",他招引门徒、教导后学又都是成功的必要条件。由此可见他写这篇《师说》的意义与价值。文章开篇使用先声夺人的手法,提出"古之学者必有师"作为论说前提,然后条分缕析地、简括明确地说明师的作用、从师的必要性、师法的对象、师道的现状等;再用古今对比作转换,提出"爱子择师""巫医等不耻相师""圣人无常师"三项加以发挥;最后点题,说明写作缘起。短短四百余字,概念清晰,判断确切,结构精严,层次清楚,短小篇幅中文思波澜起伏,转换勾连,造成尺幅千里的效果。文章中关于"道"与"艺"并举、"传道"与"受业"并重的观点,抨击士大夫间耻于相师的陋俗,批评他们不如"巫医、乐师、百工",提出学无常师,见解都相当精到、深刻,直到今天仍具有现实意义。

送董邵南序 [1]

燕、赵古称多感慨悲歌之士 [2]。董生举进士 [3],连不得志于有司,怀抱利器,郁郁适兹土。吾知其必有合也 [4]。董生勉乎哉!夫以子之不遇时 [5],苟慕义强仁者皆爱惜焉,矧燕、赵之士出乎其性者哉!

然吾尝闻风俗与化移易 [6],吾恶知其今不异于古所云邪?聊以吾子之行卜之也 [7]。董生

朱熹:"此篇言燕、赵之士仁义出乎其性,乃故反其词,以深讥其不臣而习乱之意,故其卒章又为道上威德以警动而招徕之,其旨微矣。"(转引自吴闿生《古文范》)

郭正域:"妙在转折,意在言外。"(《韩文杜律》)

勉乎哉！

　　吾因子有所感矣。为我吊望诸君之墓[8]，而观于其市，复有昔时屠狗者乎[9]？为我谢曰[10]：明天子在上，可以出而仕矣。

　　储欣："古、今二意是关键，'吾知''吾恶知'是俯仰呼应处，深意顿挫，字字司马论赞风神。"（《唐宋八大家类选》）

　　结以"出而仕"，名"送"而实留，讽意顿显。

[注释]

[1]董邵南：韩愈友人，隐居行义，不得官职，远赴河北寻求出路。"安史之乱"后，河北是藩镇割据之地。文章应作于贞元末在长安时。五百家注本题目作《送董邵南游河北序》。愈另有《嗟哉董生行》诗描写董邵南的处境。　[2]燕、赵古称多感慨悲歌之士：燕，古燕国，今北京及河北北部和中部一带。赵，古赵国，今河北南部一带。意本《汉书·地理志》："赵、中山地薄人众，……丈夫相聚游戏，悲歌慷慨。"这里又暗用《史记·刺客列传》里荆轲与友人高渐离在燕市慷慨悲歌，只身入秦刺秦王的故事："荆轲嗜酒，日与狗屠及高渐离饮于燕市。酒酣以往，高渐离击筑，荆轲和而歌于市中，相乐也。已而相泣，旁若无人者。"　[3]"董生举进士"以下四句：董生参加进士科考试，接连被官府黜落，（只好）怀抱杰出才能，心情郁闷地去这个地方。有司，指主管科举的礼部。不得志，不如意，谓失利、被黜落。利器，精良的工具，引申为才具。郁郁，不得志貌。适兹土，去到这个地方，指河北。　[4]吾知其必有合也：我知道一定会有所遇合。有合，和当地镇帅相遇合，意谓得到器重。　[5]"夫以子之不遇时"以下三句：按你不为时所重的情形，只要是羡慕仁德、勉力道义的人都会爱惜，何况燕、赵出乎天性的人士呢。矧（shěn），况且。　[6]"然吾尝闻风俗与化移易"二句：然而我听

说风俗随着时间而改变，我又怎么知道如今的情形已经和古语所说的不同了呢？恶（wū），何。古所云，指上引"燕、赵古称"云云。　[7] 聊以吾子之行卜之也：姑且用你的出行（结果）来推断吧。卜，占卜，引申为推断。　[8] 望诸君：战国时期乐毅的封号。乐毅原为燕昭王上将，联合赵、楚、韩、魏伐齐，下七十余城，后以齐反间而奔赵，赵封之于观津，号望诸君。其墓一说在房山良乡南三里。　[9] 昔时屠狗者：指注 [2] 引文里与荆轲、高渐离一起在燕市慷慨悲歌者。　[10] "为我谢曰"以下三句：替我（向他们）致意说：圣明天子在上，可以（从河北）出来到朝廷做官了。

[点评]

这篇文章仅百余字，但"短而转摺多、气长"（李涂《文章精义》）。董邵南怀才不遇，不得已来到属于"河北三镇"逆乱反侧之地谋出路。按韩愈一贯的政治观念，当时应是反对他出走河北的，写送行序，归结到文章结尾"明天子在上，可以出而仕矣"。这样，文章表面是送，实则是留。而作者精心结撰，善用曲笔，开头引用古语赞颂古时河北风俗，中间转而说"风俗与化移易"，即指明古说已不适于今情，实际是对河北藩镇负固割据加以否定；然后说从友人去河北的遭遇可以推断当地的情况。这是故作疑似之说，表面是劝勉董邵南，最后逼出让河北人出仕朝廷的话。这样，韩愈就将送董邵南游河北这样一个本来难以运笔的题目，写出了一篇具有鲜明政治倾向和现实意义的文章。这一篇虽短，但曲折吞吐，含蓄不露，又多用典故以取得隐喻、象征的效果；而一波三折的长感叹句，特别有助于表露复杂、矛盾的心情。

行文中频频出现"我":"吾知""吾尝闻""吾恶知""吾因子""为我"(重复)等等,体现出强烈的主观色彩,凸显出论战性格;又用一系列关联语如"矧知""然""恶知""聊以"等做提顿,使得文思转折,出没不测,造成烟云缭绕、引人深思的效果。

圬者王承福传[1]

圬之为技,贱且劳者也[2],有业之其色若自得者[3]。听其言,约而尽[4];问之,王其姓,承福其名,世为京兆长安农夫[5]。天宝之乱[6],发人为兵[7],持弓矢十三年;有官勋[8],弃之来归,丧其土田,手镘衣食[9],余三十年。舍于市之主人[10],而归其屋食之当焉[11]。视时屋食之贵贱,而上下其圬之佣以偿之[12];有余,则以与道路之废疾饿者焉。

又曰:"粟,稼而生者也[13];若布与帛[14],必蚕绩而后成者也;其他所以养生之具[15],皆待人力而后完也[16],吾皆赖之。然人不可遍为[17],宜乎各致其能以相生也[18]。故君者[19],理我所以生者也;而百官者[20],承君之化者也。

何焯:"借题讽刺。"(《义门读书记》)

任有小大^[21]，惟其所能，若器皿焉。食焉而怠其事^[22]，必有天殃。故吾不敢一日舍镘以嬉^[23]。夫镘，易能可力焉^[24]；又诚有功^[25]，取其直^[26]，虽劳无愧，吾心安焉。夫力^[27]，易强而有功也；心，难强而有智也^[28]，用力者使于人^[29]，用心者使人，亦其宜也。吾特择其易为而无愧者取焉。嘻！吾操镘以入贵富之家有年矣^[30]。有一至者焉，又往过之，则为墟矣^[31]；有再至、三至者焉，而往过之，则为墟矣。问之其邻，或曰：噫！刑戮也；或曰：身既死，而其子孙不能有也；或曰：死而归之官也^[32]。吾以是观之^[33]，非所谓食焉怠其事而得天殃者邪？非强心以智而不足、不择其才之称否而冒之者邪？非多行可愧、知其不可而强为之者邪^[34]？将富贵难守、薄功而厚飨之者邪^[35]？抑丰悴有时、一去一来而不可常者邪^[36]？吾之心悯焉，是故择其力之可能者行焉。乐富贵而悲贫贱，我岂异于人哉！"又曰："功大者，其所以自奉也博^[37]。妻与子，皆养于我者也。吾能薄而功小，不有之可也。又吾所谓劳力者^[38]。若立吾家而力不足，则心又劳也。一

钱基博："放（仿）《尚书》记言之法，而用笔之排宕抑扬全学《孟子》。……孟子贬绝许行之劳力，此则不以劳力为菲薄。……世故极深，见理极明，而处身极卑，出以坦迤，妙在老实。其立言愈平实，其设心愈坦白，光风霁月，正在不大声以色也。"（《韩愈志》）

身而二任焉，虽圣者不可能也。”

愈始闻而惑之，又从而思之，盖贤者也，盖所谓独善其身者也[39]。然吾有讥焉[40]，谓其自为也过多，其为人也过少。其学杨朱之道者邪[41]？杨之道[42]，不肯拔我一毛而利天下。而夫人以有家为劳心[43]，不肯一动其心以畜其妻子，其肯劳其心以为人乎哉？虽然，其贤于世之患不得之而患失之者[44]，以济其生之欲、贪邪而亡道以丧其身者，其亦远矣。又其言有可以警余者[45]，故余为之传而自鉴焉[46]。

[注释]

[1] 圬（wū）者：泥瓦匠。圬，做泥瓦工。文中说主人公自"安史之乱"起（755）"持弓矢"十三年，又"手镘衣食，余三十年"，后者如按三十年计算，相当于贞元十四年（798），则此文作于贞元末在长安时，姑置此。　[2] 贱且劳：低贱而辛苦。　[3] 业之：从事此业。自得：自己感到满足。　[4] 约而尽：简约而透彻。尽，完全。　[5] 京兆长安：唐长安县为京兆府所辖，管理长安城西部。　[6] 天宝之乱：指"安史之乱"。唐玄宗天宝十四载（755），平卢、范阳、河东三镇节度使安禄山等起兵叛乱，进占中原，攻破长安，战乱延续九年始告平定。　[7] 发人为兵：征调民夫从军。人，"民"之讳，唐太宗名李世民。　[8] 有官勋：有官阶、勋位。唐时立军功例授武散官阶和勋品，武散官

自从一品骠骑大将军至从九品下陪戎都尉凡四十五阶，勋品自上柱国至武骑尉凡十二品，都是无职事的荣誉称号。　[9]手镘（màn）衣食：操镘劳作，谋取衣食。镘，抹泥板。　[10]舍于市：居住在市场。长安有东、西二市，这里应指西市。　[11]屋食之当（dàng）：居住饮食之值。当，抵充之值。　[12]上下其坯之佣：提高或降低他做泥瓦工的工钱。　[13]稼而生：耕作产生。　[14]"若布与帛"二句：至于布则必须养蚕绩丝后才能够织成。若，至于。蚕绩，养蚕缉绩丝麻。绩，把麻捻成线，麻织为布，丝织为帛。　[15]养生之具：维持生活的手段。　[16]完之：完成它们。　[17]遍为：全都去做。　[18]各致其能：各尽其所能。致，付出。相生，相互生养。　[19]"故君者"二句：所以君主是治理使我得以生存的人。理，治理，"治"之讳，唐高宗名李治。　[20]"而百官者"二句：而各类官员是秉承君主（施行）教化的人。承，秉承，承受。　[21]"任有小大"以下三句：职责有大有小，都只是发挥各自功能，像器皿一样。　[22]"食焉而怠其事"二句：取食于某事而怠惰其职务，必有上天的灾祸降临。怠，懈怠。天殃，天降的灾祸。　[23]舍镘以嬉：放下抹泥板去游乐。嬉，戏乐。　[24]易能可力：容易掌握，可以出力。　[25]诚有功：确实有功效。　[26]取其直：取得报酬。直，同"值"。　[27]"夫力"二句：靠力量是容易勉强取得功效的。强（qiǎng），勉强。　[28]"心"二句：心是难于勉强而变得聪明的。　[29]"用力者使于人"以下三句：意本《孟子·滕文公上》："百工之事，固不可耕而为也。然则治天下独可耕且为与？有大人之事，有小人之事。且一人之身而百工之所为备，如必自为而后用之，是率天下而路也。故曰或劳心，或劳力；劳心者治人，劳力者治于人；治于人者食人，治人者食于人，天下之通义也。"　[30]有年：多年。陶潜《移居》诗之一：

"怀此颇有年，今日从兹役。"　[31]墟：废墟。　[32]归之官：被没收归官府。　[33]"吾以是观之"以下三句：我从这些看，这不是所谓取食却懈怠职务而得到天降灾祸的人吗？不是勉强心力自作聪明、不计自己才能是否相称而假冒（职位）的人吗？称（chèn），相合。　[34]多行可愧：多做愧对于心的事。　[35]将富贵难守、薄功而厚飨（xiǎng）之者邪：大概是富贵难以保持、功劳少而享受丰厚的人吧？飨，通"享"。　[36]抑丰悴（cuì）有时、一去一来而不可常者邪：还是盛衰变化有一定时间、来去变化不能保持长久的人呢？悴，衰弱，疲萎。　[37]自奉也博：自己享受丰厚。奉，供养。　[38]"又吾所谓劳力者"以下五句：又，我是所谓"劳力者"，即使维持家庭力量都不够，那么心又"劳"了，一身担负两方面责任，虽然是圣人也不可能。　[39]独善其身：只求自身完善。语本《孟子·尽心上》："穷则独善其身，达则兼善天下。"　[40]"然吾有讥焉"以下三句：然而我有所非议了，认为他是为自己过多而为他人过少。有讥，又非议。有，通"又"。自为，为自己。　[41]杨朱之道：杨朱的学说主张"贵生""重己""全性葆真"，在战国时期是与儒家对立的显学。　[42]"杨之道"二句：意本《孟子·尽心上》，其中说杨朱"拔一毛而利天下，不为也"。　[43]"而夫人以有家为劳心"以下三句：那个人认为有家就是劳心，不肯动一下心来养活妻子，他肯劳心为他人吗？夫，那个，指示代词。畜，养。　[44]患不得而患失之：语本《论语·阳货》："子曰：'鄙夫可与事君也与哉？其未得之也，患得之；既得之，患失之。苟患失之，无所不至矣。'"患，忧虑。济其生之欲，满足其生存欲望。贪邪而亡道：贪婪邪僻而没有道义。亡，无。　[45]警余：警醒自己。　[46]自鉴：自我鉴戒。

[点评]

这篇名为"传",实则不同于一般传记而别有寄托,或被称为"杂传"或"寓传",也有人区别下面选录的"游戏之传"《毛颖传》,而称它为"寄托之传"。鲁迅明确指出这类作品虽"幻设为文","以寓言为本","无涉于传奇",即不同于传奇小说(《中国小说史略》第八篇《唐之传奇文(上)》)。文章用史传体例,杂以小说笔法,而主旨在表达寓意,是兼具史传、小说、寓言的特征,在艺术上富于独特性的文字,可看作是杂文一体。在开端一小节简单介绍传主之后,主要篇幅是记录传主的一大段话,以人传言,又以言传人,形象地描绘了一种人格,表现了一种人生观、人生理想。主人公的人生和观念显然是不同于传统的"学优则仕"、求举觅官、追求"三不朽"的人格的。这也是借传主之口所表达的一种主张。这种人格、这种主张,显然和当时居统治地位的主流见解不同,是具有一定批判意义的。至于文章以一位泥瓦匠为主人公,赞赏、表扬一位自食其力、心安无愧的"贱且劳"的劳动者,又相对照地揭示了"富贵"之人或尸位素餐、薄功厚飨,或贪邪无道、多行可愧而自取败亡,表达了鲜明的爱憎和褒贬,这对于身为士大夫的韩愈又是十分难能可贵的。至于文中大段对于"富贵之家"近乎诅咒的议论,显然有韩愈在长安十几年的所见所闻为依据,也表明他善于、勇于从社会现实中汲取写作材料的态度与做法。

御史台上论天旱人饥状 [1]

右臣伏以今年已来 [2]，京畿诸县夏逢亢旱 [3]，秋又早霜，田种所收，十不存一。陛下恩逾慈母 [4]，仁过春阳 [5]，租赋之间，例皆蠲免 [6]。所征至少 [7]，所放至多，上恩虽弘，下困犹甚。至闻有弃子逐妻以求口食，拆屋伐树以纳税钱，寒馁道途 [8]，毙踣沟壑 [9]。有者皆已输纳 [10]，无者徒被追征。臣愚以为此皆群臣之所未言 [11]，陛下之所未知者也。

臣窃见陛下怜念黎元 [12]，同于赤子，至或犯法当戮，犹且宽而宥之 [13]。况此无辜之人 [14]，岂有知而不救？又京师者，四方之腹心，国家之根本，其百姓实宜倍加优恤 [15]。今瑞雪频降，来年必丰，急之则得少而人伤，缓之则事存而利远 [16]。伏乞特敕京兆府 [17]，应今年税钱及草粟等在百姓腹内征未得者 [18]，并且停征，容至来年蚕麦 [19]，庶得少有存立 [20]。

臣至陋至愚，无所知识 [21]，受恩思效 [22]，有见辄言 [23]。无任恳款惭惧之至 [24]，谨录奏闻 [25]。谨奏。

韩愈《赴江陵途中》诗回忆贬阳山缘由有云："或自疑上疏，上疏岂其由。"即指此状。

此数语言简意赅，寓谏言于祈请。

童第德："文体明白晓畅，兼用当时口语，如拆屋、瑞雪、百姓腹内等等，务求人人能解，就是他自己所说的'当时之文'"（《韩愈文选》）

[**注释**]

[1] 贞元十九年正月至七月，关中等地大旱不雨，主朝政者对民间受灾惨状却讳莫如深。是年十二月，韩愈任监察御史，为御史台属官，有纠察弹奏之权，上此奏状。　[2] 右：古代文书自右向左书写，前面原有上奏缘由、官衔等说明。　[3] 京畿：旧时称京城所辖地区，唐时指京兆府所辖各县。亢（kàng）旱：大旱。亢，极，甚。　[4] 逾：超过。　[5] 春阳：喻慈爱温暖。语出《晋书·乐志》："经春阳而自喜，遇秋凋而不悦。"　[6] 蠲（juān）免：免除。蠲，免除。　[7]"所征至少"以下四句：征收很少，放免很多，上面（指朝廷）恩德虽然宏大，下面（指民间）困苦还是很严重。放，免去，公文用语。　[8] 寒馁（něi）道途：在道路上受冻挨饿。馁，饥饿。　[9] 毙踣（bó）沟壑：倒毙在壕沟之中。踣，跌倒。沟壑，壕沟。　[10]"有者皆已输纳"二句：有（钱财谷帛）的人全都缴纳完了，没有的人空被追求征收。输纳，缴纳。徒，空，白白地。　[11] 臣愚以为。自己认为。愚，上书自贬例语。　[12] 窃见：私下里看到，自贬之辞。黎元：百姓。　[13] 宽而宥（yòu）之：宽大饶恕。宥，宽恕。　[14] 无辜：没有罪过。　[15] 优恤：优待怜悯。　[16] 急之、缓之：指征收赋税操之急迫还是加以延缓。事存而利远：事情完善，利益长远。存，保全。　[17] 伏乞：伏身乞求，自贬之辞，奏章套语。特敕：下特别诏令。京兆府：管辖首都及其周边各县。　[18] 百姓腹内：指百姓名下。　[19] 来年蚕麦：来年蚕成麦收。　[20] 庶得：希望能够。少有存立：意谓有活下去的可能。少，同"稍"。存立，存活。　[21] 无所知识：不明道理。知识，所知所识。　[22] 受恩思效：接受朝廷恩惠（任命为官）就想给予报答。效，报效。　[23] 有见辄言：见到了就说出来。　[24] 无任恳款惭惧之至：表示上奏章时的心情：诚恳、惭愧、小心到极点。无任，不胜，表非常。恳款，诚恳。款，恳切。　[25] 奏闻：奏报上闻。

[点评]

这是韩愈担任监察御史时上书朝廷的一篇奏章。监察御史为八品，算是下层朝官，但有谏诤职责，职位又是相当重要的。韩愈由四门博士学官冷曹被推荐担任这个职务，受到鼓舞，也就要履行职责。他面对民间疾苦，不知隐讳，直言强谏，大胆揭露朝政弊端，表现出了坚持道义、刚正不阿的精神。他也由此触犯执政者，成为他第一次遭受贬黜的直接原因之一。一般臣下写揭露时弊的章奏，多用曲笔，或留有余地，或作回护之语，而韩愈的这一篇开端即直接指出事实要害，揭露民间疾苦实况，朝廷蠲免赋税的虚伪无实，更明确说“群臣之所未言，陛下之所未知”。这一方面责难“群臣”不能向朝廷反映实情，另一方面更把矛头直接指向皇帝本人，说他不了解下情。接下来文意陡然逆转，以“陛下怜念黎元”等表面颂扬之语逼出解救民困的建议，让皇帝接受。如此言无忌讳，耿直“强谏”，表现出韩愈不计得失、忠于职守的无畏精神。全篇文字言简意赅，笔势急促，充分表达了韩愈解救民困的忠悃、急切心情。

燕喜亭记 [1]

太原王弘中在连州 [2]，与学佛人景常、元慧游 [3]。异日，从二人者行于其居之后 [4]，丘荒之间，上高而望，得异处焉 [5]。斩茅而嘉树列 [6]，发石而清泉激，辇粪壤，燔椔翳；却立而视之[7]，出者突然成丘，陷者呀然成谷，窪者为池而缺者为洞，若有鬼神异物阴来相之。自是弘中与二人者晨往而夕忘归焉，乃立屋以避风雨寒暑。

既成，愈请名之：其丘曰"俟德之丘"[8]，蔽于古而显于今[9]，有俟之道也；其石谷曰"谦受之谷"[10]，瀑曰"振鹭之瀑"[11]，谷言德、瀑言容也[12]；其土谷曰"黄金之谷"，瀑曰"秩秩之瀑"[13]，谷言容，瀑言德也；洞曰"寒居之洞"，志其入时也[14]；池曰"君子之池"，虚以钟其美、盈以出其恶也[15]；泉之源曰"天泽之泉"，出高而施下也[16]；合而名之以屋曰"燕喜之亭"，取《诗》所谓"鲁侯燕喜"者[17]，颂也。于是州民之老闻而相与观焉[18]，曰："吾州之山水名天下，然而无与'燕喜'者比。"经营于其侧者相接也，而莫直其地[19]。凡天作而地藏者之以遗其人乎[20]？

弘中自吏部郎贬秩而来[21]，次其道途所经[22]，自蓝田，入商洛[23]，涉浙湍[24]，临汉水，升岘首以望方城[25]；出荆门[26]，下岷江[27]，过洞庭，上湘水，行衡山之下；鑢郴逾岭[28]，蝘狋所家[29]，鱼龙所宫，极幽遐瑰诡之观[30]，宜其于山水饫闻而厌见也[31]。今其意乃若不足。《传》曰[32]："智者乐水[33]，仁者乐山。"弘中之德与其所好，可谓协矣[34]。智以谋之，仁以居之，吾知其去是而羽翼于天朝也不远矣[35]。遂刻石以记。

[注释]

[1]燕喜亭在连州（今广东连州）。本文是韩愈在阳山作。燕喜：亭名，取宴饮喜悦之意。方《正》："亭在连山郡城北之五里惠宗寺后。"　[2]王弘中：字仲舒，韩愈友人，自吏部员外郎贬连州司户参军。　[3]学佛人：僧侣。　[4]从二人者：谓僧景常、元慧随从。韩愈有《送惠师诗》，即元慧。　[5]异处：风景特别的地方。　[6]"斩茅而嘉树列"以下四句：铲去茅草露出一排排美好林木，掘开石头出现轻轻泉水激流，运走粪土，烧掉枯木。辇，运走。燔（fán）槸（zī）翳，烧掉枯木。燔，焚烧。槸，直立的枯木。　[7]"却立而视之"以下五句：退过身来看，高出的是突出的山丘，窅陷处低洼成为山谷，低洼处为池，缺陷处为洞，好像有鬼神怪物暗地里相助形成的。呀然，呀，通"牙"，凹陷的样子。阴来相之，暗地里来帮助。相，辅助。　[8]俟（sì）德：意谓等待有德之人。　[9]蔽于古而显于今：过去隐蔽而如今表现出来。　[10]谦受：取谦虚受益之意。语出《尚书·大禹谟》："满招损，谦受益。"[11]振鹭：白鹭振翅。语出《诗经·周颂·振

鹭》："振鹭于飞，于彼西雍。"　[12]谷言德、瀑言容：谓谷名"谦受"言其德，瀑名"振鹭"言其形。　[13]秩秩：清明貌。语出《诗经·大雅·假乐》："威仪抑抑，德音秩秩。"　[14]志：同"志"，记。　[15]虚以钟其美：（池水）空了显现其美好。盈以出其恶：满了则去除其丑恶。　[16]出高而施下：池水出处高而流向下。　[17]鲁侯燕喜：典出《诗经·鲁颂·闳宫》。鲁侯指春秋时期鲁国君主。　[18]州民之老：连州民众中的长者。州，指连州。老，德高望重的长者。　[19]莫直其地：其地不必付出代价。直，同"值"，代价。　[20]天作而地藏者之以遗（wèi）其人乎：大抵是上天创造而大地隐藏起来以留给那个人（王弘中）。遗，送，给。　[21]贬秩：贬官。秩，官品。　[22]次：处，泛指所到之处。　[23]商洛：唐县名，今陕西丹凤县西北。　[24]淅湍：淅水，源出河南卢氏县。湍，激流。　[25]岘首：岘山，在今湖北襄阳市南。方城：春秋时期楚国北边的长城，自今河南方城县绵延至邓州。　[26]荆门：山名，在湖北宜都市西北。　[27]岷江：在四川。此处所述行程有不合处，文字当有讹误。　[28]繇郴逾岭：由郴州过南岭。繇，通"由"。　[29]猨狖（yòu）所家：猿狖所居住的地方。猨，通"猿"。狖，一种猿猴。　[30]幽遐瑰诡：幽远奇异。　[31]饫闻：习闻，饱闻。厌见：常见。厌，同"餍"，满足。　[32]《传》：指《论语》。　[33]"智者乐水"二句：语出《论语·雍也》："知者乐水，仁者乐山。"　[34]协：协调，符合。　[35]吾知其去是而羽翼于天朝也不远矣：我知道他（王弘中）去朝廷任职的时间不远了。羽翼，指辅佐朝廷，回到朝廷任要职。

[点评]

　　这是一篇亭台记，却避开亭台本身的描写，完全在空处斡旋。一段写建筑亭台，而主要写铲除荒秽；一段

写给景物命名，而名字各有深意；最后写主人公贬官来
连州的一路艰辛，最后表达即将回朝得到大用之祝愿。
其中写亭台山水不遇，以表对于贤人失志的不满，实则
有自己被贬黜的遭遇为底蕴。文章写法是记叙、描写与
议论相错落，草蛇灰线，似断实连。第一节描写连州山
水，用排比句法，运笔奇丽，可与柳宗元山水记媲美；
第三节回顾南来旅程，叙道途艰险，表人情世态，意味
深长；最后归结到"智者乐水，仁者乐山"的古训，以
寓对友人的同情、慰安之意。

杂说四首 [1]

其　一

　　龙嘘气成云 [2]，云固弗灵于龙也。然龙乘是
气 [3]，茫洋穷乎玄间，薄日月，伏光景，感震电，
神变化，水下土，汩陵谷，云亦灵怪矣哉！

　　云，龙之所能使为灵也；若龙之灵，则非云
之所能使为灵也。然龙弗得云，无以神其灵矣 [4]。
失其所凭依 [5]，信不可欤？异哉！其所凭依，乃
其所自为也。

　　《易》曰："云从龙 [6]。"既曰龙，云从之矣。

陡然而起，提
出"龙""云"间的
关系。就此起议，
变化无方。

李厚庵："此条
寄托至深，取类至
广。精而言之，则
如道义之生气，德
行之发为事业、文
章，皆是也。大而
言之，则如君臣之
遇合，朋友之应求，
圣人之兴起于百世
之下，皆是也。龙
是主，云是宾，层
层转换，每下一转，
令人骇绝。"（沈德潜
《评注唐宋八家古文
读本》）

[注释]

[1]四首杂说应非一时所作，姑系于此。朱《考》："或作三首，其一作题《崔山君传》。" [2]"龙嘘气成云"二句：龙吹气成云，云本来不比龙更为神灵。朱《考》："'龙'下或有'之'字。" [3]"然龙乘是气"以下九句：然而龙却乘云气在天上自由自在地游行，迫近日月，遮住光明，感发雷电，变化神妙，浸润下方土地，淹没山谷，云也够灵怪的了。茫洋，遥远貌。玄间，太空，天玄地黄。薄日月，迫近日月。薄，迫，近。伏光景，掩蔽光明。伏，隐蔽。景，同"影"。感震电，感应雷电震动。水下土，水浸润下方土地。汩（gǔ）陵谷，（水）充满山谷。汩，没。此段意本《管子·水地》："龙生于水，被五色而游，故神。欲小则化如蚕蠋，欲大则藏于天下，欲上则凌于云气，欲下则入于深泉，变化无日，上下无时，谓之神。" [4]无以神其灵：没有办法神化它的灵变。 [5]"失其所凭依"二句：失掉它所依靠的，确实不可以吧。凭依，依靠。信，实在。 [6]云从龙：语出《乾卦·文言》。

其　二

善医者[1]，不视人之瘠肥，察其脉之病否而已矣；善计天下者[2]，不视天下之安危，察其纪纲之理乱而已矣。天下者，人也；安危者，肥瘠也；纪纲者，脉也。脉不病[3]，虽瘠不害；脉病而肥者，死矣。通于此说者[4]，其知所以为天下乎！

夏、殷、周之衰也，诸侯作而战伐日行矣[5]，传数十王而天下不倾者[6]，纪纲存焉耳。秦之王

马其昶："人知忧盛危明，则其所为必能转祸为福，特人之能知而为者少耳，故必有善医善计者告之，而后人知忧惧；亦必有善医善计者为之，而后天锡以福。"（《韩昌黎文集校注》）

天下也^[7]，无分势于诸侯，聚兵而焚之，传二世而天下倾者，纪纲亡焉耳。是故四支虽无故^[8]，不足恃也^[9]，脉而已矣^[10]；四海虽无事，不足矜也^[11]，纪纲而已矣^[12]。忧其所可恃^[13]，惧其所可矜，善医善计者，谓之天扶与之。《易》曰："视履考祥^[14]。"善医善计者为之^[15]。

国家兴衰，纪纲至重，譬之血脉。

［注释］

[1]"善医者"以下三句：善于给人治病的人，不是看人的体态肥瘦，而是观察他的血脉是不是有病。脉，血脉。病否，有没有病。《唐文粹》等"善医者"作"善医人者"。　[2]"善计天下者"以下三句：善于谋划天下的人，不是看天下的安危，而是观察法度的理乱。纪纲，法度。　[3]"脉不病"二句：血脉没有病，虽然消瘦也没有危害。　[4]"通于此说者"二句：通晓这个说法的人，也就知道如何治理天下了吧。通，知晓。为天下，治理天下。　[5]诸侯作：诸侯并起。作，兴起。战伐日行：天天征战讨伐。　[6]传数十王：夏自禹至桀共十三代十六王，商自汤至纣共十七代三十王，周自武王至赧王共三十五王。　[7]"秦之王（wàng）无下也"以下五句：秦朝统治天下，没有划分势力给诸侯，搜罗（民间）兵器加以焚毁，传二世而天下倾覆，是法度不存了。王，称王，统治。分势，指没有分封诸侯。倾，倾覆，败亡。　[8]四支：四肢。支，同"肢"。无故：无有变故。　[9]恃：倚仗，依赖。　[10]脉而已矣：意谓决定于血脉如何。　[11]矜：自夸，自大。　[12]纪纲而已矣：意谓问题出在法度。　[13]"忧其所可恃"以下三句：忧虑可用作倚仗的，戒惧可引以为骄傲的，

这是善于治病、善于谋划天下的人，是所谓上天扶助他。扶与：扶助。　[14]视履考祥：观察其所行，可以考察出征兆。语出《易经·履卦》上九爻辞；王弼注："祸福之祥，生乎所履。处履之极，履道成矣，故可视履而考祥也。"祥，征兆。　[15]善医善计者为之：善于治病、善于谋划天下之人所做的。

其　三

谈生之为《崔山君传》[1]，称鹤言者，岂不怪哉！然吾观于人[2]，其能尽其性而不类于禽兽异物者希矣。将愤世嫉邪、长往而不来者之所为乎[3]？

张伯行："'古人形似兽，皆有大圣德；今人形似人，兽心不可测。'与是说同一愤世疾邪之心也。"(《重订唐宋八大家文钞》)

昔之圣者[4]，其首有若牛者，其形有若蛇者，其喙有若鸟者，其貌有若蒙俱者。彼皆貌似而心不同焉[5]，可谓之非人邪？即有平胁曼肤、颜如渥丹、美而很者[6]，貌则人，其心则禽兽，又恶可谓之人邪[7]？然则观貌之是非，不若论其心与其行事之可否为不失也。

怪神之事[8]，孔子之徒不言。余将特取其愤世嫉邪而作之，故题之云尔[9]。

[注释]

[1]"谈生之为《崔山君传》"以下三句：谈生作《崔山君传》，

说他能作"鹤言",岂不奇怪吗。谈生,谈姓,不知名。　　[2]"然吾观于人"二句:然而我观察人,能够发挥本性而和禽兽异物不同的是很少见的。异物,怪物,指如"鹤言"者。希,同"稀",少。　　[3]将愤世嫉邪、长往而不来者之所为乎:大概这是愤恨世道、嫉恨邪恶、隐居弃世之人的作为吧。将,殆,大概。长往而不来者,隐居之士。　　[4]"昔之圣者"以下五句:意本《列子·黄帝》:"庖牺氏、女娲氏、神农氏、夏后氏,蛇身人面,牛首虎鼻,此有非人之状,而有大圣之德。夏桀、殷纣、鲁桓、楚穆,状貌七窍皆同于人,而有禽兽之心。"其首有若牛者,《史记》张守节《正义》:"(炎帝)人身牛首。"其形有若蛇者,《宋书·符瑞志》:"太昊帝宓犠氏,……蛇身人首。"其喙若鸟,据传禹长颈鸟喙。喙,鸟的嘴。貌有若蒙倛,《荀子·非相》:"仲尼之状,面如蒙倛。"蒙倛又称"方相",是古代驱除瘟疫的神像。　　[5]"彼皆貌似而心不同焉"二句:他们形貌都与常人类似而心与人不同,可以说不是人吗?　　[6]平胁曼肤:身体丰满的样子。平胁,肋部平整。曼肤,皮肤润泽。语出屈原《天问》:"平胁曼肤,何以肥之?"颜如渥(wò)丹:面色红润。渥,厚渍。语出《诗经·秦风·终南》:"颜如渥丹,其君也哉!"美而很:美丽而凶暴。很,通"狠"。《左传》襄公二十六年:"(宋平公)娶生佐,恶而婉。大子痤,美而很。"　　[7]恶(wū)可:何可。恶,何,怎么。　　[8]"怪神之事"二句:意本《论语·述而》:"子不语:怪、力、乱、神。"　　[9]故题之云尔:所以拿它来题写。

其　四

世有伯乐[1],然后有千里马。千里马常有[2],而伯乐不常有。故虽有名马,祇辱于奴隶人之

一句陡然而起,发明主旨。

手[3]，骈死于槽枥之间[4]，不以千里称也。

马之千里者，一食或尽粟一石[5]。食马者不知其能千里而食也[6]。是马也，虽有千里之能，食不饱，力不足，才美不外见[7]，且欲与常马等不可得，安求其能千里也[8]？

策之不以其道[9]，食之不能尽其材，鸣之而不能通其意[10]，执策而临之曰：天下无马。鸣呼！其真无马邪？其真不知马也？

王文濡："如展图画，尺幅中具有千里之观，介甫（王安石）《读孟尝君传书后》似脱胎于此。"（《古文辞类纂》王文濡评注）

［注释］

[1]"世有伯乐"二句：典出《战国策·楚策四》：汗明见春申君，汗明曰："君亦闻骥乎？夫骥之齿至矣，服盐车而上太行，蹄申膝折，尾湛胕溃，漉汁洒地，白汗交流，中阪迁延，负辕不能上。伯乐遭之，下车攀而哭之，解纻衣以幂之。骥于是俛而喷，仰而鸣，声达于天，若出金石声者，何也？彼见伯乐之知己也。"伯乐，相传为春秋时期秦国秦穆公（前659—前625在位）时人，姓孙，名阳，以善驭马而著名。　[2]"千里马常有"二句：意本《楚辞·怀沙》："伯乐既没，骥焉程兮？"　[3]祇：适，恰好。奴隶人：奴仆。　[4]骈（pián）死：接连死去，言其多。骈，两马并驾、并排。槽枥：马槽。　[5]尽粟一石：吃尽一石谷子。　[6]食（sì）马者：喂马的人。食，喂。　[7]不外见：不表现在外。见，通"现"。　[8]安求：怎么要求。　[9]策之：鞭策它。策，马鞭，鞭打。　[10]鸣之：呼唤它。或谓马鸣，亦通。

[点评]

这一组《杂说》非一时所作。从内容上看，应作于元和初在两京任学官之时。这些自由散漫的文字，类似短评、寓言、杂感，又不拘一格，随意生发，往往能够以小见大。例如"善医者"一篇，讲的是治国平天下的大道理；而"世有伯乐"一篇，则是评论如何发现和使用人才的重大课题，都体现了现实针对性，且具有普遍的训喻意义。从写法看，因为篇幅短小，所以更需要精心结撰，造成言简意长、发人深省的效果；运笔则挥洒自如，虚虚实实，如钱锺书《管锥编》评第四则说"以摇曳之调继斩截之词，兼'卓荦为杰'与'纤徐为妍'"。至于语辞的推敲，句法的研练，写作这种短文时显得尤为重要，由此显示出韩愈的巨大功力。

送区册序 [1]

阳山[2]，天下之穷处也。陆有丘陵之险，虎豹之虞[3]。江流悍急[4]，横波之石廉利侔剑戟。舟上下失势[5]，破碎沦溺者往往有之[6]。县郭无居民[7]，官无丞、尉[8]。夹江荒茅篁竹之间[9]，小吏十余家，皆鸟言夷面[10]。始至，言语不通，画地为字，然后可告以出租赋，奉期约[11]。是以宾客游从之士无所为而至[12]。

写山川景物，奇词险语，历历如绘。

沈德潜："处极穷之境，而能不顾险阻，以后辈礼定交世外，真能遗外势利，……铺叙穷境，镌镵（chán）造化，笔笔有神。"（《评注唐宋八家古文读本》）

写自己在天下穷处，官况萧条，而区册来学，与之游林薮而陶然，人物品格、风采自现。

愈待罪于斯且半岁矣[13]。有区生者，誓言相好[14]，自南海挐舟而来[15]。升自宾阶[16]，仪观甚伟[17]。坐与之语，文义卓然[18]。庄周云[19]："逃空虚者，闻人足音跫然而喜矣。"况如斯人者[20]，其易得哉！入吾室，闻《诗》《书》仁义之说，欣然喜，若有志于其间也。与之翳嘉林[21]，坐石矶，投竿而渔，陶然以乐，若能遗外声利而不厌乎贫贱也。

岁之初吉[22]，归拜其亲[23]，酒壶既倾，序以识别[24]。

［注释］

[1]区（ōu）册：韩愈被贬阳山时前来从学者。区册于贞元二十一年元旦返回家乡南海（岭南道广州治所，今广东广州），韩愈作序送之。　[2]阳山：今广东阳山县。　[3]虞：忧患。　[4]"江流悍急"二句：江流强劲急速，江中巨石棱角锋利如剑戟。廉利，棱角锋利。廉，有棱角。牟（móu）剑戟，比得上剑、戟。牟，等。　[5]失势：失去控制，指翻船。　[6]沦溺：沉没。　[7]县郭：县城，外城为郭。　[8]官无丞、尉：唐制，县府里有丞、尉，是辅佐县令的官员，阳山是偏僻小县，不设丞、尉。　[9]荒茅篁（huáng）竹：荒草竹丛。篁，竹林。屈原《九歌·山鬼》："余幽篁兮终不见天。"王逸注："幽篁，竹林也。"　[10]鸟言夷面：言语不通如鸟语，长相如少数民族人。

意本《后汉书·度尚传》："深林远薮，椎髻鸟语之人。"李贤注："鸟语，谓语声似鸟也。" [11]奉期约：遵守规定期限（如春种秋收、服赋役等）。 [12]是以宾客游从之士无所为而至：因此宾客、游历、从学之人没有到这里来做什么的。 [13]待罪于斯：谓被贬黜到这里。待罪，自贬之辞。且半岁：将半年。且，将。 [14]誓言相好：发誓结下友谊。 [15]挐（ráo）舟而来：乘船来。挐舟，划船。挐，用船桨划。 [16]宾阶：古时客人自东阶升堂，称宾阶。 [17]仪观：仪表相貌。 [18]卓然：高超貌。 [19]"庄周云"以下三句：语出《庄子·徐无鬼》（中间有省略），意谓逃避到空谷里的人，听到人的脚步声就高兴起来。跫（qióng）然，脚踏地声。 [20]斯人：这样的人。 [21]"与之翳（yì）嘉林"以下五句：和他在美好的树林下乘凉，坐在水边石头上，投下鱼竿钓鱼，心情十分快乐，好像已把名位利禄置之度外而满足于贫贱了。翳嘉林，美好的树林遮盖。翳，遮盖。坐石矶（jī），坐在水边石头上。矶，水边小石山。陶然，快乐貌。厌，满足。 [22]岁之初吉：旧历正月初一。初吉，朔日。 [23]归拜其亲：回家省亲。 [24]序以识（zhì）别：写序以记别离。识，记。

[点评]

这是一篇应酬文字，描摹历历在目，述情感慨万千。从阳山之"穷处"起笔，由地之穷写到人之穷，而在如此穷困无聊的处境下有区生前来拜见，二人结下友谊，其难得可知；在如此穷困偏僻的地方有这样尚义好文的区生在，其可贵可知。文章描写高山激流险峻、荒僻小县风土，利用简单的笔触，鲜活如画地再现出岭南山区奇特的自然、人文景观。文章遣词造语，刻意求奇，但奇而不僻，有助于再现所写另外奇异意象的特征，传达崎岖不平的感情，也显示出"尚奇"的艺术趣味。

原　道[1]

本文乃是韩愈阐述兴儒反佛宗旨的纲领性文章，又是他精心撰作的杰出的议论文章，对了解韩愈思想与写作成就至为重要。

开端六句，立起总纲。

马其昶："著《原道》之篇，以谓佛原于老，求其端，讯其末，然后知圣人之道为常道，彼佛老则怪而已矣。篇中论圣道，论佛老，皆求端讯末之事，所谓'原'也。"（《韩昌黎文集校注》）

博爱之谓仁[2]，行而宜之之谓义，由是而之焉之谓道，足乎己无待于外之谓德。仁与义为定名[3]，道与德为虚位。故道有君子小人[4]，而德有凶有吉。老子之小仁义[5]，非毁之也，其见者小也。坐井而观天[6]，曰天小者，非天小也。彼以煦煦为仁[7]，孑孑为义，其小之也则宜。其所谓道[8]，道其所道，非吾所谓道也；其所谓德，德其所德，非吾所谓德也。凡吾所谓道德云者，合仁与义言之也，天下之公言也[9]；老子之所谓道德云者，去仁与义言之也，一人之私言也。周道衰[10]，孔子没，火于秦，黄、老于汉，佛于晋、魏、梁、隋之间。其言道德仁义者[11]，不入于杨，则入于墨；不入于老，则入于佛。入于彼[12]，必出于此。入者主之[13]，出者奴之[14]；入者附之，出者污之。噫，后之人其欲闻仁义道德之说，孰从而听之[15]！老者曰[16]："孔子，吾师之弟子也。"佛者曰[17]："孔子，吾师之弟子也。"为孔子者习闻其说[18]，乐其诞而自小也，亦曰："吾师亦尝师之云尔。"不惟举之于其口[19]，而又笔之于其书。噫，后之人虽欲闻仁义道德之说，其孰从而求之？甚矣，人之好怪也。不求其端[20]，不讯其末，惟怪之欲闻。

儒、道、佛乃是历史上中国文化的三大支柱，文中对三者加以辨析，显示出对文化史脉络的清晰认识。

[注释]

[1]原：议论文体名称，穷本溯源之意，即本文所说"求端""讯末"。韩愈作"五原"，是五篇集中阐述其思想观点的论文。《原道》之外，还有《原性》《原毁》《原人》《原鬼》。《淮南子》里有《原道训》，《文心雕龙》里有《原道》篇，为本篇命题所本。韩愈在阳山作《李员外（伯康）寄纸笔》诗，中有"虞卿正著书"句；又，永贞元年在江陵作《上兵部李员外（巽）书》，又有"谨献旧文一卷，扶树教道，有所明白"之语。所谓"著书""旧文"，应是指"五原"等，因而可以大体推定此文在阳山作。　[2]"博爱之谓仁"以下四句：博爱即是所谓仁。意本《论语·颜渊》："樊迟问仁。子曰：'仁者爱人。'"行为合宜即是所谓义。意本《礼记·中庸》："义者，宜也。"由此出发而行即是所谓道。意本《礼记·中庸》："率性之谓道。"郑注："循性行之之谓道。"自身内在充实而不待外铄即是所谓德。意本《礼记·乡饮酒义》："德也者，得于身也。"　[3]"仁与义为定名"二句：仁和义是有固定含义的概念，道和德是没有固定内涵的范畴（指各家赋予道与德的内涵

不同）。名，概念。　[4]"故道有君子小人"二句：道有君子之道、小人之道，德有吉德、有凶德。意本《周易·泰卦》象传："君子道长，小人道消也。"又《左传》文公十八年："孝敬忠信为吉德，盗贼藏奸为凶德。"　[5]"老子之小仁义"以下三句：老子蔑视仁义，不是有意诋毁，而是见识狭小。意本《老子》曰："大道废，有仁义。""失道而后德，失德而后仁，失仁而后义，失义而后礼。"云云。　[6]坐井而观天：旧注谓典据《尸子·广泽》："井中视星，所视不过数星。"　[7]"彼以煦（xù）煦为仁"以下三句：他（老子）把小恩小惠当作仁，把特立独行当作义，（从而）加以蔑视也是应该的。煦煦，温暖貌。孑（jié）孑，通"桀桀"，特立貌。　[8]"其所谓道"以下三句：他所说的道，是把自己奉行的道当作道，不是我所说的道。道其所道，前一个"道"是动词，后一个"道"是名词。下"德其所德"语法同。　[9]公言：公认的看法。下"私言"指个人偏见。　[10]"周道衰"以下五句：这里是指出孔子以后儒家圣人之道被败坏、排斥的情形。火于秦，指秦王朝焚书坑儒。火、烧，用作动词。黄、老于汉，指西汉前期文、景时代黄、老之学盛行。"黄、老"与前面的"火"、后面的"佛"用法同。佛于晋、魏、梁、隋，指佛教特别盛行于这四个朝代。　[11]"其言道德仁义者"以下五句：那些讲仁义道德的都流入杨、墨、老、佛之说。意本《孟子·滕文公下》："杨朱、墨翟之言盈天下，天下之言，不归杨，则归墨。"　[12]"入于彼"二句：入于杨、墨、佛、老，必定出离儒道。　[13]"入者主之"二句：入者（杨、墨、佛、老）则成为宗主，出离儒道则形同奴仆。　[14]"入者附之"二句：流入（杨、墨、佛、老）则归附它们，出离儒道则玷污它。　[15]孰从而听之：哪里能听到它。　[16]"老者曰"以下三句：奉行老子之道的人说：孔子是我们宗师的弟子。如《庄子·天运》："孔子行年五十有一而不闻道，乃南之沛见老聘。"《史记》的《孔子世家》《老子韩非列传》等也都说孔子曾师事老子。　[17]"佛者曰"以下三句：佛教徒说：孔子是我们宗师的弟子；如后周释道安《二教论·服法非老》篇引《清净法行经》："佛遣三弟子震旦教化：儒童菩萨，彼称孔子；光净菩萨，彼称颜回；摩诃迦叶，彼称老子。"　[18]"为孔子者习闻其说"以下三句：遵奉孔子之道的人喜其怪诞而轻视自己。此处力辟孔子曾师老子之说，实则韩愈在《师说》里亦曾用其说。　[19]"不惟举之于其口"二句：不只是在嘴里（把这种说法）标举出来，又下笔写在书里。　[20]"不求其端"二句：不追求其本源，不考察其流变。末，指流变。

古之为民者四[1]，今之为民者六。古之教者处其一[2]，今之教者处其三。农之家一而食粟之家六[3]，工之家一而用器之家六，贾之家一而资焉之家六[4]，奈之何民不穷且盗也[5]？古之时，人之害多矣[6]。有圣人者立[7]，然后教之以相生养之道，为之君，为之师，驱其虫蛇禽兽而处之中土。寒然后为之衣[8]；饥然后为之食[9]；木处而颠[10]，土处而病也，然后为之宫室；为之工以赡其器用[11]；为之贾以通其有无[12]；为之医药以济其夭死[13]；为之葬埋祭祀以长其恩爱[14]；为之礼以次其先后[15]；为之乐以宣其壹郁[16]；为之政以率其怠倦[17]；为之刑以锄其强梗[18]。

吴楚材、吴调侯："孔、孟没，大道废，异端炽，千年有余，而后得《原道》之书辞而辟之。理则布帛菽粟，气则山走海飞，发先儒所未发，为后学之阶梯，是大有功名教之文。"

相欺也[19]，为之符玺、斗斛、权衡以信之；相夺也[20]，为之城郭、甲兵以守之。害至而为之备，患生而为之防。今其言曰[21]："圣人不死，大盗不止。剖斗折衡，而民不争。"呜呼！其亦不思而已矣。如古之无圣人，人之类灭久矣。何也？无羽毛、鳞介以居寒热也[22]，无爪牙以争食也。是故君者[23]，出令者也；臣者，行君之令而致之民者也；民者，出粟米麻丝、作器皿、通货财以事其上者也[24]。君不出令[25]，则失其所以为君；臣不行君之令而致之民，则失其所以为臣；民不出粟米麻丝、作器皿、通货财以事其上，则诛[26]。今其法曰：必弃而君臣[27]，去而父子[28]，禁而相生养之道，以求其所谓清净寂灭者[29]。呜呼！其亦幸而出于三代之后，不见黜于禹、汤、文、武、周公、孔子也[30]；其亦不幸而不出于三代之前，不见正于禹、汤、文、武、周公、孔子也[31]。

> 一连十七个"为之"构成排比，长短变化无方，一气倾泻，对于接下来提出的"圣人不死"云云形成排山倒海的批驳效果。

[注释]

[1]"古之为民者四"二句：意本《穀梁传》成公元年："古者有四民：有士民，有商民，有农民，有工民。""四民"加上

僧、道为六。　[2]"古之教者处一"二句：古代教化者处在唯一独尊的地位，如今主持教化者处在三者并立的地位。　[3]食粟：吃粮食。粟，谷子。　[4]贾之家：经商的人。资焉：指供给。　[5]穷且盗：没有出路而流为盗贼。　[6]人之害：对人的祸患。　[7]"有圣人者立"以下五句：有圣人出现，教导民众相互辅助和生存的办法，作为君主，作为师长，驱逐虫蛇禽兽而（把民众）安置在中土。中土，指中国。意本《孟子·梁惠王下》引《书》："天降下民，作之君，作之师。"　[8]寒然后为之衣：寒冷然后为民众创制衣服。意本《周易·系辞下》："黄帝、尧、舜垂衣裳而天下治。"　[9]饥然后为之食：因为饥饿然后为民众创造了食物。意本《孟子·滕文公下》："后稷教民稼穑，树艺五谷，五谷熟而民人育。"　[10]"木处而颠"以下三句：住在树上会掉下来，住在洞穴里会生病，然后为他们创建了房子。意本《周易·系辞下》："上古穴居而野处，后世圣人易之以宫室。"颠，坠落。土处，住土室、洞穴。宫室，居室。　[11]为之工以赡其器用：创造工巧技艺以供给人器具。　[12]为之贾以通其有无：创造商贾以沟通有无。　[13]为之医以济其夭死：创造医药以解救其死亡。夭，早亡。　[14]为之葬埋祭祀以长其恩爱：创造埋葬祭祀（制度）以增长人们的恩爱之情。　[15]为之礼以次其先后：制定礼以规定长幼尊卑次序。次，安排。　[16]为之乐以宣其壹（yīn）郁：制作乐以宣泄其感情抑郁。壹郁，通"湮""堙"，壅塞。　[17]为之政以率其怠倦：制定政令以督促其怠惰疲沓。率，督率。　[18]锄其强梗：除去强横无道的人。　[19]"相欺也"二句：相互欺诈了，为之创造符玺、斗斛、权衡以确立信用。符玺，符用金、玉、竹、木等制成，作为传达命令、征调军队的凭证。玺，印章。权衡，权指秤砣，衡指秤杆。信之，使之相互信用。　[20]"相夺也"二句：因为相互争夺，于是创造出城郭、兵器来守护。城郭，指城市，外城为郭。甲兵，指武器。甲，铠甲。兵，兵器。　[21]"今其言曰"以下五句：语出《庄子·胠箧》："圣人不死，大盗不止，……掊斗折衡，而民不争。"剖斗折衡，打碎了斗，折断了秤杆。　[22]鳞介：鳞片和甲壳。居寒热：抵御寒暑。居，停止。　[23]"是故君者"以下四句：因此，君主是发出号令的；大臣是执行君主号令、使其在民众中执行的。　[24]事其上：侍奉在上位的人（指统治者）。　[25]"君不出令"二句：君主不发号令，就失掉了他做为君主的道理。　[26]诛：惩罚。　[27]弃而君臣：弃绝君臣伦理。　[28]去而父子：除去父子伦理。[29]清净寂灭者：指佛教。清净寂灭是涅槃的早期意译，指佛教修行所追求的超越生死轮回的绝对境界。　[30]见黜（chù）：被排斥、废弃。黜，处罚，摈弃。这里是站在佛教的立场立论：它出于三代之后，有幸没有遇到古代圣人，没有遭受他们的摈弃。[31]见正：被纠正。这里照应上句"幸而"，从维护儒道的立场立论，说"不幸"没有出现在三代以前，没有得到圣人的纠正。

帝之与王[1]，其号名殊，其所以为圣一也。夏葛而冬裘[2]，渴饮而饥食，其事殊，其所以为智一也。今其言曰[3]：曷不为太古之无事？是亦责冬之裘者曰："曷不为葛之之易也[4]？"责饥之食者曰："曷不为饮之之易也？"《传》曰[5]："古之欲明明德于天下者[6]，先治其国[7]；欲治其国者，先齐其家[8]；欲齐其家者，先修其身；欲修其身者，先正其心；欲正其心者，先诚其

讲《大学》之道，归结到"正心而诚意"，"将以有为"，达到君、民各司其职的理想境地。

意。"然则古之所谓正心而诚意者，将以有为也[9]。今也欲治其心[10]，而外天下国家，灭其天常，子焉而不父其父，臣焉而不君其君，民焉而不事其事。孔子之作《春秋》也[11]，诸侯用夷礼则夷之，进于中国则中国之。《经》曰[12]："夷狄之有君[13]，不如诸夏之亡[14]。"《诗》曰[15]："戎狄是膺[16]，荆舒是惩[17]。"今也举夷狄之法而加之先王之教之上[18]，几何其不胥而为夷也！

[**注释**]

[1]"帝之与王"以下三句：意本《白虎通·号》："帝、王者何？号也。号者，功之表也。所以表功明德、号令臣下者也。德合天地者称帝，仁义合者称王。"帝，指五帝，文献上说法不一，据《周易·系辞下》，指伏羲、神农、黄帝、尧、舜。王，指三王，说法亦不一，一般指夏禹、商汤、周文王。为圣一，作为圣人是相同的。这里是针对道家言，道家主张返璞复古，特别推崇五帝，而韩愈则说"帝"与"王""为圣一"。　[2]"夏葛而冬裘"以下四句：夏天穿葛布衣，冬天穿皮衣，渴了就喝水，饿了就吃食物，情况虽然不同，其智慧是同样的。　[3]"今其言曰"二句：如今他们说，为什么不像上古那样无为无事？曷，何故。这也是道家的看法。　[4]葛之之易：谓换穿葛衣。"易之葛"的倒装句法。下"饮之之易"句法同。　[5]《传》：指《礼记》。引文出自《礼记·大学》。　[6]明明德：发扬至上的道德。　[7]治其国：把国家治理好。　[8]齐其家：把自家整顿好。　[9]将以有为：

将要有大的作为。　[10]"今也欲治其心"以下六句：如今想治人心，而把天下国家置之度外，灭绝上天制定的伦常，儿子不把父亲当父亲，臣下不把君主当君主，百姓不做自己该做的事。天常，伦常。儒家以为伦常乃出自天命。这是针对佛教徒出家为僧而言。　[11]"孔子之作《春秋》也"以下三句：孔子之作《春秋》，《春秋》是东周前期春秋时代（前770—前476）以鲁国为中心的编年史，孔子根据已有史料加以编辑、整理，传统上认为是孔子所作。诸侯用夷礼则夷之，诸侯国如果实行外夷礼法则把它当作外夷来对待。下文"中国之"句法同。这里是指孔子修《春秋》行褒贬时对待华、夷的原则。如《春秋》僖公二十三年记载："杞子卒。"《左传》解释："书曰'子'，杞，夷也。"相传周武王封夏禹后人于杞，其地在今河南杞县一带，本居"中国"，但因为他用夷礼，就按"夷"对待来记载。又如《春秋》庄公二十三年："荆人来聘。"《公羊传》解释："荆何以称人？始能聘也。"何休解诂："明夷狄能慕王化，修聘礼、受正朔者，当进之，故使称'人'也。"荆是春秋时期楚国的古称，被认为是蛮夷之邦，但因为能行王化，所以按"中国"对待来记载，称它为"人"。　[12]《经》：指《论语》。引文出自《八佾》篇。　[13]夷狄：这里是对边疆民族的统称，有贬义。居东方者曰夷，居北方者曰狄。　[14]诸夏：指华夏各诸侯国。亡：通"无"。　[15]《诗》：指《诗经》。引文出自《诗经·鲁颂·閟宫》。　[16]戎狄是膺：谓抵抗戎狄。戎狄，同"夷狄"，居西方者曰"戎"。膺，抵挡。　[17]荆舒是惩：惩治荆、舒二国。荆，楚国别称。舒，楚的盟国。　[18]"今也举夷狄之法而加之先王之教之上"二句：如今把夷狄的法度加到先王教化之上，（不要）多少时间就全都化为夷狄了吧。胥，全，皆。

夫所谓先王之教者何也[1]？博爱之谓仁，

行而宜之之谓义，由是而之焉之谓道，足乎己无待于外之谓德。其文《诗》《书》《易》《春秋》[2]；其法礼、乐、刑、政；其民士、农、工、贾；其位君臣、父子、师友、宾主、昆弟、夫妇[3]；其服麻丝；其居宫室；其食粟米、果蔬、鱼肉。其为道易明[4]，而其为教易行也。是故以之为己，则顺而祥[5]；以之为人，则爱而公；以之为心，则和而平；以之为天下国家，无所处而不当[6]。是故生则得其情[7]，死则尽其常，郊焉而天神假，庙焉而人鬼飨。曰：斯道也，何道也？曰：斯吾所谓道也，非向所谓老与佛之道也[8]。尧以是传之舜[9]，舜以是传之禹，禹以是传之汤，汤以是传之文、武、周公，文、武、周公传之孔子，孔子传之孟轲。轲之死，不得其传焉。荀与扬也，择焉而不精[10]，语焉而不详。由周公而上[11]，上而为君，故其事行；由周公而下，下而为臣，故其说长。然则如之何而可也？曰：不塞不流[12]，不止不行。人其人[13]，火其书[14]，庐其居[15]，明先王之道以道之[16]，鳏寡、孤独、废疾者有养也[17]，其亦庶乎其可也[18]。

"道"落实为"教"，前者"易明"而后者"易行"，成效体现在人生日用之中。

构想出尧、舜以来传道的统绪，乃宋人"道统论"的端倪。韩愈本人显然以传继这个统绪为己任，自负为圣人之道的继承人。

程颐："《原道》中言语虽有病，然自孟子而后，能将许大见识寻求者，才见此人。"（《二程语录》）

反复论难，正反相成，横转突接，转换无迹，波澜壮阔，气势凌厉，而又意到笔随，文从字顺。

陈寅恪:"退之……睹儒家之积弊,效禅侣之先河,直指华夏之特性,扫除贾、孔之繁文,《原道》一篇中心旨意实在于此。"(《金明馆丛稿初编·论韩愈》)

［注释］

[1]先王之教:先王的教化。先王概指前面说的帝与王。 [2]其文:指文献。以下列举经典名目有简略,一般加《礼》《乐》为"六经",或称"六艺"。 [3]昆弟:兄弟。 [4]"其为道易明"二句:其作为(行事之)道容易了解,其作为教化容易实行。 [5]顺而祥:和顺而吉祥。 [6]无所处而不当:所处置(指政事)没有不妥当的。 [7]"是故生则得其情"以下四句:因此活着则得人情之正,死则尽其天命之常(得到善终),祭天则天神感通,在庙里祭祀则亡灵接受享祭。郊,祭天。假(gé):感通。庙,在祖庙祭祀。飨:通"享"。 [8]非向所谓:不是前面所说的。 [9]"尧以是传之舜"以下六句:这是韩愈拟出的圣人之道的传递系统,是"道统"说的滥觞。意本《孟子·尽心下》:"孟子曰:由尧、舜至于汤,五百有余岁。若禹、皋陶,则见而知之;若汤,则闻而知之。由汤至于文王,五百有余岁。若伊尹、莱朱,则见而知之;若文王,则闻而知之。由文王至于孔子,五百有余岁。若太公望、散宜生,则见而知之;若孔子,则闻而知之。由孔子而来,至于今,百有余岁,去圣人之世若此其未远也,近圣人之居若此其甚也。然而无有乎尔,则亦无有乎尔。" [10]择焉而不精:(对于是否合于圣人之道)区分得不精密。择,区分。 [11]"由周公而上"以下六句:从周公以上(的那些人),在上位为君,所以他们的事业得以施行;自周公以下(的那些人),在下位为臣,所以他们的说教流传久远。 [12]"不塞不流"二句:意本《孟子·滕文公下》:"杨、墨之道不息,孔子之道不著。" [13]人其人:谓让僧侣还俗为凡人。 [14]火其书:谓烧掉他们(指佛教徒)的典籍。 [15]庐其居:谓把寺庙改成民居。 [16]明先王之道以道之:阐明先王之道以教导之。下"道"通"导",教导。 [17]鳏寡:丧(或无)妻为鳏,丧夫为寡。孤独:少而失父为孤,老而无子为独。废疾:

残废、患病的人。　　[18]庶乎其可：差不多可以了。

[点评]

　　《原道》是韩愈阐述自己基本思想主张的理论著作，也是唐代"儒学复古运动"和"古文运动"的纲领性文章。贞元二十一年夏秋之际，他离开阳山，在郴州三个月，沉潜著书，《原道》等"五原"应即作于其时（异说很多，这是罗联添的看法），其内容乃是经过长期酝酿得出的成果。文章主旨在倡言儒道，诋排佛、老，即陈寅恪所说的"摧陷廓清，振聋发聩"，千古以来被当作崇儒反佛的经典文字。此文在思想史上的意义，本书导读里已有说明，不再重复。这篇文章如历来一般看法，对于辟佛在理论上并无多少新意，但却有两点值得肯定：一是他坚定、明确地分疏开儒、释、道三家各道其所道，绝不混淆；再是他虽然没有提出"道统"的概念，但作为观念在文章里已相当清楚地说明了。这两点在后世思想史和文化史上都发挥了十分重大的影响。这篇作品本是学术论文或哲学论文，但在文学史上历来极受推重。这是因为文章确实写得好，艺术手法、文字技巧、语言运用都相当高明，可以作为文学散文来欣赏。首先是文章思致精辟，逻辑严密，表述完美，作者阐述自己的主张又怀抱坚定的信念和充沛的热情，遂形成巨大的感染力。具体写作技巧，举其荦荦大者，如开篇立论斩钉截铁，提出"仁义道德"四个字，作为根本原则，确立下全篇论辩的根据，接下来求端讯末，议论滔滔，高屋建瓴，又多以圣人或经典之言为典据，不容他人置喙，可谓气盛言宜；立论和驳论结合得天衣无缝，全文立意集中在辟"佛"，而以"老"相映带，两方相互映衬，使辟佛的重点更加突出；文思出没变化，不守故常，论说层层深入，回顾历史、直面现实，逐步引出最后回答"然则如之何而可也"的一段结论；至于行文风格，和本书前面所选记事述情之类文字如《送李愿归盘谷序》《祭十二郎文》等名篇显然不同，此文更注重概念的精辟，判断的确切，多用语意转折、音情顿挫的长句，多用设问、反诘、感慨、惊叹等句式，加上适当使用对偶和排比句法，对论说雄健的语气和凌厉的辞锋起到了很大作用。

原　毁 [1]

茅坤："此篇八大比，秦汉来故无此调，昌黎公创之。然感慨古今之间，因而模写人情，曲甽骨里，文之至者。"(《唐宋八大家文钞·韩文》评语）

古之君子 [2]，其责己也重以周 [3]，其待人也轻以约 [4]。重以周，故不怠 [5]；轻以约，故人乐为善。闻古之人有舜者，其为人也，仁义人也 [6]。求其所以为舜者 [7]，责于己曰 [8]："彼，人也；予，人也。彼能是，而我乃不能是？"早夜以思，去其不如舜者，就其如舜者 [9]。闻古之人有周公者，其为人也，多才与艺人也 [10]。求其所以为周公者，责于己曰："彼，人也；予，人也。彼能是，而我乃不能是？"早夜以思，去其不如周公者，就其如周公者。舜，大圣人也，后世无及焉；周公，大圣人也，后世无及焉。是人也，乃曰："不如舜，不如周公，吾之病也[11]。"是不亦责于身者重以周乎？其于人也，曰："彼，人也，能有是，是足为良人矣[12]；能善是，是足为艺人矣[13]。"取其一不责其二[14]，即其新不究其旧，恐恐然惟惧其人之不得为善之利。一善易修也[15]，一艺易能也，其于人也。乃曰："能有是，是亦足矣。"曰："能善是，是亦足矣。"不亦待于人者轻以约乎？

此处取《战国策·齐策一·邹忌讽齐王纳谏》篇语势。

以上所举，舜作为君的典范，周公作为臣的典范。

世态人情，描摹逼真，褒贬自在其中。

姚范："后颇用《管子·九变》及《战国策·为齐献书赵王》文法。"（《援鹑堂笔记》）

[**注释**]

[1]本篇是"五原"之一。在《原道》之后，可视为《原道》的分论。毁：诋毁，诽谤。　[2]君子：本篇以古、今"君子"相对照，文中具体取义有褒、贬之不同。　[3]重以周：严格而全面。以，而。　[4]轻以约：宽大而简单。　[5]不怠：不松懈。　[6]仁义人：意本《孟子·离娄下》："（舜）由仁义行，非行仁义也。"　[7]求其所以为舜者：探求他能成为舜的原因。　[8]"责于己曰"以下七句：意本《孟子·离娄下》："舜，人也；我，亦人也。舜为法于天下，可传于后世，我由未免为乡人也，是则可忧也。忧之如何？如舜而已矣。"能是，能够这样。指达到舜的境界。意本《孟子·滕文公上》引颜渊曰："舜，何人也？予，何人

也？有为者亦若是。"　[9]就：成就，做到。　[10]才与艺：才能和技艺。　[11]病：缺点，祸患。　[12]良人：好人。　[13]艺人：有技艺的人。　[14]"取其一不责其二"以下三句：认可他的一个方面（成绩、优点）而不苛求他的另一方面，认可他现在（的成绩、优点）而不追究既往，心里恐慌，就怕他不能得到为善之利。恐恐然，戒惧貌。　[15]易修：容易达到。

　　今之君子则不然[1]，其责人也详[2]，其待己也廉[3]。详，故人难于为善；廉，故自取也少[4]。己未有善，曰："我善是，是亦足矣。"己未有能，曰："我能是，是亦足矣。"外以欺于人，内以欺于心，未少有得而止矣[5]，不亦待其身者已廉乎[6]？其于人也，曰："彼虽能是，其人不足称也[7]；彼虽善是，其用不足称也。"举其一不计其十，究其旧不图其新，恐恐然惟惧其人之有闻也[8]，是不亦责于人者已详乎？夫是之谓不以众人待其身[9]，而以圣人望于人，吾未见其尊己也。

　　[注释]
　　[1]今之君子：与上"古之君子"对比。　[2]详：周详，意同上"重以周"。　[3]廉，简约，意同上"轻以约"。　[4]自取也少：自己取得的进步小。　[5]少有得：稍微有所收效。少，通"稍"。　[6]已廉：过分简约。　[7]不足称：不值得称道。　[8]有

闻（wèn）：有名声。闻，名誉，名声。　[9]"夫是之谓不以众人待其身"以下三句：这就叫做不用对待别人的标准来对待自己，而以圣人的标准来期望别人，我没看见（即不认为）他是在尊重自己。

　　虽然，为是者有本有原[1]，怠与忌之谓也。怠者不能修，而忌者畏人修。吾常试之矣，尝试语于众曰："某良士，某良士。"其应者必其人之与也[2]；不然，则其所疏远不与同其利者也；不然，则其畏也。不若是，强者必怒于言[3]，懦者必怒于色矣[4]。又尝语于众曰："某非良士，某非良士。"其不应者必其人之与也；不然，则其所疏远不与同其利者也[5]；不然，则其畏也[6]。不若是，强者必说于言，懦者必说于色矣[7]。是故事修而谤兴[8]，德高而毁来。呜呼！士之处此世而望名誉之光、道德之行[9]，难已。

　　将有作于上者[10]，得吾说而存之，其国家可几而理欤？

过珙："怠、忌二字，指出毁人之根。惟怠故忌，惟忌故毁，所以下文只以'忌'字原出毁之情，以见毁言不足信。"（《古文觉斯》）

此处仍袭用《战国策·齐策一·邹忌讽齐王纳谏》章写法，有戏仿意味。

谢枋得："此篇曲尽人情，巧处、妙处在假托他人之言辞，模写世俗之情状。熟于此，必能作论。"（《文章规范》）

［注释］

[1]本：根源。原：理由。　[2]与：友好。　[3]怒于言：愤怒表现于言辞。　[4]怒于色：愤怒流露于颜面。　[5]不与同其利：

没有共同的利害关系。　[6]畏：指所畏惧之人。　[7]说：同“悦”，喜悦。　[8]“是故事修而谤兴”二句：因此事情做得完美了，诋毁之言立即就出现了；德行提高了，诽谤也就跟着来了。　[9]名誉之光：名誉发扬光大。道德之行：道德得以兴行。　[10]“将有作于上者”以下三句：如果能有在上位的人（指统治者）有所作为，得到我的说法并存念于心，国家或许可以治理得近乎完善吧？将，当，能。作，兴作。几而理，近乎治理好。几，庶几，预料之辞。

［点评］

本篇批评士大夫间宽于待己、严于责人、惯于诋毁的陋习。以韩愈特立独行的性格，又“好为人师”，对社会上这一弊端必定有深刻感受，所以他的议论也就更具有现实针对性。就个人言，他不满于不被重用，不断受到非议、诋毁，遭到排挤、打击；就大处言，他张扬儒道，革新文风，提倡士大夫间必须相互尊重，相互砥砺，要有良好的律己待人的风气。这篇文章采取条分缕析的写法，按部就班地分析“毁”的表现、根源、危害，简明扼要，精粹透彻。明代提倡“八大家”的茅坤说：“此篇八大比，秦汉来故无此调，昌黎首创之。”（《唐宋八大家文钞·韩文》卷九）这是指文章前幅两大段“古之君子”和“今之君子”相对比，就待己、对人“重、周（详）”、“轻、约（廉）”论理；后幅揭出“本”与“原”：“怠”与“忌”。这样，结构全用排比，在韩文中算是别调。这种写法与佛教论辩文字的排比论说颇有相似之处。文章中对“文人相轻”这一陋习的描写曲尽世态人情，感事伤时之意溢于言表。

送廖道士序 [1]

　　五岳于中州，衡山最远；南方之山巍然高而大者以百数，独衡为宗 [2]；最远而独为宗，其神必灵。衡之南八九百里，地益高，山益峻，水清而益驶 [3]，其最高而横绝南北者岭 [4]。郴之为州 [5]，在岭之上，测其高下，得三之二焉。中州清淑之气 [6]，于是焉穷。气之所穷 [7]，盛而不过，必蜿蟺扶舆磅礴而郁积。衡山之神既灵，而郴之为州，又当中州清淑之气蜿蟺扶舆磅礴而郁积，其水土之所生，神气之所感，白金、水银、丹砂、石英、钟乳，橘柚之包 [8]，竹箭之美 [9]，千寻之名材，不能独当也 [10]。意必有魁奇忠信材德之民生其间 [11]，而吾又未见也。其无乃迷惑溺没于老佛之学而不出邪 [12]？

　　廖师，郴民而学于衡山，气专而容寂 [13]，多艺而善游 [14]，岂吾所谓魁奇而迷溺者邪？廖师善知人 [15]，若不在其身，必在其所与游，访之而不吾告，何也？于其别，申以问之 [16]。

文意一层层转折，总结到两点：一是有杰出的人生乎其间，二是有人溺没于佛、老，实则都是说廖师。

林云铭："纯是《送董邵南》使'吊望诸君，观市中屠狗'一样结构，正所以辟佛、老也。其行文云委波属，极有步骤。"（《韩文起》）

林纾："在文字中当谓之幻境。昌黎一生忠鲠，而为文乃狡狯如是，令人莫测。"

[注释]

[1] 韩愈离开阳山，在郴州待朝命，然后转赴江陵。过衡山，遇廖道士作此文。 [2] 独衡为宗：独有衡山为宗主。 [3] 益驶：（流水）愈急。驶，疾。 [4] 横绝南北者岭：横着隔绝南北的是南岭。横绝，语出《史记·留侯世家》："羽翮已成，横绝四海。"岭，南岭山脉。 [5] "郴之为州"以下四句：郴州城作为州府，在南岭上，测量高度在（山岭的）三分之二。 [6] "中州清淑之气"二句：中原地区的清和气息在这里到了尽头。穷，尽。 [7] "气之所穷"以下三句：气（流行）到尽头，（郁积）盛大而不能越过，一定会婉转、扶摇、规模庞大而积聚不解。蜿蟺（wān shàn），语出《文选·长笛赋》："缠冤蜿蟺。"李善注："盘屈摇动貌。"扶舆：犹"扶摇"，盘旋升腾貌。王褒《九怀·昭世》："登羊角兮扶舆，浮云漠兮自娱。" [8] 橘柚之包：典出《尚书·禹贡》："淮海惟扬州，……厥包橘柚锡贡。"孔《传》："小曰橘，大曰柚，其所包裹而致者，锡命乃贡，言不常。"郴州属《禹贡》九州的扬州。 [9] 竹箭：小竹子。 [10] 不能独当：谓白金等等不足以独自抵当郁积之气。当：抵当。 [11] "意必有魁奇忠信材德之民生其间"二句：想来一定有雄奇、忠信、德才兼备的人出生在这里，而我又没有见到。 [12] 其无乃迷惑溺没于老佛之学而不出邪：莫非是他们迷惑、沉溺于道、佛之学而不出世吗？无乃，莫非是。《论语·雍也》："居简而行简，无乃太简乎？" [13] 气专而容寂：神气专一而形容淡泊。 [14] 多艺而善游：多有艺能又善于交游。 [15] "廖师善知人"以下五句：廖师善于认识人，（那种魁奇人物）如不是他自己，就是他所交游的人，访问他不告诉我，为什么？ [16] 申：申明。表达自己的观点。

[点评]

韩愈待命郴州，结交衡山廖道士。廖道士"善知人"，"其所与游"者显然甚广。从这篇文字内容看，应是送道士还山写的序。对于韩愈来说，写这样的文章本来难以下笔：一方面他不能放弃辟释、老的立场，另一方面又要表达敬重对方的用意。作者巧妙地作别样结撰，把批判的立意寓于揄扬之中：说道士是中原清淑之气在这里郁结的人才，又对其迷惑于道教表示惋惜。文章从作为群山之宗的衡山写起，写到郴州，再写到郴州的人，一步步归结到廖道士，层层紧逼，最后显露为文主旨。这样，篇幅虽短，气势却显得十分开阔。就善于构思和巧于结构两点来说，韩愈文章里表现得相当普遍，而在这篇体现得十分典型。

五箴并序[1]

人患不知其过[2]。既知之不能改，是无勇也。余生三十有八年，发之短者日益白，齿之摇者日益脱，聪明不及于前时，道德日负于初心[3]，其不至于君子而卒为小人也昭昭矣。作《五箴》以讼其恶云[4]。

知过能改，是为"勇"。

黄震："《五箴》之作，年四（三）十八，……而'游'也，'言'也，'行'也，'好恶'与'知名'也，各自为之箴，拳拳进德之心也。"（《黄氏日钞》）

[注释]

[1]箴：劝戒。这里是文体名。刘勰《文心雕龙·铭箴》："箴

者，所以攻疾防患，喻针石也。"又谓"箴为德轨"，是一种表告诫的格言式文体。据此序文为三十八岁作，时当永贞元年，方《举》谓"时掾江陵"。 [2]患：忧虑。 [3]"道德日负于初心"二句：道德修养一天天背离当初的意念，不能成为君子而终将成为小人是很明显的。负于初心，背离当初的志向。负，辜负。昭昭，明晰貌。 [4]作《五箴》以讼其恶云：写作《五箴》以自责。意本《论语·公冶长》："子曰：'已矣乎！吾未见能见其过而内自讼者也。'"包注："讼，犹责也，言人有过莫能自责。"

游　箴 [1]

余少之时，将求多能，蚤夜以孜孜 [2]；余今之时，既饱而嬉，蚤夜以无为。呜呼余乎，其无知乎 [3]？君子之弃 [4]，而小人之归乎？

韩愈早年喜博赛之戏，张籍曾论谏，此为自警自律之辞。

[注释]

[1]游箴：关于游乐的箴言。游，游乐。下面小标题同。 [2]蚤夜：早暮。蚤，通"早"。孜孜：不知疲倦貌。 [3]无知：不聪明。知，同"智。" [4]"君子之弃"二句：君子所抛弃的，正是小人所热衷的。弃，放弃，拒斥。归，回归，归顺。

言　箴 [1]

不知言之人，乌可与言 [2]？知言之人，默焉而其意已传。幕中之辩 [3]，人反以汝为叛；台中之评 [4]，人反以汝为倾。汝不惩邪 [5]！而呶呶以害其生邪 [6]！

[注释]

[1]言：言语，言论。　[2]乌可与言：怎可和他说？乌，何。[3]“幕中之辩”二句：指在董晋和张建封幕府，论事如谏，人们反以为你的（自指）言论逆耳。幕，幕府。叛，逆，指言论逆耳。　[4]“台中之评”二句：指在御史台任监察御史时，如谏天旱人饥，人们反而认为你的言论邪僻。倾，歪，邪。　[5]不惩：不加警戒。惩，警戒。　[6]呶（náo）呶以害其生：多言多语有害生命。呶呶，多语不休貌。

行　箴[1]

行与义乖，言与法违，后虽无害，汝可以悔[2]；行也无邪[3]，言也无颇，死而不死，汝悔而何？宜悔而休[4]，汝恶曷瘳？宜休而悔[5]，汝善安在？悔不可追，悔不可为，思而斯得[6]，汝则弗思。

"吾日三省吾身"意。

[注释]

[1]行：行为。　[2]悔：反悔，反省。　[3]“行也无邪”以下四句：行为不邪恶，言论不偏颇，该死而没死，你有什么可后悔的？无颇，没有偏颇。颇，同"陂"。语出《尚书·周书》："无偏无陂，遵王之义。"孔传："偏，不平。陂，不正。"　[4]“宜悔而休”二句：本应反悔却中止了，你的错误怎能改正？瘳（chōu），病愈。　[5]“宜休而悔”二句：本应休止却又反悔，你的美善又在哪里？　[6]“思而斯得”二句：思索则有所得，你却没有思索。弗思，不思索。

好恶箴 [1]

好恶以"义"
为准。

无善而好,不观其道;无悖而恶 [2],不详其故。前之所好 [3],今见其尤:从也为比 [4],舍也为雠。前之所恶 [5],今见其臧:从也为愧 [6],舍也为狂。维雠维比 [7],维狂维愧,于身不祥,于德不义。不义不祥,维恶之大,几如是为 [8],而不颠沛?齿之尚少 [9],庸有不思?今其老矣 [10],不慎胡为!

[**注释**]

[1]好恶:喜好或厌恶。　[2]"无悖而恶"二句:并无惑乱而厌恶,是不清楚(事情的)缘故。悖,惑乱。不详,不知道。详,知晓。　[3]"前之所好"二句:从前所爱好的,如今却发现其过失。尤,过失,罪过。　[4]"从也为比"二句:如果追随则是朋比为奸,如果舍弃则成为仇敌。比,勾结,依附。雠,同"仇"。　[5]"前之所恶"二句:从前所厌恶的,如今却发现其美好。臧,好,善。　[6]"从也为愧"二句:附和则内心感到惭愧,舍弃则不理智。狂,不理智。　[7]维雠维比:仇敌也好,朋比也好。维,助词。　[8]"几如是为"二句:难道这样做能不失败吗?几,通"岂",难道。颠沛,语出《论语·里仁》:"颠沛必于是。"马注:"颠沛,偃仆。"倒下,引申为挫折、失败。　[9]"齿之尚少"二句:还算年轻,哪有不思虑的?齿,指年纪。庸有,岂有。庸,岂。[10]"今其老矣"二句:如今已经老了,为什么还不谨慎呢!胡为,何为,为什么。

知名箴[1]

内不足者，急于人知；霈焉有余[2]，厥闻四驰。今日告汝，知名之法：勿病无闻[3]，病其晔晔。昔者子路[4]，惟恐有闻，赫然千载，德誉愈尊。矜汝文章[5]，负汝言语，乘人不能，掩以自取。汝非其父[6]，汝非其师，不请而教，谁云不欺？欺以贾憎[7]，掩以媒怨，汝曾不寤，以及于难。小人在辱[8]，亦克知悔，及其既宁，终莫能戒。既出汝心[9]，又铭汝前，汝如不顾，祸亦宜然。

吴闿生："汉氏以降为四言韵语者，自太史公、扬子云之外，鲜能出《三百篇》范围。惟韩公不袭取《三百篇》形貌，而力足与之并。如此五首，词旨深切，笔势奇宕……"（《古文范》）

［注释］

[1] 知名：谓名使人知。　[2]"霈焉有余"二句：内涵充沛，其名声传闻四方。霈，同"沛"，盛大貌。厥，其。闻，名声。　[3]"勿病无闻"二句：不要厌恶没有名声，要厌恶名声太大。晔（yè）晔，本义为火光盛大，引申为显赫。　[4]"昔者子路"以下四句：当年子路唯恐名声大，结果千载以来名声显赫，道德名誉日益崇高。典出《论语·公冶长》："子路有闻，未之能行，唯恐有闻。"子路，孔子弟子。赫然，显赫貌。　[5]"矜汝文章"以下四句：夸耀你的文章，自负能说会道，凭借别人有所不能，夺取自己的名声。矜，夸耀。负，自负。掩，夺取。　[6]"汝非其父"以下四句：你不是人家的父亲，也不是人家的老师，不经请求就教训人家，谁不说你是在欺骗。　[7]"欺以贾（gǔ）憎"以下四句：欺骗让人憎恶，夺取招来怨恨，你还不觉悟，就会导

致患难。贾，招致。媒，媒介。不寤，不醒悟。寤，通"悟"，觉。　[8]"小人在辱"以下四句：小人受到屈辱，也能够知道反悔；等到平定下来，终于不能惩戒。既宁，已经安定，指患难过后。　[9]"既出汝心"以下四句：已经发露你的内心，又给你写下铭文，你如果还不注意，灾祸就是应有所得。汝如不顾，方《正》、《文粹》："'如'作'知'，当从之。"宜然，应该如此。

[点评]

《说文》："箴，戒也。"箴，通"针"。古医者以箴石（石针）治病，遂把讽喻以救得失的规谏之文称为"箴"，有官箴和私箴之分。韩愈所作是私箴，即给自己看的。箴大底用韵文，多作四言，篇幅简短，往往引述古今人事、兴衰治乱为例以为炯戒。韩愈写这五篇箴，从序文看，意在自警自戒，实际也是针砭社会上的不良风气，抒写自己的看法和志向。文章是在其已近不惑之年所作，内含了自己半生蹉跎境遇的经验教训。每一篇都写得言简意赅，辞旨深切，感慨良多，意味深长。五个短篇，结构开合曲折，句式参差变化，造成流利跌宕之势，对"箴"这种文体的写作艺术有所开拓和发展。

伯夷颂 [1]

作为"士"的三个特征：特立独行、坚持道义、举世非之而不惑。归结到"信道笃而自知明"。

士之特立独行 [2]，适于义而已，不顾人之是非，皆豪杰之士，信道笃而自知明者也 [3]。一家非之，力行而不惑者寡矣[4]；至于一国一州非之，力行而不惑者，盖天下一人而已矣；若至于举世非之[5]，力行而不惑者，则千百年乃一人而已耳；若伯夷者[6]，穷天地、亘万世而不顾者也。昭乎日月不足为明[7]，崒乎泰山不足为高，巍乎天地不足为容也。

当殷之亡[8]，周之兴，微子贤也，抱祭器而去之。武王、周公[9]，圣也，从天下之贤士，与天下之诸侯而往攻之，未尝闻有非之者也。彼伯夷、叔齐者，乃独以为不可。殷既灭矣[10]，天下宗周，彼二子乃独耻食其粟，饿死而不顾。繇是而言[11]，夫岂有求而为哉？信道笃而自知明也。

今世之所谓士者，一凡人誉之[12]，则自以为有余；一凡人沮之[13]，则自以为不足。彼独非圣人而自是如此[14]。夫圣人，乃万世之标准也。余故曰：若伯夷者，特立独行，穷天地、亘万世而不顾者也。虽然，微二子[15]，乱臣贼子接迹于后世矣[16]。

"豪杰之士"，"一家非之""一国一州非之""举世非之"，写到三种人之外，七十二言长句，语势千回百转，慷慨顿挫，逼出"伯夷"二字。

曾国藩："'举世非之而不惑'，乃退之生平制行作文宗旨。此自况之文也。"（《求阙斋读书录》）

马其昶："用笔全在空际取势，如水之一气奔注，中间却有无数回波盘旋而后下。后幅换意换笔，语语令人不测，此最是古人行文秘密处也。"（《韩昌黎文集校注》）

[**注释**]

[1]伯夷：商朝人，孤竹君之子。相传孤竹君死后，弟弟叔齐拟把王位让给他，他不愿接受，兄弟二人先后逃到周国。周武王伐纣，两人曾叩马谏阻。武王灭商，他们认为不义。周朝创立，他们耻食周粟，逃到首阳山（在今河南偃师）采薇而食，最终饿死在那里。　[2]特立独行：杰然树立，自主而行。语出《礼记·儒行》："儒有澡身而浴德。……世治不轻，世乱不沮，同弗与，异弗非也，其特立独行有如此者。"　[3]信道笃：信仰道义坚定。自知明：了解自己（即该怎么做）很清楚。　[4]力行：尽力而为。语出《礼记·中庸》："力行近乎仁。"　[5]举世：整个世间。　[6]"若伯夷者"二句：如伯夷，则是穷尽天地之间、古今万代之中也不能见到的。若，如。亘（gèn），连续。不顾，谓不见。　[7]"昭乎日月不足为明"以下三句：明亮如日月也不及他的光明，高耸如泰山也不及他的崇高，高广如天地都包容不下。昭，明亮貌。崒（zú），高峻。巍，高广。　[8]"当殷之亡"以下四句：意本《史记·宋微子世家》："周武王伐纣克殷，微子乃持其祭器造于军门，肉袒面缚，左牵羊，右把茅，膝行而前以告。于是武王乃释微子，复其位如故。"微子名启，殷帝乙的长子，纣王的庶兄，曾屡次劝谏纣王，不听，遂怀抱祭器离开殷，投奔周。祭器，祭祀用的礼器，国家的象征。　[9]"武王、周公"以下五句：武王、周公都是圣人，（他们）率领天下的贤德之士，会同天下的诸侯，前往进攻，没听说有非议的。从（zòng），率领。与天下之诸侯，与，同，和。据《史记·周本纪》，武王伐纣前，会八百诸侯于盟津，皆曰可伐；居二年，率师东伐，诸侯咸会，战于牧野。　[10]"殷既灭矣"以下四句：意本《史记·伯夷列传》："及至，西伯卒，武王载木主，号为文王，东伐纣。伯夷、叔齐叩马而谏曰：'父死不葬，爰及干戈，可谓孝乎？以臣弑君，可

谓仁乎？'左右欲兵之。太公曰：'此义人也。'扶而去之。武王已平殷乱，天下宗周，伯夷、叔齐耻之，义不食周粟，隐于首阳山，采薇而食之。……遂饿死于首阳山。"天下宗周，天下诸侯以周国为宗主。　[11]"繇是而言"二句：据此而言，难道他们是有所求才（这样）做的吗？繇，同"由"。　[12]一凡人誉之：大抵有人称赞他。一凡，大率，大抵。　[13]沮（jǔ）：诋毁，败坏。　[14]彼独非圣人而自是如此：他们独能非毁圣人而这样自以为是。　[15]微二子：没有这两个人。微，无。　[16]乱臣贼子接迹于后世矣：逆乱臣子该接连出现了。语本《论语·宪问》："微管仲，吾其被发左衽矣。"又《孟子·滕文公下》："孔子成《春秋》而乱臣贼子惧。"

[点评]

　　本篇从伯夷的性格"特立独行，……信道笃而自知明"加以生发，极力赞颂一种坚持道义、视死如归、不顾他人是非的大无畏精神，也是歌颂一种理想人格，宣扬韩愈一生为之奋斗的独立自主精神。"颂"这种文体，一般作韵文，而这一篇是散体。这就不但打通了文体界限，作意出奇，更主要的是根据表达主题的需要，发挥散体便于议论的功能，在赞颂伯夷之外，对其人格和事迹加以评论。文章前幅有两层意思：开端一个长句，"一家非之""一国一州非之""举世非之""穷天地、亘万世而不顾"，如此层层递进，磊落顿挫，一气直下，突出"特立独行"四个字，逼出"信道笃而自知明"的评价，笔力千钧。这一段颂扬伯夷这样的人是天下古今稀有。接着另一层，用武王、周公与微子、天下之贤士从两个方面与伯夷作比，极力突出伯夷饿死首阳山的行动举世无双，所体现的品格难能可贵。结尾慨叹当世，照应开头立议，首尾关合，鲜明地突显文章的主旨。全篇议论简洁精练，用语惜墨如金，短篇而造成浩然大论的气象。

张中丞传后叙 [1]

吴闿生："此退之文之极似太史公者。韩文所以雄峙千古，赖有此数篇耳。"（《古文范》）

元和二年四月十三日夜，愈与吴郡张籍阅家中旧书 [2]，得李翰所为《张巡传》。翰以文章自名，为此传颇详密，然尚恨有阙者：不为许远立传 [3]，又不载雷万春事首尾 [4]。

[注释]

[1]张中丞：张巡（708—757），邓州南阳（今河南邓州）人。安史叛兵占领中原，他以真源（今河南鹿邑）令率兵坚守雍丘（今河南杞县）十一个月，后睢阳（今河南商丘）太守许远告急，于至德二载（757）正月率三千人赴援，与许远一起坚守孤城，至十月城陷被杀。十二月，朝廷褒奖功臣，张巡、许远依例赠官，张巡授御史中丞，故称"张中丞"。张巡友人李翰记睢阳守城事，撰《张巡姚訚传》两卷。韩愈于元和二年读李翰文，有感而作此《后叙》。　[2]吴郡张籍：张籍出身和州，这里依例称籍贯吴郡，今江苏苏州。李翰《张巡姚訚传》二卷已佚，今仅存《进张巡中丞传表》。　[3]许远（709—757）：字令威。安史叛军进占中原，他以素练戎事拜睢阳太守，叛军来犯，得到张巡支援，二人一起

坚守孤城，城破被俘，在押送洛阳途中被杀。　[4] 雷万春：张巡部将，曾助巡守雍丘。雷万春事在守睢阳之前，李翰记述张、许事迹将其略去情有可原，而本文下面大段补叙守城将领南霁云事迹，因而有人以为此处"雷万春"为"南霁云"之讹。

　　远虽材若不及巡者[1]，开门纳巡，位本在巡上，授之柄而处其下，无所疑忌，竟与巡俱守死，成功名。城陷而虏[2]，与巡死先后异耳。两家子弟材智下[3]，不能通知二父志，以为巡死而远就虏，疑畏死而辞服于贼。远诚畏死[4]，何苦守尺寸之地，食其所爱之肉，以与贼抗而不降乎？当其围守时，外无蚍蜉蚁子之援[5]，所欲忠者，国与主耳。而贼语以国亡主灭[6]。远见救援不至，而贼来益众，必以其言为信。外无待而犹死守，人相食且尽[7]，虽愚人亦能数日而知死处矣[8]。远之不畏死亦明矣。乌有城坏其徒俱死[9]，独蒙愧耻求活？虽至愚者不忍为。呜呼！而谓远之贤而为之邪[10]！

寓叙事于议论之中，寓赞颂于驳辩之中。具简括精炼与形象生动之美。

［注释］

[1]"远虽材若不及巡者"以下七句：这里是说张巡入援睢阳时官职只是县令，而许远是睢阳太守兼本州防御史，官职在张巡

之上，但许远把统军的权柄让给张巡而自作属下。　[2]"城陷而虏"二句：承述许远。睢阳城陷，许远被俘虏，和张巡死只是先后不同。　[3]"两家子弟材智下"以下四句：两家子弟，指张巡子去疾、许远子岘。这里是说他们才能、智慧低下，不能了解两位父亲的志向，认为张巡死而许远被俘虏，怀疑许远是怕死而声言投降敌人。大历年间，张巡子去疾曾向朝廷上书攻击许远降敌，下尚书省议，以去疾理由不足作罢。　[4]"远诚畏死"以下四句：许远如果真的怕死，何必坚守尺寸大的地方，吃他所爱的人的肉来抗击敌人而不投降呢？史称睢阳被围困，城中饥馑，张巡杀爱妾、许远亦杀奴僮以供士卒。　[5]蚍蜉蚁子之援：意谓极其微小的外援。蚍蜉，大蚂蚁。　[6]而贼语以国亡主灭：而敌人告诉他们国已灭亡、皇帝已死。至德元年（756）六月，首都长安沦陷，唐玄宗逃亡四川；七月，肃宗李亨在灵武（今宁夏灵武）即帝位；叛军散布"国亡主灭"的谣言以劝降。　[7]且尽：将尽。　[8]数日而知死处：计算日子可知道死期。　[9]"乌有城坏其徒俱死"二句：哪有城被攻陷，其部下全都死了，而自己蒙着惭愧、羞耻而求活？　[10]而谓远之贤而为之邪：而说许远贤明而这样做吗？此处文势取《孟子·万章上》："乡党自好者不为，而谓贤者为之乎！"

　　说者又谓远与巡分城而守[1]，城之陷自远所分始，以此诟远[2]。此又与儿童之见无异。人之将死，其藏腑必有先受其病者[3]；引绳而绝之[4]，其绝必有处。观者见其然，从而尤之[5]，其亦不达于理矣[6]。小人之好议论[7]，不乐成人之美，如是哉！如巡、远之所成就如此卓卓[8]，犹不得免，其他则又何说？

［注释］

[1] 说者：指张去疾等非议许远之人。　[2] 以此诟远：据此辱骂许远。守睢阳时，张巡分守东北面，许远分守西南面，叛军首先攻破许远防地，以此受到诟病。　[3] 藏腑：同"脏腑"。五脏（心、肝、肺、脾、肾）、六腑（胆、胃、大肠、小肠、膀胱、三焦）。　[4]"引绳而绝之"二句：把绳子拉断，必有一个地方断裂。　[5] 尤之：归罪它（脏腑受病或绳子断绝处）。　[6] 不达于理：不明白事理。　[7]"小人之好议论"以下三句：好议论，谓好以言论拨弄是非。成人之美，助成他人的好事。语本《论语·颜渊》："子曰：'君子成人之美，不成人之恶；小人反是。'"　[8] 卓卓：杰出貌。

当二公之初守也[1]，宁能知人之卒不救，弃城而逆遁？苟此不能守，虽避之他处何益？及其无救而且穷也[2]，将其创残饿羸之余[3]，虽欲去，必不达。二公之贤，其讲之精矣[4]。守一城，捍天下，以千百就尽之卒[5]，战百万日滋之师[6]，蔽遮江淮[7]，沮遏其势[8]，天下之不亡，其谁之功也？当是时[9]，弃城而图存者，不可一二数；擅强兵坐而观者[10]，相环也。不追议此[11]，而责二公以死守，亦见其自比于逆乱[12]，设淫辞而助之攻也[13]。

散文不废骈句，音情顿挫，振起精神。

[注释]

[1]"当二公之初守也"以下三句：当两位开始守城的时候，怎么能知道终于不得救援，弃城而事先逃避？遁，逃。　[2]无救而且穷：没有救援而又陷于绝境。且，又。穷，困窘，此谓绝境。　[3]创残饿赢：经创败而残破，因饥饿而赢弱。　[4]讲之精：谋划精审。讲，谋划。　[5]就尽之卒：即将竭尽的士卒。　[6]日滋之师：一天天增加的兵力。　[7]蔽遮江淮：遮挡长江、淮河（以南）。　[8]沮遏其势：遏制敌人进攻的气势。　[9]"当是时"以下三句：是年五月，山南东道节度使鲁炅弃南阳（今河南南阳）奔襄阳（今湖北襄阳），灵昌（滑州，今河南滑县）太守许叔冀奔彭城（今江苏徐州），等等。　[10]"擅强兵坐而观者"二句：睢阳围城时，河南节度使贺兰进明在临淮（今安徽灵璧）、灵昌太守许叔冀在谯郡（今安徽亳州）、唐将尚衡在彭城，皆拥兵自重，坐视不救。擅，专有，掌握。　[11]追议：追究。　[12]自比（bì）于逆乱：使自己等同于叛逆者。比，近。　[13]淫辞：不实之词。

愈尝从事于汴、徐二府[1]，屡道于两府间，亲祭于其所谓双庙者[2]。其老人往往说巡、远时事，云：南霁云之乞救于贺兰也，贺兰嫉巡、远之声威、功绩出己上，不肯出师救。爱霁云之勇且壮，不听其语，强留之，具食与乐[3]，延霁云坐[4]。霁云慷慨语曰："云来时，睢阳之人不食月余日矣。云虽欲独食，义不忍；虽食，且不下咽。"因拔所佩刀，断一指，血淋漓，以示贺

描写人物，《史》《汉》笔法，形象鲜明，神情奋动，如在目前。

兰。一座大惊，皆感激^[5]，为云泣下。云知贺兰终无为云出师意，即驰去。将出城，抽矢射佛寺浮图^[6]，矢著其上砖半箭^[7]，曰："吾归破贼，必灭贺兰，此矢所以志也^[8]。"愈贞元中过泗州^[9]，船上人犹指以相语。城陷，贼以刃胁降巡^[10]。巡不屈，即牵去，将斩之；又降霁云，云未应。巡呼云曰："南八^[11]，男儿死耳，不可为不义屈。"云笑曰："欲将以有为也^[12]。公有言，云敢不死^[13]！"即不屈。

[**注释**]

[1]"愈尝从事于汴、徐二府"以下三句：我曾在汴州和徐州幕府供职，屡次经过两个州府之间，亲自祭祀所谓"双庙"。从事，供职。双庙，肃宗收复两京后，诏赠张巡扬州大都督，许远荆州大都督，皆立庙睢阳，岁时致祭。 [2]南霁云：本为尚衡偏将，被遣至睢阳计事，适逢围城，遂留不去。 [3]具食与乐：设饮食和女乐。 [4]延：请。 [5]感激：感动。 [6]浮图：此处指佛塔，即临淮香积寺塔。 [7]半箭：指矢入砖一半。 [8]此矢所以志：这支箭用做见证。志，通"识"，标记。 [9]泗州：治临淮，故城在古淮河北，与盱眙（今江苏盱眙）隔岸相对，清康熙时没入洪泽湖，为韩愈"屡道两府"必经之地。 [10]以刃胁降：拿着刀胁迫投降。 [11]南八：以排行称呼，表亲切。 [12]将以有为：语用《周易·系辞上》："是以君子将有为也。"这里意谓保全性命，以图有所作为。 [13]敢不死：谓不敢不死。

沈德潜：“辨许远无降贼之理，全用议论。后于老人言补南霁云乞师，全用叙事。末从张籍口中述于嵩、述张巡轶事，拉杂错综，史笔中变体也。争光日月，气薄云霄，文至此，可云不朽。”（《评注唐宋八家古文读本》）

方苞：“退之序事文不学《史记》，而生气奋动，不觉与之相近。”又曰：“截然五段，不用钩连，而神气流注，章法浑成，惟退之有此。”（《古文辞类纂》）

张籍曰：有于嵩者，少依于巡。及巡起事[1]，嵩常在围中[2]。籍大历中于和州乌江县见嵩，嵩时年六十余矣。以巡[3]，初尝得临涣县尉，好学，无所不读。籍时尚小，粗问巡、远事，不能细也。云：巡长七尺余，须髯若神[4]。尝见嵩读《汉书》，谓嵩曰：“何为久读此？”嵩曰：“未熟也。”巡曰：“吾于书读不过三遍，终身不忘也。”因诵嵩所读书，尽卷不错一字。嵩惊，以为巡偶熟此卷，因乱抽他帙以试[5]，无不尽然[6]。嵩又取架上诸书，试以问巡，巡应口诵无疑。嵩从巡久，亦不见巡常读书也。为文章，操纸笔立书，未尝起草。初守睢阳时，士卒仅万人[7]，城中居人户亦且数万，巡因一见问姓名，其后无不识者。巡怒，须髯辄张。及城陷，贼缚巡等数十人坐，且将戮。巡起旋[8]。其众见巡起，或起或泣。巡曰：“汝勿怖。死，命也。”众泣，不能仰视。巡就戮时，颜色不乱，阳阳如平常[9]。远宽厚长者，貌如其心[10]。与巡同年生，日月后于巡，呼巡为兄，死时年四十九。嵩，贞元初死于亳、宋间[11]。或传嵩有田在亳、宋间，武人夺而有之。嵩将诣州讼理^[12]，为所杀。嵩无子，张籍云。

[注释]

[1]起事：指起兵抗敌。　[2]常：同“尝”，曾。　[3]“以巡”以下四句：因为从张巡抗敌有功，当初曾得授临涣（今安徽濉溪县临涣镇）县尉，好学，什么书都读。　[4]须髯若神：须髯若神明。形容其美。在颐为须，在颊为髯。　[5]乱抽他帙（zhì）：随便抽取另外一卷书。帙，书套，此指书。　[6]无不尽然：没有不如此的。　[7]仅万人：达到上万人。仅，本有多、少二义，此言其多。　[8]起旋：起身环绕行走。或谓指小便。　[9]阳阳：镇定自如貌。　[10]貌如其心：面貌如同他的心，谓同样“宽厚”。　[11]亳：亳州治谯县，在宋州南，地当今安徽北部。　[12]诣州讼理：到州府去诉讼。

[点评]

本篇名为《后叙》，即“后叙”李翰《传》的，实则为一篇变体史传文。文章颂扬抗击叛军、维护国家统一的将领，辨明对他们评价的大是大非，在当时藩镇割据势力猖獗的情况下，是有巨大现实意义的，也表明了韩愈的政治态度。文章作为李翰《传》的“后叙”，要避免与李文相重复；又因为当时正有关于张巡、许远功过的争议，所以写作重点放在辨析张、许功过是非的争论以及阐明自己的观点上。也因此，这篇文章以驳议为主，采取避实就虚的写法，针对几个辱没张巡、许远功绩的错误观点一一进行辩驳，在批驳中夹叙史实，以叙事做为论据。又因为不是写《传》，所以取材避开一般传记按部就班记载名讳、族出、家世、历官、业绩等以及一般的褒扬歌颂内容，而是选择一些逸事，传神写照，情态宛然。全篇结构提顿转折，旁接错出，变化莫测，如钱基博评论说："语已毕而异峰突起，势欲连而横风吹断，随事曲注，不用钩连，而神气毕贯，章法浑成，直起直落，言尽则意止，而生气奋动，笔有余势，跌宕俊迈，盖学太史公而神行气化，不为字模句拟之貌似者也。"（《韩愈志·韩集籀读录》）当作史传看，是写出了一段信史；当作散文看，乃是一篇优秀的记人作品。

讳　辩[1]

韩愈爱护后进不遗余力，师资道合，于本文见之。此是他倡导"古文"成功的重要原因之一。

愈与李贺书[2]，劝贺举进士。贺举进士有名[3]。与贺争名者毁之，曰："贺父名晋肃，贺不举进士为是，劝之举者为非。"听者不察也，和而唱之，同然一辞。皇甫湜曰[4]："若不明白[5]，子与贺且得罪。"愈曰："然。"

《律》曰[6]："二名不偏讳[7]。"释之者曰[8]："谓若言徵不言在[9]，言在不称徵是也。"《律》曰："不讳嫌名[10]。"释之者曰："谓若禹与雨、丘与蓲之类是也[11]。"今贺父名晋肃，贺举进士，为犯"二名律"乎？为犯"嫌名律"乎？父名晋肃，子不得举进士；若父名仁，子不得为人乎？

　　夫讳始于何时？作法制以教天下者[12]，非周公、孔子欤？周公作诗不讳[13]，孔子不偏讳二名。《春秋》不讥不讳嫌名[14]。康王钊之孙实为昭王[15]；曾参之父名晳[16]，曾子不讳昔。周之时有骐期，汉之时有杜度。此其子宜如何讳[17]？将讳其嫌遂讳其姓乎[18]？将不讳其嫌者乎？汉讳武帝名彻为通[19]，不闻又讳车辙之辙为某字也；讳吕后名雉为野鸡[20]，不闻又讳治天下之治为某字也。今上章及诏不闻讳浒、势、秉、饥也[21]。惟宦官宫妾乃不敢言谕及机[22]，以为触犯。

　　士君子言语行事[23]，宜何所法守也[24]？今考之于经[25]，质之于律[26]，稽之以国家之典[27]，贺举进士为可邪？为不可邪？凡事父母得如曾参[28]，可以无讥矣[29]；作人得如周公、孔子，亦可以止矣[30]。今世之士不务行曾参、周公、孔子之行，而讳亲之名则务胜于曾参、周公、孔子，亦见其惑也。夫周公、孔子、曾参卒不可胜[31]。胜周公、孔子、曾参，乃比于宦者宫妾[32]，则是宦者宫妾之孝于其亲，贤于周公、

沈德潜："先引律，次引经，次引国家之典，层层诘辨。一结笔墨夭矫，如神龙舒卷于绛霄。"（《评注唐宋八家古文读本》）

谢枋得："一篇辨明，理强气直，意高辞严。最不可及者，有道理可以折服人矣，全不直说破，尽是设疑，佯为两可之辞，待智者自择。此别是一样文法，此辨文法从《孟子》来。"（《文章规范》）

金圣叹："前幅看似层叠扶疏而起，后幅看其连环勾股而下，只是以文为戏，以文为乐。"（《才子古文读本》）

孔子、曾参者耶？

[注释]

[1] 避讳是旧时礼法和习俗，对尊长不直呼其名以示恭敬，其规则随时代变化和个人理解而有所不同。李贺于元和二年移居洛阳；三年，韩愈授国子博士分司东都；五年，李贺应河南试，李贺父名晋肃，与之争名者认为应避"进士"讳，韩愈依避讳规则进行辨析，加以反驳。　[2] 李贺（790—816）：字长吉，诗人，韩愈友人，元和五年（810）通过河南府试，韩愈时为河南县令，劝他到长安应进士考试。　[3] 贺举进士有名：谓李贺举进士，名字已列在州、县应举名录之中。　[4] 皇甫湜（777？—835？）：字持正，古文家，与李贺同为韩愈后学。　[5]"若不明白"二句：若不弄清楚，你和李贺都会有罪责。明白，辨析清楚。　[6]《律》：指《唐律》。《唐律》是唐初长孙无忌等人于唐太宗贞观年间制定的，是唐朝的根本法典。　[7] 二名不偏讳：《唐律》有"二名偏犯"不算犯罪的规定。　[8] 释之者：指唐高宗时，长孙无忌等人所作的解释《唐律》的"疏义"。　[9]"谓若言徵不言在"二句：这是举孔子作例子，其母名徵在，两个字的名字不必分别避讳。　[10] 嫌名：《唐律》有"嫌名……不坐"的规定。嫌名，发音相近的字。坐，犯罪。下面举例解释。　[11] 谓若禹与雨、丘与蓲（qiū）之类是也：如不必因"禹"而讳"雨"、因"（孔）丘"而讳"蓲"之类即是。　[12] 作法制以教天下：制定法律以教化天下。　[13]"周公作诗不讳"二句：如《诗经·周颂》里的《雝》和《噫嘻》两篇，相传是周公作，前者有"克昌厥后"句，而周公的父亲文王名昌；后者有"骏发尔私"句，而周公的兄长武王名发；孔子母亲名徵在，《论语·卫灵公》里有"某在斯"句，《八佾》里有"宋不足征（徵）也"句。　[14]《春

秋》不讥不讳嫌名:《春秋》并没有讥刺不讳嫌名,如其中记载的卫桓公取名完,"桓""完"音近,算是嫌名。　[15]康王钊之孙实为昭王:周康王名钊,其子昭王名瑕,不讳"昭"。这里韩愈误以"子"为"孙"。　[16]"曾参之父名晳"二句:《论语·泰伯》篇记曾子的话:"昔者吾友尝从事于斯矣。"据《世本》《说苑》等,曾子父亲名曾晳(一般记载名曾点)。又《礼记·檀弓上》记载曾子的话:"夫夫也,为习于礼者,如之何其裼裘而吊也。"不讳"昔"或"裼"。　[17]宜如何讳:怎么避讳才合适呢?　[18]将:还是,选择连词。　[19]"汉讳武帝名彻为通"二句:汉武帝名彻,讳为"通"(如称"彻后"为"通后","蒯彻"为"蒯通"),没听说避讳车辙的"辙"为某个字。　[20]"讳吕后名雉为野鸡"二句:这里韩愈举例不妥。"治"(直吏切,志韵)与"雉"(直己切,旨韵)古音不同。　[21]上章:向朝廷上奏章。浒、势、秉、饥:唐高祖的祖父名李虎,唐太宗名李世民,唐世祖名李昞,唐玄宗名李隆基,四个名字里都有同音字。　[22]宫妾:嫔妃。谕及机:唐代宗名李豫,与"谕"同音;"机"与"李隆基"的"基"同音。　[23]言语:《文粹》作"立言"。朱《考》:"或作'立言'。"[24]法守:遵循。　[25]考:考察。　[26]质:核实。　[27]稽:考核。　[28]得如曾参:能够像曾参那样。得,能。　[29]无讥:不受批评。　[30]可以止:意谓达到高标准。　[31]卒不可胜:终于不能胜过。　[32]比:并列。

[点评]

避讳是历史形成的一种礼制,在古代社会上层交往中是必须遵行的。但避讳规则多有变化,执行起来宽严也有所不同。关于李贺父亲名晋肃,举进士是否需要避讳的争议,实际涉及两个层面的问题:就具体事件来说,反对方是有意阻挡李贺参加举选；就避讳规则来说，执行中对于具体规则的理解有所不同。韩愈的文章不仅根据自己的看法为李贺辩解，同时揭示过分严格的避讳规则的荒谬及其消极作用。这篇文章和《争臣论》同为驳论，但写法不同：此文不是就对方具体论点、论据一一加以辩驳，而是依据不容置疑的经、律和"国家之典"中的记载，举出正、反两方面事例加以批驳。行文语气多设疑辞，并不说破，让读者根据所举的具体例证得出结论；修辞上则语多讥刺，善用反诘，时时出之幽默调侃，字里行间流露出对那些不识通变的拘挛固陋之徒的蔑视，义正词严，气势健举。

送石处士序[1]

河阳军节度、御史大夫乌公为节度之三月[2]，求士于从事之贤者[3]。有荐石先生者。公曰："先生何如？"曰："先生居嵩、邙、瀍、穀之间[4]，冬一裘[5]，夏一葛，食朝夕饭一盂[6]，蔬一盘；人与之钱则辞，请与出游，未尝以事辞[7]，劝之仕，不应[8]；坐一室，左右图书，与之语道理，辨古今事当否，论人高下，事后当成败，若河决下流而东注[9]，若驷马驾轻车、就熟路，而

洪迈说："韩、苏两公为文章，用譬喻处，重复连贯至有七八转者。"（《容斋随笔》）并举《送石洪序》等为例。此为修辞的"博喻"。用得好，行文生动而有气势。

王良、造父为之先后也，若烛照数计而龟卜也。"
大夫曰[10]："先生有以自老，无求于人，其肯为
某来邪？"从事曰："大夫文武忠孝，求士为国，
不私于家[11]。方今寇聚于恒[12]，师环其疆[13]，
农不耕收，财粟殚亡[14]。吾所处地，归输之
途[15]，治法征谋[16]，宜有所出[17]。先生仁且
勇[18]，若以义请而强委重焉，其何说之辞？"
于是撰书词[19]，具马币[20]，卜日以授使者[21]，
求先生之庐而请焉[22]。

先生不告于妻子，不谋于朋友，冠带出见
客[23]，拜受书礼于门内[24]。宵则沐浴，戒行
李[25]，载书册，问道所由，告行于常所来往[26]。
晨则毕至，张上东门外[27]。酒三行[28]，且起，
有执爵而言者曰[29]："大夫真能以义取人，先生
真能以道自任，决去就[30]。为先生别[31]！"又
酌而祝曰："凡去就出处何常[32]，惟义之归。遂
以为先生寿！"又酌而祝曰："使大夫恒无变
其初[33]，无务富其家而饥其师，无甘受佞人而
外敬正士，无味于谄言，惟先生是听，以能有
成功，保天子之宠命。"又祝曰[34]："使先生无

写乌公辟署，
两问两答，对石洪
亦颂亦劝。

写送行饮宴，
四句祝词，一句答
词，亦劝亦讽。

吴楚材、吴调
侯："纯以议论行
叙事，序之变也。
看前面大夫、从事
四转反复，又看后
面四转祝词，有无
限曲折变态，愈转
愈佳。"（《古文观
止》）

图利于大夫而私便其身。"先生起拜祝辞曰:"敢不敬蚤夜以求从祝规[35]。"

于是东都之人士咸知大夫与先生果能相与以有成也[36],遂各为歌诗六韵[37],退,愈为之序云。

[注释]

[1]石处士:石洪,字濬川,举明经,在东都隐居十余年。乌重胤镇河阳（治河内,今河南沁阳）,辟为从事,友人集会作诗送别,韩愈作序。乌重胤（761—782）,本为昭义节度使（治潞州,今山西长治）卢从史牙将,以平定卢从史叛乱有功,于元和五年（810）四月迁怀州刺史、河阳三城节度使（治孟州,今河南孟州）。本篇作于三个月后,时韩愈在洛担任都官员外郎。判祠部,秋冬之际改河南令。《文苑英华》作《送石洪处士赴河阳参谋序》。 [2]御史大夫:本为朝廷司法机关御史台的属官,中唐时期,节度使例带此衔。 [3]从事之贤:下属里贤德的人。 [4]嵩、邙、瀍、穀之间:大体为今洛阳周围地区。嵩,嵩山,在河南登封北、洛阳东;邙,北邙山,在洛阳北;瀍水,发源于洛阳西北谷城山,东南流入洛;穀水,发源于渑池（今河南渑池）,东流入洛。 [5]"冬一裘"二句:冬天只穿一件皮衣,夏天只穿一袭葛布衣。 [6]盂:器皿,形如浅盆。 [7]以事辞:借口有事推辞。 [8]不应:不允。谓不出来作官。 [9]"若河决下流而东注"以下四句:像黄河决口河水向下游东方倾泻,像四匹马驾快车在熟路上并由王良、造父来驾驭,像用烛光照明、精确计算来占卜。王良,春秋时期晋国善御马者,或以为即伯乐。造父,周之善御马者,传说曾以骏马献周穆王。龟卜,古代利用龟板、兽

骨占卜。　[10]"大夫曰"以下四句：大夫说，先生您有办法养老，不必有求于别人，肯为我来（河阳）吗？　[11]不私于家：不为自家谋私利。　[12]寇聚于恒：指成德军叛乱。成德节度使驻恒州（治真定，今河北正定），元和四年，节度使王士真死，其子承宗自为留后，九月，朝廷被迫授予节度使称号，因朝廷欲割其二州土地，遂聚兵为乱。　[13]师环其疆：指讨伐之师环列恒州疆域。　[14]财粟殚（dān）亡：（军事所用）钱财和粮食已耗尽。殚，尽。　[15]归输之途：指运送给养的道路。由黄河边洛口仓向河北运送粮饷，怀州是必经之地。归输，运送。归，通"馈"，赠送，此指漕运。　[16]治法征谋：治理办法，征输谋略。征，征输。　[17]宜有所出：应当有人出来（谋划）。　[18]"先生仁且勇"以下三句：先生既仁且勇，如果以仁义之名义聘请，勉强委以重任，还有什么说辞来推辞呢？强，勉强。　[19]撰书词：指撰写辟署僚佐的文牒，时例用四六文。　[20]具马币：准备车马、玉币等聘饷礼物。币，本义为缯帛。　[21]卜日：占卜选择吉日。　[22]求先生之庐：访求先生居所。　[23]冠带出见客：束冠结带出来见客，以示恭敬郑重。　[24]拜受书礼：礼拜接受聘书、礼品。　[25]戒行李：告来使。戒，告诫。行李，原作"行事"，据魏《集》改。《左传》僖公三十年："行李之往来。"杜注："使人也。"[26]告行：告知出行。　[27]张（zhàng）：通"帐"，供帐，陈设（送别）饮宴所用帷帐。上东门：洛阳外城东侧北面的门。远行例出此门。　[28]酒三行：酒过三巡。　[29]执爵：拿起酒杯。爵，酒具，也是礼器。　[30]决去就：决定去留。　[31]为先生别：意谓为离别而饮此酒，祝酒之辞。　[32]"凡去就出处何常"以下三句：大凡（您）是去是留、或出或处有什么定规，唯归于道义，以此为先生祝贺。为……寿，祝贺之辞。　[33]"使大夫恒无变其初"以下七句：希望大夫永远不改变其（道义）初心，不要只为家庭富有而将军队受饥寒，不要甘心接近阿谀奉承之徒而只是表面恭敬正直之士，不要以为谄媚言辞有滋味就听信，只听凭先生，以此能够有功劳而保持天子的宠爱、任命。听，凭任。　[34]"又祝曰"二句：又祝贺说：希望先生不是到大夫（乌重胤）那里谋取利益而私图自己方便。　[35]敢不蚤夜以求从祝规：不敢不恭敬地从早到晚以求遵从祝贺规劝。敢不，不敢不。蚤夜，早晚。蚤，同"早"。　[36]果能相与以有成：果然能相互交往而有所成就。　[37]歌诗六韵：一般送行用五言诗，两句一韵。集会友人有诗，韩愈集中亦有《送石处士赴河阳幕》诗。

[点评]

序通"叙"，做为文体其主要功能是叙事，本篇纯用议论，是序的变体。中唐时期藩镇"招贤纳士"，意在延揽人才以为己助，而士大夫投身藩镇则是在科举腐败、仕途塞滞的环境下谋取出路之举。当年韩愈到董晋、张建封处做幕僚即是如此。石洪应河阳军乌重胤之聘，时值王承宗叛乱，而河阳承担转输之任。韩愈作送行诗序，不做空洞无物的应酬之词，而对藩镇辟士这一现象表达看法，进而对朋友出仕藩镇提出希望，遂巧妙结撰、义正词严地表达自己对友人、对大夫（乌重胤）乃至对一般时事的看法，宣示他一贯的维护国家统一、反对分裂割据的政治主张。全篇只是前后两大段对话，句法、言辞都不避相犯，达到突出主旨的效果而不显累赘。前幅两问两答，后幅四段祝词，内容上都是双管齐下，对迎请士大夫的乌重胤的期待，对受聘藩镇的石洪的祝愿，相互照应。虽然问答和祝词看似重叠，但字句曲折灵变，并不显重

复，再穿插简洁的送行描述，全文布置有体，文情变化
有致。具体修辞方法，如"若河决下流……"的"博喻"
（排比式的比喻），"方今寇聚于恒"的概括，以及疑问词、
感叹句的使用等等，都有助于行文的变化，奇妙不测。

送温处士赴河阳军序[1]

伯乐一过冀北之野[2]，而马群遂空。夫冀北
马多天下，伯乐虽善知马，安能空其群邪[3]？
解之者曰：吾所谓空，非无马也，无良马也。伯
乐知马，遇其良辄取之，群无留良焉[4]。苟无良，
虽谓无马，不为虚语矣。

东都固士大夫之冀北也。恃才能深藏而不市
者[5]，洛之北涯曰石生[6]，其南涯曰温生。大夫
乌公以铁钺镇河阳之三月[7]，以石生为才，以礼
为罗[8]，罗而致之幕下[9]。未数月也，以温生为
才，于是以石生为媒[10]，以礼为罗，又罗而致
之幕下。东都虽信多才士[11]，朝取一人焉，拔
其尤[12]；暮取一人焉，拔其尤。自居守、河南
尹以及百司之执事与吾辈二县之大夫[13]，政有
所不通，事有所可疑，奚所谘而处焉[14]？士大

杜撰事典领起，突兀雄肆，立说新异，构想奇僻。

颂乌公得温造，赞温造之难得，实为惜温造之被征辟，意在言外。

林纾："《送温生序》，有石生为媒介，着手稍易，但序乌公之多得士，与前作已稍别，不至相犯，……此文字之狡狯动人处。文中自居守、河南尹以下数行，笔笔活著，熟读之，可悟文字之波澜。"（《韩文研究法》）

吴闿生:"韩公嵚奇尚节之士,于温、石等之趋附大府,意皆不以为然。《寄卢仝》诗所谓'彼皆侈(刺)口论世事,有力未免遭驱使'者也。此文意含谐讽,词特屈曲盘旋,在韩集中亦不可多得文字。"(《古文范》)

金圣叹:"前凭空以冀北马空起,中凭空撰出无数人嗟怨,后又凭空结以自己嗟怨。俱是凭空文字。"(《天下才子必读书》)

夫之去位而巷处者[15],谁与嬉游?小子后生于何考德而问业焉[16]?搢绅之东西行、过是都者[17],无所礼于其庐。若是而称曰:大夫乌公一镇河阳,而东都处士之庐无人焉,岂不可也?

夫南面而听天下[18],其所托重而恃力者,惟相与将耳。相为天子得人于朝廷,将为天子得文武士于幕下,求内外无治[19],不可得也。

愈縻于兹不能自引去[20],资二生以待老[21]。今皆为有力者夺之,其何能无介然于怀邪[22]?生既至[23],拜公于军门,其为吾以前所称为天下贺,以后所称为吾致私怨于尽取也。留守相公首为四韵诗歌其事[24],愈因推其意而序之[25]。

[**注释**]

[1]本篇是给应河阳军节度使乌重胤征召赴任的温造送序。温造(765—835),字简舆,河内(属怀州,今河南沁阳)人,唐初宰相温大雅五世孙。少隐王屋山,为张建封所重,妻以兄女,曾为建封徐州幕府节度参谋,后为山南西道节度等使,官终礼部尚书。本篇作于前篇之后数月,题目或作《送温造处士赴河阳军参谋序》。 [2]冀北:古九州之一的冀州北部,今山西、河北北部、辽宁西部一带(不是唐代行政区划的冀州)。《左传》昭公四年有"冀之北土,马之所生"之语,杜注:"燕、代也。" [3]空其群:意谓使马尽失。 [4]群无留良:马群里

没有留下良马。语势取王充《论衡·艺增篇》："《易》曰：'丰其屋，蔀其家，窥其户，阒其无人也。'非其无人也，无贤人也。"　[5]恃才能深藏而不市者：依仗有才能而深藏于家不出来做官的。不市，指不出来做官。意本《论语·子罕》："我待贾者也。"　[6]洛之北涯：洛水北边。唐时，洛水自西而东穿过洛阳。下文"南涯"用法同。石生：石洪。　[7]钺（fū）钺：铁与钺，刑具，此用作军镇幕府的仪仗。钺，铡刀。　[8]罗：前"罗"指网罗，下文"罗"指搜罗。　[9]幕下：幕府里。　[10]媒：媒介。本义是蓄养用以招引野雉的幼雉。　[11]信多才士：确实多有富于才能之人。　[12]拔其尤：选拔其优异者。　[13]居守：指东都留守。东都有朝廷分司机构，留守是最高长官，时为郑余庆。河南尹：河南府长官，时为房式。百司之执事：指东都各台省分司及河南府官员。二县之大夫：洛阳城内所设洛阳县（治郭内毓德坊）和河南县（治郭内宽政坊）两县官员。时韩愈为河南县令，故称"吾辈"。　[14]奚所谘而处焉：向谁去咨询而处理呢。谘，问。　[15]去位而巷处者：辞去官职而隐居于里巷的人。　[16]考德而问业：考询道德，请问学业。　[17]"搢（jìn）绅之东西行、过是都者"二句：官僚士大夫东来西往经过这个都城（指洛阳）的，再也没有地方礼拜他的居所。搢绅，官宦人物，本意是插笏（官员上朝所持的手板）于腰带间。搢，插。绅，官员腰上束的大带子。　[18]"夫南面而听天下"以下三句：南向而坐治理天下，所倚重和依靠的人只有相和将。南面，面向南，典出《易经·说卦》："圣人南面而听天下，向明而治。"听，治理。托重，托以重任。恃力，恃以为力。恃，倚仗。　[19]内外无治：谓朝廷内外不得治理。　[20]縻（mí）于兹：羁束在这里。縻，牛鼻绳，引申为羁束；韩愈自元和三年来到洛阳，至此已三年。　[21]资二生以待老：依靠二位而甘心（在这里）终老。　[22] 介然于怀：心里不释然。介然，耿耿，有心事。　[23]"生既至"以下四句：温生到了（河阳），礼拜乌公于军府之门，请替我传达前面所说的替天下人祝贺，传达后面所表达的对取尽（人才）的抱怨。　[24] 留守相公：指郑余庆，他于贞元十四年至十六年和永贞元年两度为相，故称"相公"。郑余庆诗已佚。　[25] 推其意：发挥它的意思。

［点评］

本文与上篇是姊妹篇，同样主题，也是以议论为主、寓讽喻于议论之中，但写法绝不相犯。开头翻用伯乐相马典，就马群空与不空、有马无马加以"辨析"，这是自我作古、自由使用事典，也是凭空斡旋、翻空出奇的手法。接着落实到东都乃是士大夫之冀北，把乌重胤与温造等人的关系等同于伯乐和良马，对双方的揄扬之意自然地表达出来。接着写温造离去，居守、河南尹以至两县士大夫、去位而巷处者等等全都无所依靠，则温造之为人所重，其德行、名誉之远高，亦全在不言之中。如此不用一字赞语，就分别把延揽和受聘两方的褒扬、希冀清楚地传递出来。但是事情发生在藩镇割据日趋严重的形势下，友人所去地方又是骫骳不安的河阳三镇，因而对于征辟者是否贤德和被征辟者是否得主，作者的态度必然有所保留。所以最后一段一方面表达失去友人的惋惜，另一方面又流露出对于朝廷流失人才的忧虑，从而把主题深化了一大步。本是一篇送行的应酬文字，构想之曲折、文辞之巧妙竟然如此！

送幽州李端公序 [1]

元年 [2]，今相国李公为吏部员外郎 [3]，愈尝与偕朝 [4]，道语幽州司徒公之贤 [5]，曰："某前年被诏告礼幽州 [6]，入其地，迓劳之使里至，每进益恭；及郊 [7]，司徒公红帓首，鞬袴握刀，左右杂佩，弓镝服，矢插房，俯立迎道左。某礼辞曰 [8]：'公天子之宰 [9]，礼不可如是。'及府，又以其服即事 [10]。某又曰：'公三公 [11]，不可以将服承命 [12]'，卒不得辞。上堂，即客阶 [13]，坐必东向 [14]。"

以回忆旧事起，立讽喻之意。

愈曰："国家失太平，于今六十年矣 [15]。夫十日、十二子相配 [16]，数穷六十，其将复平 [17]。平必自幽州始 [18]，乱之所出也。今天子大圣 [19]，司徒公勤于礼，庶几帅先河南、北之将来觐奉职，如开元时乎！"李公曰："然。"

程端礼："形容司徒恭顺之状如画。此篇似《史记》文，句句沉思，字字有力。"(《昌黎文式》)

今李公既朝夕左右 [20]，必数数为上言 [21]。元年之言殆合矣 [22]。端公岁时来寿其亲东都 [23]，东都之大夫、士莫不拜于门 [24]。其为人佐甚忠 [25]，意欲司徒公功名流千万岁，请以愈言为使归之献。

构思婉转，结尾方点出"送"的题意。

［注释］

[1] 李端公：李益（748—827？），字君虞，郑州（今河南郑州）人，大历进士，诗人。唐代侍御史例称端公，李益带侍御史衔。李益仕途不顺，去强藩割据的幽州担任幕职，韩愈写此送序。作于元和五年。　[2] 元年：元和元年（806）。　[3] 今相国李公：李藩，字叔翰，曾在徐州张建封幕中为从事，永贞元年（805）入朝为吏部员外郎，元和四年拜相，故称相国。　[4] 偕朝：一起上朝，时韩愈被召回朝为国子博士。　[5] 幽州司徒公：刘济（776？—825），贞元元年（785）继其父怦为幽州节度使，在镇二十余年。时河北方镇骄蹇不法，刘济同样不朝觐，然尚未露反谋，后被其子刘总所杀。顺宗即位时刘济加检校司徒衔，故称司徒公。　[6] "某前年被诏告礼幽州"以下四句：我前年奉诏命作为使臣到幽州传达新皇帝即位的消息，进入他的领地，每一里地都有迎接的官员，每前进越加恭敬。某，李藩自谦不名。前年，前一年，指贞元二十一年即永贞元年。被诏告礼幽州，唐德宗死，顺宗即位，李藩奉诏副杨于陵为太原、幽、镇等十道告哀使。告礼，传告先皇逝世、新皇即位的信息。迓（yà），迎接。劳，慰问。　[7] "及郊"以下七句：到（幽州）城郊，司徒公（刘济）头系红巾，脚穿靴，身穿套裤，手握军刀，佩带（玉、鱼袋等表身份的）各种装饰，弓装在弓袋里，箭插在箭匣里，俯身站立在道左迎接。这里写身穿正式军服郑重迎接朝廷敕使，以表恭顺。帓（mò），裹头巾。鞾，同"靴"。袴，同"裤"。韔（chàng），弓袋。服，同"箙（fú）"，盛箭的器具。房，箭匣。俯立迎道左，古人尚右，左边表谦下。　[8] 礼辞：做礼辞谢。　[9] "公天子之宰"二句：您是天子的宰相，依礼不可这样。指身穿武将服装即下面说的"将服"迎接使臣。刘济有检校司徒号即带宰相衔，故云。　[10] 以其服即事：又穿着上述装束办事，指接受诏

书等。 [11]公三公：刘济有司徒号。唐制，太尉、司徒、司空为三公。 [12]承命：接受诏命。 [13]客阶：宾阶，西阶，自处客阶，这是反主为客，以表恭敬。 [14]坐必东向：坐西向东。古人南面坐，坐西向东亦表尊敬。 [15]六十年："安史之乱"开始于天宝十四载（755），至李藩出使的元和元年（806）不足六十年，此举成数。 [16]十日、十二子：指天干、地支二者相配，数尽六十，即一甲子过去了。 [17]其将复平：将复归于太平。 [18]"平必自幽州始"二句：天下太平必定从幽州开始，（因为这是）变乱（"安史之乱"）开始的地方。 [19]"今天子大圣"以下四句：如今天子圣明，司徒公刘济殷勤遵守礼法，可望他带领天下藩帅来京城朝觐，奉行职守，如（唐玄宗）开元（盛世）的情形吧。庶几，希冀之辞。其时河南淄青节度使李师道、淮西节度使吴少诚、河北魏博节度使田季安、恒冀节度使王承宗等均负固割据，不服朝命。刘济本人亦久不朝觐。 [20]李公：李藩。朝夕左右：谓（作为宰相）早晚在皇帝身边。 [21]数（shuò）数为上言：屡屡向皇帝禀告。数数，屡屡。《庄子·逍遥游》："彼于致福者，未数数然也。" [22]元年之言殆合矣：上述元年的话大概可以实现。 [23]岁时：节期。来寿其亲：来给双亲拜寿。李益之父名虬，见《新唐书·宰相世系表》。 [24]莫不拜于门：没有不到他门下拜会的。 [25]"其为人佐甚忠"以下三句：他作为幕僚（对幕主）十分忠诚，立意让司徒公的功名流传千秋，请把我这些话作为他回归使府的献言。

[点评]

本书前面董邵南游河北和本篇送李益来东都省亲回河北两序所写内容不同，但写的同是负固离叛的幽州事。两篇送序的立意也大体一致，都是表明维护国家统一、反对藩镇割据的立场。因为写这篇文章时幽州并没有明目张胆地谋反，因此书写时要善于谋划，利用曲笔表讽喻之意。《送董邵南序》写"送"而实表"留"，写古今河北风气转变以寓对河北逆乱的忧虑；这一篇则是直接写刘济，他本来首鼠两端，久不朝觐，逆象渐张，韩愈作文，意在讽其归顺，希望李益回河北能够进言相劝。这种意图本来难以形诸笔墨，但作者巧妙地凭空结撰，避免粘题，却用主要篇幅写自己和李藩数年前的两段对话。这样，题目是送李益回幽州，写的却主要是当年李藩出使幽州；本来是不满于刘济不来朝觐，却又着力描写他对朝廷的恭顺。如此极尽"狡猾"之能事，曲折地表达出反对藩镇逆乱的深微用意。其中描写刘济迎接朝廷敕使一节，历来被称赞为"写真文字"，把恃强骄横的藩帅与朝廷使臣之间虚与委蛇的周旋情态刻画得淋漓尽致。

唐朝散大夫赠司勋员外郎孔君墓志铭 [1]

曾国藩："此等起法，惟韩公笔力，警耸矫变，无所不可。"（《求阙斋读书录》）

　　昭义节度卢从史有贤佐曰孔君 [2]，讳戣，字君胜。从史为不法，君阴争 [3]，不从，则于会肆言以折之 [4]。从史羞 [5]，面颈发赤，抑首伏气，不敢出一语以对，立为君更令改章辞者前后累数十。坐则与从史说古今君臣父子道，顺则受从福[6]，逆辄危辱诛死[7]，曰："公当为彼，不得为此。"从史常耸听喘汗[8]。居五六岁，益骄，有悖语[9]。君争，无改悔色，则悉引从事，空一府往争之[10]。从史虽羞，退益甚[11]。君泣语其徒曰："吾所为止于是，不能以有加矣[12]。"遂以疾辞去，卧东都之城东，酒食伎乐之燕不与[13]。当是时[14]，天下以为贤，论士之宜在天子左右者，皆曰"孔君、孔君"云。

会宰相李公镇扬州[15]，首奏起君[16]，君犹卧不应[17]。从史读诏，曰："是故舍我而从人耶！"即诬奏君前在军有某事[18]。上曰："吾知之矣。"奏三上[19]，乃除君卫尉丞[20]，分司东都。诏始下，门下给事中吕元膺封还诏书[21]。上使谓吕君曰："吾岂不知戡也？行用之矣[22]。"

明年，元和五年正月，将浴临汝之汤泉[23]；壬子，至其县食，遂卒，年五十七。公卿大夫士相吊于朝[24]，处士相吊于家[25]。君卒之九十六日，诏缚从史送阙下[26]，数以违命[27]，流于日南[28]。遂诏赠君尚书司勋员外郎[29]，盖用尝欲以命君者信其志。其年八月甲申，从葬河南

写人物，用笔简单勾画，形神毕现，直透胸臆。

方苞："此用《春秋》郑伯髡顽卒书法，以发疑也。"（转引自马其昶《韩昌黎文集校注》）

《左传》襄公七年："郑伯髡顽如会，未见诸侯。丙戌，卒于操。"杜注："实为子驷所弑。"

河阴之广武原[30]。

君于为义若嗜欲[31]，勇不顾前后[32]；于利与禄，则畏避退处如怯夫然。始举进士第，自金吾卫录事为大理评事[33]，佐昭义军[34]。军帅死[35]，从史自其军诸将代为帅。请君曰："从史起此军行伍中[36]，凡在幕府，唯公无分寸私[37]。公苟留[38]，唯公之所欲为。"君不得已，留一岁，再奏自监察御史至殿中侍御史。从史初听用其言，得不败；后不听信，恶益闻[39]。君弃去，遂败。

祖某[40]，某官，赠某官；父某，某官，赠某官。君始娶弘农杨氏女[41]，卒；又娶其舅宋州刺史京兆韦屺女，皆有妇道[42]。凡生一男四女，皆幼。前夫人从葬舅姑兆次[43]。卜人曰："今兹岁未可以祔[44]。"从卜人言，不祔。君母兄弢[45]，尚书兵部员外郎；母弟戡[46]，殿中侍御史，以文行称朝廷[47]。将葬，以韦夫人之弟、前进士楚才之状授愈曰[48]："请为铭。"铭曰：

允义孔君[49]，兹惟其藏[50]；更千万年，无敢坏伤。

中唐时期，朝政暗弱，藩镇势强，士大夫不得志，往往到藩镇求出路。藩镇对朝廷逆顺不一，士大夫在幕府的作用也不一。韩愈本人曾有在汴州和徐州从军依附的经历。他的文章多关涉这一主题，都是或直接、或委曲，利用不同笔法表达维护国家统一、社会安定，反对藩镇割据和动乱的观念。

［注释］

[1]孔君：孔戡（754—810），事迹详本志。韩愈和他同为东都分司官。朝散大夫为文散官衔，从五品下。司勋员外郎为死后所赠官，从六品上。本文作于元和五年。宋本题目"唐"下有"故"字，依例当从。　[2]卢从史（？—810）：曾在昭义节度使（驻节潞州上党，今山西长治）李长荣属下做兵马使，贞元二十年（804）八月长荣卒，卢得到部将支持，又善于逢迎监军宦官，得授检校工部尚书兼潞州长史、昭义节度使，后以私通谋叛藩帅被贬死。　[3]阴争：私下争论。　[4]于会肆言以折之：在集会上无所顾忌地发言批驳他。肆言，无所顾忌地发言。　[5]"从史羞"五句：卢从史羞愧，低下头屏住气息，不敢发一言对答，立即为他变更命令、修改文书言词（的情况）前后达数十起。　[6]顺：指对朝廷恭顺。　[7]逆：叛逆。　[8]耸听喘汗：惊惧而听，气喘流汗。耸，通"悚"。　[9]悖语：逆乱的话。　[10]空一府：倾尽整个使府的官员。　[11]退益甚：从公府退下后情形越发严重。　[12]不能以有加：意谓不能再做什么。　[13]燕：通"宴"，宴集。不与：不参加。　[14]"当是时"四句：当这个时候，天下都认为他贤德，讨论士大夫适合在皇帝身边（担任要职）的，都说"孔君、孔君"。　[15]宰相李公：李吉甫（758—814），字弘宪，赵郡（今河北赵县）人，元和年间两度为相。元和三年出任扬州大都督府长史、淮南节度使。　[16]首奏起君：首先奏请起用孔戡。　[17]卧不应：谓居家不出。　[18]诬奏：诬陷上奏朝廷。有某事：指有某非法之事。　[19]奏三上：三次上奏章。　[20]卫尉丞：卫尉寺的属官，从六品上。　[21]门下给事中：门下省属官，正五品上，负责驳正百司章奏诏令之违失。吕元膺：字景夫，元和初迁谏议大夫、给事中，史称他规谏驳议，大举其职。封还诏书：驳回起草好的

诏书。吕元膺认为任命孔戡为东都分司官不当，行使门下省封驳的职权。　[22]行用之：即将（重）用他。行，将要。　[23]临汝：属河南道，今河南汝阳。汤泉：温泉。　[24]相吊于朝：吊问他于朝堂，在朝堂吊问以表尊重。　[25]处士：在野无官职者。　[26]缚从史送阙下：卢从史叛逆迹象暴露，朝廷设计擒缚送京城。　[27]数以违命：逐一列举他违背的朝命。　[28]流于日南：流放为骥州（治九德，今越南荣市）司马，其地汉、隋时为日南郡。　[29]"遂诏赠君尚书司勋员外郎"二句：遂下诏书赠给他尚书司勋员外郎官衔，这本来曾是（朝廷）打算任命他的职务，用来实现他（生前）的志向。尚书司勋员外郎，礼部司勋司的属官，从六品上。信，通"伸"，伸张。　[30]河阴：属河南道，今河南荥阳东北。　[31]为义若嗜欲：施行道义之事像是嗜好。　[32]不顾前后：谓不顾及后果（是否对自己不利）。前后，复义偏指后。　[33]金吾卫录事：左、右金吾卫属下有录事参军事，正八品下。　[34]佐昭义军：辅佐昭义军（节度使）。　[35]"军帅死"二句：镇帅（昭义军节度使李长荣）死，卢从史从军中诸将里出来接替为统帅。　[36]起此军行伍中：古代军队编，制五人为伍，五伍为行，行伍指步卒或军队。从史以善骑射被节度使李长荣用为大将。　[37]无分寸私：谓无丝毫的私心。　[38]"公苟留"二句：如果您留下来，听凭您愿意做什么。指授以全权。　[39]恶益闻：恶行越发流传。　[40]"祖某"以下六句：南宋蜀刻本等或作"祖如圭，皇海州司户，赠工部员外郎；父岑父，皇著作郎，赠驾部员外郎"。朱《考》："今本所纪父祖官职多误，盖后人续增。"或以为是"后人续增"，"多误"。　[41]弘农杨氏：弘农（今河南灵宝）为杨氏郡望。　[42]有妇道：指合于为妇之道。　[43]舅姑：公婆。兆次：墓旁。兆，通"垗"，此指墓地界域。　[44]祔（fù）：合葬。　　[45]孔戣：字君严，登进士第，为侍御史，累转谏议大夫，以方严敢谏称，时为兵部员外郎。后曾任岭南节度使，以礼部尚书致仕。　　[46]戡：即孔戡，以明经及第，官至湖南观察使、京兆尹。　　[47]以文行称朝廷：以文章德行被朝廷所称扬。　　[48]前进士：唐时，进士及第、关试合格后称"前进士"。楚才：即韦楚才，元和二年进士。状：行状。　　[49]允义：实有道义。允，信，实。　　[50]兹惟其藏：这里乃是他的墓葬。藏，此指墓葬。

[**点评**]

　　除这篇孔戡墓志，韩愈还写有其弟孔戣墓志，两篇的立意和写法大致相同，都是倍受赞誉的碑传名作。这一篇记述孔戡生平，和韩愈的许多墓志一样，不循常格，笔法多变，看似自由散漫，随事曲注，实则词不连而意连，矫变多方。开头一句"昭义节度卢从史有贤佐曰孔君"，戛然而起，以"贤佐"给人物以定评，力重千钧；接着叙写传主在卢从史幕府和卢的矛盾，即把人物置于尖锐冲突之中，用他的言行凸显其为人和声望；然后又写李吉甫奏请起用他而猝死不果，再照应补写卢的失败，这就既显出墓主的才智和见识，又替他落拓不遇的命运鸣不平；最后再补叙世系、家族、卒葬并墓铭等情况。这样，文章以叙写与卢从史的关系为中心，在中唐强藩割据的背景下，使用倒叙、陪衬等手法，鲜明地描绘出一位坚持道义、智勇双全却不得施展大才的落拓士人的性格与命运。

毛颖传 [1]

毛颖者，中山人也 [2]。其先明视 [3]，佐禹治东方土 [4]，养万物有功，因封于卯地 [5]，死为十二神 [6]。尝曰："吾子孙神明之后 [7]，不可与物同，当吐而生 [8]。"已而果然。明视八世孙䨲 [9]，世传当殷时居中山，得神仙之术。能匿光使物 [10]，窃姮娥，骑蟾蜍入月，其后代遂隐不仕云。居东郭者曰䨲 [11]，狡而善走，与韩卢争胜，卢不及。卢怒 [12]，与宋鹊谋而杀之，醢其家。

李肇："沈既济撰《枕中记》，庄生寓言之类。韩愈撰《毛颖传》，其文尤高，不下史迁。二篇真良史才也。"（《国史补》）

钱锺书："刘昫、契嵩之讥《毛颖传》，皆焚琴煮鹤，杀风景语。退之可爱，正以虽自命学道，而言行失检、文字不根处，仍极近人。"（《谈艺录》）

[**注释**]

[1] 毛颖：毛笔。"颖"的本义是禾梢，引申为制笔的毫毛。为毛颖作传，是拟人写法。据柳宗元元和五年（810）作《读韩愈所著〈毛颖传〉后题》，则此文作于其前。　[2] 中山人：依古人传记述籍贯例标郡国。中山，此指东周国名，地当今河北正定东北一带。又唐宣州溧水县东南十五里有中山，出兔毫，制笔精妙。捏合二事用典。　[3] 明视：《礼记·曲礼下》："兔曰明视。"　[4] 佐禹治东方土：帮助大禹治理东方的土地。古天文以十二神配四方，东方房宿在卯宫，属兔，东方又属春，主生成，因此有"佐禹""养万物"的设想。治，《文苑》本等作"理"。土，朱《考》："'土'，方（《正》）作'吐'，属下句。"　[5] 卯地：《史记·律书》："卯之为言茂也，言万物茂也。"　[6] 死为十二神：死后成为十二神之一。十二神，子鼠、丑牛、寅虎、卯兔、辰龙、

巳蛇、午马、未羊、申猴、酉鸡、戌狗、亥猪。 [7]神明之后：谓十二神的后代。 [8]吐而生：张华《博物志》："兔舐毫望月而孕，口中吐子。旧有此说，余目所未见也。" [9]毚（wàn）：兔别名。 [10]"能匿光使物"以下四句：能够隐身驱使物件，偷窃嫦娥，骑蟾蜍入月，他的后代遂隐居而不做官云云。匿光使物，隐蔽光亮，驱使物体。相传兔能隐形。窃姮娥，《淮南子·览冥训》："羿请不死之药于西王母，姮娥窃以奔月。"姮娥即"嫦娥"。传说嫦娥窃药，而非兔窃嫦娥，更无兔骑蟾蜍入月之说，此处亦活用事典。《初学记》引《淮南子》则只言及"托身于月，是为蟾蜍，而为月精"。又，自古以来有月中玉兔捣药的传说。 [11]"居东郭者曰毚（jùn）"以下四句：住在东城的名毚，狡猾而跑得快，和韩卢竞争，韩卢比不过。毚，相传古代齐国有良兔名毚，一日跑五百里。韩卢，又称"韩獹"，良犬名。 [12]"卢怒"以下三句：韩卢发怒，和宋鹊谋划杀了它，屠杀它的全家。典据《战国策·齐策三》："淳于髡谓齐王曰：'韩子卢者，天下之疾犬也。东郭逡者，海内之狡兔也。韩子卢逐东郭逡，环山者三，腾山者五，兔极于前，犬废于后……'"宋鹊，宋国良犬。醢（hǎi）其家，屠杀它的全家。醢，剁成肉酱。

秦始皇时，蒙将军恬南伐楚[1]，次中山[2]，将大猎以惧楚[3]。召左右庶长与军尉[4]，以《连山》筮之，得"天与人文"之兆。筮者贺曰[5]："今日之获，不角不牙，衣褐之徒，缺口而长须，八窍而趺居。独取其髦[6]，简牍是资，天下其同书，秦其遂兼诸侯乎！"遂猎，围毛氏之族，拔

茅坤："设虚景摹写，工极古今。其连篇跌宕，刻画司马子长。"（《唐宋八大家文钞·韩文》评语）

其豪[7]，载颖而归[8]。献俘于章台宫[9]，聚其族而加束缚焉。秦皇帝使恬赐之汤沐[10]，而封诸管城[11]，号曰管城子，日见亲宠任事[12]。

[注释]

[1]蒙恬：秦大将。史载，秦始皇二十四年（前223）南击楚，但未言蒙恬领军。　[2]次中山：驻军中山。次，出行居停处。朱《考》："中山在秦东北，非伐楚所当次也。此固寓言，然亦不为无失。"游戏文章，随笔涉之，无所谓得失。　[3]大猎：大规模狩猎，以显示军威。张华《博物志》有"蒙恬造笔"之说，以下即据以生发（实则笔并非创始于秦代）。　[4]"召左右庶长与军尉"以下三句：召集身边庶长、军尉用《连山》卜卦，得到"天与人文"的卦象。庶长、军尉，秦制，武爵有庶长，以赏有功。将军下有都尉、国尉。《连山》，传为夏《易》，《易》为古代占卜之书。筮（shì），以蓍草占卜，引申为卜卦。天与人文，语本《孟子·万章上》"天与贤，则与贤"，表示"毛颖"是上天赐予用来书写文字的。兆，占卜得到的卦象。　[5]"筮者贺曰"以下六句：此处描绘兔的形貌。不角不牙，没有角和牙。衣褐，穿粗布短衣。褐，通"鹖"，黄黑色，此指兔的毛色。八窍，相传能咀嚼的动物是九窍而胎生，兔只有八窍。跗（fū）居，盘腿坐。跗，足背。　[6]"独取其髦（máo）"以下四句：只取它的毫毛，用来书写简牍，天下一同书写，秦从而兼并诸侯。取其髦，取得它的毫毛。髦，毛中长毫，引申为俊杰，此处一语双关。简牍是资，用来书写简牍。简牍，（用于书写的）竹简和木牍（或木板）。资，供给。天下其同书，语本《史记·秦始皇本纪》秦"书同文字"，这里是说天下都用笔书写。　[7]拔其豪：拔取毛氏之族的头领，双关拔毫毛。

豪，通"毫"，毫毛。　　[8]载颖而归：车载毛颖而回。毛颖双关
毛氏俊杰和"毛颖"名二义。　　[9]"献俘于章台宫"二句：在章
台宫举行献俘典礼，聚集他的家族而加以管束。章台宫，秦离宫
之一，在首都咸阳渭水之南。聚其族而加束缚，双关把毫毛捆束
成毛笔头。　　[10]赐之汤沐：赐给它汤沐邑。汤沐邑指封地，双
关蓄墨水的砚台。　　[11]封诸管城：分封它在管城。管城本是周
初管叔的封地，在今河南郑州，双关制作笔管。　　[12]日见亲宠
任事：一天天越发得到宠爱重用。任事，指委任以要事，双关经
常被使用。

颖为人强记而便敏[1]，自结绳之代以及秦
事，无不纂录。阴阳、卜筮、占相、医方、族氏、
山经、地志、字书、图画、九流、百家、天人之
书[2]，及至浮图、老子、外国之说，皆所详悉。
又通于当代之务，官府簿书[3]，市井货钱注记[4]，
惟上所使[5]。自秦皇帝及太子扶苏、胡亥、丞相
斯、中车府令高[6]，下及国人，无不爱重。又善
随人意，正直、邪曲、巧拙，一随其人[7]。虽见
废弃[8]，终默不泄。惟不喜武士，然见请亦时
往[9]。累拜中书令[10]，与上益狎[11]。上尝呼为
"中书君"。上亲决事，以衡石自程[12]，虽宫人
不得立左右，独颖与执烛者常侍，上休方罢。颖

拟人和双关写
法，用得极其巧妙。
游戏效果，读来字
字句句令人莞尔。

与绛人陈玄，弘农陶泓及会稽褚先生友善，相推致，其出处必偕[13]。上召颖，三人者不待诏辄俱往[14]，上未尝怪焉。

[注释]

[1]"颖为人强记而便（pián）敏"以下三句：毛颖为人记忆力特强而又便捷，从上古结绳直到秦代的事没有不编纂记录的。便敏，机灵。　[2]"阴阳"以下三句：以下是说各类书籍都为毛笔所书写。阴阳，阴阳五行学说。卜筮，占卦。以火灼龟甲占吉凶为卜，以蓍草占吉凶为筮。占相，相面。医方，医疗方剂之学。族氏，宗族谱系之学。山经，记录山脉的书。地志，地理书。字书，字典。九流，据《汉书·艺文志》，儒家、道家、阴阳家、法家、名家、墨家、纵横家、杂家、农家之书统称九家。或以为"九"是虚数，"流"指学派。百家，诸子之学。天人之书，关于天人之际的著作。浮图，此指佛教典籍。老子，此指道家之书。秦时佛教未入中土，这是作者任意摄取以文滑稽耳。　[3]官府簿书：官府的簿记文书。　[4]市井货钱注记：街市贸易钱财货物的记录。　[5]惟上所使：听凭秦始皇驱使。上，指秦始皇。　[6]扶苏：秦始皇长子，始皇死后被赵高、李斯矫诏赐死。胡亥：秦始皇十八子，继承帝位为二世，国灭身亡。丞相斯：李斯，秦并六国后任丞相，后被胡亥处死。中车府令高：赵高，秦宦官，任中车府令。　[7]一随其人：完全随从（使用它的）人的意愿。　[8]"虽见废弃"二句：虽然被扔掉了，始终沉默不泄露（所写的内容）。虽见，宋本、《文粹》等均作"虽后见"，方《正》删"后"字。　[9]见请：被请。时往：有时去。　[10]中书令：官名，魏晋始置。此取适于书写之意。下称"中书君"意

同。　　[11]益狎（xiá）：越发亲昵。狎，亲昵。　　[12]以衡石自程：拿衡石给自己定限量。衡石，计量器具，衡计重量，石计容量。程，定额。史称秦始皇亲自处理国事，以衡石量文书，数量不足不休息。　　[13]此处以拟人手法说明墨、砚、纸。绛人陈玄：指墨。唐时河东道绛州绛县（今山西绛县）贡品有墨，又墨以年陈色黑为佳，故拟名陈玄，又用古邑名（绛，春秋时晋地，在今山西翼城县东）称郡望，故曰绛人。弘农陶泓（hóng）：指砚。唐虢州弘农县（今河南灵宝）贡品有瓦砚。瓦砚为陶制，水深而广曰泓，故拟名陶泓。会稽褚先生：指纸。唐江南道越州会稽县（今浙江绍兴）贡品有纸，而桑皮纸以楮树皮制成，又汉时续《史记》的褚少孙称褚先生，借以拟名。必偕：必定在一起，指书写时一定墨、砚、纸并用。　　[14]不待诏：不等下诏令。

　　后因进见，上将有任使，拂拭之[1]，因免冠谢[2]。上见其发秃[3]，又所摹画不能称上意。上嘻笑曰："中书君老而秃，不任吾用。吾尝谓君中书，君今不中书邪[4]？"对曰："臣所谓尽心者[5]。"因不复召，归封邑，终于管城。其子孙甚多，散处中国、夷狄，皆冒管城[6]。惟居中山者能继父祖业[7]。

"尽心"被弃置，寓意酸苦，讽刺意味深远。

　　[注释]
　　[1]拂拭：摸搓。　　[2]免冠：本意是脱掉帽子，双关摘下笔帽。　　[3]发秃：指笔毛秃。　　[4]中书、不中书："中书"本是

官职名，此处取双关义，指是否适于书写。　[5]尽心：双关耗尽笔心。语本《孟子·梁惠王上》："寡人之于国也，尽心焉耳矣。"　[6]冒管城：冒称管城为郡望，双关毛笔皆有笔管。　[7]惟居中山者能继父祖业：此句指只有中山兔毫被用来制笔。

楼昉："笔事收拾将尽，善将无作有，所谓以文滑稽者。赞尤高古，直逼史迁。"（《崇古文诀》）

游戏文字。历叙毛颖家世、遇合、才学、性情、宠幸、友朋以至退休、子孙，宛然真实传记。而节节双关，巧妙无迹，庄谐杂出，意味无穷。

太史公曰[1]：毛氏有两族[2]：其一姬姓，文王之子，封于毛，所谓鲁、卫、毛、聃者也。战国时有毛公、毛遂[3]；独中山之族不知其本所出，子孙最为蕃昌。《春秋》之成，见绝于孔子[4]，而非其罪。及蒙将军拔中山之豪，始皇封诸管城，世遂有名，而姬姓之毛无闻。颖始以俘见，卒见任使[5]，秦之灭诸侯，颖与有功[6]。赏不酬劳[7]，以老见疏[8]，秦真少恩哉[9]！

[注释]

[1]太史公：戏仿司马迁修《史记》自称太史公。　[2]"毛氏有两族"以下五句：古时姓、氏有别，姓表宗族，氏为姓的分支，秦汉以后，姓、氏始不分。此处戏辨毛氏由来。姬姓为周部族的姓，其中周文王子毛伯明食采于毛（今河南益阳），世为周世卿，子孙以邑为氏，此即毛国。所谓鲁、卫、毛、聃者也，典出《左传》僖公二十四年："昔周公吊（伤）二叔（管叔、蔡叔）之不咸（不和），故封建亲戚，以蕃屏周。管、蔡、郕、霍、鲁、卫、毛、聃、郜、雍、曹、滕、毕、原、酆、郇，文之昭（子）也。"　[3]毛公：战国时期赵国隐士，以规劝信

陵君归国、救魏而闻名。毛遂：战国时期赵国平原君之客，以自荐随平原君使楚而闻名。　[4]见绝：被遗弃。此处戏释孔子修《春秋》、绝笔于"西狩获麟"事，以为非笔之罪。　[5]卒见任使：终于被使用。　[6]颖与有功：毛颖参与其事有功劳。　[7]赏不酬劳：奖赏不抵功劳。　[8]以老见疏：因为年老而被疏远。　[9]秦真少恩：语本《战国策·秦策一》："兵革大强，诸侯畏惧。然刻深寡恩，特以强服之耳。"

[点评]

这篇《毛颖传》是典型的"以文为戏"的文字。以咏物为戏的文章前代多有，如宋袁淑有《鸡九锡文》《驴山公九锡文》，梁沈约有《修竹弹甘蔗文》等，有人提出这些皆为《毛颖传》所本。但韩愈这篇文章无论是思想意义还是艺术手法都非前面提到的那些作品可比。柳宗元贬永州，曾作《读韩愈所著〈毛颖传〉后题》一文，说自己被贬到永州后，"不与中州人通书。有来南者，时言韩愈为《毛颖传》，不能举其辞，而独大笑以为怪"。所述指元和五年（810）冬他的内弟杨诲之南下过永州，带来《毛颖传》，柳氏读后的感受是："若捕龙蛇，搏虎豹，急与之角而力不敢暇，信韩子之怪于文也。世之模拟窜窃，取青媲白，肥皮厚肉，柔筋脆骨，而以为辞者之读之也，其大笑固宜。"他还引经据典，批驳那些"贪常嗜琐者"否定《毛颖传》的鄙陋之见，并进一步指出韩愈写这类文章是"以发其郁积，而学者得以励"的。柳宗元的看法颇能揭示这篇文字的精髓。所谓"发其郁积"，指出了这篇文章是以替毛笔作传来抒发对于现实埋没人才、对文人"刻薄寡恩"的不满。柳宗元又指出其"怪于文"的风格、雄肆的笔力，与当时模拟雕琢、柔弱浮夸的文风截然有异。这篇文章体制完全模仿正规史传，构思巧妙，寓意深刻，以戏谑不拘的游戏笔墨表达郑重的主题。运笔奇正相生，亦庄亦谐；叙事状人，极其真切；使典用事，似言必有据，实出以杜撰；特别是全篇将毛笔拟人化，双关笔法关合巧妙，一以贯之，充分发挥了"以文滑稽"而表意正大的效果。

送穷文 [1]

元和六年正月乙丑晦 [2]，主人使奴星结柳作车 [3]，缚草为船，载糗舆粮 [4]，牛系轭下 [5]，引帆上樯 [6]，三揖穷鬼而告之曰 [7]："闻子行有日矣 [8]。鄙人不敢问所途 [9]，窃具船与车 [10]，备载糗粮，日吉时良 [11]，利行四方。子饭一盂 [12]，子啜一觞，携朋挈俦，去故就新，驾尘彍风，与电争先。子无底滞之尤 [13]，我有资送之恩 [14]，子等有意于行乎？"

黄庭坚："《送穷文》盖出于扬子云《逐贫赋》，制度始终极相似。而《逐贫赋》文类俳，至退之亦谐戏，而语稍庄，文采过《逐贫》矣。"（《山谷题跋·跋韩退之送穷文》）

[注释]

[1] 自齐、梁以来有正月晦日（旧历月末一天）送穷鬼的风俗。相传颛顼时宫中生一子，身穿破衣，号穷子，正月晦日死，宫中

葬之。传说流传后世，遂形成送穷习俗。   [2]正月乙丑晦：元和六年的正月晦日相当于阳历公元811年2月26日。乙丑是那一天的干支。   [3]奴星：名星奴仆。   [4]载糗（qiǔ）舆粻（zhāng）：装载粮米。糗，干粮。粻，食米。   [5]牛系轭下：把牛驾到车轭下。   [6]引帆上樯（qiáng）：把帆拉上桅杆。樯，桅杆。   [7]三揖穷鬼：再三给穷鬼作揖。   [8]有日：谓日子已确定。   [9]所途：所去路途。   [10]窃，别本作"躬"。朱《考》："'窃'或作'躬'。"   [11]日吉时良：吉祥日子、好时辰。语出屈原《九歌·东皇太一》："吉日兮辰良。"   [12]"子饭一盂"以下六句：你吃一盂饭，你饮一觞酒，带领朋友伙伴，离开故主到新主人那里去，如驾飞尘乘劲风，如与电光争先。啜（chuò），饮。觞，酒器。挈（qiè），带领。俦（chóu），同伴。旷（guō），快捷。   [13]底滞之尤：逗留不去的过错。底滞，停滞。语本《国语·楚语》："夫民气纵则底，底则滞。"韦注："底，著也。"   [14]资送：帮助遣送。

屏息潜听，如闻音声，若啸若啼，砉歘嚘嘤[1]。毛发尽竖[2]，竦肩缩颈，疑有而无，久乃可明。若有言者曰："吾与子居，四十年余，子在孩提[3]，吾不子愚[4]；子学子耕，求官与名，惟子是从[5]，不变于初[6]。门神户灵[7]，我叱我呵，包羞诡随，志不在它。子迁南荒[8]，热烁湿蒸，我非其乡，百鬼欺陵。太学四年[9]，朝齑暮盐，惟我保汝，人皆汝嫌。自初及终，未始背汝[10]，心无异谋，口绝行语[11]。于何听闻[12]，

描写鬼的形态出神入化，述说自身穷的形态凄惨真切，为后面表留"穷"做铺垫。

云我当去，是必夫子信谗，有间于予也。我鬼非人[13]，安用车船，鼻齅臭香，糇粮可捐。单独一身[14]，谁为朋俦？子苟备知，可数已不？子能尽言[15]，可谓圣智，情状既露，敢不回避！"

[注释]

[1]吁吁嘤嘤（xū xū yōu yīng）：拟声词，微细琐碎的声音。　[2]"毛发尽竖"以下四句：头发都竖起来，耸肩缩脖子，怀疑有没有，很久才清楚。竦（sǒng），通"耸"，抬高。　[3]孩提：幼儿，在提抱之中。　[4]吾不子愚：我没有愚弄你。　[5]惟子是从：只是跟从你。　[6]不变于初：和当初没有变化。　[7]"门神户灵"以下四句：看守门户的神灵，责骂我呵斥我，（我）忍受羞辱而跟从，没有想去别处。呵（hē），怒斥。包羞，《周易·否》："六三，包羞。"正义曰："包羞者，言群阴俱用小人之道，包承于上以失位不当，所包承之事唯羞辱己。"诡随，语本《诗经·大雅·民劳》："无纵诡随。"毛传："诡随，诡人之善、随人之恶者。"　[8]"子迁南荒"以下四句：你被贬南方荒远之地，被暑热煎熬，被湿气熏蒸，（那里）不是我的家乡，被当地众鬼欺负。烁，同"铄"，灼热。　[9]"太学四年"以下四句：你在太学任职四年，早晚用咸菜、盐水下饭，只有我来保护你，别人都嫌弃你。齑（jī），细切的酱菜。　[10]未始：从没有。　[11]口绝行语：绝没有说过出走的话。　[12]"于何听闻"以下四句：从哪里听说我应当离开你，这一定是夫子你相信谗（chán）言，有人离间我。信谗，相信谗言。谗，说坏话。间，离间。　[13]"我鬼非人"以下四句：我是鬼不是人，怎么能用车船，（我用）鼻子闻气味，干粮可

以不要。安用，何用。捐，放弃。　[14]"单独一身"以下四句：（我是）独自一人，有谁是朋友？如果你全知道，可以细数出来吗？已不，同"以否"。朱《考》："'已'与'以'同，'以'犹'与'也。"　[15]"子能尽言"以下四句：（如果你）能全说出来，可谓聪明绝顶，我的情状已经败露，岂敢不回避离开。

主人应之曰："子以吾为真不知也邪？子之朋侪[1]，非六非四，在十去五，满七除二。各有主张，私立名字，捩手覆羹[2]，转喉触讳[3]，凡所以使吾面目可憎、语言无味者，皆子之志也。其名曰智穷：矫矫亢亢[4]，恶圆喜方[5]，羞为奸欺[6]，不忍害伤；其次名曰学穷：傲数与名[7]，摘抉杳微[8]，高挹群言[9]，执神之机[10]；又其次曰文穷：不专一能[11]，怪怪奇奇，不可时施[12]，只以自嬉[13]；又其次曰命穷：影与形殊[14]，面丑心妍，利居众后，责在人先；又其次曰交穷：磨肌戛骨[15]，吐出心肝，企足以待，置我仇冤。凡此五鬼，为吾五患，饥我寒我，兴讹造讪[16]。能使我迷，人莫能间[17]，朝悔其行，暮已复然。蝇营狗苟[18]，驱去复还。"

描写"五穷"，高度提炼语词的功夫。特别是精心构造的四字短语，极其形象、生动而精确廉悍。

吴闿生："此篇恢诡之趣，较前篇（《进学解》）尤胜。曾文正公尝谓恢诡之文为古今最难到之诣，从来不可多得者也。公以游戏出之，而浑穆庄重，俨然高文典册，尤为大难。"（《古文范》）

[**注释**]

[1]"子之朋侪"以下四句：这里是回答，计算你的同类有五个。　[2]捩（liè）手覆羹：扭手打翻羹汤。捩，扭转。　[3]转喉触讳：开口讲话就犯忌讳。转喉，发声。　[4]矫矫亢亢：刚直貌。　[5]恶圆喜方：厌恶圆滑，喜欢正直。　[6]羞为奸欺：耻于做奸猾欺诈的事。　[7]傲数与名：以了解技艺和事物自诩。数谓技艺，名谓事物。　[8]摘抉杳（yǎo）微：择取深微的道理。杳，深微。　[9]高挹（yì）群言：居高临下酌取各家之言。挹，舀，取。　[10]执神之机：把握神妙关键。　[11]不专一能：不只熟悉一种技能。　[12]不可时施：不可施用于当前。　[13]只以自嬉：只用来自娱自乐。　[14]"影与形殊"以下四句：影子和身形不一致，面目丑陋而内心美好，获利在众人之后，受责难在众人之前。　[15]"磨肌戛（jiā）骨"以下四句：磨掉肌肉，刮出骨头，吐出心肝，踮起脚跟来等待（朋友），却把我当作仇人。戛，刮。企足，踮起脚。　[16]兴讹（é）造讪：造成过错，引来诽谤。讹，过错。讪，诽谤。　[17]人莫能间：没有人能够隔离开。　[18]蝇营狗苟：如蝇到处钻营，如狗苟且偷生，比喻追求名利不顾廉耻、不择手段。

用四字句，寓骈于散。

言未毕，五鬼相与张眼吐舌，跳踉偃仆[1]，抵掌顿脚[2]，失笑相顾[3]。徐谓主人曰："子知我名，凡我所为，驱我令去，小黠大痴[4]。人生一世，其久几何？吾立子名[5]，百世不磨[6]。小人君子，其心不同，惟乖于时[7]，乃与天通[8]。携持琬琰[9]，易一羊皮，饫于肥甘，慕彼糠麋。

天下知子，谁过于予，虽遭斥逐，不忍子疏^[10]。谓予不信，请质《诗》《书》^[11]。"

　　主人于是垂头丧气，上手称谢^[12]，烧车与船，延之上座^[13]。

[注释]

[1] 跳踉（liáng）偃仆：跳跃又扑倒，癫狂貌。跳踉，跳跃。　[2] 抵（zhǐ）掌：击掌。抵，同"抵"，侧击。　[3] 失笑：大笑不止。　[4] 小黠（xiá）大痴：小处聪明而大处愚蠢。语本《抱朴子·道意》："凡人多以小黠而大愚。"黠，聪敏。　[5] 吾立子名：我树立起你的名字。　[6] 百世不磨：一百代也不磨灭。　[7] 惟乖于时：只是时运不济。惟，童《诠》："'惟''虽'，古通用。"亦通。乖，背离。　[8] 乃与天通：乃和天意相通。　[9] "携持琬琰（wǎn yǎn）"以下四句：拿着美玉去换一张羊皮，吃饱了丰肥甜美的食物而羡慕糠粥。琬琰，玉器。《周礼·典瑞》："琬圭以治德，以结好；琰圭以易行，以除慝。"饫（yù），厌。糠麋，糠粥。麋，同"糜"。　[10] 不忍子疏：不忍心疏远你。　[11] 质：问，核以。　[12] 上手：举手。　[13] 延：请。

[点评]

　　本篇构思和写法均借鉴扬雄的《逐贫赋》、班固的《答宾戏》等文章，以戏谑的笔法来表达"君子固穷"的正大主题，也是作者典型的"以文为戏"的文字。文章采用对答形式来宣泄个人的困顿不平，生动地描绘出一个才智文人的坎坷遭遇，宣扬了一种坚持理想、刚正不

钱基博："《送穷文》……入后穷而不穷，曰：'吾立子名，百世不磨。'与《进学解》归结到'动而得谤，名亦随之'同一机杼。惟《进学》自譬解，而《送穷》托之鬼口，意尤恢诡。"（《韩愈志》）

《论语·卫灵公》："子曰：'君子固穷，小人穷斯滥矣。'""固穷"乃能制私欲，是古代"士"的品格的基本内容。

阿、不合流俗的品格，具有典型意义。题目是"送穷"，实则字里行间流露的却是以处"穷"自诩。行文结构则前后完全逆转，由"送穷"归结到延之上座而"留穷"，戛然而止，从而凸显"贫贱不能移"的信念和骨气。比起前人如班固等人的同类主题作品，这篇文章的牢骚意味更为显露，讽刺笔法更为尖刻，批判意义也更为显著。文章模写生动，语言精粹，特别是写"穷"态的几段，每一段仅用四个四言句，刻画形容，穷形尽相，极其精粹、生动，高度典型化；行文则庄谐杂出，往往似反实正；又由于多用韵语，少用虚词，行文更显得朴茂凝重，又恰与文章的戏谑语调形成反差，鲜明地体现了强烈的幽默讽刺效果。文章里的不少词语已经融入现代汉语之中，成为极富表现力的成语，此乃韩愈精心提炼语言以及语言技巧高超的证明。

进学解[1]

国子先生晨入太学[2]，招诸生立馆下[3]，诲之曰："业精于勤荒于嬉[4]，行成于思毁于随。方今圣贤相逢[5]，治具毕张，拔去凶邪，登崇畯良。占小善者率以录[6]，名一艺者无不庸。爬罗剔抉[7]，刮垢磨光[8]，盖有幸而获选，孰云多而不扬[9]？诸生业患不能精[10]，无患有司之不明；

孙樵："韩吏部《进学解》……莫不拔地倚天，句句欲活，读之如赤手捕长蛇，不施控骑生马，急不得暇，莫可捉搦。又似远人入太兴城，茫然自失，讵比十家县，足未及东郭，目已极西郭耶！"（《全唐文·与王霖秀才书》）

行患不能成，无患有司之不公。"

[注释]

[1] 进学：促进学问长进。元和七年二月，韩愈自职方员外郎复为国子博士，次年作此文。　[2] 国子先生：韩愈时为国子博士，国学中国子学教官，正五品上。太学：唐国子监总国子、太学、四门、广文等七学，这里"太学"指代国子监。　[3] 馆下：学馆里。　[4] "业精于勤荒于嬉"二句：学业精进由于勤奋，荒废由于嬉游；德行成就由于多思，败坏由于率意而为。行，德行。随，诡随。童《诠》："《诗·民劳》：'无纵诡随。'毛亨曰：'诡随，诡人之善，随人之恶者。'公用'随'字本此。"　[5] "方今圣贤相逢"以下四句：当今圣君、贤臣相遭逢，法令得以施张，除掉凶恶奸邪之人，进用、推崇才俊之人。治具，法令。语本《史记·酷吏列传》："法令者，治之具。"张，张扬。畯，"俊"的本字，才智出众。　[6] "占小善者率以录"二句：具有少许长处的大抵得以选录，以一种技艺知名的无不被任用。占，具有。名一艺，以一技之长闻名。庸，同"用"。　[7] 爬罗剔抉：形容仔细搜寻、拣选。爬，通"耙"，收麦工具，引申为收罗。罗，筛选。剔，挑。抉，挖掘。　[8] 刮垢磨光：本意是刮掉金属表面的污垢并打磨光亮，比喻对人才的磨练培养。　[9] 孰云多而不扬：谁说多有才智而不被发扬。　[10] "诸生业患不能精"以下四句：诸生学业该忧虑的是不能精通，不该忧虑官府（选拔人才）不清明；诸生德行该忧虑的是不能成就，不该忧虑官府不公平。

言未既[1]，有笑于列者曰："先生欺余哉！弟子事先生于兹有年矣[2]。先生口不绝吟于'六

林云铭："首段以进学发端，中段句句是驳，末段句句是解，前呼后应，最为绵密。其格调虽本《客难》《解嘲》《答宾戏》，但诸篇都是自疏己长，此则把自家许多伎俩、许多抑郁，尽数借他人口中说出，而自家却以平心和气处之，看来无叹老嗟卑之迹，其实叹老嗟卑之心无有甚于此者，乃《送穷》之变体也。至其文，语语作金石声，尤不易及。"（《韩文起》）

艺'之文[3]，手不停披于百家之编；记事者必提其要[4]，纂言者必钩其玄；贪多务得，细大不捐[5]；焚膏油以继晷[6]，恒兀兀以穷年：先生之业，可谓勤矣。抵排异端[7]，攘斥佛、老，补苴罅漏，张皇幽眇；寻坠绪之茫茫[8]，独旁搜而远绍；障百川而东之[9]，回狂澜于既倒：先生之于儒，可谓有劳矣[10]。沉浸酿郁[11]，含英咀华[12]，作为文章，其书满家；上规姚、姒[13]，浑浑无涯[14]，周《诰》殷《盘》[15]，佶屈聱牙[16]；《春秋》谨严[17]，《左氏》浮夸[18]；《易》奇而法[19]，《诗》正而葩[20]；下逮《庄》《骚》[21]，太史所录[22]，子云、相如[23]，同工异曲[24]：先生之于文，可谓闳其中而肆其外矣[25]；少始知学，勇于敢为；长通于方[26]，左右具宜[27]：先生之于为人，可谓成矣[28]。然而公不见信于人，私不见助于友，跋前踬后[29]，动辄得咎[30]。暂为御史[31]，遂窜南夷[32]；三年博士[33]，冗不见治[34]。命与仇谋[35]，取败几时[36]？冬暖而儿号寒，年丰而妻啼饥。头童齿豁[37]，竟死何裨[38]？不知虑此，而反教人为[39]？"

兼述做人和学文，体会深刻，语语精到。

[注释]

[1]未既：未完。　　[2]弟子事先生于兹有年矣：弟子在这里侍奉先生多年了。有年，多年。陶潜《移居》诗之一："怀此颇有年，今日从兹役。"　　[3]"先生口不绝吟于'六艺'之文"二句：先生嘴里不停地诵读'六经'中的文章，手里不停地翻阅百家书籍。六艺，六经。此处用夏侯湛《抵疑》句法："志不辍著述之业，口不释《雅》《颂》之音。"　　[4]"记事者必提其要"二句：记事必定摘取要领，著述必定尽其奥妙。纂（zuǎn）言，指著述。纂，编纂。钩，引。玄，奥妙。　　[5]捐：抛弃。　　[6]"焚膏油以继晷（guǐ）"二句：夜里点油灯继续白天的工作，整年勤奋不止。继晷，夜以继日。晷，日影。兀兀，勤奋貌。穷年，穷尽整年。　　[7]"抵排异端"以下四句：抵制异端学说，排斥佛、老（道家与道教），修补儒道传承的缺失，发扬光大深微的（儒家）义理。排，摈弃。异端，指不符合儒家义理的思想学说，主要指佛、老。攘，排。补苴（jū），修补。贾谊《新书·阶级》："冠虽弊，弗以苴履。"罅（xià）漏，缺陷。罅，裂缝。漏，漏洞。张皇，张大。幽眇，深微。　　[8]"寻坠绪之茫茫"二句：追寻久已坠落的（儒学）统绪，独自去四处搜寻、继承久远的传统。茫茫，辽远貌。绍，继。　　[9]"障百川而东之"二句：围堵百川使其东流，挽回将要倾泻下来的狂涛。此处借喻大禹治水之功，用《晋书·简文帝孝武帝纪赞》句法："静河海于既泄，补穹圆于已紊。"　　[10]有劳：有功。劳，事功。　　[11]沉浸醲（nóng）郁：浸没在浓烈的芳香里。醲郁，浓厚馥郁。醲，醇酒。　　[12]含英咀华：咀嚼菁华。英，花。华，通"花"。这里用醲郁、英华比喻古人优美的文章。　　[13]上规姚、姒（sì）：向上窥探虞舜和大禹的文章。规，通"窥"。相传舜生于姚墟，以姚为姓。禹，姒姓。这里姚、姒指《尚书》里的《虞书》（包括《尧典》《皋陶谟》，伪《古文尚书》里的《舜

典》《大禹谟》《益稷》）和《夏书》（包括《禹贡》《甘誓》，伪《古文尚书》里的《五子之歌》《胤征》）。　[14]浑浑无涯：浑厚纯朴，广大不见边际。语出扬雄《法言·问神》："虞、夏之书浑浑尔。"　[15]周《诰》殷《盘》："周诰"指《尚书》里的《周书》（《大诰》《康诰》《洛诰》《酒诰》等），相传是周初周公、成王的文告。诰，古代帝王下达的文书。"殷盘"指《尚书》里的《盘庚》三篇，相传是殷王盘庚的文告。　[16]佶屈聱牙：形容艰涩拗口。佶屈，艰涩。　[17]《春秋》谨严：《春秋》谨慎严密，如以一字行褒贬。　[18]《左氏》浮夸：《左传》浮艳多夸饰。范武子《穀梁传集解序》："左氏富而艳，其失也巫。"　[19]《易》奇而法：《易经》多奇变但有法则。　[20]《诗》正而葩（pā）：《诗经》内容正大而言辞华美。葩，花。　[21]下逮《庄》《骚》：往下到《庄子》《离骚》。　[22]太史所录：指《史记》，司马迁在其中自称"太史公"。逮，及。　[23]子云、相如：扬雄和司马相如。　[24]同工异曲：以音乐作譬，同样精巧但曲调不同。　[25]闳（hóng）其中而肆其外：内中宏大而外表恣肆。闳，大。　[26]长通于方：年长后通于大道。方，道。　[27]左右具宜：谓行动总是得宜。　[28]可谓成矣：可算是成人了。语本《论语·宪问》："子路问成人。子曰：'若臧武仲之知，公绰之不欲，卞庄子之勇，冉求之艺，文之以礼乐，亦可以为成人矣。'"　[29]跋前踬后：形容进退失据。典出《诗经·豳风·狼跋》："狼跋其胡，载疐其尾。"毛传："跋，躐；疐，跲也。老狼有胡，进则躐其胡，退则跲其尾，进退有难。"　[30]动辄得咎：每一行动就造成过错。　[31]暂为御史：指贞元十九年冬，短时期任监察御史。　[32]遂窜南夷：即被流放到南夷地区，指流放阳山。南夷是对南方少数民族的轻蔑称呼。　[33]三年博士：指自元和元年六月被召为国子博士至四年六月改都官员外郎分司东都。　[34]冗（rǒng）不见治：闲散无为，没有治绩。冗，闲散无用。　[35]命与仇谋：命运与仇敌相伴随。　[36]取败几时：遭受失败不用多少时间。几时，此处犹言不需几时。　[37]头童齿豁：头顶秃了，牙齿掉了。童，山无草木。　[38]竟死何裨（bì）：至死又有什么用处？竟，终。裨，益处。　[39]而反教人为：怎么反而教训人呢？为，助词，表反诘。

先生曰："吁[1]，子前来！夫大木为㮴[2]，细木为桷，榱栌侏儒，椳闑扂楔，各得其宜，施以成室者，匠氏之工也。玉札丹砂[3]，赤箭青芝，牛溲马勃，败鼓之皮，俱收并蓄、待用无遗者，医师之良也。登明选公[4]，杂进巧拙[5]，纡余为妍[6]，卓荦为杰[7]，校短量长、惟器是适者[8]，宰相之方也[9]。昔者孟轲好辩[10]，孔道以明[11]，辙环天下[12]，卒老于行[13]；荀卿守正[14]，大论是弘[15]，逃谗于楚[16]，废死兰陵[17]。是二儒者，吐辞为经[18]，举足为法[19]，绝类离伦[20]，优入圣域[21]，其遇于世何如也？今先生学虽勤而不繇其统[22]，言虽多而不要其中[23]，文虽奇而不济于用，行虽修而不显于众。犹且月费俸钱，岁靡廪粟[24]，子不知耕，妇不知织，乘马从徒，安坐而食，踵常途之促促[25]，窥陈编以盗窃[26]。然而圣主不加诛，宰臣不见斥，非其幸欤？动而得谤[27]，名亦随之；投闲置散[28]，乃分之宜[29]。若夫商财贿之有亡[30]，计班资之崇庳，忘己量之所称，指前人之瑕疵，是所谓诘匠氏之不以杙为楹，而訾医师以昌阳引年，欲进其豨苓也。"

[注释]

[1] 吁（xū）：感叹词。　[2]"夫大木为宋（máng）"以下七句：用木工取材作比喻。粗大木头称为宋，宋，房屋正梁。细小木头称为桷（jué），桷，方形椽子。槽栌（bó lú），柱上承梁的方形短木，即斗拱。侏儒，同"棳儒"，梁上短木。椳（wēi），承门枢的门臼。阒（niè），门橛，竖在门前地上的挡门短木。店（diàn），门闩。楔，门两旁的木柱。各得其宜，每一种都得到适当的用处。施以成室，施工成为居室。匠氏之工，这是匠人之工巧。意本《淮南子·主术训》："贤主之用人也，犹巧工之制木也，大者以为舟航柱梁，小者以为楫楔，修者以为榱橑，短者以为朱儒枅栌。无小大修短，各得其所宜，规矩方圆，各有所施。天下之物，莫凶于鸡毒，然而良医橐而藏之，有所用也。是故林莽之材犹无可弃者，而况人乎！"　[3]"玉札丹砂"以下六句：用医生选用药材作比喻。玉札，玉屑。丹砂，朱砂。赤箭，天麻。青芝，灵芝。牛溲，牛尿，治水肿，利小便。马勃，菌类植物，治恶疮。俱收并蓄，全都收集、储藏起来。医师之良，这是优秀的医生。　[4] 登明选公：进用（人才）透明，选拔（人才）公平。　[5] 杂进巧拙：任用灵巧、拙笨各色人等。　[6] 纤余为妍：委曲含蓄者是美好的。纤余，委曲貌。

妍，美好。　[7]卓荦为杰：锋芒毕露者是杰出的。卓荦，卓绝出众。　[8]校短量长：比较、估量优缺点。惟器是适：只求适合每个人的器量。　[9]宰相之方：（这是作为）宰相的办法。　[10]孟轲好辩：意本《孟子·滕文公下》："孟子曰：'予岂好辩哉？予不得已也。'"　[11]孔道以明：孔子之道得以发扬光大。　[12]辙环天下：乘车周游天下。孟子曾游历齐、赵、滕、魏等国。　[13]卒老于行：终于老死在途中。　[14]荀卿守正：荀子坚守正道。卿，时人尊称。　[15]大论是弘：弘扬正大的言论。　[16]逃谗于楚：荀子为齐稷下学宫祭酒，被谗而逃到楚国。　[17]废死兰陵：楚春申君任用荀子为兰陵（今山东苍山）令，春申君死，荀子被废去官，在当地讲学而死。　[18]吐辞为经：说出话来就成经典。经，此指经久不变的道理。　[19]举足为法：每有举动就被立为法则。　[20]绝类离伦：超越同辈的人。伦，同辈。　[21]优入圣域：优泰而入圣人境界。语本《汉书·贾捐之传》："臣闻尧、舜，圣之盛也；禹，入圣域而不优。"臣瓒曰："禹之功德裁入圣人区域，但不能优泰耳。"　[22]不繇其统：不出于正统。繇，同"由"。　[23]不要其中：不能做到中正。要，通"约"。　[24]岁靡廪粟：每年耗费官粮。廪，仓库，此指官仓。　[25]踵常途之促促：慎微地按世俗常道走。踵，走。促促，同"娖娖"，廉谨貌。《文粹》作"役役"，劳苦貌。　[26]窥陈编以盗窃：谓从古书里盗取文句写成文章。陈篇，陈旧典籍。　[27]动而得谤：每有举动就受到诽谤。　[28]投闲置散：投放安置在闲散位置。　[29]乃分之宜：乃是分有所得。　[30]"若夫商财贿之有亡"以下七句：如果还来计较有没有获得财物，做官的品阶高低，忘掉自己器量是否相应，指责前人缺点，那就像是指责工匠不拿木桩做柱子，或责备医师本来用昌阳延年益寿却使用了狶苓。财贿，银钱为财，布帛为贿。计，计较。庳，同"卑"。前人，指在己之前者、显贵者。

杙（yì），小木桩。楹，房廊的柱子。昌阳，这里等同于菖蒲（或以为是二物），有延年之效。豨苓，又名"猪苓"，菌类植物，药用以解毒，主治疟疾。

［点评］

这篇文章立意写法均与前面《送穷文》类似，可看作是《送穷文》里"学穷""文穷"两者的发挥。同样用亦庄亦谐的幽默笔法，同样取正言若反的表达方式，也同样是抒写怀才不遇的牢骚，表现自负自恃、不忮不馁的精神。柳宗元曾说："嘻笑之怒，甚乎裂眦；长歌之哀，过乎恸哭。"（《对贺者》）巧妙使用戏谑幽默的笔法，更容易传达出激愤不平的痛切感受。这篇文章一个重要内容是具体阐述治学、作文的态度和方法，对古代典籍艺术特征做出了精确评价。其中包含作者宝贵的经验之谈，无论是在古代还是对当今，无论是理论上还是实践上，都具有重要价值和意义。文章行文的一个重要特点是继承和发扬了辞赋和骈文铺叙排比、铺张扬厉的技巧，而"圆亮出以俪体，骨力仍是散文，浓郁而不伤缛雕，沉浸而能为流转，参汉赋之句法，而运以当日之唐格"（钱基博《韩愈志·韩集籀读录》），从中可以清楚地看到韩愈对六朝骈俪文体巧于继承、善于发展的继承关系。有人早已明确指出，韩愈虽号称起八代之衰，实则多取六朝之髓。这也是他的"古文"写作得以成功的重要因素。不仅这篇《进学解》和前面的《送穷文》表明了这一点，如《原毁》《张中丞传后叙》等议论、叙事文字，同样具有化腐朽为神奇的魅力。这也是韩愈之所以成为大家、在散文写作中能够取得集大成成果的原因之一。

送王秀才序[1]

吾少时读《醉乡记》[2]，私怪隐居者无所累于世而犹有是言[3]，岂诚旨于味邪[4]？及读阮籍、陶潜诗[5]，乃知彼虽偃蹇不欲与世接，然犹未能平其心，或为事物是非相感发，于是有托而逃焉者也。若颜氏子操瓢与箪[6]，曾参歌声若出金石，彼得圣人而师之，汲汲每若不可及，其于外也固不暇，尚何曲糵之托而昏冥之逃邪？吾又以为悲醉乡之徒不遇也[7]！

建中初[8]，天子嗣位[9]，有意贞观、开元之丕绩[10]，在廷之臣争言事[11]。当此时，醉乡之后世又以直废[12]。吾既悲醉乡之文辞，而又嘉良臣之烈[13]，思识其子孙。今子之来见我也，无所挟[14]，吾犹将张之；况文与行不失其世守[15]，浑然端且厚[16]！惜乎吾力不能振之[17]，而其言不见信于世也。于其行，姑与之饮酒。

刘大魁：“含蓄深婉，颇近子长。退之文以雄奇胜人，独《董邵南》及此篇深微屈曲，读之觉高情远韵，可望不可及。”（《古文辞类纂》）

应开端《醉乡记》，隐然望其为“良臣”。

程端礼：“此序三百余字，凡七八转，意深远而文优游，愈淡愈有味。”（《昌黎文式》）

高步瀛："以上借醉乡发端，下文吾力不能振之云云，含盖求仕宦而不遂者，故勉以师圣人，而不必如醉乡之徒有托而逃。则区区仕宦得失，又不足介于胸中矣。通篇用意在此，而以缥缈凌虚之笔出之，遂令人渊然莫测其迹。"（《唐宋文举要》）

[注释]

[1] 文题或作《送王含秀才序》《送进士王含序》。王含，元和八年（813）进士，文当作于其前。　[2]《醉乡记》：初唐文人王绩的作品，描写沉溺醉酒的情趣。王绩（590—644），字无功，自号东皋子，诗人，以隐逸名。　[3] 无所累于世：不为世情所牵累。　[4] 旨于味：嗜好美酒。旨，甘美。味，指酒。　[5]"及读阮籍、陶潜诗"以下五句：到后来读了阮籍、陶潜的诗，才知道他们虽然性情高傲不想与世俗接触，但还是没能使心情平静下来，或被事情的是非所触动，于是寄托于饮酒加以逃避。阮籍（210—263），三国魏文学家，"竹林七贤"之一。他和陶潜都有赞美饮酒的诗。偃蹇（yǎn jiǎn）不欲与世接，性情高傲不愿与俗世接触。偃蹇，高傲貌。　[6]"若颜氏子操瓢与箪"以下六句：颜氏子，指孔子弟子颜回。《论语·雍也》称赞他"一箪食，一瓢饮"，形容其安贫乐道。曾参，孔子弟子。《庄子·让王》说："曾子居卫，……曳纵而歌《商颂》，声满天地，若出金石。"金石，指钟磬之类的乐器。汲汲，急切貌。曲蘖（niè）之托，谓寄托于醉酒。曲蘖，同"曲糵"，造酒的酵母，引申为酒。昏冥之逃：谓逃避于沉醉。昏冥，无知觉貌。这里是说颜回、曾参追随圣人孔子，不暇外骛，也就不会借酒浇愁了。　[7] 吾又以为悲醉乡之徒不遇也：我又意识到耽于醉乡之徒不遇于时的可悲。醉乡之徒，指王绩那样嗜酒的人。　[8] 建中：唐德宗年号，凡四年（780—783）。　[9] 天子嗣位：指唐德宗即位。　[10] 贞观、开元之丕绩：指唐太宗、唐玄宗那样伟大的业绩。丕，大。　[11] 在廷之臣：朝廷臣僚。　[12] 醉乡之后世又以直废：醉乡之徒的后世（王含）又因为耿直而被遗弃。　[13] 嘉良臣之烈：赞赏良臣的功业。烈，功业。[14]"无所挟"二句：没有带来（如文章等），我还是要表扬他。张，张大，表扬。　[15] 不失其世守：指没有失去世代保守的传统

家风。　　[16] 浑然：浑厚貌。端且厚：端正且厚重。　　[17] “惜乎吾力不能振之”二句：可惜我的力量不够举拔他，言说又不能被传世。振之，振起之，举拔之。信于世，表见于世。信，通“伸”。

[点评]

本篇题目是送王含，但内容全不粘题。从王含的祖先、著名隐士王绩的《醉乡记》领起，变化出一篇议论，写出由古及今才智之士逃于曲蘖的悲哀，寄寓对怀才不遇者的同情，表达对于大才难施的现实状况的批判。全文仅三百余字，纵横议论古今，结构腾挪变化，短短的篇幅中，文思七八次转折，出没不测，感情浓郁，意味深长。

贞曜先生墓志铭[1]

唐元和九年，岁在甲午八月己亥[2]，贞曜先生孟氏卒。无子，其配郑氏以告[3]。愈走位哭[4]，且召张籍会哭[5]。明日，使以钱如东都供葬事[6]。诸尝与往来者咸来哭吊韩氏[7]。遂以书告兴元尹、故相余庆[8]。闰月[9]，樊宗师使来吊[10]，告葬期，征铭[11]。愈哭曰：“呜呼，吾尚忍铭吾友也夫！”兴元人以币如孟氏赙[12]，且来商家事[13]。樊子使来速铭[14]，曰：“不则无以掩诸幽[15]。”乃序而铭之。

王定保：“孟郊，字东野，工古风，诗名播天下。与李观、韩退之为友。……韩文公作志，东野谥曰贞耀先生。贾岛诗曰：‘身殁声名在，多应万古传。寡妻无子息，破宅带林泉。冢近登山道，诗随过海船。故人相吊处，斜日下寒天。’”（《唐摭言》）

[注释]

[1]贞曜先生：孟郊死后，友人给他的私谥，取贞正光曜之意。谥号依例本应由朝廷封赠，友人私谥有表敬重、同情和痛惜死者生平所受不公等多重意义。　[2]八月己亥：按干支计算当为阴历八月二十五日。　[3]配：配偶，妻子。　[4]走位哭：急赴灵位前哭祭。位，灵位。　[5]会哭：一起哭祭。按祭礼，朋友不服丧，不设灵位，这里"走位哭"是超乎寻常的丧仪。　[6]使以钱如东都供葬事：派人送钱到东都以供办理丧事。当时孟郊家居东都洛阳。　[7]诸尝与往来者咸来哭吊韩氏：曾和孟郊有交谊的诸人都来到这里哭吊。因为韩、孟交情深厚，在长安的丧事由韩愈主之，故到他那里哭吊。　[8]遂以书告兴元尹、故相余庆：用书信报告兴元尹、故相郑余庆。郑余庆于元和九年三月出任兴元尹、山南西道节度使。兴元（今陕西南郑）是山南西道节度使驻地，府尹为地方长官。他曾为宰相，故称故相。因为孟郊死于赴郑余庆征辟的途中，所以紧急向他报告，详见下文。　[9]闰月：本年闰八月。　[10]樊宗师（766—824）：字绍述，韩、孟友人，时服母丧在东都，详见下《樊绍述墓志铭》。　[11]征铭：征求（韩愈）写作墓志铭。　[12]兴元人：指郑余庆。南宋蜀刻本等"人"作"尹"，或以为称郑余庆为"人"无理，作"尹"是。以币如孟氏赗（fù）：送钱币给孟氏帮助办丧事。赗，赠丧葬费用。　[13]家事：指死者后事。　[14]速：催促。　[15]不则：同"否则"。掩诸幽：指下葬。幽，幽宅，坟墓。

林云铭："其客死无子，贫又不能举葬，在公尤为关情。走位之哭，事事俱依古礼而行，原不敢以时人相待。遂于征铭时，作'不忍铭'一语，便已凄绝。但亏他拉拉杂杂说来，纯用省笔。揆其所以能用省笔之故，只在上伏下应，天然位置，针针缝接，一丝不乱。较之他篇，另是一格。若文之佳，惟中间叙为诗一段，是公本色。前后古质处，直逼周、秦。此等文字，当在笔墨外寻其气味，愈读愈见其高，任他如何妙手，总不能仿佛其万一也。"（《韩文起》）

先生讳郊[1]，字东野。父庭玢，娶裴氏女，而选为崑山尉，生先生及二季郢、郜而卒[2]。先生生六七年，端序则见[3]，长而愈骞[4]，涵而揉之[5]，内外完好，色夷气清[6]，可畏而亲。及其为诗，劌目鉥心[7]，刃迎缕解[8]，钩章棘句[9]，掐擢胃肾[10]，神施鬼设[11]，间见层出[12]。唯其大玩于词[13]，而与世抹捺。人皆劫劫[14]，我独有余。有以后时开先生者[15]。曰[16]："吾既挤而与之矣，其犹足存邪？"年几五十[17]，始以尊夫人之命[18]，来集京师[19]，从进士试。既得即去。间四年，又命来选，为溧阳尉[20]，迎侍溧上[21]。去尉二年，而故相郑公尹河南[22]，奏为水陆转运从事、试协律郎[23]，亲拜其母于门内[24]。母卒五年，而郑公以节领兴元军[25]，奏为其军参谋、试大理评事[26]。挈其妻行之兴元[27]，次于阌乡[28]，暴疾卒，年六十四。买棺以敛，以二人舆归[29]。郱、郚皆在江南[30]。十月庚申，樊子合凡赠赙[31]，而葬之洛阳东其先人墓左，以余财附其家而供祀[32]。

韩愈与孟郊为挚友，遇合在道义相知、诗文相慕，乃实践古代交友之道的典范。

[注释]

[1]选：吏部选。崑山：属江南道苏州，今江苏昆山。　[2]郱、郚：孟郊的两个弟弟。　[3]端序则见：谓现出苗头。端序，同"端绪"，头绪。见，同"现"。　[4]长而愈骞：长大后更为超越群

伦。骞，飞，高出。 [5]涵而揉之：谓经过涵养磨练。涵，沉潜。揉，团弄。 [6]色夷气清：颜色平静，神气清朗。 [7]刿（guì）目鉥（shù）心：犹触目惊心。刿，刺。鉥，本义为长针，引申为针刺。 [8]刃迎缕解：比喻如丝缕被利刃截断。 [9]钩章棘句：指雕镂字句。棘，通"戟"。钩、戟都是兵器之曲者，借以为喻。 [10]掐擢胃肾：掏出胃肾。掐，抓。擢，拔。 [11]神施鬼设：鬼神所施设，意谓神妙莫测。 [12]间见层出：犹层出不穷。 [13]"唯其大玩于词"二句：只是他非常喜好文词，不顾及一切世事。玩，习。抹摋（sà）：勾销，清除。摋，消灭。 [14]劫劫：犹"汲汲"，亟亟求取貌。 [15]有以后时开先生者：有人以（求取功名）时间已晚来开导先生。开，开导。 [16]"曰"以下三句：（回答）说：我已经（把功名）推让出去了，还值得存于心吗？存，念。 [17]年几五十：年及五十岁。几，达到。 [18]尊夫人：母亲。 [19]来集京师：前来（随乡贡士子）调集京城。时在贞元十二年。 [20]溧阳：属宣州，今江苏溧阳。 [21]迎侍溧上：迎养母亲到溧阳任所。溧上，溧水边。时在贞元十六年。 [22]郑公尹河南：元和元年（806），郑余庆为河南尹。其时，郑余庆带水路转运使衔，奏孟郊为从事，并奏授协律郎京衔。太常寺协律郎，正八品下。 [23]水陆转运从事："运"字据方《正》补。 [24]亲拜：郑余庆亲自登门礼拜孟郊母。 [25]郑公以节领兴元军：指元和九年朝命郑余庆为山南西道节度兵马使，镇兴元（今陕西汉中）。 [26]军参谋：节度使府有行军参谋。大理评事：所奏授京衔。 [27]挈（qiè）：带领。 [28]次：停留。阌（wèn）乡：属河南道虢州，今河南灵宝境内。 [29]舆归：车载而归。指回到洛阳。 [30]江南：应指家乡湖州武康。 [31]樊子：樊宗师。合凡赠赗：集中赠送的用于丧葬的钱帛。 [32]以余财附其家：把剩余钱财给他家人。附，通"付"。供祀，留供祭祀之用。

　　将葬，张籍曰："先生揭德振华[1]，于古有光[2]。贤者故事有易名[3]，况士哉！如曰贞曜先生，则姓名字行有载，不待讲说而明。"皆曰："然。"遂用之。初，先生所与俱学同姓简[4]，于世次为叔父，由给事中观察浙东，曰："生吾不能举[5]，死吾知恤其家。"铭曰：

　　於戏贞曜[6]！维执不猗[7]，维出不訾，维卒不施，以昌其诗。

[注释]

[1]揭德振华：张扬道德，发扬文采。华，指词采。　[2]于古有光：于古道有光彩。　[3]"贤者故事有易名"二句：贤者死后按过往事例给予谥号，何况作为士人呢！故事，旧事，惯例。易名，指死后加谥号。典据《礼记·檀弓下》："公叔文子卒，其子戍请谥于君，曰：'日月有时，将葬矣，请所以易其名者。'"郑注："谥者，行之迹，有时犹言有数也，大夫士三月而葬。"　[4]"先生所与俱学同姓简"以下三句：和先生一起治学的有同宗人孟简（？—824），（元和九年九月）由给事中出为越州刺史、浙东观察使。　[5]"生吾不能举"二句：活着我不能举拔，死后我要抚恤他的家。恤，抚恤。　[6]於戏：同"呜呼"。　[7]"维执不猗（yī）"以下四句：有所执着而不委曲苟且，只是付出而不计较得失，终于去世而不得施展，使得他的诗歌得以昌盛。不猗，中立不倚傍。猗，倚傍，是为"贞"。不訾（zī），不可衡量。訾，衡量，是为"曜"。不施，不获施用。以昌其诗，昌大了他的诗。以，而。昌，兴盛。

［点评］

韩愈和孟郊相识在贞元八年（792），到元和九年（814）孟郊去世，二人的友谊保持了二十三年之久。孟郊比韩愈年长十七岁，两个人的仕途都不顺利，但相较之下，韩愈的地位特别是名声较孟郊要高得多。但在交往之中，韩愈却对孟郊表现出特别的珍重与同情。他写了不少关于孟郊的诗文，如本书选录的《孟生诗》《赠孟东野序》等乃是千古传诵的名作。他们两人的友情不仅仅是基于身世坎壈的同病相怜，更主要的原因是两人的思想观念和诗歌创作及其艺术追求多有一致之处。无论是就传统道德层面讲，还是从相互交往的具体情形说，他们的关系都可比李白和杜甫，堪称文人交谊的典范。这篇作品志孟郊墓，而孟郊生平并无多少事绩可述：一生落拓，年近五十方举进士，官止江南一尉，随即去职；得到友人郑余庆的帮助，辟署到军府里担任一个闲职，却在赴任途中不幸死去。作者内心的惋惜和伤痛可想而知。于是在书写墓志时，只好别开生面，着重颂扬其道德和文章（诗歌创作），记述友人给死者加私谥以表敬重，也算是对死者的盖棺定论。私谥习俗起于东汉中期，有与朝廷赐谥相抗衡、给予不同于官方人物评价的意味。本文显然也在突出这一点：孟郊生前人微位卑，死后得不到朝廷的谥号，友人私谥为"贞曜"，以表彰他的道德、人格，也借以凸显他身世的落拓惨淡，表达伤痛，寄予同情。文章构思颇具匠心：前幅以碑主死后丧祭情形为主线，以烘托他在友人间的声望，并表达颂扬和惋惜之意；中间点缀对其诗歌成就的赞许和事母尽孝这两点，作为碑主生前行事的典型细节，可补生平记述的不足；最后说明友人私谥情形，并利用铭文加以颂扬。娓娓叙写，一位品格高尚、才华横溢却终生沦落、赍志以殁的优秀诗人的形象便出现在读者面前，浓郁的情感如云烟般缭绕在字里行间。

试大理评事王君墓志铭 [1]

君讳适，姓王氏。好读书，怀奇负气 [2]，不肯随人后举选 [3]，见功业有道路可指取 [4]，有名节可以戾契致 [5]，困于无资地 [6]，不能自出 [7]，乃以干诸公贵人，借助声势 [8]。诸公贵人既志得，皆乐熟软媚耳目者 [9]，不喜闻生语 [10]，一见辄戒门以绝 [11]。上初即位 [12]，以四科募天下士 [13]。君笑曰："此非吾时邪 [14]！"即提所作书，缘道歌吟 [15]，趋直言试 [16]。既至，对语惊人 [17]，不中第，益困。

黄震："以怪文状强士，极可观。"（《黄氏日钞》）

[注释]

[1]王君：名适（kuò），任职幕府，得京衔为大理评事，依例加"试"字（与一般"试官"表试用、暂摄不同）。此文约作于元和九年。　[2]怀奇负气：胸怀奇志，自负不凡。　[3]举选：

参与科举。　[4]可指取：可以轻易取得。指取，指而取之。　[5]戾（liè）契致：经过曲折能够达到。戾，通"捩"，扭转。契，多节目。　[6]无资地：没有门第地位。资，指门第身份。　[7]自出：靠自己能力出头。　[8]干：请谒。唐俗，士子举选往往干谒权贵以求揄扬。　[9]熟软媚耳目者：老成圆滑、善于当面谄媚的人。　[10]生语：生硬正直的语言。　[11]戒门以绝：禁门户加以拒绝。戒，戒绝。　[12]上初即位：指唐宪宗李纯即位。　[13]四科：元和元年四月，朝廷制举策试四科：贤良方正能直言极谏科、博通典坟达于教化科、军谋宏远堪任将帅科和达于吏治可使从政科。制举是朝廷选拔人才时特设的科目考试。　[14]吾时：指我起用扬名之时。　[15]缘道歌吟：在大道上一边走一边唱，狂傲貌。　[16]趋直言试：急忙去参加贤良方正能直言极谏科的考试。趋，急走，奔跑。　[17]对语：对（制举）策问的对答。

久之，闻金吾李将军年少喜士[1]，可撼，乃蹹门告曰："天下奇男子王适，愿见将军白事。"一见，语合意，往来门下。卢从史既节度昭义军[2]，张甚，奴视法度士，欲闻无顾忌大语。有以君生平告者，即遣客钩致[3]。君曰："狂子不足以共事[4]。"立谢客[5]。李将军由是待益厚，奏为其卫胄曹参军充引驾仗判官[6]，尽用其言。将军迁帅凤翔[7]，君随往，改试大理评事摄监察御史、观察判官[8]。栉垢爬痒[9]，民获苏醒[10]。

蔑视权贵，轻贱官位，所谓"贫贱不能移，威武不能屈"。

居岁余，如有所不乐，一旦载妻子入闽乡南山不顾[11]。中书舍人王涯、独孤郁[12]，吏部郎中张惟素[13]，比部郎中韩愈[14]，日发书问讯。顾不可强起[15]，不即荐[16]。明年九月，疾病[17]，舆医京师[18]。其月某日卒，年四十四。十一月某日，即葬京城西南长安县界中[19]。

[注释]

[1]"闻金吾李将军年少喜士"以下三句：听说左金吾卫李将军（惟简）年纪轻，喜欢士人，可以（言辞）撼动，小步上门报告。李惟简，成德节度使李宝臣第三子，时任检校户部尚书、左金吾卫大将军充御史。左金吾卫是宫廷禁军，大将军从三品。蹐（jī）门，小步登门，形容谨慎恭敬的样子。蹐，小步行走。　[2]"卢从史既节度昭义军"以下四句：卢从史担任了昭义军节度使，十分张狂，鄙视谨守法度的人士，想听不顾忌讳的狂言。张，张大，骄矜貌。奴视，鄙视。大语，指悖逆的话。　[3]遣客钩致：派门客招引。钩致，招引。钩，引致。《庄子·天运》："一君无所钩用。"　[4]狂子不足以共事：疯狂的人不可以一起做事。不足，不可。语出《荀子·正论》："浅不足与测深，愚不足与谋知。"　[5]立谢客：立即谢绝来访的宾客。　[6]卫胄曹参军：指任金吾卫胄曹参军，正八品下。充引驾仗判官：左、右金吾卫有引驾仗三卫六十人，掌管朝廷仪仗。官品以高兼低称"充"。　[7]将军迁帅凤翔：元和六年，李惟简出任凤翔尹、陇右节度使。　[8]改试大理评事摄监察御史、观察判官：李惟简例带观察使衔，幕府里有观察判官。试大理评事摄监察御史是幕职京

衔。官品以下理上称"摄"。　[9] 栉（zhì）垢爬痒：喻除去弊端，安抚民众。栉，梳子、篦子。垢，污垢。爬，搔。　[10] 苏醒：引申为起死回生。　[11] 入阌乡南山不顾：谓离职到阌乡南山隐居。　[12] 王涯：元和九年八月拜中书舍人。独孤郁：元和八年十月召为翰林学士，九年以疾辞职，因此文中不记官职。　[13] 张惟素：时为吏部郎中。　[14] 比部郎中：元和九年三月韩愈擢比部郎中、史馆修撰。比部司属刑部，郎中为从五品上。　[15] 顾不可强起：然而不能勉强起用作官。顾，但。　[16] 不即荐：没有即时举荐。　[17] 疾病：病重。轻为疾，重为病。　[18] 舆医：车载就医。　[19] 长安县：属京兆府，治长安城西部。

出以谐戏，使用传奇笔法，描写场面，刻画人物，穷形尽相，如在目前。

童第德："娶妇一段，颇有小说风味，……写王适之落拓不羁，极生动，极活泼，有此一番渲染，更觉有声有色。"（《韩愈文选》）

曾祖爽，洪州武宁令 [1]；祖微，右卫骑曹参军 [2]；父嵩，苏州崑山丞 [3]；妻，上谷侯氏处士高女 [4]。高固奇士，自方阿衡、太师 [5]，世莫能用吾言 [6]。再试吏 [7]，再怒去，发狂投江水。初，处士将嫁其女，惩曰 [8]："吾以龃龉穷 [9]，一女，怜之，必嫁官人 [10]，不以与凡子 [11]。"君曰："吾求妇氏久矣，唯此翁可人意 [12]。且闻其女贤，不可以失。"即谩谓媒妪 [13]："吾明经及第 [14]，且选 [15]，即官人。侯翁女幸嫁，若能令翁许我，请进百金为妪谢 [16]。"诺许，白翁。翁曰："诚官人邪 [17]？取文书来 [18]！"君计穷吐实 [19]。妪曰："无苦。翁大人 [20]，不疑人欺我。得一卷书粗若告身者[21]，我袖以往，翁见，未必取视。幸而听我。"行其谋，翁望见文书衔袖[22]，果信不疑，曰："足矣！"以女与王氏。生三子，一男二女，男三岁夭死；长女嫁亳州永城尉姚挺[23]，其季始十岁[24]。铭曰：

鼎也不可以柱车[25]，马也不可使守间。佩玉长裾[26]，不利走趋。只系其逢[27]，不系巧愚。不谐其须[28]，有衔不祛。钻石埋辞[29]，以列幽墟。

张伯行："叙事奇崛。其刻画琐细处，使人神采踊跃。全是太史公笔法。铭词尤古奥，后人无从着手。"（《重订唐宋八大家文钞》）

[注释]

[1]洪州武宁：江南道洪州治南昌县（今江西南昌），下辖武宁县（今江西武宁县）。 [2]右卫骑曹参军：禁军右卫属官；骑曹参军，正八品下。 [3]苏州崑山：参见《贞曜先生墓志铭》注。 [4]上谷侯氏处士高：侯高，字玄览，少为道士。居家不仕称处士。上谷（唐易州，今山西中西部一带）是他的郡望。 [5]自方阿衡、太师：自比为伊尹和吕望。伊尹是商汤妻子陪嫁的奴隶，后辅佐商汤伐桀，建立商朝，被尊称为"阿衡"。吕望垂钓于渭水之滨，后辅佐周武王伐殷，建立周朝，被尊称为"师尚父"。 [6]世莫能用吾言：世上没人听信我的话。 [7]再试吏：再次考试担任吏职。据李观《处士侯君墓志》，侯高曾"摄盱眙（今江苏淮安盱眙县）"，"治信安（在今浙江衢州）"，"宰于剡（今浙江嵊州剡县）"。 [8]惩曰：警戒说。 [9]龃龉（jǔ yǔ）穷：与世情不合而困顿。龃龉，本意是牙齿不合，引申为与世相抵

触。　[10]官人：唐时对官员的称谓。　[11]凡子：平民。　[12]可人意：让人合意。　[13]谩：蒙骗。　[14]明经：唐科举考试的主要科目之一。　[15]且选：即将担任官职。且，将。选，指吏部科目试。　[16]百金：黄金百镒，引申为重金。　[17]诚：确实。　[18]文书：指下面所说的"告身"之类。告身，任命状。　[19]计穷吐实：计谋败露，说出实话。　[20]大人：宽厚的人。《史记·高祖本纪》："郦食其为监门，曰：'……吾视沛公大人长者。'"　[21]"得一卷书粗若告身者"以下四句：得到一卷文书大体像告身的，我装在衣袖里带去，高翁见了不一定拿出来看。一卷书，一卷文书。唐时文书为卷轴装。　[22]衔袖：装在衣袖里。　[23]亳州永城：亳州属河南道，治谯县（今安徽亳州）。永城，今河南永城。　[24]季：此指次女。　[25]"鼎也不可以柱车"二句：鼎不可以支撑车子，马不可以用来看门。柱，通"拄"，撑。守阃，看门。意本《淮南子·齐俗训》："柱不可以摘齿，筐不可以持屋；马不可以服重，牛不可以追速。"　[26]"佩玉长裾"二句：佩带玉饰、拖着长长的衣襟不利于疾走。裾，衣襟。走趋，奔跑。　[27]"只系其逢"二句：只决定于是否逢时，无关机智还是愚蠢。　[28]"不谐其须"二句：不合需求，含恨而不能去。谐，合。衔，含容。祛，除去。　[29]"钻石埋辞"二句：雕钻碑石，掩埋文辞，陈列于坟墓之中。幽墟，指坟墓。

［点评］

　　韩愈主张"不平则鸣"，他写的墓志铭中有相当一部分是替困顿落拓的士人鸣不平的。这一篇的碑主是位性格狂放、生不逢时的"奇男子"，其生平没有多少事迹可述，作者只是捕捉能够凸显其性格特征的几个细节加以刻画，塑造出一个怀抱大才、蔑视权贵、不合时俗、赍志以殁的落拓士人形象。前幅写他与方镇的关系，突出其凛然大义，表明其狂放并非一般地无视礼法，也透露出作者对待藩镇问题的立场。后幅在写卒葬后补叙娶妻一段文字，使用小说笔法，略加点染，让高翁的迂执、媒人的狡猾和主人公的玩世不恭意态全出，妙趣横生。最后铭文也不拘常例，寄怨恨于幽默。明人有一派讲"文必秦汉"，是不满于韩愈利用这种俳语、小说家语破坏"古文"的庄重典雅，韩愈的这种写作技法实则是对散文艺术的丰富与创新。

蓝田县丞厅壁记 [1]

丞之职所以贰令 [2]，于一邑无所不当问。其下主簿、尉 [3]，主簿、尉乃有分职 [4]。丞位高而逼 [5]，例以嫌不可否事 [6]。文书行 [7]，吏抱成案诣丞，卷其前，钳以左手，右手摘纸尾，雁鹜行以进。平立，睨丞曰 [8]："当署 [9]。"丞涉笔占位署惟谨 [10]，目吏，问可不可。吏曰"得"，则退，不敢略省 [11]，漫不知何事 [12]。官虽尊，力势反出主簿、尉下。谚数慢 [13]，必曰"丞"，至以相訾謷。丞之设，岂端使然哉 [14]！

博陵崔斯立种学绩文 [15]，以蓄其有，泓涵

把应酬官样文字写成文情俱佳的艺术散文。

略施点染，模写逼真，讽刺意在言外。

又是传奇笔法，是对散文写作艺术的重大发展。

简短文字，写出人物一生落拓。

演迤[16],日大以肆[17]。贞元初,挟其能,战艺于京师[18],再进再屈于人[19]。元和初[20],以前大理评事言得失黜官,再转而为丞兹邑。始至,喟曰[21]:"官无卑[22],顾材不足塞职。"既噤不得施用[23],又喟曰:"丞哉[24],丞哉!余不负丞,而丞负余。"则尽栫去牙角[25],一蹈故迹[26],破崖岸而为之[27]。

丞厅故有记,坏漏污不可读。斯立易桷与瓦[28],墁治壁[29],悉书前任人名氏,庭有老槐四行,南墙钜竹千梃[30],俨立若相持[31],水㶁㶁循除鸣[32]。斯立痛扫溉[33],对树二松,日哦其间[34]。有问者,辄对曰:"余方有公事,子姑去[35]!"

考功郎中、知制诰韩愈记[36]。

[注释]

[1]蓝田县:今陕西蓝田县。壁记:文体名。古代在官府厅堂墙壁题写壁记,主要记述建置缘由、经过、前任嘉言懿行等,以为后人鉴戒。此文于元和九年或十年作。　[2]"丞之职所以贰令"二句:县丞的职务是辅佐县令,对于一县的事务没有不应当过问的。丞,县丞,辅佐县令的官员。贰,副贰。一邑,指一县。　[3]主簿、尉:县主簿主管文书、杂务。尉主管诸曹庶

务。　[4]分职：分别担任职务。　[5]丞位高而逼：指县丞地位高，逼近县令。　[6]例以嫌：按惯例要避免（干预县令职务的）嫌疑。　[7]"文书行"以下六句：按程序办理文书，官吏们抱着已经做成的文案到县丞那里，卷起文书前面，用左手夹住，右手拿着文书下面，像大雁排成一行前进。钳，同"拑"，夹住。雁鹜行，像大雁那样排列。鹜，野鸭子。　[8]睨（nì）：斜视。　[9]当署：应当签署。　[10]"丞涉笔占位署惟谨"以下三句：县丞动笔推测（文书上的）位置，用眼色示意官吏，询问是否可以。占，预测。　[11]略省：稍加察看。　[12]漫：茫然貌。　[13]"谚数慢"以下三句：谚语里数说闲散冗员，一定说到县丞，甚至用它来相互诋毁。数，数说。慢，散漫。訾謷（zǐ áo），攻讦诋毁。　[14]岂端使然哉：难道的确就让它这个样子吗！端，的确。　[15]博陵崔斯立：韩愈友人，见前《答崔立之书》。博陵，古郡名，今河北定州。种学绩文：喻治学、作文如种田、纺纱。　[16]泓涵演迤：如江湖包容深广，流布广远。泓涵，水深广貌。演迤，连延不绝貌。　[17]日大以肆：一天天扩大并张扬。肆，放纵。　[18]战艺：较量技艺，指参加科举考试。　[19]再进再屈于人：崔斯立于贞元四年中进士，六年吏部博学宏辞登科，一再因故不获选官。　[20]"元和初"以下三句：元和初年，以曾任大理评事身份谏议朝政得失而被罢黜，经再次迁转职务之后担任这个县的县丞。大理评事，大理寺的属官，从八品下。再转，两次迁转职务。　[21]喟（kuì）：叹气。　[22]"官无卑"二句：官职本身无所谓卑下，只是才能不够完成职责。顾，只是。　[23]嗫：闭口，指受拘束。　[24]"丞哉"以下四句：县丞啊！县丞啊！我不辜负县丞这个职位，是县丞职位辜负了我。　[25]栜（niè）去牙角：去掉棱角。栜，同"蘖"，本义是树木砍伐后新生的枝条，引申为砍伐。　[26]一蹴故迹：完全遵循以往的行迹。　[27]破崖岸：

崖岸即山崖水岸，用来形容人个性突出。这里是指改变刚直的习性。　[28]桷（jué）：椽子。　[29]墁（màn）治壁：墙壁画上画。墁，涂抹。　[30]钜竹：大竹子。钜，同"巨"。梃：竿。　[31]俨立：整齐地树立。　[32]灂（guó）灂：流水声。循除：顺着台阶。　[33]痛扫溉：尽力扫除灌溉。　[34]哦：吟哦。　[35]姑去：暂且离开。姑，暂且。　[36]韩愈于元和九年十二月任考功郎中、知制诰，至十一年正月迁中书舍人。

［点评］

　　本文和上一篇一样也掺入了小说笔法。崔立之（字斯立）是贞元四年进士，六年博学鸿辞登科，当年韩愈写诗赞扬他"连年收科第，如摘颔下髭"（《寄崔二十六斯立》）。韩愈当初三试吏部不利，他曾致书慰问。如果本文作于元和九年或十年，则已过去二十几年，斯立却仍然屈于一县丞的职位。韩愈为此不能不感慨万千。所以文章既不依例书写官署创置始末，也不记述前贤的嘉言懿行，而首先生动地描写友人崔斯立担任职务签署文书的一个场面，表现他仕途蹇滞、无所作为的苦闷。这在壁记文体的写作里完全是一种创格。签署文书场面穷形尽相，情趣宛然，幽默中见讽刺，写出当时吏治因循和人才被压抑的一个典型侧面，看似戏谑的文笔表达出无限的同情与感伤。后幅转而正面写崔斯立，述说他仕途坎坷，重点描绘他担任县丞的无奈和牢骚，鲜明地表现出吏治腐败的现状和对友人才不得施的顾惜。文章多用生词硬语，是为文尚奇的做法，有助于表达磊落不平的情感。

答刘正夫书 [1]

愈白，进士刘君足下 [2]：

辱笺 [3]，教以所不及。既荷厚赐 [4]，且愧其诚然 [5]，幸甚，幸甚！凡举进士者 [6]，于先进之门何所不往；先进之于后辈，苟见其至 [7]，宁可以不答其意邪？来者则接之，举城士大夫莫不皆然。而愈不幸独有接后辈名 [8]。名之所存，谤之所归也。有来问者，不敢不以诚答。

或问：为文宜何师？必谨对曰：宜师古圣贤人。曰：古圣贤人所为书具存，辞皆不同，宜何师？必谨对曰：师其意 [9]，不师其辞。又问曰：文宜易宜难 [10]？必谨对曰：无难易，惟其是尔 [11]。如是而已。非固开其为此而禁其为彼也 [12]。

夫百物朝夕所见者，人皆不注视也。及睹其异者，则共观而言之。夫文章岂异于是乎？汉朝人莫不能为文，独司马相如、太史公、刘向、扬雄为之最 [13]。然则用功深者其收名也远。若皆与世沉浮，不自树立，虽不为当时所怪，亦必无后世之传也。足下家中百物皆赖而用也。

连用三"是"字，强调得当、真实。

"宜师古圣贤人"，又要"不因循"——学习古人的辩证态度。

第四个"是"字。

刘熙载："昌黎以'是''异'二字论文，然二者仍须合一。若不异之'是'，则庸而已；不是之'异'，则妄而已。"（《艺概·文概》）

钱锺书："自韩愈《答刘正夫书》以还，文判'难''易'，古奥别于浅近，已成谈艺之常经。"（《管锥编》）

然其所珍爱者必非常物[14]。夫君子之于文岂异于是乎？

今后进之为文，能深探而力取之、以古圣贤人为法者，虽未必皆是；要若有司马相如、太史公、刘向、扬雄之徒出[15]，必自于此，不自于循常之徒也[16]。若圣人之道，不用文则已，用则必尚其能者。能者非他，能自树立、不因循者是也。有文字来，谁不为文？然其存于今者，必其能者也。顾常以此为说耳[17]。

愈于足下忝同道而先进者[18]，又常从游于贤尊给事[19]，既辱厚赐，又安得不进其所有以为答也！足下以为何如？

愈白。

[注释]

[1] 刘正夫：据考为"刘岩夫"之讹。朱《考》："'正'或作'嵒'。方（《正》）云：伯刍三子：宽夫、端夫、岩夫，无名'正夫'者，故蜀本刊作'嵒'，岂'正夫'即"岩夫"邪？今且从旧。"　[2] 刘岩夫为元和十年进士，刘端夫为元和十一年进士。文作于其后。　[3] 辱笺：收到书信。辱，自谦之辞。笺，小幅的纸，转义为信件。　[4] 既荷厚赐：既已承受丰厚的赐予。指上文"教以所不及"。　[5] 诚然：谓笺中的指教正

确。　[6]"凡举进士者"二句：所有参加进士科考试的人，对于前辈的门户没有不去（求教）的。先进，先辈。　[7]苟见其至：如果看到他的志向。至，另本作"志"。王叔岷《斠雠学》："'至''志'古通。"　[8]有接后辈名：韩愈好为人师，奖掖后进，有名当时。　[9]"师其意"二句：师法为文意趣，不师法其文辞。　[10]文宜易宜难：作文应当求难还是求易。　[11]惟其是尔：只求其适当、合宜。　[12]非固开其为此而禁其为彼也：不一定开导这样做而禁止那样做。　[13]为之最：做得最为杰出。刘向（前77？—前6）：原名更生，字子正，西汉经学家、文学家，著有《七略》《别录》《列女传》《说苑》《新序》等。　[14]必非常物：一定不是平常事物。　[15]要：总之。　[16]循常之徒：遵循常规的人。　[17]顾常以此为说耳：只是经常拿这个来说教。顾，但，特。"顾常"另本或作"顾当"。　[18]忝（tiǎn）同道：和你作为同道。忝，辱没，自谦之辞。同道，指同为以文求举的人。　[19]贤尊给事：指刘岩夫父亲刘伯刍，官居给事中。

[**点评**]

文章做法是韩愈与友人、弟子通信里讨论较多的问题。韩愈倡导"古文"，召集同道，教导后学，做理论方面的宣传，包括指导文章的具体做法。这也是"古文运动"取得成功的重要条件之一。文章写于元和十年以后，即韩愈创作的成熟时期。所以篇幅虽短，却可看作是他大半生写作的经验之谈。行文明白晓畅，文从字顺，精炼地表达了自己为文方法的精华，字里行间透露出教导后进的热忱。提出作文有三个要点：师古圣贤人，但要"师其意，不师其词"；"文无难易，惟其是尔"；"能自树立、不因循"。这三点看似简单，却是一位散文大家总结的取得创作成功的关键，也体现了文章写作和文学创作的普遍规律，直到如今仍具有指导意义。

平淮西碑[1]

立碑纪功，所作是典型的歌功颂德的文字。但所歌、所颂为朝廷平定强藩取得成功的重大战役，体现韩愈维护国家统一、社会安定，反对分裂割据的政治立场，具有重大历史意义和思想价值。

天以唐克肖其德[2]，圣子神孙，继继承承，于千万年，敬戒不怠。全付所覆[3]，四海九州，罔有内外，悉主悉臣。高祖、太宗[4]，既除既治[5]；高宗、中、睿[6]，休养生息[7]；至于玄宗[8]，受报收功，极炽而丰[9]，物众地大，孽牙其间[10]；肃宗、代宗[11]，德祖、顺考[12]，以勤以容[13]。大慝适去[14]，稂莠不薅[15]，相臣将臣，文恬武嬉[16]，习熟见闻[17]，以为当然。睿圣文武皇帝既受群臣朝[18]，乃考图数贡[19]，曰："呜呼！天既全付予有家[20]，今传次在予。予不能事事[21]，其何以见于郊庙！"群臣震慑[22]，奔走率职。明年[23]，平夏；又明年[24]，平蜀；又明年[25]，平江东；又明年[26]，平泽潞，遂定易、定，致魏、博、贝、卫、澶、相，无不从志^[27]。皇帝曰："不可究武^[28]，予其少息^[29]。"

［注释］

[1] 元和九年（814），彰义军节度使（彰义军，即淮西镇，驻节蔡州，今河南汝南）吴少阳死，其子吴元济反。朝命诸道进讨，但久而无功，朝廷大臣竞言罢兵。而韩愈上书陈述用兵利害，力主征讨。元和十二年，裴度以宰相兼任彰义军节度使、淮西宣慰、招讨、处置等使，率师出征。行营幕僚皆一时之选，韩愈被辟署为行军司马随行。八月出师，十月平蔡州，擒吴元济，十二月还朝。韩愈以功授刑部尚书，受诏撰写《平淮西碑》。蔡州一役擒获吴元济，唐、随、邓节度使李愬功多，而韩碑多叙裴度指挥定策事，愬妻唐安公主女出入宫禁，诉韩文不实，因而又诏段文昌重撰碑文之事。段文今亦存。　　[2] "天以唐克肖其德"以下五句：上天以唐王朝能够效仿其仁德，一辈辈神圣子孙继承，千年万年敬慎戒惧，不敢懈怠。克，能。肖，像，相似。　　[3] "全付所覆"以下四句：上天把全部覆盖的土地四海九州都付予唐王朝，不论内外，全都统治、臣服之。罔有，无有。　　[4] 高祖、太宗：唐高祖李渊，唐太宗李世民。　　[5] 既除既治：乃除去横暴、天下治平。既，乃。　　[6] 高宗、中、睿：唐高宗李治，唐中宗李显，唐睿宗李旦。　　[7] 休养生息：使民众得到休整繁衍。　　[8] 玄宗：唐玄宗李隆基。　　[9] 极炽而丰：达到极端兴盛富足。　　[10] 蘖牙其间：意谓形成叛乱的肇端。蘖牙，萌芽，指"安史之乱"的肇端。蘖，通"蘖"，萌生。牙，同"芽"。　　[11] 肃宗、代宗：唐肃宗李亨，唐代宗李豫。　　[12] 德祖、顺考：唐德宗李适，于宪宗为祖；唐顺宗李诵，于宪宗为父。考，父。　　[13] 以勤以容：

勤劳政事，包容天下。以，而。　　[14]大慝（tè）适去：大恶刚刚除去。慝，恶，指平定"安史"乱党。　　[15]稂（láng）莠（yǒu）不薅（hāo）：杂草没有除去，指割据势力没有清除。稂、莠，皆为似苗的杂草。薅，拔草。　　[16]文恬（tián）武嬉：文官安闲，武将嬉乐。恬，安然，无所作为。　　[17]习熟见闻：所见所闻（对于动乱形势）习以为常。　　[18]睿圣文武皇帝：唐宪宗尊号。　　[19]考图数贡：查考舆地图，计算各地贡赋。　　[20]"天既全付予有家"二句：上天已经全部给予我家，如今按顺序传授给我。有，语词。传次，依次相传。　　[21]"予不能事事"二句：我如果不能成就一番事业（指不能成就帝王之业），用什么来祭祀郊庙。事事，做成事功。见于郊庙，上现于宗庙（祭祀）。郊庙，天子祭天地与祖先的宗庙。　　[22]"群臣震慑"二句：大臣们都震惊畏惧，奔走奉行职务。　　[23]"明年"二句：元和元年，平定夏州（属关内道，治朔方县，今陕西靖边县境）留后杨惠琳叛乱。　　[24]"又明年"二句："又明年"有误，实在同年讨平剑南西川节度（驻成都府，今四川成都）行军司马刘辟叛乱。　　[25]"又明年"二句：元和二年，平定浙西节度使（驻润州，今江苏镇江）李锜叛乱。　　[26]"又明年"以下四句：平泽潞，元和五年，平定昭义节度使（驻潞州，今山西长治）卢从史叛乱。遂定易、定，指义武节度使张昭茂将易（今河北易州）、定（今河北定县）二州归予朝廷。致魏、博、贝、卫、澶、相，指魏博节度使（驻魏州，今河北大名县境）田弘正以这六州土地归顺朝廷。　　[27]无不从志：没有不如愿的。　　[28]究武：尽用武力。究，极。　　[29]予其少息：我方可以稍稍停息了吧。少，通"稍"。

九年，蔡将死[1]。蔡人立其子元济。以请，不许，遂烧舞阳，犯叶、襄城，以动东都，放兵四劫[2]。皇帝历问于朝[3]，一二臣外皆曰[4]："蔡帅之不廷授[5]，于今五十年，传三姓四将[6]，其树本坚[7]，兵利卒顽[8]，不与他等。因抚而有[9]，顺且无事。"大官臆决唱声[10]，万口和附，并为一谈，牢不可破。皇帝曰："惟天惟祖宗所以付任予者[11]，庶其在此。予何敢不力！况一二臣同[12]，不为无助。"曰："光颜[13]，汝为陈许帅，维是河东、魏博、郃阳三军之在行者，汝皆将之。"曰："重胤[14]，汝故有河阳、怀，今益以汝，维是朔方、义成、陕、益、凤翔、延、庆七军之在行者，汝皆将之。"曰："弘[15]，汝以卒万二千属而子公武往讨之。"曰："文通[16]，汝守寿，维是宣武、淮南、宣歙、浙西四军之行于寿者，汝皆将之。"曰："道古[17]，汝其观察鄂岳。"曰："愬[18]，汝帅唐、邓、随，各以其兵进战。"曰："度[19]，汝长御史，其往视师。"曰："度[20]，惟汝予同，汝遂相予，以赏罚用命不用命。"曰："弘[21]，汝其以节都统诸军。"曰："守谦[22]，汝出入左右，汝惟近臣，其往抚师。"曰：

叙述一次大的战役，先写指挥布局，命将遣师，井井有条，精炼明晰。而把指挥之功归之皇帝，乃文体所需，不可视之为谀佞。

"度[23]，汝其往，衣服饮食予士，无寒无饥，以既厥事，遂生蔡人。赐汝节、斧、通天御带、卫卒三百[24]。凡兹廷臣，汝择自从，惟其贤能，无惮大吏[25]。庚申，予其临门送汝[26]。"曰："御史，予闵士大夫战甚苦[27]，自今以往，非郊庙祠祀，其无用乐[28]。"

[注释]

[1]蔡将死：元和九年闰八月，吴少阳死。　[2]放兵四劫：纵兵四处进犯。劫，掠夺。吴少阳子元济自称知军事，朝廷不允，遂烧舞阳（今河南舞阳县），进犯叶县（今河南叶县）、襄城县（今河南襄城县），惊动东都洛阳。　[3]历问：遍问。　[4]一二臣外：外廷大臣。一二，表少数。　[5]不廷授：不由朝廷任命。　[6]传三姓四将：自唐肃宗至德元载（756）置淮西镇，据其地者有李希烈、陈仙奇、吴少诚、吴少阳。　[7]其树本坚：其所树立的根本牢固。　[8]兵利卒顽：兵器精良，士卒顽强。　[9]"因抚而有"二句：利用安抚办法来领有其地，顺利且平安无事。抚，安抚。　[10]臆决唱声：主观臆断，大声倡言。　[11]"惟天惟祖宗所以付任予者"以下三句：天和祖先所赋予我的任务就在（平定叛乱）这件事情上，我怎敢不尽力。庶，差不多，委婉之辞。　[12]一二臣同：指裴度等少数大臣的意见相同。　[13]"光颜"以下四句：以下写指挥命将。首先是命令李光颜为陈、许（忠武军，治许州，今河南许昌）节度使，河东、魏博、邰阳三节度使，所出部队在皇帝所在地方的都由他统帅。　[14]"重胤"以下五句：这里是命令河阳三城、怀州节度使（驻怀州，今河南沁阳）乌重

胤，在本来的河阳三城、怀州之外，兼任汝州刺史，朔方（驻灵州，今甘肃灵武）、义成（驻滑州，今河南滑县境）、陕虢（驻陕州，今河南陕州区）、西川（驻益州，今四川成都）、凤翔（驻岐州，今陕西凤翔）、鄜延（驻延州，今陕西延安市境）、邠宁（驻邠州，今陕西彬州境）节度使兵皆归他统帅。　[15]"弘"二句：这里是命令宣武军节度使韩弘，让他把一万二千士卒交给儿子韩公武前往讨伐。据《旧唐书·韩弘传》，弘令其子公武率师三千隶李光颜军。"二千"上当脱"万"字。　[16]"文通"以下四句：这里是命令寿州团练使（治寿春，今安徽寿县）李文通，让他统帅在寿州的宣武节度使（治汴州，今河南开封）、淮南节度使（治扬州，今江苏扬州）、宣歙观察使（治宣州，今安徽宣城）、浙西观察使（治润州，今江苏镇江）等路军队。　[17]"道古"二句：这里是命令李道古为鄂岳团练观察使（治鄂州，今湖北武汉市武昌区）。　[18]"愬"以下三句：这里命令李愬任邓州刺史充襄阳节度使（驻襄州，今湖北襄阳市），领唐、随、邓等八州，各以所辖兵力作战。　[19]"度"以下三句：这里是命令裴度，"长御史"指授予御史台长官御史中丞衔，这是宰相出使所加宪衔。视师，指统兵。　[20]"度"以下四句：再次命令裴度。惟汝予同：你和我意见相同。相予：辅助我。赏罚用命不用命：意本《尚书·甘誓》："用命赏于祖，不用命戮于社。"　[21]"弘"二句：这里再次命令韩弘，让他掌握符节以总统各路军队。节：统领军队的符节。时任命他以宣武军节度使充淮西行营兵马都统。　[22]"守谦"以下四句：这里是命令监军宦官梁守谦。你活动在我的左右，你是近臣，出发安抚军队。近臣，宦官。抚师，指监军。唐中叶有宦官监军的制度，时宦官梁守谦出任监军使。　[23]"度"以下六句：这里第三次命令裴度。你出发吧，让我的士卒衣食温饱，不饥不寒，以完成这件事（讨伐淮西），使蔡州人获得新生。既，完成。厥，其，指平叛事业。   [24]节、斧、通天御带：节杖，斧钺（仪仗），皇帝所服用的腰带。   [25]无惮大吏：意思是不要避忌官位高而不敢任用。   [26]临门送汝：到城门上为你送行。出征军队例出长安城东面北数第一个门即通化门。   [27]闵：怜悯。   [28]其无用乐：指撤除音乐，以表谦下。

颜、胤、武合攻其北[1]，大战十六，得栅、城、县二十三[2]，降人卒四万[3]。道古攻其东南[4]，八战，降万三千，再入申[5]，破其外城。文通战其东[6]，十余遇[7]，降万二千。愬入其西[8]，得贼将辄释不杀，用其策，战比有功。十二年八月[9]，丞相度至师，都统弘责战益急，颜、胤、武合战，益用命，元济尽并其众洄曲以备。十月壬申[10]，愬用所得贼将，自文城[11]，因天大雪，疾驰百二十里，用夜半到蔡，破其门，取元济以献，尽得其属人卒。辛巳[12]，丞相度入蔡，以皇帝命赦其人。淮西平，大饷赉功[13]。师还之日，因以其食赐蔡人。凡蔡卒三万五千，其不乐为兵、愿归为农者十九，悉纵之[14]。斩元济京师。

册功[15]：弘加侍中[16]；愬为左仆射[17]，帅山南东道；颜、胤皆加司空[18]；公武以散骑常侍帅鄜、坊、丹、延[19]；道古进大夫；文通加散骑常侍；丞相度朝京师[20]，道封晋国公，进阶金紫光禄大夫，以旧官相；而以其副总为工部尚书[21]，领蔡任。既还奏[22]，群臣请纪圣功，被之金石，皇帝以命臣愈。

注释]

[1]颜、胤、武：指李光颜、乌重胤、韩公武的军队。　[2]栅：军事据点。　[3]降人卒：降服居民和士卒。　[4]道古：李道古的军队。　[5]再入申：两次攻入申州（今河南信阳）。　[6]文通：李文通的军队。　[7]十余遇：与敌人十几次遭遇作战。　[8]"愬入其西"以下四句：李愬的军队攻入蔡州西面，俘虏敌人将领降服不杀，利用他的策略，作战屡屡成功。比，接连。李愬部将马少良捕获吴元济之将丁士良，释不杀，署为捉生将。　[9]"十二年八月"以下六句：元和十二年八月，裴度来到主力部队驻地（指蔡州行营，驻郾城，今河南郾城），都统韩弘督战越发紧迫，李光颜、乌重胤、韩功武会同作战越发尽力，吴元济集中全部军队到洄曲守备。洄曲在郾城东南三十里。　[10]十月壬申：旧历十月二十二日。　[11]文城：文城栅，在今河南遂平县西南五十里。　[12]辛巳：旧历十一月一日。　[13]大饷：大张宴席。赉（lài）功：奖赏功劳。赉，赐予。　[14]悉纵之：谓全部放归。　[15]册功：册封功臣。　[16]弘加侍中：宣武军节度使韩弘加侍中衔。侍中是门下省长官，大历后不单置，是功臣的兼衔。　[17]"愬为左仆射"二句：李愬加衔检校尚书左仆射，任襄州刺史充山南东道节度兼襄、邓、随、复、郢、均、房等州观

察使。　[18]颜、胤皆加司空：忠武军节度使李光颜、河阳军节度使乌重胤并检校司空。司空为"三公"之一，中唐以后常为节度使的兼衔。　[19]公武以散骑常侍帅鄜、坊、丹、延：宣武军都虞候韩公武为检校左散骑常侍、鄜州刺史充鄜、坊、丹、延节度使。　[20]"丞相度朝京师"以下四句：丞相裴度到京师朝见，入京路上封为晋国公（裴度为晋闻喜人，故封于晋），擢升文散官，阶位为金紫光禄大夫。裴度原来的官职是门下侍郎同平章事，即宰相，现在仍保持这个职位。　[21]"而以其副总为工部尚书"二句：而以他的副手（淮西宣慰副使、刑部侍郎）马总为检校工部尚书、总领蔡州事务（蔡州刺史充彰义军节度使）。　[22]"既还奏"以下四句：回朝上奏完了，诸大臣请求记录圣上功德，铭刻在金石上，皇帝以此命令臣下韩愈。被，覆盖，此指镌刻。金石，金指鼎，石指碑，这里指碑。

臣愈再拜稽首而献文曰：

唐承天命[1]，遂臣万邦，孰居近土，袭盗以狂？

铭文与序文相应。庄严典重，笔势健举，精粹廉悍，古雅绝伦。

往在玄宗，崇极而圮[2]，河北悍骄[3]，河南附起[4]。

四圣不宥[5]，履兴师征，有不能克，益戍以兵。

夫耕不食[6]，妇织不裳，输之以车，为卒赐粮。

外多失朝[7]，旷不岳狩，百隶怠官，事亡其旧。

帝时继位[8]，顾瞻咨嗟，惟汝文武，孰恤予家？

既斩吴蜀[9]，旋取山东，魏将首义，六州降从。

淮蔡不顺，自以为强，提兵叫谨[10]，欲事故常[11]。

始命讨之[12]，遂连奸邻，阴遣刺客，来贼相臣。

方战未利[13]，内惊京师，群公上言，莫若惠来。

帝为不闻，与神为谋[14]，乃相同德[15]，以讫天诛[16]。

乃敕颜、胤，恕、武、古、通，咸统于弘，各奏汝功[17]。

三方分攻[18]，五万其师，大军北乘，厥数倍之。

常兵时曲[19]，军士蠢蠢，既翦陵云，蔡卒大窘。

胜之郾陵[20]，郾城来降，自夏入秋，复屯相望。

兵顿不励[21]，告功不时，常哀征夫，命相往厘。

士饱而歌[22]，马腾于槽，试之新城，贼遇败逃。

尽抽其有[23]，聚以防我，西师跃入，道无留者。

额额蔡城[24]，其疆千里，既入而有，莫不顺俟[25]。

帝有恩言[26]，相度来宣[27]，诛止其魁[28]，释其下人。

蔡之卒夫，投甲呼舞，蔡之妇女，迎门笑语。

蔡人告饥，船粟往哺[29]，蔡人告寒，赐之缯布^[30]。

始时蔡人^[31]，禁不往来，今相从戏，里门夜开。

始时蔡人，进战退戮^[32]，今旰而起^[33]，左飧右粥^[34]。

为之择人^[35]，以收余烬^[36]，选吏赐牛，教而不税^[37]。

蔡人有言："始迷不知，今乃大觉，羞前之为。"

蔡人有言："天子明圣，不顺族诛，顺保性命。

汝不吾信，视此蔡方，孰为不顺，往斧其吭^[38]。

凡叛有数^[39]，声势相倚，吾强不支，汝弱奚恃。

其告而长^[40]，而父而兄，奔走偕来，同我太平。"

淮蔡为乱，天子伐之，既伐而饥，天子活之。

始议伐蔡^[41]，卿士莫随，既伐四年，小大并疑。

不赦不疑，由天子明，凡此蔡功，惟断乃成^[42]。

既定淮蔡，四夷毕来^[43]，遂开明堂^[44]，坐以治之。

[注释]

[1]"唐承天命"以下四句：唐王朝承受天命，臣服万千邦国，有谁处在接近（京城）的地方，竟世袭为盗而猖狂叛乱。　[2]崇极而圮（pǐ）：意谓极盛而衰。圮，毁。　[3]河北悍骄：指河北三

镇（魏博田承嗣、成德李宝臣、卢龙李怀仙）骄横不法。　[4]河南附起：指河南诸镇（淄青侯希逸、淮西李希烈）随附而起。　[5]"四圣不宥（yòu）"以下四句：肃、代、德、顺四位皇帝对藩镇不加宽赦，屡次兴兵出征，但不能战胜，（只好）增加兵力防守。宥，赦免。有，通"又"。　[6]"夫耕不食"以下四句：丈夫耕田不能吃所收的粮食，妇人织布不能穿（所织的）衣裳，（只好）用车来转运，作为朝廷赐给士卒的粮食。　[7]"外多失朝"以下四句：外官多不按时朝觐，皇帝也不巡狩四岳，百官懈怠职守，朝政失去旧时规章。旷，废。岳，四岳，此指四方藩镇。狩，指皇帝外出巡视。　[8]"帝时继位"以下四句：皇帝（唐宪宗）此时即位，观察形势发出感叹：你们文武百官，有谁忧虑我家（指天下）。顾瞻，环视。　[9]"既斩吴蜀"以下四句：这里是说先后平定李锜（吴）、刘辟（蜀）、卢从史（泽潞，古山东地），田弘正以魏博六州归顺朝廷。首义，首行义举。　[10]提兵叫謹（xuān）：拿起兵器叫嚣。謹，通"喧"。　[11]欲事故常：打算按常规（世袭割据）行事。　[12]"始命讨之"以下四句：刚刚命令讨伐（淮蔡），（它）就联合奸猾的相邻藩镇（指吴元济和成德镇王承宗、淄青镇李师道相勾结），暗地里（李师道）派遣刺客伤害宰相（指刺杀宰相武元衡、刺伤裴度之事）。始，刚，才。贼，伤害，杀害。　[13]"方战未利"以下四句：刚开战事就出师不利，内部又惊动京城，群臣向皇帝谏言，不如给予恩惠招徕。来，同"徕"，招徕，安抚。　[14]与神为谋：向神明请教。　[15]乃相同德：任命同心大臣为相，指裴度。　[16]以讫天诛：以完成天意惩罚。讫，竟，完成。　[17]各奏汝功：各自立下你的战功。奏，通"走"，趣，立。　[18]"三方分攻"以下四句：李道古（攻其东南）、李文通（战其东）、李愬（战其北）三方分别进攻，计有军队五万，（李光颜等）大军北面压境，数量是其一倍。　[19]"常兵时曲"以下四句：曾用兵时曲，部队动扰不安（指李光颜败于时曲），毁掉（吴元济的）凌云栅，蔡州的士兵大受困迫。常，通"尝"。时曲，在陈州商水县（今河南商水）西南五十里。蠢蠢，动扰貌。翦，除灭。凌云，凌云栅，在郾城东北，是蔡人防守的要地。窘，困迫。　[20]"胜之邵陵"以下四句：在邵陵取得胜利，郾城也来投降了，自夏入秋，军事进展仍反复不定。邵陵，在郾城东。复、屯相望，复和屯分别是《周易》第二十四、第三卦名。复卦的卦辞是"复。亨。出入无疾"，是吉卦；屯卦的卦辞是"元亨，利贞，勿用有攸往"，是凶卦。"相望"以示吉凶不定。　[21]"兵顿不励"以下四句：军队疲劳不奋励，报告战功不及时（指没有战功），常常怜悯出征将士，遂命令宰相裴度前往统军治理。顿，疲劳。励，奋勉。厘（lí），治理。　[22]"士饱而歌"以下四句：（裴度到来后，）士卒饱餐而歌唱，战马在槽前腾跃，在新城一试（兵锋），敌兵一遭遇就失败逃走了。新城，指官军在沱口筑城，蔡兵前来进攻而失败。　[23]"尽抽其有"以下四句：（敌方）尽数抽调所有军队（守洄曲），结集起来防御我军，西面军队飞跃而入（指李愬从西方攻入蔡州），道路上没有残留的敌人。　[24]额额：高大的样子。　[25]顺俟：驯顺地等待。　[26]恩言：指大赦令。　[27]相度来宣：宰相裴度来宣布。　[28]诛止其魁：惩罚仅限于魁首。　[29]船粟往哺：用船运粟米供养饥民。哺，喂养。　[30]缯布：泛指布帛。缯，丝织品。　[31]"始时蔡人"以下四句：当初蔡州人禁止相互往来，如今相互过从嬉戏，里巷之门夜里也开着。　[32]进战退戮：进则战斗，退则被杀戮。　[33]今旰（gàn）而起：如今日晚才起身。旰，日晚。　[34]左飧右粥：左右都是吃的。飧，通"粲"，精米。粥，通"鬻"，鼎中食物。　[35]择人：指选择地方官。　[36]以收余赀：以解除积久的困惫。　[37]教而不税：实行教化，免除赋税。　[38] 往斧其吭（háng）：去砍断他的喉咙。吭，喉咙。　[39] "凡叛有数"以下四句：凡是叛乱必有定数，（敌我）声势相倚伏，（当初）我的力量强大不能支持，你的力量弱小又有什么依恃。　[40] "其告而长"以下四句：去告诉你的尊长，你的父亲和兄弟，奔走相偕归来吧，和我一同享受太平。而，通"尔"，你。　[41] "始议代蔡"以下四句：当初计议讨伐蔡州，朝臣没有追随的，讨伐四年之后，大小臣僚都曾表示怀疑（指能否成功）。卿士，指大臣。卿士本是周代官称。　[42] 惟断乃成：只有决断才能成功。　[43] 四夷毕来：四夷都来（朝觐）。四夷，古称东夷、南蛮、西戎、北狄为四夷，概指边疆诸族。　[44] 遂开明堂：在明堂朝见诸侯乃国家兴盛大典。明堂，古代帝王宣明政教的殿堂，《孟子·梁惠王下》："夫明堂者，王者之堂也。"

[点评]

这是一篇纪功颂德的文字，记述平定淮西镇吴元济叛乱的经过，颂扬唐宪宗和参战诸将领，当然多溢美扬善的不实之词。例如把平淮西之役从决策到指挥之功全部归于唐宪宗，这显然是不符合事实的谀辞。而从另一方面看，韩愈本来有"作唐之一经"的宏大志愿，这篇文字可以说是他完成这一志愿的实践。文章集中反映了他反对强藩割据、维护国家统一的观念和立场，是具有历史进步意义的。又因为这是奉朝命所写的经世文章，韩愈更要竭尽才华，精心结撰，从而写出一篇纪功颂德的典范作品。李商隐高度赞颂这篇文章，说它"点窜《尧典》《舜典》字，涂改《清庙》《生民》诗。……汤盘、孔鼎有述作，今无其器存其辞"（《韩碑》），将其比作儒家经典的《尚书》和《诗经》。这篇文章的精彩处首先在结构布局：序的部分，从唐初写起，历叙藩镇动乱和朝廷方略，大开大阖，条理井然，布置有法。本文描写平定蔡州这场规模巨大的战役，从命将指挥展开叙述，从而展现战役全局，并突出了大军统帅李愬和总指挥裴度的作用。对于战役的具体描写，有总括记述，有典型细节，看似按部就班，而人物、事件重点突出了讨伐叛逆的正义之师攻无不克、战无不胜的气势。铭的部分则发挥了韵文适宜铺张形容的特长，重点讴歌平叛的胜利，描绘战后蔡州和平安定的景象，颂扬平叛成果和诸将功劳，布置精粹有法。结尾归结到颂扬皇帝上，则是这类文章的题中应有之义。文章适应碑版纪功体裁，行文如李商隐称赞的"句奇语重"，用语典雅古朴，庄严凝重，炼句精粹廉悍，绝无剩语；序文简洁精赅，避免支蔓，不冗不杂；铭文声韵响亮，音节迭荡，余味深长；确是碑版纪功的典范之作。

论佛骨表 [1]

臣某言 [2]：

伏以佛者，夷狄之一法耳 [3]，自后汉时流入中国，上古未尝有也。昔者黄帝在位百年 [4]，年百一十岁；少昊在位八十年 [5]，年百岁；颛顼在位七十九年 [6]，年九十八岁；帝喾在位七十年 [7]，年百五岁；帝尧在位九十八年，年百一十八岁；帝舜及禹年皆百岁。此时天下太平，百姓安乐寿考[8]，然而中国未有佛也。其后殷汤亦年百岁[9]。汤孙太戊在位七十五年[10]；武丁在位五十九年[11]，书史不言其年寿所极[12]，推其年数，盖亦俱不减百岁。周文王年九十七岁，武王年九十三岁，穆王在位百年[13]。此时佛法亦未入中国，非因事佛而致然也[14]。汉明帝时始有佛法[15]，明帝在位才十八年耳。其后乱亡相继[16]，运祚不长[17]。宋、齐、梁、陈[18]，元魏已下[19]，事佛渐谨[20]，年代尤促。惟梁武帝在位四十八年[21]，前后三度舍身施佛[22]，宗庙之祭，不用牲牢[23]，昼日一食[24]，止于菜果；其后竟为侯景所逼[25]，饿死台城[26]，国亦寻灭。事佛求福，乃更得祸。由此观之，佛不足事，亦可知矣。

钱基博："《论佛骨表》辨切而多风，急言竭论，气自宽衍。……学佛本非为长生，而事佛必以凶折，却亦并无证据。韩公无中生有，两两相形，语出悬揣，却说来凿凿有据，可以悟文章翻空易奇之妙。"（《韩愈志》）

所言均出旧史传说，但言之凿凿，一气直下。不是以事实取胜，而是以气势取胜。

[注释]

[1] 佛骨：佛教文物，相传佛陀逝世后火化得舍利，分由诸族信众供养。长安西凤翔县（今陕西凤翔扶风）法门寺护国真身塔内藏有佛指骨，来源不明。古传此塔三十年一开，开则人和年丰。唐廷此前曾有五次奉迎之举。元和十四年又逢三十年之期，正月

一日，朝廷再次奉迎佛骨；三日，历送诸寺，轰动朝野。韩愈遂于十三日上表论谏。此佛骨 20 世纪八十年代已在陕西凤翔扶风法门寺塔内被发现。　[2]某：原为"愈"字。　[3]夷狄之一法：意本《晋书·蔡谟传》："佛者，夷狄之俗，非经典之制。"夷狄，古东方部族称夷，北方部族称为狄，夷狄又用作华夏族以外各族的统称，常用作贬义。《论语·八佾》："夷狄之有君，不如诸夏之亡也。"　[4]黄帝：传说华夏各族共同的祖先，姓公孙，号轩辕氏。以下所记载的年岁均据古史传说。　[5]少昊：传为黄帝子，名挚，字青阳。　[6]颛顼：传为黄帝孙，昌意之子。　[7]帝喾（kù）：传为黄帝曾孙，尧父，又号高辛氏。　[8]寿考：长寿。考，年老。　[9]殷汤：商王朝的创立者，亦称成汤、天乙。　[10]太戊：太庚子，汤的玄孙，在位时殷中兴，史称殷中宗。　[11]武丁：太戊的六世孙，太庚之子，在位时用傅说为相，殷王朝再度中兴，史称殷高宗。　[12]所极：所至。　[13]周穆王：名满，昭王之子，西击犬戎，东征徐戎。　[14]事佛：供养佛。致然：导致如此。　[15]汉明帝：刘庄（28—75），年号永平（58—75），据传永平七年遣使西域，十年返回（年代有其他说法），佛法始传入中国。这是关于佛法传入的传统说法之一。　[16]乱亡相继：东汉末年有董卓之乱、黄巾起义，在豪强割据中形成三国鼎立。　[17]运祚不长：魏、蜀、吴三国和两晋国运都不长久。运祚，国运。　[18]宋、齐、梁、陈：南朝的四个王朝：宋八帝六十年（420—479），齐七帝二十四年（479—502），梁六帝五十六年（502—557），陈五帝三十三年（557—589）。　[19]元魏：北魏，自孝文帝改姓元，计十四帝（包括南安王、东海王）一百四十九年（386—534）。　[20]渐谨：越发谨敬。谨，郑重，恭敬。　[21]梁武帝：萧衍（464—549），字叔达，梁王朝实际创建者，公元502—549年在位。　[22]三度舍身施佛：舍身是佛教徒修行方法布施的方式之一，作法从讲说佛法、施舍财物直至出家、舍生。历史上，梁武帝四度舍身建康（今江苏南京）同泰寺，分别在大通元年（527）、中大通元年（529）、中大同元年（546）、太清元年（547）。　[23]不用牲牢：祭祀时不用畜生，这是实行佛教"戒杀"的戒律。牛、羊、豕为牲，系养者为牢。　[24]昼日一食：佛教戒律，过中（太阳居中）不食。　[25]侯景（503—552）：字景万，怀朔镇（今内蒙古乌拉特中旗）人，北朝尔朱荣之将，归高欢，又附梁，封河南王。后举兵叛梁，攻破建康，兵败被部下所杀。　[26]饿死台城：萧衍被侯景叛兵围困在台城而饿死。台城在建康玄武湖侧，本是战国时期吴国后苑城，晋、宋以后为朝廷禁省所在。禁省名台，故称台城。

　　高祖始受隋禅[1]，则议除之[2]。当时群臣材识不远[3]，不能深知先王之道、古今之宜，推阐圣明[4]，以救斯弊[5]。其事遂止，臣常恨焉[6]。伏惟睿圣文武皇帝陛下[7]，神圣英武，数千百年已来，未有伦比[8]。即位之初[9]，即不许度人为僧尼、道士，又不许创立寺、观。臣常以为高祖之志必行于陛下之手。今纵未能即行，岂可恣之转令盛也[10]？今闻陛下令群僧迎佛骨于凤翔，御楼以观[11]，异入大内[12]，又令诸寺递迎供养[13]。臣虽至愚[14]，必知陛下不惑于佛、作此崇奉以祈福祥也。直以年丰

对于宪宗佞佛故作回护之语，给揭露、批判奉佛的弊端创造空间。

人乐[15]，徇人之心，为京都士庶设诡异之观、戏玩之具耳。安有圣明若此[16]，而肯信此等事哉！然百姓愚冥[17]，易惑难晓，苟见陛下如此，将谓真心事佛。皆云天子大圣，犹一心敬信，百姓何人，岂合更惜身命[18]？焚顶烧指[19]，百十为群。解衣散钱[20]，自朝至暮。转相仿效，惟恐后时[21]。老少奔波，弃其业次[22]。若不即加禁遏[23]，更历诸寺，必有断臂、脔身以为供养者[24]。伤风败俗，传笑四方，非细事也。

[注释]

[1]高祖：李渊（566—635），唐王朝创立者。受隋禅（shàn）：谓接受隋恭帝（杨侑）的禅让称帝。禅，把皇位主动让给别人。实际上唐代隋是武力夺取。　[2]议除之：武德七年（624），太史令傅奕曾上书反佛，九年，有诏给太子李世民，提出"散除形象，废毁僧尼"，要求"正本澄源，宜从沙汰"，后因高祖去世而没有实行。　[3]群臣：指大臣裴寂等人，他们反对废佛。　[4]推阐圣明：推广发扬圣明之志，指废佛。　[5]以救斯弊：以挽救这个（指奉佛）弊端。　[6]恨：同"憾"，遗憾。　[7]睿圣文武皇帝陛下：元和三年正月，群臣向唐宪宗上尊号睿圣文武皇帝。　[8]未有伦比：没有可比拟的。伦，类，辈。　[9]"即位之初"以下三句：这里所述史实无考。唐宪宗即位初的元和二年，曾诏僧、尼同隶左、右街功德使，自是祠部、司封不复关奏，是限制僧、尼的措施。　[10]恣之转令盛：放纵它反而使之更加兴

盛。恣，放纵。　　[11]御楼以观：登上城门楼观看。楼，指宫城正南的承天门楼。　　[12]舁（yú）入大内：抬进皇宫。舁，抬。大内，宫城内。　　[13]递迎供养：依次迎接供奉。供养，奉献香花、明灯、食物等以表诚敬。　　[14]"臣虽至愚"二句：臣下虽然很愚蠢，也肯定知道陛下不会被佛教所迷惑、做出这种供奉举动来祈求赐福降祥。　　[15]"直以年丰人乐"以下三句：只是因为年景丰收、人民安乐，曲从民众的意愿，替京城士民设置怪异奇特的景象、供人玩赏的器物罢了。直，仅仅。徇（xùn），依从，曲从。士庶，犹言吏民。诡异之观，怪异奇特的景观。　　[16]安有：何有。　　[17]"然百姓愚冥"以下四句：然而百姓愚昧不明事理，容易被迷惑而难于晓喻，如果看见陛下这样，会以为是真心信佛。将，乃。　　[18]合：应该。　　[19]焚顶烧指：这是佛法中的"身供养"，焚顶是用香火烧头顶，烧指是把沾油布条缠在手指上焚烧。　　[20]解衣散钱：脱下衣服、散发金钱布施。　　[21]后时：落后。　　[22]业次：犹言"工作"。《孟子·尽心下》："有业屡。"赵注："屡，扉屡也。业，织之有次，业而未成也。"　　[23]禁遏：遏制。　　[24]脔身：也是"身供养"的方式，割截身体。

夫佛本夷狄之人[1]，与中国言语不同，衣服殊制[2]；口不言先王之法言[3]，身不服先王之法服，不知君臣之义、父子之情。假如其身至今尚在，奉其国命，来朝京师，陛下容而接之[4]，不过宣政一见[5]，礼宾一设[6]，赐衣一袭[7]，卫而出之于境，不令惑众也。况其身死已久，枯朽之

周应龙："此表关涉风教甚大。……全篇首尾铺叙有法，文气言缓有急，议论反复，无一语重叠。大概宪宗欲徼奉佛之福，而公历言奉佛之祸。"（《文髓》）

骨，凶秽之余[8]，岂宜令入宫禁？孔子曰："敬鬼神而远之[9]。"古之诸侯行吊于其国[10]，尚令巫祝先以桃茢祓除不祥[11]，然后进吊。今无故取朽秽之物，亲临观之，巫祝不先[12]，桃茢不用，群臣不言其非，御史不举其失[13]，臣实耻之[14]。乞以此骨付之有司，投诸水火，永绝根本，断天下之疑，绝后代之惑，使天下之人知大圣人之所作为，出于寻常万万也[15]，岂不盛哉！岂不快哉！佛如有灵，能作祸祟[16]，凡有殃咎[17]，宜加臣身。上天鉴临[18]，臣不怨悔。无任感激恳悃之至，谨奉表以闻。臣某诚惶诚恐[19]。

精神上无所畏惧，文章才能气盛言宜。

[注释]

[1] 夷狄之人：这里是对外国人的贬义称呼。佛教创始人释迦牟尼生于古印度北部的迦毗罗卫国（在今尼泊尔境内）。　[2] 衣服殊制：服装制度不同。古代服饰是礼制的体现。　[3] "口不言先王之法言"以下三句：意本《孝经·卿大夫》："非先王之法服不敢服，非先王之法言不敢道。"法，指合乎礼法。　[4] 容而接之：容纳并接见他。　[5] 宣政一见：在宣政殿接见一次。唐制，外国或少数民族朝贡者在大明宫正殿后的宣政殿被接见。　[6] 礼宾一设：在礼宾院设宴一次。唐制，凡外国或边疆少数民族使臣入朝，设宴于礼宾院。　[7] 赐衣一袭：赏赐一套衣服。一袭，一套。　[8] 凶秽之余：凶险、污秽的遗物。　[9] 敬鬼神而远之：

语出《论语·雍也》："子曰：'务民之义，敬鬼神而远之，可谓知矣。'" [10]行吊：前往吊丧。 [11]巫祝：巫师。以桃茢（liè）祓（fú）除不祥：用桃枝编成的扫帚扫除不祥。茢，笤帚。祓，除凶礼仪。古传鬼畏桃木，故以桃枝编制扫帚来祓除。 [12]巫祝不先：不先用巫祝祓除。 [13]御史：御史大夫，有弹劾非法之人的职责。 [14]臣实耻之：语本《论语·公冶长》："左丘明耻之，丘亦耻之。" [15]出于寻常万万：超越一般（帝王）万万倍。 [16]能作祸祟：能造作灾祸。祟，鬼神所造的灾祸。 [17]殃咎：灾祸。 [18]"上天鉴临"二句：上天明察，臣下绝不埋怨后悔。誓愿之辞。 [19]臣某诚惶诚恐：臣韩愈十分惶恐不安。有省略，原文应是"诚惶诚恐顿首顿首"或"诚惶诚恐死罪死罪"等，奏章套语。

[点评]

　　本文是传诵千古的辟佛名作，也是韩愈确立在中国文化史上重要历史地位的代表作品之一。正如古往今来许多人指出的，韩愈前后反佛者代有其人，而比起前人如傅奕等，韩愈的反佛在理论上并无多少新义；比起后人如欧阳修，针对佛教主张正儒道之本以胜之，见解深度显然略逊一筹。但他反佛的名声却震铄古今，在当时、对后世都有巨大而长远的影响。这一方面是因为他生逢佛教势力猖炽、朝野佞佛成风的时代，他不顾个人安危，敢触逆鳞，在朝堂上直面皇帝，大胆谏诤，议论具有明确的针对性；另一方面，他一生反佛坚韧不拔，斗争持之以恒，表现出过人的胆识和勇气。这种人格力量极大地弥补了他理论层面的不足。至于这篇文章的特点和优点，主要也体现在字里行间流露出的道义在握的信心和雄辩滔滔的气势。文章开端立论，所述道理本较浅显，不过是"华夷之辨"的传统见解。而接下来历数自黄帝以下未有佛时国泰民安、信佛则乱亡相继的"规律"，虽然并无逻辑上的证明，但一气直下的排比罗列却造成了不容反驳的气势，形成他自己所主张的"气盛，则言之短长与声之高下者皆宜"的表达效果。在如此迅雷不及掩耳地先声夺人之后，作者再把笔锋转到奏章主旨即反对奉迎佛骨上来，高屋建瓴，一气直泻，立场鲜明、态度果绝地揭露奉迎的危害，阐明辟佛应当采取的措施，特别是把祸害的肇端归结到皇帝本人的愚妄佞佛，表白自己无所畏惧、昧死上章、不虑后患的决心，果断斩决，不容反对者置喙。虽然作为呈献给皇帝的奏章，又故作回护之词，把责任归之臣下，这实际上也是以退为进，把对皇帝本人的批评表达得更为明显、透彻，也是相当出色的论辩技巧。至于感叹、反诘、排比等句式交替运用，造成激愤凌厉的声势，有力地宣泄了奋迅昂扬的感情。行文少用典故，多用短句，既能够直接表白自己的斗志和决心，又能够发挥奏章所需要的清晰、确切的表达效果。

王若虚："韩退之不善处穷，哀号之语，见于文字，世多讥之。然此亦人之至情，未足深怪。至《潮州谢表》，以东封之事迎宪宗，是则罪之大者矣。封禅，忠臣之所讳也。退之不忍须臾之穷，遂为此谀悦之计，高自称誉，其铺张歌诵之能而不少让，盖冀幸上之一动，则可怜之态，不得不至于此。其不及欧、苏远矣。"（《滹南遗老集·臣事实辨》）

潮州刺史谢上表[1]

臣某言：

臣以狂妄戆愚[2]，不识礼度[3]，上表陈佛骨事，言涉不敬[4]，正名定罪[5]，万死犹轻。陛下哀臣愚忠，恕臣狂直，谓臣言虽可罪，心亦无他，特屈刑章^[6]，以臣为潮州刺史。既免刑诛^[7]，又获禄食，圣恩弘大，天地莫量，破脑刳心^[8]，岂足为谢^[9]。臣某诚惶诚恐，顿首顿首。

［注释］

[1] 唐时制度，地方官到任所后需具表向朝廷谢恩。韩愈因谏迎佛骨被贬为潮州刺史，于元和十四年四月抵达任所，作此文。　[2] 戆（zhuàng）愚：愚笨。戆，愚直。　[3] 礼度：礼法。　[4] 不敬：此指唐律中"十恶"中的第六条"大不敬"，内容是指斥皇帝，无人臣之礼。　[5] 正名：正定罪名。　[6] 特屈刑章：特别变通法律条文规定。屈，指枉改。刑章，刑法条款。根据唐律，韩愈犯"大不敬"罪是死罪。　[7] 既免刑诛：既免除了死罪。韩愈论谏佛骨，唐宪宗大怒，欲置之极刑，赖裴度等救援而获免。　[8] 破脑刳（kū）心：犹肝脑涂地。刳，剖。　[9] 岂足为谢：难道足够报答吗；岂足，表反诘。

　　臣以正月十四日蒙恩除潮州刺史，即日奔驰上道^[1]。经涉岭海^[2]，水陆万里，以今月二十五日到州上讫^[3]。与官吏百姓等相见，具言朝廷治平，天子神圣，威武慈仁，子养亿兆人庶^[4]，无有亲疏远迩。虽在万里之外，岭海之陬^[5]，待之一如畿甸之间^[6]，辇毂之下^[7]。有善必闻，有恶必见，早朝晚罢[8]，兢兢业业，惟恐四海之内，天地之中，一物不得其所[9]。故遣刺史面问百姓疾苦。苟有不便，得以上陈[10]。国家宪章完具[11]，为治日久，守令承奉诏条[12]，违犯者鲜，虽在蛮荒，无不安泰。闻臣所称圣德[13]，惟知鼓舞欢呼，不劳施为[14]，坐以无事。臣某诚惶诚恐，顿首顿首。

在专制制度下，士大夫必然要歌功颂德，屈己事人。

[注释]

[1] 即日奔驰上道：唐制，被贬官员重罪者闻诏即行，日驰十驿。　[2] 岭海：指南岭和南海。　[3] 今月：据考，为四月。到州上讫：指到潮州办理完上任手续。　[4] 子养亿兆人庶：养育天下百姓。子养，谓养育民众如赤子。人庶，百姓。　[5] 岭海之陬（zōu）：岭南海外的偏僻地方。陬，角落。　[6] 畿甸：京城地区。　[7] 辇毂（niǎn gǔ）：这里指皇帝的车驾。辇，人力推拉的车。毂，本义为车轮中心的圆木，指代车子。畿甸之间、辇毂之下指京城内。　[8] 早朝晚罢：上朝早而下朝迟，勤政的表现。　[9] 一物不得其所：有一个人没有得到妥善安置。一物，指每个人。　[10] 上陈：向朝廷报告。　[11] 宪章完具：法令条文完备。宪章，法令条文。　[12] 守令承奉诏条：地方官奉行朝廷命令。守令，州守、县令，概指地方官。诏条，诏命规章。　[13] 圣德：皇帝的恩德。　[14] 不劳施为：指只是谨守旧规，无需费事改作。

臣所领州，在广府极东界上[1]，去广府虽云才二千里^[2]，然来往动皆经月^[3]。过海口，下恶水，涛泷壮猛^[4]，难计程期^[5]，飓风鳄鱼，患祸不测^[6]。州南近界，涨海连天^[7]，毒雾瘴氛^[8]，日夕发作^[9]。臣少多病，年才五十，发白齿落，理不久长。加以罪犯至重，所处又极远恶，忧惶惭悸^[10]，死亡无日^[11]。单立一身，朝无亲党^[12]，居蛮夷之地，与魑魅为群^[13]，苟非陛下哀而念之，谁肯为臣言者？臣受性愚陋，人事多所不通，惟酷好学问文章，未尝一日暂废，实为时辈所见推许^[14]。臣于当时之文^[15]，亦未有过人者。至于论述陛下功德^[16]，与《诗》《书》相表里，作为歌诗，荐之郊庙，纪泰山之封，镂白玉之牒，铺张对天之阂休，扬厉无前之伟绩，编之乎《诗》《书》之策而无愧，措之乎天地之间而无亏，虽使古人复生，臣亦未肯多让。

顽强地表达积极用世之志。

[**注释**]

[1]广府：广州（今广东广州）。广州为岭南五府经略使的治所，故称广府。　[2]才二千里：竟有二千里之遥。才，表其多。　[3]动皆经月：动辄需要一个月以上。　[4]涛泷：湍急的川流。　[5]程期：期限。　[6]不测：不可逆料。　[7]涨

海:《旧唐书·地理志》:"海丰县（今广东海丰县）南五十里,即涨海,渺漫无际。" [8]瘴氛:瘴气。 [9]日夕发作:早晚之间发生。 [10]忧惶惭悸:忧愁惶恐,惭愧惊慌。悸,惊慌心动。 [11]死亡无日:意谓不久就会死去。无日,没有多少日子。 [12]朝无亲党:朝廷里没有亲友支援。 [13]魑魅（chī mèi）:传说山林里加害于人的鬼怪。 [14]时辈:同一辈人。推许:推重、赞许。 [15]当时之文:时下流行的文字,指骈体文。 [16]"至于论述陛下功德"以下十二句:这里是说自己有能力写用于郊庙和封禅的典章文字。与《诗》《书》相表里,和《诗经》《尚书》相类似。荐之郊庙,进献宗庙。荐,进献。纪泰山之封,谓写作封禅泰山的文章。纪,同"记"。封,封禅,古代筑坛祭天以告成功的礼仪。镂（lòu）白玉之牒,在白玉版上摹刻文字,封禅时祭天用。镂,在金石上雕刻。牒,版。铺张对天之闳休,颂扬对答上天的伟大功德。铺张,铺陈张扬。闳,宏大。休,美。扬厉无前之伟业,发扬光大前无古人的伟大业绩。扬厉,发扬光大。《诗》《书》之策,《诗经》《尚书》典册之中。策,通"册"。措之乎天地,安置在天地之间。措,安放。未肯多让,谓（以上各种业绩）不比别人差,自诩之辞。多让,更逊色。

伏以大唐受命有天下,四海之内,莫不臣妾[1],南北东西,地各万里。自天宝之后[2],政治少懈,文致未优,武克不刚。孽臣奸隶[3],蠹居棋处,摇毒自防,外顺内悖,父死子代,以祖以孙,如古诸侯自擅其地,不贡不朝,六七十年。四圣传序[4],以至陛下。陛下即位以来[5],躬亲听断，旋乾转坤，关机阖开，雷厉风飞，日月清照，天戈所麾，莫不宁顺。大宇之下^[6]，生息理极^[7]。高祖创制天下^[8]，其功大矣，而治未太平也；太宗太平矣^[9]，而大功所立，咸在高祖之代，非如陛下承天宝之后，接因循之余，六七十年之外，赫然兴起，南面指麾，而致此巍巍之治功也。宜定乐章^[10]，以告神明，东巡泰山^[11]，奏功皇天^[12]，具著显庸^[13]，明示得意^[14]，使永永年代，服我成烈^[15]。当此之际，所谓千载一时不可逢之嘉会。而臣负罪婴衅^[16]，自拘海岛^[17]，戚戚嗟嗟，日与死迫^[18]，曾不得奏薄伎于从官之内、隶御之间^[19]，穷思毕精^[20]，以赎罪过。怀痛穷天^[21]，死不闭目，瞻望宸极^[22]，魂神飞去。伏惟皇帝陛下，天地父母，哀而怜之。无任感恩恋阙惭惶恳迫之至^[23]。谨附表陈谢以闻^[24]。

［注释］

[1]莫不臣妾：谓皆在其统治之下。臣妾，原指奴隶，男为臣，女为妾。　[2]"自天宝之后"以下四句：自从天宝（唐玄宗年号，公元742—755年）年间之后，朝政治理逐渐败坏，人文致治成果不佳，武力取胜没有力量。少懈，稍稍败坏，回护之语。少，

通"稍"。克,取胜。　[3]"孽臣好隶"以下八句:这里形容"安史之乱"后藩镇割据的情况。孽臣奸隶,邪恶的臣下,奸滑的部属。隶,臣属。蠹居棋处,意谓为害如蠹虫,又如棋子遍布各地。摇毒自防,施行毒害,自加防守。外顺内悖,外示恭顺,心怀叛逆。悖,乱。父死子代,指藩镇不听朝命,割据世袭。以子以孙,谓子孙代代相传。以,语词。自擅,自专。擅,独断专行。不贡不朝,不输贡赋,不到京城朝见。　[4]"四圣传序"二句:肃宗、代宗、德宗、顺宗四位皇帝依次继承,直到陛下。　[5]"陛下即位以来"以下八句:这里赞颂唐宪宗即位后削平藩镇的情况。躬亲听断,皇帝亲自决断。听,判断。旋乾转坤,旋转乾坤,指改变天下大势。关机阖开,谓大刀阔斧地实施方略。关机,关键。阖开,谓采取措施。阖,关闭。天戈所麾,指朝廷军队所到之处。天戈,朝廷军队。麾,通"挥"。莫不宁顺,没有不归顺的。　[6]大宇之下:普天之下。大宇,天空。　[7]生息理极:(百姓)生息治理达到极致。　[8]"高祖创制天下"以下三句:唐高祖(李渊)创立天下,其功劳很大,但其治理还没致太平。　[9]"太宗太平矣"以下九句:唐太宗(李世民)时期天下太平了,然而取得的巨大成功都在唐高祖(李渊)时期,不是如陛下这样承接(唐肃宗以来对藩镇的)姑息局面,在六七十年之后,振兴起来,在朝廷中谋划指挥,达成了如此伟大的致治功勋。赫然,盛大貌。南面指麾,谓在朝廷指挥,皇帝在朝堂中面南而坐。巍巍,盛大貌。　[10]宜定乐章:谓应制作祭祀郊庙的乐章。　[11]东巡泰山:东到泰山封禅。巡,本义是出巡,出巡泰山指封禅。　[12]奏功皇天:向上天奏报成功。　[13]具著显庸:显示全部显著的功勋。庸,功劳。　[14]明示得意:明白宣示志得意满之情。　[15]服我成烈:保持我朝成功的伟业。服,通"保"。《韩非子·初见秦》:"秦与荆人战,……荆王君臣亡走,东服于陈。"陈奇猷集释引刘师培曰:"案,服与保通。"烈，功绩。　　[16]负罪婴衅（xìn）：身负罪责，犯有罪过。婴，同"撄"，招致。衅，罪过。　　[17]自拘海岛：潮州在海边，故云。　　[18]日与死迫：一天天接近死亡。　　[19]奏薄伎：奉献微小的技艺，指文章。隶御之间：仆从之间。隶御，贱隶近臣。　　[20]穷思毕精：穷尽思虑精神。　　[21]怀痛穷天：心怀痛苦，穷尽高天。　　[22]瞻望宸极：仰望北方朝廷。宸极，北极星，指朝廷。　　[23]恋阙：谓怀恋皇帝。阙，宫阙，指皇帝。　　[24]附表：当时制度，不遣专人呈递表章，附在传送公文的驿递进上。

[**点评**]

　　韩愈被贬黜到潮州，具表谢恩，歌功颂德、反省悔罪、表白祈求怜悯之意是题中应有之义。其中鼓吹封禅，曲尽阿谀逢迎之态，历来多受讥评。这也确实反映了韩愈当时精神状态的一面。但这篇文章同时也表现出作者那种虽处困境而不屈不馁的精神，流露出积极用世的自信。至于其中分析天下大势，颂扬削藩，则再次表明了他进步的政治主张，也具有相当的现实针对性。作为得罪上达表章，这篇文字的写法颇能自占地步：前幅抒写悔过乞怜之情，字里行间却又表现自己立身的正直、行政的才具；后幅劝说封禅，又表达对自身才具的自负。唐时章奏例用韵语，中唐古文家始用散体。而本篇把对仗、韵语夹杂在散体之中，虽是谢罪文章，整体情调却不显衰飒，而是音情顿挫，雄肆酣畅，产生节奏整饬兼流利畅达的效果。结构则前后呼应，转换无迹，随着内容的层层递进，由叙说自身处境渐及于天下大计，境界自然地逐步扩大，表明自己并不为个人进退而谋画，精神追求也就显得高远。这样，虽然这篇表章在思想内容上有明显的局限，但无论对于全面了解韩愈，还是欣赏他的文字，都值得一读。

鳄鱼文[1]

维年月日[2]，潮州刺史韩愈使军事衙推秦济[3]，以羊一猪一，投恶溪之潭水[4]，以与鳄鱼食，而告之曰：

昔先王既有天下[5]，列山泽，罔绳擉刃，以除虫蛇恶物为民害者，驱而出之四海之外。及后王德薄[6]，不能远有，则江汉之间，尚皆弃之以与蛮夷楚越，况潮岭海之间、去京师万里哉！鳄鱼之涵淹卵育于此[7]，亦固其所[8]。

今天子嗣唐位[9]，神圣慈武，四海之外、六合之内皆抚而有之[10]；况禹迹所掩、扬州之近地[11]，刺史、县令之所治，出贡赋以供天地、宗庙、百神之祀之壤者哉！鳄鱼其不可与刺史杂处此土也[12]。刺史受天子命，守此土，治此民，而鳄鱼睅然不安溪潭[13]，据处食民畜熊豕鹿麋[14]，以肥其身，以种其子孙[15]，与刺史亢拒[16]，争为长雄[17]。刺史虽驽弱[18]，亦安肯为鳄鱼低首下心、伈伈睍睍[19]，为民吏羞[20]，以偷活于此邪？且承天子命以来为吏[21]，固其势不得不与鳄鱼辨。

鳄鱼有知，其听刺史言：潮之州，大海在其南，鲸鹏之大、虾蟹之细无不容归[22]，以生以食[23]，鳄鱼朝发而夕至也。今与鳄鱼约：尽三日[24]，其率丑类南徙于海，以避天子之命吏[25]。三日不能至五日；五日不能至七日；七日不能，是终不肯徙也。是不有刺史听从其言也[26]。不然，则是鳄鱼冥顽不灵[27]，刺史虽有言，不闻不知也。夫傲天子之命吏[28]，不听其言，不徙以避之，与冥顽不灵而为民物害者，皆可杀。刺史则选材技吏民[29]，操强弓毒矢，以与鳄鱼从事[30]，必尽杀乃止。其无悔[31]！

递进句式，积累气势，体现与"冥顽不灵"的"恶物"势不两立、战斗到底的决心。

蒋之翘："严辞正义，笔力劲，其高处已过《左》《国》，下者亦不失为汉、魏也。"（《唐韩昌黎集》）

蔡世远："公至末年，道气益壮厉，文益雄擅，读此可见。"（《古文雅正》）

[注释]

[1]韩愈到潮州任刺史后，民众反映郡西江里（今韩江）有鳄鱼为患，韩愈作为新任州守依例派遣官吏祭之，因作此文。　[2]维年月日：原有年月日，另本或作"维元和十四年四

月二十四日"。罗联添以为韩愈于四月二十五日莅潮(《韩愈研究》),另本无理。　[3]军事衙推:唐代节度、团练、观察等使属下的官员。　[4]恶溪:今韩江,上游为发源于福建的汀江,至广东揭阳入海。　[5]"昔先王既有天下"以下五句:往昔先王得到天下后,即焚烧山陵、沼泽,以绳结网,以刀刺杀,以除去虫、蛇等给民众造成灾害的凶恶动物,把它们驱逐到四海之外。先王,指尧、舜、禹、汤、周文王、周武王等儒家理想的圣王,与下面"后王"相对应。列,同"烈",焚烧。罔,通"网"。擉(chuò),刺。　[6]"及后王德薄"以下五句:等到后王道德浅薄,不能领有远方土地,长江、汉水之间还都遗弃给蛮夷楚越,何况潮州在南岭大海之间、距离京城万里的地方呢。蛮夷楚越,前二者是古代民族名,后二者是国名,概指非华夏的少数民族地区。万里,举其概数。　[7]涵淹:沉潜。卵育:孵化生长。　[8]亦固其所:本来是它们应在的地方。　[9]今天子:唐宪宗李纯。嗣唐位:继承唐朝的帝位。　[10]六合:天地四方。抚而有之:指领有。抚,安抚,保护。　[11]禹迹所掩:大禹踪迹所覆盖。相传大禹曾南下苍梧(今广西梧州市苍梧县)。扬州之近地:按《禹贡》划分的九州,潮州属扬州。　[12]杂处:混居在一起。　[13]睅(hàn)然:凶恶貌。睅,眼睛突出。　[14]据处:盘踞。　[15]种(zhòng)其子孙:繁衍后代。种,繁殖。　[16]亢拒:抗拒。亢,同"抗"。　[17]争为长雄:争做头领。　[18]驽弱:软弱。驽,劣马。　[19]低首下心:犹言低声下气。伈(xǐn)伈睍(xiàn)睍:畏惧窃视貌。　[20]为民吏羞:被民众和属吏耻笑。　[21]"且承天子命以来为吏"二句:而且是接受皇帝的命令来这里做官,本来其形势就不能不和鳄鱼来争辩。辨,通"辩"。　[22]无不容归:没有不能容纳的。　[23]以生以食:生存养育。以,而。　[24]尽三日:到三天尽头。　[25]天子之命吏：皇帝正式任命的官员。　[26]是不有刺史听从其言也：这是无视刺史的存在并听从他的话。　[27]冥顽不灵：愚昧顽固，没有灵性。　[28]傲：倨傲。　[29]材技吏民：有才能、技艺的官吏、百姓。　[30]与鳄鱼从事：意谓和鳄鱼较量。　[31]其无悔：不要后悔，告诫之辞。

[**点评**]

　　历史上有记载，至今潮州也还在传说，经韩愈祭祀之后，韩江的鳄鱼即迁徙他处，不再为害。这乃是颂扬韩愈德政的民间传说。祭祀地方的名山大川本是古代地方官的例行公事，主要体现了礼仪、教化意义。以韩愈力辟佛、道的理性精神，当然不会相信一纸文书就可以驱逐为害的鳄鱼。所以这篇文章的内容和意义只是象征性的，即借驱逐鳄鱼表达与邪恶事物势不两立的热忱、除恶务尽的决心和正义在手、胜利在握的自信。该文又是以幽默的笔墨以逞其才华的"以文为戏"的作品。文章从先王治天下的伟业开端，起得正大高远。结尾表白尽杀丑类的决心和信心，斩截果断。中间提顿转折，第一段用两个"况"字起句，一纵一收，力重千军；第二段一再以天子命吏的观念斡旋，形成道义与邪恶鳄鱼力量的强烈对比；第三段用递进式排比句，层层逼近，表达与鳄鱼战斗的决心和信心。行文则流利宣畅，磅礴浩大，又庄谐杂出，情趣浓郁，造成兀傲雄健的气势，杰出的表现技巧多被后人模仿。

柳子厚墓志铭[1]

《春秋》以书字为褒。题单称"子厚"字而不书官位，以表珍重。韩愈墓志文数十篇，本篇之外，有孟郊、樊宗师志，同例。

行议论于叙事，墓志文又一创格。

子厚讳宗元。七世祖庆[2]，为拓跋魏侍中[3]，封济阴公；曾伯祖奭[4]，为唐宰相，与褚遂良、韩瑗俱得罪武后，死高宗朝；皇考讳镇[5]，以事母弃太常博士，求为县令江南，其后以不能媚权贵失御史[6]，权贵人死，乃复拜侍御史，号为刚直，所与游皆当世名人[7]。

子厚少精敏[8]，无不通达。逮其父时[9]，虽少年，已自成人[10]，能取进士第[11]，崭然见头角[12]。众谓柳氏有子矣[13]。其后[14]，以博学宏词授集贤殿正字。俊杰廉悍[15]，议论证据今古，出入经史百子，踔厉风发[16]，率常屈其座人[17]。名声大振，一时皆慕与之交。诸公要人争欲令出我门下[18]，交口荐誉之[19]。

[注释]

[1] 柳子厚：即柳宗元（773—819），字子厚，元和十四年（819）十一月八日（《旧唐书》本传作"十月五日"）卒于柳州（今广西柳州）。友人刘禹锡为之经营丧事，请韩愈作墓志铭。此文为是年冬在袁州（今江西宜春）作。　[2] 庆：柳庆，字更兴。　[3] 拓跋魏：北魏拓跋氏。柳庆在北魏官至尚书右丞、通直

散骑常侍，封清河县男，入北周，进爵平齐县公。柳宗元《先侍御史府君神道表》："（父柳镇）六代祖讳庆，后魏侍中、平齐公。五代祖讳旦，周中书郎济阴公。" [4]奭：柳奭（？—659），与子厚高祖子夏为从兄弟，于子厚为高伯祖，此处记载的辈分有误。柳奭外孙女王氏为唐高宗李治的皇后，因武则天得宠而被废，他卷入反对武则天的政争，累贬爱州（属安南都护府，今越南北部清化市）刺史，被杀于贬所。褚遂良和韩瑗都是高宗朝宰相，均以同样原因贬官而卒。 [5]皇考：父亲的敬称。镇：柳镇，尝为太常博士，求宣城（宣州治所，今安徽宣州）令。 [6]以不能媚权贵失御史：权贵指宰相窦参。贞元四年（788），陕虢观察使卢岳卒，岳妻分财产不予妾子，妾诉之朝廷。御史中丞卢佋反而欲治妾罪，侍御史穆赞不听，佋与窦参一起诬陷穆赞受贿，赖时为殿中侍御史的柳镇等加以申理。事后窦参终于借故贬柳镇为夔州（今重庆奉节县）司马。贞元八年（792），窦参贬死，柳镇复拜侍御史。 [7]所与游皆当世名人：柳宗元有《先君石表阴先友记》，列举当世名人为柳镇友者六十五人名讳、事迹。 [8]精敏：聪慧伶俐。 [9]逮其父时：在他父亲在世时。 [10]成人：成才。 [11]能取进士第：柳宗元于贞元九年中进士。 [12]崭然：高峻貌。见头角：显现杰出的才华。见，通"现"。 [13]有子：意谓有杰出之子。 [14]"其后"二句：柳宗元于贞元十四年登博学宏词（亦作"博学宏辞"）科，以将仕郎守集贤殿正字，从九品上。 [15]俊杰廉悍：人才出众，清廉正直。 [16]踔（chuō）厉风发：卓绝猛厉，意气风发。踔，高远。 [17]率常屈其座人：大抵常常折服在座的人。率，大抵。 [18]诸公要人：指高官大权势者。 [19]交口：众口齐声。

贞元十九年[1]，由蓝田尉拜监察御史。顺宗即位[2]，拜礼部员外郎。遇用事者得罪[3]，例出为刺史[4]；未至[5]，又例贬州司马[6]。居闲益自刻苦，务记览，为词章，泛滥停蓄[7]，为深博，无涯涘[8]，而自肆于山水间[9]。元和中[10]，尝例召至京师，又偕出为刺史，而子厚得柳州。既至，叹曰："是岂不足为政邪[11]？"因其土俗[12]，为设教禁[13]，州人顺赖[14]。其俗以男女质钱，约不时赎，子本相侔，则没为奴婢[15]。子厚与设方计[16]，悉令赎归。其尤贫力不能者[17]，令书其佣[18]，足相当，则使归其质[19]。观察使下其法于他州[20]，比一岁[21]，免而归者且千人[22]。衡、湘以南为进士者[23]，皆以子厚为师；其经承子厚口讲指画为文词者[24]，悉有法度可观[25]。

[注释]

[1]"贞元十九年"二句：贞元十七年，柳宗元自集贤殿正字出为蓝田尉，正九品下；十九年拜监察御史里行，正八品上。里行，试用。　[2]"顺宗即位"二句：顺宗李诵于贞元二十一年正月即位。礼部员外郎是尚书省礼部的属官，正六品上。　[3]遇用事者得罪：指"永贞革新"的主持者王叔文、王伾、韦执宜等被贬黜。遇，遭遇。　[4]例出为刺史：九月，"二王"执政时被重用的朝官八人被贬为远州的刺史，柳宗元得邵州（属江南西道，治邵阳县，

今湖南邵阳）。例，朝廷处置事件的惯例。 [5] 未至：没到邵州任所。 [6] 又例贬州司马：是年十一月，朝议以为八人贬斥太轻，加贬为远州司马，俗称"八司马"。柳宗元得永州（属江南西道，治零陵县，今湖南永州）。司马为州佐官，正六品下，柳宗元的职务是"员外置同正员"，即编外官，实是流贬系囚。 [7] 泛滥停蓄：以流水比拟文思汪洋恣肆而深厚。停，通"渟"，水聚不流。蓄，聚集。 [8] 无涯涘（sì）：用水的漫无边际形容文思没有羁束。涯涘，水边。 [9] 自肆：随意徜徉。肆，放纵。 [10] "元和中"以下四句：元和九年（814）末，王叔文同党谪官者被召回京师，旋被出为远州刺史。柳宗元得柳州（属岭南道，治马平县，今广西柳州）。偕，一起。 [11] 是岂不足为政邪：这种地方难道还不够做出政绩吗？ [12] 土俗：当地民间风俗。 [13] 教禁：教戒禁令。 [14] 顺赖：顺从信任。 [15] "其俗以男女质钱"以下四句：当地风俗以儿女作抵押借钱，约定如不按时赎回，利钱和本钱相等，（抵押的儿女）就陷身为奴婢。质，抵当。子本，利息和本钱。侔，齐平。没，陷没。 [16] 与设方计：为设置办法。设，与，为。方计，办法。 [17] 书其佣：记下工钱。 [18] 足相当：指佣工钱与举债数相等。 [19] 归其质：归还抵押的儿女。 [20] 观察使：此指桂管经略观察使，时为裴行立。柳州归桂管观察使管辖。 [21] 比一岁：近一年。 [22] 且千人：将近千人。且，将近。 [23] 衡、湘以南：衡山和湘江以南。为进士者：习进士业者。 [24] 口讲指画：指亲自讲授、指点。 [25] 悉有法度可观：全都合乎规范，值得一看。指达到相当水平。法度，法则，规范。

其召至京师而复为刺史也，中山刘梦得禹锡亦在遣中[1]，当诣播州[2]。子厚泣曰："播州非

人所居 [3]，而梦得亲在堂 [4]。吾不忍梦得之穷 [5]，无辞以白其大人，且万无母子俱往理。"请于朝，将拜疏 [6]，愿以柳易播，虽重得罪 [7]，死不恨 [8]。遇有以梦得事白上者 [9]，梦得于是改刺连州。呜呼！士穷乃见节义 [10]。今夫平居里巷相慕悦，酒食游戏相征逐，诩诩强笑语以相取下，握手出肺肝相示，指天日涕泣，誓生死不相背负，真若可信；一旦临小利害，仅如毛发比 [11]，反眼若不相识，落陷阱不一引手救，反挤之又下石焉者，皆是也 [12]。此宜禽兽、夷狄所不忍为，而其人自视以为得计 [13]，闻子厚之风，亦可以少愧矣。

抱憾友人，亦感慨身世，致讥于世风。

长句累累而下，痛诋世风，激昂尽致。

[注释]

[1]刘梦得禹锡：刘禹锡（772—842），字梦得，洛阳人，郡望中山（在今河北）。他是"八司马"之一，早年与柳宗元同进退。亦在遣中：也在被流放的人员之中。　[2]播州：属江南西道，治遵义县（今贵州遵义）。　[3]非人所居：荒僻不宜人居住。　[4]梦得亲在堂：意谓刘禹锡家有老母。　[5]"吾不忍梦得之穷"以下三句：我不忍心看到梦得陷于窘境，没有说辞对他母亲交代，而且绝对没有母子一起去（远恶的播州）的道理。穷，困窘。大人，指母亲。语本《后汉书·范滂传》："滂白母曰：'……惟大人割不可忍之恩。'"　[6]拜疏：上书朝廷。　[7]重得罪：再次得罪。　[8]恨：通"憾"，遗憾。　[9]"遇有以梦得事白上者"二句：

指御史中丞裴度上书援救刘禹锡,刘乃改授连州刺史。连州属江南西道,治桂阳县,今广东连州市。白上,对皇帝说。　[10]"士穷乃见(xiàn)节义"以下八句:士穷乃见节义,士人处在困境才能表现出(朋友的)气节道义。见,显现。平居里巷相慕悦,平时居住在同一里巷相互交好。相征逐,相互招呼追随。诩(xǔ)诩,说大话貌。相取下,向对方表示谦下。指天日涕泣,指着太阳、流着眼泪(发誓)。　[11]仅如毛发比:只是如毛发那样细小。　[12]皆是也:都是这样啊。　[13]自视以为得计:自以为计谋得逞。

子厚前时少年[1],勇于为人,不自贵重顾藉,谓功业可立就,故坐废退。既退,又无相知有气力得位者推挽[2],故卒死于穷裔[3],材不为世用,道不行于时也。使子厚在台、省时[4],自持其身已能如司马、刺史时,亦自不斥;斥时有人力能举之,且必复用不穷[5]。然子厚斥不久[6],穷不极,虽有出于人,其文学辞章必不能自力以致必传于后如今无疑也。虽使子厚得所愿[7],为将相于一时,以彼易此,孰得孰失,必有能辨之者。

子厚以元和十四年十一月八日卒[8],年四十七。以十五年七月十日归葬万年先人墓侧[9]。子厚有子男二人,长曰周六,始四岁;季曰周七,子厚卒乃生;女子二人,皆幼。其得归葬也[10],

罗联添:"按柳宗元重要作品如山水记、寓言小说、短篇议论,俱作于贬官永州、柳州时。其文学成就与其困顿遭遇有极密切之关系。韩愈谓宗元'斥不久……'诚是精当之言。"(《韩愈研究》)

费皆出观察使河东裴君行立[11]。行立有节概[12]，立然诺[13]，与子厚结交。子厚亦为之尽[14]，竟赖其力。葬子厚于万年之墓者，舅弟卢遵[15]。遵，涿人[16]，性谨慎，学问不厌[17]。自子厚之斥，遵从而家焉，逮其死不去。既往葬子厚，又将经纪其家[18]，庶几有始终者[19]。铭曰：

　　是惟子厚之室[20]，既固既安，以利其嗣人[21]。

[注释]

[1]"子厚前时少年"以下五句：从前子厚年轻的时候，勇于助人，不贵重珍惜自己，以为功业可以很快成就，因而被废弃贬退。　[2]得位者：官居高位的人。推挽：推举提拔。　[3]穷裔：边远地方，指柳州。　[4]"使子厚在台、省时"以下三句：假如子厚任职御史台（任监察御史）和尚书省（任礼部员外郎）的时候，能够约束自身像在担任（永州）司马和（柳州）刺史那样，自然也就不会被斥逐。　[5]复用不穷：重新被任用而不穷困潦倒。　[6]"然子厚斥不久"以下四句：然而如果子厚被斥逐不长久，身处困顿不达极点，虽然会出人头地（指做高官），他却一定不会在文学辞章（诗文）上用尽全力而达到如今这样流传后世的地步，这是毫无疑问的。　[7]"虽使子厚得所愿"以下五句：虽然让子厚实现他的愿望，一时间为将为相，用那个来替换这个（文学辞章），得失如何，一定有人能辨别清楚。　[8]子厚以元和十四年十一月八日卒：柳宗元死期《旧唐书》作"十月五日"。　[9]万年先人墓侧：万年县祖先坟墓旁边。万年县属京

兆府，治长安东部。柳氏祖墓在万年县栖凤原。　[10]归葬：灵柩运回长安埋葬。　[11]裴行立：时为桂管观察使，柳州为其所属。　[12]节概：节义，义气。　[13]立然诺：言出必行。然诺，说到做到。　[14]为之尽：为他竭尽全力。　[15]卢遵：柳宗元母卢氏子弟，为其表弟。　[16]涿人：涿州属河北道，治范阳县，今河北涿州。宗元母卢氏出涿郡世家。　[17]学问不厌：勤学好问不满足。厌，满足。　[18]经纪：料理。　[19]庶几：差不多，肯定之词。有始终：有始有终，指直到终了，复义偏指。　[20]室：墓室。　[21]嗣人：后人。

[点评]

　　韩愈和柳宗元是至交，又是真正的诤友，堪称古人交友的典范。两人思想观点多有不同，但争辩切磋，促进了两个人思想的进展；两人文学观念基本相同，诗文相互赞赏、借鉴，推动了一代文学的发展。他们交往时间长，但进退出处大有不同，因而长期暌隔，却一直音书不断，一方面就各种思想、人生、文学问题进行认真讨论，另一方面相互表同情和激励。柳宗元贬死柳州，向韩愈托孤，挚友刘禹锡请韩愈替他志墓。韩愈是带着浓厚感情来写作这篇文章的。如韩愈所写的许多墓志一样，这篇文章不依这一体文字常格，前半只是记述亡友生平，按行年顺序叙写，但用心剪裁，精于繁简，选择几个具有典型意义的细节，凸显出人物的精神风采；后半则是两大段议论，揭露社会不平，讥讽人情世态，言辞犀利，见解透辟，也是替友人抒愤懑、争公平，其中显然也包含着自身痛切的人生体验。文章里对柳宗元的个性，特别是对他参与"二王"集团颇有微词，但主要还是述哀悼、表同情、鸣不平，诉讼一个正直文人才不得施、命途多舛的悲剧。具体行文前半叙事多用短句，造成斩截、急促的语气，凸显出不可抑制的悲情；后面两大段议论是滔滔不绝的长句，高屋建瓴，千回百转，有力地烘托出对世情的深切感慨和对友人的真挚情怀。

祭柳子厚文 [1]

维年月日，韩愈谨以清酌庶羞之奠 [2]，祭于亡友柳子厚之灵：

嗟嗟子厚 [3]，而至然邪 [4]？自古莫不然 [5]，我又何嗟？人之生世，如梦一觉，其间利害，竟亦何校 [6]？当其梦时，有乐有悲，及其既觉，岂足追惟 [7]？

凡物之生 [8]，不愿为材，牺尊青黄，乃木之灾。子之中弃 [9]，天脱絷羁，玉佩琼琚，大放厥辞。富贵无能 [10]，磨灭谁纪？子之自著 [11]，表表愈伟 [12]。不善为斫 [13]，血指汗颜，巧匠旁观，缩手袖间。子之文章 [14]，而不用世，乃令吾徒，掌帝之制。子之视人，自以无前，一斥不复 [15]，

多陈庄周超然解脱之论，实表痛彻心扉之情。

曾国藩："峻洁直上，语经百炼，公文如此等，乃不复可攀跻矣。"(《求阙斋读书录》)

群飞刺天[16]。

嗟嗟子厚，今也则亡，临绝之音，一何琅琅[17]。遍告诸友，以寄厥子[18]，不鄙谓余[19]，亦托以死[20]。凡今之交[21]，观势厚薄，余岂可保，能承子托？非我知子，子实命我，犹有鬼神，宁敢遗堕[22]？念子永归[23]，无复来期，设祭棺前，矢心以辞[24]！

呜呼哀哉，尚飨！

林纾："文简而哀挚，文末叙及托孤，肝膈呈露，真能不负死友者。读之使人气厚。"（《韩文研究法》）

吴闿生："祭文亦四言诗之一种也。韩公为之，捶幽凿险，神骇鬼眩，盖导源于《招魂》《九歌》《大招》，而以自发其光怪骇愕、磊砢不平之气。"（《古文范》）

［注释］

[1] 本文作于袁州。　[2] 清酌庶羞之奠：清酒与多种美味佳肴作为祭品。酌，斟酒，转意为酒。庶羞，品多曰庶，肴美曰羞。　[3] 嗟嗟：悲叹之辞。　[4] 至然：至于如此，意犹何至于如此，嗟问之辞。　[5]"自古莫不然"二句：从古至今都是如此，我又有什么可嗟叹的？　[6] 竟亦何校：竟有什么可计较的？　[7] 岂足追惟：难道有值得追想的吗？意本《庄子·齐物论》："梦饮酒者，旦而哭泣；梦哭泣者，旦而田猎。方其梦也，不知其梦也。梦之中又占其梦焉，觉而后知其梦也。且有大觉而后知此其大梦也。"　[8]"凡物之生"以下四句：意本《庄子·天地》："百年之木，破为牺尊，青黄而文之，其断在沟中。比牺尊于沟中之断，则美恶有间矣，其于失性一也。"牺，牛形酒樽（或以为樽腹画牛形）。青黄，意谓文采青黄斑斓。　[9]"子之中弃"以下四句：你盛年被弃置不用（指柳宗元于永贞元年被贬官永州），是上天为你脱掉羁束，让你大肆铺张如美玉一样的文辞。天脱絷（zhí）羁，络首

曰絷，络足曰羁。语本《庄子·马蹄》："及至伯乐，曰：'我善治马。'烧之，剔之，刻之，雒之，连之以羁絷，编之以皂栈。"玉佩琼琚，佩带琼琚美玉，喻文词华美。琼琚，美丽的佩玉。　[10]"富贵无能"二句：富贵而没有能力（真才实学），消磨（一生）有谁来记录？意本司马迁《报任安书》："古者富贵而名磨灭，不可胜记，唯倜傥非常之人称焉。"　[11]自著：自我表露。　[12]表表：特殊貌。　[13]"不善为斫"以下四句：不善于砍削（的人）伤破手指，汗流满面，能工巧匠却袖手旁观。意本《老子》第七十四章："夫代大匠斫者，希有不伤其手矣。"　[14]"子之文章"以下四句：承上，你的文章不为世所用，反倒用我们这些人执掌为皇帝起草诏书的任务。制，泛指诏令。韩愈于元和九年十一月至十一年初任知制诰之职。　[15]一斥不复：一经贬斥，不再被任用。柳宗元于永贞元年贬永州司马，十年后又外放为柳州刺史，一直未得重用。　[16]群飞刺天：大群飞虫飞满天空，比喻诽谤攻击者众多。　[17]琅琅：声音响亮貌。　[18]以寄厥子：托付自己的儿子，指托孤。　[19]不鄙谓余：不鄙弃我。谓，语词。　[20]亦托以死：也以死后事相托。　[21]"凡今之交"以下四句：大抵如今交友，要看对方势力大小，难道我自身还可保，能承受你的托付吗？　[22]宁敢遗堕：难道敢于弃置不顾吗？　[23]永归：指死亡。　[24]矢心以辞：以言辞表白忠心。矢，通"誓"。

［点评］

　　韩愈为亡友柳宗元志墓，又立即写了这篇祭文。两篇文章体裁不同，写法也不同，各有特色，但都是立意遥深、声情并茂的好文章。这篇祭文用四言韵语，像是一首情浓语悲的四言诗。文章对于亡友的长年沦落、大才未施、盛年夭折表达切肤之痛，实则也是对于造成悲剧的社会现实进行控诉。文章前幅多化用《庄子》典故，所用语典的原意多表达庄子对于人生价值的怀疑、虚无观念，文章巧妙地反用其意，全然在虚处斡旋，着力表白友人有过人才具却一斥不复、怀才不遇的悲哀，为他的命运述说不平，并利用故作解脱之语来表达无尽的激愤。后幅实写亡友托孤的琐细情事，以著其身后的寂寞凄凉和与自己的友谊，抒发了无尽的哀思。四言句节奏斩截，文情凝重，又多用反诘句、惊叹句，强化了激情奋迅不可遏制的效果。

与孟尚书书[1]

愈白：

行官自南回[2]，过吉州，得吾兄二十四日手书数番[3]，忻怅兼至[4]。未审入秋来眠食何似[5]？伏惟万福[6]。

来示云：有人传愈近少信奉释氏。此传者之妄也[7]。潮州时，有一老僧号大颠[8]，颇聪明，识道理，远地无可与语者，故自山召至州郭[9]，留十数日。实能外形骸[10]，以理自胜，不为事物侵乱。与之语，虽不尽解，要自胸中无滞碍[11]，以圣人为楷模，以儒经为依据，以"守道君子"自期、自负。

沈德潜："此文乃《原道》根柢，以'道'字为骨子。上半言不因贬后信奉佛法以求福利，答来书'少信奉释氏'句；下半大明所以辟佛之故。要于明道。熟读此等文，增长见识，亦增长笔力。"（《评注唐宋八家古文读本》）

以为难得，因与来往。及祭神至海上[12]，遂造其庐[13]。及来袁州，留衣服为别。乃人之情，非崇信其法，求福田利益也[14]。孔子云[15]："丘之祷久矣。"凡君子行己立身，自有法度[16]；圣贤事业，具在方册[17]，可效可师。仰不愧天，俯不愧人，内不愧心，积善积恶，殃庆自各以其类至[18]。何有去圣人之道，舍先王之法，而从夷狄之教[19]，以求福利也！《诗》不云乎[20]："恺悌君子，求福不回。"《传》又曰[21]："不为威惕[22]。""不为利疚[23]。"假如释氏能与人为祸祟，非守道君子之所惧也，况万万无此理。且彼佛者果何人哉？其行事类君子邪？小人邪？若君子也，必不妄加祸于守道之人[24]；如小人也，其身已死，其鬼不灵，天神地祇[25]，昭布森列[26]，非可诬也。又肯令其鬼行胸臆、作威福于其间哉[27]！进退无所据[28]，而信奉之，亦且惑矣。

[注释]

[1]孟尚书：孟简（？—824），字几道，德州平昌（今山东商河）人，韩愈友人。孟简于元和十三年出任山南东道节度使，中唐时期节度使例带尚书衔，因称"孟尚书"；写作此文时的元和

十五年，孟简已贬为吉州（今江西吉安）司马。孟简笃信佛说，其原信已佚，据本文可知，他曾屡次规劝韩愈信佛，这次来信也谈到这一点。本文作于元和十五年任袁州刺史时。　[2]行官：上官差遣往来四方干办公事的仆从。吉州在袁州南。　[3]手书数番：手写的信几封。番，一幅纸。　[4]忻（xīn）怵（chù）兼至：又高兴又畏惧。忻，欣喜。怵，惊惧。　[5]未审：不知。何似：怎么样。眠食何似，问候语。　[6]伏惟万福：祝敬语。伏惟，低下头想，自谦之辞。　[7]妄：胡乱，荒诞。　[8]大颠：南宗禅师，住潮州灵山寺。　[9]州郭：州城。　[10]"实能外形骸"以下三句：确实能够把生死置之度外，以（明白）事理自负，不被（外界）事务扰乱（内心）。外形骸，语出王羲之《兰亭序》："或因寄所托，放浪形骸之外。"　[11]胸中无滞碍：心里无所计较。滞碍，犹纠葛、计较。　[12]祭神：指祭南海神。海上：海边。　[13]造：访问。庐：屋舍。禅宗不立法堂，修行处称方丈。　[14]福田利益：佛教主张修行积善得到福报，如种田有收获，因称福田。　[15]"孔子云"二句：语出《论语·述而》："子疾病，子路请祷。……子曰：'丘之祷久矣。'"意谓不必祷告神明（进德修业乃是真正有效的祷告）。　[16]法度：法则，规范。　[17]方册：典籍。　[18]殃庆自各以其类至：灾祸还是吉祥自然各自依据（积善、积恶的）类别降临。　[19]夷狄之教：指佛教。　[20]"《诗》不云乎"以下三句：语出《诗经·大雅·旱麓》。恺悌（kǎi tì），原作"岂弟"，和乐简易。不回，旧注谓不违先祖之道。　[21]《传》：指《左传》。　[22]不为威惕：不为威势所惧。语出《左传》哀公十六年。惕，小心谨慎。　[23]不为利疚：不为解除病痛而干坏事。语出《左传》昭公二十年，原文是"不为利疚于回"。疚，病。回，邪。　[24]妄加祸：胡乱地加给人祸害。　[25]地祇（qí）：天曰神，地曰祇。　[26]昭列森布：明显密集地排列在那里。　[27]行胸臆：

意谓按心中的想法行动。作威福：专行赏罚，造祸造福。语出《尚书·洪范》："惟辟作威，惟辟作福。"　[28] 进退无所据：意谓从正面看、从反面看都没有依据。

　　且愈不助释氏而排之者，其亦有说：孟子云[1]："今天下不之杨，则之墨。"杨、墨交乱[2]，而圣贤之道不明，则三纲沦而九法斁[3]，礼乐崩而夷狄横，几何其不为禽兽也？故曰："能言拒杨、墨者[4]，皆圣人之徒也。"扬子雲云："古者杨、墨塞路[5]，孟子辞而辟之，廓如也。"夫杨、墨行，正道废[6]，且将数百年。以至于秦，卒灭先王之法[7]，烧除其经，坑杀学士，天下遂大乱。及秦灭汉兴且百年[8]，尚未知修明先王之道。其后始除挟书之律[9]，稍求亡书[10]，招学士。经虽少得，尚皆残缺，十亡二三。故学士多老死，新者不见全经，不能尽知先王之事，各以所见为守，分离乖隔[11]，不合不公[12]，二帝三王群圣人之道于是大坏[13]。后之学者无所寻逐，以至于今，泯泯也[14]。其祸出于杨、墨肆行而莫之禁故也[15]。孟子虽贤圣，不得位，空言无施[16]，虽切何补[17]！然赖其言[18]，而今学者尚知宗孔氏，崇仁义，贵王贱霸而已。其大经大法，皆亡灭而不救，坏烂而不收，所谓存十一于千百，安在其能廓如也！然向无孟氏[19]，则皆服左衽而言侏离矣！故愈尝推尊孟氏[20]，以为功不在禹下者，为此也。

[注释]

[1] "孟子云"三句：语出《孟子·滕文公下》。引文有差异，今本是："天下之言不出杨，则归墨……" [2] 交乱：交互扰乱。 [3] "则三纲沦而妨法斁（dù）"以下三句：则三纲沦亡而九法败坏，礼乐崩溃而夷狄横行，距离变成禽兽还有多少远呢？三纲，君为臣纲，父为子纲，夫为妻纲。九法斁，治理天下的九种大法败坏。九法，即九畴：敬用五事，农用八政，协用五纪，建用皇极，乂用三德，民用稽疑，念用庶征，飨用五福，威用六极。斁，败坏。夷狄横（hèng），夷狄横行。横，恃势横行。几何，多少。 [4] "能言拒杨、墨者"以下三句：语出《孟子·滕文公下》："岂好辩哉？予不得已也。能言距杨、墨者，圣人之徒也。" [5] "古者杨、墨塞路"以下三句：语出《法言·吾子》。廓如，廓清，清除。 [6] 正道：指儒道。 [7] 卒：同"猝"，急促。 [8] "及秦灭汉兴且百年"二句：这里指汉初朝廷尊奉黄、老之道。 [9] 挟书之律：秦始皇颁布禁止私家藏书的命令，至汉惠帝四年（前191）始废除。 [10] 稍求亡书：如汉文帝时求《尚书》等。亡书，经焚书失传的图书。 [11] 分离乖隔：指当时儒生各守家法，分出派别，义理不一。乖隔，分离。 [12] 不合不公：不与儒道相合，不被公认。 [13] 二帝三王：二帝，尧、舜。三王，夏、商、

《原道》对儒道兴废"求端""讯末"，本篇痛陈儒道危机，表达振兴的志愿与决心，精微详备，恳恻深切。

张裕钊："浑灏变化，千转百折而气愈劲。其雄肆之气，奇杰之辞，并臻文家上乘。北宋诸家皆无能为役。"（《古文辞类纂》）

周三朝的第一位帝王大禹、商汤、周文王及周武王。 [14]泯泯：湮灭。 [15]肆行：横行。 [16]空言无施：空有言说，没有实行。 [17]虽切何补：虽然中肯又有什么补益。 [18]"然赖其言"以下四句：然而依赖孟子学说，如今学者还能够知道尊奉孔子，崇尚仁义，尊重（以仁德得天下的）王道，轻贱（以暴力得天下的）霸道。 [19]"然向无孟氏"二句：意本《论语·宪问》："微管仲，吾其被发左衽矣。"服左衽，衣服左边开襟，指少数民族装束。言侏离，谓说少数族语言。侏离，少数民族语音。向无，方《正》、朱《考》作"苟无"。 [20]"故愈尝推尊孟氏"以下三句：所以我表扬、尊敬孟子，认为他的功劳不在大禹之下，就是因为这一点。意本《孟子·滕文公下》："昔者禹抑洪水而天下平。……我亦欲正人心，息邪说，距诐行，放淫辞，以承三圣者。"

汉氏已来[1]，群儒区区修补，百孔千疮，随乱随失，其危如一发引千钧[2]，绵绵延延，浸以微灭[3]。于是时也[4]，而唱释、老于其间，鼓天下之众而从之，呜呼！其亦不仁甚矣。释、老之害，过于杨、墨；韩愈之贤，不及孟子。孟子不能救之于未亡之前，而韩愈乃欲全之于已坏之后，呜呼！其亦不量其力[5]，且见其身之危，莫之救以死也。虽然，使其道由愈而粗传，虽灭死万万无恨。天地鬼神，临之在上[6]，质之在旁[7]，又安得因一摧折[8]，自毁其道，以从于邪也[9]！

　　籍、湜辈虽屡指教[10]，不知果能不叛去否[11]。辱吾兄眷厚而不获承命[12]，惟增惭惧，死罪死罪[13]。

　　愈再拜。

[注释]

[1]汉氏：汉朝。　[2]一发引千钧：一根发丝系着千钧重量。语本《列子·仲尼》："发引千钧，势至等也。"钧，古代重量单位，三十斤。　[3]浸以微灭：逐渐微弱灭绝。浸，逐渐。　[4]"于是时也"以下五句：在这个时候来倡导佛、道，鼓动天下民众跟从。啊！也太不仁义了。唱，倡导。鼓，鼓动。　[5]"其亦不量其力"以下三句：他（实际指我）也是自不量力，且已看到自身危险又不能挽救以至死亡了。　[6]临：靠近。　[7]质：辩明。　[8]摧折：挫折。　[9]从于邪：顺从邪说，指信仰佛教。　[10]籍、湜：张籍、皇甫湜。　[11]叛去：韩愈明儒道，倡复古，张、皇甫均为同道，韩愈视之为门下，所以有担心能否叛去之说。　[12]辱吾兄眷厚：受到兄的顾念厚爱。辱，自谦之辞。不获承命：没能接受劝告，即没有改变信仰。　[13]死罪死罪：谦愧之辞，文章套语。

[点评]

　　韩愈被贬潮州，人事寂寞，结识在那里的一位著名禅师——石头希迁法嗣大颠，并有一段交往，因而有他转而信仰佛教的传说。孟简来信询问，韩愈写这封信作答。其主旨一是辩驳传闻，再是表明心迹。主要内容在中间的三大段：第一段驳斥自己改信佛教的传说，第二段表白自己坚定排佛的理由，第三段阐明儒学面临的困境和危机，进而表述自己阐扬儒道、灭黜佛教的决心。内容境界开阔，从辩驳有关自身传闻的是非扩展到儒家圣人之道历史发展的大势，以及儒家受到佛教挑战的严峻形势，视野一步步扩展，内容一层层深入，表达的道理也逐渐清晰，这样便从辩驳自己传闻的是非扩展至思想史上尊儒反佛的大是大非。行文一方面广引典据，另一方面列举史实，有理有据，造成强大气势。结构上转折提顿，步步进逼，感情充沛，境界不断扩大，道理不断深入。用词造语则千锤百炼，语气果决斩截，叙述鲜活生动。如此把抽象的道理和枯燥的史实用形象具体、简洁精炼的语言表述出来，造成强大的艺术感染力。

答吕䚡山人书 [1]

愈白：

惠书责以不能如信陵执辔者 [2]。夫信陵，战国公子，欲以取士声势倾天下而然耳 [3]。如仆者，自度若世无孔子 [4]，不当在弟子之列。以吾子始自山出 [5]，有朴茂之美，意恐未碐磨以世事。又自周后文弊 [6]，百子为书，各自名家，

以戏谑之笔，明正大之意，体现"以文为戏"的真正精神。

乱圣人之宗。后生习传，杂而不贯[7]。故设问以观吾子：其已成熟乎？将以为友也；其未成熟乎？将以讲去其非而趋是耳[8]。不如六国公子有市于道者也[9]。

方今天下入仕[10]，惟以进士、明经及卿大夫之世耳。其人率皆习熟时俗[11]，工于语言，识形势，善候人主意。故天下靡靡，日入于衰坏，恐不复振起，务欲进足下趋死不顾利害去就之人于朝以争救之耳[12]。非谓当今公卿间无足下辈文学知识也。不得以信陵比。

然足下衣破衣，系麻鞋，率然叩吾门[13]。吾待足下，虽未尽宾主之道，不可谓无意者[14]。足下行天下[15]，得此于人盖寡，乃遂能责不足于我，此真仆所汲汲求者。议虽未中节[16]，其不肯阿曲以事人者，灼灼明矣。方将坐足下三浴而三熏之[17]，听仆之所为[18]，少安无躁[19]。

愈顿首[20]。

揭露天下士风，寥寥数笔，直彻骨髓。

山人以贫贱骄人，责备韩愈不能礼贤下士；韩愈则欲曲成后学，肯定对方"不顾利害去就""不肯阿曲以事人"，文章擒纵抑扬，变化无方，兀傲之气流露笔端。

［注释］

[1]吕翳（yī）：生平事迹不详。山人：隐士。本文作于长庆二年三月韩愈出使镇州回朝后，先后任兵部侍郎转吏部侍

郎。　[2]惠书责以不能如信陵执辔（pèi）者：谓来信责备我不能像信陵君那样执辔。信陵君是战国时期魏国公子无忌名号，时有隐士侯嬴，信陵君备车前去迎接，侯嬴身穿破衣，上车就坐上座，信陵君手握缰绳亲自驾车，是自古传闻礼贤下士的著名故事。辔，缰绳。　[3]取士声势：网罗士人的名声。倾天下：让天下人归附。倾，归附。　[4]自度（duó）：自己思量。度，思量。　[5]"以吾子始自山出"以下三句：而您从（隐居的）山里出来，有质朴厚重的美德，我想恐怕还没有经过世事的磨练。朴茂，纯朴厚重。砻（lóng）磨，磨练。砻，本义是去掉稻壳。　[6]"又自周后文弊"以下四句：又自从周代之后文风弊坏，许多人各自名为一家，变乱了圣人宗旨。百子，诸子。百，言其多。　[7]不贯：不成条贯。贯，系统。《论语·卫灵公》："予一以贯之。"　[8]讲去其非：讲习以去掉你的错误见解。趋是：达到正确。　[9]六国公子：战国时除魏有信陵君外，还有齐孟尝君、赵平原君、楚春申君，称"四公子"，均以礼贤下士著称。有市于道：谋取道义上的名声。有，助词，无义。市，喻如商市买卖。语本《史记·廉颇蔺相如列传》："夫天下以市道交。君有势，我则从君；君无势则去，此固其理也。"　[10]"方今天下入仕"二句：进士、明经是科举考试科目，为"入仕"的一般途径。卿大夫之世，指高官的后世子孙，唐制通过"门荫"可以直接授以官职。　[11]"其人率皆习熟时俗"以下四句：那些人大抵都熟悉世俗风气，善于雕琢文词，认识时势风习，善于逢迎统治者的意图。候，觉察。　[12]"故天下靡（mǐ）靡"以下四句：所以普天之下风气颓靡，一天天更加败坏，恐怕不再能够振兴起来，（所以）努力想推荐您这样就是死也不顾个人利害进退的人于朝廷来加以挽救。靡靡，随顺风气貌。靡，倒下。　[13]率然：随意貌。　[14]不可谓无意：不可说没有（器重您）的意思吧。　[15]"足下行天下"以下四句：

您走遍天下，得到人这样（待遇的情况）很少吧，而能责备我有所不足，这真是我所急切求得的。汲汲，急切貌。 [16]"议虽未中节"以下三句：（您的）议论虽然做到《中庸》上说的"中节"，不肯谄媚逢迎是很明显了。《礼记·中庸》："喜怒哀乐之未发谓之中，发而皆中节谓之和。" [17]三浴：三次沐浴。三熏：以香料涂身。熏，同"纁"。这些本是祭祀以前表敬重的礼仪。 [18]听：任。 [19]少安无躁：稍等一等，不要急躁。安，徐。 [20]顿首：低头敬礼，书信套语。

[点评]

　　从文中"务欲进足下……于朝"的话推知，本篇应是韩愈晚年在朝时的作品。吕翳拿文章到韩愈门下请托，寻求援引。他写给韩愈的信，不是乞怜，而是责备对方不能如信陵君那样执辔礼贤下士。这是高自标置以占地步，引起对方重视的一种做法。韩愈看了信当然明白。因为对方是率然而来，韩愈对他的具体情况不了解，也就不便明确表态。这篇答书巧于构思，陡然而起，就来信所说信陵君执辔的典故进行非议，指责对方的不是，针对来信中表现出的对方的兀傲态度，韩愈同样以居高临下的气势加以压制；进而揭露当时士风，表明自己传习圣人之道的境界。文中有批评，有疑问，有赞誉，有鼓励；对于对方的意见和要求，有批驳，也有赞赏。这种种复杂意思交错出之，文思变化无方，又特别表现出自己热衷于传递圣人之道和爱才若渴的用意。行文语含幽默，使文情显得更加活泼生动。

故幽州节度判官赠给事中清河张君墓志铭[1]

张君名彻，字某，以进士累官至范阳府监察御史[2]。长庆元年，今牛宰相为御史中丞[3]，奏君名迹[4]，中御史选[5]，诏即以为御史。其府惜[6]，不敢留，遣之。而密奏幽州将父子继续[7]，不廷选且久[8]，今新收[9]，臣又始至[10]，孤怯，须强佐乃济[11]。发半道[12]，又诏以君还之[13]。仍迁殿中侍御史[14]，加赐朱衣、银鱼。

至数日[15]，军乱，怨其府从事，尽杀之，而囚其帅。且相约[16]：张御史长者，毋侮辱，轹蹙我事；无庸杀，置之帅所。居月余，闻有中贵人自京师至[17]。君谓其帅："公无负此土人[18]。上使至[19]，可因请见自辨，幸得脱免归。"即推门求出。守者以告其魁[20]。魁与其徒皆骇曰[21]："必张御史。张御史忠义，必为其帅告此余人，不如迁之别馆。"即与众出君。君出门骂众曰："汝何敢反！前日吴元济斩东市[22]，昨日李师道斩于军中[23]，同恶者父母妻子皆屠死，肉餧狗鼠鸱鸦[24]。汝何敢反！如何敢反！"行且骂。

简短篇幅描写人物，有背景，有语言，有动作，有衬托，形神毕现，姿态横生。

众畏恶其言，不忍闻，且虞生变[25]，即击君以死。君抵死口不绝骂[26]。众皆曰："义士，义士！"或收瘗之以俟[27]。

事闻天子，壮之[28]，赠给事中[29]。其友侯云长佐郓使[30]，请于其帅马仆射。为之选于军中，得故与君相知张恭、李元实者[31]，使以币请之范阳[32]，范阳人义而归之。以闻[33]，诏所在给船舆[34]，传归其家[35]，赐钱物以葬。长庆四年四月某日[36]，其妻子以君之丧葬于某州某所。

君弟复，亦进士，佐汴宋[37]，得疾，变易丧心[38]，惊惑不常[39]。君得闲即自视衣褥薄厚[40]，节时其饮食而匕箸进养之[41]；禁其家无敢高语出声；医饵之药[42]，其物多空青、雄黄诸奇怪物[43]，剂钱至十数万[44]，营治勤剧[45]，皆自君手，不假之人[46]。家贫，妻子常有饥色。

祖某，某官；父某，某官。妻韩氏[47]，礼部郎中某之孙，汴州开封尉某之女，于余为叔父孙女。君常从余学[48]，选于诸生而嫁与之，孝顺祗修[49]，群女效其所为。男若干人，曰某；

写一人墓志，只记其生死大节，典型作为，不知使之扬名后世，更为后人树立楷模。

女子曰某。铭曰：

嗚呼彻也！世慕顾以行^[50]，子揭揭也。噎暗以为生^[51]，子独割也。为彼不清^[52]，作玉雪也。仁义以为兵，用不缺折也。知死不失名^[53]，得猛厉也。自申于暗^[54]，明莫之夺也。我铭以贞之^[55]，不肖者之咺也。

［注释］

[1]清河：张氏的籍贯，今河北清河。张君：张彻（？—821），元和四年进士，为幽州节度判官，被乱军所杀。幽州，属河北道，治蓟县（今北京市城区西南），为幽州节度使治所。唐制，节度使、副使各有判官一人。给事中是张彻死后朝廷的赠官。　[2]范阳府：指幽州（卢龙）节度使府，幽州旧称范阳郡。监察御史：张彻在范阳府担任判官时所授虚衔。　[3]牛宰相：指牛僧孺，字思黯，元和十五年（820）十二月任御史中丞；长庆三年（823）任命为宰相。御史中丞是司法机关御史台的副长官。　[4]奏君名迹：上奏张彻的名声事迹。　[5]中御史选：符合监察御史人选。牛僧孺奏请张彻担任监察御史。　[6]"其府惜"以下三句：谓节度使府虽然珍惜，但因有朝命不敢留用在幽州，遂让他离开（回京城）了。府，指节度使张弘靖。幽州节度使刘总杀其父兄得位，心常疑惧，长庆元年奏请为僧，以宣武军节度使张弘靖代之。　[7]幽州将父子相继：刘总父刘怦于贞元元年任幽州、卢龙节度副大使知节度事，在位三月卒，子济继任。元和五年，刘济被刘总及亲吏所杀。　[8]不廷选：不由朝廷任命。　[9]今新收：意谓如今刚刚归顺朝廷。　[10]臣又始至：长

庆元年三月，以宣武军节度使张弘靖为幽州节度使代原节度使刘总。　[11]须强佐乃济：需要强有力的辅佐才能成事。　[12]发半道：指从幽州出发至京城的半路。　[13]还之：归还他（回幽州）。　[14]"仍迁殿中侍御史"二句：殿中侍御史，御史台属官，这里也是虚衔，从七品上。唐制，五品服朱、佩银鱼袋，张彻任七品官而加赐朱衣、银鱼，是特赐章服。　[15]"至数日"以下五句：张弘靖到幽州，不知当地风土，政事多委于幕僚韦雍等人，仅数日，军士以克扣赏赐作乱，囚张弘靖，拥立旧将朱克融为帅。　[16]"且相约"以下六句：而且相互约定：张御史是德高望重的人，不要侮辱他，会败坏我们的事；不要杀掉他，把他和统帅张弘靖囚禁在一起。长者，德高望重者。轹蹙（lì cù），意犹败坏。轹，践踏。蹙，通"蹴"，踏。无庸，不必，不用。　[17]中贵人：宦官。这是朝廷派来观察形势、做安抚工作的。　[18]公无负此土人：意谓张弘靖没有做对不起此地人的事。　[19]"上使至"以下三句：朝廷使臣来了，可以借助张彻请求面见来加以辩解，（或许可以）侥幸脱身回朝。辨，同"辩"。　[20]魁：首领。　[21]"魁与其徒皆骇曰"以下五句：（叛军）首领和他的党徒惊骇地说："这必定是张御史。张御史忠义，一定会替他的统帅（张弘靖）告诉别的人，不如把他迁移到其他馆舍。"　[22]前日：与下"昨日"均为虚指。吴元济斩东市：参阅前《平淮西碑》。东市，长安东市，古代杀犯人于市。　[23]李师道斩于军中：李师道为淄青节度使李师古异母弟，元和元年继任为节度使，负固跋扈，勾结吴元济，元和十四年被部将刘悟所杀。　[24]餧：同"喂"。鸱：猫头鹰的一种。鸦：同"鸦"。　[25]且虞生变：而且担心发生变故。虞，忧虑，担心。　[26]抵死：至死。　[27]或收瘗（yì）之以俟：有人收尸埋葬以等待处置。瘗，掩埋。　[28]壮之：谓赞赏他。　[29]赠给事中：死后赠官是一种荣典。　[30]"其友侯云长佐郓使"二句：他的朋友侯云长辅佐天平军节度使，为他向镇帅马总请求。元和十四年三月，淄青镇李师道被平定后，析出其郓（今山东东平西北）、濮（今山东鄄城）、曹（今山东定陶）三州，赐号天平军，以马总为节度事。郓使指天平军节度事马总，马总于长庆二年加尚书左仆射衔，故称"马仆射"。　[31]张恭：别本或作"张泰"。　[32]"使以币请之范阳"二句：使臣拿着币帛向范阳军请求，范阳军的人以其有道义而归还（尸体）。　[33]以闻：以之上闻朝廷。　[34]诏所在给船舆：诏命所经过之处提供车船。　[35]传归其家：传送回他的家乡。传，用公车传递。　[36]长庆四年：牛僧孺于长庆三年十月罢相，前文称"今牛宰相"，"四"字当讹。　[37]汴宋：指宣武军节度使。　[38]变易丧心：发生变故，心理不正常。　[39]惊惑不常：精神错乱。　[40]得闲：有空闲。　[41]节时其饮食而匕箸进养之：按时调节他的饮食并亲自用汤匙、筷子喂饭。匕，匙。箸，筷子。　[42]医饵之药：指治病所服药物。　[43]空青：杂于铜矿里的一种矿物，可入药。雄黄：亦名"石黄"，一种矿物药。　[44]剂钱：每一剂的价钱。　[45]营治勤剧：操办十分勤劳辛苦。　[46]不假之人：不借他人之手。　[47]韩氏：张彻妻为韩愈叔父韩云卿（仕终礼部郎中）孙女、韩俞（官汴州开封尉）女儿，于韩愈为侄女。　[48]常：同"尝"。　[49]祗修：恭敬端正。祗，敬。语出陶潜《感士不遇赋》："独祗修以自勤，岂三省之或废。"[50]"世慕顾以行"二句：世人仰慕顾望而行动，你却高自标置。顾慕，仰慕顾瞻。揭揭，高举貌。　[51]"噎（yē）暗（yīn）以为生"二句：（世人）隐忍苟生，（你）独自能够割舍。噎，咽喉闭塞。暗，通"瘖"，哑。割，舍弃。　[52]"为彼不清"二句：因为别人不清白，自作玉雪之洁白。　[53]"知死不失名"二句：知道必死而保持了名节，做到勇猛刚厉。　[54]"自申于暗"二句：

自己伸展于黑暗之中，光彩没有人能够剥夺。 [55]"我铭以贞之"
二句：我写作铭文刻石，是对不肖之徒的斥责。贞，墓石，这里
谓刻石。咀（dá），呵斥。

［点评］

　　本文志张彻，没有全面记叙碑主的生平业绩，而是
用主要篇幅详细描述他在幽州易帅之际不屈抗暴的英勇
事迹，再补叙一段兄弟间的友爱之情，从而塑造出一个
忠勇刚烈、有情有义的英雄形象。墓主的仕历仅在开端
用一句略提，族出则在后面简单补说。这也类似传奇小
说的艺术手法。如此结撰，不只突出了人物性格，更有
力地表达了歌颂英勇抵抗骄兵悍将逆乱、反对分裂割据、
维护国家统一安定的主题。写张彻与叛军抗争一段，描
绘敌我双方的言动、形势，特别是利用敌方讲的话来表
达主人公忠勇不屈的气概，简括而生动。序文部分绘声
绘色，声情并茂，如见其人。铭文部分锤炼文词，用语
廉悍，又利用对比手法，叠用感叹词"也"字，抒发了
强烈感情。

柳州罗池庙碑 [1]

　　罗池庙者，故刺史柳侯庙也 [2]。柳侯为州 [3]，
不鄙夷其民 [4]，动以礼法 [5]。三年，民各自矜
奋 [6]："兹土虽远京师 [7]，吾等亦天氓，今天幸

借用鬼神恍
惚之说，再次祭吊
友人，一是表怀
念友人感情之深
切，再是颂友人
永垂不朽的业绩。

惠仁侯，若不化服，我则非人。"于是老少相教
语，莫违侯令。凡有所为于其乡闾及于其家，皆
曰[8]："吾侯闻之，得无不可于意否？"莫不忖
度而后从事[9]。凡令之期，民劝趋之[10]，无有
后先，必以其时。于是民业有经[11]，公无负租，
流逋四归，乐生兴事：宅有新屋，步有新船[12]，
池园洁修[13]，猪牛鸭鸡，肥大蕃息[14]；子严父
诏[15]，妇顺夫指[16]，嫁娶葬送，各有条法，出
相弟长[17]，入相慈孝[18]。先时民贫，以男女相
质[19]，久不得赎，尽没为隶[20]，我侯之至，按
国之故[21]，以佣除本[22]，悉夺归之[23]。大修孔
子庙，城郭巷道，皆治使端正，树以名木。柳民
既皆悦喜。

[注释]
[1]罗池：在柳州城东。文中记述柳宗元死后三年纪念他的
罗池庙成，明年春书碑，则此文作于长庆三年（823）。　[2]柳
侯：侯，君主，转义为封神之号。　[3]为州：治理柳州。　[4]鄙
夷：轻贱。　[5]动以礼法：举动（施政）依据礼法。　[6]矜
奋：自重而勉力。语本《管子·形势解》："矜奋自功，而不因众人之
力。"[7]"兹土虽远京师"以下五句：这块土地虽然远离京城，我
们也是天朝百姓，如今有幸上天赐给我们仁爱的统治者，如果不

服从教化，我们就不是人了。天氓，天朝百姓。氓，民。　　[8]"皆曰"以下三句：都说，（假如）我们的柳侯听了，难免会不合心意吧。得无，能不，岂不。《论语·颜渊》："为之难，言之得无讱乎？"　　[9]忖度（cǔn duó）：揣量。语本《诗经·小雅·巧言》："他人有心，予忖度之。"从事：做事，行动。　　[10]劝趋：勉力去赶紧做。劝，出力。　　[11]"于是民业有经"以下四句：百姓生业有常规，官府没有拖欠的租税，失业流民从四方归来，安乐生活，振兴事功。流逋（bū），逃亡的人。逋，逃亡。　　[12]步：江南渡口曰步。　　[13]洁修：清洁整齐。　　[14]蕃息：繁衍。　　[15]子严父诏：儿子遵从父亲的教训。严，尊敬。诏，教训。　　[16]妇顺夫指：妻子顺从丈夫的旨意。指，通"恉"，意。　　[17]出相弟长：在外兄弟长幼分明。　　[18]入相慈孝：在家父慈子孝。此为互文见意，内外弟长慈孝。　　[19]男女：指儿女。相质：用作抵押。　　[20]尽没为隶：全都陷身做奴婢。　　[21]按国之故：按国家成法，唐律有禁止贩卖奴婢的规定。　　[22]以佣除本：拿工钱抵除所借本钱。　　[23]悉夺归之：全都夺取归还（本家）。

尝与其部将魏忠、谢宁、欧阳翼饮酒驿亭[1]，谓曰[2]："吾弃于时而寄于此，与若等好也。明年吾将死，死而为神，后三年为庙祀我。"及期而死。三年孟秋辛卯[3]，侯降于州之后堂[4]，欧阳翼等见而拜之[5]。其夕，梦翼而告曰："馆我于罗池[6]。"其月景辰[7]，庙成，大祭。过客李仪醉酒，慢侮堂上[8]，得疾，扶出庙门即死。明年春，魏

杂用神怪，主旨仍在颂扬德政，表达祭悼深情。

忠、欧阳翼使谢宁来京师，请书其事于石[9]。

余谓柳侯生能泽其民[10]，死能惊动福祸之，以食其土[11]，可谓灵也已。作《迎享送神诗》遗柳民，俾歌以祀焉[12]，而并刻之。

柳侯，河东人，讳宗元，字子厚，贤而有文章。尝位于朝[13]，光显矣，已而摈不用[14]。其辞曰：

孙琮："其纪政迹处，妙在写出政和民安，贤侯仁政，没世不忘；其纪为神处，妙在写得生死若券，神灵英爽，凛然可畏。"（《山晓阁唐宋八大家选》）

[注释]

[1]驿亭：唐代大路设驿站，为行旅居止之所，站有亭。　[2]"谓曰"以下六句：对（他们）说：我被时代遗弃，托身在此，和你们交好，明年我将死，死后三年请建庙祭祀我。　[3]三年孟秋辛卯：三年谓三年后。孟秋，秋天的第一个月，即七月。是月己丑为朔日，辛卯是三日。　[4]州之后堂：州府后面的厅堂。　[5]梦翼：托梦给欧阳翼。　[6]馆我于罗池：在罗池设馆舍安置我。　[7]其月景辰：景，"丙"之讳。丙辰为二十八日。　[8]慢侮：轻慢侮辱。语本董仲舒《春秋繁露·竹林》："君慢侮而怒诸侯，是失礼大矣。"　[9]书其事于石：书写他的事迹在碑石上。指刻石竖碑。　[10]泽其民：施恩泽给民众。　[11]以食其土：指接受土地供奉。　[12]俾（bǐ）歌以祀焉：让他们歌唱祭祀。俾，使。　[13]尝位于朝：曾经在朝有官位。　[14]摈（bìn）不用：弃置不用。摈，遗弃。

辞赋句法，错综其句式与文辞，文势新颖矫健。

荔子丹兮蕉黄[1]，杂肴蔬兮进侯堂。侯之船兮两旗[2]，度中流兮风泊之。待侯不来兮不知我悲。侯乘驹兮入庙，慰我民兮不嚬以笑[3]。鹅之山兮柳之水[4]，桂树团团兮白石齿齿[5]。侯朝出游兮暮来归，春与猿吟兮秋鹤与飞[6]。北方之人兮为侯是非[7]，千秋万岁兮侯无我违。福我兮寿我，驱厉鬼兮山之左[8]。下无苦湿兮高无干，秔稌充羡兮蛇蛟结蟠[9]。我民报事兮无怠其始[10]，自今兮钦于世世。

[注释]

[1]"荔子丹兮蕉黄"二句：荔子树的果实红了，芭蕉（叶子）黄了，众多佳肴蔬菜进献柳侯的庙堂。肴，指祭祀用牲。蔬，蔬菜。　[2]"侯之船兮两旗"二句：柳侯乘的船竖有两旗，渡过中流风止之。《新唐书·百官志》，节度等使"赐双旌双节"，"两旗"本此。方《正》谓湖湘人士云：湘中俗以一船两旗，置木马、偶人于舟中，作乐而导之登岸，以趋于庙。泊，止。　[3]不嚬以笑：不愁眉苦脸而欢笑。嚬，皱眉。《韩非子·内储说上》："吾闻明主之爱，一嚬一笑，嚬有为嚬，而笑有为笑。"　[4]峨之山：峨山，在柳州城西。柳之水：柳江，西江支流，发源于贵州独山县，流经柳州，至广西象州县汇入黔江。　[5]桂树团团：桂树树盖圆圆。团团，同"抟抟"，屈原《橘颂》："圆果抟兮。"王逸《章句》："抟，圜也，楚人名圜曰抟。"齿齿：密布如牙齿。　[6]春与猨吟：春天和猿啼一起吟唱。秋鹤与飞：秋天与鹤一起飞翔。　[7]"北方之人兮为侯是非"二句：北方的人对您加以非议，千秋万岁请您不离开我们。是非，谓非议，复

方世举："前辈尝云：《楚辞》文章，宋玉不得其仿佛，惟公此文，可方驾以出。"

童第德："这篇作品的风格，和柳宗元的文体风格很相近。迎送神诗，和屈原的风格相近。……是陶铸古人，同时也陶铸今人，采取他人之长融会而成自己一家之言。"（《韩愈文选》）

义偏指。北，童《诠》据方苞校为"此"。为，通"谓"，方苞谓作"惟"。　[8]驱厉鬼：指使民无疾疫。厉鬼，恶鬼。　[9]秔稌充羡：稻粱充裕。秔，同"粳"，不黏的稻。稌（tú），稻。蛇蛟结蟠：蛇和蛟龙纠结盘踞，指其不为民害。　[10]"我民报事兮无怠其始"二句：我们民众报答奉事，从一开始就不怠慢，从今以后更会一代代恭敬供奉。钦，恭敬。

[点评]

本文是韩愈纪念柳宗元文字的第三篇。柳宗元死后三年，当地在罗池为其立庙祭祀，反映了柳州民众对他的敬重与怀念。韩愈应请书写碑文，也再次表达对柳宗元的友爱和尊敬。文章前幅写柳宗元治柳的德政，"凡令之期"以下以整齐的四言句描写治柳的成绩，简括有致，揄扬之意不杂长语，也体现韩愈本人的政治思想。其中设计解放奴婢一事，韩愈在袁州也曾施行。又，这一篇是纪念作为神的"柳侯"的，因而后幅也出以灵怪，杂以无稽传闻。最后铭文颂辞的骚体长歌，意新语奇，描摹神灵降临如幻境界，让人如临其境，优美生动。文章篇幅虽短，行文却集中了散、骈、骚各体，显示了高超的组织、叙写技巧，又颇得楚骚风神。

送高闲上人序[1]

一起拗折顿挫，言明主旨，为以下讨论高闲书法铺垫。

苟可以寓其巧智[2]，使机应于心[3]，不挫于气[4]，则神完而守固，虽外物至不胶于心[5]。尧、舜、禹、汤治天下，养叔治射[6]，庖丁治牛[7]，师旷治音声[8]，扁鹊治病[9]，僚之于丸[10]，秋之于弈[11]，伯伦之于酒[12]，乐之终身不厌[13]，奚暇外慕[14]？夫外慕徙业者[15]，皆不造其堂、不哜其胾者也。

往时张旭善草书[16]，不治他伎[17]，喜怒窘穷、忧悲愉佚、怨恨思慕、酣醉无聊[18]，不平有动于心，必于草书焉发之。观于物，见山水崖谷、鸟兽虫鱼、草木之花实、日月列星、风雨水火、雷霆霹雳、歌舞战斗，天地事物之变，可喜可愕，一寓于书[19]。故旭之书，变动犹鬼神，不可端倪[20]。以此终其身而名后世[21]。

今闲之于草书，有旭之心哉！不得其心而逐其迹[22]，未见其能旭也。为旭有道[23]：利害必明，无遗锱铢[24]，情炎于中[25]，利欲斗进[26]，有得有丧，勃然不释[27]，然后一决于书[28]，而后旭可几也[29]。

今闲师浮屠氏[30]，一死生[31]，解外胶[32]。是其为心，必泊然无所起[33]；其于世，必淡然无所嗜。泊与淡相遭，颓堕委靡[34]，溃败不可收拾，

文学《庄子》，学其意不学其词，汪洋恣肆，变幻无迹。

高步瀛："韩公辟佛之旨，……以为习释氏者，其心泊然淡然，无勇决之气，即学书亦不能精，仍以旁见侧出，寓其辟释氏之旨耳。文心何等灵妙！若认为学书人说法，则几于痴人说梦矣。"（《重订唐宋文举要》）

448　韩愈集

张伯行："'乐之终身不厌''奚暇外慕'数句，可谓名言。艺士之于艺，君子之于道，其致一也。"（《重订唐宋八大家文钞》）

则其于书，得无象之然乎^[35]！然吾闻浮屠人善幻^[36]，多技能。闲如通其术，则吾不能知矣。

［注释］

[1] 高闲：据赞宁《高僧传》，乌程（今浙江湖州）人，善草书，唐宣宗曾召入内廷，后归湖州开元寺圆寂。上人：对僧侣敬称。　[2] 寓其巧智：寄托其机巧智慧。　[3] 机应于心：机变与内心相应。机，事物变化的关键。　[4] 不挫于气：神气不被挫折。　[5] 不胶于心：不胶着在内心。　[6] 养叔治射：典出《左传》成公十六年："（楚人）养由基蹲甲而射之，彻七札焉。"　[7] 庖丁治牛：典出《庄子·养生主》："庖丁为文惠君解牛，手之所触，……乃中经首之会。"庖丁，厨师。　[8] 师旷治音声：典出《孟子·离娄上》："（晋国）师旷之聪。"赵注："师旷，晋平公之乐太师也，其听至聪。"　[9] 扁鹊治病：典出《史记·扁鹊仓公列传》："扁鹊者，勃海郡郑人也，姓秦氏。……视病，尽见五藏症结，特以诊脉为名耳。"　[10] 僚之于丸：典出《庄子·徐无鬼》："市南宜僚弄丸而两家之难解。"弄丸，一种技艺。丸，铃。　[11] 秋之于弈：典出《孟子·告子上》："弈秋，通国之善弈者也。"善弈，善围棋。弈，围棋。　[12] 伯伦之于酒：典出《晋书·刘伶传》："常乘鹿车，携一壶酒，……陶兀昏放，……著《酒德颂》一篇。"　[13] 不厌：不满足。　[14] 奚暇外慕：哪有机会羡慕外物。　[15] "夫外慕徙业者"二句：那些恋慕外物而改变专业的，都不能登堂入室（典出《论语·先进》："由也升堂矣，未入于室也。"），不能尝到肉的滋味（语出《礼记·曲礼上》："凡进食之礼，左殽右胾。"郑玄注："殽，骨体也。胾，切肉也。"陆德明释文："胾，大脔。"）嚌（jì），品尝。胾（zì），大块的肉。　[16] 张

旭：盛唐人，书法家。　[17]伎：技艺。　[18]窘穷：窘迫困苦。愉佚：愉悦。酣醉：酒醉。无聊：此谓无可奈何。　[19]一寓于书：全都寄托于书写。　[20]不可端倪：不能看出门径。端倪，头绪，门径。　[21]以此终其身而名后世：依赖这个（指书法）终其一生而传布名声于后世。　[22]"不得其心而逐其迹"二句：不能体会其内心所得而只追随其行迹，也就看不出他能做到像张旭那样。　[23]为旭有道：做到张旭那样有一定道理在。　[24]无遗锱铢（zī zhū）：不遗漏细小处。锱铢，古代重量单位，百黍为铢，六铢为锱，另有它说。　[25]情炎于中：感情在胸中燃烧。　[26]利欲斗进：利害欲念不停地搏斗。　[27]勃然不释：激昂不得开释。　[28]一决于书：全都通过书法发泄出来。　[29]可几：可差不多了。　[30]师浮屠氏：师法佛教。浮屠氏，此指佛教。　[31]一死生：齐一生死。　[32]解外胶：解除外物束缚。　[33]泊然：淡泊貌。　[34]颓堕委靡：颓废不振。委靡，同"萎靡"。　[35]无象之然：指超越一切物象的境界。无象，佛教概念，指空除一切名相。　[36]然：如此，代词。浮屠人：僧人。善幻：善于幻术。

[点评]

　　韩愈反佛，又多与僧侣游，有关交游情形屡屡见于诗文。高闲是所谓"艺僧"，善书法，反佛的韩愈为他的书法作序，本来十分难于运笔。作者巧妙结撰：主要写书法，又集中讨论高闲的技艺，遂成为一篇表述其艺术见解的重要文字。他以著名书法家张旭为例，说明书法作为艺术创作，也是"不平有动于心"（即所谓"不平则鸣"）的表现。他说如高闲本来信佛，就应当超脱世事，不动感情，因而对他能书表示不解，而归之"善幻，多技能"。这就一方面坚持了自己的辟佛立场，又赞扬了高闲的书艺。如此构思，十分巧妙。正因为立意如此曲折，所以本篇的写法就不同于韩愈另一些作品那般气盛言宜，而以构想委婉、表述含蓄见长。句法则多用拗折长句，又排比事典，罗列比喻，造成深曲含蓄的语气文情，曲折地表达了自己的见解和态度。

南阳樊绍述墓志铭[1]

欧阳修："修见韩退之与孟郊联句，便似孟郊诗；与樊宗师作《志》，便似樊文。"（《欧阳文忠公集·论尹师鲁墓志》）

樊绍述既卒，且葬，愈将铭之。从其家求书，得书号《魁纪公》者三十卷，曰《樊子》者又三十卷，《春秋集传》十五卷，表、笺、状、策、书、序、传记、纪志、说、论、今文赞、铭凡二百九十一篇[2]，道路所遇及器物、门里杂铭二百二十，赋十、诗七百一十九。曰：多矣哉！古未尝有也。然而必出于己，不袭蹈前人一言一句[3]，又何其难也！必出入仁义[4]，其富若生蓄，万物必具，海含地负，放恣横从，无所统纪，然而不烦于绳削而自合也[5]。呜呼！绍述于斯术[6]，其可谓至于斯极者矣。

生而其家贵富，长而不有其藏一钱[7]。妻子告不足，顾且笑曰："我道盖是也[8]。"皆应曰："然。"无不意满。尝以金部郎中告哀南方[9]，还言某师不治，罢之，以此出为绵州刺史。一年，征拜左司郎中[10]，又出刺绛州[11]。绵、绛之人至今皆曰："于我有德。"以为谏议大夫[12]，命且下[13]，遂病以卒。年若干。

绍述讳宗师。父讳泽[14]，尝帅襄阳、江陵，官至右仆射，赠某官；祖某官，讳泳[15]。自祖及绍述[16]三世皆以军谋堪将帅策上第以进。

绍述无所不学，于辞、于声天得也[17]。在众，若无能者。尝与观乐，问曰："何如？"曰："后当然[18]。"已而果然[19]。铭曰：

惟古于词必己出，降而不能乃剽贼[20]。后皆指前公相袭[21]，从汉迄今用一律[22]，寥寥久哉莫觉属[23]，神徂圣伏道绝塞。既极乃通发绍述[24]，文从字顺各识职[25]，有欲求之此其躅[26]。

这是韩愈最后一篇论文作品。樊宗师的文章以艰涩著称，所述与其说是对樊宗师的评论，实则是阐发韩愈本人的主张。

林云铭："此自首至尾，步步倒写文字也，读来却是一气呵成文字，不可以常格论。盖因绍述为文，必自己出，故意别创出此一格耳。……读是篇，方知为文原无定法，神而明之，存乎其人矣。"（《韩文起》）

沈德潜："字字生新，字必独造，可云'陈言务去'。"（《评注唐宋八家古文读本》）

[注释]

[1] 樊绍述：樊宗师（766？—824），字绍述，韩愈友人。樊为河中（今山西永济）人，始为国子博士，元和三年擢军谋宏

远科，累官绛州刺史，进谏议大夫，未拜而卒。南阳是其远祖所居地。本文作于长庆四年。　[2] 今文赞、铭：指用韵文所作的铭赞。今文，与"古文"相对"，骈文。　[3] 袭蹈：沿袭。　[4] "必出入仁义"以下六句：（文章）必合于仁义，其丰富如自然生成、积蓄，万物俱在，如大海涵容，如大地负载，放纵恣肆，变化无方，不受约束。从，同"纵"。统纪，纲纪，语本《史记·太史公自序》："为天下制仪法，垂'六艺'之统纪于后世。"　[5] 不烦于绳削而自合：不劳刻意雕琢修饰而自然合于法度。绳削，木工弹墨划线、用斧子削凿，喻雕凿造作。　[6] "绍述于斯术"二句：绍述对于这种（为文）之术，可以说是达到极致了。　[7] 不有其藏一钱：没有库藏一文钱。　[8] 我道盖是也：我所行之道就是这样。　[9] "尝以金部郎中告哀南方"以下四句：元和十五年五月，唐宪宗李纯去世，朝廷依例向地方遣使告哀，樊宗师以金部郎中出使南方，回朝报告某地府帅胡作非为，将其罢免，却因此被贬黜为绵州（今四川绵阳）刺史。此事具体情况史料缺载。某师，别本或作"某帅"。　[10] 左司郎中：唐制，尚书省有左、右司郎中，分别协助左、右丞处理省事，左司负责吏、户、礼三部，郎中从五品上。　[11] 绛州：今山西新绛县。　[12] 谏议大夫：门下省属官，正五品上。　[13] 命且下：诏命即将下达。　[14] 樊宗师父樊泽于兴元元年（784）任山南东道节度使（驻节襄阳）。贞元二年（786），徙镇荆南（驻节江陵）。十二年，加检校右仆射，是为节度使加衔。死后赠司空，"三公"之一。　[15] 樊泳：试大理评事，累赠兵部尚书。泳，《旧唐书》作"咏"。　[16] "自祖及绍述"二句：此处记述选举科目有误。樊泳于开元十五年（727）举高才沉沦草泽自举科，樊泽于建中元年（780）举贤良方正能直言极谏科，樊宗师于元和三年（808）举军谋弘达材任将帅科。上第，科举考试合格为及第，入上等为上第。　[17] 于辞、于声天得也：文词和音乐得自天赋。　[18]后当然：意思是后面应当如此。指其熟悉乐调变化。　[19]已而果然：（演奏）完了果然如此。　[20]降而不能：自古而后逐渐衰弊不能（词必己出）了。剽（piāo）贼：剽窃。剽，劫掠。　[21]公相袭：公然相沿袭。　[22]用一律：采取同样手法。　[23]"寥寥久哉莫觉属"二句：在悠久时期里没有人觉悟到，神圣隐伏、正道埋没。寥寥，久远貌。徂（cú），往。伏，隐。　[24]既极乃通：（阻塞）到极点转而通畅。《周易·系辞下》："穷则变，变则通。"　[25]各识职：文字各当其位，安置妥帖。　[26]此其躅（zhú）：这就是规范。躅，足迹，引申为可遵循的规范。

[**点评**]

　　本篇志樊宗师，因为其成就主要在文学方面，所以集中表扬其文章成就。序的前半部分详述樊宗师作品庞大数量及其特点，以著其成就之大；后面铭的部分又从文学发展历史角度阐明其创作的艺术特征及其影响；中间略叙其家庭生活情景，并用本人历官和族出略作点缀。全文结构灵动自然，叙写亦富于情趣。韩愈表扬樊宗师实则是在阐述自己的文学主张：内容要"出入仁义"，"富若生蓄"；表达则要"词必己出"，"文从字顺"。这都是他得自切身体会的经验之谈，也是倡导古文运动的指针。樊宗师本人现存文字以艰涩著称，后世多表示韩愈的称扬不实或难以理解，或以为韩愈所谓"文从字顺"等等只是通过表扬他来阐明自己的观点，或认为今传樊文并不能体现其创作风格的全貌。

送杨少尹序 [1]

昔疏广、受二子以年老一朝辞位而去 [2]，于时公卿设供张，祖道都门外，车数百两，道路观者多叹息泣下，共言其贤。汉史既传其事，而后世工画者又图其迹 [3]，至今照人耳目 [4]，赫赫若前日事 [5]。国子司业杨君巨源方以能诗训后进，一旦以年满七十 [6]，亦白丞相去归其乡 [7]。世常说古今人不相及，今杨与二疏其意岂异也？

予忝在公卿后 [8]，遇病不能出。不知杨侯去时，城门外送者几人？车几两 [9]？马几匹？道边观者亦有叹息、知其为贤以否 [10]？而太史氏又能张大其事、为传继二疏踪迹否 [11]？不落莫否 [12]？见今世无工画者，而画与不画固不论也。然吾闻杨侯之去，丞相有爱而惜之者，白以为其都少尹不绝其禄 [13]，又为歌诗以劝之，京师之长于诗者亦属而和之。又不知当时二疏之去有是事否？古今人同不同，未可知也。

中世士大夫以官为家 [14]，罢则无所于归 [15]。杨侯始冠 [16]，举于其乡，歌《鹿鸣》而来也。今之归，指其树曰："某树，吾先人之所种也；某水某丘，吾童子时所钓游也。"乡人莫不加敬，诫子孙以杨侯不去其乡为法[17]。古之所谓"乡先生没而可祭于社者"[18]，其在斯人欤？其在斯人欤！

[注释]

[1]杨少尹：杨巨源（755—？），诗人，贞元五年进士，历官凤翔少尹等。长庆元年为国子司业，四年以年满七十岁自请退归乡里。宰相爱其才，奏授河中府少尹，不绝其俸禄。本文为送其还乡的序，作于长庆四年以疾免吏部侍郎之后。　　[2]"昔疏广、受二子以年老一朝辞位而去"以下六句：西汉疏广（？—前45）父子年老辞官还乡朝官送行事。疏广，汉宣帝时为太子太傅，其兄子任太子少傅，在位五年，皇太子年十二，二人自请退归乡里。设供张，张设（送行的）供具。祖道，为出行者祭祀路神，饮宴送行。　　[3]后世工画者又图其迹：王蔼《祖二疏图记》："吴郡顾生能写物，笔下状人风神情度，甚得其态。……图二疏以遗于时俗，劝也。"　　[4]照人耳目：谓流传于人的耳闻目见。　　[5]赫赫：显赫貌。　　[6]一旦：有朝一日。　　[7]白丞相去归其乡：告白宰相离去（职务）回到他的家乡。丞相，指宰相。　　[8]忝在公卿后：谓职位在朝廷公卿之后。忝在，谦辞，谓有愧于，《书·尧典》："否德，忝帝位。"孔传："忝，辱也。"　　[9]两：同"辆"。　　[10]以否：犹言"与否"，表疑问。朱《考》："以、与通用。"　　[11]太史氏：指史官。张大：发扬光大。　　[12]落莫：冷落。　　[13]白以为其都少尹：建言让他做中都（河中府）少尹。杨巨源是河中（今山西永济）人，奏授他为河中少尹，仍保持俸禄。陈《勘》："唐以河中府为

中都，设大尹、少尹，如东、西两都制。"　[14]中世：相对于"古时"而言，实指当代。　[15]罢则无所于归：罢去官职就没有着落。于，《尔雅》："于，曰也。"　[16]"杨侯始冠"以下三句：杨侯（敬称）满二十岁，参加故乡选举，歌唱《鹿鸣》之诗来到京城。始冠，古代男子二十岁为成人，初加冠。歌《鹿鸣》，唐制，州、县考试完毕，"长吏以乡饮酒礼会属僚，设宾主，陈俎豆，备管弦，牲用少牢，歌《鹿鸣》之诗"（《新唐书·选举志》）。　[17]诫子孙以杨侯不去其乡为法：告诫子孙把杨侯不离弃家乡作为法则（指传世继承）。　[18]乡先生没而可祭于社：家乡的先生去世后可以在社坛受祭祀。古乡里有社，筑土为坛，为供奉社神之所。

［点评］

韩愈作文善于用"虚"，往往凭空结撰，这篇可视为这一结构方式的例子。这也是韩愈推进散文艺术技巧的一点。他的友人杨巨源罢职还乡，他因病没能参加送行饮宴，乃补写了这篇文字。文章开端避开杨巨源隐退事，而以汉代的疏广、疏受叔侄功成名就、急流勇退的事典领起，对友人的揄扬之意自然寓于其中。接着表白自己不能祖送的遗憾，抒写对友人的深情厚谊。就这样用有限的文字传达出这篇送序的两个主旨。而文章表达的对于友人挂冠回乡的赞赏，又具有一定的现实喻义。唐宪宗去世，唐王朝的所谓"中兴"事业夭折，写这篇文章的长庆年间，藩镇逆态复萌，朝廷党争正在加剧，韩愈显然对时势有相当清晰的认识，加之自身又体弱多病，对友人断然隐退表示赞赏，实则也是表白自己的政治态度。这样，文思与书写看似平平，但立意深曲，含蕴也十分丰厚。

辞　赋

复志赋并序[1]

愈既从陇西公平汴州[2]，其明年七月有负薪之疾[3]，退休于居，作《复志赋》。其辞曰：

居悒悒之无解兮[4]，独长思而永叹[5]。岂朝食之不饱兮[6]，宁冬裘之不完。昔余之既有知兮，诚坎轲而艰难。当岁行之未复兮[7]，从伯氏以南迁[8]。凌大江之惊波兮，过洞庭之漫漫。至曲江而乃息兮，逾南纪之连山[9]。嗟日月其几何兮[10]，携孤嫠而北旋。值中原之有事兮[11]，将就食于江之南。始专专于讲习兮[12]，非古训为无所用其心。窥前灵之逸迹兮[13]，超孤举而幽寻。既识路又疾驱兮[14]，孰知余力之不任。

何焯："公在汴，当董公之衰暮，远犹深虑有所未入，欲去之而耕野，惧食其禄而与其难，故为此赋以自讼也。'退将遁而穷居'，此句是'志'；'孰与不食而高翔'，此句是'复'。"(《义门读书记》)

刘熙载："韩昌黎《复志赋》、李习之《幽怀赋》，皆有得于《骚》之波澜意度而异其迹象。故知猎艳辞、拾香草者，皆童蒙之智也。"(《艺概》)

[注释]

[1] 复志：复于当初志向，义同汉刘歆《遂初赋》的"遂初"。本赋作于贞元十三年。　[2] 陇西公：董晋。董姓郡望在陇西。平

汴州：贞元十二年，宣武军节度使李万荣病风，汴州军乱，都虞候邓惟恭与监军宦官俱文珍加以平定。七月，以东都留守董晋为宣武军节度使，辟署韩愈随行。　[3]负薪之疾：谓托病闲居。典出《礼记·曲礼下》："君使士射，不能，则辞以疾，言曰：'某有负薪之忧。'孔疏：'负，担。薪，樵也。……忧，劳也。言己有担樵之余劳，不堪射也。'"　[4]悒（yì）悒：忧闷貌。语出《大戴礼·曾子言志中》："君子无悒悒于贫。"无解：不可解脱。语出屈原《九章·悲回风》："愁郁郁之无快兮，居戚戚而不可解。"　[5]永叹：长叹。　[6]"岂朝食之不饱兮"二句：承上，难道是早饭没吃饱吗，还是冬衣残破？宁（nìng），义同"岂"，反诘之辞。裘，皮衣，指衣。　[7]岁行之未复：岁星不到一周，即十二年，参阅《寄卢仝》诗注[2]。这里是指自己不到十二岁。　[8]从伯氏以南迁：随从兄长（韩会）迁居南方。大历十四年（779），韩会被贬曲江（今广东韶关），韩愈随行。　[9]逾南纪之连山：越过南方连绵的群山。南纪，南方，语出《诗经·小雅·四月》："滔滔江汉，南国之纪。"　[10]"嗟日月其几何兮"二句：韩会去世于贬所，韩愈随同寡嫂郑氏和侄子老成等一起扶柩回到河阳故里。孤嫠，孤儿寡妇。嫠，寡妇。　[11]"值中原之有事兮"二句：建中二年，中原藩镇叛乱，韩愈一家南下宣城避难。　[12]"始专专于讲习兮"二句：起始专心一意地讲习，非古代遗训无所用心。专，通"颛"，专一用心，语出宋玉《九辩》："计专专之不可化兮，愿遂推而为臧。"古训，童《诠》引《诗经·大雅·蒸民》："古训是式。"毛传："古，故。训，道。"谓"义本《尔雅》"。　[13]"窥前灵之逸迹兮"二句：探视前代圣贤超群的业绩，（自己也）超越高举来探求幽深的义理。前灵，犹"前修"，前贤。　[14]"既识路又疾驱兮"二句：已经识路即急速前进，可有谁知道我的力量并不够。

考古人之所佩兮[1]，阅时俗之所服。忽忘身之不肖兮，谓青紫其可拾[2]。自知者为明兮[3]，故吾之所以为惑。择吉日余西征兮[4]，亦既造夫京师。君之门不可迳而入兮[5]，遂从试于有司。惟名利之都府兮[6]，羌众人之所驰。竞乘时而附势兮[7]，纷变化其难推。全纯愚以靖处兮[8]，将与彼而异宜[9]。欲奔走以及事兮[10]，顾初心而自非[11]。朝骋骛乎书林兮[12]，夕翱翔乎艺苑。谅却步以图前兮[13]，不浸近而愈远。

［注释］

[1]所佩：与下文"所服"本意是所佩玉饰、所穿衣服，转义为服习。意本屈原《离骚》："謇吾法夫前修兮，非世俗之所服。"　[2]青紫其可拾：谓可以轻易取得高官显宦。典出《汉书·夏侯胜传》："士病不明经术，经术苟明，其取青紫如俯拾地芥耳。"　[3]"自知者为明兮"二句：意本《老子》："知人者知，自知者明。"　[4]"择吉日余西征兮"二句：贞元二年（786），韩愈十九岁，自宣城西上长安。造，去，到。　[5]"君之门不可迳而入兮"二句：贞元三年，韩愈诣州县求举。四年，始应礼部试。迳而入，直接进入。从试，参加考试。　[6]"惟名利之都府兮"二句：承前，（试于有司乃）名利聚集之处，是众人所奔竞追求的。都府，都会，引申为聚集之处。羌，发语词。　[7]"竞乘时而附势兮"二句：竞相利用时机、依附权势，（科举）纷纷变化多端，有谁能推测。语本《尚书·仲虺之

诰》："简贤附势，实繁有徒。"　[8]靖处：处于宁静。　[9]异宜：所适宜各不相同。　[10]及事：成事。语本《公羊传》僖公元年："救不言次，此其言次何？不及事也。不及事者何？邢已亡矣。"　[11]顾初心：反顾当初的想法。　[12]"朝骋鹜乎书林兮"二句：早晨奔走在书林之中，晚上飞翔在六艺的园地。意本扬雄《剧秦美新》："发秘府，览书林，遥集乎文雅之囿，翱翔乎礼乐之场。"　[13]"谅却步以图前兮"二句：确实像倒退着走路而求前进，不是（离目标）更近而越来越遥远。意本《孔子家语·儒行》："是犹却步而欲求及前人。"屈原《九歌·大司命》："不寝近兮愈疏。"谅，确实。

哀白日之不与吾谋兮[1]，至今十年其犹初。岂不登名于一科兮[2]，曾不补其遗余[3]。进既不获其志愿兮，退将遁而穷居[4]。排国门而东出兮[5]，慨余行之舒舒[6]。时凭高以回顾兮[7]，涕泣下之交如[8]。戾洛师而怅望兮[9]，聊浮游以踟蹰。假大龟以视兆兮[10]，求幽贞之所庐。甘潜伏以老死兮，不显著其名誉。非夫子之洵美兮[11]，吾何为乎浚之都。小人之怀惠兮[12]，犹知献其至愚。固余异于牛马兮，宁止乎饮水而求刍[13]。伏门下而默默兮[14]，竟岁年以康娱。时乘间以获进兮[15]，颜垂欢而愉愉。仰盛德以安穷兮[16]，又何忠之能输。

曾国藩："'甘潜伏以老死兮'，将跌入佐汴，先出'潜伏'一层，笔势跳跃。而志之所以复，亦必先有此志为张本。"（《求阙斋读书录》）

[注释]

[1]"哀白日之不与吾谋兮"二句：哀叹时光不与我（的志愿）相合，到如今已过十年，情形还和当初一样。白日，指时光流逝。自贞元二年应举至本文写作时的贞元十一年，举其成数。　[2]登名于一科：指登进士第。　[3]不补其遗余：对其他没有补益，指没能取得官职。　[4]遁而穷居：逃遁而居于困顿。　[5]排国门：推开京城城门。东出：向东走，贞元十一年，韩愈离开长安东归故里。　[6]舒舒：徐缓貌。　[7]凭高：登临高处。　[8]交如：相交。语出《周易·大有》："厥孚交如。"孔疏："交，接也。如，语辞也。"　[9]"庶洛师而怅望兮"二句：到达洛阳，惆怅瞭望，暂且四处浪游而游移不定。踌躇，犹豫不定。　[10]"假大龟以视兆兮"二句：利用龟甲卜看卦兆，探求幽居者所住的地方。幽贞，指隐士。语出《周易·履》："幽人贞吉。"孔疏："既无险难故在幽隐之人。"　[11]"非夫子之洵美兮"二句：不是夫子（董晋）如此贤德，我怎么能来到浚水边的都城呢。洵美，实在美好。语出《诗经·郑风·有女同车》："彼美孟姜，洵美且都。"郑笺："洵，信也。"浚之都，指汴州。汉代在浚水之下置浚仪，唐汴州以浚仪为治所。　[12]小人怀惠：语出《论语·里仁》："君子怀德，小人怀土；君子怀刑，小人怀惠。"邢昺疏："小人唯利是亲，安于恩惠，是怀惠也。"　[13]求刍：谓求食。刍，喂牲口的草，语本《孟子·公孙丑下》："今有受人之牛羊而为之牧之者，则必为之求牧与刍矣。"　[14]"伏门下而默默兮"二句：蜷伏在（董晋）门下默默（度日），穷尽整年享乐地生活。意本屈原《卜居》："吁嗟默默兮，谁知吾之廉贞。"又，屈原《离骚》："日康娱而自忘兮，厥首用夫颠陨。"康娱，安乐。　[15]"时乘间以获进兮"二句：时时乘机会得以进见（董晋），总是笑脸相迎。乘间，利用机会。愉愉，愉悦貌，语出《论语·乡党》："私睹，愉愉如也。"　[16]"仰盛德

以安穷兮”二句：仰望（董晋的）盛德而安于困顿，有怎样的忠心可以进献呢。

　　昔余之约吾心兮^[1]，谁无施而有获。嫉贪佞之洿浊兮^[2]，曰吾其既劳而后食。惩此志之不修兮^[3]，爱此言之不可忘。情怊怅以自失兮^[4]，心无归之茫茫。苟不内得其如斯兮^[5]，孰与不食而高翔。抱关之阨陋兮^[6]，有肆志之扬扬。伊尹之乐于畎亩兮^[7]，焉富贵之能当。恐誓言之不固兮，斯自讼以成章^[8]。往者不可复兮^[9]，冀来今之可望。

［注释］

[1]“昔余之约吾心兮”二句：往昔我约束自己的内心，（知道）有谁能不付出就有所收获。　[2]“嫉贪佞之洿浊兮”二句：嫉恨那些贪污奸佞之人的污浊，表白自己要付出劳力然后取食。洿，通“污”。　[3]惩此志之不修兮：警惕这样的志愿不能达成。修，完美。　[4]怊怅（chāo chàng）：失意貌。　[5]“苟不内得其如斯兮”二句：如果内心不能如此（坚持），还不如不取食而远走高飞。　[6]“抱关之阨陋兮”二句：做个守门人地位卑贱，可随心所欲而得意洋洋。意本《荀子·荣辱》：“故或禄天下而不自以为多，或监门、御旅、抱关、击柝，而不自以为寡。”抱关，把守关隘的人。肆志，随心，纵情。　[7]“伊尹之乐于畎亩兮”二句：伊尹愿意住在田间，怎么能安于富贵呢。《孟子·万章上》：“伊尹

耕于有莘之野，而乐尧舜之道焉。……汤使人以币聘之，嚣嚣然曰：我何以汤之聘币为哉！我岂若处畎亩之中，由是以乐尧舜之道哉！”畎亩，田间。《庄子·让王》：“（舜）居于畎亩之中而游尧之门。”成玄英疏：“垄上曰亩，下曰畎。” [8]自讼：自责。讼，责备。 [9]“往者不可复兮”二句：意本《论语·微子》：“往者不可谏，来者犹可追。”

[点评]

辞赋发展到唐代，盛行的是篇幅较短的抒情小赋。韩愈存四篇，都是传统的慷慨述情、抒写牢骚怨抑的内容，新意无多。本篇为早年依附董晋时在汴所作。当年他离开长安，外走幕府，实非本愿。“唐制，幕僚皆自辟而后命于天子，有不善则得以奏劾之，其去留甚轻。而帅又多尊贵自恣，以故直道者率不合。”（王懋竑《读书记疑》）韩愈在董晋幕府处境正是如此：才不得施，前志不修，循默竟年。他写赋述情，记叙生平，述说遭遇，乃是倾诉内心苦闷，感慨万端。从中可以了解韩愈这段生活的心迹。作品写法，从句律格调到使典用事都有意追模屈、宋，的确也略得神似。但其中缺乏屈赋那种高远意境、雄大气势和精彩绝艳的文辞。这取定于作品写作时代、作者等主、客观条件，也是文体发展中赋体总体已趋于衰落使然。不过在韩愈诸体作品中，这种抒情小赋仍可备一体，比起同时人同一体裁的作品也算不可多得，值得一读。

主要参考文献

昌黎先生集四十卷外集十卷附集传一卷遗文一卷点勘　明东雅堂本

韩昌黎文集校注　马其昶校注，马茂元整理　上海古籍出版社1984年

韩昌黎诗系年集释　钱仲联集释　上海古籍出版社1984年

韩集校诠　童第德著　中华书局1986年

韩愈文选　童第德选注　人民文学出版社1980年

韩愈诗选　陈迩冬选注　人民文学出版社1980年

韩愈选集　孙昌武选注　上海古籍出版社1996年

韩愈资料汇编　吴文治编　中华书局1983年

韩愈志　钱基博著　商务印书馆　1958年

韩愈研究　罗联添著　台湾学生书局1977年版，天津教育出版社2012年

韩愈　钱冬父著　中华书局 1980 年

韩愈　吴文治等著　上海古籍出版社 1998 年

韩愈评传　卞孝萱、张清华、阎琦著　南京大学出版社 1998 年

论韩愈　陈寅恪著　《历史研究》1954 年第 2 期（收入《金明馆丛稿初编》）

论韩愈诗　舒芜著　《中国社会科学》1982 年第 2 期

《中华传统文化百部经典》已出版图书

书　名	解读人	出版时间
周易	余敦康	2017 年 9 月
尚书	钱宗武	2017 年 9 月
诗经（节选）	李　山	2017 年 9 月
论语	钱　逊	2017 年 9 月
孟子	梁　涛	2017 年 9 月
老子	王中江	2017 年 9 月
庄子	陈鼓应	2017 年 9 月
管子（节选）	孙中原	2017 年 9 月
孙子兵法	黄朴民	2017 年 9 月
史记（节选）	张大可	2017 年 9 月
传习录	吴　震	2018 年 11 月
墨子（节选）	姜宝昌	2018 年 12 月
韩非子（节选）	张　觉	2018 年 12 月
左传（节选）	郭　丹	2018 年 12 月
吕氏春秋（节选）	张双棣	2018 年 12 月
荀子（节选）	廖名春	2019 年 6 月
楚辞	赵逵夫	2019 年 6 月
论衡（节选）	邵毅平	2019 年 6 月
史通（节选）	王嘉川	2019 年 6 月
贞观政要	谢保成	2019 年 6 月
战国策（节选）	何　晋	2019 年 12 月
黄帝内经（节选）	柳长华	2019 年 12 月
春秋繁露（节选）	周桂钿	2019 年 12 月
九章算术	郭书春	2019 年 12 月
齐民要术（节选）	惠富平	2019 年 12 月
杜甫集（节选）	张忠纲	2019 年 12 月
韩愈集（节选）	孙昌武	2019 年 12 月
王安石集（节选）	刘成国	2019 年 12 月
西厢记	张燕瑾	2019 年 12 月

书　　名	解读人	出版时间
聊斋志异（节选）	马瑞芳	2019 年 12 月
礼记（节选）	郭齐勇	2020 年 12 月
国语（节选）	沈长云	2020 年 12 月
抱朴子（节选）	张松辉	2020 年 12 月
陶渊明集	袁行霈	2020 年 12 月
坛经	洪修平	2020 年 12 月
李白集（节选）	郁贤皓	2020 年 12 月
柳宗元集（节选）	尹占华	2020 年 12 月
辛弃疾集（节选）	王兆鹏	2020 年 12 月
本草纲目（节选）	张瑞贤	2020 年 12 月
曲律	叶长海	2020 年 12 月
孝经	汪受宽	2021 年 6 月
淮南子（节选）	陈　静	2021 年 6 月
太平经（节选）	罗　炽	2021 年 6 月
曹操集	刘运好	2021 年 6 月
世说新语（节选）	王能宪	2021 年 6 月
欧阳修集（节选）	洪本健	2021 年 6 月
梦溪笔谈（节选）	张富祥	2021 年 6 月
牡丹亭	周育德	2021 年 6 月
日知录（节选）	黄　珅	2021 年 6 月
儒林外史（节选）	李汉秋	2021 年 6 月
商君书	蒋重跃	2022 年 6 月
新书	方向东	2022 年 6 月
伤寒论	刘力红	2022 年 6 月
水经注（节选）	李晓杰	2022 年 6 月
王维集（节选）	陈铁民	2022 年 6 月
元好问集（节选）	狄宝心	2022 年 6 月
赵氏孤儿	董上德	2022 年 6 月
王祯农书（节选）	孙显斌	2022 年 6 月
三国演义（节选）	关四平	2022 年 6 月
文史通义（节选）	陈其泰	2022 年 6 月

书　名	解读人	出版时间
汉书（节选）	许殿才	2022 年 12 月
周易略例	王锦民	2022 年 12 月
后汉书（节选）	王承略	2022 年 12 月
通典（节选）	杜文玉	2022 年 12 月
资治通鉴（节选）	张国刚	2022 年 12 月
张载集（节选）	林乐昌	2022 年 12 月
苏轼集（节选）	周裕锴	2022 年 12 月
陆游集（节选）	欧明俊	2022 年 12 月
徐霞客游记（节选）	赵伯陶	2022 年 12 月
桃花扇	谢雍君	2022 年 12 月
法言	韩敬、梁涛	2023 年 12 月
颜氏家训	杨世文	2023 年 12 月
大唐西域记（节选）	王邦维	2023 年 12 月
法书要录（节选）	祝　帅	2023 年 12 月
耶律楚材集（节选）	刘　晓	2023 年 12 月
水浒传（节选）	黄　霖	2023 年 12 月
西游记（节选）	刘勇强	2023 年 12 月
乐律全书（节选）	李　玫	2023 年 12 月
读通鉴论（节选）	向燕南	2023 年 12 月
孟子字义疏证	徐道彬	2023 年 12 月